GOLDMANN

Buch

Kate, ein achtzehnjähriges Fotomodell, und Tom, Footballspieler auf dem Höhepunkt seiner Laufbahn, sind ein ideales Paar. Sie führen ein unbeschwertes, glückliches Leben, bis eines Tages ein Schuß Toms Karriere ein jähes Ende setzt und ihn für den Rest seines Daseins in ein Sanatorium verbannt.

Kate zieht sich völlig von ihrer Umwelt zurück und glaubt, nur noch in der Einsamkeit in Frieden leben und nie mehr wahres Glück und Liebe empfinden zu können.

Autorin

Als Tochter eines deutschen Vaters in New York geboren, kam Danielle Steel als junges Mädchen nach Frankreich und besuchte verschiedene europäische Schulen. An der Universität von New York studierte sie französische und italienische Sprache und Literatur. Seit 1977 schreibt sie Romane, die in Amerika und dann in Deutschland Bestseller geworden sind.

Von Danielle Steel sind als Goldmann-Taschenbücher bisher erschienen:

Der Ring aus Stein. Roman (6402) · Doch die Liebe bleibt. Roman (6412) · Alle Liebe dieser Erde. Roman (6671) · Liebe zählt keine Stunden. Roman (6692) · Die Liebe eines Sommers. Roman (6700) · Nie mehr allein. Roman (6716) · Vertrauter Fremder. Roman (6763) · Nur einmal im Leben. Roman (6781) · Träume des Lebens. Roman (6860) · Palomino. Roman (6882) · Schiff über dunklem Grund. Roman (8449) · Es zählt nur die Liebe. Roman (8826) · Sag niemals adieu. Roman (8917) · Familienbilder. Roman (9230) · Das Haus hinter dem Wind. Roman (9412) · Verborgene Wünsche. Roman (9828) · Töchter der Sehnsucht. Roman (41049) · Abschied von St. Petersburg. Roman (41351) · Das Haus von San Gregorio. Roman (6802) · Der Preis des Glücks. Roman (9921) · Glück kennt keine Jahreszeit. Roman (6732) · Jenseits des Horizonts. Roman (9905) · Unter dem Regenbogen. Roman (8634) · Väter. Roman (42199) · Sternenfeuer. Roman (42391)

Als Goldmann Hardcover lieferbar:

Das Haus hinter dem Wind. Roman (30099) · Jenseits des Horizonts. Roman (30341) · Der Preis des Glücks. Roman (30369) · Väter. Roman (30412) · Sternenfeuer. Roman (30376) · Herzschlag für Herzschlag. Roman (30415)

Danielle Steel

Glück kennt keine Jahreszeit

Roman

Aus dem Amerikanischen übertragen von
Nora Jensen

GOLDMANN VERLAG

Titel der Originalausgabe: Season of Passion
Originalverlag: Dell Publishing, New York

Umwelthinweis:
Alle bedruckten Materialien dieses Taschenbuches
sind chlorfrei und umweltschonend.
Das Papier enthält bereits Recycling-Anteile.

Der Goldmann Verlag
ist ein Unternehmen der Verlagsgruppe Bertelsmann

Umschlaggestaltung: Design Team München
Umschlagfoto: The Image Bank, Hamburg
Satz: IBV Lichtsatz KG, Berlin
Druck: Elsnerdruck, Berlin
Verlagsnummer: 6732
Redaktion: Ursula Walther/AK
Herstellung: Peter Papenbrok/sc
Made in Germany
ISBN 3-442-06732-4

15 17 19 20 18 16

Für Beatrix und Bill,
mit all meiner Liebe und meinem
besonderen Dank an Nancy Bel Weeks

»Wie geschieht es, daß die Freude bedrückt
darnieder liegt, und wie blüht die
schönste Hoffnung auf, die je gesät wurde?«

Hap, Thomas Hardy

»Süß ist die Frucht der Widerwärtigkeit,
die, gleich der Kröte, häßlich und voll Gift,
ein köstliches Juwel im Haupte trägt.«

William Shakespeare

Erster Teil

1

Kurz nach sechs rasselte der Wecker. Sie räkelte sich unter der Decke und streckte einen Arm heraus, um die Glocke abzustellen. Jetzt konnte sie immer noch so tun, als hätte sie ihn nicht gehört. Sie konnte noch einmal einschlafen. Sie mußte ja nicht gehen... es war ja nicht so, als ob... es war nicht so, als ob... und dann klingelte das Telefon.

Verdammt. Kaitlin Harper setzte sich im Bett auf. Ihr langes, braunes Haar hing ihr in Zöpfen geflochten über die Schultern, so wie sie es am Tag zuvor getragen hatte. Ihr Gesicht war tief von der Sonne gebräunt. Das Telefon klingelte wieder, und sie nahm, ein Gähnen unterdrückend, den Hörer ab. Kaitlin hatte einen zarten Mund, der zu lächeln schien, wenn sie glücklich war. Doch heute morgen blickten ihre grünen Augen eine Spur zu ernst in die Welt. Sie war jetzt richtig wach. Es war so einfach, zu schlafen und zu vergessen.

»Hallo, Kate.« Beim vertrauten Klang dieser Stimme lächelte sie. Sie hatte gewußt, daß es nur Felicia sein konnte. Sonst ahnte ja niemand, wo sie sich aufhielt.

»Was machst du denn schon zu dieser Stunde?«

»Ach, das übliche.«

Auf Kates Gesicht erschien ein breites Grinsen. »Um sechs Uhr früh? Das wird schon was sein.« Sie kannte Licia besser. Felicia Norman hatte außerordentliche Schwierigkeiten, sich vor acht aus dem Bett zu erheben, und ihre Sekretärin hatte strikte Anweisungen, bis zehn Uhr vormittags alle lästigen Störungen von ihr fernzuhalten. Sechs Uhr in der Früh war kaum Felicias Stunde. Außer wenn es um Kate ging. Für Kate würde sie sich sogar zu dieser unchristlichen Zeit aus dem Bett quälen. »Hast du denn nichts Besseres zu tun, als dich nach mir zu erkundigen, Licia?«

»Offensichtlich nicht. Also, was gibt's Neues?« Man konnte Felicias Stimme direkt anhören, wie sehr sie sich dazu zwang, wach zu wirken. Ihr sorgfältig geschnittenes, blondes Haar, das normalerweise glatt auf ihre Schultern hinunterhing, lag nun flach auf dem Kopfkissen, während sie mit der Hand ihre müden, eisblauen Augen bedeckte. Wie Kate hatte sie das Gesicht eines Topmodells, nur daß sie schon zwölf Jahre älter war.

»Es gibt nichts Neues, Dummchen. Ich hab' dich lieb. Und mir geht es gut. Ehrenwort!«

»Gut. Ich hatte mir nur gedacht, daß du vielleicht Lust hättest, dich dort mit mir zu treffen.« Dort. Ein undefinierter Begriff für einen nicht näher definierten Ort. Und Felicia war absolut bereit, eine zweistündige Autofahrt auf sich zu nehmen, nur um ihre Freundin ›dort‹ zu treffen. Und wofür? Kate mußte es jetzt allein durchstehen. Das war ihr vollkommen klar. Es ging nicht so weiter, daß sie sich ständig an andere anlehnte. Man konnte doch nicht ewig jemanden belasten. Sie hatte das schon viel zu lange getan.

»Nein, Licia. Ich bin in Ordnung. Außerdem wird man dir noch die Stellung kündigen, wenn du weiterhin mitten in der Arbeit wegrennst, um für mich den Babysitter zu spielen.« Felicia war Direktorin der Modeabteilung eines der elegantesten Kaufhäuser von San Francisco. Kate hatte sie kennengelernt, als sie selbst noch als Mannequin gearbeitet hatte.

»Rede keinen Unsinn. Sie werden mich nicht einmal vermissen.« Doch beide wußten, daß das gelogen war. Was Kate nicht wußte, war, daß Felicia an diesem Nachmittag die Norell-Show, bei der die Winterkollektion vorgeführt wurde, vorbereiten mußte. Und Halston war in drei Tagen dran, Blass die Woche drauf. Das Arbeitspensum überstieg die Vorstellungskraft, selbst die von Felicia. Aber Kate hatte sich aus all dem zurückgezogen und jetzt Abstand gewonnen. Sie dachte nicht mehr in Begriffen wie Saison und Kollektion. Seit Monaten war ihr das nicht mehr in den Sinn gekommen.

»Wie geht es meinem kleinen Freund?« Felicias Stimme war plötzlich weich geworden, als sie die Frage stellte, und Kate mußte wieder lächeln. Diesmal war ihr Lächeln glücklich, während sie mit der Hand über ihren gewölbten Bauch streichelte. Drei Wochen noch... drei Wochen... und Tom...

»Es geht ihm gut.«

»Wie kannst du eigentlich so sicher sein, daß es ein Junge wird? Du hast sogar schon mich davon überzeugt.« Felicia lächelte, als sie an den Packen Babykleidung dachte, den sie letzte Woche im siebten Stock bestellt hatte. »Na ja, wie dem auch sei, es wird besser einer, sonst...« Sie lachten beide.

»Es wird ein Junge! Tom hat gesagt –« Und dann Stille. Die Worte waren ihr so rausgerutscht. »Immerhin, Liebes, ich brauche heute keinen Babysitter. Ehrlich. Du kannst dich ruhig noch mal hinlegen, zwei Stunden schlafen und dann in aller Ruhe arbeiten. Wenn ich dich brauche, rufe ich dich an. Du kannst dich darauf verlassen.«

»Wo hab' ich denn das schon mal gehört?« Felicias Lachen klang tief und weich im Hörer. »Wenn ich auf deine Telefonanrufe warten würde, wäre ich alt und grau, bevor ich etwas von dir hörte. Übrigens, kann ich über dieses Wochenende mal zu dir runterkommen?«

»Schon wieder? Wie hältst du das bloß aus?« Während der letzten Monate hatte Felicia beinahe jedes Wochenende bei ihr verbracht. Inzwischen hatte Kate sich so daran gewöhnt, daß sie sie erwartete. Es war also reine Formsache, wenn Felicia ihren Besuch ankündigte und Kate ein bißchen protestierte.

»Was darf ich dir mitbringen?«

»Nichts! Felicia Norman, wenn du mir noch mehr von dem Umstandszeug mitbringst, werde ich schreien! Wo soll ich deiner Meinung nach all die Kleider tragen? Im Supermarkt? Lady, ich lebe in einem Kuhdorf. Die Männer laufen hier in Unterhemden rum, und die Frauen tragen Hausschürzen, wie du weißt. So sieht das aus!« Kate klang amüsiert.

Felicia dagegen nicht. »Das ist dein eigener, gottverdammter Fehler. Wie oft habe ich dir schon gesagt –«

»Oh, halt den Mund. Ich bin hier glücklich.« Kate lächelte.

»Du bist wahnsinnig. Es muß wohl der Nestinstinkt sein, den du pflegst, seit du schwanger bist. Wart nur, bis das Baby da ist. Dann wirst du wieder zur Vernunft kommen.« Felicia verließ sich darauf. Sie sah sich die ganze Zeit über schon nach einer passenden Wohnung in San Francisco um. Zwei oder drei gute Gelegenheiten hatten sich schon in ihrer Nähe, in Telegraph Hill, geboten. Es war verrückt von Kate, sich zu vergraben. Aber sie würde diese Marotte überwinden. Die erste Begeisterung legte sich bereits jetzt schon. Noch ein paar Monate, und sie würde friedfertig nach San Francisco zurückkehren.

»He, Licia –«, Kate blickte zum Wecker hinüber, »– ich komme jetzt besser in Gang. Ich habe noch drei Stunden Autofahrt vor mir.« Sie drehte sich behutsam unter der Decke, in der Hoffnung, daß sie keinen Wadenkrampf bekäme, der sie mit einem Schrei aus dem Bett springen ließe – sofern sie noch ›springen‹ könnte.

»Ja, und das ist ein weiterer Punkt. Du könntest deine Besuche nächsten Monat mal ausfallen lassen. Jedenfalls so lange, bis das Baby da ist. Es gibt keinen Grund –«

»Licia, ich liebe dich. Bis bald.« Sehr sanft legte Kate den Hörer auf. Diese Rede hatte sie oft genug gehört. Und sie wüßte genau, was sie tat. Es war nur das, was sie tun mußte. Was sie tun wollte. Was hatte sie denn schließlich für eine Wahl? Wie hätte sie jetzt damit aufhören sollen, dorthin zu fahren?

Sie rollte sich langsam aus dem Bett und setzte sich auf den Rand. Dann holte sie tief Luft und blickte aus dem Fenster auf die Bergkette am Horizont. Ihre Gedanken wanderten um Jahre zurück. Ein ganzes Leben lag zwischen damals und heute.

»Tom«, sagte sie zärtlich. Nur noch ein Wort. Ihr war nicht einmal bewußt, daß sie es ausgesprochen hatte. Tom... wie war es möglich, daß er nicht bei ihr war? Wieso ließ er sich nicht gerade nebenan ein Bad einlaufen, wieso sang er nicht unter der Dusche, neckte er sie nicht aus der Küche... war er wirklich weg? Es war erst so kurze Zeit her, daß sie einfach seinen Namen rufen und sofort seine Stimme hören konnte. Er war immer in ihrer Nähe gewesen. Niemals hatte er sie allein gelassen. Groß, blond, wundervoll, Tom, immer von Lachen erfüllt, immer bereit, sie in den Arm zu nehmen, begabt, viele Augenblicke zu wunderbaren Erlebnissen werden zu lassen. Tom, den sie während ihres ersten Jahres auf dem College kennengelernt hatte, als er mit seinem Team in San Francisco gespielt und sie zufällig dieses Spiel gesehen hatte. Hinterher war sie zu einer Party eingeladen, bei der auch jemand von Toms Team war und... Wahnsinn. Und Glück. So etwas war ihr noch nie zuvor passiert. Vom ersten Augenblick an hatte sie sich in Tom verliebt, kaum achtzehn Jahre alt. In einen Footballspieler! Zuerst war ihr der Gedanke komisch vorgekommen. Ein Footballspieler. Aber er war nicht nur das gewesen. Tom war etwas Besonderes. Er war eben Tom Harper. Liebevoll, warmherzig, unendlich rücksichtsvoll. Tom, dessen Vater in einem Kohlebergwerk in Pennsylvania gearbeitet und dessen Mutter als Kellnerin ausgeholfen hatte, um ihm die Schulbildung zu ermöglichen. Tom, der selbst Tag und Nacht und die ganzen Sommer hindurch gearbeitet hatte, um aufs College gehen zu können, und der es mit Hilfe eines Footballstipendiums dann auch endlich geschafft hatte. Er war zu einem Star geworden, später dann Profi und danach erst richtig berühmt. Eine Art Nationalheld. Tom Harper. Und zu dem Zeitpunkt war Kate ihm begegnet. Als er ein Star war. Tom Harper...

»Hallo, Prinzessin.« Sein Blick war wie ein Schauer warmen Sommerregens über sie hinweggeglitten.

»Hallo.« Sie hatte sich dabei ziemlich dämlich gefühlt. Hallo ... war alles, was ihr zu sagen eingefallen war. Nichts als ›hallo‹. Aber dabei hatte sie ein komisches Gefühl im Magen gehabt. Sie hatte wegsehen müssen. Seine strahlenden, blauen Augen waren ihr in dem Augenblick zuviel gewesen. Die Art, wie er lächelte, wie er ihr Gesicht erforschte, sie hatte es nicht aushalten können. Diesem Blick zu begegnen, wäre ebenso schwer gewesen, wie direkt in die Sonne zu sehen.

»Kommst du aus San Francisco?« Dabei hatte er aus seiner immensen Körperhöhe auf sie herabgelächelt. Er besaß die riesige, kraftvolle Gestalt und klassische Körperform, die für seinen Beruf erforderlich waren. Sie fragte sich, was er wohl von ihr denken würde. Vermutlich hielt er sie für blöd, einfach lächerlich, ein Groopie, oder eben ein Kind.

»Ja, ich komme aus San Francisco. Sie auch?« Und sie lachten beide, weil sie genau gewußt hatte, daß er nicht von dort herkam. Jeder wußte, woher Tom Harper stammte. Und sein Team hatte den Stammsitz in Chicago.

»Warum so schüchtern?«

»Ich ... es ... ach, Scheiße!« Dann hatten sie wieder gelacht, und danach war es besser gegangen. Sie hatten die Party heimlich verlassen und waren Hamburger essen gefahren.

»Werden deine Freunde nach dir suchen?«

»Wahrscheinlich.« Sie saß auf dem Barhocker neben ihm, ließ ein Bein frei baumeln und lächelte ihn fröhlich über ihren Hamburger hinweg an. Sie hatte eine Verabredung gehabt, mit irgend jemandem, irgendwo auf der Party. Nun nicht mehr. Jetzt ging sie mit Tom Harper aus. Es war nicht einfach, sich an diesen Gedanken zu gewöhnen. Tom schien so gar nicht dem Bild zu entsprechen, das sie sich auf Grund seiner Legende von ihm gemacht hatte. Er war einfach ein Mann. Und er gefiel ihr. Nicht, weil er berühmt war, sondern weil er nett war. Nein ... es war mehr als das ... aber sie wußte nicht, wie sie es sich erklären sollte. Sie war aufgeregt, und es war ein Gefühl, als flatterte ihr, jedesmal, wenn sie ihn ansah, ein kleiner Schmetterling taumelnd durch die Brust. Sie fragte sich, ob er es wohl bemerkte.

»Machst du das öfter, Prinzessin? Ich meine, Leute einfach auf der Party sitzenlassen?«

»Niemals. Ehrenwort.«

»Tu mir das nie an.«

»Nein, Sir.«

Sie neckten sich den ganzen Abend über und lachten viel, und Kate fühlte sich ihm sofort nahe, aber in gewisser Weise auch eingeschüchtert. Er gab ihr das Gefühl, ein kleines Mädchen zu sein, aber gleichzeitig machte seine Anwesenheit sie sicher, so als hätte sie ihr ganzes Leben darauf gewartet, von ihm beschützt zu werden. Es war eigenartig, aber es gefiel ihr. Nach den Hamburgern waren sie nach Carmel gefahren und am Strand spazierengegangen. Er hatte nicht versucht, sie zu verführen. Sie waren nur am Wasser entlanggelaufen, hatten sich an den Händen gehalten und sich gegenseitig die Geheimnisse und Wichtigkeiten ihrer Kindheit erzählt, bis die Sonne aufgegangen war... »Wart nur, bis ich dir das erzählt habe...«

»Kate, du bist ein wundervolles Mädchen. Was willst du tun, wenn du erwachsen bist?« Sie hatte auf diese Frage hin gelacht und ihm eine Handvoll Sand in den Hemdkragen geschüttet, der sanft seinen Rükken hinuntergerieselt war. Er rächte sich auf dieselbe Weise, und sie hatte sich gefragt, ob er sie wohl küssen würde. Er hatte es nicht getan. Dabei hatte sie es sich verzweifelt gewünscht. »Laß das. Ich meine es ernst. Was willst du machen?«

Sie hatte sich zurückgelehnt und mit den Schultern gezuckt: »Ich weiß es nicht. Ich habe ja gerade erst mit dem College angefangen. Vielleicht werde ich mein Examen in Politikwissenschaften machen oder in Literatur. Alles sehr nützliches Zeug, weißt du. Was soll's? Vermutlich werde ich die Schule abschließen und dann irgendwo einen Job kriegen, vielleicht Kosmetik bei ›Saks‹ verkaufen.« Oder von zu Hause weglaufen, oder ein Ski-As werden oder Lehrerin oder Krankenschwester oder Feuerwehrmann oder... zum Teufel, wie sollte sie das jetzt schon wissen? Es war dumm von ihm, so zu fragen.

Er hatte sie wieder angelächelt, strahlend mit seinen blauen Augen, so daß ihr ganz warm geworden war. »Wie alt bist du, Kate?« Er war voller Fragen, und wieder und wieder sah er sie an, als hätte er sie schon ein ganzes Leben lang gekannt. Diese Frage schien nur Formalität gewesen zu sein. Irgendwie war es ihr vorgekommen, als wüßte er alle Antworten schon im voraus.

»Letzten Monat bin ich achtzehn geworden. Und du?«

»Achtundzwanzig, Liebling. Zehn Jahre älter als du. Ich bin schon fast über den Berg. In meinem Beruf sowieso.« Als er das sagte, verzerrte sich sein Gesicht.

»Und wenn du dich zurückziehst?«

»Verkaufen wir gemeinsam Kosmetik bei Saks!« Bei der Vorstellung mußte sie lachen. Er war gut ein Meter fünfundneunzig oder sechsundneunzig. Es war absurd, sich vorzustellen, daß Tom Harper etwas Kleineres als ein Schlachtschiff verkaufen würde.

»Was machen denn Footballspieler so, wenn sie sich aus dem Geschäft zurückgezogen haben?«

»Heiraten. Kinder kriegen. Bier saufen. Fett werden. Versicherungen verkaufen. Alles, was das schöne Leben so zu bieten hat.« Er sagte es halb ironisch, halb ängstlich und ernst.

»Klingt großartig.« Sie lächelte sanft und blickte weit aufs Meer hinaus, als er seinen Arm um sie legte.

»Eigentlich nicht.« Eine lange Weile wirkte er sehr nachdenklich. Dann sah er sie offen an. »Ist Heiraten und Kinderkriegen wirklich so großartig für dich?«

Sie zuckte die Achseln. »Ich glaube. Aber das scheint alles noch so weit weg. Für mich wenigstens.«

»Du bist jung.« Seine Stimme war so nüchtern, daß sie lachen mußte.

»Ja, Opa.«

»Was hast du wirklich vor, wenn du mal mit dem College fertig bist?«

»Wirklich? Nach Europa gehen. Ich möchte ein paar Jahre weg von hier. Arbeiten, alles anschauen, was sich so bietet. Ich glaube, daß ich die Nase bis dahin von der Schule und der Disziplin voll haben werde.« Bis dahin waren es noch drei Jahre.

»So nennst du das also: Disziplin.« Er grinste still in sich hinein, als er an die Gruppe etwas flegelhafter Kinder von reichen Eltern dachte, mit der er sie zur Party hatte kommen sehen. Alle gingen aufs Stanford College. Alle hatten Geld, schicke Kleidung, und vor dem Haus hatte er einen Morgan und einen brandneuen Corvette parken gesehen. »Wohin willst du in Europa?«

»Wien oder Mailand, vielleicht Bologna oder München. Ich hab' mich noch nicht entschieden.«

»Tsk.«

»Ach, halt die Klappe.« Wieder überwältigte sie der Drang, ihn zu küssen. Sie blickte ruhig in die Morgendämmerung. Da saß sie auf dem Strand an Tom Harpers Seite. Die Hälfte aller Frauen im Lande hätten allein bei dem bloßen Gedanken angefangen durchzudrehen. Doch sie beide saßen da wie kleine Kinder, die Arme umeinander gelegt, und sprachen in aller Ruhe über die Zukunft. Ihre Eltern hätten wohl den Verstand verloren, wenn sie sie gesehen hätten. Sie lachte.

»Wie ist deine Familie eigentlich so?« Als hätte er ihre Gedanken gelesen.

»Muffig. Aber nett, nehme ich an. Ich bin ihr einziges Kind, und sie bekamen mich ziemlich spät. Sie setzen hohe Erwartungen in mich.«

»Und die erfüllst du?«

»Meistens. Ich sollte das allerdings nicht tun. Ich habe sie zu sehr verwöhnt. Jetzt bilden sie sich ein, daß sie alle meine Wege bestimmen könnten. Das ist einer der Gründe, warum ich für ein paar Jahre nach Europa möchte. Ich könnte dort sogar ein Jahr lang auf die Universität gehen. Oder schon im nächsten Sommer rüberfahren.«

»Natürlich bezahlt das dein Daddy.« Er klang etwas spitz, und sie wandte ihm zornig das Gesicht zu. Ihre grünen Augen funkelten.

»Nein. Ich kann mein Geld allein verdienen. Eigentlich möchte ich meine Reise lieber selbst bezahlen. Ich kann auch drüben einen Job finden.«

»Tut mir leid, Prinzessin. Ich dachte nur, ich weiß nicht... all die Leute, mit denen du da heute abend aufgetaucht bist, sahen ziemlich nobel aus. Ich kenne diese Sorte. Als ich in Michigan war, habe ich nur solche Leute getroffen, aus Grosse Pointe, Scottsdale, weiß der Himmel. Es ist immer dasselbe.«

Kate nickte. Sie war absolut seiner Meinung, aber sie konnte es nicht so leicht ertragen, mit diesen Gören in einen Topf geworfen zu werden. Ihr war klar, was er gemeint hatte. Obwohl sie sich bisher nicht dagegen aufgelehnt hatte, hatte ihr diese Art Leben nie sehr gefallen. Alle lebten so im Überfluß, nie gab es Mangel an etwas. Keine Zwänge, Klagen, Fragen oder Zweifel. Sie hatten alle so viel von allem, und Kate war keine Ausnahme. Nur war sie sich dessen bewußt.

»Wie hast du das gemeint, ich meine, wie verdienst du dir dein Geld?« Er blickte sie amüsiert an.

Sie war verärgert. »Ich arbeite als Mannequin.«

»Wirklich? Für Illustrierte und so?« Das war eine echte Überraschung. Sie hatte das richtige Aussehen, aber er hätte sich nie vorgestellt, daß sie so etwas tun würde. Trotzdem, es paßte zu ihr. Beinahe war er beeindruckt. Sein verblüffter Blick besänftigte ihren Ärger wieder etwas.

»Alles mögliche. Im letzten Sommer habe ich einen Werbespot gemacht. Die meiste Zeit werde ich zu Modenschauen gerufen. Magnin, Saks, solche Läden eben. Es ist manchmal schon lästig, deswegen in die Stadt fahren zu müssen, aber ich werde dafür anständig bezahlt, und das Geld verschafft mir ein wenig Unabhängigkeit. Und manchmal macht mir die Arbeit auch ein bißchen Spaß.« Er sah sie vor sich auf dem Laufsteg, halb Fohlen, halb Kitz, schlank und groß, und um ihren Körper ein Fünfhundert-Dollar-Kleid. Vielleicht ließ man sie auch gar nicht solche Sachen vorführen. In jedem Fall hatte sie das Zeug dazu, solche Kleider mit Eleganz zu tragen. Tom hatte nur wenig Ahnung von Mode, aber in diesem Fall hatte er richtig geraten.

»Möchtest du das in Europa tun, um dir die Schule zu finanzieren? Willst du als Modell arbeiten?« Die Idee schien Tom gar nicht zu gefallen. Doch sein Arm lag immer noch um ihre Schultern, und Kate fühlte sich ausgesprochen wohl.

»Nur, wenn ich am Verhungern bin. Eigentlich möchte ich ganz andere Dinge tun.«

»Was zum Beispiel?« Er zog sie näher an sich. Im Augenblick schien er gleichzeitig viel älter und trotzdem jünger als sie zu sein. Und zum ersten Mal in ihrem Leben hatte Kate Verlangen danach, mit einem Mann zu schlafen. Das war verrückt. Sie war noch Jungfrau und wußte außerdem überhaupt nichts über Tom. Bis jetzt jedenfalls nicht. Aber er war der Typ Mann, von dem man sich wünschte, entjungfert zu werden. Sie konnte ihn sich gar nicht anders als sanft und zärtlich vorstellen. »Nun komm schon, Kate. Welche anderen Dinge möchtest du in Europa machen?« Es klang ein bißchen neckend, und sie mußte wieder lächeln. Schon immer hatte sie sich einen großen Bruder gewünscht, der genau auf diese Art mit ihr geredet hätte.

»Ich weiß es nicht. Vielleicht werde ich für eine Zeitung arbeiten, oder ein Magazin? Ja, Reporterin in Paris oder Rom, das wär' was!« Ihr Gesicht erhellte sich, und er fuhr ihr durch die Haare.

»Hör mal, Schatz, warum läßt du dich nicht als Mannequin hier nieder und lebst wie eine richtige Lady? Wozu willst du Mördern und Brandstiftern hinterherjagen? Außerdem könntest du das ebensogut hier tun, auf englisch! Verdammt!«

»Mein Vater bekäme einen Nervenzusammenbruch.« Sie kicherte.

»Ich auch.« Er zog sie fest in seine Arme, als könne er sie so vor allem Bösen in der Welt abschirmen.

»Tom Harper, du bist ein Angsthase. Ich kann verdammt gut schreiben. Und ich werde eine ausgezeichnete Reporterin werden.«

»Wer sagt, daß du gut schreiben kannst?«

»Ich. Und eines Tages werde ich ein Buch schreiben.« So. Jetzt war's draußen. Sie sah auf den Boden und schwieg.

»Du meinst das ernst, nicht wahr, Kate?« Seine Stimme war so sanft wie das erste Tageslicht. Sie nickte. »Dann wirst du es eines Tages vermutlich auch tun.« Unendlich vorsichtig, wie auf Zehenspitzen, wählte er seine Worte, um ja keinen ihrer Träume zu zertrampeln. »Ich habe mir auch mal gewünscht, ein Buch zu schreiben. Aber die Idee habe ich bald aufgegeben.«

»Warum?« Ihr Blick war entsetzt, und er bemühte sich, ernst zu bleiben. Die Intensität ihres Ausdrucks rührte ihn.

»Ich habe die Idee fallenlassen, weil ich einfach nicht schreiben kann. Vielleicht wirst du das Buch eines Tages für mich schreiben.« Lange Zeit saßen sie still nebeneinander, blickten aufs Wasser hinaus und freuten sich an der kühlen Brise, die über ihre Gesichter strich. Er hatte ihr einen Parka geliehen. Sie kuschelten sich aneinander. Es dauerte eine Weile, bis er ihr Schweigen unterbrach.

»Was haben deine Eltern mit dir vor?«

»Später?« Er nickte. »Ach, irgend etwas ›Angenehmes‹. Einen Museumsjob vielleicht oder Universitätsassistentenstelle oder eine weiterführende Schule. Am besten würden sie es wohl finden, wenn ich einen netten Mann heiraten würde. Langweiliges Zeug. Was ist mit dir? Was wirst du tun, wenn die Zeitungen damit aufhören, uns täglich zu berichten, was für ein wunderbarer Footballspieler du bist?« Sie sah aus wie ein Kind, als sie sich im Sand ausstreckte, aber in ihren Augen lauerte der Blick einer Frau. Tom Harper sah es.

»Das habe ich dir schon gesagt. Ich werde mich zurückziehen, und wir werden gemeinsam dieses Buch schreiben.« Sie sagte nichts mehr. Still saßen sie nebeneinander und beobachteten den Sonnenaufgang. Danach fuhren sie nach San Francisco zurück.

»Möchtest du noch mit mir frühstücken, bevor ich dich zu Hause absetze?« Sie waren jetzt in Palo Alto, und der kleine britische Sportwagen, den er für den Aufenthalt in der Stadt gemietet hatte, fuhr schon fast an der Straße, in der sie wohnte, vorbei.

»Ich sollte besser nach Hause gehen.« Wenn ihre Mutter angerufen und herausgefunden hätte, daß sie die ganze Nacht über weggewesen war, müßte sie sich schon eine verdammt gute Erklärung ausdenken. Aber vermutlich hatten die Mädchen eine Ausrede gefunden. Kate deckte sie schließlich auch immer. Zwei von den vieren waren nicht mehr Jungfrauen, und die dritte bemühte sich krampfhaft, diesen Status zu ändern. Kate hatte sich nie richtig dafür interessiert – jedenfalls nicht, bis Tom aufgetaucht war.

»Wie wär's mit heute abend?«

Sie sah ihn niedergeschlagen an. »Ich kann nicht. Ich habe meinen Eltern versprochen, mit ihnen zu Abend zu essen. Sie haben Karten für ein Konzert. Hinterher?« Mist, Mist, verdammter Mist. Danach würde er die Stadt verlassen, und dann würde sie ihn niemals wiedersehen.

Ein eigenartig ernster Ausdruck erschien auf ihrem Gesicht. Tom Harper hatte den Wunsch, sie zu küssen. Nicht wie ein Kind, nein, wie eine Frau. Er wollte sie in seinem Arm spüren und fühlen, wie ihr Herz gegen seine Brust schlug. Er wollte... er zwang sich, diese Gefühle zu verdrängen. Sie war zu jung.

»Danach habe ich keine Zeit mehr, Prinzessin. Wir spielen morgen. Ich muß spätestens um zehn im Bett sein. Mach dir nichts draus. Vielleicht können wir morgen noch ein paar Minuten für uns beide rausschlagen, bevor das Team abfliegt. Hast du Lust, mich zum Flughafen zu begleiten?«

»Klar.« Der verzweifelte Ausdruck erhellte sich ein klein wenig.

»Möchtest du morgen zum Spiel kommen?« Dann mußte er über sie lachen. Etwas in ihrem Gesicht war komisch. »Oh, sag die Wahrheit. Du kannst Football nicht ausstehen, nicht wahr?«

»Doch, doch.« Aber auch sie mußte lachen. Er hatte sie ertappt. »Ich verabscheue es nicht gerade.«

»Aber du bist auch nicht besonders scharf drauf, habe ich recht?« Er schüttelte lachend den Kopf. Das war ja perfekt. Ein Kind, ein Collegemädchen, aus einer reichen Oberschichtfamilie. Es war verrückt. Total verrückt.

»Also gut, Mr. Harper. Was ist schon dabei? Ist es wirklich so wichtig, daß ich nun zufällig nicht der heißeste Footballfan der Welt bin?«

Er sah mit einem breiten Grinsen zu ihr hinunter und schüttelte den Kopf. »Nee! Nicht ein bißchen!« Die Vorstellung amüsierte ihn. Groopies hingen ihm zum Hals heraus. Und dann standen sie plötzlich vor ihrem Haus, und alles war vorüber. »Na gut, Schätzchen. Ich ruf' dich später an.« Sie wollte ein Versprechen von ihm, wollte ihn fragen, ob er sie auch ganz bestimmt anrufen würde, wollte ihm sagen, daß sie das Essen mit den Eltern absagen würde. Aber was, zum Teufel..., er war schließlich Tom Harper und sie nichts weiter als noch so ein kleines Mädchen. Er würde sie nie wieder anrufen. Sie baute zwischen sich und ihm eine Atmosphäre undurchdringlicher Indifferenz auf, nickte, lächelte unverbindlich und schlüpfte aus dem Wagen. Bevor ihre Füße den Boden erreichten, wurde sie zurückgezogen. Tom Harper hielt sie mit energischem Griff am Arm. »He, Kate! So kannst du nicht gehen. Ich hab' dir gesagt, daß ich anrufen werde, und, verdammt noch mal, ich werde es auch tun.« Auch das hatte er also verstanden. Er verstand alles. Sie drehte sich um und sah ihn erleichtert an.

»Ja, ich hatte nur gedacht...« Der Griff um den Arm lockerte sich, mit einer Hand strich er zärtlich über ihre Wange.

»Ich weiß, was du dir gedacht hast, aber du tust mir unrecht.«

»Tue ich das?«

»Ja.« Es war das sanfteste Wort, das sie je gehört hatte. »Nun geh und schlaf ein bißchen. Ich rufe dich später an.«

Und das hatte er getan. Er hatte an jenem Morgen zweimal angerufen und dann noch einmal spät in der Nacht, nachdem sie mit ihren Eltern vom Konzert nach Hause gekommen war. Da hatte er schon im Bett gelegen, aber nicht einschlafen können. Sie hatten sich für den nächsten Tag nach dem Spiel verabredet, aber dann wurde alles ganz anders. Zu hektisch, zu verkrampft. Sie hatten das Spiel gewonnen, und er war von allen Leuten zu sehr in Anspruch genommen. Kate war nervös gewesen. Sie waren nicht am Strand von Carmel, und sie saßen auch nicht in der Morgendämmerung. Sie litt unter dem Wirbel, der Tom umgab, der nun mit ihr kurz vor dem Abflug zum nächsten Spiel nach Dallas an einer übervölkerten Bar in der Flughafenhalle saß. Andere Teamspieler kamen zu ihnen und gingen nach kurzem Gruß wieder, einige winkten ihm zu, zwei Frauen verlangten ein Autogramm, der Barmann hing mit seinen Blicken ständig an ihnen und zwinkerte ab und zu anzüglich. Andauernd drehte sich jemand nach ihnen um, starrte neugierig und begann dann mit dem Nebenmann zu flüstern, in ihre Richtung zu nicken... da drüben... Tom Harper?... wo?... zum Teufel, ja!... Tom Harper! Es war sehr verwirrend.

»Kommst du mit nach Dallas?«

»Was?!« Sie war schockiert. »Wann?«

»Jetzt.«

»Jetzt?«

Er lachte über ihren Gesichtsausdruck. »Warum nicht?«

»Du bist verrückt. Ich muß doch... ich habe Prüfungen...« Der

Blick eines verängstigten Mädchens traf seine Augen, und plötzlich verstand Tom noch etwas. Mit ihm nach Carmel zu fahren hatte für sie einen Vertrauensakt bedeutet. Sie hatte ihr Herz in die Hand genommen, Mut bewiesen. Aber das hatte sie noch verkraftet. Ein Flug nach Dallas – das war ein größeres Kaliber. In Ordnung. Er verstand das jetzt. Er mußte sanfter, langsamer vorgehen. Dieses Mädchen war etwas ganz Besonderes.

»Immer mit der Ruhe, Prinzessin. Es war ja nur Spaß. Aber wir könnten uns mal woanders treffen, nach deinen Prüfungen. Wie wär's?« Er hatte das ganz leise gesagt und darum gebetet, daß in diesem Augenblick kein Reporter oder Autogrammjäger auftauchen würde. Sie blieben allein. Als sie ihn forschend ansah, hatte er den Atem angehalten.

»Ja, das wäre möglich.« Sie hatte innerlich vor Spannung gezittert, aber das war ein herrliches Gefühl gewesen.

»Gut, wir reden noch darüber.« Er hatte nicht versucht, sie zu bedrängen, und auf dem Weg zum Ausgang hatten sie sich geneckt und miteinander gelacht. Dann hatten sie einen Augenblick stumm voreinander gestanden, und sie fragte sich, ob er sie nun wohl küssen würde oder nicht. Er hatte sich mit einem zärtlichen Lächeln zu ihr heruntergebeugt und sie ganz sanft geküßt. Sie hatte die Arme um ihn geschlungen, und er zog sie fest an sich und gab ihr einen leidenschaftlichen Kuß. Es hatte ihr fast den Atem genommen, und ihr schwirrte der Kopf. Dann war's vorbei. Er war weggegangen. Sie hatte allein am Ausgang gestanden.

In derselben Nacht rief er sie an. Dann jede Nacht, einen ganzen Monat lang. Er hatte sie eingeladen, immer wieder, zu allen Orten, an denen er spielte. Aber sie konnte nicht fahren. Entweder war ihr Stundenplan zu voll gewesen, oder sie hatte als Modell arbeiten müssen, oder ihre Eltern hatten etwas mit ihr vorgehabt, oder... sie war sich auch noch gar nicht sicher, ob sie diesen Schritt schon wirklich wagen wollte. Sie hatte es schon geglaubt, doch... Sie hatte es Tom nie erklären müssen. Er hatte es auch so verstanden.

»Was versuchst du mir eigentlich klarzumachen, Prinzessin? Daß ich dich nie wiedersehen darf?«

»Natürlich nicht. Bis jetzt hatte ich bloß keine Zeit. Das ist alles.«

»Quatsch! Du wirst deinen dünnen, kleinen Hintern nächstes Wochenende einfach ins Flugzeug nach Cleveland setzen, und damit basta. Ich komme selbst zum Flughafen und hole dich ab.« In seiner

Stimme war immer ein Lachen. Seine sanfte Ruhe gab ihr immer wieder das Gefühl, daß sie sicher sein könnte. Er war der zärtlichste Mann, den sie je kennengelernt hatte. Und er schien, mit Recht, ein wenig verärgert zu sein. Immer wieder bestand er darauf, daß sie ihn besuchte. Das hatte seine Gründe. Er wollte sie von zu Hause weg haben. Weg von den Zimmergenossinnen, Eltern und Schuldgefühlen. Er wollte ihr nicht nur die eine Nacht schenken, er wollte Flitterwochen.

»Ja, meine Liebe, die Stadt heißt Cleveland, nicht Mailand. Tut mir leid.«

»Das sollte es auch.«

Aber sie war hingeflogen. In Cleveland hatten sie sich die meiste Zeit versteckt gehalten. Aber ihr Zusammensein mit Tom war ein Traum gewesen. Er hatte schon an der Gepäckausgabe auf sie gewartet, nachdem sie aus dem Flugzeug gestiegen war, und das strahlende Lächeln auf seinem Gesicht war glücklicher gewesen, als sie es je zuvor gesehen hatte. Er hatte einfach nur dagestanden und beobachtet, wie sie auf ihn zugegangen war, mit einer langstieligen, korallenfarbenen Rose in der Hand. Er hatte für die Tage ein Haus von dem Cousin eines Mitspielers gemietet. Es war nicht allzu luxuriös gewesen, aber freundlich, nett und warm. Genau wie Tom, bescheiden, zärtlich, liebevoll. Genauso hatte er sie behandelt. Er war so zärtlich, als sie miteinander schliefen, daß sie diejenige gewesen war, die noch ein zweites Mal gewollt hatte. So hatte er es sich gewünscht. Sie sollte sich nach ihm sehnen. Verlangen nach ihm haben. Und von diesem Augenblick an hatte sie zu ihm gehört. Das hatten beide gespürt.

»Ich liebe dich, Prinzessin.«

»Ich liebe dich auch.« Dabei hatte sie ihm scheu in die Augen geblickt, ihr Haar feucht und zart auf einer Schulter. Schon vom ersten Augenblick an hatte es sie überrascht, wie wenig Verlegenheit sie im Zusammensein mit ihm empfunden hatte.

»Willst du mich heiraten, Kate?«

»Willst du mich auf den Arm nehmen?« Ihre Augen waren weit aufgerissen. Sie hatten nackt nebeneinander auf dem Bett gelegen und in die sterbende Glut im Kamin geguckt. Es war fast drei Uhr in der Früh gewesen, und Tom hatte am nächsten Tag ein Spiel vor sich. Es war das erste Mal in seinem Leben gewesen, daß ihm etwas wichtiger war als sein Spiel.

»Nein, Kate. Ich meine es ernst.«

»Ich weiß es nicht.« Doch in ihren Augen funkelte Interesse auf. Gerade genug, um ihm Hoffnung zu geben. »Ich habe an so etwas noch nie gedacht. Das schien alles noch so weit weg zu liegen. Ich bin doch erst achtzehn, und...« Sie hatte zu ihm aufgesehen, eine Mischung von Ernst und Spitzbübigkeit in ihrem Gesicht. »...meine Eltern würden ausflippen.«

»Meinetwegen, oder wegen deines Alters?« Aber er hatte sie verstanden. Sie zögerte und suchte nach den richtigen Worten. »Ist schon gut. Ich weiß, was in dir vorgeht.« Er hatte ihr zugelächelt, aber dabei sehr verletzt ausgesehen, und sie hatte ihm schnell die Arme um den Hals geworfen.

»Ich liebe dich, Tom. Und wenn ich dich heiraten würde, dann nur, weil ich dich liebe. Ich liebe dich, den Menschen Tom Harper und deine Art. Ich meine, ich mag dich, weil du Tom bist, und nicht das ganze andere Brimborium. Und mich schert es einen Dreck, was die Leute darüber denken und sagen werden. Es ist nur... ich habe eben noch nie darüber nachgedacht. Ich glaube, ich hatte mir einfach vorgestellt, daß ich mich mal ein paar Jahre so rumtreiben lasse.«

»Das ist Blödsinn, Liebling, du bist kein Herumtreiber.« Und beide wußten, daß er recht hatte. Trotzdem war es verrückt. Sie war doch diejenige, die sich wünschen sollte, geheiratet zu werden, und da saß er vor ihr und offerierte ihr alles Glück auf einem silbernen Tablett. Einen kurzen Augenblick lang spürte sie ein immenses Machtgefühl. Sie war jetzt eine Frau. Und mehr noch, sie war Tom Harpers Frau.

»Wissen Sie was, Sir? Sie sind großartig.« Sie lehnte sich an ihn und lächelte mit geschlossenen Augen. Er sah liebevoll auf ihr zartes Gesicht hinab.

»Sie sind auch großartig, Miß Kaitlin.«

Sie zog eine Grimasse. »Ich hasse diesen Namen.«

Aber als er sie küßte, vergaß sie alles. Und dann hüpfte er aus dem Bett und ging in die Küche, um sich ein Bier zu holen. Sie sah ihm nach und betrachtete dabei die breiten Schultern, seine schmalen Hüften, die langen Beine. Leichtfüßig wandelte Tom Harper, die Nacktheit seines Körpers genießend, durch den Raum. Er war ein außergewöhnlich gutaussehender Mann. Plötzlich drehte er sich um und lächelte ihr zu. Schnell wandte sie den Blick ab und guckte errötend in die Glut. Sie war verlegen, und obwohl sie den Blick starr von ihm weghielt, blieb die Röte auf ihrem Gesicht noch eine Weile.

Er setzte sich wieder neben sie auf das Bett und gab ihr einen Kuß.

»Du mußt keine Angst davor haben, mich anzusehen, Prinzessin. Das ist ganz normal.«

Sie nickte und nahm einen Schluck aus seinem Bierglas.

»Du bist wunderschön«, sagte sie leise. Langsam streichelte er ihr mit seiner warmen Hand über den Rücken und dann über die Brüste.

»Und du bist verrückt. Weißt du, ich hatte gerade eine wunderbare Idee. Du willst mich jetzt noch nicht heiraten, okay, aber wie wär's, wenn wir mal für eine Zeit zusammenleben würden?« Der Gedanke gefiel ihm sehr. Erfreut lächelte er sie an. Kate war zuerst überrascht, dann lächelte auch sie.

»Du bist wirklich erstaunlich, weißt du das? Ich habe das Gefühl, du holst mir die Sterne mit einem blauen Satinband vom Himmel.« Dabei hielt sie seinen Blick mit ihren Augen fest.

»Hättest du lieber roten Samt?«

Sie schüttelte den Kopf.

»Nun, was ist?«

»Können wir noch ein bißchen warten?«

»Warum? Kate, wir empfinden etwas ganz Seltenes, und wir wissen es beide. Wir kennen uns gegenseitig schon besser als irgend jemand anderen auf dieser Welt. Im letzten Monat haben wir täglich am Telefon gehangen und alle Gedanken, Träume, Ängste und Hoffnungen ausgetauscht. Nichts ist verborgen geblieben. Wir wissen doch alles, was wir von uns wissen müssen, oder?«

Sie nickte. Hinter ihren Lidern spürte sie Tränen aufsteigen. »Aber was ist, wenn die Dinge sich ändern? Was passiert, wenn...« Und dann wurde ihm plötzlich klar, was ihr so ein großes Problem bereitete.

»Deine Eltern?« Jetzt nickte sie traurig. Er hätte es sowieso herausgefunden.

»Das kriegen wir schon hin, Prinzessin. Keine Sorge. Und wenn du deine Zeit brauchst, um dich an den Gedanken zu gewöhnen, dann nimm sie dir. Sieh doch mal alles ein bißchen leichter, mach dieses Schuljahr zu Ende, und dann sehen wir weiter.« Die Wartezeit würde ihm nicht allzu schwerfallen. Es dauerte ja nur noch sechs Wochen, bis dieses Collegejahr vorbei war, und dann kam der Sommer. Er spürte, daß die Sache beschlossen war. Und insgeheim wußte sie das auch.

Er ließ seine Zunge langsam, ganz langsam und unendlich sanft von ihrem Mund zum Hals hinabgleiten, spielte zärtlich mit ihren Brustwarzen, umkreiste sie mit der Zunge, bis Kate sich vor Behagen unter seinen Händen zu winden begann. Er hatte ein wenig Angst, es in dieser Nacht zum dritten Mal zu versuchen – schließlich wollte er ihr nicht weh tun. Deshalb ging er ganz langsam vor und zeigte ihr alle Zärtlichkeit, zu der er fähig war, ließ seine Zunge vorsichtig die Innenseiten ihrer Schenkel entlanggleiten, bis er sie leise stöhnen hörte. Es war eine Nacht, an die sie sich später immer mit zärtlichen Gedanken erinnerte.

Auf dem Flug zurück nach San Francisco hatte sie geweint. Sie hatte das Gefühl, man hätte sie mit Gewalt von ihm, von ihren Wurzeln fortgerissen. Jetzt, wo sie ihm gehörte, brauchte sie ihn. Als sie in das Haus in Palo Alto zurückkehrte, standen Rosen für sie da, von Tom. Er kümmerte sich mit einer Sorgfalt um sie, die sie nicht einmal von ihren Eltern her gewohnt war. Ihre Eltern waren so distanziert und kühl, daß sie kein Interesse für ihre Bedürfnisse zeigten. Tom war niemals so zu ihr gewesen und würde es nie sein. Er rief sie zwei- oder dreimal täglich an, und sie sprachen dann lange miteinander. Er schien ständig bei ihr zu sein. Am Wochenende nach ihrem Clevelandbesuch flog er nach San Francisco und mietete wiederum ein kleines Häuschen von einem Teamkollegen. Dabei ging er immer sehr vorsichtig und diskret vor, um sie vor den Reportern abzuschirmen. Als das Schuljahr dann vorüber war, wußte sie, daß sie mit ihm zusammensein mußte. Beide waren jetzt wochenlang kreuz und quer durchs Land geflogen, und ihr war klar, daß diese Lebensweise mehr als wahnsinnig war. In der Woche nach Schulschluß wurde sein Vertrag mit dem San Francisco-Team gültig. Nun war die Sache perfekt. Sie konnten sich jetzt eine gemeinsame Wohnung in der Stadt mieten, und Kate reiste von nun an mit ihm zu allen Spielen. Sie waren immer zusammen, und Kate fühlte sich ganz sicher. Tom war zur Hauptsache in ihrem Leben geworden. Die Schule könnte sie irgendwann später immer noch beenden – verdammt noch mal, wer wußte das schon? Vielleicht würde sie zwei oder drei Jahre später dorthin zurückkehren. Es handelte sich schließlich nur um einen Aufschub. Vielleicht, sobald Tom sich von seiner Arbeit zurückzog. Schule war ja nicht das Wichtigste im Leben.

Diese Ansicht aber teilten ihre Eltern ganz und gar nicht.

»Bist du denn von allen guten Geistern verlassen, Kaitlin?« Von seinem traditionellen Standplatz am Kamin starrte ihr Vater sie ungläubig an. Er hatte das Wohnzimmer in gleichmäßigem Schritt hin und her durchmessen und war schließlich an dem Platz stehengeblieben, um sich mit einem Ausdruck unendlicher Verzweiflung zu ihr umzudrehen. »Einfach die Schule zu verlassen! Und wozu? Um mit diesem Mann zu leben?! Ein uneheliches Kind zu kriegen?! Oder vielleicht noch ein Baby von einem anderen Mann auf die Welt zu bringen? Ich bin sicher, daß er genug Teamkollegen haben wird, die sich dieser Pflicht nur allzu gern hingeben würden.« Er zwinkerte mit den Augenlidern, während er seine Ansichten immer deutlicher zum Ausdruck brachte. Kate sah, wie Tom am anderen Ende des Zimmers zusammenzuckte.

»Daddy, darum geht es nicht. Ich werde von niemandem ein Kind bekommen. Jedenfalls noch nicht.« Ihre Stimme zitterte.

»Nein? Wie willst du das wissen? Hast du überhaupt eine Vorstellung, was für eine Art Leben du mit diesem Mann führen wirst? Welche Art niederes, miserables Unterschichtleben solche Athleten führen? Was erwartest du dir eigentlich? In Bars herumzusitzen und auf dem Fernseher Footballspiele anzusehen, um jeden Dienstag mal mit ihm Bowlingspielen gehen zu können?«

»Um Himmels willen, Daddy, ich habe doch nur gesagt, daß ich ein Semester lang mit der Schule aussetzen möchte und daß ich Tom liebe. Wie kannst du behaupten...«

»Das ist sehr einfach. Du weißt überhaupt nicht, was du tust.« Seine Stimme drückte grenzenlose Verachtung aus, und Kates Mutter, die mit steifem Rücken auf ihrem Stuhl saß, nickte nur still und zustimmend vor sich hin.

»Darf ich Sie kurz mal unterbrechen, Sir?« Es war das erste, was Tom einzufügen wagte, seit der Streit begonnen hatte. Er hatte Kate nur begleiten wollen, um ihr moralischen Beistand zu bieten. Ihm war klar, daß die Angelegenheit allein zwischen Kate und ihren Eltern ausgehandelt werden mußte. Er hatte ihr Rückendeckung geben wollen, anstatt sich einzuschalten, aber jetzt sah er keine Möglichkeit mehr, sich herauszuhalten. Kates Vater verlor die Kontrolle über sich selbst, und darüber hinaus schien er seine Verachtung zu genießen. Das war in seinen Augen zu lesen.

Mit einem Ausdruck ruhiger Gefaßtheit wandte Tom sich jetzt Kates Vater zu. »Ich fürchte, Sie haben eine etwas erschreckende Ansicht über die Art, wie ich mein Leben führe. Sie haben recht, ich arbeite weder als Anwalt noch als Finanzmakler, und Football hat in keinster Weise Ähnlichkeit mit einer intellektuellen Beschäftigung, aber trotzdem bestimmt es mein Leben. Es ist ein durch und durch harter Job, der tägliche körperliche Kraftarbeit verlangt. Und die Leute, die in diesem Beruf arbeiten, sind nicht anders als andere Leute auch. Wie überall gibt es gute und schlechte, dumme und intelligente. Doch Kate wird in keiner Weise eng mit dem Team in Berührung kommen. Mein Privatleben ist extrem ruhig und bürgerlich, und es sollte mich sehr überraschen, wenn sie aufgrund der Ausnahmen –«

Mit einem wütenden Blick schnitt ihr Vater ihm das Wort ab. »Ich nehme an, daß *Sie* eine dieser Ausnahmen sind, Mr. Harper. Ganz einfach. Und was dich betrifft, Kate, wenn du das wirklich tust, wenn du die Schule verläßt, wenn du uns die Schande antust, uns in dieser Weise zu erniedrigen, bist du meine Tochter gewesen. Ich will dich in diesem Hause nie mehr wiedersehen. Du kannst dir von deinem persönlichen Eigentum einpacken, was du willst, und dann kannst du gehen. Weder ich noch deine Mutter haben mit dir von jetzt an noch irgend etwas zu tun. Ich verbiete dir, noch einmal mit uns Kontakt aufzunehmen.«

Kate sah beide mit tränenstarrem Blick an. Schmerz und Wut wühlten in ihr.

»Hast du mich verstanden?«

Sie nickte, ohne den Blick von ihm abzuwenden.

»Wirst du deine Meinung ändern?«

»Nein. Niemals.« Sie holte tief Luft. »Und ich finde, du bist ungerecht. Und außerdem finde ich dich... sehr unfreundlich.« Ihre Stimme setzte einen Moment aus, ein Schluchzen, das sie in der Kehle zu unterdrücken versuchte.

»Nein, ich bin im Recht. Wenn du dir einbildest, daß ich die ganzen achtzehn Jahre darauf gewartet hätte, meine Tochter aus dem Haus zu verbannen, mir selbst zu verbieten, mein einziges Kind zu sehen, irrst du dich gewaltig. Deine Mutter und ich haben alles für dich getan, was nur in unserer Macht stand. Wir haben immer nur das Beste für dich gewollt, dir alles gegeben, dir alles beigebracht, was wir wissen und woran wir glauben. Und nun hast du uns betrogen. Das macht mir nur deutlich, daß wir achtzehn Jahre lang einen Fremden in unserer Mitte aufgezogen haben, einen Betrüger. Es ist, als müßte ich feststellen, daß du nicht unser eigenes Kind bist.« Tom, der mit wachsendem Entsetzen zugehört hatte, stimmte ihm plötzlich zu. Ja, sie gehörte jetzt nicht mehr zu ihnen, sie war sein. Und nach diesem Tag würde er sie noch mehr lieben, noch mehr auf sie aufpassen. Welche Bastarde ihre Eltern doch waren! »Du gehörst nicht mehr zu uns,

Kaitlin. Wir können unmöglich eine Tochter aufgezogen haben, die in der Lage wäre, uns das anzutun.« Dies sagte der Vater mit gebührendem Ernst, worauf ein beinahe hysterisches Lachen aus Kates zusammengepreßten Lippen brach.

»Was habe ich euch denn angetan? Die Schule verlassen? Wißt ihr, wie viele Kinder das jährlich tun? Was ist schon dabei?«

»Ich denke, wir wissen beide, daß es darum jetzt nicht geht.« Er blickte Tom hochmütig an. »Wenn du dich einmal beschmutzt hast, und du bist ja drauf und dran, das zu tun, ist es kaum mehr von Bedeutung, ob du auf die Schule gehst oder nicht. Die Schule ist ja nur ein Teil deiner Entscheidung. Es geht hier um die Lebenseinstellung, deine Ziele, Ambitionen. Was willst du aus deinem Leben machen... das, meine liebe Kaitlin, was du jetzt vorhast, hat mit uns rein gar nichts zu tun. Wir sind fertig miteinander. Und nun –«, und damit sah er zu ihrer Mutter hinüber, »– solltest du dich beeilen, wenn du noch ein paar von deinen persönlichen Habseligkeiten einpacken möchtest. Deine Mutter hat genug durchgemacht.« Dabei sah ihre Mutter weder erschüttert noch erschöpft aus, als sie so steif dasaß und mit undefinierbarem Blick ihr einziges Kind anstarrte. Einen Augenblick lang fragte Tom sich doch, ob sie wohl unter Schock stünde. Dann stand sie aber plötzlich mit eisigem Gesichtsausdruck auf, öffnete die Wohnzimmertür, die man sorgfältig geschlossen hatte, damit die Dienstboten nichts mithören könnten, und drehte sich im Hausflur starr zu ihrer Tochter um. Kate erhob sich langsam von ihrem Stuhl. Jede Bewegung schien ihr Schmerzen zu bereiten.

»Ich werde hier auf dich warten, bis du gepackt hast, Kate. Ich möchte wissen, was du alles mitnehmen willst.«

»Wozu? Hast du Angst, daß ich dir dein Silber stehle?« Kate blickte ihre Mutter verblüfft an.

»Kaum. Wir haben es weggeschlossen.« Wieder wandte sie sich von Kate ab und begann die Halle zu durchschreiten, Kate folgte ihr. Plötzlich hielt Kate an, sah erst zu Tom, dann zu ihrem Vater hinüber, und auf ihrem Gesicht lag ein Ausdruck von innerem Kampf und Nachgeben.

Aber nicht lange: »Vergiß es!«

»Was soll ich vergessen?« Zum ersten Mal wirkte auch ihr Vater unsicher.

»Ich will von euch überhaupt nichts mehr haben. Ich gehe jetzt. Ihr könnt alles behalten, was ich je besessen habe.«

»Wie freundlich. Danke.«

Ohne noch ein weiteres Wort zu verlieren, verließ Kate das Zimmer. In der Halle stand immer noch ihre Mutter mit hartem, wütendem Gesichtsausdruck.

»Kommst du jetzt?«

»Nein. Ich glaube, ich habe von euch schon zuviel mitgekriegt. Es reicht.« Keiner sagte ein Wort. Erst als sie an der Eingangstür war, drehte Kate sich noch einmal um. »Macht's gut«, war alles, was sie sagte.

Kaum waren die Worte verklungen, stand sie auch schon auf der Straße. Tom war sofort neben ihr und legte seinen Arm um ihre Schultern. Am liebsten wäre er stehenden Fußes umgekehrt, hätte ihren Vater geschlagen und ihre Mutter so lange geschüttelt, bis ihr das Gebiß rausgefallen wäre. Gott verdammt, was waren das bloß für Leute? Was hatten die in ihren Köpfen? Aus was für einem Stoff waren die gemacht? Wie konnten sie ihrer einzigen Tochter so etwas antun? Als ihm die liebevolle Fürsorge seiner eigenen Mutter einfiel, stiegen ihm Tränen in die Augen. Arme Kate, was hatte sie gerade durchmachen müssen! Als sie vor dem Auto standen, zog er sie ganz fest an sich und hielt sie so fest umschlungen wie nur möglich, als könnte er durch seine Arme und sein Herz ausdrücken, wofür er kaum Worte fand. Die Nähe und Wärme seines Körpers waren der einzige Trost, den er ihr geben konnte. Nie wieder würde er erlauben, daß sie so etwas noch einmal erlebte.

»Ist schon in Ordnung, Liebling. Du bist wunderbar. Und ich liebe dich.«

Aber Kate weinte gar nicht. Sie stand nur zitternd da und ließ sich von seinen Armen Halt geben. Als sie zu ihm aufblickte, bewegte ihn der viel zu tiefe Ernst in ihren Augen. Sie versuchte zu lächeln.

»Tut mir leid, daß du das miterleben mußtest, Tom.«

»Mir tut es leid, daß du das durchgemacht hast.«

Sie nickte ruhig und löste sich aus seiner Umarmung. Er öffnete ihr die Wagentür, und sie schlüpfte schnell hinein.

»Na ja –« hörte er ihr dünnes Stimmchen, als er sich neben sie setzte. »Das heißt dann wohl, daß wir jetzt auf uns allein angewiesen sind. Mein Vater hat mir gesagt, daß er mich nie wiedersehen will. Er hat gesagt, ich hätte ihn betrogen.« Sie seufzte tief. Betrogen also. Indem sie Tom liebte? Indem sie von der Schule gegangen war? Stanford gehörte in ihrer Familie zur Tradition. Genauso wie die Ehe, standesgemäß natürlich. ›Aus der Bahn zu geraten‹, wie ihr Vater es nennen würde, galt als Schande. Sie hatte sich in einen Niemand verliebt, den Sohn eines Bergarbeiters. Sie hatte also vergessen, wer sie war, wer ihre Eltern und ihre Großeltern waren und was sie der Familienehre schuldig war... die richtige Schule, die richtigen Clubs, den richtigen Ehemann, das richtige Eheleben. Zu ihrer Zeit war ihre Mutter Präsidentin der Schülervereinigung gewesen. Ihr Vater war Seniorpartner einer Rechtsanwaltskanzlei. Und sie saß nun neben Tom im Auto und blickte ziemlich verblüfft auf die Straße. Er warf ihr einen besorgten Blick zu. »Er wird seine Meinung eines Tages ändern.«

»Vielleicht«, entgegnete sie trocken. »Aber ich werde es möglicherweise nicht tun.«

Er streichelte ihr übers Haar und gab ihr einen zärtlichen Kuß. »Laß uns nach Hause fahren.«

In dieser Woche bestand ihr Zuhause wieder mal aus einem Appartement, das sie von einem lieben Teamfreund gemietet hatten. Aber am nächsten Tag tauchte Tom mit einer Überraschung für Kate auf. Er war die Woche über nicht untätig gewesen. Und so war es ihm gelungen, eine Wohnung in einem entzückenden kleinen, viktorianischen Haus zu mieten, das auf einem Hügel stand, von dem aus die ganze Bucht zu überblicken war. Er fuhr sie vor die Haustür, gab ihr den Schlüssel in die Hand und trug sie dann mühelos die drei Treppen hinauf und über die Schwelle. Sie weinte und lachte gleichzeitig. Es schien ein Puppenhaus zu sein, nur noch schöner.

Tom war sehr gut zu ihr und wurde immer liebevoller, je mehr ihr bewußt wurde, daß sie von ihren Eltern nie mehr etwas hören würde. Er konnte nicht verstehen, was sie ihr antaten, noch daß sie es tatsächlich fertigbrachten. Für ihn bedeutete Familie einfach Familie: Liebe, Wurzeln, die niemals ausgerissen werden konnten, Bande, die durch nichts zu verletzen waren, Leute, die einen niemals im Stich ließen, egal wie wütend sie auch manchmal auf einen sein konnten.

Aber Kate verstand das sehr gut. Ihre Eltern hatten sich darauf verlassen, daß sie all das erreichen würde, was sie geplant hatten, ja mehr noch, sie hätte eine von ihnen werden sollen. Und sie hatte statt dessen den unverzeihlichen Fehler begangen, sich in jemanden zu verlieben, der anders war, und darüber hinaus die Bereitschaft gezeigt, selbst anders zu werden. Sie hatte es gewagt, die Regeln zu verletzen. Sie hatte ihren unbegreiflich beschränkten Hoffnungen nicht entsprochen. Sie hatte sie beleidigt, und jetzt beleidigten sie sie. Von nun an würden sie behaupten, daß sie nicht anders hätten handeln können, um sich vor sich selbst zu rechtfertigen. Sie würden es sich so lange einreden, bis Kates Sünde wirklich ungeheuerlich erschien, und irgendwann würden sie die leise Stimme in sich nicht mehr hören, die ihnen sagte, daß der Verlust ihrer Tochter sie doch verletzt hätte. Und sollten ihnen einen Moment lang Zweifel kommen, würde ihre Mutter darüber mit ihren Bridgepartnern und ihr Vater mit seinen Berufsfreunden so lange reden, bis auch deren spontane Zustimmung sie überzeugt hätte: »Es war das einzig Richtige... Ihr habt genau das getan, was in einem solchen Fall zu tun ist.« Ja, Kate verstand das. So bedeutete Tom ihr ein und alles – Vater, Mutter, Bruder, Freund –, und sie blühte unter seinen Händen geradezu auf.

Sie reiste mit ihm, arbeitete ab und zu als Mannequin, schrieb Gedichte und kümmerte sich in liebevoller Sorgfalt um den Haushalt. Bisweilen besuchte sie alte Freundinnen, aber mit der Zeit immer seltener. Sie schloß Freundschaften mit einigen von Toms Mitspielern. Die meiste Zeit jedoch verbrachten beide allein. Der Mittelpunkt ihres Lebens war und blieb Tom.

Ein Jahr, nachdem sie die Wohnung bezogen hatten, fand die Hochzeit statt. Zwei geringfügige Ereignisse beeinträchtigten die Freude etwas, aber es gab nichts, das dieses Ereignis in Gefahr bringen konnte. Kates Eltern weigerten sich, an den Feierlichkeiten teilzunehmen, aber das überraschte beide nicht sonderlich. Das zweite war ernster zu nehmen. Tom wurde in seiner Stammkneipe in einen hitzigen Streit verwickelt und schlug einen Kerl einfach k.o. Zu der Zeit stand er ziemlich unter Druck. Das San Francisco-Team war ganz anders als seine Chicagomannschaft, und er gehörte dort vor allem jetzt zum alten Eisen. Der Zwischenfall in der Kneipe hatte keine Folgen, aber die Zeitungen bauschten ihn natürlich ganz häßlich auf. Kate fand das ziemlich dumm. Tom lachte nur darüber. Die Hochzeit war wichtiger als alles andere.

Einer seiner Mitspieler führte ihn zum Altar, eine von ihren ehemaligen Zimmergenossinnen aus Stanford spielte ihre Brautführerin. Es war eine komische, kleine Gesellschaft, die im Rathaus zusammentraf, und nur *Sports Illustrated* brachte eine Meldung. Jetzt gehörte Kate ganz und gar zu Tom, für immer und ewig. In ihrem weißen Brautkleid, das Lage um Lage aus zartestem Organdy gearbeitet war, sah sie entzückend aus. Das Kleid hatte Licia für sie ausgesucht und ihr geschenkt. Es hatte einen kleinen, mädchenhaften Spitzenkragen und war auch rundherum mit Spitzen besetzt. Riesige, altmodische Puffärmel rundeten den Eindruck ab. Felicia hatte Kate im Laufe ihrer Zusammenarbeit immer mehr ins Herz geschlossen. Sie erschien ihr als ein zartes, rehgleiches Geschöpf, das eine ihrer Meinung nach äußerst merkwürdige Verbindung mit dem größten Helden der Nation einging. Für Kate hatte Licia das Beste ihrer Frühjahrskollektion herausgesucht.

Kate sah darin aus wie ein glückliches, kleines Mädchen. Ihr langes braunes Haar war zu einem lockeren, viktorianischen Knoten aufgesteckt und mit Maiglöckchen geschmückt worden. In der Hand hielt sie einen Brautstrauß von denselben zarten, weißen Blüten, und sie hatte Tränen in den Augen, als Tom ihr den Ring ansteckte und der Friedensrichter verkündete, daß sie von nun an verheiratet wären. Auch Tom mußte weinen.

Sie verbrachten die Flitterwochen in Europa, und sie zeigte ihm all ihre Lieblingsorte. Tom war zum ersten Mal im Ausland, so daß die Reise für beide auch ein Bildungsurlaub wurde. Toms Bildung wuchs mehr und mehr, und Kate begann langsam erwachsen zu werden.

Ihr erstes Ehejahr verlief sehr idyllisch. Kate folgte Tom auf allen seinen Wegen, machte alles, was er machte, und schrieb in ihrer knappen Freizeit einige Gedichte und führte Tagebuch. Sie hatte nur ein Problem. Es gefiel ihr nicht, finanziell so abhängig von Tom zu sein. Felicia brachte es zwar kraft ihrer Stellung fertig, ihr soviel Arbeit zu vermitteln, wie sie nur wollte, aber die dauernden Reisen mit Tom ließen Kate nicht genug Zeit, so viel zu arbeiten, wie sie es gern getan hätte. Sie hatte ein schlechtes Gewissen. Zwar besaß sie noch ein kleines, von ihrer Großmutter ererbtes Vermögen, aber die Zinsen reichten gerade für ein Taschengeld, und damit konnte sie unmöglich all die verschwenderischen Geschenke erwidern, die Tom ihr im Laufe der Zeit machte. So erklärte Kate Tom an ihrem ersten Hochzeitstag, daß sie eine Entscheidung getroffen hätte. Sie würde von nun an aufhören, mit ihm in der Weltgeschichte herumzureisen, und statt dessen zu Hause bleiben und hauptberuflich als Mannequin arbeiten. In ihren Augen war das sehr vernünftig. Tom war allerdings dagegen. Für ihn war es schon hart genug, mit dem jetzigen Team herumreisen zu müssen, er wollte es nicht unbedingt auch noch allein tun. Er brauchte Kate in seiner Nähe. Sie aber fand, er sollte eine finanziell unabhängige Frau haben. Er entfesselte einen fürchterlichen Streit. Sie blieb fest und gewann. Drei Monate später brach er sich das Bein.

»Tja, Prinzessin, das ist wohl das Ende dieser Saison.« Er nahm es mit Humor und lachte, als er heimflog. Aber beiden war klar, daß dies das Ende seiner Karriere bedeuten konnte. Er war über dreißig, in seinem Beruf die magische Grenze. Der Bruch war sehr kompliziert, das ganze Bein mußte eingegipst werden. Außerdem machte ihm Footballspielen keinen Spaß mehr. Zumindest behauptete er das. Andere Dinge interessierten ihn bei weitem mehr. Kinder, Stabilität, eine sichere Zukunft. Sein Umzug nach San Francisco und der Teamwechsel hatten seine berufliche Sicherheit erschüttert. Vielleicht lag es an der Zusammensetzung des Teams, aber mehr noch waren es wohl die ständigen unterschwelligen Drohungen seines Trainers, der ihn nur ›den alten Mann‹ nannte. Damit konnte er Tom verrückt machen. Er versuchte, das nicht so ernst zu nehmen, aber er haßte den Mann durch und durch.

Wenn er unterwegs war, machte er sich ständig Sorgen um Kate. Sie war erst zwanzig Jahre alt und brauchte ihren Mann häufiger um sich, als die Umstände es ermöglichten. Das würde anders werden, nachdem das Bein nun gebrochen war. Zumindest hatte er sich eingebildet, daß es so kommen würde. Tatsächlich sah die Sache so aus, daß *er* zu Hause rumsaß, während Kate sich intensiv um ihren Job kümmerte und wieder zur Universität ging. Sie hatte sich in einen Kurs über Frauenliteratur eingeschrieben, der zweimal die Woche stattfand.

»Und nächstes Semester erst... da findet ein ganz toller Kurs in Literatur statt...«

»Phantastisch.«

Als sie ihm das erzählte, strahlten ihre Augen begeistert wie bei einem kleinen Kind. Er fühlte sich genau so, wie er die ganze Zeit über im Team genannt worden war, wie ein alter Mann. Ein sehr gelangweilter, nervöser, einsamer alter Mann. Er vermißte das Spiel. Er vermißte Kate. Er hatte das Gefühl, daß er langsam am Leben vorbeiging. Im Laufe des nächsten Monats schlug er wieder einen Typen in der Bar zusammen, landete im Gefängnis, und man konnte diese Geschichte dann in allen Zeitungen lesen. Von da an sprach er nur noch über dieses Thema. Nachts hatte er Alpträume. Ob man ihn vom Team suspendieren würde? Was würde er dann tun? Aber das geschah nicht. Die Anklage wurde fallengelassen, und er schickte dem Betroffenen einen riesigen Scheck. Aber sein Bein war noch lange nicht geheilt, und Kate war immer noch die meiste Zeit außerhalb des Hauses und arbeitete. Seine Situation hatte sich in keiner Weise verändert. Einen

Monat später geriet er wieder in eine Schlägerei. Diesmal brach er einem Mann den Unterkiefer, und der ließ die Anklage nicht fallen. Tom bezahlte eine riesige Strafe. Sein Manager reagierte beängstigend ruhig.

»Vielleicht solltest du Football aufgeben und statt dessen Boxer werden, wie wär's, Liebling?« Kate fand Toms Mätzchen immer noch komisch.

»He, verdammt noch mal, Schätzchen, für dich mag das ja sehr witzig sein, aber für mich ist es gar nicht komisch. Langsam, aber sicher drehe ich hier durch. Immer nur rumsitzen und warten, daß dieses gottverdammte Bein endlich heil wird!« Kate begriff sofort. Tom war verzweifelt, und vermutlich steckte noch viel mehr dahinter als nur das Bein. Am nächsten Tag brachte sie ihm ein Geschenk mit nach Hause. Schließlich war das ja der Grund, warum sie arbeitete. Sie wollte ihn beschenken können. So hatte sie zwei Flugkarten nach Paris gekauft.

Die Reise war genau das, was Tom gefehlt hatte. Sie blieben zwei Wochen in Paris, verbrachten dann eine Woche in Cannes, fünf Tage in Dakar und abschließend noch ein Wochenende in London. Tom verwöhnte sie über die Maßen, und der Gedanke, daß sie ihm diese Erholung ermöglicht hatte, war für sie mehr als befriedigend. Als sie zurückkehrten, war alles wieder in Ordnung und Toms Bein ganz und gar geheilt. Das Leben ließ sich noch besser an als vorher. Keine Schlägereien mehr. Tom begann wieder, mit seinem Team zu trainieren. Zu Kates einundzwanzigstem Geburtstag schenkte er ihr einen Wagen, einen Mercedes.

Ihren zweiten Hochzeitstag feierten sie während eines Urlaubs auf Honolulu. Tom hatte Kate eingeladen. Und dort landete er wieder im Gefängnis. Eine Schlägerei in der Bar des Hilton in Kahala. Die Illustrierte *Time* brachte den Vorfall als reißerischen Skandal. Eine noch schlimmere Darstellung erschien in *Newsweek*. Natürlich griffen alle Zeitungen im Lande die Story auf. Zu hoch gepokert. Erst aus dem *Time*-Artikel erfuhr Kate, was der eigentliche Grund für diese Schlägerei gewesen war: Offenbar war das Gerücht umgegangen, daß Toms Vertrag für die nächste Saison nicht mehr erneuert werden würde. Er war jetzt zweiunddreißig. Seit nunmehr zehn Jahren war er als Profi im Geschäft.

»Warum hast du nicht mit mir darüber gesprochen?« Kate war verletzt. »Hat das was mit deinen Schlägereien zu tun?« Er schüttelte bloß den Kopf und blickte starr zur Seite. Um seinen Mund zeichneten sich harte Linien ab.

»Nein. Der Scheißkerl, der unser Team leitet, hat eine Altersphobie. Er ist damit schlimmer als jeder andere, den ich in diesem Scheißgeschäft kennengelernt habe. Die Schlägereien sind gar nicht so schlimm. Das tut jeder mal. Rasmussen tritt zum Beispiel mehr Leuten auf der Straße in den Arsch, als er auf dem Spielfeld Gelegenheit dazu hätte. Jonas hatte letztes Jahr einen Drogenskandal am Hals. Hilbert ist schwul. Jeder hat doch irgend etwas. Nein, nein, es ist mein Alter. Ich bin zu alt, Kate, so einfach ist das. Ich bin jetzt zweiunddreißig und habe mir noch keinen gottverdammten Gedanken darum gemacht, was ich mit mir selbst anfangen werde, wenn es mit dem Football mal vorbei ist. Scheiße. Mehr weiß ich dazu nicht zu sagen.« Seine Stimme klang tränenerstickt, und auch Kate konnte sich der Tränen nicht erwehren.

»Kannst du dich denn nicht an ein anderes Team verkaufen lassen?«

Jetzt sah er sie endlich an, aber sein Gesichtsausdruck war ziemlich grimmig. »Kate, ich bin zu alt! Das war's jetzt. Endstation! Und das wissen die! Sonst würden sie mich nicht die ganze Zeit so rumhetzen. Sie wissen genau, daß sie mich am Wickel haben.«

»Dann hör auf. Du kannst doch alles mögliche machen. Sportreporter, zum Beispiel, oder Trainer, Manager...«

Doch er schüttelte nur resigniert den Kopf. »Ich habe meine Fühler schon ausgestreckt. Die Antwort lautet überall: nein!«

»Okay, du wirst etwas anderes finden. Du brauchst ja auch nicht sofort einen neuen Job. Wir könnten zum Beispiel wieder zusammen zur Schule gehen.« Sie versuchte, ihn aufzumuntern. Er sollte an ihrer fröhlichen Jugend teilhaben. Er sollte wieder glücklich werden. Doch ihre Anstrengungen zwangen ihm nur ein trauriges Lächeln ab.

»Oh, Kate. Ich liebe dich.« Er schloß sie fest in seine Arme. Vielleicht war alles nicht so schlimm. Im Grunde zählte doch nur das, was sie gemeinsam hatten. Ihre Fürsorge half ihm über den Berg, eine Weile jedenfalls. Ein Jahr, wenn man's genau nahm. Denn nach ihrem dritten Hochzeitstag entwickelten die Dinge sich immer mehr zum Schlechten. Toms Vertrag stand nun zur Verhandlung, und er verwikkelte sich in immer mehr Schlägereien. Nach zwei aufeinanderfolgenden Keilereien mußte er zwei Wochen im Gefängnis absitzen. Die Geldbuße betrug tausend Dollar. Dazu kamen fünftausend Dollar Strafgeld, die der Verein ihm aufbrummte. Tom legte Berufung ein. Er fühlte sich ungerecht behandelt. Doch er verlor den Prozeß. Dann wurde er suspendiert.

Und Kate hatte zu dem Zeitpunkt eine Fehlgeburt. Sie hatte nicht einmal gewußt, daß sie schwanger gewesen war. Schuldgefühle zermürbten Tom. Im Krankenhaus weinte er mehr als Kate. Es kam ihm so vor, als hätte er sein Kind getötet. Die anhaltende Folge der Katastrophen lähmte Kate. Toms Suspendierung würde ein Jahr lang dauern, und mittlerweile war ihr klargeworden, was das bedeutete – Schlägereien in Bars, Geldstrafen und viele Aufenthalte im Gefängnis. Und bei all dem blieb er der gute, liebevolle Tom. Zu ihr war er der zärtliche, sanfte Mann. Einen besseren hätte sie sich nie erträumen können. Doch alles, was sie für die Zukunft vor sich sah, waren Schwierigkeiten.

»Laß uns doch dieses Jahr in Europa verbringen!«

Er zuckte nur die Achseln. Ihr Vorschlag fand bei ihm kein Interesse. Schon seit Wochen ließ er ununterbrochen den Kopf hängen. Er hatte den Tod des Kindes nicht verwunden. Im Grunde betrübte ihn vor allem die Sorge um seine Karriere. Was würde mit ihm geschehen? Ihm war vollkommen klar, daß mit Auslaufen seiner Suspension automatisch seine Karriere beendet sein würde. Er war viel zu alt, um in dem Beruf noch einmal hochzukommen.

»Dann machen wir eben ein Geschäft auf.« Kate war noch so verdammt jung. Ihr Optimismus verdroß ihn nur noch mehr. Sie konnte sich ja gar nicht vorstellen, wie schlimm das alles für ihn war – die schreckliche Angst davor, ein Niemand zu sein, vielleicht Lastwagen fahren zu müssen, oder, schlimmer noch, in einem Bergwerk arbeiten zu müssen wie sein Vater. Er hatte sein Geld nicht allzu günstig investiert, also konnte er kaum damit rechnen, von den Zinsen zu leben. Was, zum Teufel, sollte er bloß tun? Werbung für Unterhosen machen? Nutznießer von Kates Karriere als Mannequin spielen? Sich seine Memoiren von ihr schreiben lassen? Sich erhängen? Nur seine standhafte Liebe zu Kate hielt ihn davon ab, die dunkelsten Gedanken in die Tat umzusetzen. Am meisten schmerzte ihn die Tatsache, daß er sich für nichts so sehr interessierte wie Football. Aber keiner seiner Kollegen würde ihn als Trainer anerkennen. Mit seinen Schlägereien hatte er sich ein schlechtes Image erworben.

So fuhren sie nach Europa. Tom war jeden Tag verdrießlich. Nach einer Woche flogen sie nach Mexiko. Auch dort brachte ihn nichts aus seiner miesen Laune. Sie verbrachten einige Zeit zu Hause. Auch das hing ihm zum Hals raus. Am meisten haßte er sich selbst. Er begann zu trinken und geriet wieder in Handgreiflichkeiten. Reporter verfolgten ihn auf Schritt und Tritt. Ihm war's egal. Was hatte er denn noch zu verlieren? Er war ja schon vom Dienst suspendiert, und sein Vertrag würde sowieso nicht erneuert werden. Das einzige, was er mit an Sicherheit grenzender Wahrscheinlichkeit wußte, war, daß er sich einen Sohn wünschte. Und diesem Sohn wollte er alles geben, was er hatte.

Kurz vor Weihnachten stellte sich heraus, daß Kate wieder schwanger war. Diesmal waren sie beide sehr vorsichtig. Alles hörte mit einemmal auf, seine Trinkerei, die Schlägereien in den Bars, Kates Arbeit. Sie blieben zu Hause. Zwischen ihnen gab es nichts mehr außer Zärtlichkeit und Frieden. Ab und zu brach Kate in Tränen aus und hatte hysterische Anfälle. Das nahmen beide nicht sehr ernst. Es schien während einer Schwangerschaft normal, und Tom fand es eher noch amüsant. Sogar seine Suspendierung bereitete ihm nicht mehr soviel Kopfzerbrechen. Zur Hölle mit dem ganzen Verein! Er würde es durchstehen. Und danach würde er sie einfach zwingen, seinen Vertrag zu verlängern. Er würde darum betteln. Er wollte nur ein letztes, großartiges Jahr, um Geld auf die Seite zu legen und die Zukunft seines Sohnes zu sichern. Die ganze nächste Spielzeit würde er nur seinem Sohn widmen. Er kaufte Kate als Weihnachtsgeschenk einen Nerz.

»Tom, du bist wahnsinnig! Wo soll ich denn so was tragen?« Sie zog ihn sich übers Nachthemd und strahlte Tom an. Der Nerz war himmlisch. Aber sie fragte sich insgeheim, was er damit zu überspielen versuchte. Was verbarg er vor ihr? Was konnte es geben, wovon sie keine Ahnung hatte?

»Du wirst ihn anziehen, wenn du ins Krankenhaus fährst, um meinen Sohn auf die Welt zu bringen.« Er hatte außerdem noch eine antike Wiege erworben und einen englischen Kinderwagen für vierhundert Dollar, ganz abgesehen von einem Saphirring für Kate. Er war verrückt, und er liebte sie wahnsinnig. Und sie liebte ihn nicht weniger. Doch ganz tief verborgen spürte sie Angst.

Die Weihnachtsfeiertage verbrachten sie zu zweit in ihrer Wohnung. Tom sprach davon, ein Haus zu kaufen. Natürlich kein großes, nein, ein nettes kleines Häuschen in einer angenehmen Wohngegend, in dem man den Jungen großziehen konnte. Kate stimmte ihm eifrig zu, wunderte sich aber, ob dafür genug Geld vorhanden wäre. Als Silvester sich näherte, hatte sie eine Idee. Sie wollte das Neujahrsfest in Carmel verbringen. Es würde beiden guttun.

»Carmel? Zu Silvester? Wozu soll das gut sein, meine Liebe? Es ist dort kalt und neblig. Ich verstehe ja deinen Appetit auf Pizzas. Auch Tacos sind okay, meinetwegen noch Erdbeeren mitten im Winter, wenn du willst, was soll's... Aber Carmel mitten im Dezember?!« Er lachte sie an und strich ihr mit der Hand über den jetzt noch flachen Bauch. Aber bald... bald... bei diesem Gedanken rann es ihm warm über den Rücken. Ihr Kind... sein Sohn...

»Ich möchte nach Carmel fahren, weil das der erste Ort ist, zu dem wir gemeinsam gefahren sind. Können wir das nicht, bitte, bitte?« Dabei blickte sie ihn wieder wie ein kleines Mädchen an, obwohl sie nun schon fast dreiundzwanzig Jahre alt war. Sie kannten sich jetzt seit fünf Jahren. Und selbstverständlich willigte er in ihren Wunsch ein.

»Wenn die Lady nach Carmel zu fahren wünscht, dann soll es Carmel sein.« Und es wurde ein voller Erfolg. Sie bezogen die Fürstensuite im besten Hotel, und selbst das Wetter gönnte ihnen drei strahlend freundliche Tage. Kate machte sich nur etwas Sorgen darüber, daß Tom nahezu alles einkaufte, was ihm für Mutter und Baby geeignet schien. Sie konnten kaum an einem Geschäft vorbeigehen, ohne daß er die Brieftasche zückte. Aber sie blieben auch lange in den Zimmern und vertrieben sich die Zeit mit Champagner. Ihre Ängste verflüchtigten sich dabei.

»Habe ich dir eigentlich jemals gesagt, wie sehr ich dich liebe, Mr. Harper?«

»Es freut mich, das zu hören, Prinzessin. Oh, Kate –« und damit überwältigte er sie mit einer riesigen Umarmung und preßte sie fest an sich. »Es tut mir schrecklich leid, daß ich dir so fürchterlich viel Kummer gemacht habe. Ich werde mich ändern, das verspreche ich dir. Dieser ganze Krampf ist vorbei.«

»Dann bist du also glücklich.« Sie sah so friedvoll aus, wie sie da in seinen Armen lag. Er hatte sie noch nie schöner gefunden.

»Ich bin noch nie glücklicher gewesen.« Und endlich sah er auch so aus.

»Dann ist doch jetzt ein guter Zeitpunkt zu kündigen, nicht wahr?«

»Was willst du damit sagen?« Er sah sie schockiert an.

»Ich meine Football, mein Liebling. Vielleicht ist jetzt der günstigste Zeitpunkt, einfach den Rest Geld in die Hand zu nehmen und abzuhauen. Keine Streitereien mehr, kein dämliches Gerede, daß du ein alter Mann wärest, nur noch wir beide. Und das Baby natürlich.«

»Ja, und verhungern.«

»Na, hör mal. Vom Verhungern sind wir ja wohl noch sehr weit entfernt.« Doch das Wort hatte sie aufgerüttelt. Wenn er sich solche Sorgen ums Geld machte, warum dann der Nerz und der Ring?

»Ja, das stimmt. Aber wir haben uns noch kein richtiges Nest bauen können. Es reicht nicht, das Kind auch noch in fünf oder zehn Jahren zu versorgen. Ich will noch ein weiteres gutes Jahr im Team spielen. Das wird das ausschlaggebende Jahr sein.«

»Wir könnten doch das Geld anlegen, das ich verdiene.«

»Das gehört dir.« Seine Stimme klang einen Augenblick lang kalt. »Du hast es so gewollt, und du hast es dir verdient. Ich werde für dich und das Baby sorgen. Das ist mein letztes Wort.«

»Na gut.«

Darauf war sein Gesichtsausdruck sofort wieder weich geworden, und sie hatten sich in der Morgendämmerung geliebt. Kate fühlte sich dabei an ihre erste Nacht in Cleveland erinnert. Doch in dieser Nacht schlief Tom in ihren Armen ein. Lange Zeit lag sie noch wach und sah ihn gedankenvoll an. Sie hoffte, daß das kommende Jahr gnädiger sein würde, daß man ihn anständig behandeln und nicht ein neuer Druck so grausam über ihn hereinbrechen würde. Er nahm sich alles so sehr zu Herzen. Mehr wünschte sie sich im Augenblick nicht. Sie war erwachsen geworden.

Am Tag nach ihrer Rückkehr erschien ein Artikel in den Zeitungen, der schlichtweg behauptete, Tom Harper sei ›am Ende‹. Selbst die wichtigen Blätter des Landes hatten die Meldung aufgegriffen. ›Am Ende.‹ Tom drehte durch, als er das las. Ein paar Nachforschungen ergaben, daß das Team diese Nachricht in die Welt gesetzt hatte... sein Team... seine Mannschaft... Alter Mann... Er hatte das Haus mit einem Türknall verlassen, ohne Kate noch ein Wort zu sagen. Sie hatte ihn bis sechs Uhr abends nicht wieder gesehen. Um sechs Uhr kamen die Nachrichten.

Er war in die Wohnung seines Teampräsidenten eingedrungen und hatte diesen ernsthaft bedroht. Darauf hatte sein Teammanager, der zufällig erschienen war, ihn in einen Kampf verwickelt. Beiden Männern war sofort klar gewesen, daß Tom nicht nur betrunken, sondern auch im höchsten Grade unzurechnungsfähig wäre. Der Präsident behauptete, Tom wäre wie ein Wahnsinniger in seine Wohnung gestürzt und hätte ständig gestammelt, daß man seinem Sohn das nicht antun könne. Mit ausgewählt vorsichtiger und monotoner Stimme las der Nachrichtensprecher die Meldung, daß Tom keinen Sohn hätte. Das legte die Schlußfolgerung nahe, Tom Harper wäre offensichtlich verrückt. Kate starrte den Bildschirm verständnislos an. Ihr Herz klopfte bis zum Hals. Der Nachrichtensprecher berichtete weiter, daß beide Männer versucht hätten, Tom zu überwältigen, der ungebärdig nach beiden Seiten hin Schläge gegen sie ausgeteilt und dabei sein Unglück bejammert hätte. Ganz unerwartet hätte Tom dann eine Pistole aus der Tasche gezogen, damit zuerst auf den Präsidenten gezielt, sich dann wild umgedreht und einen Schuß auf den Manager losgelassen. Wie durch ein Wunder hätte er danebengeschossen, jedoch bevor sich auch nur irgend jemand hätte bewegen können, hätte er die Pistole mit unberechenbarer Geste auf sich selbst gerichtet, gezielt und dann zweimal geschossen. Beim zweiten Versuch hätte er sein Ziel nicht verfehlt. Sowohl der Präsident als auch der Manager wären unverletzt geblieben. Tom Harper sei ins Krankenhaus eingeliefert worden. Sein Zustand sei als äußerst kritisch zu bezeichnen. Einen Augenblick lang starrte der Sprecher düster aus dem Fernseher. Dann intonierte er mit gewichtiger Stimme: »Eine Tragödie für den amerikanischen Football.«

Einen winzigen Moment lang verspürte Kate den unsinnigen Impuls, einfach aufzuspringen und einen anderen Sender einzuschalten. Sobald dieses Bild weg war, müßte es doch klar sein, daß nichts von dem eben Berichteten geschehen sein könnte. Auf einem anderen Kanal würde bestimmt jemand sagen, daß das alles nicht wahr wäre. Es konnte ja nicht stimmen. Nicht Tom... bitte... nicht Tom... sie wimmerte leise vor sich hin, während sie sich im Zimmer umdrehte und hilflos die Wände anstarrte. Was hätte sie tun sollen? Man hatte nicht gesagt, in welches Krankenhaus Tom eingeliefert worden war. Was sollte sie jetzt bloß tun? Die Polizei anrufen? Das Team? Den Rundfunksender? Warum hatte man sie eigentlich bis jetzt noch nicht angerufen? Doch dann fiel ihr ein... sie hatte ja den Telefonhörer ausgehängt, um zwei Stunden lang in Ruhe schlafen zu können. Oh, Gott... was, wenn er... was war, wenn er schon tot wäre? Schluchzend stellte sie den Fernseher ab und rannte zum Telefon. Felicia... Felicia würde wissen, was zu tun wäre... sie würde ihr helfen. Kate wählte Felicias Büronummer, ohne zu wissen, was sie tat. Felicia war noch da.

Sie saß steif, als sie die Nachricht hörte, und befahl Kate, sich nicht von der Stelle zu rühren. Auf der einen Leitung ließ sie ihre Sekretärin ein Taxi rufen. Auf der anderen rief sie die Polizei an und bekam die richtigen Informationen. Tom lag im San Francisco General Hospital.

Er lebte noch – zwar war sein Zustand äußerst bedenklich, aber er war nicht tot. Felicia hetzte aus dem Büro, wobei sie sich einen Augenblick lang fragte, warum Kate gerade sie angerufen hatte. Es gab doch sicherlich noch andere Personen, ihre Mutter, eine enge Freundin, Gott weiß wen? Kate und sie waren durch ihre gemeinsame Arbeit zwar miteinander befreundet, aber sie hatten sich außerhalb dieser Tätigkeit kaum gesehen. Kate hatte ja auch immer viel zuviel mit Tom zu tun gehabt. Scheiße. Der Angelpunkt im Leben dieses Mädchens war der Mann, der jetzt gerade im San Francisco General Hospital im Sterben lag.

Als Felicia Kates Wohnung erreichte, fand sie sie zwar völlig aufgelöst, aber fertig angezogen vor. Das Taxi wartete unten vor der Tür.

»Na los, Kate. Zieh dir Schuhe an.«

»Schuhe?« Kates Gesicht war ausdruckslos. »Meine Schuhe?« Ihre Augen füllten sich wieder mit Tränen. Ihr Gesicht war aschfahl. Felicia fand in einem Wandschrank ein paar flache schwarze Schuhe. »Hier.«

Kate schlüpfte willenlos hinein und ging ohne Mantel oder Handtasche aus der Wohnung. Felicia legte dem Mädchen ihren eigenen Mantel um die Schultern. Eine Tasche würde sie sowieso nicht brauchen. Felicia Norman hatte nicht die Absicht, sie noch eine Minute lang allein zu lassen. Das wäre auch gar nicht möglich gewesen. Die nächsten vier Tage und Nächte ließ Felicia Kate nicht aus den Augen. Am Ende dieser Zeitspanne war Tom immer noch am Leben. Er lag im Koma. Seine Aussichten waren nach ärztlichen Aussagen ziemlich gering. Doch er lebte. Als er geschossen hatte, hatte er gründliche Arbeit geleistet. Er würde nie wieder gehen können, und es gab bisher keine Möglichkeit abzuschätzen, inwieweit sein Gehirn Schaden genommen hatte.

Als Felicia zu ihrer Arbeit zurückkehrte, lebte Kate weiter wie ein Roboter. Sie wanderte von seinem Krankenbett in den Flur und wieder zum Bett und in den Flur zurück, um allein zu weinen. Es war eine ewige Tretmühle. Felicia ging diesen Weg mit, wann immer sie Zeit hatte. Kate war durch nichts dazu zu bewegen, das Krankenhaus zu verlassen. Sie trauerte um Tom. Sie saß immer ruhig da, weinte, starrte in die Luft, rauchte. Im Grunde war sie gar nicht anwesend. Die Ärzte hatten Angst, ihr ein Beruhigungsmittel zu geben. Das Baby sollte geschont werden. Felicia war überhaupt erstaunt, daß sie es noch nicht verloren hatte.

Während die Zeitungen Tom zerrissen, rieb Kate sich innerlich auf. Wieso hatte sie nicht schon früher ein Zeichen bemerkt? Warum hatte sie es nicht geahnt? Hätte sie ihm helfen können? Hatte sie seine Zukunftsängste – die dann ja in Spendierlust ausgeartet waren – nicht ernst genug genommen? Es war alles ihre Schuld. Es hatte ja so kommen müssen.

Die unendliche Trauer bewirkte, daß sie sich Tag um Tag mehr marterte. Football. Sein ganzes Leben hatte aus Football bestanden, und nun hatte dieser ihn umgebracht. Aber der Gedanke, daß er beinahe zwei andere Männer getötet hätte, entsetzte sie noch viel mehr. Trotzdem glaubte sie nicht, daß er wirklich dazu in der Lage gewesen wäre. Nein, er hätte es nicht wirklich fertiggebracht. Nicht Tom. Doch was er getan hatte, war ja schon schlimm genug. Er hatte sich selbst zerstört. Armer, sanfter, freundlicher Tom. Die Vorstellung, daß man ihm das letzte Jahr Berufsleben für die Sicherheit seines Sohnes verbieten würde, hatte ihn zum Berserker gemacht. Kate gestattete sich im Augenblick keinen Gedanken an das Baby. Für sie gab es nur Tom. Dieser Alptraum zog sich über sieben Wochen hin. In diesen Wochen schritt Kate zwischen Bett und Krankenhausflur auf und ab, weinte und wurde von den Reportern kaum in Ruhe gelassen. Und dann kam er wieder zu Bewußtsein.

Er war noch sehr schwach, gebrochen, müde, aber Schritt für Schritt kam er langsam wieder zu Kräften. Jetzt galt es als sicher, daß er überleben würde – das, was von ihm übriggeblieben war. Er würde nie wieder gehen können. Aber er konnte sich bewegen. Er konnte sprechen. Er konnte denken. Nur wie ein Kind, aber immerhin. Die langen Wochen, die er im Koma verbracht hatte, hatten ihn weit in der Zeit zurückgeworfen. Er war zurück in seine Kindheit gewandert, und dort würde er wohl auch für immer bleiben. All seine Zärtlichkeit, Liebe und Freundlichkeit kamen wieder zum Vorschein. Tom war wieder ein kleiner Junge geworden. Er konnte sich an die Schüsse überhaupt nicht mehr erinnern. Aber er erkannte Kate. Er fing in ihrer Umarmung an zu weinen. Sie unterdrückte die Schluchzer, die ihre große, inzwischen erschütternd abgemagerte Gestalt schüttelten. Das einzige, was Tom von Grund auf begriff, war, daß er zu ihr gehörte. Ihm war nur nicht klar wie. Manchmal glaubte er, sie wäre seine Mutter. Manchmal hielt er sie für eine Freundin. Er nannte sie Kate. Er würde sie nie mehr Prinzessin nennen… Kate… das war es, was sie von nun an für ihn darstellte.

»Und du wirst mich nicht verlassen?«

Langsam schüttelte sie ihren Kopf. »Nein, Tom.«

»Niemals?«

»Niemals. Ich liebe dich viel zu sehr, um dich jemals verlassen zu können.« Ihre Augen begannen schon wieder sich mit Tränen zu füllen, und sie mußte schnell an etwas anderes denken. Sie zwang sich, ruhig zu bleiben. Es war unmöglich, bei solchen Worten an den früheren Tom zu denken. Es hätte sie umgebracht. Sie konnte sich nicht gehenlassen und vor ihm weinen. Das konnte sie ihm nicht antun.

»Ich habe dich auch lieb. Du bist schön.« Dabei sah er sie strahlend mit den schimmernden Augen eines siebenjährigen Knaben an. Sein Gesicht jedoch war unrasiert, verzerrt, müde. Ein verzweifelter, kranker Mann.

Ein paar Wochen später hatte er sich erholt. Er sah jetzt gesund aus. Für sie war es ein seltsames Gefühl, ihn so zu erleben. Ein Ersatz. Es war so, als hätte Tom sie verlassen und ihr statt dessen einen kleinen Jungen geschickt, der ihm sehr, sehr ähnlich sah. Und so würde es von nun an bleiben. Durch seinen Zustand hatte sich die rechtliche Seite des Vorfalls von selbst geregelt. Es gab keinen Fall Tom Harper. Tom Harper gab es nicht mehr.

Drei Monate nach dem »Unfall«, wie Kate und Felicia es nannten, wurde Tom nach Carmel in ein Sanatorium verlegt. Am Haupteingang hatten schon die Reporter gelauert und zugesehen, wie er im Rollstuhl aus der Ambulanz ins Gebäude geschoben wurde. Tom hatte ihnen zuwinken wollen, aber Kate hatte ihn fest bei der Hand gehalten und versucht, ihn abzulenken. Sie hatte sich inzwischen an die Meute gewöhnt. Einige der Gesichter waren ihr sogar schon bekannt vorgekommen. Seit drei Monaten hatten sie Kate Tag für Tag verfolgt und ihr Leben Stück für Stück auseinandergenommen. Blitze hatten vor ihren Augen gezuckt. Männer waren übers Dach in ihre Wohnung gekrochen, um bessere Aufnahmen von ihrer Privatsphäre ergattern zu können. Sie hatte niemanden gehabt, an den sie sich hätte wenden, der sie davor hätte bewahren können. Weder Mann noch Familie. Die Journalisten hatten das natürlich gewußt. Sie hatten die Geschichte von ihrem Rauswurf von zu Hause ganz groß rausgebracht. Jedermann konnte nun wissen, daß sie vor Jahren wegen Tom von ihrem Vater verbannt worden war. Jedermann wußte, daß sie in den Augen ihrer eigenen Familie für tot galt. In dieser Nacht hatte sie weinend im Bett gelegen und darum gebetet, daß die Presse sie endlich in Ruhe lassen würde. Aber das geschah natürlich nicht. Nicht ein Tag wurde ausgelassen. Bis Tom nach Carmel verlegt worden war. Fast wie durch Zauberei geriet er auf einmal in Vergessenheit. Es war so, als hätte er für die Umwelt nie existiert, weder er noch Kate, seine Frau. Sie hatten beide diesen magischen Kreis der Öffentlichkeit verlassen. Endlich.

Nachdem Tom San Francisco verlassen hatte, zog auch Kate weg. Das Haus war schon eingerichtet. Felicia hatte es durch eine Anzeige entdeckt, und es hatte sich herausgestellt, daß seine Lage geradezu ideal war. Der Besitzer lebte im Osten von Amerika. Seine Mutter war vor kurzem gestorben und hatte ihm das Anwesen vererbt. Da er es weder gebrauchen noch verkaufen wollte, konnte Kate es mieten. Später einmal hatte er vor, sich dorthin zurückzuziehen. Aber vorerst diente es Kate als Versteck vor der Welt. Es lag so richtig schön ins Tal eingebettet, ein wenig nördlich von Santa Barbara. Das Sanatorium in Carmel war nur drei Autostunden davon entfernt. Felicia nahm an, daß Kate wieder nach San Francisco zurückkehren würde, sobald die Aufregung sich gelegt hätte. Ganz bestimmt, sobald das Baby auf der Welt wäre. Das Haus war hübsch, umgeben von Wiesen und Wald, und unten am Fuße des Hügels floß ein Bach. Ein wunderbarer Ort, um sich zurückzuziehen und zu erholen. Es wäre auch ein schöner Platz gewesen, um mit Tom dort zu leben. Kate versuchte, gerade daran nicht zu denken, als sie den Mietvertrag unterzeichnete.

Vier Monate später hatte sie sich eingewöhnt. Es war nun ihr Zuhause. Sie wachte morgens, wenn es noch dämmerte, auf. Das Baby trat sie nun schon in den Bauch, um sich mehr Platz zu verschaffen, wenn sie ungünstig lag. Sie legte sich dann ruhig auf den Rücken, spürte, wie es sich in ihr bewegte, und dachte darüber nach, was sie ihm eines Tages erzählen würde. Manchmal hatte sie daran gedacht, ihren Namen zu ändern. Aber dann hatte sie sich dagegen entschieden. Sie war Kate Harper und sonst niemand. Den Namen ihres Vaters wollte sie nicht mehr tragen. Und Toms Baby sollte schließlich auch ein Harper werden.

Tom verstand überhaupt nicht, was ihr dicker Bauch zu bedeuten hatte. Vielleicht interessierte es ihn auch nur einfach nicht. Solange sich nichts Grundlegendes veränderte, kümmerten Kinder sich wohl nicht so viel darum, glaubte Kate sich zu erinnern. Für Tom hatte sich ja auch nichts verändert. Sie besuchte ihn ständig, zu Anfang ganz oft. Mit fortschreitender Schwangerschaft etwas weniger. Inzwischen war sie bei zweimal die Woche angelangt. Sie war immer für ihn da. Das würde sie auch immer sein, so wie er es früher für sie gewesen war. Da gab es keine Fragen. Das, was sie jetzt machte, war ihr Leben. Sie akzeptierte das. Und sie verstand, damit umzugehen, so gut es eben ging. »Immer«, was das auch zu bedeuten haben mochte. »Ewig«, was immer das auch heißen konnte. Es hieß zum Beispiel, daß er immer derselbe blieb, so viel Zeit auch verging. Bei keinem ihrer Besuche würde er sich verändert haben, bis er eines Tages ruhig sterben würde. Es gab keine Anhaltspunkte, wann dieser Tag sein würde. Sein Arzt meinte, daß er noch »beträchtlich älter« werden könnte, wobei man die Relation des Alters an seinem Geisteszustand messen mußte. Es bestand auch die Möglichkeit, daß schon nach einem Jahr alles vorbei sein würde. Vielleicht auch schon früher. Irgendwann würde Toms Körper sich von allein aufbrauchen und absterben. Er würde sich einfach in den Tod hineinbegeben. Sich gehenlassen. Ein unbewußter Vorgang, doch er würde gehen. Und Kate würde bei ihm sein. Die ganze Zeit davor. Sie würde ihn lieben. Er sah immer noch genau wie Tom aus, und ab und zu blitzte noch das faszinierende Leuchten in seinen Augen auf. Es erlaubte ihr, sich einzubilden, daß... aber das war nur ein müßiges Spiel. Sie weinte schon gar nicht mehr.

Nach Felicias Anruf stand Kate auf und öffnete das Fenster weit. Dann sog sie einen tiefen Zug frischer Sommerluft ein. Im Garten waren neue Blumen aufgeblüht. Sie würde ihm ein paar davon pflükken und mitbringen. Sie konnte ihn immer noch lieben. Das würde sich wohl auch nicht mehr ändern. Es gab nichts, was das bewirken könnte.

Der Wecker auf ihrem Nachttisch zeigte sechs Uhr fünfundzwanzig an. Sie hatte also noch eine halbe Stunde Zeit, sich fertig und auf den Weg zu machen, wenn sie um zehn bei ihm sein wollte. Eine verdammt anstrengende Fahrt. Eine verdammt beschissene Art, erwachsen zu werden – aber das hatte sie geschafft. Kate Harper hatte nichts, aber auch gar nichts mehr von einem kleinen Mädchen an sich. Das Baby regte sich wieder in ihrem Bauch, als sie das Nachthemd über den Kopf streifte und unter die Dusche stieg. Sie hatte einen langen Tag vor sich.

2

Der große dunkelblaue Variant ließ sich leicht handhaben. Kate legte den ersten Gang ein und fuhr langsam über den knirschenden Kies in ihrer Einfahrt. Der kleine Mercedes, den Tom ihr geschenkt hatte, war schon lange verkauft. Sie brauchte ihn nicht mehr. Ein großer, praktischer Wagen mit viel Komfort paßte jetzt besser zu dem Leben, das sie führte.

Am Horizont zog sich die Bergkette entlang. Obwohl es schon Spätsommer war, waren die Hänge saftig grün. Hier und da konnte man vereinzelte braunverbrannte Stellen entdecken, aber diesen Sommer hatte es genug geregnet, um der großen Dürre entgegenzuwirken. Die Szenerie strahlte eine derart majestätische Größe aus, daß es Kate jedesmal den Atem benahm, wenn sie, die Bergkette im Rücken, über die weiten Hügel und endlosen Wiesen blickte, die über und über mit wilden Blumen bedeckt waren. Ab und zu unterbrach eine Baumgruppe dieses Bild. In der Ferne konnte sie ein paar Viehherden grasen sehen.

Es war genau die Art von Landschaft, die man aus Romanschilderungen kannte, und es war wohl der geeignetste Ort, ein Kind heranwachsen zu lassen. Hier würde ihr Sohn stark werden. Hier würde er sich frei fühlen und mit den Bauern- und Dorfkindern spielen. Er würde gesund sein. Und lebendig. Nicht so verkorkst wie ihre Eltern oder so zerquält wie Tom. Er würde barfuß über die Wiese hinter dem Haus rennen und seine Zehen im eiskalten Wasser des Baches spielen lassen. Sie würde ihn freilassen wie einen Vogel, ihm ein paar Tiere schenken, vielleicht, wenn er groß genug war, ein Pferd. So hätte Tom es sich gewünscht. Und wenn das Kind ein Mädchen werden würde, würde es genauso von diesem wunderbaren Leben profitieren. Wenn es dann älter würde, könnte es allein entscheiden, ob es lieber in der Stadt leben wollte. Kate würde ihm keinen Stein in den Weg legen.

Aber sie selbst wollte nie mehr zurückkehren. Alle sollten sie vergessen. Das alles würde sie nie mehr berühren. Weder die Presse noch ihre Eltern, noch irgend etwas aus dieser grausamen Zeit. Ihr Zuhause war jetzt hier. Sie hatte sich diesen Ort selbst erobert, sie hatte ihre Lebensart gewählt. Die Witwe Harper. Klang fast wie in einem Western, bei dem Gedanken mußte sie lachen.

Sie stellte das Radio an und griff nach einer Zigarette. Es war ein herrlicher Sommermorgen, und sie fühlte sich überraschend gut. Die

Schwangerschaft war lange nicht so schlimm, wie sie es sich vorgestellt hatte, aber es waren ihr ja auch viel zuviel andere Dinge im Kopf herumgegangen. Es waren so viele Entscheidungen zu treffen, so viele Änderungen in ihrem Leben zu bedenken gewesen. Wann hätte sie je Zeit dazu gehabt, sich über Kopfschmerzen, Wadenkrämpfe, Sodbrennen oder andere Dinge Sorgen zu machen? Aber wenn man's genau nahm, hatte sie wirklich wenige von diesen Beschwerden durchmachen müssen. Vielleicht lag das jetzt auch an dem einfachen Leben, das sie hier auf dem Lande führen konnte. Es verlief alles sehr angenehm, bis auf die langen Fahrten zu Tom. Vor allem die Stimmungen hinterher, nachdem sie ihn gesehen hatte.

Im Radio wechselten sich sanfte Schlager mit heißen Rock 'n' Roll-Rhythmen ab, und ab und zu fügte der Sprecher kleine Anekdoten oder Nachrichten ein. Es war Ferienzeit. Alle Leute waren weggefahren, reisten in der Gegend herum, besuchten Bekannte und Verwandte oder fuhren ans Meer. Kate fiel es schwer, sich dieses Leben jetzt vorzustellen. Ihre eigenen Aktivitäten beschränkten sich im Augenblick auf die Besuche bei Tom und ihr Schreiben, sobald sie wieder zu Hause war. Manchmal, wenn sie ihre Arbeit für eine Pause unterbrach, ging sie ins Kinderzimmer, setzte sich dort in einen Schaukelstuhl und versuchte sich vorzustellen, was für ein Gefühl es wäre, ein Baby im Arm zu haben. Ob sie es wohl komisch finden würde? Oder würde sie von Anfang an eine spontane Freude dabei empfinden? Mutter zu sein, war etwas, was im Augenblick noch weit von ihrer Vorstellungskraft entfernt lag, auch wenn sich schon ein sehr großes Baby in ihr befand. Das verstand sie wohl... aber es würde doch etwas ganz anderes sein, es vor sich zu haben... Sie fragte sich, ob es Tom ähnlich sehen würde. Darüber würde sie sich sehr freuen. Falls es ein Junge werden würde, würde sie ihn Tygue nennen. Ein Mädchen würde den Namen Blaire erhalten. Sie wollte einen ungewöhnlichen Namen und hatte sich etwas Besonderes, Schönes vorgestellt. Tom hätte bestimmt...

Sie seufzte, drückte die Zigarette aus und stellte das Radio lauter. Sie hatte genug von ihren Gedanken. Als sie das Fenster herunterkurbelte, strich warmer Sommerwind ins Auto und spielte mit ihren Haaren. Heute hatte sie sich nicht die Mühe gemacht, es in Zöpfe zu flechten. Tom hatte es immer viel lieber gemocht, wenn sie ihr Haar offen hängen ließ. Ihr Hängekleid saß jetzt ganz eng an ihrem Körper. Aber ihm würde kaum auffallen, daß sie aus den Nähten zu platzen schien.

Als sie auf den Highway hinausfuhr und endlich voll aufs Gaspedal treten konnte, streichelte sie mit einer Hand sanft über ihren prallen Bauch. Das Baby bewegte sich wieder. Sie mußte an einen Welpen denken, den sie einmal auf dem Schoß gehabt hatte. Lächelnd beschleunigte sie den Wagen bis auf hundertzwanzig Kilometer. Am liebsten wäre sie noch schneller gefahren. Sie wollte Tom jetzt sehen.

Nach weiteren zweieinhalb Stunden Fahrt kam ihr die Gegend wieder sehr vertraut vor. Jetzt würde sie die Ausfahrt bald erreicht haben. Ein großes grünes Reklameschild kündigte eines der guten Restaurants der Gegend an, das zehn Meilen weiter an der Autobahn lag. Das weiße Holzhaus mit den blauen Fensterläden, das kleine, traurig wirkende Motel, und dann kam die Ausfahrt. Automatisch verlangsamte sie das Tempo und ordnete sich in der richtigen Spur ein. Jetzt wurde sie nervös, schaltete das Radio aus und zündete sich noch eine Zigarette an. An der ersten Kreuzung wartete sie ungeduldig, daß der Verkehr vorüberzog. Noch fünfzehn Meilen bis Carmel. Die Landschaft war hier etwas rauher als bei ihr zu Hause, aber auf ihre Art noch hübscher. Das Binnenland ließ noch nicht auf die Nähe der Küste schließen, bis auf die Möwen, die immer auf der Suche nach etwas Freßbarem einen langen Flug über Land gewagt hatten.

Kate bog in die nächste kleine Straße ein und gab wieder Gas. Nach ein paar hundert Metern mußte sie noch einmal abbiegen. Jetzt befuhr sie nur mehr noch einen Weg, der am Rand dicht mit Büschen und Bäumen bewachsen war. Im Vorbeifahren sah sie hier und da reife Beeren durch das Gebüsch schimmern. Am liebsten wäre sie ausgestiegen, um ein paar davon zu pflücken, wie sie es als Kind immer getan hatte. Aber dazu hatte sie jetzt keine Zeit. Sie wollte endlich ankommen. Ein Blick auf die Uhr sagte ihr, daß es schon halb zehn war. Vermutlich saß er jetzt schon irgendwo auf dem Rasen und sonnte sich, oder er lag einfach in der Hängematte und dachte nach. Das tat er sehr oft. Sie fragte sich manchmal, was er sich so dachte, aber er sprach nie darüber. Wenn sie ihn fragte, lachte er nur. Manchmal sah er dabei wie der alte Tom aus, so als gäbe es wirklich noch Dinge, über die er nachdenken müßte. Sie hatte dann ein sehr komisches Gefühl im Magen, wenn sie ihn so beobachtete. Es war, als würde er sie nur necken wollen, als würde er gleich lachen und mit dem Spiel aufhören, um wieder der alte zu sein. Dann empfand sie noch mehr Zuneigung zu ihm. In seinen Augen spiegelte sich das Sonnenlicht. Sein Gesicht zeigte uneingeschränkte Freude. Er war ein wunderschöner Junge.

Das Hauptgebäude sah aus wie jedes große, ältere, gepflegte Haus. Es hatte einen leuchtend weißen Anstrich, und die Fenster- und Türrahmen waren in hübschem Gelb abgesetzt. Vor allen Fenstern hingen bunt bepflanzte Blumenkästen, und auch in den Rabatten neben den Wegen gediehen üppige Blumen. Dahinter erstreckte sich der gepflegte Rasen. Ein kleiner, gewundener Plattenweg führte zum Haupteingang. Neben der Tür hing eine schlichte Messingtafel, auf der in sorgfältig gravierten Buchstaben zwei Worte standen: *Mead Home.* Mehr war nicht nötig, denn jeder Besucher wußte von vornherein, wohin er gekommen war. Einige kleinere Nebengebäude mit demselben hübschen gelb-weißen Anstrich schlossen sich dem großen Bau an, und hinter dem Komplex waren ungefähr ein Dutzend kleine, gelbe, gemütlich aussehende Hütten zu sehen, die einen weißen Zaun um sich hatten, der wiederum lustig anzusehende Blumengärtchen umschloß. Diese Hütten zählten zu den exklusiveren Unterbringungsmöglichkeiten von Mead Home. Einige waren für zwei Personen eingerichtet, in manchen wohnte jeweils nur ein Patient. Es war notwendig, daß für jede Hütte eine eigene Aufsichtsperson verantwortlich zeichnete und den Bewohnern von daher besondere Fürsorge und Aufmerksamkeit zukam. In einer dieser Hütten wohnte Tom. Er hatte einen angenehm ruhigen Mitbewohner – Mr. Erhard –, der sich immer diskret zurückzog, wenn Kate zu Besuch erschien. Toms enorme Versicherungssumme, die ihm als Mannschaftsmitglied automatisch zugestanden hatte, deckte die gesamten Kosten auf wundersame Weise ab, und Kate mußte sich über die finanzielle Seite in den nächsten zehn bis zwölf Jahren keine Sorgen machen. Danach würde sie sich nach anderen Möglichkeiten umsehen müssen, aber... was wußte man schon... lebte er da noch? Die Ärzte sagten immerhin, daß er noch jahrelang so weiter existieren könnte...

Sie spürte das Gras feucht an ihren nackten Füßen in den Sandalen, als sie auf Toms Hütte zuging. Es war nicht mehr nötig, daß sie sich im Hauptgebäude anmeldete. Zwar wurden die Patienten sorgfältig bewacht und von jeder Störung abgeschirmt, aber sie gehörte hier schon zum Alltagsbild. Man sah sie natürlich durch die Fenster an der Rezeption, die Tag und Nacht besetzt war, ankommen, aber sie konnte kommen und gehen, wie es ihr beliebte. Sie machte sich sogleich auf die Suche nach Tom. Normalerweise war er nicht zu verfehlen, doch heute meldete sich niemand, als sie an die Hüttentür klopfte.

»Tom?« Keine Antwort. »Mr. Erhard?« Toms Zimmernachbar

schien ebenfalls ausgegangen zu sein. Zögernd öffnete sie die Tür und sah sich um. Das Zimmer war sauber in Ordnung gehalten und sah hell und freundlich aus. Das war einer der Gründe, warum sie Mead Home für Tom ausgesucht hatte. Als seine Verlegung aktuell geworden war, hatte sie sich eine Reihe von Sanatorien in erreichbarer Nähe von San Francisco angesehen, aber die meisten hatten einen düsteren, deprimierenden Eindruck bei ihr hinterlassen. Es schien, als wohnte dort die Verzweiflung. Mead dagegen hatte eine Atmosphäre von Hoffnung und Zuversicht. An diesem Ort schien die Zeit irgendwie stillzustehen. Zeit hatte für Tom ja auch keine Bedeutung mehr. Hier konnte er beschützt und zurückgezogen leben. Der gesamte Komplex erweckte eher den Eindruck einer Privatschule denn eines Sanatoriums. Kate hatte immer das Gefühl, im nächsten Moment Kinder aus einem Klassenzimmer singen zu hören oder sie über den Rasen zum Footballfeld rennen zu sehen.

»Tom?« Sie ließ sich auf einen der Stühle fallen, um sich ein wenig auszuruhen. Wo mochte er hingegangen sein? Heute fühlte sie sich etwas schwerfälliger als sonst. Auch das wunderte sie. Das Baby schien sie mehr und mehr zu belasten. Aber sie war ja auch entgegen der Anordnung ihres Arztes drei Stunden ohne Unterbrechung gefahren. Eine Pause war mehr als nötig. Offenbar überforderten sie ihre Besuche doch. Sie hatte immer geglaubt, daß sie ihre Beschwerden in Mead vergessen würde.

Kate streckte die Beine von sich und ließ den Stuhl sanft auf den Kufen schaukeln. Es war ein angenehmes Gefühl. Das Stuhlpolster war mit einem hellen Stoff bezogen, auf dem hellrot gedruckte Blumen prangten. Die Decken auf den beiden Betten wiesen genau dieselben Farben auf. Die Vorhänge aus duftig leichtem Stoff wölbten sich vor dem geöffneten Fenster, und auf einem Tischchen in der Ecke stand eine Vase voller knallgelber Sommerblumen. Die hatte sicher Tom gepflückt. An den Wänden waren einige seiner Zeichnungen mit Reißzwecken befestigt. Seine Hand besaß noch die Sicherheit eines Erwachsenen, wenn auch sein Kopf weit dahinter zurückblieb. Es waren immerhin einige reizende Aquarelle mit zarten Blumenmotiven darunter. Ihr war nie aufgefallen, daß Tom so gut malen konnte. Das hatte er erst in Mead probiert. Vorher hatte er sich nie um solche Dinge gekümmert. Seine gesamte Zeit hatte dem Football gehört. Und jetzt wußte er nicht einmal mehr, daß er je gespielt hatte. Es hatte den Anschein, als hätte Tom diesen weiten Weg in die Kindheit zurücklegen müssen, um von all dem befreit zu werden. Immerhin hatte er das endlich geschafft.

Im Grunde war diese Hütte ein schöner Ort zum Leben, für Patienten genauso wie für Gesunde, für Kinder wie für Erwachsene. Kate fühlte sich wohl bei dem Gedanken, daß er hier glücklich war. Hier konnte er sich in seinem Rollstuhl frei bewegen. Draußen hing seine Hängematte, und Mr. Erhard war immer bereit, ihm hineinzuhelfen. Tom lag dort stundenlang und beobachtete einfach die Vögel. Mr. Erhard ließ ihn manchmal auch abends in der Matte liegen. Er deckte ihn dann sorgfältig zu, damit er in Ruhe die Sterne ansehen konnte. Mr. Erhard kümmerte sich gern um Tom. Früher war er einer seiner devotesten Fans gewesen, und nun freute er sich ungeheuer, die besondere Aufgabe, die man ihm angetragen hatte, als Tom nach Mead kam, nach allen Kräften zu erfüllen.

Kate hörte draußen ein Rascheln. Sie erhob sich mühsam aus dem Stuhl und hörte auch schon Mr. Erhards wohltönenden Bariton. Er erzählte Tom gerade eine Geschichte. Eine kurze Unterbrechung im Redefluß deutete darauf hin, daß er offenbar die leicht geöffnete Hüttentür bemerkt hatte. Sie hörte seine Schritte auf dem Plattenweg. Einige Sekunden später streckte er seinen weißen Schopf zur Tür herein.

»Ja?« fragte er ungehalten. Er machte den Eindruck eines Mannes, der weder Unsinn noch Eindringlinge in seiner Hütte dulden würde. Aber sein Gesichtsausdruck glättete sich sofort wieder, als er Kate erblickte. »Oh, hallo. Wie geht es Ihnen?«

»Danke, gut, Mr. Erhard. Ich fühle mich fett.« Sie lachten beide. »Und wie geht es unserem Freund?«

Mr. Erhard nickte zufrieden. »Ziemlich gut. Er hat gestern einen ganzen Stapel neuer Bilder angefertigt. Und heute morgen haben wir schon frische Blumen gepflückt. Aber das wird er Ihnen sicher alles selbst erzählen...«

»He, Andy –« Tom rief seinen Freund zu Hilfe. Sein Rollstuhl war im Rasen steckengeblieben. »He!«

»Komme schon, mein Sohn.« Flink verließ Mr. Erhard die Hütte. Kate folgte ihm auf dem Fuß. Ein strahlendes Lächeln spielte um ihren Mund und in ihren Augen. Es war komisch. Warum fühlte sie sich immer wieder so aufgeregt, wenn sie ihn sehen sollte? Erwartete sie immer noch, den alten Tom wiederzufinden? Es kam ihr manchmal so vor. Noch immer empfand sie die alte Freude, ihn einfach anzusehen, dieselbe Aufregung, dieselbe Liebe, ihm nur zu begegnen. Allein das

Gefühl, ihn zu berühren, ihn im Arm zu halten, war wunderbar. Es ging ihm gut, und er gehörte immer noch zu ihr.

»Katie!« Sein Gesicht strahlte auf, als sie auf ihn zuging. In seinen Augen blitzte ein tanzendes Licht. Er streckte die Arme weit nach ihr aus, und seine Freude schien unendlich.

»Hallo, Liebling. Wie geht's dir heute?«

»Phantastisch! Wart nur, bis ich dir zeige, was wir heute gefunden haben!«

Mr. Erhard zwinkerte ihr zu, als er den Rollstuhl auf die Hütte zuschob und Tom in die Stube trug. Als Kate dort ankam, war er schon verschwunden. Sie blickte sich um.

»Deine neuen Bilder sind wundervoll, Liebling.« Aber sie sah sich nicht wirklich die Bilder an. Sie beobachtete ihn heimlich. Seine Haut war gebräunt. Er machte einen starken, gesunden Eindruck auf sie. Der Tom Sawyer von Mead Home. Er drehte den Rollstuhl und fuhr direkt auf sie zu. Schnell beugte sie sich hinunter und umarmte ihn. Eine warmherzige, reine Geste. Mehr als das konnte er nicht mehr verstehen. Dennoch legte sie alles in diese Umarmung hinein, was sie für ihn empfand und je empfunden hatte.

»Katie, du siehst hübsch aus!« Er sah sie beinahe verlegen an, als sie sich von ihm löste. Schnell drehte er den Stuhl wieder um und fuhr an den Tisch, nahm die frisch gepflückten Blumen auf, drehte sich wieder um und hielt sie ihr hin. »Die habe ich für dich gepflückt.« Sie hatte Tränen in den Augen, als sie die Blumen nahm und nach einer Vase suchte. Es waren glückliche, von der Schwangerschaft herrührende, sentimentale Tränen, keine Trauer.

»Sie sind herrlich.« Am liebsten hätte sie ihn gleich wieder umarmt, aber das wäre ihm wohl zuviel gewesen. Sie mußte warten. Wenn er sich danach fühlte, würde er ganz von allein kommen. »Magst du ein wenig spazierengehen?«

»Ja.«

Sie schwenkte die Handtasche zur Seite und begann, den Rollstuhl aus dem Zimmer zu schieben. Tom war schwerer, als sie ihn in Erinnerung hatte. Aber vielleicht kam es ihr auch nur so vor, weil sie so erschöpft war. Das Baby fühlte sich heute tausend Pfund schwer an. Aber Tom half ihr, als sie draußen auf dem Plattenweg waren. Er drehte und lenkte die Räder mit seinen Händen. Bald darauf fanden sie einen etwas bequemeren Weg.

»Sollen wir uns ein bißchen an den See setzen?« Er wandte den Kopf zurück und nickte glücklich. Dann blickte er wieder auf den Weg und pfiff vor sich hin.

Der See war klein, aber gepflegt und schön wie alles in Mead. Kate hatte Tom einmal ein Modellsegelboot mitgebracht, damit er am Wasser spielen konnte. Seitdem kam er oft an den See. Mr. Erhard hatte ihr erzählt, daß dieses Spiel zu Toms Lieblingsbeschäftigungen gehörte. Heute allerdings hatten sie das Boot in der Hütte vergessen. Sie drehte den Stuhl in eine für Tom angenehme Position und ließ sich schwer ins Gras fallen.

»Dann erzähl mal, was hast du die Woche über getrieben?«

»Warum bist du mich letzte Woche nicht besuchen gekommen?«

»Weil ich zu sehr mit meinem Bauch beschäftigt war. Ich werde jetzt sehr dick!« Sie spürte den sinnlosen Drang, Tom von dem Baby zu erzählen, so als könne sie ihm klarmachen, daß das Kind von ihm gezeugt war, so als erwarte sie, seinem Erinnerungsvermögen einen Stoß zu geben. Wenn ihm doch überhaupt nur klar wäre, daß sie ein Baby bekommen würde!

»Ich wette, du kannst nicht mehr rennen!« Tom grinste sie breit an und mußte fast ein schadenfrohes Lachen unterdrücken. Da mußte auch sie lachen. Sie griff nach seiner Hand, und helles Gelächter klang über den kleinen See.

»Das kannst du mal laut sagen. Ich sehe dabei aus wie eine fette, alte Glucke, die ihren Küken davonwatschelt.« Tom fand das witzig. Er umfaßte ihre Hand fester, und sie blickten lange lächelnd auf den See hinaus. Dann wurde er plötzlich sehr ernst.

»Wieso kann ich nicht mit dir nach Hause kommen, Katie? Ich kann den Stuhl jetzt ganz alleine fahren. Wir könnten doch Mr. Erhard auch mitnehmen. Sag mal, wär' das nicht schön?«

Schon wieder. Verdammt!

Kate schüttelte langsam den Kopf, achtete aber darauf, daß er ihre Hand nicht losließ. »Gefällt es dir hier nicht, Tom?«

»Ich will zu dir nach Hause.« Er sah sie dabei so sehnsüchtig an, daß sie die Tränen unterdrücken mußte. Es gab keine Möglichkeit, Tom die Sache zu erklären. Er würde das nie verstehen. Und sie hatte dazu auch keine Lust mehr, nicht schon wieder. Mit dieser Frage gab Tom ihr immer das Gefühl, sie würde ihn im Stich lassen.

»Das ist im Augenblick sehr schwer zu machen, Tom. Wir wollen es erst mal so lassen, wie es ist, nicht wahr? Und später reden wir dann noch mal darüber.«

»Später wirst du mich auch nicht mitnehmen. Das weiß ich. Ich verspreche dir, ich will auch immer brav sein.« Jetzt konnte sie nicht anders als weinen. Sie kniete sich vor ihn und legte die Arme um ihn. Fest, ganz fest preßte sie ihren Körper an ihn.

»Du bist ja brav, Tom. Und ich habe dich sehr, sehr lieb. Das verspreche ich dir, mein Schatz, wenn es eines Tages die Möglichkeit gibt, daß ich dich zu mir nehmen kann, dann werde ich dich holen.« Lange Zeit saßen beide jeder in seine eigenen Gedanken versunken. Es war eine traurige Stille. Sie waren Welten auseinander und sich dennoch so nah. »...und in der Zwischenzeit komme ich dich besuchen, und wir spielen miteinander, und Mr. Erhard kümmert sich um dich, und...« Sie konnte nicht mehr weitersprechen, weil die Tränen ihre Stimme erstickten. Aber Tom dachte jetzt sowieso schon wieder an andere Dinge.

»Na gut. Oh, sieh mal.« Er deutete mit dem Zeigefinger nach oben. Sie wischte sich die Augen und sah in die blendende Sonne hinauf. »Ist der nicht schön? Ich habe vergessen, wie er heißt, dabei hat Mr. Erhard es mir erst gestern gesagt.« Es war ein blaugrüner Vogel mit einem gelben Schwanz und in der Sonne schimmernden Flügeln. Kate setzte sich langsam wieder ins Gras und lächelte zu Tom hinauf.

»Ich habe dir ein Picknick mitgebracht. Wie wär's jetzt damit?«

»Ehrlich?«

Sie hob die Hand feierlich wie zum Schwur. »Na klar. Großes Ehrenwort.« Es bereitete ihr Spaß, ihm mit solchen Kleinigkeiten wie Picknicks eine Freude zu bereiten. Sie hatte ihm ein paar Salami-Sandwiches gemacht, Nudelsalat zubereitet, frische Kartoffelchips eingepackt und dazu noch herrliche Pfirsiche und einen Korb Kirschen. Als Überraschung gab es Limonade und ein Stück Schokoladentorte. Tom hatte auch die Eßgewohnheiten eines Kindes wieder angenommen.

»Laß doch mal sehen.« Seine Augen strahlten wieder. Der große Wunsch von vorhin war vergessen, fürs erste wenigstens.

»Nein, noch nicht. Du kriegst dein Essen erst, wenn du hungrig genug fürs Mittagessen bist.« Sie wedelte mit dem Zeigefinger vor seiner Nase rum, und er griff danach und hielt ihn fest. Dieses Spiel hatten sie miteinander getrieben, seit sie sich kannten. Es gab ihr immer noch für den Bruchteil einer Sekunde das Gefühl, alles wäre wie früher. Sie konnte einen winzigen Moment lang so tun, als hätte es nie eine Veränderung gegeben.

»Ich bin aber schon hungrig.«

»Bist du nicht. Du willst ja bloß wissen, was in dem Korb da ist.« Sie legte sich auf den Rücken und blinzelte zu ihm hoch. Dabei fühlte sie sich wie ein umgekippter Wal.

»Ich bin hungrig! Ehrenwort!« Aber dabei zwinkerte er mit den Augen und lachte. Kate alberte mit ihm.

»Du kannst unmöglich schon hungrig sein. Es ist erst halb elf Uhr vormittags.«

»Doch, doch. Mr. Erhard hat heute vergessen, mir mein Frühstück zu geben.« Jetzt platzten beide vor Lachen.

»Blödsinn. Du flunkerst.«

»Nun mach schon, Katie! Ich bin am Verhungern.«

»Du bist unmöglich!«

Aber sie setzte sich mühsam auf und überlegte, ob sie den Korb holen sollte. Wenn er hungrig war, warum sollte sie ihn dann hinhalten? »Übrigens. Ich habe dir ein Geschenk mitgebracht.«

»Wirklich? Was denn?«

»Das wirst du schon noch sehen.«

»Oh, Mann, du bist wirklich gemein.« Er war wütend vor Ungeduld und reagierte ungehalten wie ein kleines Kind. Kate lächelte wieder nachsichtig und stand auf. Bevor sie den Korb holen ging, beugte sie sich zu ihm hinunter und gab ihm einen Kuß auf die Nasenspitze.

»Laß das!« Er stieß sie sanft zurück.

»Warum?«

»Du bist böse! Darum.« Aber dann legte er ihr doch den Arm um die Taille, und sie standen einen Augenblick lang eng umschlungen. Diesesmal unterbrach sie als erste die Umarmung.

»Dann werd' ich mal das Zeug holen.« Ihre Stimme war jetzt schon heiser, und sie hatten noch den ganzen Tag vor sich.

»Soll ich helfen?«

»Ja, gut. Du kannst den Picknickkorb tragen.« Er fuhr den Rollstuhl selbst zum Wagen. Kate schlenderte langsam neben ihm her. Es war heiß. Sie plauderten miteinander, das heißt, Tom erzählte ihr dies und jenes. Er plapperte über seine Zeichnungen, das neue Spiel, das sie ihm die Woche davor mitgebracht hatte, beklagte sich über eine Schwester im Hauptgebäude, die er angeblich haßte, und beschrieb das beste Abendessen, das er je in seinem Leben bekommen hätte. Kate hörte ihm zu, als wäre alles, was er sagte, wahr, als hätte es große Bedeutung.

Als sie beim Auto angekommen waren, stellte sie den Korb vorsichtig auf seinen Schoß. Dann langte sie noch einmal in den Kofferraum und beförderte ein großes, in weiß-rot gestreiftes Papier eingewickeltes Päckchen zutage. Um das Papier war eine große rote Schleife gebunden.

»Das ist für dich, mein Schatz.« Damit schlug sie den Kofferraumdeckel zu und schob Tom eilig auf den Weg zurück.

»Beeil dich!«

»Warum? Mußt du mal?« Dafür hätte sie Mr. Erhards Hilfe benötigt. Tom war für sie allein viel zu schwer.

»Ach Quatsch, nein. Ich will mein Geschenk auspacken.« Er preßte das Päckchen mit einer Hand an sich und wühlte mit der anderen schon im Korb. Nach einer Weile zog er sie voll Kirschen wieder heraus.

»Das läßt du schön bleiben, Tom Harper, sonst werde ich dir –«

»Wirst du nicht! Dazu hast du mich viel zu lieb.«

Sie seufzte. »Du hast recht.« Dann lachten sie beide.

Kate schob Tom unter einen Baum vor der Hütte. Das kleine Gärtchen mit seinen bunten Farben wirkte aufheiternd. Irgendwann würde es ihm sicher langweilig werden, aber noch war das nicht der Fall.

»Darf ich es jetzt aufmachen?« Er sah sie bittend an, und sie nickte. Schnell riß er das Papier entzwei. Es war eine närrische Idee gewesen, ihm so etwas zu kaufen, aber als sie es im Kaufhaus entdeckt hatte, hatte sie einfach nicht widerstehen können. Übrigens hatte sie dasselbe noch einmal für das neue Kinderzimmer gekauft. »Oh, toll! Der ist ja wunderschön! Wie heißt er denn?« Tom hielt einen großen, braunen Teddybären abwechselnd weit von sich und an seine Brust gepreßt. Kate war über seine spontane Freude überrascht. Aber es war gut so.

»Das weiß ich nicht. Den Namen mußt du dir ausdenken. Ich finde, er sieht aus wie ein ›George‹.«

»Ja, vielleicht.« Tom sah dem Bären nachdenklich ins Gesicht.

»Lucius?« Kate lachte erleichtert. Jetzt konnte sie sich doch freuen, daß sie ihn gekauft hatte. Dumm. Und wenn schon! Hauptsache, daß es Tom Spaß machte.

»Lucius? Nein, das ist schrecklich. Ich weiß was! Willie!«

»Willie?«

»Willie.« Er beugte sich vor und streckte die Hände aus. Kate umarmte ihn und küßte ihn leicht auf die Stirn. »Danke, Katie! Er ist wirklich toll!«

»Ich finde, er sieht dir ein bißchen ähnlich.«

Er fuchtelte ihr mit dem Bären vorm Gesicht, und sie lachten.

»Magst du in die Hängematte? Ich hole Mr. Erhard, wenn du Lust hast.«

»Nein, nein. Hier gefällt's mir ganz gut.« Er steckte wieder mit beiden Händen bis zu den Ellenbogen im Picknickkorb, und während der nächsten halben Stunde beschäftigte ihn das Essen vollauf. Willie saß die ganze Zeit friedlich auf seinem Schoß.

Nach dem Lunch ruhten sie sich etwas aus. Kate wäre in dem warmen Sonnenlicht fast eingeschlafen. Zum ersten Mal an diesem Tag verhielt das Baby sich ruhig. Sie lag neben Toms Rollstuhl und ließ die zarte Sommerbrise mit ihren Haaren spielen. Der Korb mit den Kirschen wanderte zwischen ihnen hin und her, und sie versuchten, die Kerne an den nächsten Baum zu spucken und ihre Treffsicherheit zu vergleichen. Das amüsierte beide.

»Eines Tages wird hier ein ganzer, großer Kirschgarten wachsen, und niemand wird wissen, wieso.«

»Nur wir beide, nicht wahr?«

»Ja.«

Seine Stimme klang weich, beinahe sehnsuchtsvoll. Wieder dachte sie einen Moment lang, er wäre sich bestimmter Dinge bewußt. Aber wenn das auch so wäre, was hätte das genutzt? Einen Gedanken gab es, der sie immer wieder davon abhielt, sich zu wünschen, daß Tom doch noch mal sein Gedächtnis wiederfände. Wenn er je zu dem zurückkehrte, was er einmal gewesen war, würde er sich sofort vor Gericht zu verantworten haben. Versuchter Mord, würde die Anklage lauten, oder wie auch immer. Jedenfalls war er in Mead Home viel besser aufgehoben als in irgendeinem Gefängnis. Das tröstete sie über seinen Zustand hinweg. Außerdem gab es ja keine Möglichkeit, ihn »zurückzuholen«. Das hatten die Ärzte ihr häufig genug erklärt. Trotzdem war die Versuchung immer wieder groß. Oft wirkte er auf sie wie der alte Tom. Er war ihm manchmal so ähnlich, daß es mehr als schwerfiel zu glauben, eine Kugel hätte ihm das Gehirn in dem Maße zerstört, wie die Ärzte es festgestellt hatten. Es war nicht einfach, die Hoffnung aufzugeben, die Versuche sein zu lassen.

»Katie?«

»Hm?« Eine Kirsche in der Hand, sah sie blinzelnd zu ihm auf. Einen Augenblick lang hatte sie ihre Umgebung vergessen.

»Woran denkst du?«

»Och, eigentlich an gar nichts. Ich liege hier einfach so faul rum.«

»Du siehst hübsch aus, wenn du nachdenkst.« Seine Augen wanderten höflich zu ihrem Bauch hinunter. Sie tat ihm leid. Aber im Grunde hatte das nicht viel zu bedeuten. Er hatte sie bedingungslos lieb, und ein dicker Bauch änderte daran gar nichts.

»Ich brauche eine Steinschleuder.«

»Ja, und sonst noch was?«

»Natürlich nicht, um jemanden damit zu verletzen –« er war beleidigt, »– nur für solche Sachen wie Kirschkerne, Papierschnipsel, du weißt schon. Um auf Bäume zu schießen.« Wieder strahlte er sie unwiderstehlich an. Wie konnte sie ihm böse sein?

»Wie kommt es eigentlich, daß du von solchen Dingen eine Ahnung hast? Diese Schleudern sind doch schon lange aus der Mode.«

»Ich hab' so eine im Fernsehen gesehen.«

»Na toll.«

»Vielleicht kann ich mir selbst eine basteln.« Doch jetzt hörte sie ihm nicht mehr zu. Das Kind hatte ihr gerade einen heftigen Tritt gegen die Rippen verpaßt. Sie holte tief Luft und atmete ganz langsam aus. Ob es schon spät genug war, um gehen zu können? Sie hatte noch eine lange Fahrt vor sich, und es war schon fast zwei Uhr. Immerhin war sie seit vier Stunden bei ihm. Sicher war das nicht allzu lange, aber gerade so viel, wie sie heute aushalten konnte. Sie beobachtete, wie Tom vorsichtig mit einem Kirschkern auf den Baum zielte. Er hatte ein wenig Schokolade vom Kuchen auf einer Wange. Sie setzte sich auf und wischte es zärtlich weg. Dann blickte sie nervös zur Hütte hinüber. Vor ungefähr einer Stunde war Mr. Erhard hineingegangen.

»Ich gehe mal einen Augenblick in die Hütte, Schatz. Brauchst du irgend etwas?«

Er schüttelte den Kopf. »Nein.«

Mr. Erhard hatte auf sie gewartet. Er saß mit einer Pfeife am Tisch und las Zeitung. Für einen so schwülen Sommertag schien das eine unpassende, mehr zum Winter gehörende Beschäftigung.

»Na? Wollen Sie fahren?«

»Ich glaube, es ist besser.«

»Ich bin überrascht, daß Ihr Arzt Ihnen noch erlaubt, hierherzukommen.« Auf seinem Gesicht erschien ein väterliches Lächeln. »Oder fragen Sie ihn gar nicht erst?«

»Sagen wir mal, wir haben uns auf einen Kompromiß geeinigt.«

»Wissen Sie, Sie brauchen wirklich nicht jede Woche hierherzukommen. Setzen Sie doch die nächsten Wochen aus. Ich werde ihn schon beschäftigen. Sicherlich wird er sich bitter beklagen, wenn Sie dann wieder da sind, aber in der Zwischenzeit wird ihm nicht einmal auffallen, daß Sie wegbleiben.« Es war deprimierend, daß er damit recht hatte.

»Ich weiß es nicht. Schaun wir mal, wie ich mich nächste Woche fühle.«

»Wie Sie wollen.«

Nachdem sie noch einmal auf die Toilette gegangen war, ging sie wieder zu Tom hinaus. Mr. Erhard folgte ihr. Er grüßte Tom, indem er seine Pfeife durch die Luft schwenkte.

»Dann bist du also der Schlawiner, der das Haus schon den ganzen Tag mit Kirschkernen bombardiert. Stimmt's oder habe ich recht?« Tom grinste stolz. »Ich wette, du triffst nicht einmal den großen Baum da drüben!« Doch Tom traf, sogar äußerst zielsicher.

»Nehmen Sie sich lieber in acht, Mr. Erhard. Er wünscht sich jetzt nämlich eine Schleuder.«

»Weißt du noch? So eine wie die, die wir neulich abend im Fernsehen gesehen haben. Da war so ein kleiner Junge, und der...« Die Geschichte war lang, und er erzählte sie wirr durcheinander. Aber Mr. Erhard fiel es nicht schwer, sich auf Toms Unterhaltungsebene einzustellen. Kate stand stumm daneben. Sie haßte es jedesmal, sich von Tom verabschieden zu müssen. Eigentlich hätte sie sich erleichtert fühlen müssen, aber das war nicht der Fall. Ihre Ankunft empfand sie jeweils als Erleichterung, ihr Zusammensein ebenfalls, aber das Gehen zerriß ihr fast immer das Herz.

»In Ordnung, mein Liebling, ich gehe jetzt. Aber ich komme bald wieder.«

»Gut, Katie, bis bald.« Er winkte ihr unbekümmert nach. Die Unterhaltung vom Vormittag war schon längst vergessen. Hier fühlte er sich mehr zu Hause als irgendwo auf der Welt. Er zeigte keinerlei Regung, weil sie jetzt wegfuhr. Sie ging noch einmal zu ihm hin und gab ihm einen Kuß. Dann richtete sie sich auf und klopfte ihm fest auf die Schulter.

»Paß gut auf Willie auf.«

Sie lief lächelnd weg und winkte ihm ab und zu. Auf ihrem Herzen lag ein schwerer Stein. Wenn sie sich umdrehte, sah sie ihn glücklich im Rollstuhl sitzen, den Teddybären an sich gepreßt. Als sie den Wagen langsam zurücksetzte, konnte sie ihn immer noch so sehen. Sie kurbelte das Fenster hinunter und streckte zum letzten Gruß noch einmal den Arm hinaus. Tom war aber schon wieder ins Gespräch mit Mr. Erhard vertieft. »Wiedersehen, Tom. Ich liebe dich«, flüsterte sie leise. Dann gab sie Gas und fuhr schnell davon.

3

Die Heimfahrt schien länger zu dauern als sonst. Vor ihr tauchte immer wieder das Bild von Tom mit seinem Teddybären auf, und sie mußte ständig an die Dinge denken, die er gesagt hatte. Schließlich versuchte sie, die traurigen Gefühle zu verdrängen, und schaltete zu dem Zweck das Radio ein. Dann bekam sie einen Wadenkrampf. Im Augenblick hatte sie nur einen Wunsch, endlich zu Hause zu sein. Es war ein anstrengender Tag gewesen, und die Müdigkeit legte sich auf einmal so lähmend über sie, daß sie kaum die Kraft hatte weiterzufahren. Jede Bewegung schien weh zu tun. Vielleicht hatte Mr. Erhard recht. Vielleicht sollte sie während der nächsten Wochen ihre Besuche bei Tom einstellen. Es dauerte ja auch nur noch drei Wochen, bis das Baby kommen sollte. Doch im Moment konnte sie nicht einmal darüber richtig nachdenken. Weder Tom noch das Kind waren jetzt wichtig. Sie wollte nur ihr Bett. Sie wollte endlich aus den Kleidern steigen, die sie zu erwürgen drohten.

Es kam ihr vor, als wäre eine Ewigkeit vergangen, bis sie endlich in die Einfahrt vor ihrem Haus fuhr. Vor Müdigkeit bemerkte sie nicht einmal den roten Alfa Romeo, der neben dem Haus geparkt war. Sie stieg aus und streckte sich erst mal richtig. Dann beugte sie sich hinunter und massierte ihre Waden einen Augenblick, bevor sie sich steif auf den Weg zur Haustür machte.

»Na, du siehst aus, als wärest du in einer großartigen Verfassung.« Kate machte vor Schreck einen Satz, als sie Felicias tiefe, zynische Stimme hörte. »He, mach mal halblang, Lady, ich bin eine verdammt schlechte Hebamme.«

»Licia, mein Gott. Du hast mich fast zu Tode erschreckt.«

»Ich bin überrascht, daß du noch so viel Leben in dir hast, daß du dich zumindest noch erschrecken läßt. Was hast du eigentlich mit dir vor? Dich umbringen, oder was?!« Sie nahm Kate den Korb ab und begleitete sie dann langsam ins Haus.

»Du übertreibst ganz schön. Wie kommt es, daß du so früh da bist?«

»Ich fand, daß ich dringend mal Ferien bräuchte, und du, wie es aussieht, einen Gast.«

»Ferien?«

»Na ja, ein verlängertes Wochenende. Ich habe vier Tage freigenommen.« Und sie war sehr froh, daß sie gekommen war. Kate sah völlig kaputt aus. Wenn ihre Besuche bei Tom immer diesen Effekt hatten, würde sie wohl länger bleiben und versuchen, Kate in Zukunft davon abzuhalten. Zumindest könnte sie sie dann dorthin begleiten. Das hier war jedenfalls Selbstmord.

»Ist dir eigentlich klar, daß es schon fast an ein Wunder grenzt, daß man dich meinetwegen noch nicht gefeuert hat?« Kate grinste. Es tat ihr gut, Felicia zu sehen.

»Die sollen von Glück sagen, daß ich noch nicht gekündigt habe. Wenn wir nächsten Monat noch eine Show mehr aufgebrummt bekommen, kriege ich einen Nervenzusammenbruch.« Und dasselbe würde ihrer Assistentin passieren. Um zu Kate fahren zu können, hatte Felicia all ihre Arbeit an sie delegiert. Das würde sie eine weitere Gucci-Tasche und ein teures Dinner bei Trader Vic's kosten, aber sie hatte in San Francisco plötzlich so eine dumme Ahnung gehabt... sie hatte einfach herkommen und nach Kate sehen müssen. Und jetzt war sie froh, daß sie diesem Gefühl nachgegeben hatte. Sie schob den Korb auf den Küchentisch und blickte sich um. Es war wirklich ein schönes Haus. Sie hatten eine gute Wahl getroffen.

»Und wie geht es Tom?«

»Gut. Er ist glücklich. Wie immer.« Felicia nickte ernst und ließ sich auf einen Küchenstuhl fallen. Auch Kate setzte sich schnell hin.

»Licia, ich finde, du siehst eigentlich noch schlechter aus als ich. Aber du bist ja schließlich auch viel weiter gefahren. Magst du ein wenig Limonade? Ich glaube, es ist noch was da.«

Felicia zog eine entsetzte Grimasse. »Kindchen, ich hab' dich wirklich lieb, aber bitte keine Limonade für mich. Gott, was für ein schrecklicher Gedanke.«

Kate lächelte ihr entschuldigend zu. »Dann, fürchte ich, gibt es nichts im Hause, was für dich interessant sein könnte.«

»Das kannst du meiner Großmutter erzählen.« Felicia grinste verschmitzt und hüpfte fröhlich auf den Küchenschrank zu. »Wenn ich mich recht erinnere, habe ich letzte Woche einen Wermut und einen Gin dagelassen. Außerdem habe ich Oliven und Zwiebeln mitgebracht.« Sie zog zwei kleine Einmachgläser aus ihrer Handtasche und sah Kate triumphierend an.

»Du würdest eine gute Pfadfinderin abgeben.«

»Nicht wahr?« Sie holte die Flaschen aus dem Schrank und mixte sich einen beinahe professionellen Martini. Kate setzte sich plötzlich ganz gerade auf.

»Wieder Sodbrennen?« Felicia kannte diesen Gesichtsausdruck. Im Laufe der Zeit war sie mit Kates Stimmungen besser vertraut geworden als Kate selber. Sie kannte jeden Ausdruck von Sodbrennen bis zu hysterischen Anfällen. Das hier sah ganz nach Sodbrennen aus.

»Ich glaube, ich habe heute nachmittag zu viele Kirschen gegessen. Es fühlt sich eher wie Blähungen an. Nicht wie Sodbrennen.« Und Krämpfe. Oh, Gott, das hatte ihr gerade noch gefehlt. So ein dicker Bauch und dann noch Bauchschmerzen. Das arme Baby. Wie hatte sie sich das nur antun können? Aber bei dem Gedanken mußte sie auch kichern. »Vielleicht brauche ich auch einen Martini.« Aber sie wußten beide, daß das kaum das Richtige war. Kate hatte schon seit Monaten keinen Alkohol getrunken.

»Leg dich doch einen Augenblick hin. Ich werde mich kurz duschen und dann ein kleines Abendessen fabrizieren.« Felicia war hier so gut wie zu Hause. Man spürte, daß sie sich wohl fühlte.

»Dann bist du also hierhergekommen, um mich zu bekochen!«

»Na klar. Jetzt geh und sieh zu, daß du aus den Kleidern kommst. Ruh dich aus.«

»Ja, Mama.«

Nachdem sie sich geduscht und umgezogen hatte, fühlte sie sich wesentlich besser. Felicia klapperte schon mit Töpfen und Pfannen in der Küche. Auf dem Weg dorthin hielt Kate vor dem Kinderzimmer und warf einen Blick hinein. Da war er wieder, der braune Teddybär. Genau der gleiche, den sie Tom geschenkt hatte. Willie. Was machte Willie wohl gerade? Wurde er von Tom im Arm gehalten? Würde Tom ihn lieben? Oder hatte er ihn wohl schon vergessen? Sie streichelte den Bären kurz und verließ schnell das Zimmer.

»Was kochst du uns denn Schönes?«

»Sind dir Spaghetti recht?«

Spaghetti war eins von den drei Gerichten, die Felicia kochen konnte. Die anderen beiden waren Spiegeleier und Steak. Kate nickte.

»Wunderbar. Davon werde ich zwar mindestens fünf Pfund zunehmen, aber das ist ja jetzt sowieso egal.«

Sie aßen bei Kerzenlicht und genossen die Abenddämmerung und den Blick aus dem Wohnzimmerfenster. Die Unterhaltung munterte Kate auf. Sie hatte sich schon allzusehr an die Stille gewöhnt, und es tat gut, mal mit jemand anderem zu sprechen als nur mit Tom. Sie brauchte Felicia auch, damit mal etwas Abwechslung in ihr Leben kam, Pfeffer auf der Crèmesuppe ihres Lebens. Und was für ein Pfeffer. Felicia hatte davon viel zu bieten. Sie plauderte ununterbrochen den Klatsch ihrer Firma aus: wer mit wem schlief, wer befördert worden war, wen man gefeuert hatte und bei wem es sich jetzt doch herausgestellt hätte, daß er schwul wäre. Kate hörte nicht so genau zu wie sonst und lachte viel seltener.

»Was hast du, mein Schatz? Du siehst ein wenig grün aus. Bekommen dir meine Spaghetti nicht?«

»Nein, nein. Ich glaube, das sind wieder die verdammten Kirschen.« Sie spürte dasselbe Ziehen im Unterleib, denselben Aufruhr wie vor dem Essen, nur noch etwas heftiger.

»Kirschen! Wer's glaubt, wird selig! Du hast dich völlig verausgabt. Leg dich doch ein wenig auf die Couch. Oder möchtest du nicht lieber gleich zu Bett gehen?«

»Ich bin noch nicht müde.« Sie war etwas nervös, aber das war ja genauso gewesen, als sie von Tom weggefahren war. Trotzdem streckte sie sich auf der Couch aus und fing sofort wieder an, Felicia zu necken. »Vielleicht sind es doch deine lausigen Spaghetti.«

»Das glaube ich kaum, meine Liebe. Zufällig mache ich die besten Spaghetti im ganzen Westen.«

»Mama Felicia!«

Felicia mixte sich noch einen Martini und setzte sich zu ihr. Eine Weile lang lachten und scherzten sie gemeinsam. Aber Kates Verdauungsschwierigkeiten wurden immer schlimmer.

»Es ist wohl doch besser, wenn ich jetzt ins Bett gehe.«

»Okay. Dann bis morgen.« Felicia lächelte ihr nach, als sie aus dem Zimmer ging. Sie hatten den Abwasch gemeinsam erledigt. Kate hätte ihrer Freundin gern gesagt, wie froh sie über ihren Besuch und ihre Hilfe war, aber das hatte sie schon so oft getan, daß ihr keine passenden Worte mehr einfielen.

Noch vor neun Uhr war sie eingeschlafen. Felicia machte es sich mit einem Buch auf der Couch bequem. Sie war noch nicht müde, aber sie hatte eine anstrengende Woche hinter sich, und es war ein angenehmes Gefühl, den ganzen Streß von sich abfallen zu lassen. Der Roman nahm sie bald gefangen. Es war schon beinahe eins, als sie Kate in ihrem Zimmer rumoren hörte. Einen Augenblick lang lauschte sie in die Richtung, um sicherzugehen. Dann sah sie einen Lichtschein unter Kates Zimmertür.

»Ist alles in Ordnung?« Sie runzelte die Stirn und blickte sorgenvoll auf Kates Tür.

Die Antwort kam sehr schnell: »Ja.« Kates Stimme klang sicher.

»Hast du immer noch diese Bauchschmerzen?«

»Ja.«

Zwei Minuten später stand Kate in ihrem langen rosaweißen Nachthemd im Flur. Sie sah aus wie ein kleines Mädchen, das einen komisch geschwollenen Bauch hatte. Mit weit aufgerissenen Augen strahlte sie Felicia an.

»Felicia...« Sie war ganz aufgeregt.

»Ja? Was ist los?« Felicia wußte nicht, wie sie sich Kates Gesichtsausdruck erklären sollte. Sie schien auf ätherische Weise glücklich, und das hatte Felicia noch nie bei ihr gesehen.

»Ich glaube nicht mehr, daß das bloß Bauchschmerzen sind. Ich glaube, vielleicht... es ist vielleicht... das Baby.« Kate lachte fast. Sie war sehr erregt. Es war alles so verrückt – sie hatte wahnsinnige Angst, und es war ja viel zu früh, aber es machte sie auch froh. Das Baby! Endlich kam das Baby!

»Du willst sagen, daß du es jetzt bekommst?« Felicia sah plötzlich grau aus.

Kate nickte. »Vielleicht. Ich bin mir nicht sicher.«

»Wäre das nicht ein bißchen zu früh?«

Wieder nickte Kate, aber diese Tatsache schien ihr keine Sorgen zu machen. »Acht Monate sind schon in Ordnung, glaube ich. Und es sind ja jetzt schon fast achteinhalb.«

»Hast du den Arzt angerufen?«

»Ja.« Kate sah Felicia plötzlich feierlich und triumphierend an. Sie würde ihr Kind auf die Welt bringen. Vielleicht schon heute nacht. Sie würde nicht mehr länger warten müssen. Es war vorbei. Nein, dies war der Anfang! »Er sagte, daß ich in einer Stunde noch mal anrufen solle. Oder wenn die Wehen stärker würden.«

»Du hast schon Wehen?!« Felicia umschloß das Buch mit beiden Armen, preßte es an die Brust und starrte ihre Freundin entsetzt an.

»Ich glaube schon. Zuerst habe ich gedacht, es wären Blähungen, aber sie werden immer heftiger, und dann kommen ab und zu –« Das

Reden machte sie ungeduldig. Sie setzte sich Felicia gegenüber und griff nach ihrer Hand. »Hier. Fühl selbst.«

Hilflos überließ Felicia Kate ihre Hand. Der Bauch war hart und straff, wie aufgebläht. Er fühlte sich schon gar nicht mehr wie ein Bauch an. Eher wie eine Mauer, eine Wand, etwas, das man zerbrechen, aber in das man nicht hineinkneifen konnte.

»Mein Gott, wie schrecklich! Tut es sehr weh?«

Kate schüttelte den Kopf. Sie war immer noch sehr erregt. Ihre Augen strahlten, aber auf ihrer Stirn standen winzige Schweißperlen. »Nein, es tut nicht weh. Es fühlt sich nur sehr, sehr gespannt an.«

»Mannomann. Kann ich irgend etwas für dich tun, mein Liebling?« Licias Hände zitterten. Kate lachte.

»Nein. Und wenn du jetzt die Fassung verlierst, gebe ich dir einen Tritt in den Hintern. Ich bin so froh, daß du da bist.«

»Ja, ich auch.« Aber ihr Gesicht sprach Bände. Kate kicherte wieder.

»Nimm's nicht so tragisch. Entspann dich.«

»Ja, ja.« Felicia seufzte tief auf und lehnte sich aufs Sofa zurück. »Ich kann ja so ziemlich jede Krise meistern, aber Babys gehen über meine Kraft. Ich habe so etwas noch nie erlebt. Ich meine... ach Scheiße, ich brauch' jetzt 'nen Drink.« Die unerschütterliche Felicia Norman machte einen ziemlich kläglichen Eindruck. Kate dagegen war unheimlich ruhig. Auf diesen Augenblick hatte sie viele Monate gewartet.

»Du brauchst jetzt keinen Drink, Licia. Ich brauche dich.« Der Gedanke war sehr ernüchternd. Felicia sah sie verwundert an. Kate sah gar nicht so aus, als ob sie irgend jemanden bräuchte.

»Meinst du das ernst?«

»Ja.« Ihre Stimme klang wieder ziemlich angespannt. Felicia betrachtete sie sorgenvoll. Jetzt kannte sie dieses Zeichen.

»Wieder eine Wehe?«

Kate nickte. Ihre Augen waren ausdruckslos, so als beobachteten sie einen Vorgang in weiter Ferne, und Felicia streckte ruhig ihren Arm aus und drückte Kates Hand. Kate reagierte heftig auf diese Geste. Die Wehen begannen jetzt zu schmerzen.

4

Die Wehen hatten sich inzwischen zu einem raschen Crescendo gesteigert. Kate hatte kaum Gelegenheit, zwischendurch einmal ruhig Luft zu holen. Felicia saß angespannt auf einem Stuhl neben ihrem Bett. Im kleinen Krankenhauszimmer war es fast dunkel. Felicia hielt Kates Hand. Die Sonne war gerade eben über den Hügeln aufgegangen und wies noch einen breiten Strahlenkranz auf.

»Noch ein Stück Eis?« Felicias Stimme klang rauh in dem sonst stillen Raum. Kate schüttelte nur den Kopf. Sie konnte jetzt nicht sprechen. Sie lag einfach da und versuchte, in genau dem Rhythmus zu atmen, den sie seit zwei Monaten in ihrem Schwangerschaftskurs gelernt hatte.

»Wird es dir nicht langsam zuviel?« Wieder schüttelte Kate den Kopf und schloß die Augen. Ungefähr zehn Sekunden lang hörte das Keuchen auf. Sie hatte kaum Zeit, kurz normal einzuatmen, da begann der Schmerz schon wieder durch ihren Körper zu rasen. Ihr Haar lag matt und feucht auf dem Kopfkissen. Wohl schon zum hundertsten Mal in dieser Nacht stand Felicia auf, um ihr mit einem feuchten Tuch die Stirn abzuwischen. Die übermäßige Erregung war aus Kates Gesicht verschwunden. Im Augenblick war es schmerzverzerrt.

»Halte durch, Liebling. Es kann jetzt nicht mehr lange dauern.« Kate zeigte keine Reaktion. Vielleicht hatte sie es nicht gehört. Sie keuchte wieder, doch plötzlich hörte sie für einen Moment ganz zu atmen auf. Ein leises Stöhnen kroch aus ihrem Mund, und dann schrie sie laut auf. Felicia sprang entsetzt von ihrem Stuhl hoch. Kate begann sich im Bett hin- und herzuwälzen und den Kopf von einer Seite auf die andere zu schlagen.

»Licia... kann nicht... ich kann nicht... mehr...« Doch selbst diese Worte waren ihr zu anstrengend und kosteten zuviel Zeit. Wieder schien sie der Schmerz zu zerreißen, und ein weiteres Stöhnen drang aus ihrem Mund. Kate schrie wieder auf und fing an zu weinen.

»Kate... he, Kate... ruhig, ganz ruhig.« Das war zuviel. Niemand hatte sie hierauf vorbereitet. Es war schlimmer als alles, was sie bisher gesehen hatte, selbst im Film. Hastig klingelte Felicia nach der Schwester. Über Kates Wangen rannen Tränen.

Kaum eine Minute später streckte die Schwester ihren Kopf zur Tür herein und fragte munter: »Na Mädchen? Wie kommt ihr voran?« Felicia blickte sie in kalter Wut an.

»Na, was macht das hier für einen Eindruck auf Sie?!« Sie verspürte den Wunsch, die Schwester umzubringen. Warum zum Teufel tat sie nicht etwas, um Kate zu helfen? Verdammt noch mal, das Kind wand sich vor Schmerzen. Es gab doch Leute, die an so was starben – oder?

»Sieht recht ordentlich aus, finde ich.« Aus den Augen der Schwester schossen Blitze zu Felicia hinüber. Rasch eilte sie ans Bett und nahm Kates Hand. »Jetzt haben Sie es bald geschafft, Kate. Das war der schlimmste Teil. Das ist jetzt der Übergang. Danach wird es sehr viel einfacher. Nicht mehr lange, und Sie können anfangen zu pressen.« Kate warf den Kopf wieder heftig von einer Seite zur anderen. Ihre Tränen vermischten sich mit dem Schweiß, der ihren Hals hinunter aufs Kissen rann.

»Ich kann nicht... ich kann nicht...« Ihr Körper schnellte hoch, und sie würgte, als müsse sie sich übergeben, aber es kam nichts.

»Doch, doch, Sie können. Ganz ruhig. Ich werde mit Ihnen zusammen atmen.« Die Schwester begann schnell in dem kurzen Keuchrhythmus zu atmen, wobei sie Kates Hand beruhigend festhielt. »Es geht los, Kate... jetzt...« Sie konnte sehen, daß Kate wieder vor Schmerzen das Gesicht verzog. »Nun, nun... jetzt, atmen... ja gut...«

Dieses Gekeuche machte Felicia wahnsinnig. Aber Kates Gesicht wirkte jetzt etwas entspannter. Die Panik war aus ihren Augen verschwunden. Vielleicht würde sie es jetzt doch noch schaffen. Gott, es war trotz allem furchtbar. Warum sollte nur ein Mensch auf der Welt den Wunsch haben, das hier durchzumachen? Ein wiederholtes Stöhnen und ein scharfer darauffolgender Schrei unterbrachen ihre Gedanken. Dann hörte sie das gleichmäßige, besänftigende Plappern der Schwester. Sie fragte sich, wie Kate das durchhielt. Sie schien ihr immer so zerbrechlich. Das war kein Kind wert. Auch kein Mann. Niemand. Felicia hatte Tränen in den Augen. Sie drehte sich um und sah aus dem Fenster in die aufgehende Sonne. Es war ihr einfach unerträglich, die Freundin weiter so leiden zu sehen. Sie hatte doch schon so viel durchgemacht. Und jetzt auch noch das. Als Felicia sich wieder vom Fenster wegwandte, traf ihr Blick die Augen der Schwester. Diese sah sie jetzt etwas freundlicher an.

»Gönnen Sie sich doch eine Tasse Kaffee. Ich glaube, die Cafeteria müßte schon offen sein.«

»Nein, nein, es geht schon. Ich –«

»Gehen Sie nur. Wir kommen hier prima zurecht.« Sie hatte recht.

Kate sah jetzt viel besser aus. In ihren Augen war immer noch der verbissene Schmerz zu sehen, aber sie schien den Kampf wieder aufgenommen zu haben. Außerdem hatte sie wohl mit sich selbst genug zu tun, um sich Gedanken darüber zu machen, ob Felicia nun da war oder nicht. Ein paar Minuten konnte sie also gehen. Was sie hier sah, war im wahrsten Sinne des Wortes mühevolle Arbeit.

»Na gut. Aber ich bin gleich wieder da.«

»Wir werden inzwischen nicht abhauen.« Die Schwester lächelte aufmunternd, wandte sich dann aber gleich wieder Kate zu und fuhr mit den Atemübungen fort.

Zum ersten Mal fühlte Felicia sich überflüssig. Ob Väter wohl genauso empfanden, wenn sie ihre Frauen in solchen Qualen sahen? Wenn sie beobachteten, wie sehr Frauen sich anstrengen mußten, ein Ziel zu erreichen, das sie niemals erreichen würden? Ob sie das nachempfinden könnten? Eins wußte Felicia genau: Diese Schmerzen würde sie niemals bei sich zulassen. Niemals würde sie einen Mann dazu genug lieben. Nicht so, wie Kate Tom geliebt hatte. Der Gedanke an Tom ließ sie zusammenzucken. Langsam ging sie den Flur zur Cafeteria hinunter. Im Augenblick hatte sie gar keine Lust, Kaffee zu trinken. Am liebsten hätte sie jetzt schon gewußt, daß alles vorbei wäre, daß sie nach Hause fahren, sich duschen und danach ins Bett legen könnte. Die lange Fahrt vom Tag zuvor, die durchwachte Nacht und die Sorgen zerrten langsam an ihren Kräften.

»Wie geht es Mrs. Harper denn?« Eine etwas dicke Krankenschwester saß hinter dem Schalter und sah Felicia fragend an. Sie wirkte wie eine Matrone. Diese Stadt war doch sehr klein. Felicia fragte sich, ob die Schwester sich alle Namen merkte.

»Keine Ahnung. Ich finde, es sieht ganz furchtbar aus.«

»Haben Sie schon mal ein Baby bekommen?« Felicia schüttelte ausdruckslos den Kopf. Es war ein komisches Gefühl, einer Fremden diese Frage zu beantworten. Die Frau nickte verständnisvoll. »In ein paar Tagen wird sie es vergessen haben. Sie wird wohl noch ein bißchen darüber reden, aber sie wird es vergessen. Sie werden vermutlich noch viel länger daran denken als sie.«

»Kann schon sein.« Aus unerklärlichem Grund hielt Felicia vor dem Rezeptionsschalter, als erwartete sie, daß die Schwester noch etwas sagen würde. Es war schon ein Trost, nur mit jemandem darüber reden zu können. »Ich hoffe, es dauert jetzt nicht mehr so lange.«

»Vielleicht. Vielleicht auch nicht. Das kann man nie so genau sagen.

Es ist ihr erstes, nicht wahr?« Traurig nickte Felicia. Das bedeutete wohl noch mehr Schmerzen, oder? Das erste. Und vermutlich auch das letzte. Arme Kate... »Machen Sie nicht so ein trauriges Gesicht. Bald wird es ihr wieder sehr gut gehen. Sie werden sehen, sobald sie das Baby auf dem Arm hat, wird sie gleichzeitig lachen und weinen, und sie wird alle ihre Leute hierherrufen, alle, die sie kennt, und es stolz herzeigen.« Die Frau wurde sofort ernst, als sie Felicias Blick begegnete. »Sie ist Witwe, nicht wahr?«

»Ja.«

»Was für eine Schande. Und das gerade jetzt. Woran ist er denn gestorben?«

»An... es war ein Unfall.« Felicia hatte plötzlich einen sehr verschlossenen Gesichtsausdruck. Ihre Stimme war äußerst ruhig. Es war genug gesagt worden.

»Es tut mir leid.« Die Schwester spürte ihre Abwehr. Einen Augenblick schwiegen beide, dann nickte Felicia mit einem mechanischen Lächeln und ging langsam weiter. Die Schwester blickte ihr noch nach. Felicia brauchte jetzt doch einen Kaffee.

Sie hielt sich nicht länger als fünf Minuten in der Cafeteria auf. Wenn sie gekonnt hätte, wäre sie wohl tagelang sitzen geblieben, aber sie wollte Kate nicht zu lange allein lassen. So schluckte sie den Kaffee so schnell wie möglich hinunter, so heiß, wie ihre Lippen es gerade noch vertrugen. Eine Sekunde lang zog sie einen Toast in Betracht. Aber das schien ihr zu übertrieben. Wie konnte sie Toast essen, wenn Kate sich da drüben vor Schmerzen wand? Allein von dem Gedanken wurde ihr übel.

Als sie an der Kasse stand und auf ihren Bon wartete, mußte sie plötzlich an Tom denken. Sie fragte sich, ob Kate jetzt wohl auch an ihn dachte, oder ob sie bloß die Schmerzen im Kopf hätte. Das hätte er mal sehen müssen. Er hätte jetzt hier sein sollen. Es war einfach unmöglich, sich vorzustellen, daß Tom sein Kind nie im Leben sehen würde. Er würde nicht einmal verstehen, daß er ein Kind hatte. Das Mädchen hinter dem Tresen schob Kates Bon auf die Untertasse. Felicia sah sich die Summe abwesend an und ließ zwei Vierteldollar auf dem Tresen liegen. Sie wollte jetzt so schnell wie möglich zu Kate zurück. Für einen Gedanken an Wechselgeld hatte sie keine Zeit mehr.

Die schwarzen Slipper, die sie noch vom Tag vorher trug, klapperten leise über den Krankenhausflur. Sie sah an sich herunter und stellte fest, daß sie einen ziemlich unordentlichen Eindruck machen mußte.

Der schwarze Baumwollhosenanzug, den sie erst letzte Woche im dritten Stock gekauft hatte, sah aus, als hätte sie eine Nacht darin geschlafen, und der schwere indische Silberreif hinterließ mittlerweile einen dicken roten Streifen an ihrem Arm. Sie fragte sich, wie lange diese Warterei noch weitergehen und vor allem wie lange Kate das noch aushalten würde. Sie lag jetzt seit kurz nach Mitternacht in den Wehen, und jetzt war es bereits sieben Uhr morgens.

Als Felicia die Tür öffnete, spürte sie gleich, daß sich etwas verändert hatte. Kates Gesicht war jetzt naß von Schweiß. Nicht mehr feucht, nein, sie sah aus, als käme sie gerade aus der Dusche. Das blaue Krankenhaushemd klebte an ihrem Körper. An ihrer Hand, die fest die Hand der Krankenschwester umklammerte, traten weiß die Knöchel hervor. Aber ihre Augen waren wieder etwas heller. Ihr Gesicht sah jetzt lebendiger aus, und der Rhythmus ihrer Bewegungen hatte sich verändert. Felicia kam es vor, als wäre sie aus einem qualvollen, langsamen Trott in vollen Galopp gefallen. Es war schwer festzustellen, ob die Schmerzen etwas nachgelassen hatten, aber die Krankenschwester hatte jetzt keine Sekunde Zeit, eine Frage von Felicia zu beantworten. Mit militärischer Präzision gab sie Kate Befehle, wie sie richtig zu atmen hätte. Kate schien nur noch die Schwester zu sehen und ihren Anweisungen zu folgen. Auf einmal bemerkte Felicia, wie die freie Hand der Schwester zur Klingel tastete und sie dreimal drückte.

Licia stand daneben und fühlte sich vollkommen überflüssig. Sie wußte nicht, ob es Kate nun gut oder schlecht ging, ob sie helfen könnte und was überhaupt geschah. Und sie wollte Kate in ihrer Konzentration auch nicht mit Fragen unterbrechen. Trotzdem, etwas war hier ganz anders geworden. Eigentlich alles. In Kates Gesicht strahlte ein Licht, das sie noch nie bei einem Menschen gesehen hatte. Sie wollte jetzt am liebsten auch etwas zu tun haben, wollte zupacken, die Strecke mit ihr gemeinsam rennen, das Zielband an der Brust spüren, den Triumph mit ihr zusammen erleben und feiern. Kate war nun am gewinnen. Man konnte es im ganzen Zimmer spüren. Sie konnte sogar einmal kurz zwischen zwei Wehen lächeln. Diese Mammutschmerzen! Das Lächeln verflüchtigte sich zwar sofort wieder, aber seine Aura blieb auf Kates Gesicht.

Die Schwester klingelte nochmals, und diesmal öffnete sich die Tür sofort, und zwei weitere Schwestern erschienen mit einem fahrbaren Bett. Sie trugen einen Anzug, der aussah wie ein blauer Pyjama. »Der

Doktor wartet in zwei auf uns. Wie geht es ihr?« Sie sahen entspannt und gelassen aus, was Felicia im Augenblick beruhigte. So schlimm konnte es also nicht sein. Kate hatte die beiden gar nicht bemerkt. Die Schwester an ihrer Seite wartete erst die Wehe ab, bevor sie den beiden zunickte. Dann blickte sie Kate strahlend an.

»Wir sind bereit, nicht wahr, Kate? Mehr als das, es geht los.« Kate nickte. Zum ersten Mal seit Stunden suchte sie Felicias Blick. Als sie sie sah, fing sie an zu sprechen. Aber eine neue Wehe unterbrach sie, und sie mußte warten, bevor sie ein Wort rausbrachte. Die nächste Pause benutzten die Schwestern, sie umzubetten. Immer noch langte sie ängstlich nach Felicia, die schnell an ihre Seite sprang.

»Komm mit mir, Licia... bitte... komm mit...«

»Was, jetzt?«

»Ich möchte dich dabeihaben...« Sie konnte schon wieder nicht mehr weitersprechen. Es schien, als brauchte sie alle Luft, um die Schmerzen auszuhalten. Neue Schweißbäche liefen an ihrem Hals entlang. Sie ließ Felicias Hand aber nicht los. »Bitte... wenn das Baby kommt... du auch.«

Felicia verstand. Aber um Himmels willen, warum gerade sie? Die Schwestern waren doch bei ihr. Die wußten wenigstens, was zu tun war. Sie konnten ihr doch viel besser helfen. Doch es gab keine Möglichkeit, den flehenden Ausdruck in Kates Augen zu ignorieren.

»Natürlich, Schatz. Ich werde bei dir sein und Händchen halten.« Inzwischen ging sie schon neben dem Bett, das den Gang entlang gerollt wurde. Die Schwester, die auf Kates Kopfhöhe neben dem Bett eilte, warf einen fragenden Blick in Felicias Richtung.

»Haben Sie die Absicht, sie in den Kreißsaal zu begleiten?«

Einen Sekundenbruchteil zögerte Felicia noch. Doch dann antwortete sie fest: »Ja.« O Gott. Ihr drehte sich schon wieder der Magen um, aber sie konnte Kate unmöglich im Stich lassen.

»Dann müssen Sie sich umziehen und desinfizieren lassen.«

»Wo?«

»Da drüben.« Die Schwester nickte zu einer Tür hin. »Die diensthabende Schwester wird Ihnen helfen. Wir sehen uns dann im Kreißsaal. Nummer zwei.«

»Zwei?«

Die Schwester nickte beiläufig und kümmerte sich sofort um Kate, die sich im Augenblick wieder aufbäumte. Felicia hatte sie vergessen. »Durchhalten, mein Schatz. Wir sind gleich da. Noch nicht. Fangen

Sie jetzt bloß nicht zu pressen an. Erst wenn wir Sie auf dem Tisch haben. Gleich ist es soweit.«

Dann waren sie verschwunden. Felicia betrat das Desinfektionszimmer, um sich reinigen zu lassen.

Drei Minuten später kam sie in einem sauberen, blauen Kittel daraus hervor und rannte in krankenhauseigenen Halbschuhen auf Gummisohlen über den Flur. Die Schwester im Desinfektionszimmer hatte ihr den Weg zum Kreißsaal zwei beschrieben. Sie drückte auf den Summer neben der Tür, die daraufhin automatisch aufschwang. Felicia achtete sorgfältig darauf, daß sie mit ihren Händen nichts mehr berührte, bis sie bei Kate war. Man hatte ihr gesagt, daß sie, wenn sie irgendeinen Gegenstand unterwegs anfaßte, noch einmal geschrubbt werden müßte, und das wollte sie auf keinen Fall. Sobald sie bei Kate war, dürfte sie ihre Hand nehmen, und das war ihr wichtiger. Die Prozedur hatte ihr ohnehin schon zu lange gedauert. Kate sollte nicht noch länger auf sie warten. In einer Glastür sah sie einen Moment lang ihr eigenes Spiegelbild und mußte lachen. Sie sah aus wie eine der Darstellerinnen in einer Krankenhausserie im Fernsehen. Ihr Haar war straff zu einem Knoten zurückgebunden, und auf ihrem Kopf saß ein Häubchen, das sie an eine Duschkappe erinnerte. Sie hatte sogar eine kleine Maske als Mundschutz im Gesicht. Was, wenn man sie für eine Schwester hielt? Ein schrecklicher Gedanke. Aber als sie den Kreißsaal betrat, merkte sie sofort, daß das kaum passieren würde. Die Profis hatten sich schon konzentriert an ihre Arbeit gemacht. Eine Atmosphäre von organisierter Geschäftigkeit füllte den Raum.

Kate lag schon von weißen Tüchern umhüllt auf dem Operationstisch. Ihre Beine waren auf Stützen hoch in die Luft gestreckt. Felicia fand, das sähe primitiv und grausam aus, aber Kate schien es gar nichts auszumachen. Sie hob jetzt ständig den Kopf, als ob es da vorn etwas Wichtiges zu sehen gäbe. Und in diesem Augenblick spürte Felicia, wie eine unbezähmbare, erwartungsvolle Erregung sie erfaßte. Ihr wurde mit einemmal klar, wo sie sich befand und was hier gleich geschehen würde. Das war jetzt mehr als Kates Prüfung. Ein Ereignis, ein phantastischer Vorgang, eine Geburt. In wenigen Minuten würde hier ein Baby geboren werden, und danach wäre der ganze Schrecken des Geschehens für Kate vorbei. Wenn sie genau hinsah, mußte Felicia allerdings einräumen, daß auf Kates Gesicht keine Spur von Schreck mehr zu sehen war. Zum ersten Mal seit Stunden wandte Kate ihr das Gesicht zu, und sie konnte ihre Augen sogar lachen sehen.

»Na, du Klops?« Felicia versuchte gelassener zu wirken, als sie sich fühlte.

»Du siehst ganz schön dämlich aus, Licia.« Kate konnte wieder reden. Felicia war so erleichtert, daß sie sie am liebsten umarmt hätte. Aber das ging ja nicht. Statt dessen griff sie nach Kates Hand, aber dann sah sie, daß ihre beiden Hände beschäftigt waren. Von der Decke hingen zwei Reifen, die Kate fest umklammerte. Daran konnte sie sich festhalten, wenn sie pressen mußte.

Der Arzt stand am Fuß des Operationstisches. Auch er war in Arbeitskleidung. Hinter seiner Maske sahen freundliche Augen durch eine Hornbrille hervor.

»Gut, Kate. Jetzt kommt eine große Wehe... wunderschön... ruhig, ganz ruhig... da ist sie... noch ein bißchen... ja, gut... noch ein wenig stärker... ja so, Mädchen. Ruh dich ein wenig aus.« Eine Minute lang hatte Kates Gesicht durch die Anstrengung ganz verzerrt ausgesehen. Ihre Blässe war jetzt einer erschöpften Röte gewichen. Ganz außer Atem ließ sie den Kopf ins Kissen zurückfallen, wobei sie Felicia kurz anblinzelte.

»Oh, Licia. Ich kann's nicht allein... hilf mir.« Licia sah sie einen Moment ängstlich an. Sie war völlig hilflos. Da kam eine Krankenschwester um den Tisch herum auf sie zu.

»Wenn Sie ihr beim Pressen die Schultern halten, ist das eine große Hilfe.«

»Ich?« Es war das einzige, was ihr einfiel. Kate sah sie bittend an. Die Freude und Erwartung waren verflogen. Kate sah jetzt aus wie ein total erschöpftes kleines Mädchen. Eine neue Wehe fuhr ihr durch den Leib und schüttelte sie. Jedermann schien gespannt vor Erwartung. Der Arzt machte etwas zwischen ihren Beinen.

»Licia...« Ohne weiter nachzudenken, umfaßte Felicia Kates Schultern und hielt sie fest, während sie vor Anstrengung zitterte. So hart wie jetzt hatte sie noch nie in ihrem Leben arbeiten müssen. »Ich kann nicht... es geht nicht...«

»Stärker, Kate. Mal los... Sie müssen sich jetzt ganz doll anstrengen. Jetzt!« Der Arzt drängte sie nicht zu Unrecht. Er wirkte sicher. Die Schwestern rannten geschäftig hin und her. Kate fing wieder an zu weinen.

»Ich kann nicht... ich...« Jetzt spürte Felicia den Schweiß auch über ihr Gesicht rinnen. Sie versuchte, Kates Schultern so fest wie möglich zu halten. Das schien ihr eine schon fast zu große Anstrengung, aber es war ja nichts im Vergleich zu dem, was Kate gerade zustande brachte. Warum, zum Teufel, gaben sie ihr nicht irgend etwas, um die Sache zu beschleunigen? Wieso nahmen sie nicht die Geburtszange. Etwas mußte doch geschehen, verdammt noch mal!

»Stärker!« Der Arzt drängte gnadenlos. Felicia sah ihn haßerfüllt an. Kates Gesicht war wieder von Schmerzen verzerrt. Es war wohl mehr der Kraftaufwand als die Schmerzen, aber das konnte Felicia nicht wissen. Plötzlich surrten die Schwestern wieder wie Bienen um sie herum.

»Na los, Kate. Sie können es! Noch einmal hart pressen, dann ist es vorbei. Ja, jetzt... härter...« Aber es geschah nichts, und dann fiel Felicia auf, daß die Spannung im Raum sich gesteigert hatte. Sie blickte zum Arzt hinüber und stellte fest, daß sein Gesichtsausdruck sich verändert hatte. Eine der Schwestern betrachtete aufmerksam die Monitoraufzeichnungen. Man hatte ihn irgendwo an Kates Körper angeschlossen. Dann hörte sie es leise. Es kam vom anderen Ende des Tisches. Sie betete fast, daß Kate zu abgelenkt war, um ein Wort zu verstehen.

»Fötaler Herzschlag, Doktor.«

»Wird er langsamer?«

»Unregelmäßig.«

Er nickte schweigend, und Kate wurde von einer neuen Wehe geschüttelt.

»So, Kate, jetzt kommt's drauf an. Ich will, daß Sie jetzt noch einmal richtig schön kräftig pressen! Jetzt!« Doch dieses Mal zuckte sie bei seinem Kommando nur zusammen und versuchte sich aus Felicias Griff zu entwinden. Sie ließ den Kopf weit nach hinten zurückfallen und brach in Schluchzen aus.

»Oh, Licia... Tom... Tom! Tom!... bitte...«

»Kate, Kind, bitte. Bitte tu's für uns, für Tom. Versuch es nur noch einmal.« Über Felicias Gesicht liefen Tränen, die sich in der Maske verfingen. Sie war fast blind. Doch jetzt ließ sie die schmalen Schultern um keinen Preis los. Sie betete, daß diese gemeine Prüfung bald vorüber wäre. Es konnte nicht so weitergehen. Kate würde nicht mehr ertragen. Das war ihr vollkommen klar. Aber vielleicht für Tom... »Kate, bitte... ich weiß, daß du es schaffen wirst. Presse so hart du kannst.« Ein völliges Durcheinander von Geräuschen folgte, Instrumenteklappern, ein Grunzen vom Arzt, ein kleiner Aufschrei der Schwester und plötzliche Stille bei Kate. Sie stieß einen langgezogenen Klageton hervor.

»Ein Junge!« Der Arzt gab ihm einen festen Klaps auf den Po, während Kate sich zurücklegte und stolz zu Felicia hinauflächelte. Die Tränen liefen in Strömen über ihre Wangen.

»Wir haben es geschafft.«

»Du hast es geschafft, Mutter.« Auch Felicia weinte erleichtert. »Und er ist wunderschön.« Ein kleines rundes Etwas mit wutrotem Gesichtchen, das unaufhörlich schrie – das war Kates Sohn. Plötzlich steckte er ein winziges Däumchen in den Mund und hörte schlagartig zu schreien auf. Kate lachte. Felicia hatte noch nie etwas Schöneres gesehen als den Blick, mit dem Kate ihren neugeborenen Sohn betrachtete. Sie konnte nicht aufhören zu weinen. Kate strahlte sie stolz an. Dann schwieg sie gedankenvoll. Einen Augenblick später wurde ihr der Sohn vorsichtig in weiche Tücher eingewickelt in den Arm gelegt. Man hatte die Nabelschnur durchgeschnitten. Er war jetzt frei. Und er gehörte ganz und gar zu ihr.

Als Kate nun ruhig mit ihrem Kind auf dem Arm im Bett lag, hatte sie immer noch Tränen in den Augen. Wieder und wieder sah sie Felicia an. Und Felicia las ihre Gedanken. So winzig und faltig er noch war, er hatte Ähnlichkeit mit Tom.

»Wie soll er denn heißen?« Die Schwester, die ihr schon im Krankenzimmer beigestanden hatte, trat nun ans Bett und betrachtete das kleine, runde Gesichtchen, das winzig im Arm der Mutter eingebettet lag. Es war ein großes Baby, knapp unter neun Pfund.

»Er heißt Tygue.« Plötzlich brach Kate inmitten der Aktivität um sie herum in ein lautes, glückliches Lachen aus. Der Arzt lächelte zu ihr herüber. Sie klang wie ein übermütiges Mädchen. Stolz reckte sie den Kopf in die Höhe und blickte einmal um sich: »He, ihr alle! Ich bin jetzt Mutter!« Alle fielen in ihr Lachen ein, auch Felicia. Sie war ebenfalls glücklich, wenn sie auch nicht aufhören konnte zu weinen.

5

»Bist du sicher, daß es dir gutgehen wird?«

Kate grinste ihre Freundin über den Tisch hinweg an. »Nein, ich werde in Panik geraten und noch vor dem Mittagessen das Rote Kreuz herrufen.«

»Sehr witzig!« Felicia trank lächelnd den letzten Schluck Kaffee aus ihrer Tasse. Es war ein friedlicher Sonntagvormittag, und Tygue war nun fast schon neun Tage alt. Felicia war die Woche über nach San Francisco zurückgefahren und wieder zum Wochenendbesuch gekommen. Jetzt beobachtete sie gerade, wie Kate das Baby stillte. »Tut das nicht weh?«

Kate schüttelte langsam den Kopf und lächelte. Dann blickte sie auf ihren Sohn hinunter, der weiß und rosa nach der ersten Woche seines Lebens in ihrem Arm lag. »Nein, das tut gar nicht weh. Es klingt vermutlich altmodisch, aber ich habe so ein Gefühl, als wäre ich genau dafür geschaffen worden. Und vorher hatte ich mir auch nicht vorgestellt, daß mir das gefallen könnte.«

»Na, das geht mir genauso. Aber weißt du, je länger ich mit dir zusammen bin, desto mehr Dinge stelle ich bei mir in Frage, über die ich sicher zu sein glaubte. Für mich war der Gedanke an eine Geburt bisher nichts weiter als bloßer Horror, bis dieser kleine Schreihals hier aufgetaucht ist.« Felicia lächelte dem Kleinen wieder mal zu. Sie konnte sich immer noch nicht an die Schönheit dieser gemeinsamen Erfahrung gewöhnen. »Ich werde euch beide fürchterlich vermissen.«

»Es wird dir guttun. Ich bin schon lange nicht mehr in Europa gewesen. Ich weiß schon gar nicht mehr, wie's da aussieht.« Felicia fuhr für einen Monat auf Geschäftsreise.

»Hast du Lust, mich auf meine nächste Reise zu begleiten?«

»Mit Tygue?« Kate blickte überrascht zu ihr auf. Felicia lächelte.

»Meinetwegen. Oder auch ohne ihn. Es wäre lustig.«

»Kann schon sein.« Sie sah mit abweisendem Gesichtsausdruck zur Seite.

»Kate, du willst doch nicht ernsthaft hier bleiben, oder?« Langsam machte sie sich große Sorgen.

»Aber ja doch. Ich habe gerade einen neuen Mietvertrag unterzeichnet.«

»Für wie lange?«

»Fünf Jahre.«

Felicia sah sie entsetzt an. »Kannst du ihn wieder lösen?«

»Ich habe keine Ahnung, meine Liebe. Aber ich habe auch gar nicht die Absicht, das zu tun. Ich weiß, daß du das nicht verstehen kannst, aber das hier ist jetzt mein Zuhause. Ich glaube kaum, daß ich je den Wunsch haben werde zurückzugehen, egal was passiert. Jetzt, wo Tygue da ist, habe ich die Kraft, ein neues Leben anzufangen. Irgendwo hätte ich das sowieso tun müssen, und ich bin sehr gern hier.

Es ist ein schöner Ort, ein Kind aufwachsen zu lassen. Er wird ein einfaches, gesundes Leben führen. Ich kann jederzeit zu Tom fahren, und vor allem wird Tygue in dieser Stadt nie erfahren, was wirklich mit Tom geschehen ist. Harper ist ein ganz gewöhnlicher Name. Niemand wird Tygue Fragen stellen. Wenn wir aber nach San Francisco zurückgehen, wird eines Tages alles herauskommen.« Sie seufzte tief auf und sah Felicia direkt ins Gesicht. »Ich wäre ja verrückt, dorthin zurückzugehen.« Allein bei dem Gedanken an die Reporter krümmte sie sich.

»Na gut. Aber was ist mit Los Angeles? Wenigstens ein zivilisierter Ort, verdammt noch mal.« Felicias Eifer belustigte Kate, aber sie wußte auch, daß diese es nur gut meinte. Seit Tygues Geburt verband sie beide ein noch fester geknüpftes Band. Sie hatten einen der kostbarsten Augenblicke des Lebens miteinander geteilt.

»Warum Los Angeles, Licia? Ich habe dort nichts zu suchen. Eine Stadt wie jede andere. Sieh mal, ich habe keine Familie, kein Zuhause, keine Aufgabe, nichts. Nur einen kleinen Jungen, der hier sehr schön wachsen und gedeihen wird. Und an diesem Ort kann ich sehr gut schreiben. Ich bin glücklich hier.«

»Aber du hast schon vor, uns von Zeit zu Zeit mal in der Stadt zu besuchen, oder?« Es folgte eine lange Pause, und Felicia sah endlich ein, daß sie auf verlorenem Posten kämpfte. »Oder?« Ihre Stimme war leise und traurig. Sie fühlte Trauer um Kate, die ihr jetzt endgültig aus den Händen zu gleiten schien. Sie gehörte nicht hierher, aber wenn sie das endlich einsehen würde, würde es längst zu spät sein. Vielleicht erst dann, wenn der Junge groß und aus dem Haus war. »Du wirst mal in die Stadt kommen, nicht wahr?« Trotzdem beharrte sie auf diesem Punkt. Doch Kate sah fest entschlossen aus, als sie von ihrem Sohn aufblickte, der an ihrer Brust eingeschlafen war. Sie knöpfte die Bluse zu.

»Wir werden sehen, Licia. Ich weiß es noch nicht.«

»Du nimmst es dir ja nicht einmal vor, stimmt's?« Verdammt noch mal, wie konnte sie sich das antun?

»Also gut, ich nehme es mir nicht vor. Fühlst du dich wohler, wenn du es genau weißt?«

»Ich fühle mich beschissen. Scheiße, Kate. Das kannst du dir nicht antun. Du kannst dich hier nicht hinter Unkraut verstecken und in den Feldern vergraben. Das ist Wahnsinn. Du bist jung, du bist schön. Tu doch so was nicht!«

»Ich habe in der Stadt nichts verloren, Licia. Jetzt nicht mehr. Keine

Familie, keine Erinnerungen, die mir geblieben wären, rein gar nichts. Außer dir, natürlich, aber dich sehe ich hier, wenn du Zeit hast, herauszukommen.«

»Und was ist mit dem Stadtleben, den Leuten? Theater, Oper, Ballett, dein Job, Partys? Siehst du nicht, was du alles verwirfst? Kate!«

»Ich verwerfe es nicht, ich habe es einfach hinter mir gelassen. Wenn ich meine Meinung je ändern sollte, wird es immer noch für mich da sein.«

»Du bist doch erst dreiundzwanzig. Jetzt ist das Alter, in dem du deine Jugend und all diese Dinge genießen solltest, die das Leben dir verspricht. Jetzt könntest du deinen Vorteil daraus ziehen.«

Diese Worte brachten Kate zum Lachen. Sie blickte auf ihren Sohn und sah Felicia daraufhin bedeutungsvoll an. Es gab nichts mehr zu sagen. Felicia hatte verloren.

Sie schloß die Augen einen Moment und stand auf. »Ich weiß nicht mehr, was ich sagen soll.«

»Dann sag einfach, daß du dich darauf freust, uns hier zu besuchen, wann immer du Zeit hast, und daß es dir Spaß bereitet, nach Europa zu fahren.« Kates Lächeln erlaubte keine weitere Diskussion.

»Und was wirst du tun?«

»Ich werde endlich anfangen, mein Buch zu schreiben.«

»Ein Buch?« Gott, war sie wirklich so unreif? Kate war dabei, ihr ganzes verdammtes Leben hinzuschmeißen, und das nur, weil ihr Mann durchgedreht hatte und nun in einem Sanatorium leben mußte. Aber das war doch nicht *ihre* Schuld. Warum mußte sie sich unbedingt lebendig begraben, nur weil ihm dieses Schicksal nun mal beschieden war? Felicias Armringe klimperten, als sie nervös ihre Kaffeetasse in das Spülbecken stellte. Sie wünschte, ihr wäre es gegeben, diesem Mädchen ein wenig Vernunft einzureden, aber sie müßte jetzt wohl bis nach der Europareise warten, um es dann noch einmal zu versuchen. Doch etwas ließ sie jetzt schon spüren, daß sie sie niemals überzeugen würde. Während der kurzen Zeit, in der Tygue auf der Welt war, hatte Kate sich mächtig verändert. Sie schien so selbstsicher wie noch nie. Und sie war starrsinnig wie ein alter Bauer.

»Warum überrascht es dich so, daß ich ein Buch schreiben will?«

»Ich weiß nicht. Es kommt mir so komisch vor und, offen gesagt, schrecklich einsam.«

»Das werden wir sehen. Schließlich habe ich ja jetzt Tygue, der mir Gesellschaft leistet.«

»Nach einer Weile.« Felicias Gesicht war ausdruckslos. »Was wirst du mit ihm tun, wenn du Tom besuchen fährst?«

»Das weiß ich noch nicht. Eine der Schwestern im Krankenhaus hat mir gesagt, daß sie eine zuverlässige, ältere Frau kennen würde, die wundervoll mit Babys umgehen könne, und sie wäre vielleicht bereit, auf ihn aufzupassen. Oder ich nehme ihn einfach mit. Na ja, vielleicht ist die Fahrt doch ein bißchen zu lang... nun, ich weiß es noch nicht. Tom würde das alles nicht verstehen. Es wäre wohl besser, Tygue bei einem Kindermädchen zu Hause zu lassen.«

»Kindermädchen klingt großartig.«

»Ja, Mama.«

»Selbst Mama, Frau Harper. Weißt du, deinetwegen bekomme ich viel mehr graue Haare als wegen meines Geschäftes.«

»Nun, dir wird das sicher großartig stehen.«

»Deine Gewissensbisse sind erstaunlich!« Aber jetzt lächelte Felicia wieder. »Denk dran, mich in einem deiner Bücher zu erwähnen.« Bei dem Gedanken brach Kate in Lachen aus. Sie legte das Baby in einen komfortablen blau-weißen Korb, den Felicia ihr aus der Stadt mitgebracht hatte. Noch einen Monat, dann würde er die antike Wiege benutzen, die sein Vater ihm gekauft hatte. Im Augenblick war sie noch etwas zu groß. Tygue sah darin ziemlich verloren aus. Felicia stellte sich neben Kate und sah lange auf das Kind hinunter. »Na, Kate? Ist es schön so?« In ihren Augen schimmerte eine tiefe Sanftheit.

»Es ist schöner, als ich es mir je vorgestellt hätte. Einfach vollkommen. Sogar die Stillzeit um vier Uhr morgens.« Sie grinste Felicia verschmitzt an. »Dann beginne ich mich zu fragen...«

»Tu's nicht. Genieße es einfach.« Felicia konnte immer noch nicht die ernste Stimmung abschütteln, die sie seit dem Vormittag befallen hatte. Sie hatte das Gefühl, daß dieser Abschied von Kate irgendwie etwas Endgültiges hätte. Auch Kate hatte das in ihrem Gesicht gelesen.

»Nimm's nicht so schwer, Liebe.«

»Ich finde immer noch, du bist ein verdammter Narr, hier zu bleiben. Aber ich werde das erste Wochenende nach meiner Europareise hier aufkreuzen. Und danach immer, wenn ich Zeit habe.« Beiden war klar, daß sie ab jetzt nicht mehr jedes Wochenende kommen könnte. Sie mußten jede für sich ihr eigenes Leben führen. Die Dinge würden sich verändern. Felicia standen Tränen in den Augen, als sie nach ihrer Reisetasche griff. Auch Kates Gesicht war sehr ernst, als sie die Haustür öffnete. Schweigend gingen sie nebeneinander zu Felicias kleinem roten Sportwagen. Kate nahm ihre Freundin ganz fest in die Arme.

»Es tut mir leid, Licia.« Auch sie weinte jetzt. »Ich kann einfach nicht zurück.«

»Ich weiß. Ist schon in Ordnung.« Sie lachte durch die Tränen und drückte Kate noch einmal fest an sich. »Paß gut auf mein Patenkind auf, Kleines.«

»Und paß du gut auf dich selbst auf.«

Felicia grüßte noch einmal kurz, warf ihre Tasche auf den Rücksitz und schlüpfte hinter das Lenkrad. Dann hielt sie einen Moment in ihrer Bewegung inne und blickte Kate lange an. Kate sah ihr ruhig in die Augen. Ihre Blicke tauschten so viel Liebe und gegenseitiges Verständnis aus. Ihre Schiffe hatten Segel gesetzt. Sie winkten sich zu, als Felicias Auto langsam in der Ferne verschwand.

Als Kate ins Haus zurückging, sah sie auf die Uhr. Noch zweieinhalb Stunden, bis Tygue wieder aufwachen und nach seinem Essen verlangen würde. Somit hatte sie viel Zeit, weiter an ihrem Buch zu schreiben. Dreißig Seiten waren schon fertig, aber das hatte sie vor Felicia noch nicht zugeben wollen. Das Buch war ihr Geheimnis. Und eines Tages – bei dem Gedanken lächelte sie still in sich hinein –, eines Tages… sie wußte es schon.

Zweiter Teil

6

»Kate? Kate!«

Kate sprang überrascht auf, als sie ihren Namen hörte. Sie hatte barfuß in einer ausgewaschenen Jeans und einem alten Oberhemd an ihrem Schreibtisch gesessen.

»He, Kate! Wirst du jetzt auch noch schwerhörig?«

»Licia!« Sie stand in der Auffahrt und sah in ihrem weinroten Wildlederkostüm so gepflegt und modisch aus wie immer. »Du hast mir nicht gesagt, daß du kommen wolltest!«

»Ich habe mir unser Geschäft in Santa Barbara mal angesehen. Und so dachte ich mir, ich überrasche dich einfach mal. Gott, was hast du denn an? Bist du schon so tief gesunken?«

Kate wurde rot und schloß verlegen ihre Hosenklappe.

»Tut mir leid, ich habe gearbeitet. Außerdem habe ich keine Gäste erwartet.«

»Und? Kommst du voran?« Felicia umarmte sie und warf dabei einen Blick auf die Schreibmaschine.

»Ganz gut, glaube ich. Ich kann das schwer beurteilen.« Sie zuckte die Achseln und folgte Felicia ins Wohnzimmer. Sie hatten sich seit zwei Monaten nicht gesehen. Felicia hatte zu Weihnachten eine Woche Ferien bei ihnen gemacht und Tygue über alle Maßen verwöhnt.

»Sei nicht so unbarmherzig zu dir selbst. Wenn du ein Buch verkaufen kannst, wird es mit dem nächsten auch klappen.«

»Sag das mal meinem Verleger, Licia.«

»Nichts täte ich lieber. Möchtest du einen Martini?« Kate schüttelte lächelnd den Kopf. Felicia würde sich nie verändern. Ihre Kleidung entsprach immer der neuesten Mode, Männer tauchten in ihrem Leben auf und verschwanden wieder, alle paar Jahre mietete sie eine noch größere, noch luxuriösere Wohnung, aber im wesentlichen hatte sie sich seit Jahren nicht verändert. Die Martinis, die rauhe Stimme, ihr Stil, ihre Loyalität, ihre Beständigkeit, die wohlgeformten Beine, Felicia blieb immer dieselbe.

»Ich weiß nicht, Felicia, ich meine das ernst. Das erste Buch war mies, auch wenn sie es verlegt haben. Und das letzte haben sie rundweg abgelehnt. Langsam werde ich nervös.«

»Mußt du gar nicht. Drei ist eine magische Zahl. Außerdem war dein erstes Buch nicht mies. Soweit ich mich erinnere, hat es sich sehr gut verkauft.«

»Ach, Scheiße.« Kate blickte düster vor sich hin.

»Sei doch nicht so verunsichert. Wie viele Frauen in deinem Alter können von sich behaupten, schon zwei Bücher geschrieben zu haben?«

»Hunderte vermutlich.« Doch die Bestätigung tat Kate gut. Sonst gab es niemanden, der ihr den Rücken stärkte. Eigentlich war auch niemand da, mit dem sie reden konnte. Sie hatte Angst, mit den Leuten in der Kleinstadt über die normale Konversation hinauszugehen. »Wie geht es Ihnen?« – »Danke, gut.« Da waren nur Tygue, Felicia, ihre Arbeit und ihre Besuche bei Tom. Für andere Dinge hatte sie keine Zeit. »Ich fange langsam an, mich zu fragen, ob ich wirklich das Zeug dazu habe, so etwas wie einen erfolgreichen Roman zu schreiben.«

»Vielleicht willst du das gar nicht.« Felicia blickte über ihre Schulter zurück, als sie sich einen Martini aus dem Krug in ihr Glas schenkte. Der Krug wurde in Kates Küchenschrank für sie aufbewahrt. Immer wenn Felicia eintraf, hatten sie das Gefühl, als wäre sie gerade einen Tag weggewesen. Kate gefiel dies an ihrer Freundschaft ganz besonders. »Vielleicht willst du dem ganzen Wirbel aus dem Weg gehen, den der Erfolg mit sich bringen würde. Würde dich das nicht vor eine Menge Entscheidungen stellen, denen du konsequent ausweichst?« Über diese Frage hatte Felicia schon öfter nachgedacht.

»Was für Entscheidungen meinst du? Ob ich Tygue aufs College schicken kann oder nicht?«

»Das wäre ein Vorteil, meine Liebe, keine Entscheidung. Ich rede von dem, was mit *dir* geschehen würde, wenn dein Buch eine Sensation wäre. Könntest du dann noch weiter hier leben? Würdest du dich der Öffentlichkeit aussetzen? Könntest du dich dazu überwinden, ›die große Stadt‹ zu besuchen, um dort Interviews zu geben? Das, meine Liebe, wären die Entscheidungen, die du treffen müßtest.«

»Ich werde mich darum kümmern, wenn es soweit ist.«

»Möge dies bald geschehen.« Felicia prostete ihr mit dem Martini zu. Kate lachte.

»Du gibst wohl nie auf.«

»Selbstverständlich nicht.« Es waren nun dreieinhalb Jahre vergangen, und Felicia hoffte immer noch, daß Kate in die Stadt zurückkehrte. Zwar mußte sie zugeben, daß Tygue sich hier ausgesprochen wohl fühlte. Er wuchs und gedieh, hatte gesunde rote Wangen und die großen kornblumenblauen Augen seines Vaters. Bisher hatte er noch nicht unter den Einschränkungen gelitten, die seine Mutter *sich selbst* auferlegt hatte. Doch irgendwann würde das geschehen. Dies war Felicias neuestes Argument, aber es hatte nicht mehr Überzeugungskraft auf Kate ausgeübt als alle anderen. »Du bist die sturste Frau, der ich je begegnet bin.«

»Danke.« Kate sah sehr zufrieden aus.

»Wo ist übrigens mein Patenkind? Ich habe ihm etwas mitgebracht.«

»Licia, wenn du nicht wärst, hätte dieses Kind überhaupt keine Spielsachen. Aber dank deiner Freigiebigkeit –«, Kate lachte ihre Freundin an, »– hat er mehr, als alle Kinder in dieser Stadt zusammen. Letzte Woche ist die Modelleisenbahn eingetroffen.«

»Ah, wirklich?« Felicia versuchte, unbeteiligt aus dem Fenster zu sehen. Vielleicht war er dafür wirklich noch etwas zu klein, aber sie hatte das Gefühl gehabt, er müßte so etwas besitzen. »Schließlich braucht ein Kind, das in so einer Einöde lebt, doch etwas, womit es sich amüsieren kann. Also, wo ist er?«

»Im Kindergarten.«

»Was? Jetzt schon? Er ist doch noch viel zu klein.«

»Er ist kurz nach Weihnachten dorthin gegangen, und es gefällt ihm unheimlich gut.«

»Er wird sich bei den anderen Kindern anstecken. Die Bakterien –« Kate lachte Felicia aus, die gerade den letzten Schluck aus ihrem Glas nahm. Es war ein sonniger Freitagnachmittag Ende Februar, und hier draußen in Kates Welt kam es einem so vor, als kehrte der Frühling langsam wieder ein.

»Er wird in etwa einer halben Stunde wieder zu Hause sein. Er geht meistens von zwei bis fünf, nachdem er seinen Mittagsschlaf gemacht hat. Magst du einen Blick auf mein neues Manuskript werfen, um dir die Wartezeit etwas zu verkürzen?« Felicia nickte still vor sich hin. Auf ihrem Gesicht zeigte sich der Anflug eines Lächelns. »Felicia. Worauf starrst du so lange?«

»Ich habe gerade versucht, mich zu erinnern, ob ich mit sechsundzwanzig genauso schön ausgesehen habe. Ich weiß es jetzt. Ich hab's nicht.«

»Das kommt daher, daß ich hier auf dem Lande lebe und nicht in dieser elenden Stadt.«

»Quatsch.« Aber vielleicht hatte sie recht. Kate sah überhaupt gut aus. Nicht einmal mehr die Besuche bei Tom schienen sie so sehr zu belasten wie früher. Es hatte sich dort nichts verändert. Sie hatte sich daran gewöhnt.

Tom lebte immer noch in Mead, und Mr. Erhard kümmerte sich immer noch in liebevoller Weise um ihn. Tom spielte dieselben Spiele wie eh und je, las dieselben Bücher, legte dieselben Puzzles – es war, als würde er ewig auf dem Stand eines Erstkläßlers bleiben, was ja auch stimmte. Nun, da Kate Tygue mit ihm vergleichen konnte, fiel ihr die Stagnation besonders stark auf. Doch Tom blieb der freundliche, liebenswerte Junge. Sie fuhr immer noch zweimal in der Woche hin, um ihn zu besuchen. Tygue glaubte, daß sie in diesen Stunden arbeiten ging. Es war einfach etwas, das seine Mutter tat.

Als sie Felicia das Manuskript reichte, sah Kate auf ihre Armbanduhr. Es war noch genug Zeit, bis Tygue nach Hause kam. Kate war sehr gespannt, was Felicia zu ihrem neuen Werk sagen würde. Felicia lieferte oft sehr aufmerksame und sinnvolle Kommentare zu ihrer Arbeit. Knapp zwanzig Minuten später hob sie den Kopf und sah Kate überrascht an.

»Wie hast du es nur geschafft, diese Sexszene zu schreiben?«

»Was meinst du mit ›geschafft‹?«

»Hast du hier unten andere Abwechslungen, als ich dir bisweilen bieten kann?« Felicia blickte sie mit einem schlauen Lächeln an. Kate war verärgert.

»Das ist doch lächerlich. Ich habe sie einfach geschrieben. Das ist alles. Reine Phantasie.«

»Erstaunlich.« Felicia sah beeindruckt aus, aber gleichzeitig zwinkerte sie verschmitzt.

»Warum? Ist sie so schlecht?«

»Nein. Sie ist erstaunlich gut. Ich wundere mich nur, daß du dich offenbar so weit zurückerinnern kannst, in dieser Lebendigkeit. Schon seltsam, bei dem wundervollen, gesunden Leben, das du hier führst, bei all den Männern, die du triffst...«

»Felicia Norman, halt den Mund.« Aber Kate grinste, als Felicia sich wieder dem Manuskript zuwandte. Eine Minute lang hatte sie

Angst gehabt. Felicia versuchte ständig, sie über ihr Sexualleben beziehungsweise den Mangel daran auszuhorchen. Sie selbst mochte zwar noch nie in ihrem Leben eine richtige Leidenschaft entwickelt haben, aber es gab immer einen Mann in ihrer Nähe, den sie anrufen konnte, wenn sie ihn brauchte. Kate dagegen hatte seit vier Jahren mit keinem Mann geschlafen. Sie gestattete sich nicht einmal, daran zu denken. Dieser Teil des Lebens gehörte nicht mehr zu ihr. Sie steckte all ihre Energie in Tygue und in ihre Bücher. Vielleicht machte das ihre Bücher sogar besser. Tom und Tygue waren ihre Kinder und nahmen sie genug in Anspruch. Eine Stunde später legte Felicia das Manuskript nieder. Sie machte eine sehr ernste Miene. Kate zitterte innerlich, als sie sie ansah.

»Du findest es abscheulich.«

Felicia schüttelte nur den Kopf. Einen Augenblick blieb sie nachdenklich still. »Nein, ich finde es ausgezeichnet. Aber ich muß dich darauf aufmerksam machen, Kind, daß du da in etwas hineinrennst, wogegen du dich bisher standhaft geweigert hast.«

»Was?« Offensichtlich war mit der Handlung etwas nicht in Ordnung. Mist, dabei hatte sie so sorgfältig gearbeitet.

»Genau das, wovor ich dich noch vorhin gewarnt habe – Erfolg.« Felicias Gesicht blieb ernst, doch Kate mußte jetzt lachen.

»Meinst du das ernst?«

»Ja. Aber meinst *du* das ernst?«

»Oh, hör endlich auf, dir immer solche Sorgen zu machen. Ich werde mich dem Problem schon stellen, wenn es auf mich zukommt.«

»Das hoffe ich.«

Die Unterhaltung wurde plötzlich unterbrochen, als der Schulbus, der Tygue zurückbrachte, vor dem Haus hielt. Er kam begeistert angesprungen in seinen blauen Jeans, einem roten Flanellhemd, kleinen Cowboystiefeln und einem strahlend gelben Parka. »Tante Licia! Tante Licia!« Er sprang ihr mitsamt den Stiefeln auf den Schoß, und Kate zuckte zusammen, als sie sich vorstellte, was mit dem Lederrock passieren würde, doch Felicia schien das nicht zu kümmern.

»Wart nur, bis du siehst, was ich dir mitgebracht habe.«

»Noch 'n Zug?« Sein Gesicht strahlte auf, und die beiden Frauen mußten lachen.

»Nein. Sieh selbst nach. Im Auto steht eine große Kiste. Kannst du sie allein holen?«

»Na klar, Tante Licia.« Er raste wieder nach draußen, und Kate sah ihm stolz nach. Er wuchs jetzt so schnell... und dann fiel ihr der eigenartige Gesichtsausdruck ihrer Freundin auf.

»In Ordnung, jetzt hast du Gelegenheit, mich zu warnen – was hast du ihm mitgebracht? Eine lebende Kobra? Weiße Mäuse? Sag mir die Wahrheit.«

»Nein, nein, gar nichts in der Richtung. Ehrlich, Kate!« Aber man konnte draußen schon ein Quieken vernehmen. Felicia hatte seit ihrer Ankunft gewartet, das endlich zu hören. Einmal war sie sogar mit einem Schüsselchen Wasser aus dem Haus geschlichen und zum Auto gelaufen. Da hatte er jedoch geschlafen. Jetzt schlief er gar nicht mehr. Er wurde von seinem neuen Herrchen Tygue leidenschaftlich an die Brust gepreßt.

»Er ist süß!«

»Natürlich ist er süß!« Felicia freute sich über den entzückten Gesichtsausdruck des Jungen. Kate verdrehte einen Moment lang die Augen, aber dann lachte auch sie. »Gehört er dir, Tante Felicia?« Es war der traurigste Bassetwelpe, den Kate je gesehen hatte. Mit großen Augen blickte er vorwurfsvoll um sich. Allein sein Anblick reizte Kate zum Lachen. Tygue setzte ihn auf den Fußboden. Die tapsigen Beine schienen ihm wegzurutschen, als er versuchte, sich aufzurichten. Seine langen Ohren blähten sich von der Bewegung auf. Er stand vor dem kleinen Herrn, sah traurig zu ihm empor und wedelte leicht mit der Schwanzspitze.

»Gefällt er dir, Tygue?«

Tygue nickte wild mit dem Kopf und ließ sich neben das schwarzweiße Hündchen auf den Boden gleiten. »Du hast es gut, Tante Licia. Ich wünschte, wir hätten auch so einen. Mammi, ich will auch so einen Hund.«

»Du hast schon einen, Tygue.« Tante Licia hatte sich auf den Boden gekniet und hielt jetzt ihr Patenkind mitsamt dem Hund im Arm.

»Ich habe auch einen?« Tygue sah sich suchend um.

»Dieser hier gehört dir. Ich habe ihn nur für dich besorgt.« Sie gab ihm einen zärtlichen Kuß auf den blonden Haarschopf.

»Für mich?«

»Für dich.«

»Oh! Oh!« Mehr konnte er im Augenblick nicht herausbringen. Dann warf er sich voll Freude auf das Tier. »Wie heißt er denn?«

»Das mußt du entscheiden.«

»Gut. Dann werde ich Willie fragen.« Willie, der geliebte Teddybär, war zu einem von Tygues besten Freunden geworden. Auch Tom besaß seinen Bären noch, und es war schwer festzustellen, welcher von beiden mehr geliebt und mehr abgenutzt war, Tygues oder der von seinem Vater. Tygue rannte springend aus dem Zimmer, und Kate kniete sich auf den Boden, um den Hund zu streicheln.

»Bist du jetzt sauer auf mich, Kate?«

»Wie könnte ich das sein, du verrückte Nudel? Sei nur bitte so nett und bring dem Kind bei deinem nächsten Besuch nicht gleich ein Auto mit. Warte wenigstens, bis er sechs ist.« Der kleine Hund jedoch war unwiderstehlich. Kate faßte ihn am Nackenfell und zog ihn auf ihren Schoß. Eine Minute später stürzte Tygue mit Willie im Arm wieder herein.

»Willie sagt, daß der Bert heißen soll.«

»Na gut, dann heißt er Bert.«

Tygue drückte das Tier wieder und wieder an sich, und Bert wedelte mit dem Schwanz. Jetzt war die Familie komplett. Und Felicia hatte sogar der Anfang von ihrem neuen Buch gefallen. Kate hatte das Gefühl, als hätte die Zukunft nur schöne Dinge für sie parat. Und Licia machte sich mit all dem Gequatsche vom Erfolg nur selbst verrückt. Zum Teufel, ihr würde es schon reichen, wenn der Verleger das Buch nur akzeptierte. Es mußte ja nicht gleich ein Bestseller werden. Das geschah ja doch nur selten, und warum sollte gerade sie dazu auserkoren sein. Sie spürte, daß sie es nicht war. Ihr Leben spielte sich hier ab.

7

»Gehst du heute wieder zum Unterrichten, Mam?« Kate nickte und reichte Tygue einen neuen Toast hinüber. »Das dachte ich mir. Ich sehe es dir immer an.« Er blickte selbstzufrieden um sich. Kate beobachtete ihren Sohn aufmerksam.

Er war anmutig und kräftig, rücksichtsvoll und intelligent und sehr schön, aber alles in dem Maße, das einem sechsjährigen Jungen entsprach. Jetzt hatte er nicht mehr so viel Ähnlichkeit mit Tom.

»Woran kannst du immer sehen, daß ich zur Schule fahren werde?« Sie hatten seit längerem die Angewohnheit, beim Frühstück miteinander zu plaudern und dabei die wichtigsten Nachrichten auszutauschen. An diesem herrlichen Frühlingsmorgen fühlte Kate sich ausgeglichen und fröhlich. Tygue war der Mensch, mit dem sie am meisten sprach. Ab und zu ging sie auf seine kindliche Art ein und antwortete ihm in seiner Sprache, aber meistens fanden sie einen Mittelweg, auf dem sie sich gut verstanden.

»Ich kann es raten, weil du dann die guteren Kleider trägst.«

»So, tue ich das?« Sie grinste zu ihm hinüber. In seinen Augen funkelte ein übermütiges Feuer, fast wie bei ihr, wenn sie sich wohl fühlte. »Es heißt übrigens ›besser‹.«

»Ja. Und dann hast du immer dieses komische Zeug im Gesicht.«

»Was für komisches Zeug?« Sie lachte mit dem Mund voller Toast.

»Dieses grüne Zeugs – du weißt schon.«

»Es ist nicht grün, sondern blau. Und man nennt es Augen-Make-up. Tante Licia trägt es übrigens auch.« Als ob diese Tatsache sie rechtfertigen würde.

»Ja, aber sie macht das andauernd, und ihrs ist braun.« Er lachte sie breit an. »Und du trägst deins nur, wenn du in die Schule fährst. Wieso tust du es eigentlich nur dann?«

»Weil du noch nicht alt genug bist, um es schätzen zu können, Cowboy!«

Aber Tom war auch nicht alt genug dafür. Nicht mehr. Sie legte das Make-up nur auf und zog auch nur die »guteren« Kleider, wie Tygue sie nannte, an, weil sie das Gefühl hatte, sie müßte es tun, wenn sie nach Mead fuhr. Es schien ihr für einen Besuch bei Tom passender als ihre Alltagskleidung. Dort war sie »Mrs. Harper«. Hier war sie nur »Mam« oder gelegentlich »Madam« im Supermarkt.

Schon vor langer Zeit hatte sie Tygue erklärt, daß sie in Carmel an einer Schule für behinderte Kinder Schreibunterricht erteilen würde. Das gab ihr die Möglichkeit, manchmal mit ihm darüber zu reden und ihre Abwesenheit auch vor anderen zu rechtfertigen, die sie ab und zu in der Stadt traf. Oftmals hatte sie Tygue Geschichten über Tom, über seine Zeichnungen und über Mr. Erhard erzählt. Natürlich hatte sie darauf geachtet, nur so viel zu berichten, daß sie sich erleichtert fühlte, aber Tygue nicht allzuviel mitbekam. Aber manchmal, wenn Tom etwas Besonderes geschafft hatte, eine wundervolle Zeichnung, zum Beispiel, oder ein Puzzle, das ihn im Grunde überforderte, oder wenn er ein kompliziertes Spiel doch noch erlernt hatte, dann machte es ihr Spaß, ihr Erfolgserlebnis mit Tygue zu teilen, auch wenn sie es eigentlich hätte unterlassen sollen. Mit dieser Erklärung hatte sie jedoch zusätzlich noch eine Entschuldigung, einfach in ihr Zimmer zu gehen und sich auszuruhen, wenn sie müde und erschöpft von ihren Besuchen zurückkehrte. Tygue verstand das. Ihm taten die Kinder leid, von denen sie ihm erzählte. Und er fand, daß sie ein guter Mensch wäre, weil sie ihnen half. Manchmal fragte sie sich im stillen, ob das wohl der Grund dafür gewesen wäre, ihm diese Geschichten aufzutischen ... »arme Mammi ... gute Mammi ... sie fährt den ganzen weiten Weg, um mit geistig behinderten Kindern zu arbeiten ...«, aber solche Gedanken verdrängte sie ganz schnell wieder. Es war doch verrückt, sich die Streicheleinheiten bei einem sechsjährigen Jungen zu holen.

»Wie kommt es eigentlich, daß sie nie Ferien kriegen?« Er schlürfte seine Cornflakes mit Milch. Kate war in Gedanken schon bei Tom.

»Hm?«

»Warum kriegen sie keine Ferien?«

»Das ist einfach so. Hast du Lust, Joey heute nach der Schule mit nach Hause zu bringen? Tillie wird hier sein, wenn du zurückkommst.« Aber das hätte sie ihm nicht zu sagen brauchen. Er wußte es. »Sie könnte euch zur Adamsranch hinüberfahren, damit ihr euch die neuen Pferde ansehen könnt.«

»Nee!«

»Nanu?« Kate sah überrascht auf. Er schaufelte sich mit unbeteiligtem Gesicht die Cornflakes in den Mund, aber in seinen Augen funkelte wieder das spitzbübische Schmunzeln. Irgend etwas führte er im Schilde. »Was ist los? Andere Pläne?«

Über sein Gesicht huschte ein kleines Lächeln, als er zu ihr aufsah, und seine Wangen hatten sich ein wenig gerötet, aber er schüttelte heftig den Kopf. »Nein.«

»Hör mal, Tygue, versprich mir, daß du heute nachmittag ein braver Junge sein und Tillie keinen Kummer machen wirst.« Tillie hatte zwar ihre Telefonnummer in Mead, aber sie befand sich ja immerhin sechs Stunden auf der Straße und war unerreichbar. Nach all den Jahren machte sie sich immer noch ein wenig Sorgen. »Mach also keine verrückten Sachen, wenn ich weg bin, Tygue, ich meine das ernst.« Ihr Ton war jetzt sehr bestimmt, und Tygue sah ihr mit entschuldigendem Lächeln in die Augen.

»Schon in Ordnung, Mam, ich verspreche es.« Er wirkte in dem Augenblick, als wäre er schon tausend Jahre alt. Und dann hörten sie plötzlich das stakkatoartige Hupen in der Einfahrt, das ihnen die Ankunft von Tygues Fahrgemeinschaft verkündete. Durchs Küchenfenster konnte sie den gelben Jeep ausmachen.

»Sie sind da!«

»Ja, ich muß gehen. Bis bald!« Der Löffel flog auf den Tisch, der Toast wurde noch schnell angebissen, der Lieblingscowboyhut auf den Kopf gestülpt, die Schulbücher vom Stuhl gerissen, und schon rannte er aus der Tür. Er winkte ihr noch einmal zu, als sie ihm eine Kußhand nachwarf.

Kate trank noch einen Schluck Kaffee und fragte sich nachdenklich, was Tygue wohl wieder ausgeheckt hatte. Aber was immer es auch wäre, Tillie würde damit fertig werden. Sie war eine warmherzige, große Frau, die manchmal wie Tygues Großmutter wirkte. Schon seit langem war sie Witwe, hatte selbst fünf Söhne und eine Tochter großgezogen und ließ sich von Tygue nicht so schnell hinters Licht führen. Sie hatte ihre Ranch sogar jahrelang selbst geführt, bis ihr ältester Sohn alt genug gewesen war, sie zu übernehmen. Und sie war Tygues Kindermädchen, seit er auf der Welt war. Tygue liebte sie innig, denn trotz ihrer etwas rauhen Art war sie sehr erfinderisch, was das Spielen betraf, und sie besaß die natürliche Selbstsicherheit einer Landfrau, die Kate als Stadtmensch abging. Zwischen ihnen gab es immer eine Distanz, und die würde auch bleiben. Kate war schließlich Schriftstellerin und keine Hausfrau. Sie liebte das Leben auf dem Lande und die Aktivitäten um sie herum, aber sie hatte kaum eine Ahnung davon, was sie bedeuteten.

Kate blickte sich noch einmal in der Küche um und fragte sich, ob sie etwas vergessen hätte, als sie nach ihrer Jacke griff. An diesem Morgen spürte sie ein komisches Ziehen im Herzen, so als ob etwas ihr sagte, sie solle lieber bleiben. Aber auch daran hatte sie sich schon gewöhnt. Es war ja fast immer so. Schon lange gab sie auf solche Gefühle nicht mehr acht. Sie stählte sich innerlich und verließ das Haus.

Ja, Tillie war absolut zuverlässig. Kate schlüpfte in ihre Jacke und blickte aufmerksam an sich herunter. Die Hose saß noch genauso gut wie vor acht Jahren, als sie sie nach einer Modenschau gekauft hatte. Schon damals hatte sie sie schön gefunden, und das war sie mit ihrer weichen Karamelfarbe und dem leichten Gabardinestoff immer noch. Die Tweedjacke hatte sie damals immer beim Reiten getragen. Das einzige neue Kleidungsstück war der hellblaue Pullover, den sie vor kurzem in der Stadt gekauft hatte. Wieder mußte sie lächeln, als ihr einfiel, was Tygue über ihre Garderobe gesagt hatte. Es gefiel ihr, sich für Tom schön zu machen. Fast hätte sie sich gefragt, ob sie sich in der Hinsicht auch für Tygue mehr Mühe geben sollte. Aber er war doch erst sechs! Das wäre verrückt. Was konnte er schon wissen? Oder? Der Gedanke, sich für einen Sechsjährigen schön anzuziehen, brachte sie zum Lachen. Sie öffnete die Wagentür und stieg ein.

Unterwegs stellte sie ihr Bewußtsein auf einen routinemäßigen Ablauf ein, und der Tag sollte dann auch einer von jenen werden, an denen sie pflichtgemäß ihr Programm abwickelte, ohne darüber nachzudenken. Der Weg hatte sich wie immer lang hingezogen und war, da schon zu vertraut, langweilig gewesen. Tom hatte unruhig gewirkt und immer nur düster vor sich hingesehen. Gegen Abend war Nebel aufgekommen. Sogar das Mittagessen hatte keinerlei Abwechslung gebracht. Sie hatten das alles mittlerweile schon hundertmal durchexerziert. Manche Tage mit Tom waren außergewöhnlich schön, voll herrlichem Sonnenschein, tanzenden Lichtern auf einem Regenbogen, trugen feine Schattierungen in sich. Sie waren ganz selten. Andere hatten einen dunklen Anstrich, waren kalt und hinterließen einen bitteren Geschmack. Und manchmal hatte sie bei ihren Begegnungen überhaupt keine Empfindungen. Auch heute spürte sie nichts, außer der Müdigkeit, als sie wieder fuhr.

Sie hatte es eilig, wieder auf die Autobahn zu gelangen, um so schnell wie möglich wieder bei Tygue zu sein, den sie den ganzen Tag über vermißt hatte, um das kleine Haus in den Hügeln wiederzusehen und von dem großäugigen, traurigen Bert mit wedelndem Schwanz begrüßt zu werden, der schon längst ein Familienmitglied geworden war. Vielleicht hätte sie doch den Tag zu Hause verbringen sollen. Sie beschleunigte den Wagen auf hundertdreißig Stundenkilometer. Das geschah öfter, aber sie wurde nur selten erwischt, bisher nur zweimal in sechs Jahren. Die Fahrt war so langweilig, daß nur die Geschwindigkeit sie erträglich machen konnte. Manchmal brachte der Gedanke an ihre Verantwortung Tygue gegenüber sie dazu, das Gas etwas zurückzunehmen, aber das tat sie sehr selten. Neunzig Stundenkilometer waren nicht auszuhalten. Die meiste Zeit bewegte sie sich mit dem Tempo von 120 bis 130 vorwärts.

Als sie immer noch etwas zu schnell über die Landstraße fuhr, die zu ihrem Häuschen führte, war es schon fast fünf Uhr. Warum fühlte sie sich nur schon den ganzen Tag so verspannt? Die Räder knirschten im Schotter, als sie vorsichtig nach dem Hund Ausschau haltend vor dem Haus parkte. Gleichzeitig suchte sie in der Umgebung nach Tygue. Aber da war er ja. Erleichtert parkte sie den Wagen und zog den Schlüssel ab. Er war völlig verschmutzt und lächelte ihr strahlend zu, und sie war ein Esel, daß sie sich den ganzen Tag über solche Sorgen gemacht hatte. Was war bloß mit ihr los? Sie machte diese Fahrten doch ständig, ohne daß etwas Schlimmes passierte, und gerade heute hatte es gar keinen Anlaß gegeben, etwas Außergewöhnliches zu erwarten. Und was konnte es schließlich geben, mit dem Tillie nicht fertig werden würde? Tillie sah übrigens genauso dreckig aus wie Tygue, und selbst Bert machte den Eindruck, als könnte er dringend ein Bad gebrauchen. Alle drei waren über und über mit Matsch bedeckt. Auf Tillies Wange saß sogar ein vorwitziger Erdklumpen, und Tygues Haare waren kaum mehr zu sehen. Aber alle drei sahen vollkommen glücklich und zufrieden mit sich selbst aus.

Tygue winkte ihr jetzt wild zu und rief Unverständliches. Sie mußte sich zusammenreißen. Es war Zeit auszusteigen und wieder Mutter zu sein. Tillie schälte sich gerade aus einem Overall. Das Kleid, das sie darunter trug, war auch nicht besonders elegant. Immer wenn Kate aus Carmel zurückkam, fühlte sie sich deplaziert. Sie langte nach ihrer Handtasche und stieg aus dem Wagen. Ihr Tag bei Tom war zu Ende gegangen. Jetzt war Tygue an der Reihe. Sie sog einen tiefen Zug frischer Landluft ein, seufzte kurz auf und bückte sich, um Bert zu streicheln, der glücklich an ihren Hosenbeinen rumschnüffelte.

»Hallo, ihr Lieben. Was habt ihr den ganzen Tag getrieben?«

»Wart nur, Mammi, bis du es siehst! Es ist phantastisch! Es ist einfach toll! Und ich habe es selbst gemacht, ja, ich! Tillie hat fast nichts geholfen.« Nicht geholfen, dachte sie, aber was sollte es. Nichts geholfen war völlig ausreichend. Sie war einfach zu müde, um seine Sprache zu korrigieren, und zu froh, ihn gesund und glücklich wieder anzutreffen.

»So, hat sie dich allein gelassen? Nun, was ist es?« Sie hatte ihn mit all dem Dreck in die Arme geschlossen, und er versuchte nun, sich hastig daraus zu befreien.

»Komm schon, Mam, du mußt es dir ansehen.«

»Kriege ich zuerst einen Kuß?« Aber sie hatte ihm ja schon einen gegeben und hielt ihn immer noch fest im Arm, als er mit der ganzen Begeisterung, zu der ein Sechsjähriger fähig war, zu ihr aufblickte. Dieser Blick erweichte jedes Herz.

»Kommst du dann endlich mit?«

»Ja, dann komme ich.« Er plazierte einen flüchtigen Kuß auf ihre Wange und zog dann kräftig an ihrem Arm. »Wart mal 'ne Sekunde, was soll ich mir denn ansehen? Nicht schon wieder Schlangen... oder?

Tillie?« Sie warf der älteren Frau rasch einen Blick zu. Tillie hatte noch gar nichts gesagt. Sie war überhaupt sehr wortkarg, besonders im Umgang mit anderen Frauen. Mit Tygue sprach sie viel mehr als mit Kate. Aber zwischen ihnen herrschte eine warme, respektvolle Beziehung. Tillie konnte sich nicht vorstellen, was Kate an der Schreibmaschine trieb, aber das eine veröffentlichte Buch, von dem sie ihren Nachbarinnen berichtet hatte, hatte sie beeindruckt. Es war keine großartige Angelegenheit, nur eine kleine Novelle, in der Kate sich über die High Society von San Francisco lustig machte, aber sie war verlegt worden, und das bedeutete schon etwas. Außerdem hatte Kate ihr erzählt, daß im kommenden Monat wieder ein Buch von ihr erscheinen würde, und, wer konnte das schon wissen, vielleicht würde sie eines Tages berühmt werden. Jedenfalls war sie eine gute Mutter und Witwe, genau wie sie. Das hatten sie beide gemeinsam. Trotzdem war sie irgendwie anders. Sie hielt immer auf eine bestimmte Distanz. Nein, ein Snob war sie nicht, und sie besaß auch nicht mehr als alle in der Gegend hier, nichts Besonderes jedenfalls. Es war nur so ein unbestimmtes Gefühl, das man in ihrer Nähe bekam. Sie konnte es sich schwer erklären. Edel. Vielleicht war es das. Es war jedenfalls das Wort, das ihre Mutter für Kate gebraucht hatte. Sie hatte gesagt, Kate wäre etwas Edles. Und klug. Und vielleicht auch schön, aber dafür wohl doch etwas zu dünn. In ihren Augen schimmerte immer eine verborgene Traurigkeit. Das kannte Tillie jedoch schon lange. Ihr selbst war dieser Blick jahrelang begegnet, wenn sie in den Spiegel gesehen hatte, selbst lange nachdem ihr Mann gestorben war. Aber nicht so lange, wie sie es jetzt schon bei Kate beobachten konnte. Diese Trauer war noch immer so gegenwärtig wie damals in den Tagen, als sie sie kurz nach Tygues Geburt kennengelernt hatte. Manchmal fragte Tillie sich, ob Kate diesen Schmerz durch ihre Schreiberei künstlich am Leben erhielt. Vielleicht war es das, worüber sie schreiben konnte. Sie war sich aber nicht sicher.

Tillie sah den beiden aufmerksam nach, als sie um die Hausecke verschwanden, das heißt, als Tygue seine Mutter hinter sich herzog. Dann blieben beide abrupt stehen, und ein unglaublich breites Lächeln breitete sich über Tygues Gesicht, als er die Hand seiner Mutter immer fester umklammerte. Er war ja noch so ein kleiner Junge, aber manchmal konnte er sehr erwachsen wirken, was wohl daran lag, daß Kate ihn oft wie einen ausgewachsenen Mann behandelte. Aber das würde ihm kaum schaden. Tillie hatte das mit ihren Söhnen auch öfter getan, nachdem ihr Vater gestorben war. Ihr fiel so manches wieder ein, als sie dastand und beobachtete, wie dieser kleine Mann zu seiner Mutter aufblickte und sie auf ein paar Gartenbeete aufmerksam machte, an denen sie beide den ganzen Nachmittag gearbeitet hatten, während sie weggewesen war.

»Das haben wir für dich gemacht! Die Hälfte davon ist für Blumen, die andere für Gemüse. Tillie hat gesagt, daß wir auch Gemüse machen sollten, damit du Salate hast. Paprika und so 'n Zeug, du weißt schon. Und nächste Woche machen wir ein Kräuterbeet. Du magst doch Kräuter, oder?« Er sah sie plötzlich unsicher an, als wären Kräuter für ihn Mädchensache. »Ich will noch Kürbisse pflanzen. Und Kokosnüsse.« Kate lachte und beugte sich hinunter, um ihm noch einen Kuß zu geben.

»Tygue, das ist wunder-, wunderschön.«

»Nein, ist es nicht. Aber bald wirst du sehen, wie schön es einmal wird. Wir haben alle möglichen Arten von Blumen gesät. Die Samen haben wir letzte Woche gekauft. Ich habe sie die ganze Zeit versteckt!« Das hatte also die geheimnisvolle Miene zu bedeuten gehabt, die sie beim Frühstück so beunruhigt hatte. Tygue hatte seinen eigenen Garten angelegt.

Tillie trat neben Kate und klopfte Tygue auf die Schulter. »Er hat fast alle Arbeit allein gemacht. Er wird sehr stolz sein, wenn er erst sehen kann, wie schön seine Anlage geworden ist. Wird nicht mehr lange dauern.«

»Tomaten gibt's auch.«

Einen Augenblick lang mußte Kate mit den Tränen kämpfen. Dann hatte sie plötzlich Lust zu lachen. Da hatte sie sich den ganzen Tag über den Kopf um ihn zerbrochen, und er hatte ihr unterdessen einen Garten angepflanzt. Was war das für eine schöne Welt! Auch wenn sie manchmal über die Autobahn rasen mußte.

»Weißt du was, Tygue? Das ist das schönste Geschenk, das ich je im Leben bekommen habe.«

»Ehrlich? Wieso?«

»Weil du so hart daran gearbeitet hast. Weil es etwas ist, das lebt. Und weil wir zuschauen können, wie es wächst. Wenn ich an all die tollen Sachen denke, die wir dann ernten können... die schönen Blumen, die guten Sachen zum Essen... wirklich, das ist schon ein ganz besonderes Geschenk, Tygue.«

»Tjaha!« Tygue war offenbar sehr zufrieden mit sich und seiner Leistung. Er blickte einmal stolz über die Beete, stellte sich dann vor Tillie und schüttelte seiner Partnerin anerkennend die Hand. Die beiden Frauen mußten ein Lachen unterdrücken. Der Ernst dieses schönen Augenblicks hätte das nicht erlaubt.

Plötzlich sah Tillie Kate an, als wäre ihr gerade etwas eingefallen. »Sie hatten einen Anruf.« Kate nickte. Vermutlich Felicia. Sie freute sich, aber im Augenblick interessierte sie sich mehr für Tygue. »Aus New York.«

»New York?« Einen Augenblick lang spürte sie einen Stich in der Herzgegend. New York? Unmöglich! Wahrscheinlich etwas so Lästiges wie ihre Versicherungsgesellschaft. Sie hatte sich früher schnell über so was aufgeregt. Darüber war sie längst hinaus. Nach sechs Jahren Warten wußte sie es besser.

»Sie haben um einen Rückruf gebeten.«

»Das ist jetzt zu spät.« Es war schon halb sechs, in New York wohl schon halb zehn. Kate wirkte nicht sonderlich aufgeregt.

Tillie nickte. Sie hatte es nie eilig und nahm die Dinge nie zu schwer. »Ja. Sie haben gesagt, daß es zu spät werden würde. Deshalb haben sie eine Nummer hinterlassen. Sie sollen in Los Angeles anrufen.«

Der kleine Herzstich machte sich wieder bemerkbar. Diesmal war er etwas heftiger. Das war doch lächerlich! Sie machte sich mal wieder selbst etwas vor. Warum war sie heute nur so schnell aus der Fassung zu bringen?

»Ich habe Ihnen alles aufgeschrieben. Der Zettel liegt drinnen.«

»Dann werde ich ihn mir lieber mal ansehen.« Sie beugte sich noch mal zu Tygue hinunter. Ihre Stimme klang jetzt ganz weich.

»Vielen Dank für diesen wunderschönen Garten, Liebling. Er gefällt mir ganz besonders gut. Ich habe dich lieb.« Einen Moment lang zog sie ihn fest in die Arme, und dann gingen sie Hand in Hand zum Haus. Bert hüpfte auf seinen ungeschickten Beinen um sie herum.

»Möchten Sie einen Kaffee, Tillie?«

Doch Tillie schüttelte den Kopf. »Ich muß sehen, daß ich nach Hause komme. Jacks Kinder kommen heute zum Abendessen, und ich muß auch noch ein paar andere Sachen erledigen.« Das war wie gewöhnlich untertrieben. Jack hatte neun Kinder, also mußte sie für zwölf Personen kochen. Wenn die diversen Freunde und Freundinnen noch mitkamen, was nicht selten geschah, hatte sie eine ganze Kompanie zu versorgen. Doch Tillie war auf alles vorbereitet.

Sie setzte sich in den Jeep, winkte ihnen zu und beugte sich noch einmal aus dem Wagenfenster. »Gehen Sie diese Woche noch einmal in die Schule, Kate?« Kate fand es seltsam, daß sie danach fragte, und sah sie mit einem leichten Stirnrunzeln an. Sie fuhr immer zweimal in der Woche, aber gerade heute hatte sie sich auf dem Rückweg gefragt, ob sie nicht einfach mal aussetzen sollte. Sie hatte keine Lust, in dieser Woche noch einmal zu Tom zu fahren.

»Kann ich Sie morgen anrufen? Ich weiß es noch nicht.« Tillies Gehalt würde das nicht verringern. Sie hatten einen festen Monatsbetrag abgemacht, der zweimal Babysitten die Woche abdeckte. Es war einfacher, einen monatlichen Scheck auszuschreiben, und diese Regelung paßte beiden am besten. Wenn sie mal Lust hatte, ins Kino zu gehen, setzte sie Tygue einfach bei Tillie ab und sammelte ihn wieder auf, wenn sie zurückkam. Tillie berechnete ihr dafür nichts. Tygue galt als zusätzlicher Enkel, wenn er bei ihr übernachtete. Außerdem nahm Kate diesen Dienst nur ganz selten in Anspruch. Sie verbrachte ihre Abende an der Schreibmaschine. Noch immer erinnerte sie das Ausgehen an Tom. Es war einfacher, zu Hause zu bleiben.

»Klar, rufen Sie mich morgen an, oder auch übermorgen. Der Tag gehört ja in jedem Fall Ihnen, Kate.«

»Danke.« Kate winkte ihr lächelnd nach, während sie Tygue sanft ins Haus schob. Vielleicht sollte sie sich wirklich einen Tag freinehmen und Tom erst nächste Woche wieder besuchen. Sie könnte zum Beispiel mit Tygue weiter im Garten arbeiten. Tillie hatte wirklich phantastische Ideen. Warum war sie eigentlich nicht selbst darauf gekommen?

»Was gibt es zum Abendessen?« Tygue warf sich auf den Küchenfußboden, um mit Bert zu spielen, wobei er nicht unerhebliche Mengen Gartenerde um sich verstreute. Kate zog eine Grimasse.

»Ich werde dir Matschkuchen backen, wenn du nicht innerhalb der nächsten vierzehn Sekunden im Badezimmer verschwindest und dich wäschst! Und nimm Bert mit.«

»Ach, Mam, bitte... ich möchte dir zugucken...«

»Du wirst dich jetzt mit Wasser und Seife beschäftigen, mein Sohn, und zwar sofort!«

Sie deutete mit dem ausgestreckten Zeigefinger auf die Badezimmertür und entdeckte in dem Augenblick Tillies Zettel auf dem Küchentisch. Da fiel ihr der Anruf aus New York wieder ein. Er war von ihrer Agentur, deren Filiale in Los Angeles sie öfter in Anspruch nahm. Die Verleger saßen alle in New York. Sie sandte ihre Manuskripte zwar nach Los Angeles, aber ihr dortiger Agent leitete sie umgehend in das

Büro an der Ostküste weiter. Ihr Agent in Los Angeles pflegte sie aufzumuntern, bis eine Entscheidung fiel, und selbstverständlich würde er sich sofort wieder einschalten, sollte sie einmal Filmrechte verkaufen. Der bloße Gedanke daran brachte sie zum Lachen. Daran glaubten doch wirklich nur Anfänger. Zwar wurde ein Schriftsteller auf Schritt und Tritt von dieser Phantasie verfolgt, aber sie war inzwischen schon eines Besseren belehrt worden. Sie war schon verdammt froh, wenn sie überhaupt mal ein Buch loswurde, auch wenn sie damit nur lausige tausend Dollar innerhalb von drei Jahren verdiente. Immerhin war es eine Aufstockung des winzigen Vermögens, das Tom ihr hinterlassen hatte.

Sie schrieb also ihr Buch und sandte es an ihren Agenten in Los Angeles, der es sofort mit der Post nach New York schickte. Und dann brauchte man in New York zwei Monate Zeit, um sie überhaupt davon zu benachrichtigen, daß man von ihrer Existenz Kenntnis genommen hatte. Danach – wenn sie großes Glück hatte – gelang es der Agentur, das Buch zu verkaufen. Daraufhin bekam sie dann irgendwann einen Scheck und zweimal im Jahr die normalen Tantiemen. Aufregend war das Ganze nicht. Beim ersten Mal hatten sie fast ein Jahr gebraucht, um jemanden zu finden, der ihr Buch verlegen wollte. Das zweite Mal hatte es genauso lange gedauert, bis sie ihr mitteilten, daß ihr neues Werk schlecht wäre und sie es nirgends loswürden. Jetzt, beim letzten Mal, hatten sie ihr geschrieben, daß sie »hoffnungsvoll« wäre. Aber es hatte wieder fast zwei Jahre gedauert, bis sie das Manuskript verkaufen konnten. Das war vor einem Jahr geschehen. Jetzt dauerte es noch einen Monat, bis es endlich erscheinen würde. Das klang nach Verlegermaßstäben alles ganz vernünftig. Sie wußte inzwischen auch, daß die Verlage manchmal bis zu zwei Jahren mit der Veröffentlichung von Büchern warteten. All das enttäuschte sie heute nicht mehr sonderlich. Es ging ja nur um nette kleine Auflagen von fünftausend, von denen sie dann ein Exemplar in dem kleinen Buchladen in der Stadt sehen konnte, wenn sie sich überhaupt die Mühe machte, dorthin zu fahren und danach zu suchen. Ein Jahr später würde es dann nirgendwo mehr zu finden sein. Ihr Name würde ge nauso leise von den Listen verschwinden, wie er darin aufgetaucht war. Aber sie hatte wenigstens ein Buch geschrieben. Es war ihr ein bißchen peinlich, daran zu denken, daß es sich möglicherweise gut verkaufen würde. Die Geschichte hatte etwas zu viel mit ihrem Privatleben zu tun. Sie hatte sich schon beinahe gewünscht, daß es nicht veröffentlicht würde, für den Fall, daß sich doch noch jemand an sie erinnerte. Aber wie sollte das möglich sein? Bücher von unbekannten Autoren erschienen selten in der Werbung. Und wer war schließlich Kaitlin Harper? Ein Niemand. Sie war in Sicherheit. Das Buch war zwar ein Roman, aber sie hatte darin eine Menge über Football verarbeitet und vor allem auf den Druck aufmerksam gemacht, den dieser professionelle Sport auf die Spieler und ihre Frauen ausübte. Die Arbeit daran hatte ihr gutgetan. Sie war dadurch einige von den Gespenstern losgeworden, die sie die ganze Zeit verfolgt hatten. Außerdem enthielt das Buch eine Menge Informationen über Tom, den Tom, den sie früher gekannt hatte. Nicht über den Tom, der dann Amok gelaufen war.

»Mam, hast du schon angefangen zu kochen?« Seine Stimme weckte sie aus ihren Gedanken. Sie stand schon seit etwa fünf Minuten neben dem Telefon und dachte darüber nach, wie ihr neues Buch wohl geworden war und was das New Yorker Büro von ihr wollte. Vielleicht war etwas schiefgelaufen. Eine Verzögerung? Ja, sicher brachten sie es jetzt doch nicht nächsten Monat heraus. Sie sollte wohl noch ein weiteres Jahr warten. Na und? Sie machte ja langsam Fortschritte. Was wollte sie noch mehr? Außerdem hatte sie inzwischen schon wieder Ideen für einen neuen Roman im Kopf. Abgesehen davon spielte ihr eigentliches Leben sich hier ab. Fahrgemeinschaften für Tygue und Gartendreck auf dem Küchenfußboden, das war ihre Realität. Wen interessierte es schon, ob sie Schriftstellerin war oder nicht? Außer sie selbst?

»Aber ich hab' Hunger!« Plötzlich war er nur noch ein quengeliger, kleiner Dreckspatz – ein müde gewordenes Kind. Er hatte den ganzen Tag über gearbeitet, und das machte sich jetzt bemerkbar. Aber sie war auch müde.

»Tygue –«, sie stöhnte fast, als sie seinen Namen rief. »Würdest du bitte baden und dich gründlich sauber waschen? Ich fange gleich an, das Essen zu machen. Ich muß nur vorher noch schnell einen Anruf erledigen.«

»Warum?« Verwandlung von Kind in gemeines Biest innerhalb von Sekunden. Aber er war ja erst sechs. Sie mußte sich das immer wieder klarmachen.

»Es ist was Geschäftliches. Jetzt mach schon, Liebling, sei ein netter Kamerad und gib Ruhe.«

»Oh... na ja, gut...« Er schlenderte schließlich doch ins Bad. Bert tapste hinter ihm her und versuchte, seine Hacken zu erhaschen. »Ich habe aber *Hunger*!«

»Verdammt noch mal, ich auch!« Sie hatte ihn nicht anschnauzen wollen. Es war schon zwanzig vor sechs. Sie wählte die Nummer von ihrer Agentur in Los Angeles und fragte sich, ob überhaupt noch jemand anwesend wäre. Wenn nicht, würde sie gleich in der Früh in New York anrufen. Der Anruf wurde jedoch sofort beantwortet, und die Sekretärin stellte sie zu dem Mann durch, mit dem sie meistens verhandelte: Stuart Weinberg. Sie hatte ihn noch nie persönlich getroffen, aber die jahrelangen gemeinsamen Verhandlungen am Telefon hatten so etwas wie Vertrautheit zwischen ihnen geschaffen.

»Stu? Hier ist Kate Harper. Wie geht es Ihnen?«

»Gut. Danke.« Sie mußte sich immer vorstellen, wie er wohl aussähe. Jung, klein, dünn, nervös, vermutlich gut gebaut mit dichten schwarzen Haaren und den teuersten, Los Angeles angemessenen Anzügen. Heute abend klang er, als hätte er besonders gute Laune. »Und wie ist es Ihnen da draußen im Busch ergangen?«

»Busch! Wir sind gar nicht so weit von Los Angeles weg! Was für ein Quatsch!« Sie lachten beide. Mit der Zeit hatten sie sich diese Art Konversation angewöhnt.

»Hören Sie mal, Stu. Ich habe einen Anruf aus New York bekommen. Ein gewisser Bill Parsons. Die Nachricht ist ein bißchen verwirrend, aber ich lese hier, daß ich entweder ihn oder Sie zurückrufen solle, sobald ich zu Hause wäre. Nun, jetzt bin ich da. Ich hätte nicht einmal geglaubt, daß Sie so spät noch im Büro zu erreichen wären.«

»Sehen Sie nun, wie hart wir alle für Sie arbeiten, Madam? Wir verschleudern das teure Mitternachtsöl in den Lampen und schreiben uns die Finger wund, nur...«

»Halt, halt. Sie machen mich ganz krank.«

»Oh, tut mir leid. Ich dachte nur, ich hätte ein wenig Mitleid verdient.«

»Mam, ich bin hungrig!« Die Kinderstimme blubberte mit heftigem Wassergeplansche vermischt aus dem Badezimmer. Bert fing an zu bellen. Jesus.

»Mach mal 'n bißchen halblang da drinnen!«

»Was?« Weinberg klang verwirrt. Kate lachte.

»Ich fürchte, wir haben um diese Zeit immer etwas zu viel Aufregung hier. Mein Sohn ertränkt vermutlich gerade seinen Hund in der Badewanne.«

»Gute Idee.« Er kicherte, während Kate nervös eine Zigarette aus der Packung fummelte. Sie wußte nicht warum, aber seine Art machte sie heute abend unruhig.

»Stu?«

»Ja, Madam?« Seine Stimme klang genauso verschmitzt wie die Tygues am Morgen, als er sich vorgenommen hatte, sie mit dem Garten zu überraschen.

»Wissen Sie, warum Parsons unbedingt wollte, daß ich Sie anrufe?«

»Ja.«

»Und?« Warum machte er das? Sie platzte fast vor Ungeduld.

»Sitzen Sie?«

»Sie werden das Buch also nicht verlegen!« Ihr Herz sank mit einemmal tiefer. Sie fühlte schon Tränen hinter ihren Lidern aufsteigen. Ein neuer Reinfall. Sie hatte es wieder vermasselt. Sie würde nie wieder ein Buch veröffentlichen. Dabei hatte sie so fest geglaubt, daß dieses gut geworden wäre.

»Kate –« Er machte eine wirkungsvolle Pause, während sie die Augen zusammenkniff und sich zwang, ihm ruhig zuzuhören.

»Heute war ein ziemlich umwerfender Tag, meine Liebe. Parsons hat in New York einen Vertrag unterzeichnet, und auch ich hatte hier Glück. Ihr Verleger hat in New York die Rechte für eine Taschenbuchausgabe verkauft, na ja, und ich habe heute Ihre Filmrechte an den Mann gebracht.« Sie riß den Mund auf, aber es kam kein Laut heraus. Jetzt füllten ihre Augen sich wirklich mit Tränen. Und dann kam alles auf einmal. Schluchzen, Worte, Verwirrung, Chaos. Ihr Herz klopfte wie wild.

»Kate, mir ist klar, daß Sie nicht ein Wort von dem verstehen, was ich sage. Wir werden morgen in aller Ruhe darüber reden. Wir werden in den nächsten Wochen und Monaten sogar sehr viel miteinander zu besprechen haben, Verträge, Pläne, Publicity, Interviews. Ich finde, Sie sollten nach Los Angeles kommen, damit wir zusammen feiern können!«

»Können wir das nicht übers Telefon machen?« Sie spürte in all der Aufregung plötzlich Panik. Was geschah mit ihr?

»Das besprechen wir alles später. Die Taschenbuchrechte sind für vierhundertfünfzigtausend Dollar verkauft worden. Und« – wieder machte er eine lange Pause – »ich habe die Filmrechte für einhundertfünfundzwanzigtausend abgetreten. Sie werden die Einnahmen der Taschenbücher natürlich halbe-halbe mit Ihrem Verleger teilen müssen, aber was übrigbleibt, scheint mir immer noch eine verteufelt große Summe zu sein.«

»Großer Gott, Stu, das sind ja noch – zweihundertfünfundzwanzigtausend?« Sie war völlig sprachlos. Was hatte das alles zu bedeuten?

»Wenn man alles zusammenrechnet, kommen Sie wohl gut auf dreihundertfünfzigtausend Dollar. Dabei sind natürlich die laufenden Tantiemen nicht mitgezählt. Mal ganz abgesehen von Ihrer Berühmtheit. Das hier ist ein wichtiger Schritt für Ihre zukünftige Karriere. Liebe Frau, das könnte ein schneller Aufstieg zum ganz großen Erfolg werden. Wenn Sie mich fragen, würde ich sagen, Sie haben es geschafft. Parsons hat heute schon mit dem Verleger gesprochen. So wie's aussieht, drucken sie die zweite Auflage gleich in der Höhe von fünfundzwanzigtausend Exemplaren. Für eine Hardcover-Ausgabe ist das eine ansehnliche Menge.«

»O wirklich? Stimmt das?«

»Mam, ich brauche ein Handtuch!«

»Halt die Klappe!«

»Nur die Ruhe, Kate!«

»Äh, ja. Ich weiß gar nicht, was ich sagen soll. Ich hätte nie geglaubt, daß das mal geschehen würde.«

»Das ist erst der Anfang.«

O Gott. Was, wenn sich jetzt irgend jemand an Tom erinnerte? Was passierte, wenn nun irgend jemand auf die Idee käme, zwischen dem, was vor mehr als sechs Jahren passiert war, und ihr eine Gedankenverbindung herzustellen? Was, wenn...?

»Kate?«

»Entschuldigen Sie, Stu. Ich sitze einfach hier und versuche, das alles in mich aufzunehmen.«

»Das wird Ihnen sowieso nicht gelingen. Versuchen Sie einfach, es so hinzunehmen und sich nicht aufzuregen. Wir sprechen morgen weiter, in Ordnung?«

»Ja, gut. Ach, Stu... Ich weiß nicht, wie ich es sagen soll... Ich... es ist einfach zu viel auf einmal... ich bin ganz erschlagen... Sie...«

»Kate, ich gratuliere Ihnen.«

Sie stieß einen langen Seufzer aus und grinste dann den Telefonhörer an. »Danke.« Nachdem sie aufgelegt hatte, dauerte es noch eine Weile, bevor sie aufstehen konnte. Es war ihr unmöglich, ihre Gedanken zu sammeln. Dreihundertfünfzigtausend Dollar! Jesus. Und was kam danach? Was meinte er mit »das ist erst der Anfang«? Was...?

»Mam!« Himmel.

»Ich komme.«

Im Badezimmer wurde ihr die Realität wieder brutal bewußt. Tygue Harper saß mit seinem Hund in der Wanne, hatte seinen Lieblingscowboyhut auf dem Kopf und spritzte ganze Wasserschwälle über den Rand. Der Flurboden war schon halb überschwemmt.

»Was zum Teufel machst du hier?« Das Gemisch aus Wasser und Schaum auf dem Kachelfußboden ließ sie beinahe ausrutschen. »Verdammt noch mal, Tygue!« Ärger explodierte in ihrer Stimme, und der Junge sah sie verletzt an.

»Ich habe dir doch einen Garten gebaut!«

»Und ich habe ein Buch an den Film verkauft! Ich... o Tygue!« Sie setzte sich erschöpft auf den triefenden Boden und lächelte ihren Sohn an. Tränen liefen ihr die Wangen hinunter. »Ich habe einen Film verkauft!«

»Wirklich?« Er betrachtete sie einen Augenblick lang neugierig. Sie nickte und lachte und weinte gleichzeitig. »Warum hast du das getan?«

8

»Wie meinst du das? Wieso klingt das ganz vernünftig in deinen Ohren?« Es war drei Tage her, daß sie die Nachricht von Stu erhalten hatte, und sie hing wohl schon zum siebten Mal am Telefon, um die Sache mit Felicia durchzudiskutieren.

»Kate, verdammt noch mal, du redest davon, ein Vermögen zu verdienen. Er kann dir doch die Verträge nicht einfach mit der Post zuschicken. Er wird dir einiges erklären müssen.« Felicia wollte besänftigend wirken, aber sie scheiterte kläglich. Sie war viel zu aufgeregt und konnte nicht anders, als Kate auf den Pelz zu rücken.

»Aber warum hier? Wir haben uns doch in all den Jahren durch das Telefon phantastisch verstanden. Und... ach Scheiße, Licia. Ich hätte dieses blöde Buch nie schreiben sollen.« Sie klang ziemlich gequält.

»Bist du verrückt?«

»Und wenn es jetzt jemand herausfindet? Und wenn ich jetzt wieder durch die verdammte Mühle muß, die mich vor sechs Jahren kaputtgemacht hat? Hast du überhaupt eine Ahnung, was das heißt, Tag und Nacht von Reportern verfolgt zu werden? Sie hatten vor meiner

Wohnung ein Campinglager aufgeschlagen. Sie haben sich in mein Auto gezwängt. Einmal haben sie mich fast die Treppe runtergeschmissen. Warum zum Teufel glaubst du wohl, daß ich mich hierher zurückgezogen habe?«

»Das weiß ich doch, Kate. Aber das ist schon so lange her. Heute sind das keine Schlagzeilen mehr.«

»Wie willst du das wissen? Wer weiß denn das? Vielleicht graben diese Verrückten die ganze alte Geschichte wieder aus. Wenn sie nun rausfinden, wo Tom ist? Mein Gott, ich mag gar nicht daran denken, was sie Tygue damit alles antun können. Das muß alles bedacht werden, Felicia!« Sie war unheimlich blaß geworden, aber Felicia schüttelte in ihrem Büro in San Francisco mitleidlos den Kopf.

»Das hättest du dir überlegen müssen, bevor du das Buch an die Agentur geschickt hast. Tatsache ist jedenfalls, daß es ein verdammt gutes Buch geworden ist, Kate, und es ist ein *Roman.* Niemand wird auf die Idee kommen, daß du wahre Begebenheiten beschrieben hast. Wirst du dich jetzt endlich beruhigen? Du machst dich aufgrund von Dingen verrückt, die überhaupt nicht existieren.«

»Ich werde Weinberg nicht empfangen.«

»Verdammt noch mal, Kate, du bist unmöglich!« Aber Kate hatte schon aufgelegt und wählte hektisch die Nummer von Stus Büro in Los Angeles. Vielleicht war er noch nicht losgefahren. Er hatte ihr gesagt, daß er gegen drei Uhr nachmittags bei ihr eintreffen wollte. Jetzt war es erst kurz vor zwölf. Seine Sekretärin sagte ihr jedoch, daß er schon vor einer Stunde sein Büro verlassen hätte.

»Scheiße!«

»Pardon?«

»Ach nichts.«

Sie rief Felicia in San Francisco zurück, und diesmal klang ihre Freundin ziemlich verstimmt. »Kate, du solltest dich langsam zusammenreißen. Ich finde, du übertreibst grenzenlos. Ich habe dir gesagt, daß dies passieren würde, als ich dein Manuskript gelesen hatte.«

»Ich dachte, du hättest das einfach nur so dahingesagt. Wer wird auch schließlich durch ein Buch berühmt? Wer kann schon gleichzeitig Taschenbuch- *und* Filmrechte verkaufen? Jesus, ich kenne Autoren, deren Bücher in alle Ewigkeit auf den hinteren Regalen in billigen Geschäften vergammeln.«

»Ja. Und du bist todtraurig, daß du nicht zu denen gehörst, nicht wahr?« Felicia war außer sich vor Wut. Kate seufzte.

»Nein, das bin ich nicht. Aber ich weiß nicht, was ich tun soll, Licia. Ich habe seit sechs Jahren kaum einen Menschen zu Gesicht bekommen. Und jetzt kommt dieser Kerl aus Los Angeles direkt in mein Haus, um über Hunderttausende von Dollars mit mir zu verhandeln. Ich habe so einen verdammten Schiß, daß ich keinen klaren Gedanken mehr fassen kann.«

»Kate, hör mal, damit wirst du doch leicht fertig.« Felicias Stimme wurde weicher, als sie sich Kate in ihrem jämmerlichen Zustand vorstellte. »Schließlich bist du ein Profi, eine verdammt gute Schriftstellerin, ein wunderschönes Mädchen. Du bist neunundzwanzig Jahre alt und stehst direkt auf der Schwelle zum Erfolg. Himmel, du könntest diesen Kerl in einem Sackkleid und mit einer Schlammpackung auf dem Gesicht empfangen, und du würdest immer noch einen phantastischen Eindruck machen.«

»Das ist so ziemlich alles, was ich zum Anziehen besitze.«

»Das ist dein gottverdammter eigener Fehler. Du hast mir schon vor Jahren verboten, dir etwas zu schicken.«

»Hier brauche ich ja auch nichts. Aber das ist gar nicht das Problem. Was soll ich sagen... was soll ich tun... er will mit mir über Publicity reden. Verdammt noch mal, Licia, damit werde ich nicht fertig.« Jetzt war sie den Tränen nahe. Nervös zündete sie sich eine Zigarette an.

»Was hat er über die Publicity gesagt?« Felicia war etwas irritiert.

»Eigentlich nichts. Er hat nur erwähnt, daß das möglicherweise wichtig für mich wäre. Er hat es aber nicht genauer erklärt.«

»Ja, das wird er sich wohl verkniffen haben.« Ihr rauhes Lachen dröhnte Kate in den Ohren. »Hast du schon mal dran gedacht, daß er ja überhaupt keine Ahnung haben kann, ob du nun einen Kopf auf deinen Schultern trägst oder zwei? Oder ob du sonntags beim Kirchgang Lockenwickler und rosafarbene Wildlederschuhe trägst?«

»Das heißt also, ich habe noch genau zweieinhalb Stunden Zeit, mir Lockenwickler und rosa Wildlederschuhe zu besorgen! Wart mal, ich hab' eine Idee!« Langsam fing sie sich wieder und konnte sogar scherzen. »Ich gebe einfach Tillie für mich aus!«

Felicia lachte auf. »Nee, nee! Du wirst dich schon selbst stellen müssen. Du wirst dich mit diesem Typen treffen. Immerhin ist er dein Agent. Er wird dich schon nicht den Löwen zum Fraß vorwerfen, und er kann dich zu gar nichts zwingen.«

»Aber was werde ich ihm sagen?« Es war jetzt sechseinhalb Jahre her, daß sie mit einem Mann allein gewesen war.

»Er wird dich nicht vergewaltigen, Kate. Es sei denn, du hättest außergewöhnliches Glück.«

»Du bist wirklich großartig. Herrgott noch mal, wie bin ich bloß in diese Sache geraten?«

»Daran ist dein großes Maul schuld, deine feine Art und die Schreibmaschine. Ich würde sagen, das ist ein verdammt gutes Trio.« Kate seufzte wieder einmal als Antwort, und Felicia lachte am anderen Ende der Leitung. Das hier waren nur die Vorbeben einer riesigen Erdbewegung, deren Auswirkungen sicher noch Monate, wenn nicht Jahre zu spüren sein würden.

»Na ja. Ich lege jetzt lieber auf und seh' zu, daß ich was Passendes zum Anziehen finde.«

»Ja. Und Kate?«

»Was ist?«

»Mach das Hosentürchen zu!«

»Ach, sei still.« Doch sie lächelte, als sie den Hörer auf die Gabel legte. Ihre Handflächen waren naß von Schweiß. Was sollte sie tun, wenn er sie doch anmachte? Was, wenn er ein bedrängender, gemeiner Kerl wäre? Was, wenn ...? Sie setzte sich eine halbe Stunde lang nach draußen in die Sonne und versuchte, ihre Ruhe wiederzufinden. Sie dachte über vieles nach, Tom, Tygue, Felicia und das Buch. Warum hatte sie es geschrieben? Weil sie es hatte schreiben müssen. Diese Geschichte hatte sie innerlich zerfressen, und es war einfach nötig gewesen, daß sie sie sich von der Seele schrieb. Und das war ihr ja auch gelungen. Es war ein sehr gutes Buch geworden, und sie war sich dessen bewußt. Aber das hier hatte sie nicht erwartet. Sie hatte sich gewünscht, daß sich das Buch gut verkaufen ließe, aber sie hatte nicht gewollt, daß es ihr ruhiges Leben durcheinanderbrächte. Was würde weiter geschehen? Wenn sie nur einmal die Tür in die Öffentlichkeit aufstieß, würde ihre Zurückgezogenheit ein für allemal gefährdet sein, und das würde alle Bemühungen, Tygue abzuschirmen, zunichte machen. Doch jetzt war es schon zu spät, und auch das wußte sie.

Sie hatte sich gerade fertig umgezogen, als Stu klingelte. Sie drückte schnell die Zigarette aus, holte tief Luft, sah sich noch einmal im Wohnzimmer um und ging dann zur Tür. Sie hatte sich für schwarze, lange Hosen und einen schwarzen Pullover entschieden. Dazu trug sie bequeme Wildlederschuhe, die noch aus Italien stammten und die vielen Jahre überlebt hatten. Als sie die Tür öffnete, sah sie sehr groß, sehr dünn und sehr ernst aus.

»Kate Harper?« Sein Blick wirkte etwas unsicher. Er sah ganz anders aus, als sie sich ihn vorgestellt hatte. Er war ungefähr so groß wie sie und hatte hellrote Haare. Über lässigen Jeans trug er einen beigen Kaschmirpullover, aber die Schuhe waren von Gucci, der Aktenkoffer von Vuitton, die Uhr von Cartier. Das Jackett, das er über den Arm geworfen hatte, hatte den üblichen Bill-Blass-Schnitt. Es war genau die Aufmachung, die Los Angeles erforderte. Doch sein Gesicht war sehr jungenhaft und über und über mit Sommersprossen besät. Sie mußte lächeln, als sie ihn sah, und der Gedanke, daß sie diesem Jungen jahrelang ihre Karriere anvertraut hatte, amüsierte sie. Wenn sie ihn vorher gesehen hätte, hätte sie sich vielleicht an jemand anderen gewandt. Er wirkte kaum mehr als zwanzig Jahre alt, aber er war einundvierzig, genauso alt wie Felicia.

»Stu?« Sie lächelte von den Stufen auf ihn herab.

»Ich weiß, ich weiß! Sie möchten jetzt zuerst meinen Führerschein sehen und dann alle Verträge in der Luft zerreißen, habe ich recht?«

»Wie kommen Sie darauf? Wollen Sie nicht eintreten?« Sie führte ihn hinein und fragte sich, ob das Haus einen schäbigen oder sehr gemütlichen Eindruck auf ihn machen würde. Er warf einen schnellen Blick auf die Einrichtung, und sie spürte, wie er sie danach abschätzend beobachtete. Er sah verwirrt aus. »Kaffee?«

Er nickte, legte Jacke und Aktenkoffer auf einen Stuhl und trat dann ans Fenster, um hinauszusehen. »Das ist eine schöne Aussicht.« Einen Augenblick lang stand sie ruhig da und war überrascht, daß sie nicht aufgeregter war. Dieser Mann war kein Feind. Er war ein harmloser, netter Typ, der ihr helfen wollte, zu Geld zu kommen. Und er sah gar nicht mal schlecht aus.

»Ja, sie ist sehr schön. Und ich bin sehr froh, daß Sie den ganzen weiten Weg zu mir gekommen sind.«

»Ja, das bin ich auch.«

Sie goß ihm eine Tasse Kaffee ein, und sie setzten sich.

»Kate, darf ich Ihnen eine verrückte Frage stellen?« Sein Lächeln weckte in ihr noch mehr Sympathie für ihn. Er hatte mehr Ähnlichkeit mit einem von Tygues zahlreichen Freunden als mit einem Agenten.

»Klar. Was für eine verrückte Frage ist es denn?«

»Was zum Teufel machen Sie hier draußen?«

»Die haben Sie doch schon selbst beantwortet, als Sie eben aus dem Fenster gesehen haben. Es ist schön hier. Friedlich. Ein wunderbarer Ort, um Kinder aufwachsen zu lassen.«

»Quatsch.«

Sie lachte über seine Unverfrorenheit und nahm einen Schluck Kaffee. »Ganz und gar nicht.«

»Würden Sie mir eine andere Frage beantworten? Wären Sie nach Los Angeles gefahren, wenn ich nicht hierhergekommen wäre?« Sie schüttelte lächelnd den Kopf. »Das dachte ich mir. Warum?«

»Ich bin ein Einsiedler. Das gefällt mir so. Nachdem mein Mann gestorben war, habe ich einfach... nun, ich gehe nicht mehr gern aus.«

»Warum?«

»Nun, ich bin hier sehr beschäftigt.« Er kam ihr zu nahe, und plötzlich spürte sie wieder fürchterliche Angst.

»Was tun Sie hier den ganzen Tag?« In seinen Augen entdeckte sie Geschäftigkeit, Fragen, schnelle Auffassungsgabe. Er tastete sich vorsichtig heran, aber er war nicht unfreundlich.

»Ich schreibe, bin Mutter, unterrichte. Ich bin immer beschäftigt. Das ist schon viel.«

Und völlig verängstigt. Mein Gott, hatte diese Frau eine Angst. Aber wovor? Er konnte es nicht herausfinden. Vor Männern vielleicht? Oder vor Menschen überhaupt? Vor dem Leben? Irgend etwas von dem mußte es sein. Aber er hätte es nicht mit Sicherheit sagen können. Es war nur ganz deutlich in ihren Augen zu lesen.

»Sie machen überhaupt nicht den Eindruck einer Hausmutter. Waren Sie je Schauspielerin oder Mannequin oder so was Ähnliches?« Bingo.

»Nein.« Sie schüttelte nervös den Kopf, lächelte jedoch überlegen, als sie sich eine Zigarette anzündete. Etwas stimmte mit ihr nicht. Ihm war sofort klar, daß sie log. Die Art, wie sie dasaß, sich bewegte, durchs Zimmer ging, all das deutete auf etwas anderes hin. Ausbildung. Training. Doch Fotomodell? Vielleicht war sie mal Stewardeß gewesen. Auf jeden Fall hatte sie nicht ihr ganzes Leben lang in dieser unbedeutenden Kleinstadt gesessen. Und dann die Schuhe. Mindestens achtzig Dollar waren sie wert. Aus Miststadt, USA? Wie immer dem auch sein mochte, den Verlegern würde es den Atem verschlagen, wenn es ihm nur gelänge, sie aus dieser Muschelschale hervorzulocken. Aus diesem Grunde war er ja hergekommen, um sie mal unter die Lupe zu nehmen. Und jetzt hatte er die Antwort vor sich sitzen, und was für eine! Wenn sie mitmachen würde. Er nickte ihr beruhigend zu und trank einen Schluck Kaffee. Im Geiste stellte er sich vor, was für eine großartige Figur sie im Fernsehen machen würde.

»Wie viele Kinder haben Sie?«

»Neun.« Wieder lachte sie nervös. »Nein, ernsthaft, ich habe nur eins, einen Sohn. Er hält mich auf Trab wie neun.«

»Wie heißt er?«

»Tygue.«

»Und was hält er davon, daß er nun bald eine berühmte Mama haben wird?«

»Ich glaube, das ist ihm noch gar nicht so klargeworden. Eigentlich habe ich es selbst noch nicht ganz begriffen.« Sie seufzte und entspannte einen Augenblick lang ihre Schultern.

»Darüber brauchen Sie sich erst mal keine Sorgen zu machen, Kate. Eigentlich brauchen Sie sich gar keine zu machen. Wir werden das alles für Sie erledigen. Im Augenblick müssen Sie sich nur die Verträge genau durchlesen, und dann können Sie die nächsten Monate Ferien machen. Gönnen Sie sich kleine Freuden, neue Vorhänge, einen neuen Fußball für den Sohn, einen Knochen für den Hund...« Sie lachte laut auf, als er sich unschuldig im Zimmer umblickte. Er hatte sie also verstanden. Sie liebte dieses einfache Leben. Aber sie spürte auch genau, daß er gar nicht daran dachte, sie ernst zu nehmen.

»Was wird geschehen, wenn das Buch erscheint?«

»Ein paar Wochen lang gar nichts.« Er versuchte auszuweichen.

»Und danach?«

»Danach werden Sie ein paarmal in der Öffentlichkeit auftreten, um das Buch bekannter zu machen. Ein paar Interviews, einige Fernsehauftritte, nicht mehr als Sie ertragen können.«

»Und wenn ich mich weigere?«

»Dann leidet das Buch darunter. So einfach ist das. Ich kann's Ihnen statistisch beweisen.« Dabei sah er ihr ernst in die Augen.

»Steht es in meinem Vertrag, daß ich es tun muß?«

Er schüttelte bedauernd den Kopf. »Nein. Niemand kann Sie dazu zwingen. Aber es wäre ein großer Fehler von Ihnen, Kate, wenn Sie die Gelegenheit nicht ergreifen würden. Wenn Sie ein Pferdegebiß hätten, eine zu große Nase oder schielen würden, dann würde ich Ihnen lieber von Öffentlichkeitsauftritten abraten, aber unter diesen Umständen –«, er lächelte ihr aufmunternd zu, »– Kate, Sie könnten da verdammt gute Arbeit leisten.« Er scherte sich jetzt einen Dreck darum, was sie ihm klarzumachen versuchte. Als er sie wieder durchs Zimmer gehen sah, war er davon überzeugt, daß sie früher mal als Modell gearbeitet haben müßte. Am meisten irritierte ihn der undurchdringliche Schutzwall, den sie um sich herum aufgebaut hatte. Am Telefon war ihm das nie so deutlich aufgefallen. Jetzt begann er sich zu fragen, warum er bisher nie neugierig auf sie gewesen war. Aber, um der Wahrheit die Ehre zu geben, hatte er auch nie erwartet, daß sie mal ganz groß rauskommen würde, jedenfalls bis zu ihrem letzten Buch *Die letzte Saison.* Er hätte nie geglaubt, daß sie zu solcher Literatur überhaupt fähig wäre. »Wir können über dieses Publicityzeug später reden. Am besten, wir lesen uns jetzt mal gemeinsam die Verträge durch und sehen nach, was die Verleger alles von Ihnen wollen.«

»Gut. Noch einen Kaffee?«

»Ja, danke.« Während der zwei Stunden, die sie über den Papieren saßen, trank er insgesamt fünf Tassen Kaffee. Danach war ihr endgültig klar, warum sie ihn als ihren Agenten so sehr schätzte. Plötzlich hatte er sich in den alten Stu verwandelt, mit dem am Telefon zu verhandeln sie gewohnt war. Er erklärte ihr die Verträge bis ins einzelne, wies sie auf jede Aussage, mögliche Gefahren, zu erwartende Vorteile hin und machte ihr auch die feinsten Nuancen noch klar. Er hatte verteufelt gute Vorarbeit für sie geleistet.

»Donnerwetter! Sie hätten Anwalt werden sollen«, lobte sie anerkennend.

»Das war ich mal. Ein Jahr lang.« Dieses Kind? Dieser Tom Sawyer mit den Sommersprossen ein Anwalt? Wann? Sie mußte lachen. »Ich habe es gehaßt. Diese Sachen hier liegen mir mehr.«

»Mir auch.« Dabei dachte sie wieder an die dreihunderttausend Dollar.

»Kate, Sie haben diesen komischen Blick... Sie lassen sich diese Sache doch nicht zu sehr in den Kopf steigen?!«

»Keine Sorge, Stu, dazu besteht überhaupt kein Anlaß.« Ein bitteres Lächeln huschte über ihre Lippen, und die Sicherheit, mit der sie diese Worte hervorstieß, schien ihm etwas zu starr. »Das Geld ist nur für neue Vorhänge und einen Knochen für den Hund.«

»Freut mich zu hören. Doch nur für den Fall, daß Sie in drei Monaten mit einem funkelnagelneuen Rolls-Royce vor meinem Büro aufkreuzen sollten – was kriege ich dann dafür, daß ich recht behalten habe?«

»Einen Tritt in den Hintern.«

Er grinste. »Wir werden sehen.«

Sie hörten einen Wagen in die Auffahrt rollen. Es war schon halb sechs, und sie hatten hart gearbeitet. »Würden Sie zum Essen dableiben? Es gibt Fleischkuchen, Makkaroni mit Käse und Karottensalat.« Sie lachte. Wohl kaum ein Dinner, das er gewohnt war. Er schüttelte höflich den Kopf und warf einen Blick auf die elegante, flache Uhr mit den römischen Ziffern, die sich um sein Handgelenk wand.

»Würde ich sehr gern, Kate, aber ich habe um acht schon eine Verabredung in L. A.«

»In Beverly Hills, hoffentlich.«

»Gibt es andere Orte, zu denen man gehen kann?« Sie lachten herzlich, und Kate ging zur Tür, um Tygue hereinzulassen, der gerade abgeliefert worden war. Stu Weinberg beobachtete, wie der Junge zur Tür hereinstürmte, sich seiner Mutter in die Arme warf und plötzlich abrupt stehenblieb, als er ihn entdeckte.

»Hallo Tygue. Ich bin Stu.« Er streckte ihm die Hand hin, aber Tygue bewegte sich keinen Zentimeter von der Stelle.

»Wer ist das?« Der Junge wirkte beinahe verschreckt.

»Das ist mein Agent aus Los Angeles, Liebling. Hast du ihm nichts Freundlicheres zur Begrüßung zu sagen als das?«

Tygue wirkte ebenso verängstigt wie seine Mutter, und plötzlich empfand Stu Mitleid für das Kind. Er schien an Fremde noch weniger gewöhnt zu sein als Kate.

Tygue kam mürrisch auf ihn zu und reichte ihm seine Hand. »Tag.« Seine Mutter warf ihm einen finsteren Blick zu, und Stu beeilte sich, die Verträge in den Aktenkoffer zu räumen.

»Nun, Kate. Jetzt haben Sie erst mal nichts zu tun, als auszuspannen und die Dinge leicht zu nehmen.« Sie hatte alles unterschrieben.

»Und was ist mit der anderen Sache?«

»Welcher?« Er wußte, was sie meinte. Aber sie sollte es selbst aussprechen. Sie sollte sich langsam daran gewöhnen.

»Die Publicity.«

»Machen Sie sich darum keine Sorgen.«

»Stu... ich kann einfach nicht.«

»Können nicht oder wollen nicht?« Er gestattete ihr nicht, seinem Blick auszuweichen.

»Ich will nicht.«

»Na gut.« Er klang ruhig, gelassen. Etwas zu ruhig vielleicht. Tygue beobachtete sie schweigend.

»Kann ich mich auf Sie verlassen?«

»Natürlich. Ich habe Ihnen gesagt, daß niemand Sie zu etwas zwingen kann. Sie sind zwar dumm, wenn Sie es nicht tun, aber es ist ja schließlich Ihr Buch, Ihre Karriere, Ihre Entscheidung. Sie haben alles in der Hand, meine Liebe. Ich arbeite nur in Ihrem Auftrag.« Er gab ihr irgendwie das Gefühl, ein dummes, feiges, kleines Mädchen zu sein. Hätte er es bemerkt, wäre er stolz auf sich gewesen.

»Es tut mir leid.«

»Dann zerbrechen Sie sich mal Ihren Kopf darüber. Ich werde mich bemühen, die Verlagsdirektoren und Manager von Ihrer Haustür fernzuhalten, bis Sie sich entschieden haben. Richtig so?«

»Sehr gut.« Sie hatte das Gefühl, etwas für sich gewonnen zu haben, aber gleichzeitig war sie verunsichert. Sie gaben sich an der Haustür noch einmal die Hand, und sie sah seinen pflaumenblauen Jaguar rückwärts aus der Auffahrt gleiten. Sie winkte ihm nach. Tygue stand still neben ihr, als er ihnen noch einmal zuwinkte. Alle drei spürten, daß sich hier bald etwas entscheidend verändern würde.

9

»Und? Hast du's überlebt?« Felicia hatte angerufen, nachdem Tygue zu Bett gegangen war.

»Ja. Ich hab's überlebt. Im Grunde ist er ein sehr netter Kerl. Ich vermute, daß unter diesem feinen Anstrich ein ekelhafter Streber sitzt, aber ich mag ihn ganz gern.«

»Er hat verdammt recht, strebsam zu sein. Wie hätte er dir wohl sonst das Vermögen einbringen können, das du soeben verdient hast?«

Bei dem Gedanken mußte Kate lachen. »Gutes Argument. Wenn ich die Sache von der Seite betrachtet hätte, wäre ich wohl sehr nervös geworden. Aber weißt du, was sehr erstaunlich ist, Licia?«

»Ja, du.«

»Nein, ernsthaft. Nach all den Jahren hatte ich überhaupt keine Angst, mit ihm zu sprechen. Wir haben dagesessen wie ganz normale Leute, Kaffee getrunken und uns die Verträge angesehen. Es war alles sehr zivilisiert.«

»Hast du dich verliebt?« Felicia klang amüsiert.

»Um Gottes willen, nein. Er sieht aus wie der kleine Bruder von Alice im Wunderland, nur daß er rote Haare hat. Aber er ist ein guter Agent. Und ich habe keinen Herzinfarkt bekommen, obwohl ich mit einem Mann reden mußte.« Felicia war erfreut, das zu hören.

»Gut. Und was nun?«

»Was willst du damit sagen?«

»Ich meine, was geschieht als nächstes?«

»Nichts. Ich werde das Geld auf die Bank bringen. Tygue wird eines Tages aufs College gehen können. Stu hat vorgeschlagen, einen neuen Knochen für Bert zu kaufen, und –« sie kicherte, »– ich werde mir vielleicht die rosafarbenen Wildlederschuhe anschaffen, über die wir heute morgen gesprochen haben.«

»Hast du nicht etwas vergessen, meine Liebe?« Felicias Stimme war sarkastisch geworden. Sie klang jetzt sehr bestimmt, und Kate kannte diesen Ton nur allzugut. »Was ist mit der Öffentlichkeitsarbeit für das Buch?«

»Er sagt, daß ich das nicht bräuchte.«

»Ich glaube dir kein Wort.«

»Doch, das hat er gesagt.«

»Hat er dich nicht einmal danach gefragt?« Felicia war verblüfft.

»Doch.«

»Und?«

»Ich habe gesagt, daß ich es nicht tun würde.«

»Kate Harper, du bist ein undankbares Geschöpf und eine Hexe! Wenn ich dein Agent wäre, würde ich dir einen Tritt geben, daß du von einem Ende des Zimmers ins andere fliegen würdest!«

»Deshalb ist ja auch er mein Agent und nicht du.«

»Hat er dich wirklich so leicht entwischen lassen?«

»Ja.« Kate klang fast wie ihr Sohn, wenn er etwas ausheckte.

»Dann ist er verrückt!« Entweder das, oder er war sehr, sehr klug. Felicia kamen plötzlich Zweifel.

»Vielleicht. Jedenfalls habe ich die Verträge unterzeichnet, und jetzt ist alles gut. Bis zum nächsten Buch wenigstens.«

»Was für ein ödes Leben.« Felicia lächelte hinterhältig.

»Wie meinst du das?«

»Wie ich es gesagt habe. Du arbeitest dich ab, bleibst lange auf, trinkst eine Menge Kaffee, rauchst wie ein Schlot, und dann erlebst du nicht einmal die schöne Seite, die das Ganze zu bieten hat. Du hast ja nicht einmal Gelegenheit, das Geld richtig auszugeben.«

»Wieso zum Teufel nicht?«

»Wofür denn? Lebensmittel? Was für ein ödes Leben! Du könntest wenigstens mal einen Einkaufsbummel in einer zivilisierten Stadt machen. Das solltest du dir gönnen. Komm nach San Francisco, fahr nach

Los Angeles oder Santa Barbara. Himmel, jetzt könntest du dir sogar leisten, wieder mal in Carmel einkaufen zu gehen!«

»Ich brauche keine neuen Sachen zum Anziehen.«

»Natürlich nicht. Du gehst ja nie aus dem Haus.« Und warum machte sie das zum Versager? Wieso sollte sie sich gut anziehen, ausgehen, all das mitmachen, nur um nicht so ein ›ödes Leben‹ zu führen? Warum konnte es nicht einfach genug sein, ein Buch zu schreiben, verdammt noch mal! Außerdem könnte sie ja, wenn sie das nächste Mal zu Tom fuhr, einen Abstecher nach Carmel machen. Was sie daran erinnerte, daß sie ja am nächsten Morgen wieder fahren wollte.

»Hör mal, Licia, ich werde mich jetzt nicht mit dir herumstreiten. Außerdem wird es Zeit, daß ich Schluß mache.«

»Wieso? Ist irgend etwas?«

»Nein, nein. Ich muß nur noch bei Tillie anrufen.«

»Gut, Kate. Bis bald.« Sie klang ziemlich kühl und distanziert, als sie auflegte. Ob sie Kate wohl endlich begreiflich machen konnte, worum es ging? Wer weiß, vielleicht...?

Kate verabredete sich noch schnell mit Tillie für den nächsten Tag, dann nahm sie ein heißes Bad und legte sich ins Bett. Der Tag war sehr anstrengend gewesen, und sie war enttäuscht, daß sie nichts von dem fühlte, was sie sich vorgestellt hatte. Sie wäre gern stolz auf sich gewesen, aber statt dessen spürte sie nur Ärger und Unzufriedenheit, als hätte sie etwas Wichtiges versäumt, als wäre sie gescheitert. Schließlich schlief sie ein. Der Wecker rasselte um sechs und riß sie aus den Träumen.

»Gehst du heute wieder unterrichten, Mam?« Tygue sah sie fragend über sein Frühstück hinweg an. Sein Blick war traurig und der Ton klagend. Kate war sofort verärgert.

»Ja, Schatz. Tillie kommt heute nachmittag zu dir.«

»Ich will Tillie nicht.«

»Ihr könnt doch im Garten arbeiten. Es wird sicher sehr nett. Iß deine Cornflakes.«

»Sie sind nicht mehr knusprig genug.«

»Tygue.«

»Igitt! Da ist eine Fliege auf dem Toast!« Er wischte sie mit einer unbeherrschten Bewegung weg, und Bert schnappte danach. Er leckte einmal zufrieden über seine Schnauze.

»Verdammt noch mal, Tygue!« Plötzlich hatte sie Tränen in den Augen. Es war eine ganz beschissene Art, den Tag zu beginnen, und sie fühlte sich entsetzlich. Sie beruhigte sich und streckte die Arme aus. Tygue ging zögernd, sehr langsam auf sie zu, aber er kam. »Was hast du, Liebling? Hat jemand dich beleidigt?«

»Ich hasse ihn.«

Was war jetzt wieder los? »Himmel noch mal, wen meinst du?« Sie war zu müde, um auf sein Spiel einzugehen.

»Dieser Mann... auf dem Sessel...«

»Du meinst den von gestern?«

Er nickte.

»Das ist doch nur mein Agent, Liebling. Er verkauft meine Bücher.«

»Ich mag ihn nicht.«

»Tygue, das ist dumm.« Tygue zuckte die Schultern. Draußen hupte das Auto, das ihn zur Schule abholte. »Mach dir keine Gedanken um ihn. Alles klar?« Er zog wieder die Schultern hoch, und jetzt zog sie ihn auf den Schoß und hielt ihn fest. »Tygue, ich habe dich lieb. Nur dich, verstehst du das? Du brauchst keine Angst zu haben.« Ein winziges Lächeln erschien auf seinem Gesicht.

»In Ordnung.« Er schnappte sich seine Jacke, streichelte Bert und rannte zur Tür. »Wiedersehen, Mammi.«

»Wiedersehen, Liebling.« Nachdem er gegangen war, fiel ihr erst richtig auf, wie sauer sie auf ihn war. Was hatte er für ein Problem? War er etwa auf Weinberg eifersüchtig? Aber das hätte sie nicht überraschen sollen. Er hatte schließlich noch nie zuvor einen Mann in ihrem Haus gesehen. Es wurde langsam Zeit, daß er sich an gelegentliche Besuche von Fremden gewöhnte. Doch durch seine Zurückhaltung fühlte sie sich unter Druck gesetzt. Er zog von der einen Seite an ihr, während die anderen versuchten, sie in die andere Richtung zu zerren. Jeder wollte etwas von ihr. Was wollte eigentlich sie? Sie wußte es nicht. Hätte sie Zeit gehabt, sich danach zu fragen?

Sie mußte sich beeilen, wenn sie rechtzeitig bei Tom sein wollte... ihn noch sehen wollte... was für ein komischer Gedanke... Tom besuchen zu *wollen*. Sie blieb plötzlich mitten in der Küche stehen. *Wollte* sie wirklich zu Tom fahren? Sie hatte seit Jahren nicht darüber nachgedacht, nicht so. Sie *fuhr* einfach regelmäßig zu ihm. Aber wollte sie das auch? Wahrscheinlich. Selbstverständlich wollte sie es. Sie nahm ihre Handtasche, streichelte Bert über den Rücken und verließ das Haus, ohne das Telefonklingeln zu beachten.

10

Kate stand auf und streckte sich. Sie war erst seit zwei Stunden bei Tom, aber sie fühlte sich jetzt schon müde. Tom war schlecht aufgelegt und deshalb lästig. Selbst Mr. Erhard wirkte heute etwas erschöpft.

»Also, Liebling, was machen wir? Sollen wir zum Teich hinuntergehen und dort spielen?« Sein Haar war jetzt von grauen Fäden durchzogen, aber sein Gesicht war immer noch so offen und klar wie bei einem Kind. Die meiste Zeit wirkte er glücklich. Doch manchmal konnte er unzufrieden und trotzig sein wie ein Dreijähriger.

»Ich will nicht zu diesem dummen Teich gehen. Ich will Willie.«

»Gut, dann gehen wir Willie holen.«

»Ich will Willie nicht.«

Kate biß die Zähne zusammen und schloß einen Moment lang die Augen. Dann blickte sie ihn wieder an und versuchte zu lächeln. »Na gut. Magst du ein wenig in deiner Hängematte liegen?« Er schüttelte den Kopf und sah aus, als würde er gleich in Tränen ausbrechen. Jetzt hatte er sehr viel Ähnlichkeit mit Tygue und seinen Problemen beim Frühstück. Tygue war auf Weinberg eifersüchtig gewesen, aber was konnte Tom für Schwierigkeiten haben? Verdammt noch mal, meistens war er doch so liebenswert und gut zu haben. Warum konnte das heute nicht so sein? Sie hatte doch wirklich genug Sorgen.

»Tut mir leid, Katie.«

Er sah flehend zu ihr auf und streckte die Arme aus. Es schien, als hätte er plötzlich etwas verstanden. Sie hatte Mitleid mit ihm und ein schlechtes Gewissen, als sie sich hinunterbeugte und ihn umarmte.

»Es ist gut, Liebling. Ich glaube, du brauchst einfach ein paar neue Spiele.« Die letzten hatte sie ihm vor Monaten mitgebracht, und die waren auch nicht neu gewesen, sondern stammten aus dem ausgemusterten Bestand von Tygue. Weggeworfenes Spielzeug und längst langweilig gewordene Puzzles von seinem Sohn! Doch Kate sah das nicht so. Es war einfach billiger, die Sachen jeweils nur einmal zu kaufen. Sie drückte ihn fest an sich und spürte plötzlich, daß er ihre Umarmung erwiderte. Einen komischen Augenblick lang hatte sie das Bedürfnis, ihn zu küssen, aber nicht, wie man einen kleinen Jungen küßt. Sie brauchte ihn als Mann.

»Ich brauche nur dich, Katie. Du mußt mir keine Spiele mitbringen.«

Als sie diese Worte hörte, hatte sie erst recht ein seltsames Gefühl. Sie löste sich plötzlich aus seinen Armen und untersuchte ernsthaft seine Augen. Aber da war niemand. Niemand anderes als Tom, der kleine Junge. Tom der Mann war längst von ihr gegangen.

»Ich habe dich auch lieb.« Sie nahm seine Hand und setzte sich neben ihn ins Gras. Der Ärger, der sie seit dem Morgen verfolgte, löste sich langsam. Sie hatte Lust, ihm von ihren Erfolgen zu erzählen, das Buch zu schildern, vom Film zu berichten und ihm klarzumachen, was das alles für sie bedeutete, aber...

»Hast du Lust, Bingo zu spielen?« Er lächelte herzlich zu ihr herunter. Sie legte den Kopf etwas schief und erwiderte seinen Blick traurig. Heute hatte sie einen lavendelfarbenen Wollrock mit dazu passendem Kaschmirpullover angezogen. Tom hatte ihr das Kostüm vor Jahren einmal gekauft, kurz nachdem sie geheiratet hatten. Er hatte sie darin sehr gern gemocht, damals... Jetzt fiel es ihm nicht einmal mehr auf. Oder erinnerte er sich nicht mehr daran? Heute bestand seine Welt aus Spielen wie Bingo.

»Hast du denn Lust?« fragte er.

Kate holte tief Luft und stand auf. »Weißt du was, Liebling? Ich bin ein bißchen müde. Eigentlich... ich glaube, es ist Zeit für mich, zu gehen.« Sie hatte für heute genug von den Spielen. Ständig mußte sie sich was vormachen, sich, Tom und Tygue.

»Nein, es ist noch nicht soweit«, jammerte er. Sein Blick war der eines beleidigten Kindes. Nein, mein Gott, nicht auch noch das! Er sollte nicht auch noch an ihren Nerven zerren. »Es ist noch lange nicht Zeit, zu gehen!«

»Doch, doch, mein Schatz. Ich muß jetzt los. Ich komme in ein paar Tagen wieder.«

»Nein, du kommst ja doch nicht.«

»Doch, ich werde kommen.« Sie strich sich den weichen Rock glatt und blickte in die Richtung, aus der Mr. Erhard gerade langsam auf sie zukam. Er hatte Willie und ein paar Bücher unter dem Arm. »Schau mal, was Mr. Erhard dir da bringt.« Tom sah trotzig zur Seite. Er war wütend und traurig. »Sei ein lieber Junge, Schatz. Ich bin bald wieder bei dir.« Er klammerte sich fest an sie, und seit langer Zeit hatte sie zum ersten Mal wieder das Gefühl, sie könne das alles nicht mehr ertragen. Sie brauchte ihn doch jetzt so nötig. Den Mann Tom. Und er war nicht da. »Ich habe dich lieb.« Sie sagte es ganz leise und zog sich fast unmerklich zurück. Nach ein paar Schritten drehte sie sich um, winkte ihm zu und lächelte viel herzlicher, als ihr zumute war. Tom hielt allerdings schon seinen Willie im Arm und interessierte sich nur noch für die Bücher.

Kate lief mit gesenktem Kopf zum Auto. Sie hatte die Arme fest vor der Brust gekreuzt, so als könne sie sich selbst die Umarmungen geben, die sie im Augenblick so sehr vermißte. Als sie im Wagen saß, seufzte sie tief und blickte hoch in die Bäume, die neben dem Parkplatz standen. Es war doch verrückt. Sie besaß so viel. Sie hatte Tygue und auf irgendeine Art ja auch noch Tom. Sie hatte ihr Buch verkauft, und es wurde sogar ein Film von dem Roman gedreht. Sie hatte dreihundertfünfzigtausend Dollar auf einen Schlag verdient. Und trotzdem fühlte sie sich wie ein kleines Kind, dem der Luftballon geplatzt war.

»Ich mache mich verrückt!« Sie sagte es sich laut vor, lachte und zündete sich eine Zigarette an. Sie drehte den Zündschlüssel um, und da kam ihr plötzlich eine Idee. Sie lehnte sich verblüfft zurück und lächelte listig in sich hinein. Einen Augenblick lang vergaß sie sogar, wo sie sich befand und warum sie hergekommen war. Oder besser, ihr fiel zum ersten Mal richtig auf, welcher Ort dies war, zu dem sie jahrelang pflichtgemäß gefahren war. Carmel! Seit sechs Jahren kam sie regelmäßig her, um Tom zu besuchen, und noch nie war ihr der Gedanke gekommen, noch die letzten zwölf Meilen bis in die Stadt zurückzulegen. Nie hatte sie einen Schaufensterbummel gemacht. Nie war sie zum Mittagessen hineingefahren. Nie hatte sie es sich gegönnt, einfach mal die Hauptstraße entlangzugehen oder eine halbe Stunde lang am Strand zu sitzen, um sich zu entspannen. Sechseinhalb Jahre lang war sie denselben alten Weg ohne Abweichungen hin- und zurückgefahren. Und auf einmal verspürte sie den heftigen Drang, die Stadt wiederzusehen. Nur mal sehen, was los war, ein wenig herumbummeln, die Leute betrachten... sie schaute auf die Uhr. Es war noch früh genug. Sie hatte ihren Besuch heute um zwei Stunden gekürzt, zwei Stunden, die sie jetzt mit sich selbst verbringen konnte. Sie löste die Handbremse und bog an der Hauptstraße nach links ab, die Richtung, die in dic Stadt führtc.

Die Straße war eine hübsche Palmenallee. Kleine pastellfarbene Häuschen säumten hier und da den Weg. Sie kam Carmel immer näher. Bisher war ihr die Gegend noch nicht vertraut, aber je weiter sie fuhr, desto wilder klopfte ihr Herz. Gott, was hatte sie vor? Warum tat sie das gerade jetzt? Seit zwei Tagen wagte sie sich weiter in die

Welt hinaus als in den vergangenen Jahren. Gestern hatte sie Stu Weinberg erlaubt, aus Los Angeles zu kommen und sie zu besuchen, und jetzt befand sie sich auf dem direkten Weg nach Carmel. Nur ganz winzige Handlungen, aber sie markierten einen Riß in ihrer Mauer. Und was kam danach? Eine Sturzflut? Ein mitreißender Sturm? Oder würde die Außenwelt über einen langen Zeitraum hinweg ganz leise durch die Risse in ihr Leben sickern? Was würde geschehen, wenn sie den Kopf verlor? Was, wenn...? Sie konnte nicht weiterfahren. Sie trat auf die Bremse und parkte am Straßenrand. Plötzlich fühlte sie sich außer Atem, und die Straße vor ihr sah bösartig und nicht mehr einladend aus.

»Ich kann nicht.« Ihre Stimme zitterte, und sie fing an zu weinen. »Ich kann nicht...« Aber sie wollte es so gerne. Verflixt, sie wollte doch in die Stadt! Zum ersten Mal seit Jahren hatte sie das Bedürfnis, diese Stadt wiederzusehen, festzustellen, ob sie sich verändert hätte, was die Leute jetzt trugen, welche Frisuren gerade modern waren, welche Menschen dort lebten. Natürlich war es Blödsinn, sich für solche Nichtigkeiten zu interessieren, aber in der Kleinstadt, die sie sich als Zuhause gewählt hatte, trugen Frauen Miniröcke erst zehn Jahre, nachdem sie aus der Mode gekommen waren, und das mit Figuren, die dies seit gut dreißig Jahren nicht mehr erlaubten. Sie hatte Lust, Menschen von der Art zu sehen, die ihr früher einmal vertraut gewesen waren. Was war mit der Entscheidung, die sie vor all den Jahren getroffen hatte? Hatte sie sich nicht das andere Leben gewählt? War sie nicht dabei, alles in Frage zu stellen, sich in Gefahr zu begeben? Sie hatte ein Buch geschrieben, das mehr von ihr, von Tom und von ihrem Leben preisgab, als gut für sie war. Und jetzt würde es auch noch über das ganze Land verteilt und allen zugänglich werden. Schlimmer noch, es wurde ein Film darüber gedreht. Und...

»Ach Quatsch!« Sie öffnete ihre Augen weit und sah sich vorsichtig um, als sie den Wagen zurück auf die Straße lenkte. Sie *hatte* ein Buch und die Filmrechte verkauft, und jetzt hatte sie auch das Recht, sich eine Stunde lang in Carmel zu amüsieren. Ihr Gesicht zeigte einen sehr entschlossenen Ausdruck, und sie trat mutig aufs Gaspedal. Langsam erkannte sie die Gegend wieder. Im Grunde hatte sich in all den Jahren nicht viel verändert. Die pastellfarbenen Ferienhäuschen sahen noch genauso aus wie früher. Die Wegbiegungen waren ihr noch vertraut. Die kleinen Strandhotels standen immer noch, und plötzlich bog sie auf die breite, von Bäumen umsäumte Geschäftsstraße ein, die direkt zum Strand hinunterführte. Hier reihte sich eine Boutique an die andere. Ein paar Touristenfallen waren auch darunter, aber die meisten führten klangvolle Namen und elegante Qualität. Eine Welt, in die sie seit Jahren nicht mehr eingetreten war. Gucci, Hermes, Jourdan, Dior, Norrell, Galanos, Givenchy... Namen, Etiketten, Schals, Parfüms, Schuhe, all das sah sie aus den Augenwinkeln, als sie an den Läden vorbeifuhr und dann in eine Parklücke hineinlenkte. Jetzt fühlte sie sich ausgesprochen wohl. Sie war froh, daß sie doch hergekommen war, und schloß mit einem Gefühl der Befriedigung den Wagen ab.

Ihr Blick wanderte über die Auslagen und blieb zuerst an einem cremefarbenen Seidenkostüm in einem der Schaufenster hängen. Es war zusammen mit einer pfirsichfarbenen Bluse und zierlichen Schuhen ausgestellt, die farblich auf den Stoff abgestimmt waren. Sie fühlte sich wieder wie ein kleines Mädchen, das sich die Puppe wünschte, die wie eine Braut gekleidet war, den Teddybären daneben, die Barbiepuppen mit den Büstenhaltern, Seidenstrümpfen und und und... Als sie die Ladentür aufstieß, kicherte sie übermütig. Jetzt war sie froh, das lavendelfarbene Wollkostüm angezogen zu haben. Es war etwas verblichen, aber damenhaft. Außerdem war es gut, daß sie ihr Haar in einem lockeren, vornehmen Knoten im Nacken zusammengebunden hatte. Heute hatte sie es nicht einmal für Tom offen tragen wollen.

»Madame?« Die Verkäuferin war offenbar Französin. Sie lächelte freundlich, aber es lag auch etwas heimlich Abschätzendes in ihrem Blick. Sie war klein, untersetzt, hatte grau werdende, blonde Haare und trug ein graues Seidenkleid mit einer dreireihigen Perlenkette darüber. Kate erinnerte sich noch an diese Seite von Carmel. Man zog sich einfach gut an. Verkäufer, Kellner, Besucher und Einheimische, alle sahen aus, als würden sie gleich bei Maxim's zum Lunch eingeladen werden. Nur einige in der Gegend lebende Künstler bildeten mit ihrer saloppen Kleidung die Ausnahme. »Kann ich Ihnen behilflich sein?«

»Darf ich mich erst einmal umsehen?«

»Aber natürlich.« Die Dame wandte sich diskret zur Seite und richtete ihr Interesse auf die letzte Ausgabe der *L'Officiel,* die auf ihrem Schreibtischchen lag. Kate fiel ein, daß sie vor Jahren mal Modell für Illustrierte gestanden hatte. Wieder betrachtete sie aufmerksam das Kostüm im Fenster. Die Dame mit dem grauen Seidenkleid beobachtete sie.

Sie hätte es ihr nicht vorschlagen wollen, aber in dem Augenblick, in dem Kate zur Tür hereingekommen war, hatte sie schon daran gedacht, wie gut es ihr stehen würde. Kate begegnete plötzlich ihrem Blick und lachte. Auch die Französin lachte ihr jetzt offen zu.

»Darf ich es mal anprobieren?«

»Ich bin gespannt, es an Ihnen sehen zu dürfen. Wir haben es erst heute hereinbekommen.«

»Aus Paris?«

»Aus New York. Halston.« Halston. Wie lange war das her, daß sie solche Stoffe in den Händen gehabt hatte? Wie lange hatte sie diese Kleider nicht mehr gesehen? Aber was zum Teufel sollte ihr das schon ausmachen... na ja... jetzt machte es schon was aus. Sie hatte das Bedürfnis, ihren Erfolg zu feiern.

Während die Verkäuferin mit Hilfe einer Assistentin vorsichtig das Kostüm aus der Auslage holte, wählte Kate sich drei weitere Kleider und einen Rock aus dem übrigen Angebot aus. Sie fühlte sich von Minute zu Minute wohler, und als sie dann mit dem Kostüm vor dem Spiegel stand, war sie rundherum glücklich. Es war wie für sie gemacht. Die Pfirsichfarbe der Bluse verlieh ihrer zarten, blassen Haut einen leichten rosa Schimmer, und ihre grünen Augen funkelten, als sie sich fachmännisch betrachtete. Der Stoff floß weich an ihrem Körper herunter. Der Rock war wadenlang, und sein Saum umspielte ihre Beine. Die Jacke war langgeschnitten, sehr weiblich und elegant. Sie streifte auch noch die Schuhe über und fühlte sich jetzt wie eine Prinzessin, nein, wie eine Königin. Dieses Kostüm kostete zweihundertfünfundachtzig Dollar. Die Schuhe zusätzlich noch sechsundachtzig. Das war eine Schande. Nein, Sünde! Und wo in aller Welt sollte sie so etwas tragen? Das hatte sie ja auch Felicia schon seit Jahren vorgebetet. Wo sollte sie so feine Sachen zur Geltung bringen? Etwa im Supermarkt? In der Fahrgemeinschaft, wenn sie an der Reihe war, Tygue mitsamt seinen Freunden zur Schule zu bringen? Oder etwa im Badezimmer, wenn sie Bert badete?

»Ich nehme es.« Mit einer hastigen Geste legte sie auch noch den roten Wollrock, eine dazugehörige Bluse und das hochgeschlossene, langärmelige schwarze Kleid mit auf den Ladentisch, nachdem sie die Sachen anprobiert hatte. Das Kleid wirkte zwar fürchterlich erwachsen und fast zu ernst, aber es war ungeheuer elegant. Und auf eine ganz subtile Art sexy. Sexy? Was war das wieder für ein verrückter Gedanke? Für wen wollte sie sexy aussehen? Willie, den Bären? Was tat sie hier? Sie war soeben dabei, über fünfhundert Dollar für Kleidungsstücke auszugeben, die sie nie im Leben tragen würde. Vielleicht würde sie irgendwann Gelegenheit haben, das Kostüm zu Tygues Collegeabschluß vorzuführen. Aber auch das nur, wenn er sich dazu entschließen könnte, nach Princeton oder Yale zu gehen. Bei dem Gedanken mußte sie lachen, während sie den Scheck ausschrieb. Es war klar, daß sie jetzt langsam durchdrehte, und daran war nur das ganze Geld schuld, das ihr diese Verrückten aus New York und Hollywood zahlen würden. Es war jedoch eine sehr angenehme Art von Verrücktheit, und Kate konnte nicht leugnen, daß sie sich in dem neuen Glück sonnte. Sie kaufte sich sogar noch ein Fläschchen Parfüm, eine Marke, die sie vor Jahren einmal benutzt hatte. Erst als sie mit dem Arm voll neuer Schätze auf den geparkten Wagen zuging, fiel ihr das Hotel auf, vor dem der Wagen stand. Dort hatten sie und Tom bei ihrem letzten Aufenthalt in Carmel gewohnt. Es war ihr Hotel... nein, nicht mehr...

»Das ist vorbei«, flüsterte sie leise und blickte zur Seite, während sie die Pakete im Kofferraum verstaute. Vielleicht würde sie sie erst mal darin lassen. Vielleicht sollte sie sie gleich zusammen mit dem Wagen verkaufen. Sie brauchte das alles nicht, wenn man's genau nahm. Aber dann fiel ihr das wunderschöne Kostüm wieder ein, und sie freute sich darauf, es am Abend vor ihrem Spiegel noch mal anzuprobieren. Ja, und auch das schwarze Kleid. Tygue würde sie vermutlich für komplett verrückt halten. Nun, sie würde warten, bis er ins Bett gegangen war.

Sie fuhr schneller als je nach Hause und hatte dabei nicht einmal mehr ein schlechtes Gewissen. Das Komischste an der ganzen Sache war ja, daß niemand wußte, was sie heute nachmittag getan hatte. Und es brauchte auch niemand zu wissen. Vielleicht würde sie sich sogar irgendwann noch mal einen solchen Luxus gönnen. Gut gelaunt fuhr sie in die Auffahrt. Sie war auf die Minute pünktlich, und sie hatte diese zwei Extrastunden sehr sinnvoll verbracht. Fröhlich winkte sie Tillie und Tygue zu, die wieder im Garten arbeiteten. Tygue sah viel froher aus als heute morgen beim Frühstück. Er winkte heftig mit seinen kleinen Armen, vergrub sie aber gleich darauf wieder in der Gartenerde.

»Hallo, ihr Lieben.« Sie ließ die Päckchen erst mal im Kofferraum, ging zu ihm und gab ihm seinen Begrüßungskuß. Aber er war viel zu beschäftigt, und auch Bert hatte mit seinem neuen Knochen zu tun und reagierte auf ihr Streicheln nur flüchtig. Glücklich ging sie aufs Haus zu. Es war mal wieder alles in Ordnung. Auf dem Küchentisch fand sie eine Nachricht von Felicia, sie wollte dieses Wochenende zu ihnen kommen.

Und sie kam. Mit einem ganzen Berg von Geschenken und drei Flaschen Champagner stand sie am Freitagabend in der Küche. Dumme Geschenke, Scherzartikel, Dinge für Kates Eßtisch, kleine Nippessachen fürs Wohnzimmer, für Kates Zimmer, alles mögliche. Aus der Tiefe ihrer riesigen Tasche grub sie ein kleines, in Silberpapier eingewickeltes Kästchen hervor und reichte es Kate schweigend.

»Nein, nicht noch etwas!« rief Kate mit gespieltem Entsetzen. Sie lachte, doch Felicia blickte sie ernst, beinahe zärtlich an. »Himmel, du gibst mir das Gefühl, als ob das hier was Ernstes wäre.«

»Vielleicht.«

Unter dem Schmuckband, mit dem das Papier umwickelt war, steckte ein kleiner Umschlag. Kate zog ihn heraus und öffnete ihn vorsichtig. Während sie las, füllten ihre Augen sich mit Tränen. »Für die Lady mit dem goldenen Herzen. Alles, was sie braucht, ist Mut. Der ›Feige Löwe‹ hatte entdeckt, daß er seinen Mut schon die ganze Zeit über besessen hatte. Er brauchte nur diese Medaille, die ihn immer wieder daran erinnerte. Hiermit wirst Du daran erinnert, daß Du nicht nur tapfer, sondern auch klug, fähig und weise bist, und daß wir Dich sehr lieben.« Und die Unterschrift lautete: »Die gute Hexe des Nordens.« Kate lächelte durch die Tränen.

»Aus *The Wizzard of Oz*?«

»Mehr oder minder.«

Kate wickelte das Kästchen aus und öffnete es langsam. Auf blauem Samtboden lag in einer mit rotem Satin gefütterten Schatulle eine goldene Taschenuhr mit einer passenden Uhrkette. Sie hatte eine zierliche Herzform, und als Kate sie umwendete, sah sie eine Gravur auf der Rückseite: »Mehr Mut zur Farbe. In Liebe.« In einer Hand die Uhr fest umklammernd umarmte Kate Felicia stürmisch. Felicia hielt sie einen Augenblick lang ganz fest. Auf diese Umarmung hatte Kate so lange gewartet. Sie brauchte jemanden, der ihr das Gefühl gab, alles wäre gut so, wie es war.

»Was kann ich dir sagen?« Tränen rannen über ihr Gesicht.

»Sag einfach, daß du versprichst, ein braves Mädchen zu sein und dir eine Chance zu geben. Mehr verlange ich gar nicht von dir.« Eine Sekunde lang hatte Kate das Bedürfnis, ihr von dem Einkaufsbummel in Carmel zu berichten, aber sie brachte es nicht fertig. Jetzt noch nicht.

»Ich werde mir Mühe geben. Himmel, mit einer Uhr wie dieser habe ich fast den Eindruck, es geht gar nicht mehr anders. Licia, ohne dich wäre ich verloren.«

»Stimmt gar nicht. Du würdest hier ganz in Ruhe leben, und niemand würde dir ständig Vorwürfe machen. Es wäre bestimmt himmlisch.«

»Blödsinn.«

Sie blickten einander verständnisvoll an, und dann saßen sie den ganzen Abend zusammen und plauderten über das Buch, die Verträge und Felicias Geschäft. Die Romanze mit dem Erfolgsleben hatte für Kate gerade erst begonnen. Kurz nach vier Uhr morgens hatten sie die letzte Flasche Champagner ausgetrunken. Schläfrig wünschten sie sich eine gute Nacht, und eine jede verschwand in ihrem Schlafzimmer.

Es wurde ein gemütliches, sonniges Familienwochenende. Kate hatte sich am nächsten Tag die neue Uhr umgehängt. Auf ihrem Lieblingspullover sah sie ganz entzückend aus. Sie machten ein Picknick im Garten und fuhren dann mit Tygue zur Adamsranch, wo sie alle drei miteinander ausritten. Felicia schlief am Sonntagvormittag aus, während Kate mit Tygue in die Kirche ging. Danach aßen sie lange und gemütlich im Garten zu Mittag. Erst um fünf Uhr nachmittags begann Licia allmählich an die Heimfahrt zu denken. Sie lag lang ausgestreckt auf der Wiese, hielt Tygue an der rechten Hand und versuchte ständig, Bert mit der linken wegzuschieben. Träumerisch blickte sie dabei in den Himmel.

»Weißt du was, Kate? Manchmal kann ich sogar verstehen, warum es dir hier so gut gefällt.«

»Mmh.« Kate war in Gedanken ganz woanders, aber sie lächelte ihrer Freundin abwesend zu.

»Es ist so verdammt friedlich hier.«

»Ist das ein Kompliment, oder beklagst du dich?« Kate lachte.

»Im Augenblick meine ich es als Kompliment. Ich habe überhaupt keine Lust wegzufahren. Und ich kann erst in ein paar Monaten wiederkommen.« Kate sah ihr direkt in die Augen, während Licia sprach. Ihr Blick hatte einen eigenartigen Ausdruck. »Ist irgend etwas?« Felicia hatte diesen Blick noch nie bei ihr gesehen.

»Nein, ich denke nur nach.«

»Worüber?«

»Über ein paar Sachen, die ich im Auto liegen habe!«

»Aha.« Felicia konnte sich keinen Reim drauf machen.

»Was machst du morgen, Licia?«

»Mein Gott, frag nicht. Ich habe schon vor dem Mittagessen drei Sitzungen. Wir stellen gerade die Herbstkollektionen zusammen, und der Winter ist ja auch schon nahe. Wir müssen die Linie für die Wintermode festlegen.«

»Und danach?«

»Was meinst du mit danach?« Kate machte sie ganz nervös. Was zum Teufel hatte sie vor?

»Hast du schon eine Verabredung zum Mittagessen?«

»Nein, wieso? Soll ich etwas für dich erledigen?«

»Ja.« Jetzt lächelte Kate sie offen an. Zur Hölle mit dem ganzen Getue. Sie saß auf dem Rasen und lachte. »Sie können tatsächlich etwas für mich erledigen, Mrs. Norman.«

»Ja, was denn?«

»Sie können mich zum Mittagessen ausführen.«

»Aber ich muß doch heute fahren, du Dummchen.« Felicia setzte sich nun auch auf und schaute sie nachsichtig, aber verwirrt an. Wohl so ein dummer Sonntagnachmittagsscherz.

»Ich weiß, daß du heute fährst. Ich komme mit dir.«

»Nach San Francisco?« Felicia freute sich unheimlich, und ihr Gesicht strahlte, als Kate nickte, aber sie konnte auch ihre Überraschung nicht ganz verbergen.

»Ja. Was soll's? Schließlich...«

Felicia sprang auf und zog ihre Freundin in die Arme, und die beiden Frauen tanzten vor Freude über den Rasen. Tygue sah ihnen mit weit aufgerissenen Augen zu, er war ganz erschrocken.

»Und wer bleibt bei mir?«

Kate sah überrascht auf und schloß ihn in die Umarmung mit ein. »Tillie, mein Liebling. Und vielleicht, wer weiß, werde ich dich in den nächsten Wochen auch mal mit nach San Francisco nehmen.«

»Oh.« Er schien von dieser Aussicht gar nicht beeindruckt. Einen Augenblick lang ließ Kate ihn mit Felicia allein im Garten. Sie mußte noch verschiedenes erledigen. Tillie anrufen... die Päckchen aus dem Wagen holen und den Koffer packen... sich umziehen... San Francisco. Seit Jahren hatte sie es nicht mehr gesehen.

»Halleluja!« Felicia war nicht mehr zu bändigen. Sie hörte sie laut rufen, als sie, den Arm voller Kleider und mit dem befriedigenden Gefühl, die in Carmel gekauften Kleider nun doch ausführen zu können, ins Haus ging. Kate Harper fuhr in die Stadt.

11

Sie saßen schon seit einer guten Stunde schweigend nebeneinander, während Felicia den Wagen sicher über die Autobahn lenkte. Nachdem der erste Ansturm der Freude sich gelegt hatte, war ihnen der Gesprächsstoff ausgegangen. Die Hälfte des Weges hatten sie schon hinter sich, und Kate war soeben ihre Ausfahrt nach Carmel ins Auge gefallen. Auch Felicia hatte sie bemerkt.

»Kate?«

»Hm?«

Es war schon dunkel, aber Felicia sah ihr Profil vor dem Fenster, als sie ihr von der Seite einen kurzen Blick zuwarf. Kate wirkte noch genauso jung wie vor sechs Jahren, als sie sie auf derselben Straße zu ihrem ›Zufluchtsort‹ gefahren hatte. Hätte sie damals schon gewußt, wie lange Kate sich dort verstecken wollte, hätte sie ihr wohl nicht geholfen, das Haus zu finden.

»Was hast du auf dem Herzen, Licia?«

Kate wandte ihr den Kopf zu.

»Was hat dich dazu veranlaßt, deine Meinung zu ändern?«

»Ich weiß eigentlich gar nicht, ob ich sie wirklich geändert habe. Es ist nur... ach, Licia, ich weiß es nicht. Vielleicht hat mich die ganze Sache mit dem Buch doch aus der Bahn geworfen. Ich war mit meinem Leben wirklich zufrieden, und ich habe mich da draußen wohl gefühlt. Die Berge, der Junge, der Hund, all das Ganze.«

»Quatsch.«

Kate blickte beleidigt in ihre Richtung. »Du glaubst mir nicht?«

»Nein. Ich glaube, du hast dich schon lange da draußen gelangweilt. Vor mir hättest du das zwar nie eingestanden, aber ich glaube, du selbst hast es gewußt. Du kannst dich nicht einfach so lebendig vergraben. In deinen Büchern beschreibst du zwar ein ungemein phantasievolles Leben, aber du weißt auch, daß das nicht dem deinen entspricht. Kate, du bist jung. Du brauchst Menschen um dich herum, Orte, an denen du dich zeigen kannst, Reisen, Männer, schöne Kleider, Erfolg. All das gibt Selbstbestätigung, und ich finde, du hast viel zu schnell aufgegeben. Tom hatte seine große Zeit, und er hat sie genossen, solange sie gedauert hat. Ich glaube, daß er... wenn er noch gesund wäre, würde er darunter leiden, mitansehen zu müssen, wie du dich einsperrst wie eine alte Frau und dich vor der Welt verschließt. Du bist doch nicht Tillie, verdammt noch mal. Aber das hast du ja schon so oft von mir gehört. Tut mir leid, ich wollte dir eigentlich keine Predigt halten.«

Kate blickte nachdenklich in die Dunkelheit. »Ich glaube, ich finge an, an deiner Freundschaft zu zweifeln, wenn du mit dem Predigen aufhören würdest. Aber, um deine Frage zu beantworten, vielleicht hast du recht. Vielleicht habe ich wirklich gespürt, daß das Ganze mich langweilt. Aber Langeweile ist nicht der richtige Ausdruck dafür. Ich mag mein Leben da draußen. Nur... ganz plötzlich bin ich auch auf die anderen Dinge wieder hungrig geworden. Ich will jetzt mehr, will Leute sehen, *wirkliche* Leute, so wie in Carmel. Am letzten Freitag bin ich nach dem Besuch bei Tom einfach noch in die Stadt gefahren. Es war ein beschissener Tag, und ich bin früher gegangen. Und ohne jeden Anlaß hat's mich plötzlich gepackt, und ich fuhr in die Stadt.«

»Ehrlich?« Kate nickte froh und traurig zugleich. Sie hatte Schuldgefühle. »Du Schuft. Warum hast du mir nichts davon erzählt? Was hast du da gemacht?«

»Ich habe ein Vermögen ausgegeben.« Kate kicherte, und Felicias Gesicht strahlte plötzlich auf.

»Wofür? Ich bin gespannt wie ein Flitzebogen.«

»Ganz lächerliches Zeug. Kleider. Ich brauche sie eigentlich gar nicht. Himmel, ich weiß ja nicht einmal, wo ich sie tragen soll. Oder besser, ich habe es nicht gewußt, bis ich heute nachmittag beschlossen habe, mit dir zu fahren. Vielleicht habe ich mich deshalb so spontan entschieden. Ich möchte meine neuen Kleider mal ausführen.« Sie machte diesen Scherz nur halbherzig, denn ihr war immer noch nicht ganz klar, warum sie nun eigentlich mitgefahren war. Sie spürte einen neuen kleinen Teufel in sich, der ihr ständig ›Geh raus! Beweg dich! Träume! Gib Geld aus! Gönn dir was! Lebe!‹ ins Ohr flüsterte. Und dann kam ihr ein sehr ernüchternder Gedanke. »Glaubst du, daß ich Tygue damit etwas Schlimmes antue?« Sie war plötzlich sehr ernst, und Felicia betrachtete sie besorgt von der Seite.

»Womit? Indem du dir ein paar Tage Ferien gönnst? Das wäre doch lächerlich. Die meisten Eltern tun das jedes Jahr. Es wird ihm guttun, sich langsam daran zu gewöhnen.«

»Vielleicht hätte ich ihn schon länger darauf vorbereiten sollen.«

»Nein, nein, dann hättest du dich bloß wieder gedrückt.«

Kate nickte zustimmend und zündete sich eine Zigarette an. Nur ein paar Minuten später, wie es schien, lachte Felicia freudig zu ihr herüber und fragte: »Na, bist du bereit?«

»Wozu?« Kate sah sie verständnislos an, aber dann fiel ihr von selbst auf, was Felicia gemeint hatte. Sie war so in ihre Gedanken versunken gewesen, daß sie die ersten vertrauten Wegzeichen übersehen hatte. Sie näherten sich jetzt der Stadt.

Der Flughafen lag schon hinter ihnen. Ja, sie war bereit. Noch zwei Meilen, dann fuhr der Wagen die letzte große Kurve, die die Sicht behinderte, und da lag es vor ihnen, San Francisco. Kate war plötzlich still geworden. Sie lächelte ein wenig unsicher und spürte Tränen in den Augen. Nach langer Zeit kam sie nach Hause. Die Skyline war noch etwas höher geworden und sah noch zackiger aus als früher, aber im wesentlichen hatte die Stadt sich nicht verändert. San Francisco gehörte zu der Art Städte, die sich nie richtig veränderten. Der charakteristische Eindruck blieb immer derselbe, diese Stadt war schon immer eine Schönheit. Aus der Stadtmitte ragte der Trans-America-Funkturm als eines der Wahrzeichen in den Nachthimmel. Plötzlich fielen Kate all die alten Plätze wieder ein, die sie hatte vergessen wollen. Die kleinen, von Bäumen beschatteten Straßen von Pacific Heights, die niedlichen, viktorianischen Häuser, der Yachtclub, den sie an warmen Sommerabenden besonders liebte, das Marina, das sie sonntags morgens aufzusuchen pflegten, die majestätische Größe des Presidio, der elegante Schwung der Golden-Gate-Brücke und all die unzähligen kleinen Orte, an denen sie und Tom sich so gern vor der Öffentlichkeit versteckt hatten. Allein der Anblick der Skyline, den sie genoß, während Felicia den Wagen auf die Stadtmitte zusteuerte, brachte ihr eine Fülle von Erinnerungen wieder, die sie bis dahin in alten, verstaubten Truhen ihres Gedächtnisses verstaut hatte. Jetzt waren sie wie von selbst wieder daraus hervorgeschlüpft und verbreiteten einen kaum wahrnehmbaren, altvertrauten Duft. Sie kurbelte das Fenster herunter und ließ den Nachtwind über ihr Gesicht streichen.

»Es ist kühl. Der Nebel muß wieder über der Stadt liegen.« Felicia lächelte, sagte aber nichts. Kate wollte nicht wirklich mit ihr sprechen. Sie mußte jetzt schauen, fühlen, horchen. Sie fuhren schon über die Stadtautobahn.

Felicia lenkte in die Franklin Street ein, die nordwärts dirckt auf die Bucht zulief. Als der Wagen den Hügel erklommen hatte, konnte man die Lichter auf der anderen Buchtseite funkeln sehen. Sogar der Verkehr wirkte hier sehr zivilisiert. Jaguars, Mercedes' und Porsches lieferten sich einen Wettlauf und wechselten ständig die Spur, um Lastwagen auszuweichen. Auch die langsameren VWs behinderten sie, und ab und zu mußten sie sich wiederum von schnittigen Motorrädern überholen lassen. Alles schien sich hier sehr schnell zu bewegen, aber gleichzeitig wirkte die Stadt dadurch lebendig und sehr hell. Es war Sonntag abend zehn Uhr.

Felicia bog in die California Street, und während der Wagen langsam der Bergbahn hinterherkroch, die nur mit Mühe auf den Hügel kletterte, fing Kate plötzlich an zu lachen.

»O Gott, Licia. Ich hatte einfach vergessen, wie sehr ich diese Stadt liebe. Es ist alles so schön.« Felicia hatte den spontanen Wunsch, vor Freude aufzuspringen und zu schreien. Sieg! Kate war wieder da, und vielleicht würde sie sich dazu durchringen, zu bleiben.

Auf der Kuppe des Nob Hill bog Felicia vorsichtig um die Spitze der Bergbahn, und Kate fiel wieder in Schweigen, als sie jetzt die nüchterne Schönheit der Kathedrale, den Pacific-Union-Klub, das Fairmont- und das Mark-Gebäude sah. Und dann raste der Wagen die andere Seite des Hügels wieder hinunter auf das Geschäftsviertel zu. Das Ferry-Gebäude schien direkt vor ihrer Nase zu stehen. Kate lachte schon wieder.

»Felicia Norman, gib's zu! Du hast das mit Absicht gemacht!«

»Was?«

»Die Stadtrundfahrt. Du weiß genau, was ich meine, du Hexe!«

»Ich?«

»Ja, du. Aber es ist herrlich. Mach bloß weiter.«

»Irgendwelche Wünsche? Möchtest du noch etwas sehen?«

»Ich weiß nicht.« Es stürmten so viele Eindrücke und Gefühle gleichzeitig auf sie ein, daß sie nur schwer entscheiden konnte, was sie als nächstes zu sehen wünschte.

»Hast du Hunger?«

»Ein bißchen.«

»Sollen wir noch kurz zu Vanessi's fahren und etwas essen?«

»So wie ich angezogen bin?« Kate betrachtete entsetzt ihre verblichenen Jeans, das rote Oberhemd und die ausgelatschten Halbschuhe.

»Wem fällt das am Sonntagabend schon auf? Außerdem ist es schon spät.«

»Ich weiß nicht so recht, Licia.« Kate wurde wieder nervös, aber Felicia wischte ihre Bedenken mit einer Handbewegung weg und beschleunigte den Wagen wieder. Sie fuhren die Kerny Street entlang direkt auf den Broadway zu, in den Felicia schwungvoll einbog. Sofort nahm der Broadway sie mit seinem vulgären Überschwang gefangen.

»Wir präsentieren hier junge Mädchen, oben ohne, in gemischten Ringergruppen« und das sonst übliche Gebrüll der Kundenfänger mit ihren falschen Versprechungen füllte die Luft: »Jungfrauen! Alles Jungfrauen!« Gleich daneben stellten sich Finocchios und weibliche Darsteller zur Schau. Inmitten dieses Wahnsinns, inmitten von Verkehr und Spaziergängern, von Lastwagen, die schwerfällig die Baybrücke verließen, und hupenden Personenwagen, die hinauf wollten, war Enrico's, ein Straßencafé, das sich mit kunstvoller Nonchalance als eines der ersten italienischen Restaurants dieser Stadt im *al fresco*-Stil genau an diesem Knotenpunkt niedergelassen hatte. Mit den Rosen auf seinen Marmortischchen, den lachenden Kunden, die mit Muße die vorbeiziehende bunte Menge betrachteten, und der freundlichen Geräuschkulisse verlieh es dem Broadway eine Aura der Via Veneto. Und um diese Illusion abzurunden, befand sich auf der gegenüberliegenden Straßenseite Vanessi's, Sammelplatz für Schönheiten und solche, die sich darum bemühten, es zu sein, für VIPs und solche, die es bald werden sollten, und auch für die Möchte-gern-und-kann-nicht. Gouverneure und Gangster, Matronen und Damen, stattliche Herren in dunkelblauen Anzügen und schwarzgekleidete Damen mit monströsen Goldgehängen Tisch an Tisch mit jungen, Jeans tragenden Nichtstuern und deren weiblichen Begleitungen mit wilden, ungepflegten Frisuren. Ein Ort, an dem man sich verlieren konnte, ein Ort, an dem man entdeckt wurde. Es war schlicht und einfach Vanessi's. Kate und Tom hatten dieses Restaurant sehr gern gemocht und waren oft hergekommen. Zu Anfang war es ihnen für ihre romantischen Abende allein etwas zu laut und hektisch gewesen, aber nach einiger Zeit hatten sie sich daran gewöhnt. Man hatte Tom hier immer in Ruhe gelassen. Ein paar Autogrammjäger, einige, die ihm die Hand schütteln wollten, manche, die ihm verborgen zugewinkt hatten, aber kein Aufruhr, kein übermäßiges Getue, kein Geküsse oder grapschiges Umarmen. Vanessi's.

»Na, bist du bereit?« Felicia hatte den Wagen schwungvoll in eine Parklücke direkt neben dem Eingang gelenkt und scharf bremsen müssen. Sie hatte überhaupt keine Lust, Kate noch Zeit zum Nachdenken zu geben, aber sie fühlte, daß es unfair wäre, es nicht zu tun. Kate schwieg lange und blickte unsicher um sich. Ihre Hand wanderte langsam zu der herzförmigen Uhr, die an ihrem roten Hemd befestigt war. Mehr Mut zur Farbe.

»Also gut.« Sie stieg aus dem Wagen, streckte die Beine ein wenig und zuckte fast zusammen, als der Lärm an ihr Ohr drang und das heftige Treiben sie überfiel. Doch sogar sie wußte, daß das, was sie hier als ›Treiben‹ bezeichnete, für San Francisco fast schon Ruhe bedeutete.

Felicia ließ sich den Kontrollabschnitt für die Parkgebühr geben, hakte sich bei Kate unter und zog sie halb mit sich in die Richtung der Eingangstür. »Hast du Angst?«

»Schrecklich.«

»Das geht den meisten Menschen so, und das fast immer. Vergiß das nicht, Kate.«

»Sie haben aber nichts zu verbergen.« Jetzt hatte sie es ausgesprochen. Das war's ja. Das und immer nur das. Verdammte Scheiße.

Felicia hielt im Schritt inne und drehte Kate am Arm so zu sich, daß sie ihr gerade ins Gesicht blicken konnte. »Auch du hast nichts zu verbergen, Kate. Du hast in deiner Vergangenheit vieles durchmachen müssen, aber das ist auch alles. Laß es endlich Vergangenheit sein. Darüber hinaus ist es ja die Vergangenheit eines anderen. Es ging um Tom, nicht um dich. Du hast ein Kind, du hast ein Buch geschrieben, und du hast ein schönes, sauberes Leben auf dem Lande. Das ist alles.« Kate schloß einen Moment lang die Augen und seufzte dann tief.

»Ich wünschte, ich könnte das genauso empfinden, Licia.«

»Dann streng dich mal an. Du kannst es doch.«

»Ja, Sir!«

»Ach sei still.« Dieser ernsthafte Augenblick war vorüber, und Kate rannte Felicia lachend voraus.

»Ich werde erste sein!« Sie liefen die letzten Stufen um die Wette und keuchten lachend, als der Portier ihnen die Tür aufhielt. Obwohl es schon zehn Uhr abends war, wurden sie sofort von einer Welle von geschäftigem Lärm, Düften und Gerüchen verschluckt, die für Vanessi's charakteristisch waren. Am Grill schnauzten die Köche sich gegenseitig an, Gäste standen lachend an der Bar, die politische Lage wurde bewertet, Romanzen hier begonnen und andere wieder beendet, es war alles so wie früher. Phantastisch. Kate stand einfach stumm da. Für sie war diese Geräuschkulisse ein Orchester, das ihr den ›Willkommen zu Hause‹-Tusch spielte.

»Einen Tisch für zwei Personen, Miß Norman?« Felicia nickte zustimmend. Der Oberkellner sah Kate ausdruckslos an. Er war neu hier und kannte weder Tom noch sie. Nur Felicia war ihm ein Begriff. Für ihn war Kate nichts anderes als ein Mädchen in Blue jeans und einem roten Hemd.

Man gab ihnen einen Tisch weit hinten im Raum. Das gedämpfte, rosagetönte Licht verlieh allen einen Glanz von Jugend und Frische. Der Kellner reichte ihnen die Speisekarte, aber Kate gab ihre sofort zurück, ohne hineinzuschauen.

»Canneloni, Salat nach Art des Hauses und Zabaglione zum Nachtisch.« Das war eine Weinschaumcreme aus geschlagenem Eiweiß.

Felicia bestellte Steak, Salat und einen Martini. Kate blickte auf ihre Armbanduhr. »Hast du noch eine Verabredung?«

»Nein. Ich frage mich nur, ob ich nicht schnell noch bei Tillie anrufen sollte.«

»Sie schläft vermutlich schon.«

Kate nickte. Eine Welle von Schuldgefühlen brach über sie herein, aber sie wollte sich den Abend nicht verderben lassen. Sie fühlte sich ausgesprochen wohl, und das Essen war immer noch so gut wie eh und je. Danach schlenderten sie noch ein wenig durch die engen, belebten Gassen dieses Stadtviertels am nördlichen Strand. Hippie-Boutiquen, Künstlertreffs, Cafés, und die Luft geschwängert vom Duft der Marihuanazigaretten. Auch hier hatte sich nichts verändert. Nachdem sie einmal um den Block gegangen waren, kehrten sie zu Felicias Wagen zurück. Es war kurz vor Mitternacht, und Kate fing schon an, müde zu werden.

»Nennen Sie mich einfach Aschenputtel!«

»Du kannst ja morgen ausschlafen.«

»Um welche Zeit mußt du denn morgen aufstehen?«

»O Gott, frag nicht. Du weißt, wie schrecklich das immer für mich ist.« Kate mußte den ganzen Heimweg über gähnen. Sie war von den überwältigenden Eindrücken, die ihre Rückkehr nach San Francisco in ihr geweckt hatten, erschöpft. Als Felicia ihre Garage schon mit einem Schalter von ihrem Wagen aus öffnete, während sie noch den Telegraph Hill hinauffuhren, konnte sie kaum noch die Augen offen halten.

»Gott, Licia, wie schick!«

»Nur sicherer.«

Kate betrachtete interessiert das Gebäude. Es war noch ein wenig eleganter als das Haus, in dem Licia gewohnt hatte, als sie aus San Francisco weggezogen war, und wirkte wie das typische Junggesellenhaus, ruhig, gepflegt und teuer. Drinnen waren vermutlich nur Ein- oder Zweizimmerappartements, die alle einen phantastischen Blick auf die Bucht bieten würden. Kein Platz für Kinder, natürlich, und die

Einrichtungen würden weder Charme noch Wärme ausstrahlen. Teure Eleganz.

»Gefällt es dir nicht?« Felicia beobachtete sie belustigt, als sie den Wagen in die Garage fuhr.

»Doch, natürlich. Wieso fragst du?«

»Dein komischer Blick. Vergiß nicht, ich bin die Stadtmaus, du die Landmaus.«

»Schon gut, schon gut. Ich bin viel zu müde, um mit dir zu streiten.« Kate gähnte wieder und lächelte Licia verschmitzt zu.

Sie fuhren im Fahrstuhl nach oben, und wieder konnte Felicia die Wohnungstür schon vom Lift aus öffnen. Dann standen sie im eleganten Foyer mit rosafarbenen französischen Tapeten und einem dicken beigen Teppichboden.

An den Wänden hingen einige Aquarelle, und ein großer englischer Garderobenspiegel wurde von zwei Palmen eingerahmt. Alles war mit sorgfältigem Geschmack ausgewählt und entsprach ganz und gar Felicias Stil.

»Soll ich nicht lieber die Schuhe ausziehen?« Kate war beeindruckt und machte den Spaß aus Unsicherheit.

»Nur, wenn ich sie dir auf den Hintern hauen kann! Kate, ich bin nicht pingelig, verdammt noch mal. Von mir aus kannst du dich am Boden wälzen und Purzelbäume schlagen.«

»Das wäre lustig!« Schon das Foyer hätte ein wunderbares Schlafzimmer abgegeben.

Felicia schaltete das Licht im Wohnzimmer ein, das vor allem durch das Beige der Seidengardinen und die zartrosa Damasttapeten beeindruckend wirkte. Dunkle, orientalische Holztische mit kunstvollen Einlegearbeiten belebten das Bild. Die Einrichtung wirkte starr, woran auch der atemberaubende Blick aus den riesigen Terrassenfenstern nichts änderte. Doch Kate war gleichzeitig fasziniert. Das dahinterliegende Speisezimmer war mit seinem schwarz-weißen Marmorfußboden, den kristallenen Wandleuchtern und einem kleinen Lüster über dem Tisch ebenso kühl gehalten. Kate war sicher, daß Felicias Lebensweise vor sechs Jahren noch nicht so luxuriös gewesen war. Sicher, sie hatte auf Eleganz immer Wert gelegt, aber nicht so spektakulär wie jetzt. Die Terrasse führte die ganze Wohnungsbreite entlang und war liebevoll mit Blumen und Immergrün bepflanzt. Das war sicher die Arbeit eines Gärtners, soweit Kate Felicia kannte.

»Gefällt sie dir?«

»Na hör mal, willst du mich auf den Arm nehmen? Ich bin überwältigt. Wann hat dein Leben begonnen, so schön zu werden?«

»Mit meiner letzten Beförderung.« Sie lächelte, aber seufzte auch ein bißchen. »Irgend etwas muß ich mit dem Geld ja anfangen. Und da du mir verboten hast, Tygue einen Wagen zu kaufen, siehst du hier die ersten Ergebnisse.«

»Alle Achtung!«

»Danke, Schatz. Ich zeige dir jetzt dein Zimmer.« Felicia freute sich, daß Kate ihre Wohnung gefiel. Ihr selbst schien sie fast schon wieder etwas langweilig. Sie lebte jetzt schon zweieinhalb Jahre darin und sah sich bereits nach etwas Neuem, noch Ausgefallenerem um. Noch eine Stufe höher.

Das Gästezimmer entsprach mit seiner blau-weiß gehaltenen, ebenfalls französischen Einrichtung ganz dem Stil der gesamten Wohnung: ein kleiner, offener Kamin mit marmornem Sims, noch mehr Pflanzen, eine auf die Terrasse führende Glastür, ein kleiner französischer Schreibtisch und ein zweisitziges viktorianisches Sofa.

»Ich möchte dich nur warnen. Möglicherweise gehe ich nie wieder fort.« Dann lachte sie auf, als ihr ein absurder Gedanke kam.

»Was findest du denn so komisch?«

»Ich dachte gerade daran, wie Tygue sich hier fühlen würde. Kannst du dir unseren ewig marmeladeverschmierten Schmutzfinken auf diesem exquisiten Liebessofa vorstellen?«

»Der Anblick würde mir sehr viel Freude bereiten.« Felicia zuckte verärgert die Schultern, gab dann aber nach. »Na ja... vielleicht...« Beide kicherten wie kleine Mädchen. Als sie von Tygue sprach, bekam Kate beinahe Heimweh. Dies war die erste Nacht, seit er geboren war, die sie getrennt von ihm verbrachte. Was würde passieren, wenn er sie plötzlich brauchte? Wenn er einen Alptraum hatte? Wenn er Willie nicht finden konnte? Wenn...?

»Kate?«

»Hm?«

»Ich sehe dir an, was du jetzt denkst. Hör auf damit. Du wirst ihn ja morgen wiedersehen.«

»Ja, morgen fahre ich wieder nach Hause. Aber bis dahin...« Sie streckte sich auf dem Bett aus und lächelte glücklich. »Im Augenblick fühle ich mich wie im Himmel.«

»Na dann, willkommen zu Hause.« Felicia ging durch den Flur auf ihr Schlafzimmer zu. »Darf ich's mal sehen?« rief Kate ihr nach.

Es war weiß, starr und ziemlich kalt, fast so wie das Wohnzimmer. Kate war enttäuscht.

»Was hast du erwartet? Spiegel an der Decke?«

»Wenigstens!«

»Übrigens, hast du Lust auf einen Drink?«

Kate schüttelte nur den Kopf. Sie wußte genau, was sie jetzt wollte, und nachdem sie sich gute Nacht gesagt hatten, zog sie sich schnell in ihr Zimmer zurück. Obwohl es kühl war, stellte sie sich barfuß im Nachthemd auf den Balkon. Lange blickte sie in den Nebel, der über der Bucht hing, und betrachtete die Golden Gate Bridge, auf der der Verkehr erkennbar an den sich bewegenden Lichtpunkten hin- und herbrauste. Nach einer halben Stunde zitterte sie so heftig, daß sie hineingehen mußte. Als sie die Bettdecke über sich zog, lächelte sie.

12

Als Kate aufwachte, fand sie in der Küche einen Teller mit frischen Croissants und einen Rest Kaffee von Felicias Frühstück vor. Felicia hatte ihr auch eine Nachricht hinterlassen: »Hol mich zum Mittagessen im Büro ab. Einkaufen zu Diskontpreisen vorher oder nachher möglich, wenn du Lust hast. Alles Liebe, F.« Das war allerdings nicht Kates Hauptinteresse. Sie wollte die Stadt wiedersehen, Erinnerungen auffrischen, sich bestimmte Orte wieder ansehen, an Augenblicke mit Tom denken. Sie hatte damals vor Freude geschrien, wenn sie mit ihm über die Höhen von Divisadero gerast war, während der Wind, der mit ihren Haaren spielte, ihnen von der Bucht her ins Gesicht geblasen hatte, oder wenn sie zum Strand hinuntergerannt oder aber im offenen Wagen über die Bay-Bridge gefahren waren. Ihr fielen die Spaziergänge durch die engen, gepflasterten Gassen in der Oberstadt wieder ein, die Promenaden auf der Union Street, die faulen Bummel an den Hafenpiers entlang, bei denen sie zum Abschluß in Fishermen's Wharf gegessen und dabei genüßlich ihre Krabben ausgepult hatten.

Kate streckte sich gähnend, als sie barfuß in der Küche stand und darauf wartete, daß der Kaffee wieder warm wurde. Die Sonne funkelte in ihren rotbraunen Haaren, die sie offen auf den Rücken hinunterhängen ließ. Selbst vom Küchenfenster aus hatte Felicia einen herrlichen Blick. Kate starrte glücklich nach draußen, während sie in einen

Pfirsich biß. Gerade als sie den letzten Bissen hinuntergeschluckt hatte, klingelte das Telefon. Das war vermutlich Felicia.

»Hallo?«

»Oh, hallo. Bist du wieder zurück?« Einen Augenblick lang setzte ihr Herz aus. Wer war er?

»Eh... ja.« Sie stand starr vor dem Telefon und wartete darauf, erneut seine Stimme zu hören.

»Und du genießt einen faulen Montagvormittag, wie ich sehe. Ist es ein großer Schock, wieder hier zu sein?«

Im Augenblick ja. »Nein, es ist sehr angenehm.« Himmel, wer war dieser Kerl? Er schien sie zu kennen, aber sie hatte nicht die leiseste Ahnung, wer er sein könnte. Seine Stimme war tief und klang irgendwie interessant. Dennoch kam sie ihr überhaupt nicht vertraut vor. Sie zitterte innerlich. Es war, als ob jemand sie beobachtete, den sie nicht sehen konnte.

»Ich habe gestern abend schon mal angerufen, um dich zum Essen einzuladen, aber es war niemand zu Hause. Wie geht es deiner Freundin?«

Jetzt seufzte Kate erleichtert auf. Das war's also. Er konnte Felicia aber nicht gut kennen, wenn er ihre Stimmen verwechselte! »Oh, es tut mir leid, ich glaube, hier ist ein schlimmer Fehler passiert.«

»Wie bitte?« Jetzt war er verwirrt. Kate lachte.

»Ich bin die Freundin. Ich meine, ich bin nicht Felicia. Es tut mir leid, ich weiß wirklich nicht, warum ich zuerst angenommen hatte, daß Sie mich kennen würden. Sie klangen so selbstsicher.«

»Ich hatte es nur vermutet.« Er lachte belustigt, und auch sein Lachen war so angenehm wie seine Stimme. »Mir tut es leid. Sie sind also die Freundin vom Lande?«

»Die Landmaus, ja, zu Ihren Diensten.« Das nun zwar nicht gerade, aber es machte ihr Spaß, mit ihm zu schäkern. Er war wohl einer von Licias gegenwärtigen Liebhabern, denn immerhin wußte er von ihren Reisen aufs Land. »Entschuldigen Sie bitte, ich hatte nicht die Absicht, Sie zu täuschen. Kann ich Felicia etwas ausrichten? Ich werde sie heute mittag beim Essen sehen.«

»Wären Sie bitte so nett, ihr zu sagen, daß ich die Verabredung für heute abend noch einmal bestätigt habe. Ich werde sie um acht abholen. Das Ballett beginnt um halb neun, und wir haben einen Tisch bei Trader Vic's zum Dinner danach. Das sollte Miß Normans Ansprüchen genügen.«

»Himmel, ja!« Kate lachte. Doch gleich wurde sie verlegen. Vielleicht war er viel formeller, als sie annahm?

»Ich werde ihr sagen, daß ich Ihre Zustimmung habe.«

»Ich werde ihr sagen, daß Sie angerufen haben.«

»Herzlichen Dank.«

Sie legten auf, und dann erst fiel Kate mit Schrecken auf, daß sie vergessen hatte, nach seinem Namen zu fragen. Wie furchtbar. Es hatte sie so verwirrt, wieder mit einem Mann zu sprechen. Es war der zweite innerhalb von einer Woche. Aber Licia würde vermutlich wissen, um wen es sich handelte. Wenn nicht, würde sie heute abend von einem völlig fremden Mann ausgeführt werden. Der Gedanke amüsierte Kate, und sie lachte, während sie sich einen Kaffee eingoß. Männer. Ihr gefiel ihr Leben im Zölibat eigentlich sehr gut, aber es war doch auch lustig, mit ihnen herumzuspielen. Das Versteckspiel am Telefon gerade eben war komisch gewesen, und es war auch ein schönes Gefühl, mit Stu über ihre Geschäfte zu verhandeln. Aus irgendeinem Grund hatte sie wieder Lust zu alledem. Sie wollte nichts ernsthaft mit Männern anfangen, nein, nur flirten. Noch während sie sich anzog, lächelte sie heimlich über ihre Gedanken.

Aufgeregt und mit einem spitzbübischen Grinsen zog sie die neuen Kleider aus ihrem Koffer. Das Schwarze kam nicht in Frage, es war viel zu elegant. Aber der rote Rock wäre gar nicht übel. Außerdem hatte sie noch eine graue Flanellhose aus ihrer Anfangszeit als Mannequin mitgebracht, dazu eine weiße Bluse und einen grauen Shetlandpullover. Doch heute hatte sie keine Lust, derartige Sachen zu tragen. Nein, heute war das neue Kostüm dran. Das crèmefarbene Seidenkostüm mit der pfirsichfarbenen Bluse und den zarten Schuhen mit der Goldkette an den Fersen. Vor Freude und Aufregung wäre sie am liebsten wie ein Kind auf und ab gehüpft. Eine halbe Stunde später stand sie fertig angezogen vor dem Spiegel und bewunderte sich selbst. Sie war zufrieden. Sie hatte gebadet, Make-up aufgelegt, sich parfümiert und dann kunstgerecht die weichen Seidenstoffe um ihren Körper drapiert. Ihr Haar war zu einem lockeren Knoten hochgebunden, der an ihr sehr damenhaft wirkte. Sie hatte sogar ein Paar Perlenohrringe mitgebracht, für den Fall, daß... Im Augenblick fühlte sie sich wieder ganz und gar als Mannequin. Sie war gealtert, wirkte reifer mit ihren fast dreißig Jahren. Sie wäre jetzt wohl fähig, die wirklich großen Modelle der High Fashion vorzuführen. Noch nie hatte sie etwas derartig Elegantes wie dieses Kostüm besessen. Noch einmal lächelte sie sich zu, während sie sich auf einem Absatz um ihre Achse drehte. Wer war diese Frau? War sie die berühmte Schriftstellerin, die einen Tag in San Francisco Aufenthalt machte, um sich mit einer Freundin zum Lunch zu treffen? Oder war sie die stille, junge Matrone vom Lande, die einmal im Jahr in die Stadt kam? War sie die Mutter eines kleinen Jungen, eines Teddybären und eines Bassets mit dem Namen Bert? Die Frau mit dem gebrochenen Herzen von... nein, das war sie gewiß nicht. Nicht mehr. Aber all die anderen Persönlichkeiten vereinigte sie in sich, und auch wiederum keine von allen. War die Frau, die ihr da in dem großartigen Kostüm aus dem Spiegel entgegenlächelte, wirklich Tygues Mutter? Existierte Tygue überhaupt? Wo? In welchem Land? Sie war jetzt in San Francisco, und das hier war real. Wie konnte es daneben noch andere Dinge geben?

Sie griff nach der eierschalenfarbenen Wildledertasche, die sie mitgebracht hatte, weil sie so gut zum Kostüm paßte, und klemmte sie unter den Arm. Die Tasche hatte einen Korallenverschluß. Früher war sie einmal im Besitz ihrer Mutter gewesen, aber das war in einem anderen Leben. Jetzt gehörte sie ihr und war einfach nur eine Tasche von vielen. Es würde ein herrlicher Tag in einer wunderschönen Stadt werden, und sie hatte sich eine Menge vorgenommen. Sie wanderte den Telegraph Hill zu Fuß von Felicias Wohnung aus hinunter und fand am Washington Square ein Taxi. Von dort ließ sie sich zu einer Autovermietungsagentur fahren und war von dem Zeitpunkt an unabhängig und auf sich selbst gestellt. Langsam fuhr sie den Broadway entlang hinauf nach Pacific Heights, vorbei an all den großen Gebäuden, dem Presidio, und dann wieder zurück. Nach Divisadero, den Berg hinauf und dann mit freudigem Lachen und fröhlichem Gekreisch wie früher wieder hinunter. Wieder zum Presidio zurück und weiter bis zu den Klippen vor der Küste, von denen aus man übers Meer blicken konnte. Von hier aus wirkte die Golden Gate Bridge sehr nahe.

Kate raubte es den Atem, als sie ihren großartigen Schwung von der einen Seite der Bucht zu den riesigen Klippen auf der anderen Seite verfolgte. Ihre rostigen Farben glänzten in der Sonne. Dieser Anblick hatte sie schon immer eigenartig berührt, und sie spürte plötzlich, daß sie unbedingt Tygue hierherbringen mußte. Diese Schönheit mußte er gesehen haben. Er mußte die Stadt endlich kennenlernen, in der sie damals gelebt hatten. Darauf hatte er ein Recht. Er sollte dieses aufregende Leben kennenlernen, die Bergbahn, die Brücken, die Leute, die ganze Pracht. Diese Gedanken überzeugten sie davon, daß die Entscheidung, die sie letzte Nacht getroffen hatte, richtig war. Heute abend würde sie wieder nach Hause fahren. Sie hatte sich alle Fragen beantwortet. Sie konnte es wieder tun. Sie hatte sich der Konfrontation gestellt. Es gab keine Fotografen, keine Reporter mehr, die ihr an den Ecken auflauerten. Niemanden kümmerte es mehr, wer sie war. Sie war eine völlig Unbekannte. Eine neue Ära war angebrochen, mit neuen Menschen, die jetzt die alten, geliebten Orte besetzt hatten. Das alles wollte sie gern mit Tygue zusammen erleben. Sie würde es ihm am Abend zu Hause erzählen.

Mit sich selbst ausgesöhnt, stieg sie wieder in den Mietwagen und fuhr auf die Stadtmitte zu. Sogar das machte ihr nun Spaß. Sie konnte sich noch gut an eine Zeit erinnern, in der sie fürchterliche Angst davor gehabt hatte. Kurz bevor sie aus San Francisco weggezogen war, hatte sie bei der Vorstellung, in die Stadt zu müssen, wahre Angstzustände bekommen. Überall, wohin sie kam, spürte sie Anfälle von Klaustrophobie. Schwanger, alleingelassen, voller Angst in dem Gefühl, daß ihr ganzes Leben zerbrochen war, hatte ein simpler Stadtspaziergang für sie einen Alptraum bedeutet. Heute fand sie es wieder lustig. Amüsiert betrachtete sie die vielen geschäftigen, exklusiv gekleideten Leute, die hin- und herrannten, Gebäude betraten oder verließen, nach Taxis winkten, auf Straßenbahnen hüpften oder versuchten, ihre eigenen Autos in den Verkehr einzureihen, während das St. Francis Hotel, die Königin unter den Hotels, wohlwollend auf den Union Square hinabblickte. Einen Moment lang hielt Kate an und beobachtete das Gebäude versonnen. Auch hier hatte sich nichts verändert. Schon seit ihrer Kindheit war hier alles gleichgeblieben, warum hätte sich also während der letzten Jahre eine Veränderung ergeben sollen? Die grüne Anlage des Platzes wirkte so schön wie eh und je, die verspielten Tauben waren zahlreich vorhanden, die Betrunkenen ebenso, und immer noch wurde das große Rechteck von den majestätischen Gebäuden der Geschäftshäuser umrahmt. Alles schien mit der Welt in Einklang zu stehen. Sie bog langsam in die Geary Streat und hielt den Wagen direkt vor dem Eingang von Felicias Geschäft an. Einen Augenblick lang erwartete sie, daß wenigstens hier etwas anders geworden wäre, aber nein – der Portier eilte auf sie zu, um ihr behilflich zu sein.

»Soll ich Ihren Wagen parken, Miß?«

»Danke, ja.«

»Bleiben Sie lange?«

»Ich bin mit Miß Norman verabredet.«

»Sehr schön.« Er lächelte freundlich, während sie ihm die Schlüssel aushändigte und einen Dollar in die Hand drückte. Es war viel billiger und bequemer, als erst eine Garage suchen zu müssen. Irgend etwas würde er schon mit dem Wagen anfangen, der Himmel mochte wissen, was. Vermutlich hatte die Firma einen Vertrag mit dem Parkhaus gegenüber der Straße oder aber mit der Polizei. Auf jeden Fall bekam man seinen Wagen immer zurück.

Als Kate die schweren Glastüren, die in die kakaobraune Marmorhalle führten, öffnete, fühlte sie sich ein wenig unsicher. Dies waren heilige Hallen. Geweihte Hallen. Handtaschen zur Rechten, Schmuck und Juwelen zur Linken, weiter hinten die Herrenkonfektionsabteilung, die doch etwas erweitert worden war, und ganz hinten zur Linken Kosmetika und Parfüms in einer abgetrennten Halle, die wie ein Extrageschäft wirkte und etwas erhöht lag. Dasselbe, immer noch dasselbe wie früher. Doch, die Handschuhe waren verschwunden, die Strumpfabteilung war verlegt worden, aber im wesentlichen waren keine Unterschiede festzustellen. Gott, war es hier schön. Unglaublich, diese Menge von Waren und Angeboten, denen keine Frau widerstehen konnte. Schultertaschen aus rotem Wildleder, Taschengriffe aus Eidechsenhaut, Berge von Gold und Silber, purpurdurchwebte Bänder an Taschen, die man zur Abendgala elegant ums Handgelenk schlingen konnte, dicke, reichdekorierte Capes in wunderschönen Pastelltönen, Lanvin-Schals und die Luft geschwängert vom Duft verschiedenartigster Parfüms... Samt... Seide... Blumen... Wildleder... Satin... eine unendlich reichhaltige Palette an Farben und Gerüchen. Man bekam unweigerlich das Gefühl, ohne all diese Dinge überhaupt nicht schön sein zu können. Sie lächelte wissend, als sie einige Frauen beobachtete, die jedes Stück, dessen sie habhaft werden konnten, mit den Augen verschlangen. Sie hatte selbst Lust, hier ein wenig herumzustöbern, aber sie war sich nicht mehr sicher, ob sie die Spielregeln noch gut genug beherrschte, und außerdem wollte sie Felicia nicht warten lassen. Ganz abgesehen davon war ihr neues Kostüm extravagant genug, um sogar hier Aufsehen zu erregen.

Der Fahrstuhl, der sie hinaufbrachte, hielt sowohl im zweiten als auch im dritten Stockwerk. Auf diesen Etagen hatte sie einmal gelebt, hatte die Kleider getragen, die Nerze vorgeführt, die Brautkleider vorgestellt. In den kurzen Augenblicken, in denen die offene Fahrstuhltür ihr einen Blick hinaus gestattete, bemerkte sie auch hier neue Gesichter. Von früher war kein Personal übriggeblieben. Sie war inzwischen erwachsen geworden, aus dieser Atmosphäre herausgewachsen. Die anderen waren schon aus dem Beruf gegangen. Aber, war neunundzwanzig wirklich schon so alt?

Der Fahrstuhl hielt im achten Stock, und sie trat auf den Flur hinaus. Sie hatte vergessen, wo Felicias Büro lag, aber der Fahrstuhlführer informierte sie rasch. Ein Eckzimmer, natürlich. Wie sollte die leitende Direktorin für alle Modeabteilungen dieser Firma in Kalifornien etwas Geringeres ihr eigen nennen als ein großräumiges Büro in einem Eckzimmer? Kate kicherte schelmisch, als sie den Gang entlanglief und kurz darauf das kleine Vorzimmer betrat. Sie wurde sofort von zwei jungen Damen, die sehr elegant angezogen waren, und einem jungen Mann in einer hellblauen Wildlederhose aufgehalten.

»Bitte?« zischte er durch zwei Reihen perfekter weißer Zähne und schmale Lippen.

»Ich bin Mrs. Harper. Miß Norman erwartet mich.« Der junge Mann meldete sie an und verschwand dann plötzlich. Eine Sekunde später trat Felicia aus einem großen, in Weiß gehaltenen Zimmer hinter ihr. Weiß schien überhaupt Felicias Farbe zu sein. Alles blitzte in Chrom, Glas oder eben weißen Stoffen. Das Büro wirkte kalt und vornehm.

»Großer Gott! Bist du's wirklich?« Felicia hielt mitten im Schritt inne und sah ihre Freundin verblüfft an. Wenn sie ein Topmodell für die Hauptvorführungen der neuesten Kollektion erwartet hätte, hätte sie kaum anders reagiert. Plötzlich spürte sie einen unheimlichen Stolz auf Kate. Mit Genugtuung stellte sie fest, daß die Uhr an Kates Kostümjacke befestigt war und ausgezeichnet zu ihrer Aufmachung paßte.

»Habe ich bestanden?«

Felicia verdrehte die Augen und zog sie förmlich zu sich ins Büro. Kate hatte sogar einen veränderten Gang. Sie schwang jetzt selbstbewußt die Hüften und machte kleine Schritte, so als fühlte sie sich auch so schön, wie sie aussah. Felicia hatte Lust, vor Freude zu singen. »Ist das das Kostüm, das du dir in Carmel gekauft hast?«

»Ja.«

»Es ist göttlich. Bist du nicht von jedem Mann angehalten worden, der in diesem Geschäft arbeitet?«

»Nein.« Kate lächelte strahlend. »Aber du hast heute abend eine Verabredung zum Ballett. Irgendein namenloser Fremder hat heute vormittag angerufen. Er wird dich um acht abholen und dann später zu Trader Vic's zum Essen ausführen.«

»Ja, ja. Der gute Peter.«

»Du kennst ihn also?«

»Mehr oder weniger.«

Das bedeutete sexuell mehr und persönlich weniger. Aber was ging das sie an? Es war Felicias Sache. Diese schien sich über die Aussicht auf den Abend zu freuen. »Hast du Lust mitzukommen?«

»Ich bin sicher, daß es ihn begeistern würde, aber nein, ich fahre lieber nach Hause.«

»Was, schon? Warum?« Felicia sah Kate besorgt an. Ob etwas passiert war?

»Ich fahre am Nachmittag. Bis jetzt habe ich schon eine ganze Menge erledigt. Viel mehr, als du ahnst.«

Aber Felicia wußte, wovon sie sprach. Ein Blick in Kates Augen gab ihr die Bestätigung. Kate sah wieder zuversichtlich aus, sicherer als je in den letzten Jahren.

»Wirst du wiederkommen?« Felicia hielt den Atem an.

Kate nickte still und lächelte dann Felicia zu. »Mit Tygue. Ich finde, er sollte diese Stadt ein wenig kennenlernen. Er ist alt genug, um sie genießen zu können.« Sie machte eine Pause und lachte dann verhalten. »Ich wohl jetzt auch. Vielleicht.«

»Vielleicht?! Du gehörst übers Knie gelegt. Komm, gehen wir essen!«

Sie führte Kate in ein neues, kleines Restaurant am Hafen, und wieder tranken sie Champagner, um zu feiern. Für Kate war der ganze Tag ein einziges Fest. Es gab Meeresfrüchte in verschwenderischer Fülle zum Essen. In diesem kleinen Lokal schien sich zu Mittag die Crème von San Francisco zu treffen. Die Haustür hielt man geschlossen, und nur Gäste, die vorher reserviert hatten, wurden hineingelassen. Dabei ging man extrem elitär bei der Vergabe der Reservierungen vor. Felicia schien oben auf der Liste zu stehen. Sie brachte die richtigen Leute mit, trug zur Reputation des Hauses bei, verfügte über Geld und hatte Stil. Den sogar ganz besonders, und sie sah immer großartig aus. Miß Norman gehörte zu den verehrten Stammgästen in Le Port, wie das Restaurant sich bescheiden nannte. Kate stellte langsam fest, daß Felicia in der Stadt so etwas wie eine Persönlichkeit geworden war.

»Kennt dich hier eigentlich jeder?« Aber die Frage war überflüssig.

Vor allem die bestaussehenden Männer kümmerten sich ausgesprochen aufmerksam um Felicia.

»Nur die richtigen Leute, Schätzchen.«

Kate schüttelte lachend den Kopf. »Du bist unmöglich.« So war Felicia in der Zwischenzeit also auch ›gewachsen‹. Während der Jahre von Kates Versteckspiel hatte sie nicht untätig rumgesessen, sondern war wichtig geworden, was immer das auch bedeuten mochte. Eine gewisse Aura umgab sie bei allem, was sie anpackte, und übertrug sich auf die Leute, mit denen sie in Berührung kam. Erfolg. Geld. Und Stil. Stil hatte Felicia immer besessen, und die anderen Faktoren hatte sie sich mit dessen Hilfe während der letzten Jahre zäh und still erarbeitet. Nun, da Kate sie zum ersten Mal wieder in ihrem eigenen Milieu beobachten konnte, spürte sie plötzlich eine neue Achtung für sie.

»Hast du Tillie jetzt noch angerufen?« Felicia stellte die Frage nur so nebenbei, aber Kate sah erschrocken hoch.

»Warum? Hat sie dich angerufen?«

»Nein, natürlich nicht. Ich dachte nur, daß du es hättest tun wollen.« Sie bedauerte, daß sie das Thema überhaupt angesprochen hatte.

»Nein. Ich hatte schon den Hörer in der Hand, aber da fiel mir ein, daß Tygue schon in der Schule ist. Ich werde heute abend mit ihm sprechen. Wenn ich Glück habe, bin ich zu Hause, bevor er ins Bett geht. Ich werd's auf jeden Fall versuchen.«

»Es wird ihm verdammt guttun, dich so glücklich zu sehen, Kate. Auch deine Kleidung. Er muß mehr von dir kennen als immer nur Blue jeans.« Eine Sekunde lang blickte Felicia sehr ernst.

»Das ist ja der Grund, warum ich ihn gern mal hierherbringen möchte. Ich dachte, es wäre gut für ihn. Du könntest ihm dann die wahren Tatsachen des Lebens beibringen, Tante Licia.«

»Darauf kannst du Gift nehmen, meine Süße!« Sie stießen mit dem Rest des Champagners an. Dann sah Felicia bedauernd auf die Uhr. »Oh, Mist. Ich habe noch gar keine Lust zu gehen. Wann kommst du wieder?« Sie wollte Kate jetzt festnageln, ihr keine Chance geben, ihre Meinung noch mal zu ändern.

»Ich habe mir gedacht, daß wir nächsten Monat wiederkommen. Dann beginnen die großen Sommerferien.« Sie hatte es also ernst gemeint. Felicia strahlte sie an.

»Mein Gott, Kate. Ich kann es kaum erwarten. Bin gespannt, wie er es aufnehmen wird.«

»Das bin ich auch.«

13

Kate hatte für die Rückfahrt weniger als fünf Stunden gebraucht und war dabei nicht einmal in eine Verkehrskontrolle geraten. Es war ein Wunder, denn sie war ständig mit überhöhter Geschwindigkeit über die Autobahn gerast. Sie hatte Tygue sehen wollen, bevor er zu Bett gebracht wurde. Sie hatte ihm so viel über San Francisco zu erzählen, über die Brücke, die Bergbahn und ihre gemeinsame Reise, die sie bald dorthin machen würden. Sie hatte ihm Schokolade vom Ghirardelli Square mitgebracht, und die wollte sie ihm noch geben. Als der Wagen in die Einfahrt rollte, war sie ganz aufgeregt. Für die Fahrt hatte sie den roten Rock und die dazu passende Bluse angezogen. Vielleicht hatte Felicia recht. Tygue würde es guttun, wenn sie sich auch für ihn schön machte. Er sollte jetzt an ihrem neuen Leben teilhaben, er sollte die große Aufregung auch erleben.

Das Haus sah mit den erleuchteten Fenstern fröhlich und anheimelnd aus. Kate stellte den Wagen auf den Parkplatz. Sie hörte keine begrüßenden Hallorufe, kein Gebell und Türenschlagen, aber sie wußte, daß alle gemütlich in der Küche zusammensitzen würden. Hastig schloß sie die Haustür auf, und dann sah sie ihn. Er spielte mit Tillie an einem neuen Puzzle, das auf dem Küchentisch ausgebreitet lag. Seinen weichen Flanellpyjama hatte er schon angezogen. Darüber trug er einen gelben Bademantel, den Licia ihm vor Gott weiß wie langer Zeit einmal geschickt hatte. Man sah ihm an, daß er sich geborgen fühlte, und er gehörte ganz und gar ihr. Einen Augenblick stand sie nur da und sah ihn an. Tillie lächelte ihr zur Begrüßung zu. Tygue jedoch konzentrierte sich ausschließlich auf sein Spiel.

»Hallo, ihr Lieben.« Stille. Tillie zog die Augenbrauen hoch, sagte aber kein Wort. Das hier mußten die beiden allein aushandeln. Tygue blieb stumm, kein »Hallo, Mam«. Nur Bert hatte sich faul erhoben und tapste jetzt schwanzwedelnd um ihre Füße. »Hallo, Cowboy. Willst du mir nicht guten Tag sagen?« Sie lief schnell an seine Seite und nahm ihn fest in die Arme, doch er ignorierte sie weiterhin.

»Ja, hallo.« Da sah Kate Tillie zum ersten Mal fragend an. Das war es also. Er hatte miese Laune. Sie setzte sich ruhig auf einen der Küchenstühle und betrachtete ihn aufmerksam. Bisher hatte er sie nicht einmal angesehen. Tillie stand auf und sammelte ihre Sachen zusammen. Eines mußte man Kate lassen, sie kam immer genau zu dem Zeitpunkt zurück, den sie vorher angegeben hatte. Auf sie war Verlaß. Sie hatte gesagt, daß sie am Montagabend rechtzeitig zu Hause sein würde, und sie war da. Tillie gefiel das an ihr ganz besonders. Zugleich wußte sie, daß Kate jetzt eine ganz schöne Reparaturarbeit vor sich hatte, und darum war sie nicht zu beneiden. Seitdem sie gefahren war, hatte Tygue sich nur noch beklagt. »Die ganze Nacht weg, Tillie! Sie bleibt eine ganze Nacht!« Es war ein großer Schock für ihn gewesen.

»Wo hast du denn das neue Puzzle her?«

»Tillie. Wir haben es heute gekauft.«

»Es ist sehr schön. Tante Licia läßt dich grüßen.« Wieder Schweigen. Jesus, wenn die Dinge so standen, würde es lange dauern, bis er wieder auftaute. Plötzlich fragte sie sich, ob es das wirklich wert gewesen war. Aber dann dachte sie an ihre Freude während der letzten vierundzwanzig Stunden, und sie wußte, daß es sich gelohnt hatte. Er würde es lernen, sich daran gewöhnen müssen, sie zu verstehen.

»He, rate mal, was ich dir mitgebracht habe.« Sie lehnte sich zu ihm hinüber und versuchte, ihn zärtlich in den Nacken zu küssen, aber er versteifte sich sofort und versuchte, sie abzuschütteln. »Ich habe eine Überraschung für dich.«

»So?« Noch nie hatte er so unlustig und desinteressiert auf die Ankündigung einer Überraschung reagiert. »Was denn?«

»Eine Reise.« Er sah sie entsetzt an. Aber sie ließ sich nicht unterbrechen. »Wie fändest du es, eines Tages mit mir nach San Francisco zu fahren und Tante Licia zu besuchen?« Sie wartete auf den tiefen Atemzug, die vor Freude geweiteten Augen, die Begeisterung, aber im Gegenteil: Er wandte sich abrupt von ihr weg und begann zu weinen.

»Ich werde nicht mitkommen! Niemals!« Dann rannte er aus der Küche, und einen Augenblick später hörte sie, wie die Tür seines Zimmers heftig zugeschlagen wurde. Tillie sah sie besorgt an, während sie in ihren Mantel schlüpfte. Kate holte tief Luft und seufzte traurig.

»Ich wußte, daß es ihm nicht paßte, daß ich wegfahren wollte, aber das hier hatte ich nicht erwartet.«

»Er wird schon darüber hinwegkommen. Im Augenblick muß er sich an zu viele Dinge gleichzeitig gewöhnen.« Tillie empfand für beide Mitleid, aber ihre Worte machten Kate nur wütend.

»Ist es eine so große Umstellung, wenn ich ihn nur mal eine Nacht allein lasse?!« Verdammt noch mal, dazu hatte sie ja wohl ein gutes Recht! Oder etwa nicht? Nein, sie wußte, daß es richtig für sie war. Er war doch nur ein Kind. Er konnte doch nicht von ihr erwarten, daß sie ständig um ihn herum war. Aber er hatte es ja nie anders erlebt. Das war der Haken an der Sache.

»Wie oft haben Sie ihn denn schon mal eine Nacht allein gelassen, Kate?« Natürlich kannte Tillie die Antwort darauf genau.

»Noch nie.«

»Dann ist es für ihn eine große Umstellung. Er wird sich mit der Zeit schon dran gewöhnen, wenn Sie das öfter vorhaben. Ich glaube, daß er hier große Veränderungen spürt, und das verwirrt ihn vermutlich sehr.«

»Oh, Tillie, ich bin doch auch verwirrt. Ich habe letzte Woche mein Buch verkauft, und das ist ein sehr großer Erfolg geworden. Ich verdiene jetzt viel Geld, und das bedeutet, daß wir uns jetzt eine Menge netter Dinge leisten können, aber es sind auch Veränderungen damit verbunden, die ich noch gar nicht richtig verstehe. Ich wollte mal ein bißchen ausprobieren, wie ich selbst darauf reagiere.«

»Das kann Tygue nicht nachvollziehen. Er spürt es vielleicht, aber er versteht es nicht. Er kann sich doch nur in dem zurechtfinden, was er bisher kennengelernt hat. Sie wissen doch selbst, daß er noch nie über die nähere Umgebung hier hinausgekommen ist. Und dann verschwinden Sie auf einmal für eine ganze Nacht und kommen auch noch mit der Nachricht zurück, daß Sie ihn nach San Francisco bringen wollen. Sie und ich wissen vielleicht, wie aufregend das sein kann. Aber ihm jagt das nur Angst ein. Und wenn ich Ihnen die Wahrheit sagen soll, es würde eine ganze Menge Leute aus der Gegend hier in Angst und Schrecken versetzen, die ein ganz schönes Stück älter sind als Tygue.«

»Ich weiß. Ich habe ja auch all diese Jahre fürchterliche Angst davor gehabt.« Aus welchen Gründen auch immer. »Ich glaube, ich habe ihn etwas überfordert.«

»Er wird schon damit fertig werden. Lassen Sie ihm nur Zeit. Wissen Sie –«, und jetzt sah sie Kate mit einem entschuldigenden Lächeln an, »– vermutlich ängstigt es ihn auch ein wenig, Sie plötzlich in so schönen Kleidern zu sehen. Vielleicht versteht er das so, als würde er Sie jetzt verlieren. Auf jeden Fall sind Sie dabei, sich für ihn zu verändern. Man kann nie genau wissen, was in Kindern vor sich geht. Sie können auf die verrücktesten Sachen kommen. Als mein Mann starb, dachte mein Jüngster, das bedeutete für ihn, daß wir ihn jetzt zur Adoption freigeben würden. Fragen Sie mich nicht, warum, er glaubte, wir würden ihn jetzt kurzerhand ebenfalls wegschicken. Er hat drei Wochen lang geweint, bis er endlich damit herauskam. Vielleicht hat Tygue Angst, daß Sie ihn jetzt verlassen wollen, zumal, wenn Sie sich so hübsch anziehen. Sie sehen übrigens ganz toll aus, Kompliment.«

»Danke, Tillie.«

»Nehmen Sie es nicht so schwer. Ach, übrigens, gehen Sie morgen wieder unterrichten?«

»Ich glaube, ich warte lieber ein paar Tage, bevor ich mich damit auch noch auseinandersetze.«

»Schön. Es ist schon gut, daß man an dieser Schule so flexibel ist.«

»Ja.« Um Himmels willen, Tillie, jetzt fordern Sie mich nicht auch noch in dem Punkt heraus! Bitte! Doch Tillie verabschiedete sich schon. Sie winkte ihr noch einmal zu und schloß leise die Tür hinter sich.

Kate fühlte sich in ihrem Haus auf einmal entsetzlich allein. Nur Bert machte sie auf seine Anwesenheit aufmerksam, indem er anfing, an ihren neuen Schuhen zu nagen und an der kleinen Goldkette zu reißen.

»Nicht für sechsundachtzig Dollar, Bert! Nein, nein, das läßt du schön bleiben!« Sie schob ihn mit einer Handbewegung weg und spürte, wie leer das Haus wirkte, wenn nur ihre eigene Stimme darin erklang. Einen Augenblick lang saß sie ganz still. Dann erhob sie sich träge und zog den Rock aus. Sie legte den Koffer auf den Tisch, öffnete den Reißverschluß und fischte die alte Jeans und das rote Oberhemd heraus, die sie auf der Hinfahrt getragen hatte. Nachdem sie sich umgezogen hatte, warf sie Rock und Bluse achtlos auf einen Stuhl. »Das war's erst mal.« Die Schuhe verstaute sie allerdings wieder sorgfältig in dem Koffer, sonst hätte Bert sie zum Abendessen verzehrt. Dann machte sie sich auf Strümpfen leise zu Tygues Zimmer auf und klopfte dort zaghaft an die Tür. »Darf ich hereinkommen?« Stille. Und dann hörte sie seine weinerliche Stimme.

»Ja.« Er saß im Dunkeln auf seinem Bett. Nur der Mond schien auf sein winziges Gesichtchen, das in der Dunkelheit schimmerte.

»Darf ich etwas Licht machen?«

»Nein.«

»Gut. Hast du Willie bei dir?«

»Ja.«

»Ich wette, das ist ein schönes Gefühl.«

»Was?« Seine Stimme klang sehr vorsichtig und piepsig.

»Ich wette, es ist ein tolles Gefühl, Willie immer bei sich zu haben.

Du weißt, daß er zu dir gehört. Er ist nur für dich da und wird dich niemals verlassen.«

»Ja.« Seine Stimme, die für sie aus der Dunkelheit zu ihr herüberfand, war etwas weicher geworden. Sie legte sich quer über sein Bett und versuchte, sein Gesicht im Mondlicht zu erforschen.

»Weißt du eigentlich, daß du mich genauso sicher hast wie Willie? Nur, daß ich noch viel mehr für dich da bin. Für immer und ewig. Weißt du das, Tygue?«

»So ungefähr.«

»Was meinst du mit so ungefähr?« Das war kein Vorwurf, sondern eine ernstgemeinte Frage.

»Ich meine, so ungefähr.«

»Na gut. Was passiert, wenn du Willie eine Schleife umbindest? Verändert ihn das in deinen Augen sehr?«

»Na klar. Er sieht damit richtig dämlich aus.«

»Aber würdest du ihn deswegen weniger liebhaben?« Ein heftiges Kopfschütteln, während er den Bären noch fester an sich preßte. »Sehr schön. Also bin ich, egal wie komisch ich in deinen Augen aussehen mag oder welche Kleider ich trage, doch immer die alte Mam, oder?« Ein Nicken. »Und ich liebe dich immer gleich stark, egal, was ich tue oder was ich anhabe oder wo ich bin.«

»Willie wird mich niemals verlassen!«

»Das tue ich auch nicht. Ich werde dich nie verlassen, Tygue. Ich werde wohl manchmal wegfahren, aber deswegen verlasse ich dich doch nicht, Liebling.«

»Aber du *bist* weggegangen!« Er war jetzt voller Vorwurf und sprach sehr laut. Seine Stimme zitterte.

»Nur für eine Nacht, und ich bin doch zurückgekommen, oder? Genauso wie ich es versprochen hatte. Ich bin doch wieder da, oder?« Er nickte nur zögernd.

»Warum hast du das getan?«

»Weil ich das gebraucht habe. Weil ich es wollte. Manchmal müssen Erwachsene wegfahren, ohne ihre Kinder mitzunehmen.«

»Früher hast du das nie gewollt.«

»Nein, früher nicht. Aber jetzt will ich.«

»Hat dieser Mann dich weggeschickt?« Sie wußte sofort, von wem er sprach.

»Stu Weinberg?« Er nickte. »Natürlich nicht. Ich habe mich selbst weggeschickt. War es denn wirklich so schlimm? Nur eine einzige

Nacht?« Er zuckte nichtssagend mit den Schultern, und dann brach er plötzlich in Tränen aus und warf sich in ihre Arme. Sie war verblüfft.

»Ich habe dich so vermißt! Ich habe gedacht, du liebst mich nicht mehr!«

»Oh, Liebling. Oh, Tygue... wie konntest du nur so etwas denken? Ich liebe dich so sehr. Und ich habe dich auch sehr vermißt. Doch... ich mußte einfach fahren. Ich werde immer, immer wieder zu dir zurückkommen. Und das nächste Mal wirst du ja mit mir fahren.« Sie hätte ihm nur zu gern versprochen, daß sie jetzt für immer dableiben wollte, aber sie wußte, daß sie wieder würde weggehen müssen. Wie hätte sie das aufgeben sollen, nun, da sie es neu für sich entdeckt hatte?

Er weinte eine gute halbe Stunde. Dann trockneten die Tränen langsam. Plötzlich sah er sie mit einem winzigen Lächeln an. Kate drückte ihn an sich.

»Wenn ich jetzt mein Hemd auswringen würde, könnten wir Willie nur in deinen Tränen baden. Ist dir das aufgefallen?«

Er kicherte, und sie gab ihm einen Kuß auf die Stirn, während sie seine blonden Haare zur Seite strich. »Kann ich dich jetzt für Schokolade begeistern?«

»Jetzt?«

»Sicher.« Sie hatte ihm eine riesige, in Goldpapier eingewickelte Tafel gekauft, die die Ausmaße eines Bilderbuches aufwies. Außerdem hatte sie ihm noch eine Schachtel Schokoladenlollies und eine Schokoladenpistole mitgebracht. Das war besser als Ostern und Halloween auf einmal. Als er die in Goldfolie eingewickelte Pistole entdeckte, fiel ihm der Unterkiefer herunter. Er riß die Augen weit auf und streckte seine Arme aus.

»Mannomann!«

»Nicht schlecht, was, Cowboy?«

»Mami, die ist phantastisch!«

»Du aber auch.« Sie zog ihn wieder auf den Schoß, während sie gemeinsam die Schokolade auswickelten und sich den Mund vollstopften. Die Pistole wollte er aufbewahren, um sie seinen Freunden in der Schule zu zeigen.

»Was, wenn jemand sie kaputtmacht?«

»Dann kaufen wir eine neue, wenn wir nach San Francisco fahren. Du kommst ja mit.« Einen Augenblick zitterte sie noch innerlich, aber er strahlte sie an, und seine Augen zeigten begierige Erwartung.

»Jääh! Das muß vielleicht 'ne Stadt sein!«

»Das ist sie.« Sie zog ihn an sich. An diesem Abend saßen sie noch lange gemeinsam auf seinem Bett.

14

»So, mein Schatz, jetzt mach mal einen Augenblick lang die Augen zu.« Tygue saß sehr still im Beifahrersitz neben ihr und schloß die Augen. Sie hatte die letzte Kurve erkannt, die ihnen noch die Sicht auf die San Francisco Skyline nahm. Insgeheim war sie gespannt, was er wohl dazu sagen würde. Etwas so Großartiges wie das hatte er nämlich noch nie gesehen. Langsam nahm sie die Biegung und lächelte selbst erstaunt, als sie die zackige Kammlinie der Gebäude wiedersah. »In Ordnung. Jetzt darfst du sie wieder aufmachen.« Er tat es und war sehr ruhig. Wohl nahm er alles in sich auf, aber er sagte kein Wort. Kate war enttäuscht. »Na, was denkst du?«

»Was ist das?«

»Das ist San Francisco, Dummkopf. Du siehst hier all die großen Gebäude von der Innenstadt.« Tygue hatte noch nie zuvor ein Haus gesehen, das mehr als vier Stockwerke hatte. Immerhin ein erstaunlicher Gedanke. In seinem Alter war sie schon in New York gewesen und hatte auf dem Empire State Building gestanden.

»Ich dachte, da wären Berge.« Er klang enttäuscht, und auch Angst war in seiner Stimme zu hören.

»Es gibt auch welche. Du kannst sie nur von hier aus nicht sehen.«

»Oh.«

Sie wußte nicht, was sie ihm sagen sollte. Er saß einfach da und starrte vor sich hin. Er wollte wieder nach Hause. Und sie wollte, daß er sich auf San Francisco freute. Sie hatte alles mit Felicia zusammen vorbereitet. Eine ganze Woche würden sie sich für ihn Zeit nehmen. Eine Woche! Fishermen's Wharf, Sausolito, die Bergbahn, der Strand, der Zoo, eine Fahrt mit der Fähre, eine Radtour auf Angel Island, sie hatten an alles gedacht. Felicia hatte sich sogar die Drehtermine der lokalen Fernsehanstalten geben lassen, damit er zusehen konnte, wie einige Szenen auf den Hügeln gedreht wurden, die er dann später im Fernsehen wieder anschauen konnte. Und sie hatte einen Termin rausgefunden, der auf dem Divisadero stattfand.

»Möchtest du mal die krummste Straße der Welt sehen?«

»Klar.« Er klammerte sich an Willie, der auf seinem Schoß saß, fest, und sie hatte große Lust, ihn anzuschnauzen. Er war in San Francisco. Es war alles sehr aufregend. Die erste Reise seines Lebens. Wieso war er nicht glücklich? Warum freute er sich nicht so, wie sie es tat? Und dann fühlte sie sich gemein. Wie konnte sie nur so denken? Sofort bog sie von der Straße ab, um in einem Nebenweg zu parken.

»Sind wir da? Ist das etwa Tante Licias Haus?« Mit unverhohlenem Entsetzen betrachtete er das verkommene Hotel auf der gegenüberliegenden Straßenseite. Kate lachte. Die Fahrt war lang und anstrengend gewesen, und erst jetzt bemerkte sie, wie sehr sie sich verkrampft hatte. Sie hatte seine Gefühle beeinflussen wollen.

»Nein. Du dummes, kleines Kind, ich habe dich lieb. Komm rüber und gib mir einen Kuß.«

Sein kleines sommersprossiges Gesicht schmolz endlich aus der Starre, und er streckte die Arme aus. Sie umarmte ihren Sohn und seinen Bären fest. Bert war zu Hause unter Tillies Obhut geblieben. »Tygue Harper. Ich verspreche dir, daß du dich hier wohl fühlen und viel Spaß haben wirst. Wirst du mir ein wenig vertrauen? Was ist?« Er nickte, als sie ihn fragend ansah und ihm zärtlich die Haare aus der Stirn strich.

»Es ist so groß.« Eine Mischung aus Bewunderung und Entsetzen. »Und so...« Er blickte sich in der öden Umgebung um, in der sie nur vorübergehend gehalten hatte, und seine Enttäuschung stand deutlich auf seinem Gesicht geschrieben.

»Ja, es ist groß. Größer als alles, was wir bisher zusammen kennengelernt haben. Erinnerst du dich an die E Street in unserer Stadt?« Er nickte nüchtern. E Street lag in einem fürchterlich abstoßenden, heruntergekommenen Stadtviertel, weit jenseits der alten Bahngleise und ganz in der Nähe des Sumpfgebietes. Dort standen alte, ausgeplünderte Autos auf der Straße, lungerten viele Betrunkene herum, es stank entsetzlich, und freiwillig fuhr wirklich niemand dorthin. Er kannte dieses Viertel. Es war verschrien. Mit großen Augen sah er seine Mutter fragend an. »Nun, die Gegend, in der wir gerade sind, ist für San Francisco das, was wir E Street nennen. Aber es gibt auch viele wunderschöne Plätze hier, und die wirst du alle zu sehen kriegen. In Ordnung? Ist das ein Handel?« Sie reichte ihm lächelnd die Hand, und er schüttelte sie mit der ernsthaften Miene eines Geschäftsmannes. »Können wir starten?«

»Wir können starten.« Immer noch blickte er vorsichtig nach vorn, aber er hielt sich jetzt nicht mehr so verkrampft an Willie. Kate lachte still, als sie den Wagen wieder anließ.

»Hast du Hunger?« Sie waren gar nicht so weit vom Hippodrom an der Van Ness Street entfernt, aber er schüttelte den Kopf. »Vielleicht ein Eis?« Der Kopf fuhr herum, ein freudiges Lächeln, ein schwaches Kopfnicken. »Dann soll es wohl Eiscreme sein.« Auf dem Weg zu Felicia konnten sie gut bei Swenson's in der Hyde Street halten. Das war perfekt. Licia wartete in ihrer Wohnung auf sie und war sicher mindestens ebenso gespannt wie Kate.

Sie parkte den Wagen in der Union Street, gleich neben Swenson's, und als sie ausstiegen und sich erst einmal streckten, kamen gerade zwei Bergbahnen über die Hyde Street dahergerattert. »Sieh mal!« Tygue sprang hippelig auf und ab und winkte den Bären in Richtung der Bahnen. »Mami, sieh doch mal! Da ist eine, eine...« Er konnte es kaum aushalten, und seine Mutter grinste befriedigt. Jetzt würde alles in Ordnung sein. Sie hatte es geschafft. Und das Eis war die Wucht! Zwei doppelte Kugeln Bananen- und Schokoladeneis mit einer Zukkerstange und Schokoladenguß obendrauf. Tygue hatte das meiste davon schon über Nase und Kinn verschmiert, noch bevor sie das Geschäft wieder verlassen hatten. Dann kam eine weitere Bergbahn den Hügel hinunter. Sie konnte ihn kaum in den Wagen zurückbringen.

»Wir werden nachher damit fahren, Tygue.« Doch vorher hatte sie noch eine andere Idee, eigentlich zwei. Der steilste Berg und die krummste Straße. Beide waren gleich in der Nähe.

Der Berg beeindruckte ihn nicht so sehr, aber die gewundene Gasse gefiel ihm auf den ersten Blick. Sie war mit Kopfsteinen gepflastert, hatte Blumenrabatten an den Bürgersteigen, und zu beiden Seiten umsäumten pastellfarbene viktorianische Häuschen den Weg. Während Kate den Wagen ganz langsam um die Kurven lenkte, starrte Tygue aus dem Fenster und vergaß darüber sogar seine Eiscreme, die auf Willie hinuntertropfte. Glücklich leckte er einen Flecken Schokoladeneis von Willies Ohr weg.

»Tygue! Igitt!«

»Eh, ja, ja, Mami!« Jetzt war er wirklich glücklich. »Was ist das?« Er lehnte sich in seinem Sitz zurück und deutete mit dem Zeigefinger auf den Coit-Turm auf dem Telegraph Hill.

»Das ist ein Denkmal für die Feuerwehr. Man nennt es den Coit-Turm. Er liegt übrigens ganz nah bei Tante Felicias Wohnung.«

»Können wir hingehen und ihn angucken?«

»Klar. Aber laß uns nachsehen, was Tante Licia mit uns vorhat.«

»O ja. Es ist lustig hier.«

Und das blieb es auch für den Rest der Woche. Sie unternahmen alles mögliche, Abendessen im Hippodrom, Picknicks am Strand, gingen ins Wachsfigurenkabinett, aßen bei Fishermen's Wharf, fuhren gut zwanzigmal mit der Bergbahn, besichtigten das Aquarium, das Planetarium, Chinatown, den japanischen Garten im Park, es war das Paradies für Tygue. Nach dieser Woche kannte er San Francisco besser als manches Kind, das schon Jahre dort gelebt hatte.

»Na, Cowboy, was denkst du? Läßt du deine Mutter allein da draußen und kommst her, um bei mir zu wohnen?« Sie lagen alle ausgestreckt auf Felicias untadelig weißem Teppichfußboden und aßen gemeinsam aus einer Schüssel Popcorn. Das erste Mal in der ganzen Woche waren sie zu müde, um hinauszufahren und etwas zu unternehmen. Felicia hatte ihnen ein paar Pizzas ins Haus bestellt, wie Tygue es gewünscht hatte. Die ganze Woche waren sie nur für ihn dagewesen, und beide Frauen fühlten sich im Augenblick etwas erschöpft. Sie lächelten sich über seinen Kopf hinweg zu.

»Weißt du, Tante Licia«, antwortete er gedankenvoll und blickte dabei hinaus auf die Brücke, die sich hinter der Terrasse am Horizont abzeichnete, »wenn ich groß bin, komme ich vielleicht hierher zurück und arbeite dann bei der Bergbahn.«

»Eine großartige Idee, Cowboy!«

»Und wenn du ihm eine richtige Bergbahn zu Weihnachten kaufst, werde ich dich umbringen, Licia!« Kate lachte und schob sich eine Handvoll Popcorn in den Mund.

»Was meint ihr, wann kommt ihr mal wieder her?«

Kate zuckte die Achseln und blickte fragend auf Tygue hinunter. »Ich weiß nicht. Wir werden sehen.« Sie hatte Tom während der letzten Wochen sehr vernachlässigt, und außerdem waren ihr ein paar Ideen für ein neues Buch gekommen. »Ich sollte mich mal wieder um meine Arbeit kümmern. Und für Tygue habe ich eine Fahrgruppe organisiert, mit der er jeden Tag zur Adamsranch fahren kann, bis die Schule im Herbst wieder anfängt.«

»Und das Buch?« Sie hatte es Felicia überlassen, dieses heikle Thema anzusprechen. Die ganze Zeit über hatte sie den Gedanken weit von sich geschoben. Das Datum der Veröffentlichung lag nur noch ein paar Tage vor ihr.

»Das ist jetzt deren Problem. Ich habe das Buch geschrieben. Sie können es jetzt verkaufen.«

»So einfach ist das, was?« Felicia zog eine Augenbraue hoch und sah Kate vorwurfsvoll an. »Du hast es geschrieben, und damit ist der Fall für dich erledigt. Ist es dir je in den Sinn gekommen, daß sie es sehr schätzen würden, wenn du ihnen beim Verkauf unter die Arme greifen würdest?«

»Ich kann ja von Tür zu Tür gehen und es anpreisen.« Kate drehte sich auf den Rücken und kicherte.

»Du weißt genau, was sie von dir wollen!« Felicia ließ sich nicht so leicht von ihrem Vorhaben abbringen. Sie hatte zwei Wochen darauf gewartet, Kate ins Gewissen reden zu können.

»Woher soll ich wissen, was von mir verlangt wird? Aber darum geht es auch gar nicht.«

»So, darum geht es also nicht. Worum dann? Kommt es darauf an, was *du* willst?«

»Kann schon sein. Ich sehe jedenfalls nicht ein, warum ich etwas tun sollte, bei dem ich mich unwohl fühle.«

»Sei doch nicht so gemein, Kate.« Tygue stand auf und schaltete den Fernseher ein. Das Thema langweilte ihn. Er hob die Schüssel Popcorn auf und setzte sich damit vor den großen Farbfernseher. Jetzt hatte Kate nichts mehr, wohinter sie sich hätte verstecken können. Sie sah zu Felicia hinauf und betrachtete dann abwesend die Aussicht durch das Terrassenfenster. »Du weißt, was ich dazu zu sagen habe, Kate. Und du bist verrückt, wenn du die Werbearbeit für das Buch jetzt nicht mitmachst. Dies ist deine große Chance. Du hast es ja schon fast geschafft. Wenn du dich jetzt zusammenreißt und deine Begabung einsetzt, kommt dein nächstes Buch vermutlich noch viel größer raus. Und dann wirst du ein ständiger Faktor in der großen Welt der Literatur bleiben. Du hast Erfolg. Dieses erste Buch ist nur ein Versuch, Kindchen. Laß es diesmal schiefgehen, und du wirst nie wieder Gelegenheit haben, es noch mal auszuprobieren. Du kannst es dir einfach nicht leisten, diese Tatsachen zu ignorieren.«

»Wie willst du wissen, daß sie gerade das von mir verlangen werden? Das Buch kann sich auch allein verkaufen.«

»Du bist verrückt. Du schmeißt deine Karriere weg. Und schlimmer noch, du weißt es genausogut wie ich. Du willst es ja! Dabei könntest du deine Arbeit so gut machen. Du hast alles, was dazu nötig ist: gutes Aussehen, Hirn und Talent.«

»Aber nicht genug Mut.«

»Quatsch! Du bist nur so sehr damit beschäftigt, deine Courage zu verbergen, daß du sie schon gar nicht mehr kennst. Du hast sie einfach vergessen, und auch das weißt du genau. Denk doch mal dran, was du im letzten Monat schon alles geschafft hast. Du bist zweimal in San Francisco gewesen. Dein Einsiedlerleben ist vorbei, Kate. Das weißt du. Du hast ja auch gar keine Lust mehr dazu.«

»Aber das hier ist doch was anderes, Felicia. Ich bin hier nicht der Öffentlichkeit ausgesetzt. Ich stecke meinen Kopf nicht vor Kameras und fordere die Leute geradezu dazu auf, mir faule Eier ins Gesicht zu schmeißen. Oder schlimmer noch, mir ein Messer durch die Brust zu jagen. Und was, wenn sie Tygue drannehmen?« Dies sagte sie sehr leise, damit der Junge es nicht hören könnte. Er war jedoch ganz in das Fernsehprogramm vertieft. »Ich werde mich dieser Gefahr nicht aussetzen, Felicia!«

»Es ist verdammt schwierig, mit dir darüber zu streiten, weißt du das? Wenn du es nämlich wirklich tun würdest und die Sache dann schiefginge, würde ich mich miserabel fühlen.«

»Ja, genauso geht's mir. Und deshalb werde ich es nicht machen.«

»Aber denk doch mal dran, wieviel Spaß dir das bereiten würde.«

»Meinst du? Ich bin mir da gar nicht sicher. Tom hat das Ganze nie so richtig gefallen.«

»Doch, er hatte seine Freude dran.«

»Nein, nicht wirklich.«

»Vielleicht war es für dich nicht so toll, doch Tom hat es sicher genossen, das kannst du mir glauben. Es muß einfach so gewesen sein. Es ist eins der größten Hochgefühle, die diese Welt zu bieten hat.«

»Ich bin viel glücklicher ohne das ganze Getue.«

»Und viel einsamer.«

»Meine liebe Licia. Du willst mir doch nicht weismachen, daß Erfolg ein Mittel gegen Einsamkeit ist.«

»Vielleicht nicht. Aber ist es nicht ein erregendes Gefühl für dich, die Anzeigen mit deinem Buch auf allen Plakatwänden, in allen Zeitschriften zu sehen? Himmel noch mal, liebe Kate, in drei Tagen wird dein Buch erscheinen! Bringt dich das denn gar nicht aus der Fassung?«

Kate lächelte ihre Freundin unsicher an. »Doch. Es ist schon aufregend.«

»Verstehst du, was ich meine? Was glaubst du wohl, was passiert, wenn du nur ein paarmal in der Öffentlichkeit auftreten würdest!« Felicia war wieder auf den Punkt gekommen, und Kate hielt abwehrend eine Hand in die Höhe und schüttelte lachend den Kopf.

»Genug davon! Basta! Ich will nichts mehr hören!« Aber Felicia würde nie damit aufhören, und auch das wußten beide.

»Vielleicht gelingt es Weinberg, deine Meinung zu ändern.«

Doch diesmal schüttelte Kate entschieden den Kopf. »Keine Chance. Und er ist auch viel zu klug, um es überhaupt zu versuchen.«

Kate und Tygue fuhren am frühen Sonntagnachmittag wieder aus San Francisco fort. Felicia hatte sich die ganze Woche über freigenommen, um so viel wie möglich mit ihnen zusammenzusein. Am Montag würde sie wieder zu arbeiten anfangen. Tygue hatte am nächsten Morgen schon den ersten Termin mit seiner Fahrgruppe. Er freute sich auf die Adamsranch. Und dann war da auch noch Tom. Der Arme. Er hatte jetzt bald zwei Wochen keinen Besuch mehr von ihr erhalten. Die Tage vor der Abreise waren einfach zu voll gewesen. Sie würde gleich am nächsten Morgen wieder zu ihm fahren. Es war schon ein wenig verrückt, jetzt nach Hause zu rasen und denselben Weg am nächsten Morgen wieder zurückzufahren, aber es gab keine andere Möglichkeit. Sie konnte Tygue unmöglich mit nach Mead nehmen.

»Mam?«

»Ja, was ist?« Sie fädelte sich gerade in den schwachen Sonntagnachmittagsverkehr ein, der aus der Stadt hinausfloß.

»Können wir mal wieder herkommen?«

»Natürlich. Das habe ich dir doch schon versprochen.«

»Bald?« Sie lächelte ihn an und nickte.

»Bald.«

Da kicherte er plötzlich, und sie blickte überrascht zu ihm hinüber.

»Was ist denn so komisch?«

»Ich kann es gar nicht erwarten, Bert wiederzusehen.«

Da mußte auch sie lachen. »Du hast recht, geht mir genauso.« Es würde guttun, wieder nach Hause zu kommen. All diese Ausflüge waren auch anstrengend gewesen. Einen Augenblick lang fielen ihr die vielen Reisen ein, die sie mit Tom unternommen hatte. Auch das war sehr anstrengend gewesen. Sie fragte sich jetzt, wie sie das damals eigentlich geschafft hatte, das ständige Kofferpacken, die Flüge, die Bahnfahrten, die ewigen Hotelaufenthalte. Aber er hatte es immer zu einem Abenteuer, zu einem großen Spaß werden lassen. Er hatte ihr damals lange Flitterwochen geschenkt.

»Woran denkst du?«

»Mir ist gerade eingefallen, wieviel Spaß ich mit deinem Vater zusammen auf unseren Reisen hatte.« Es überraschte sie selbst, daß sie es so einfach sagen konnte. Sie sprach nur ganz selten mit Tygue über seinen Vater. Ein Thema, das besser in Ruhe gelassen wurde. Er wußte, daß sie nicht so gern über Tom sprach. Ihm war klar, daß sein Vater bei einem Unfall gestorben war und daß das vor seiner Geburt geschehen war. Er hatte sie sogar noch nie danach gefragt, was sein Vater eigentlich von Beruf gewesen war. Aber eines Tages würde er das tun. Sie würde sich damit auseinandersetzen, wenn es soweit war. Auch dann würde ihr wieder eine Lüge einfallen, wie schon so oft. Sie mußte ihn einfach belügen.

»Habt ihr viele Reisen gemacht?«

»Einige.« Sie war wieder drauf und dran, sich zu verschließen.

»Wohin denn, zum Beispiel?« Jetzt war er ganz der kleine, neugierige Junge, der ein paar von ihren Abenteuern hören wollte. Er setzte sich gemütlich in seinem Sitz zurecht und hielt Willie fest auf seinem Schoß. Sein aufmerksamer Gesichtsausdruck brachte sie zum Lachen.

»Wir sind in sehr viele Städte geflogen. Cleveland, zum Beispiel.« Ihr erstes gemeinsames Wochenende. Wieso dachte sie gerade jetzt daran? Warum hatte sie Tygue davon erzählt? Ein leiser, stechender Schmerz legte sich auf ihre Brust.

»War es schön?«

»Sehr, sehr schön. Cleveland ist keine hübsche Stadt, aber dein Vater hat den Aufenthalt für mich sehr hübsch gemacht.« Tygue sah gelangweilt aus dem Fenster. ›Hübsch‹ war etwas für Mädchen, uninteressant.

»Warst du schon mal in New York?« Felicia würde bald nach New York fliegen. Er hatte sie beide darüber reden hören.

»Ja, mit meiner Mutter und meinem Vater. Aber mit deinem Vater nie.«

»Mam?«

»Was ist, Liebling?« Sie betete, daß die nächste Frage nicht so schwer zu beantworten wäre. Nicht heute, nicht jetzt. Sie fühlte sich gerade so wohl, und sie wollte, daß die gute Stimmung anhielt.

»Wie kommt es, daß deine ganze Familie schon tot ist? Dein Vater und deine Mutter und mein Vater auch. Wie kommt das?« Und das Verrückteste bei der ganzen Sache war, daß alle noch lebten – aber für sie waren sie so gut wie tot.

»Ich weiß es nicht. Solche Dinge geschehen manchmal. Aber ich habe ja dich.« Sie warf ihm eine herzliche Kußhand hinüber.

»Und Willie und Bert und Tante Licia. Und wir werden niemals sterben. Tante Licia wird vielleicht sterben, aber wir nicht! Nicht wahr, Willie?« Er sah seinem Teddybären ernsthaft ins Gesicht und lächelte dann strahlend zu ihr hoch. »Willie sagt, daß ich recht habe!« Sie lachten beide, und Kate griff hinüber und fuhr ihm über die Haare.

»Ich habe dich ganz doll lieb, Cowboy.«

»Ich hab' dich auch lieb.« Das sagte er ganz leise, so als hätte er Angst, es könnte ihn jemand hören. Wieder mußte sie lachen, und während sie ihre Aufmerksamkeit wieder auf die Straße richtete, fand sie, daß ihr Leben recht schön wäre. Sie fuhren eine Weile schweigend weiter, und als sie das nächste Mal hinüberblickte, sah sie, daß Tygue eingeschlafen war. Sie waren soeben an Carmel vorbeigefahren, und drei Stunden später erreichten sie ihr Zuhause. Bert hatten sie unterwegs bei Tillie abgeholt, und danach hatte es ein gemütliches Abendessen an ihrem alten Küchentisch gegeben.

Tygue war sofort danach ins Bett gegangen, und auch sie hatte sich kaum eine Stunde später hingelegt. Nicht einmal die Koffer hatte sie noch ausgepackt, geschweige denn sich ihre Post angesehen. Sie hatte einfach nur alle Kleider ausgezogen und sich unter der Decke verkrochen. Es war ihrem Gefühl nach nur eine Stunde später, als das Telefon klingelte. Doch als sie die Augen aufschlug, schien die Sonne hell in ihr Zimmer, und sie konnte Tygue irgendwo im Haus rumoren hören. Das Telefon klingelte viermal, bevor es ihr gelang, soweit wach zu werden, daß sie den Hörer abnehmen konnte. Es war Stu Weinberg.

»Ich dachte, Sie hätten mir gesagt, Sie gingen nie aus dem Haus.«

»Tue ich auch nicht.« Sie versuchte gleichzeitig die Augen offen zu halten und auch noch freundlich zu klingen.

»Ich habe angerufen. Geschrieben. Ich dachte, daß Sie vielleicht schon gestorben sind. In dem Fall hätte ich an meinem Schreibtisch Harakiri veranstaltet.«

»Ist es denn so schlimm? Irgendwelche Schwierigkeiten?« Gott, wenn sie nun doch die Verträge nicht unterzeichneten! Vor Schreck wurde sie vollständig wach.

»Natürlich nicht. Es ist alles in Ordnung. Das Buch wird in zwei Tagen erscheinen. Oder hatten Sie das vergessen?«

Nein, aber sie bemühte sich die ganze Zeit darum.

»Ich habe es nicht vergessen.« Ihre Stimme klang ganz vorsichtig.

»Wir haben etwas zu besprechen, Kate.« O Gott. Und das als erstes an diesem Morgen, noch vor dem Kaffee.

»Ja?«

»Sie haben hier ein wundervolles Angebot.«

»Noch eins?« Ihre Augen sprangen weit auf. Guter Gott, was kam jetzt noch? Etwa die japanischen Filmrechte? Sie grinste über ihren Einfall.

»Ja, noch eins. Wir sind von der ›Case Show‹ angerufen worden.«

»Jasper Case?«

»Genau. Man würde Sie gerne in dieser Show begrüßen. Das wäre eine wundervolle Gelegenheit für Ihr Buch. Wir sind hier alle sehr aufgeregt.«

»Wer ist wir alle?« Sie ging wieder in ihre Reserve zurück. Stu hatte einen fürchterlichen Verdacht in ihr geweckt.

»All die Leute, die sich um Ihr Buch kümmern, Kate.« Und dann zählte er ihr sämtliche Namen ihrer Verleger und Herausgeber auf. »Natürlich mal ganz abgesehen von den Filmleuten. Das hier könnte dem Buch einen unheimlich großen Aufschwung geben.« Stille. »Kate?«

»Ja?«

»Woran denken Sie gerade?«

»An all das, was ich Ihnen gesagt habe.«

»Ich finde, Sie machen einen großen Fehler, wenn Sie jetzt nicht zugreifen. Ich glaube, das hier gehört zu den Dingen, bei denen man mal die Zähne zusammenbeißen muß. Um der Ehre des Landes willen, und Gottes auch, wenn Sie mögen. Und natürlich für das Buch.« Das Buch, das Buch, immer wieder dieses verdammte Buch. »Case ist ein verteufelt netter Kerl. Ein guter Start für Sie. Angenehm entspannt, freundlich und sehr korrekt. Er ist Engländer.«

»Ich weiß, ich habe die Show öfter gesehen.« Es war eins der besten Nachtprogramme Amerikas, und es wurde im ganzen Land ausgestrahlt. Und Jasper Case war ein Gentleman. Sie hatte es noch nie erlebt, daß er jemanden vor der Kamera in peinliche Situationen gebracht hätte. Aber was war mit den Leuten, die sich die Show ansahen? Wenn nun jemand sie erkannte und sich erinnerte? O Jesus. Wer sollte sich denn schon an ein dünnes, braunhaariges Mädchen erinnern, das immer in Tom Harpers Schlepptau durch Amerika getingelt war? Wem sollte das aufgefallen sein? Und wen interessierte das überhaupt? »Gut. Ich mach's.«

»Kate! Oh, ist das eine Freude.« Sie konnte sich vorstellen, wie er die Augen verdrehte und sich den Schweiß von der Stirn wischte. »Man hat einige phantastische Vereinbarungen für Sie getroffen. Sie sind Donnerstag in einer Woche dran. Man hat sich gedacht, daß Sie es vielleicht schön finden würden, am Tag vorher nach Los Angeles zu kommen und im Beverly Hills Hotel abzusteigen. Für Mittwoch nacht ist dort also ein Zimmer für Sie reserviert. Sie kommen schon am Vormittag an und machen Ferien. Gewöhnung an die Atmosphäre. Zum Mittagessen werden sich uns ein paar Leute anschließen, um Ihnen einen Eindruck davon zu vermitteln, wer so an der Show teilnehmen wird an dem Abend, was Sie zu erwarten haben. Sie möchten auch ein Gefühl dafür kriegen, worüber Sie gern reden, welche Themen Sie lieber vermeiden würden. Sie bestimmen selbst, was zur Sprache kommen wird. Und danach können Sie den ganzen Nachmittag am Swimmingpool sitzen, oder zum Friseur gehen, oder was immer Sie wollen. Die Show wird um sieben aufgezeichnet, aber erst spät gezeigt. Aber schon danach, also um neun, gehört Ihre Zeit wieder ganz Ihnen. Wir werden ein kleines Essen oder so was ähnliches veranstalten, um zu feiern. Das ist alles. Sie bleiben über Nacht und können schon am nächsten Morgen wieder nach Hause fahren. Schmerzlos.«

»Klingt wie eine verdammt angenehme Art, meine Jungfräulichkeit zu verlieren.« Sie lächelte spöttisch. Weinberg hatte es geschafft. Das war beiden klar. Er hatte von Anfang an darauf hingearbeitet und seine Sache sehr schlau angefangen. Er hatte einfach gewußt, wie man mit ihr umzugehen hatte. So ein Schuft.

»Kate, Sie können mir vertrauen. Sie werden es ganz bestimmt schön finden.« Jetzt lachten sie beide.

»Und wenn nicht? Kriege ich dann mein Geld zurück?«

»Aber natürlich, meine Liebe, selbstverständlich! Vergessen Sie es bitte nicht. Nächste Woche Montag. Ah, ja, übrigens, die *L. A. Times* hätte gern ein Interview. Was meinen Sie dazu?« Sie zögerte einen Augenblick.

»Nein.«

»*Vogue?*«

»Donnerwetter. Mein Gott, Stu, was geht hier vor?«

»Viel mehr, als Sie sich vorstellen können, liebe Dame.« Oder wollen. »Na gut, was ist mit diesem Angebot hier?« Er nannte ihr den Namen einer albernen Frauenzeitschrift. »Keine Fotos, nur ein nettes kleines Mittagessen am Dienstag.«

»Stu, ich habe schon begriffen. Sie haben es sehr schwer mit mir. Wie viele stehen noch auf Ihrer Liste? Wen wollen Sie mir noch auf den Hals hetzen? Sagen Sie mir die Wahrheit!« Sie sprach jetzt mit ihm, als würde sie Tygue zur Rede stellen.

»Neun Illustrierte, fünf Zeitungen und drei weitere Talkshows. Und ein Radiointerview in Chicago. Sie würden es natürlich übers Telefon aufzeichnen. Wenn Sie ab und zu mal Ihre Post lesen würden, wüßten Sie das alles schon.«

»Ich war verreist«, sagte sie etwas dämlich.

»Hoffentlich an einen schönen Ort.«

»San Francisco.«

»Wunderbar. Wir können Ihnen auch da ein Interview bieten, wenn Sie den Wunsch haben. Sie können also jederzeit wieder hinfahren.«

»Himmel, Stu, ich bin auf das alles nicht eingestellt.«

»Dafür bin ich ja auch da. Lassen Sie mich Ihren Puffer spielen. Im Augenblick müssen Sie sich auch nur um eine Sache kümmern – die *Jasper Case Show*. Danach sehen wir weiter. Ist das ein vernünftiger Vorschlag?«

»Sehr. O mein Gott.« Sie geriet schon wieder in Panik. »Was soll ich bloß anziehen?«

Stu Weinberg lachte laut auf. Wenn sie sich schon Sorgen um ihre Kleider machte, hatte er es endgültig geschafft. »Gehen Sie nackt, meine Liebe, wenn es Ihnen Vergnügen bereitet. Sie brauchen sich jetzt nur noch zu entspannen und das Ganze zu genießen.«

Fünf Minuten später hatte sie Felicia am anderen Ende der Leitung. Diese saß in ihrem Büro, riß die Augen weit auf und bekam den Mund nicht wieder zu. »Du wirst Montag abend *was* machen?«

»In der *Jasper Case Show* auftreten.« Kate klang beinahe stolz. Was zum Teufel hatte dieser Mann angestellt, um sie rumzukriegen? Im Geiste zog Felicia den Hut vor ihm. »Was soll ich denn jetzt bloß anziehen, Licia?«

Doch Felicia lächelte nur in den Telefonhörer. »Kate, Liebling, ich finde dich wundervoll.«

15

Sie trat sanft auf die Bremse, und der Wagen hielt genau vor dem überdachten Laubengang, der ins Hotel führte. Sofort standen drei Gepäckträger und der Portier neben dem Wagen. Drei? Weil sie in einem Variant gekommen war? Kate blickte nervös um sich. Sie hatte nur eine winzige Tasche als Gepäck mitgebracht, da sie sich entschlossen hatte, erst am Tag ihres Auftritts nach L. A. zu fahren. Verlegen lächelte sie den Trägern zu, aber diese verzogen keine Miene, während sie ausstieg. Einer schlüpfte sofort hinter das Steuerrad, der zweite nahm ihre Tasche, der dritte verschwand. Der Portier blieb mit wichtiger Miene stehen, als hinter ihr ein roter Rolls-Royce und ein schwarzer Jaguar vorfuhren. Ein beachtliches Heer von Personal erschien wie aus dem Nichts und stellte sich zur Verfügung. Kate fühlte sich von einem ständigen Summen unaufhörlicher Aktivität umgeben. Koffer, Golfschläger, über Arme geschlungene Nerze tauchten vor ihren Augen auf, und elegante Autos fuhren vor und verschwanden unauffällig wieder, und ständig berührte irgendeine Hand diejenige des Portiers. Als Kate in ihrer Handtasche herumwühlte, warf sie einen Blick nach rechts und beobachtete den Mann, der dem Portier im Augenblick am nächsten stand. Sie hielt die Luft an. Zehn Dollar wechselten von einer Hand in die andere. O Gott! Sie betete, daß ihr die Worte nicht laut herausgeschlüpft waren. Ein weiterer Blick zur Linken informierte sie, daß auch fünf Dollar möglich waren. Das war ja krankhaft! Zwar war es schon einige Jahre her, daß sie zusammen mit Tom mit diesen Dingen konfrontiert gewesen war, aber die paar Jahre konnten doch nicht so viel verändert haben! Fünf und zehn Dollar für den Portier? Das war eben Hollywood! Allein die hier offenbar übliche Kleidung sagte ihr das. Die Leute, die vor ihr aus den Wagen stiegen, trugen maßgeschneiderte Jeans, die so eng saßen, als wären sie ihnen auf den Leib geschnitten, und ebenso knappe Hemden, die bis zur Hüfte offenstanden. Überall bemerkte sie Unmengen von Gold und anderen Schmucksachen. Helle, schimmernde Seidenstoffe klebten an den schlanken Körpern der Starlets oder den dickeren von alternden Playboys. Hier und da schlüpfte ein dunkler Anzug schnellstens an ihnen vorbei, vermutlich, um sofort im Zimmer gegen die legerere Kleidung ausgetauscht zu werden.

»Haben Sie reserviert, Madam?«

»Hm?« Offenbar hatte sie den Portier angestarrt. Seine Stimme rüttelte sie wieder auf. Ihr war klar, daß sie hier wie ein Außenseiter wirken mußte. Von dem Stapel ›zur Auswahl‹, den Felicia ihr geschickt hatte, hatte sie sich für ein einfaches, weißes Baumwollkleid entschieden. Schon zu Hause hatte sie der tiefe V-Ausschnitt im Rücken entsetzt, aber hier galt der gar nichts. Dazu trug sie zierliche weiße Sandalen, und das Haar war zu einem lockeren Knoten auf dem Kopf zusammengesteckt. Sie war tiefgebräunt und wirkte gesund und entspannt. Aber das reichte wohl eher zu einem Lunch nach einer Tennispartie in Palm Springs und stand in keinerlei Konkurrenz zu den Sexsymbolen Hollywoods, denen sie hier gegenüberstand. Bei dem Gedanken mußte sie lächeln. Und dann fiel ihr wieder der Portier ein. »Ah, ja, natürlich. Entschuldigen Sie bitte. Ich habe ein Zimmer reservieren lassen.« Er drehte sich um und lief schnell auf den Eingang zu. Sie folgte ihm durch den windgeschützten Gang, der auf beiden Seiten von Säulen eingerahmt war. Dazwischen wuchsen exotische Dschungelpflanzen, die vermutlich schon vor dreißig Jahren hier angepflanzt worden waren, zu einer Zeit also, da Frauen noch in Hermelinpelzen und mit Diamanten geschmückt hier durchzueilen pflegten, und nicht, so wie jetzt, in Jeans und Nerzgebilden hier herumlungerten.

Kaum hatte sie die Halle betreten, sank sie in einen dunkelgrünen Teppich, der einen witzigen Kontrast zu der verblaßten rosa Farbe bildete, die ihr außen an den Wänden ins Auge gefallen war. Der Weg zur Rezeption schien kilometerweit. Auch hier hastete eine Unzahl von Menschen an ihr vorbei. Man traf Verabredungen, ließ jemanden sitzen, sprach miteinander oder blickte nur gelangweilt um sich, wurde entdeckt oder entdeckte jemanden, baute seine Karriere auf, zerstörte die eines anderen oder vielleicht auch die eigene. Man spürte einfach, daß das Hollywood-Geschäft hier ganz hautnah abgewickelt wurde, so, als befände man sich direkt an seinem Puls. Das Gebäude schien vor Kraft und Aktivitäten, die sich darinnen abspielten, zu bersten.

»Bitte?« Der Mann an der Rezeption lächelte ihr höflich zu. Insgesamt arbeiteten hier sieben Männer.

»Ich bin Mrs. Harper. Ich glaube –«

»Aber natürlich.« Er strahlte auf, während er sie so mitten im Satz unterbrach, und verschwand irgendwo im Hintergrund. Aber natürlich? Wie konnte er wissen, wer sie war? Er kam zurück, winkte einem Boy und gab diesem ihren Zimmerschlüssel. »Wir hoffen, Sie oft bei uns begrüßen zu dürfen.« Ach ja? Kate fühlte sich wie ein Kind in einem Wunderland. Wer waren diese Leute? Und wer war sie? Und wo war der ›verrückte Hutmacher‹? Ganz gewiß mußte er hier irgendwo zu finden sein. Doch sie mußte sich beeilen, um dem Boy zu folgen, der einen Flur entlanglief, auf dessen beiden Seiten sich Geschäfte befanden. Jade, Smaragde, Diamanten, mit Straußenfedern geschmückte Bettjäckchen, Satinnachthemden, ein kleiner weißer Nerzbolero, Vuitton-Koffer, Wildledertaschen, eine Brieftasche aus Eidechsenhaut. Kostbarkeiten in Hülle und Fülle. Sie wäre am liebsten vor jedem Lädchen stehengeblieben und hätte alles gründlich betrachtet, aber sie fühlte sich verpflichtet, einen unbeeindruckten, erwachsenen Eindruck zu machen. Doch darunter war sie aufgeregt wie ein kleines Kind. Sie hatte den wilden Drang, irgend jemanden am Arm zu zupfen und ihn auf all die Schönheiten aufmerksam zu machen: »Schauen Sie doch mal... da drüben... und da!...« In dem Augenblick fielen ihr drei Gesichter auf, die sogar sie aus Filmen kannte. Ihr Kopf fuhr herum, als sie sie lachen hörte. Sie beobachtete, wie die drei in der Menge verschwanden, und stieß mit einem Mann zusammen, dessen Gesicht sie ebenfalls, diesmal vom Fernsehen, kannte. Das war ja phantastisch! Sie lächelte nachsichtig mit sich selbst, während sie dem Boy nacheilte. Ob Tom das Leben zwischen all diesen Berühmtheiten damals auch so aufregend gefunden hatte? Dieser Gedanke überfiel sie ganz plötzlich. Nein, das war ja ganz und gar unmöglich. Doch dieses Gefühl war wundervoll und einzigartig.

Sie gingen jetzt an einem Swimmingpool vorüber. Um den Beckenrand waren kleine Tischchen aufgestellt, und Kellner in weißen Jäckchen sorgten für das Wohl der Gäste. Kate beobachtete eine Gruppe von Frauen, die in Bikinis an ihr vorbeigingen. Ihre Haut war wunderbar gebräunt, und ihre Frisuren dürften nicht mit Wasser in Berührung gekommen sein. Sie war fasziniert und blickte ihnen nach, bis auch sie in der Menge untertauchten.

Plötzlich stand sie vor einer kleinen, exquisit gebauten Hütte. Einen winzigen Augenblick lang erinnerte sie sie an Mead. Sie unterdrückte ein Kichern. Das konnte sie hier doch nicht machen, wo der Boy direkt neben ihr stand und auf etwas zu warten schien. Worauf wohl? Etwa fünfzig Dollar? Wenn der Portier allein für das Türöffnen zehn Dollar beanspruchen konnte, würde dieser Junge hier sich wohl nur mit fünfzig zufriedengeben, hatte er sie doch den ganzen Weg hierher begleitet. Und was hatte sie nicht alles unterwegs gesehen. Er schloß die Tür des Bungalows, wie er es nannte, auf, und sie gab ihm eine Fünfdollarnote. Als sie eintrat, fühlte sie sich idiotisch, weil sie ihm so viel Geld gegeben hatte. Die Tür schloß sich leise hinter ihr, und sie sah sich neugierig um.

Es war in der Tat ein sehr schöner Raum. Blumendrucke hingen an den Wänden, und hellgetönte Chaiselongues schienen sie einzuladen, sich elegant in einem der Satinnachthemden aus den Boutiquen darauf auszustrecken. Natürlich mit einer Zigarettenspitze in der Hand. Anschließend an das Zimmer gelangte sie in einen vollständig mit Spiegeln ausgekleideten Ankleideraum, in dem ein kleiner Spiegeltisch stand, welcher zu einer mindestens zweistündigen Make-up-Sitzung einlud. Das Bad war in rosafarbenem Marmor ausgestattet. In einem Alkoven befand sich die extra beleuchtete Badewanne. Wieder mußte Kate kichern.

Das plötzliche Klingeln des Telefons erschreckte sie. Sie fand den Apparat auf dem Tischchen neben dem großen Doppelbett. Gleichzeitig entdeckte sie einen weiteren Anschluß in dem kleinen Wohnzimmer hinter den geöffneten Türen. Es gab auch noch einen zweiten Zugang zur Hütte. Wozu wohl? Um einen unbemerkten, schnellen Abgang zu ermöglichen? Sie lachte, als sie den Hörer abnahm.

»Hallo?«

»Willkommen in Hollywood, Kate. Wie geht's denn so?« Es war Stu Weinberg, ruhig und gleichmütig wie immer. In seiner Stimme schwang ein Schmunzeln mit.

»Ich bin soeben angekommen. Das ist ja ein erstaunliches Hotel hier.«

»Nicht wahr?« Er lachte. Insgeheim war er ungeheuer froh, daß sie nicht in Panik geraten war und die Stadt postwendend verlassen hatte. Als er gehört hatte, daß man sie im Beverly Hills Hotel einquartieren wollte, hatte er sich ein wenig Sorgen gemacht. Für einen Neuling war das nämlich ziemlich starker Tobak. »Wie ist Ihr Bungalow?«

»Ich habe das Gefühl, ich müßte mich aufdonnern wie Jean Harlow. Mindestens.« Diesmal klang sein Lachen etwas zurückhaltend. Katherine Hepburn vielleicht. Aber Harlow? Er kicherte.

»Die Leute von der ›Case Show‹ würden vor Staunen auf den Hintern fallen. Sie erwarten nämlich was ganz anderes.«

»Wirklich? Was denn?« Sie war wieder nervös.

»Sie. Einfach so, wie Sie sind.«

»Das ist gut, Stu. Das ist nämlich alles, was ich bieten kann. Gott, ich würde ja zu gern noch vor dem Lunch schwimmen gehen. Aber es scheint sich niemand hier in den Pool zu begeben.«

»Aber natürlich. Wie kommen Sie denn darauf?«

»Ihre Frisuren!« Sie betonte das wie ein schelmisches Mädchen, als sie daran dachte, welchen Eindruck die Frauen am Pool bei ihr hinterlassen hatten. Doch Stu lachte laut auf.

»Meine Liebe, ich wünschte, ich wäre dabeigewesen, als Sie eingetroffen sind.«

»Ja, ich auch. Haben Sie eine Ahnung, wieviel Trinkgeld die Leute hier zahlen?« Sie lachten nun beide. »Warum tun sie das bloß?«

»Um die Erinnerung an sich selbst aufrechtzuerhalten.«

»Und? Bleiben sie deshalb in Erinnerung?« Der Gedanke faszinierte sie.

»Nicht aus dem Grund. Wenn man sich an sie erinnert, dann, weil sie schon berühmt sind. Wenn nicht, kräht bald kein Hahn mehr nach ihnen, egal, wieviel Trinkgeld sie verteilen. Wissen Sie übrigens schon, daß man sich all Ihre Vorlieben und Abneigungen merken wird? Es gibt dafür extra ein kleines Karteikästchen an der Rezeption, in das all Ihre Verrücktheiten eingetragen werden. Und wenn Sie dann das nächstemal erscheinen, werden Sie ungefragt alle kleinen Dinge, die Ihr Herz wünscht, vorfinden.«

»Um Himmels willen. Wie meinen Sie das?« Plötzlich fühlte sie sich unbehaglich, so, als würde man sie durch die Wände beobachten lassen.

»Na ja, ich meine, wenn Sie zum Beispiel diesen lächerlichen Hund mitgebracht hätten, der Ihnen gehört, und wenn dieser nur rosafarbene Cocktails oder grüne Limonade zu trinken pflegte, dann würde beim nächstenmal ein silbernes Tablett voll von Cocktails und Limonade für ihn im Zimmer bereitstehen. Oder besondere Handtücher für Sie, besonders trockene Martinis vielleicht oder Seidenbettwäsche. Wie wär's mit neun Kopfkissen im Bett oder einem besonderen Gin, natürlich nur aus Frankreich, englischen Scotch, oder... Sie brauchen es nur zu sagen, und schon ist alles da.«

»Großer Gott! Können die Leute sich das hier wirklich alles leisten?«

»Nicht nur das. Man erwartet es von ihnen. All das gehört dazu, wenn man ein Star ist.«

»Was ich ja nun Gott sei Dank nicht bin.« Sie klang erleichtert.

»Was Sie wohl doch sind.«

»Soll das heißen, daß ich mir jetzt rosa Cocktails und grüne Limonade bestellen muß?«

»Was immer Sie wünschen, Prinzessin. Das Hotel liegt Ihnen zu Füßen.« Ein scharfer, bohrender Schmerz zuckte durch ihr Herz. Prinzessin. So hatte Tom sie immer genannt. In ihren Augen erschien ein düsterer Ausdruck, den Stu natürlich nicht sehen konnte.

»Ich fühle mich eher wie eine ›Königin für einen Tag‹!«

»Genießen Sie es einfach. Ach übrigens: Wir treffen uns um halb eins mit Nick Waterman im Billardzimmer Ihres Hotels.«

»Wer ist Nick Waterman?«

»Der Produzent der ›Case Show‹. Er kommt selbst, meine Liebe. Keine Assistenten, kein Rumgetue. Er will sich persönlich mit Ihnen treffen, um Ihnen einen kurzen Einblick in das Programm zu geben.«

»Wird das schlimm werden?« Sie piepste wie ein kleines Mädchen auf dem Weg zum Zahnarzt, worüber Stu wieder lachen mußte. Er wünschte sich, sie würde sich einfach zurücklehnen und das Ganze genießen. Aber mit der Zeit würde sie das wohl lernen.

»Nein, es wird nicht schlimm. Und heute abend nach der Aufzeichnung findet eine Party statt. Sie sind herzlich eingeladen.«

»Muß ich hingehen?«

»Warten Sie doch einfach ab, wie Sie sich nach der Show fühlen!«

»Na gut. Was zieht man eigentlich an, wenn man sich mit einem Produzenten zum Mittagessen trifft? Die Leute scheinen sich hier alle in Jeans und Nerze zu kleiden.«

»Am frühen Morgen?«

»Na ja, die Jeans haben sie an, und die Nerze tragen sie über dem Arm.«

»Haben Sie das auch getragen?« Er klang belustigt.

»Ich habe ein weißes Baumwollkleid an.«

»Klingt herzerfrischend. Zum Lunch könnten Sie vielleicht etwas Eleganteres anziehen, aber das liegt ganz bei Ihnen. Wählen Sie etwas, in dem Sie sich wohl fühlen. Seien Sie ganz Sie selbst. Waterman ist ein sehr netter Kerl. Man kann sich ganz entspannt mit ihm unterhalten.«

»Kennen Sie ihn denn?«

»Wir haben ein paarmal miteinander Tennis gespielt. Es war sehr angenehm. Entspannen Sie sich, und vertrauen Sie auf mich.« Er konnte hören, daß sie schon wieder nervös wurde.

»In Ordnung. Ich glaube, ich werde jetzt einfach meinen rosa Cocktail bestellen und mich am Pool ein wenig ausruhen.«

»Ja. Tun Sie das.« Sie verabschiedeten sich und legten auf. Stu war erleichtert, daß sie einigermaßen gelassen geklungen hatte. Die ›Case Show‹ war sehr wichtig für sie. Viel wichtiger, als Kate es begriffen zu haben schien. Sie war kurz davor, mit einem Schlag in die amerikanische Öffentlichkeit hineinkatapultiert zu werden. Entweder würde man sie vom ersten Augenblick an ins Herz schließen oder aber total ablehnen – oder man beschloß, sie für unscheinbar und unwichtig zu erklären, aber das konnte er sich nicht vorstellen. Wenn sie aber ihren Weg ins Herz des Publikums fand, wenn sie es fertigbrachte, die Leute zum Lachen oder zum Weinen zu bringen, wenn man herausfand, daß sie liebenswert und menschlich war, dann würde sich jedes ihrer Bücher verkaufen lassen. Sie hatte Talent, ja, aber man brauchte mehr als das. Die Öffentlichkeit mußte sie *lieben*. Stu Weinberg wußte genau, wenn Kate ruhig bleiben und ihre Persönlichkeit zur Geltung bringen würde, hätten sie das Rennen gewonnen. Man würde sie sofort ins Herz schließen. Wieder das große WENN. Er hatte die große Gelegenheit ergriffen, sich kurz mit Waterman zu einigen. Vielleicht war es verrückt von ihm, sich auf diesen Kerl zu stützen, aber er hatte irgendwie Zutrauen zu ihm, und er hoffte, daß sein Gefühl ihn nicht trog. Er irrte sich da nur selten. Am Abend vorher hatten sie Tennis gespielt, und er hatte ihn danach zu ein paar Drinks eingeladen. Dabei hatte er Waterman klargemacht, daß Kate bisher das Leben einer Eremitin geführt hatte. Daß sie zwar sehr schön wäre, aber nichtsdestotrotz sehr an ihre Zurückgezogenheit gewöhnt wäre. Er erzählte, er hätte den Verdacht, daß das mit dem Tod ihres Mannes zusammenhinge und schon seit sechs oder sieben Jahren andauerte. Deshalb wäre es außerordentlich wichtig, sie nicht zu erschrecken oder zu verletzen. Sie würde sich sonst sofort in ihre Höhle zurückziehen. Stu hatte sich auch dafür eingesetzt, daß Jasper Case in keinem Fall mit ihr herumspielen sollte. Auch durfte sie nicht mit einer von den Hollywoodhexen in Verbindung, sprich in eine Show gebracht werden. Diese Sache müßte sanft über die Bühne gehen oder würde sofort schieflaufen. Und schließlich hinge ja ihre ganze Karriere davon ab. Waterman hatte ihm versichert, daß er sich selbst darum kümmern wollte. Er hatte sogar zugestimmt, selbst zu erscheinen und seine Assistentin, die solche Dinge üblicherweise erledigte, zu entlasten. Außerdem hatte man das Abendprogramm kurzerhand umstellen lassen. Daß man an diesem Abend einem großen weiblichen Star abgesagt hatte, würde für Kate ebenfalls eine große Starthilfe sein. Stu betete im stillen, daß alles klappen würde. Er rechnete fest mit Waterman. Es würde sicher ein sehr interessantes Mittagessen werden. Er freute sich darauf, miterleben zu können, wie Kate langsam ihre ersten Schritte hinaus in die Welt unternahm.

16

Sie wartete bis fünf vor halb eins in ihrem Bungalow. Nervös tippte sie dabei immer wieder mit einem Fuß auf den dicken, beigen Teppichboden in ihrem Wohnzimmer. Sollte sie pünktlich erscheinen? Oder erwartete man von ihr, daß sie zu spät aufkreuzen würde? Sollte sie jetzt ihren Bungalow verlassen? Oder sollte sie lieber bis Punkt halb eins warten? Und was, wenn ihr Aufzug sich jetzt ganz und gar als fehl am Platz erweisen würde? Sie hatte drei verschiedene Kleider anprobiert und fühlte sich immer noch total verunsichert. Schließlich hatte sie sich zu einem weißen Leinenanzug entschlossen, der nach Licias Meinung »total nach L. A.« aussah, dazu weiße Sandaletten angezogen und an Schmuck nur ihren schlichten Ehering und Felicias Uhr angelegt. »Mehr Mut zur Farbe.« Einen Augenblick lang umklammerte sie die Uhr mit den Fingern, lehnte sich zurück und schloß die Augen. Sie konnte den Blumenduft wahrnehmen, welcher von einem Strauß ausströmte, den man ihr ins Zimmer gestellt hatte. Es handelte sich um ein riesiges Arrangement mit strahlend roten und gelben Tulpen und alle Arten von Frühlingsblumen, die sie so sehr liebte. Man hatte ihr gesagt, daß der Strauß im Auftrag der ›Case Show‹ geliefert worden wäre. Dazu hatte das Hotel ihr eine Flasche Château Margaux '59 und eine Schale mit Früchten auf den Tisch stellen lassen. »Ein Kompliment des Hauses.« Es gefiel ihr, daß es sich dabei um Wein und nicht Champagner handelte. Das wirkte irgendwie einfacher. Sie lächelte. Eine Flasche Margaux '59 war wohl kaum einfach zu nennen.

»Nun, jetzt geht es los!« sagte sie laut zu sich selbst und stand auf. Noch einmal blickte sie sich seufzend im Zimmer um. Sie hatte furchtbare Angst. Aber es war Zeit. Ihre Uhr zeigte genau eine halbe Stunde nach zwölf an. Was sollte sie tun, wenn er ein gemeiner Lackaffe wäre? Was passierte, wenn er sie sofort verabscheute und beschloß, daß sie einfach nicht in seine Show gehörte? Oder noch schlimmer, wenn er sie zwar aufnehmen ließ, aber die anderen sie wie den letzten Dreck behandeln würden? Wenn man im Fernsehen sehen könnte, wie sie sich selbst zum Narren machte? »Ach Quatsch!« Noch einmal rief sie laut durchs Zimmer und verließ entschlossen den Bungalow.

Der Weg zum Hauptgebäude schien endlos. Aus den Augenwinkeln beobachtete sie den Swimmingpool und die Tennisplätze, und sie wünschte sich sehnlichst, jetzt dort sein zu können. Der Anzug wölbte sich auf ihrem Rücken, als eine kühle Brise ihre Jacke erfaßte. Der Wind spielte zärtlich mit ihren locker hochgesteckten Haaren. Wieder fragte sie sich, ob es nicht besser gewesen wäre, ein Kleid anzuziehen. Auf jeden Fall hätte sie etwas Bezaubernderes finden können. Felicia hatte ihr zusätzlich noch ein marineblaues Chiffonkleid mit Spaghettiträgern geschickt, aber sie würde es niemals wagen, so etwas in der Show anzuziehen. Sie fühlte sich darin einfach nackt. Nein, das war unmöglich. Vielleicht heute nacht zu der Party, wenn sie überhaupt hinging... Die Party! Kate hatte das Gefühl, sie rannte auf Eisenbahnschienen entlang und hatte einen Schnellzug im Rücken, der sie einzuholen drohte.

»Madam?« Sie war schon da. Aus der hellen Sonne kommend blinzelte sie in ein dunkles Loch. Der Raum schien in undurchdringlicher Dunkelheit zu liegen. Sie hatte einen vagen Eindruck von hellrosa Tischtüchern, einer winzigen Bar und einem bunt angerichteten Bankett. Doch konnte sie das alles nur vermuten. Auch die Anwesenheit von Gästen kam ihr nur anhand der Geräusche zu Bewußtsein. Es klang, als wären da Hunderte von Leuten anwesend, sich unterhaltend, essend, lachend und nach Telefonen fragend. Außerhalb des Raumes befand sich eine Reihe öffentlicher Fernsprecher, aber offensichtlich wurden diese kaum je in Anspruch genommen. Es wäre wohl niemandem im Traum eingefallen, erst dort hinauszugehen, wenn man sich einen Apparat auf den Tisch stellen lassen konnte. So konnte man die Vorübergehenden viel eher beeindrucken: »Was? Für hunderttausend? Du bist verrückt!...« Die Telefone auf den Tischchen boten offenbar viel mehr Spaß und Aufsehen. »Madam?« Er wiederholte seine Anrede und betrachtete sie dabei höflich von Kopf bis Fuß. Sie war schön, aber nicht aufsehenerregend. Er ist an atemberaubende Frauen gewöhnt, dachte sie, während sie eine kleine Gruppe an der Bar musterte. Schauspielerinnen, bemerkenswerte Callgirls... sie fühlte sich bedroht.

»Ich bin mit Mr. Weinberg verabredet. Stuart Weinberg. Und...« Sein Gesicht strahlte sofort auf.

»Miß Harper?« Sie nickte. Das war ja unglaublich. »Die Herren warten draußen auf der Terrasse auf Sie. Mr. Waterman hat sich schon zu Mr. Weinberg gesellt.« Er führte sie vorsichtig durch die Tischreihen. Kate konnte immer noch nicht deutlich sehen. Aber diese Gesichter brauchte man auch gar nicht anzusehen. Selbst die Stimmen klangen sehr wichtig. Sie schien eine Menge langer blonder Haare auszumachen. Klirrende Armbänder, Männer mit engen, weitgeöffneten Hemden und schweren Goldketten, die ihre Hälse schmückten, überhaupt schienen sich hier Berge von Gold anzusammeln. Sie hatte kaum Zeit, sich gründlicher mit diesen ungewohnten Eindrücken zu befassen, denn der Oberkellner hatte den hinteren Ausgang des Raumes erreicht und die Terrassentür geöffnet. Sie beeilte sich, ihm zu folgen. Als er sie hinausgeleitete, setzte er eine gewichtige Miene auf. Es war ein angenehmes Gefühl, wieder im warmen Sonnenlicht zu stehen, und noch schöner war es, ein vertrautes Gesicht zu sehen. Sie hatte Stu sofort entdeckt.

»Gut. Sie haben es geschafft. Und sieht sie nicht schön aus!« Kate erblaßte unter ihrer Sonnenbräune. Stu nahm sie brüderlich in den Arm und sah ihr anerkennend ins Gesicht. Beide tauschten ein kurzes, vertrauensvolles Lächeln aus.

»Tut mir leid, daß ich mich verspätet habe.« Sie warf einen Blick zum Tisch hinüber, wagte es aber noch nicht, sich den anderen Mann genau anzusehen. Sie konzentrierte sich vielmehr darauf, ihren Stuhl zu finden, den ein Kellner ihr bereitwillig zurechtschob. Als sie sich gesetzt hatte, deutete Stu mit einer Handbewegung in die Richtung des Mannes, der zu seiner Rechten saß.

»Sie haben sich nicht verspätet, Kate. Darf ich Ihnen Mr. Waterman vorstellen? Nick? Kate.« Kate lächelte nervös und ließ die Augen kurz über sein Gesicht schweifen, während sie ihm die Hand reichte. Seine Hand war groß und warm, der Druck sicher und fest. Die Augen strahlten in intensivem tropischen Blau, als sie die ihren einen Moment lang erforschten.

»Hallo, Kate. Ich war sehr gespannt darauf, Sie kennenzulernen. Stu hat mir eine Ausgabe von Ihrem Buch gegeben. Es ist großartig. Ich finde es besser als Ihr erstes.« Unter seinem Blick hatte sie das Gefühl, von einem warmen Schauer überrieselt zu werden. Seine Augen blendeten wie die Sonne. Sie spürte, daß sie sich langsam entspannte.

»Sie haben mein erstes Buch gelesen?« Er nickte, und sie starrte ihn verblüfft an. »Wirklich?« Er nickte nochmals und lehnte sich lachend in seinen Stuhl zurück.

»Glauben Sie nicht, daß Ihre Bücher gelesen werden?« Er klang jetzt sehr belustigt.

»Eigentlich nicht.« Wie sollte man jemandem erklären, daß man sich noch nie so weit in die Welt hinausgewagt hatte, um feststellen zu können, ob die Bücher nun wirklich gelesen würden oder nicht? Tillie hatte den Roman gelesen, ja, und auch Mr. Erhard hatte sich damit beschäftigt. Doch im stillen hatte sie immer angenommen, sie hätten das nur getan, weil sie ihnen die Exemplare geschenkt hatte. Es war ein ausgesprochen komisches Gefühl, einem Fremden zu begegnen, der ihr Buch tatsächlich gelesen hatte.

»Das sagen Sie besser nicht in der Show!« Stu lächelte ihr zu und winkte nach dem Kellner. »Was möchten Sie?«

»Einen rosa Cocktail!« Sie flüsterte es ihm leise zu und lachte schelmisch. Stu lachte herzlich, und Waterman machte einen etwas verwirrten Eindruck, während der Kellner fleißig auf seinen Block kritzelte.

»Einen Cocktail für die Dame?«

Jetzt mußte Kate auch lachen. »Nein, nein. Ich glaube, ich nehme einen Eistee.«

»Eistee?« Stu war überrascht. »Trinken Sie keinen Alkohol?«

»Nicht, wenn ich nervös bin. Ich würde sonst beim Essen in Ohnmacht fallen.«

Stu lächelte Waterman zu und streichelte Kates Hand.

»Ich werde ihm nicht erlauben, Sie vor dem Essen anzugreifen«, versicherte er ihr tröstend. Alle drei lachten.

»Wenn ich ehrlich sein soll, habe ich jetzt schon das Gefühl, ich wäre betrunken. Ach, übrigens«, sie wandte sich an Waterman, »vielen Dank für die Blumen. Sie sind wunderschön.« Wieder fühlte sie, daß sie rot wurde. Sie konnte sich nicht erklären wieso, aber seine Nähe machte sie ein bißchen verlegen. Er strahlte eine besondere Anziehungskraft aus. Sie hatte ständig den Wunsch, seine Augen zu suchen, ihre Hand auszustrecken, um ihn zu berühren. Aber genau davor hatte sie Angst. Nach all diesen Jahren erschreckte es sie heftig, sich zu einem Mann hingezogen zu fühlen, selbst wenn es sich nur um eine einfache Unterhaltung handelte. Und er war so groß, so *präsent*. Man konnte seine Anwesenheit unmöglich ignorieren. Im Grunde hatte sie auch überhaupt nicht den Wunsch, das zu tun. Und das ängstigte sie am meisten.

»Was halten Sie von Hollywood, Kate?« Eine ganz normale Standardfrage, aber schon wieder errötete sie, als sie seine Augen auf sich gerichtet fühlte. Sie haßte sich selbst.

»Ich bin erst zwei Stunden hier und schon überwältigt. Ist das hier Realität? Oder ist das Hotel nur eine Oase der Verrücktheit außerhalb einer doch etwas normaleren Welt?«

»Ganz und gar nicht. Das hier ist der Hauptstützpunkt. Aber je weiter Sie sich hinauswagen werden, desto mehr Verrücktheiten werden Sie entdecken können.« Die Männer tauschten einen mitfühlenden Blick aus, und Kate lächelte Stu an.

»Wie halten Sie das hier aus?«

»Ich bin hier geboren«, antwortete er stolz. »Es liegt mir wohl im Blut.«

»Wie schrecklich. Kann man das operieren lassen?« Sie sah ihn ernsthaft an. Nick lachte, und sie sammelte ihren Mut und blickte ihm direkt ins Gesicht. »Und wie ist es mit Ihnen?«

»Ich bin sauber. Ich komme aus Cleveland.«

»O Gott«, stöhnte Stu verächtlich, als der Eistee vor ihr abgestellt wurde. Sie lächelte milde.

»Ich war schon einmal in Cleveland. Es war sehr schön.« Sie hatte sich ganz in ihren Eistee vertieft.

»Meine Dame, es tut mir leid, Ihnen das sagen zu müssen.« Seine Stimme neben ihr war ein tiefer Bariton, der sie zu streicheln schien. »Aber Sie können unmöglich in Cleveland gewesen sein.«

»Aber ja, ich war dort.« Sie sah ihn jetzt mit einem frechen Lächeln und bestimmter Miene an, und seine Augen blitzten, als sie ihren Blick erwiderten.

»Nein. Wenn es dort schön war, war es nicht Cleveland!«

»Na gut. Sagen wir mal, ich hatte dort schöne Erlebnisse.«

»Das klingt schon besser. Jetzt kann ich Ihnen glauben.«

Sie bestellten eine große Schüssel Garnelen auf Eis, Spargel in Essigsauce und herrliches französisches Weißbrot.

»Nun, Kate? Sollen wir jetzt über heute abend sprechen?« Nick sah sie sanft an.

»Ich versuche die ganze Zeit, das Thema zu vermeiden.«

»Das habe ich mir gedacht.« Sein Lächeln wurde breiter. »Sie haben aber überhaupt keinen Grund, sich Sorgen zu machen. Alles wird klappen, wenn Sie genau das machen, was Sie bisher getan haben.«

»Mir den Mund vollstopfen?« Sie blickte schelmisch zu ihm hinüber, und er verspürte den Wunsch, die Hand auszustrecken und ihr sorgfältig frisiertes Haar zu zerraufen. Doch das würde er schön unterlassen. Wenn er sie so überfuhr, würde sie sofort wie ein verschrecktes Reh in den Wald zurückrennen. Er hatte sorgfältig zugehört, als Weinberg ihm von ihr erzählt hatte. Sie wirkte keineswegs mutwillig, wenn sie mit ihm sprach. Er hatte eher den Eindruck einer gewissen Tapsigkeit, und die gefiel ihm sehr. In ihren Augen jedoch schimmerte noch etwas anderes. Etwas Schreckhaftes, Trauriges, etwas, das älter wirkte als ihr Gesicht und ihr Körper. Wo immer sie sich auch die ganze Zeit über versteckt haben mochte, ein glücklicher Ort konnte das nicht gewesen sein. Er hatte das Bedürfnis, sie in seine Arme zu ziehen. Aber auch das hätte die Sache auf einen Schlag platzen lassen. Weinberg hätte ihn auf der Stelle umgebracht. Er schmunzelte bei dem Gedanken und konzentrierte sich wieder auf das, was er ihr über die Show erzählen mußte.

»Nein, Kate. Ich meine es ernst. Sie müssen nur ein wenig plaudern, ein bißchen lachen, sagen, was Ihnen gerade in den Sinn kommt. Aber bitte keine Schimpfworte!« Er verdrehte die Augen, als er daran dachte, daß sie am Abend vorher zwei »Scheiße« und ein »Ficken« von dem gottverdammten Spaßmacher Jasper hatten ausblenden müssen. Er konnte es einfach nicht lassen. Er hatte schon genug Probleme auch ohne diese unzensierte Sprache. »Am besten ist es, wenn Sie versuchen, ganz Sie selbst zu sein. Entspannen Sie sich. Hören Sie den anderen zu. Jasper ist ein Meister seiner Kunst. Neben ihm fühlt man sich wie im eigenen Wohnzimmer.«

»Ich kann mir kaum vorstellen, daß ich mich so wohl fühlen werde, wenn ich mich nicht entscheiden kann, ob ich nun in Ohnmacht fallen werde oder mich übergeben muß.«

»Beides werden Sie nicht tun. Es wird Ihnen sehr gefallen. Zum Schluß werden Sie gar nicht wieder aufhören wollen.«

»Scheiße.«

»Sagen Sie das, und ich schmeiße Sie eigenhändig hinaus!«

»Ist die Show live?« Entsetzt sah sie ihn an, doch er schüttelte beruhigend den Kopf.

»Nein. Alles, was Sie also zu tun haben, ist, schön zu sein und Ihren Spaß zu haben. Gibt es irgendein Thema, über das Sie besonders gern sprechen würden?« Im Augenblick sah er sie ernst und gesammelt an und gefiel ihr dadurch noch besser.

Sie dachte einen Moment nach und schüttelte dann den Kopf.

»Gar nichts? Irgendwelche besonderen Aspekte über das Buch, die für Sie von Bedeutung sind? Etwas, das es noch realer erscheinen lassen würde? Etwas, das es dem Publikum näherbringen könnte? Vielleicht können Sie etwas sagen, das bei den Zuschauern sofort den Wunsch erweckt, loszurennen und das Buch zu kaufen. Vielleicht haben Sie etwas Besonderes erlebt, während Sie es geschrieben haben? Überhaupt, warum haben Sie es eigentlich geschrieben?«

»Ich wollte diese Geschichte erzählen. Es war wohl etwas, das mich sehr berührt hat, und ich wollte deshalb für die Leute darüber schreiben. Aber das ist ja nicht sehr bemerkenswert. Der Verfall einer Ehe und Liebesaffäre ist wohl kaum sensationell.«

»Das sagen Sie lieber nicht!« Weinberg zog eine Grimasse. »Was immer Sie auch tun, Kate, hüten Sie sich davor, den Leuten auszureden, daß das Buch interessant wäre.«

»Im Ernst, Kate.« Nick sah sie wieder aufmerksam an. Die Augen. Diese Augen. Darin spiegelte sich etwas ganz Eigenartiges. Was, zum Teufel, war das bloß? Angst? Nein. Es lag viel tiefer. Er versuchte verzweifelt rauszufinden, was sie mit sich herumtrug. Er wollte nach ihr fassen und sie streicheln. Doch in diesem Augenblick schienen diese Gefühle äußerst fehl am Platz. Sie vermied jetzt seinen Blick, beschäftigte sich intensiv mit ihren Händen. Als spürte sie, daß er sie zu genau beobachtete. »Na gut. Aber warum haben Sie ausgerechnet über Football geschrieben?«

Sie blickte nicht auf. »Ich dachte, das wäre ein guter Hintergrund. Außerdem wollte ich, daß auch Männer etwas damit anfangen können. Das ist doch ein guter Werbeeffekt, nicht wahr?« Aus irgendeinem Grund glaubte er ihr nicht. Und als sie nun doch zu ihm aufsah, wußte er, daß er recht hatte. Es war ein Gefühl, als hätte er einen Schalter betätigt.

»Sie liefern einige bewundernswerte Einblicke in das Geschäft. Mich hat das fast noch mehr daran fasziniert als der Rest der Geschichte. Sie kennen das Spiel. Ich meine nicht die Regeln, den Sport. Sie wissen, worum es da geht. Ich fand das ganz erstaunlich.«

»Haben Sie mal gespielt?« Sie hatte das Gefühl, als wären sie jetzt allein auf der Welt. Stu war vergessen, aber das machte ihm im Augenblick nicht viel aus.

Nick beantwortete ihre Frage mit einem Kopfnicken. »Ich habe während meiner ganzen Collegezeit gespielt und es dann noch ein Jahr lang als Profi versucht. Doch während der ersten Liga habe ich mir beide Knie so verletzt, daß ich aufgeben mußte.«

»Sie hatten Glück. Es ist ein beschissener Sport.«

»Glauben Sie das wirklich? Aus Ihrem Buch habe ich das ganz anders gelesen.«

»Ich weiß nicht genau. Es ist eine tierische, verrückte Art, Menschen umzubringen.«

»Wie haben Sie das alles herausgefunden, Kate?«

Die Antwort kam ihr schnell und glatt über die Lippen, wobei sie ein süßes Hollywoodlächeln auf ihr Gesicht zauberte. »Sorgfältige Nachforschungen für dieses Buch.«

»Das war wohl sehr aufregend?« Er lächelte zwar auch, aber seine Augen beobachteten sie immer noch scharf, wachsam. Am liebsten hätte sie sich vor ihm versteckt. Aber sie konnte es nicht. Und der Haken an der Sache war für sie, daß sie sich jetzt wünschte, sich nicht immer verstecken zu müssen. Auf keinen Fall konnte sie es sich leisten, diesen Mann näher kennenzulernen. Er kannte sich im Footballgeschäft aus. Er war zu gefährlich. Sie konnte mit ihm nicht einmal eine Freundschaft eingehen. »Würden Sie über diese Nachforschungsarbeiten in der Show erzählen?«

Sie schüttelte heftig den Kopf, sammelte sich dann aber und zuckte mit den Achseln. »Das wäre wohl auch nicht so interessant. Einige Spiele, die ich mir angesehen habe, einige Interviews, eine Menge Lesestoff. Außerdem geht es in dem Buch ja nicht hauptsächlich darum.«

»Vielleicht haben Sie recht.« Er wollte sie keinesfalls bedrängen. »Nun, was ist dann mit Ihnen? Sind Sie verheiratet?« Er betrachtete den schmalen Ehering an ihrer linken Hand und dachte daran, was Stuart ihm über ihre Witwenschaft berichtet hatte. Es sollte nicht den Anschein haben, als wüßte er schon zu viel. Soweit er die Sache bisher einschätzte, wußte er so gut wie gar nichts über sie.

»Nein. Ich bin Witwe. Aber sagen Sie das um Himmels willen nicht in der Show. Es würde so melodramatisch wirken.«

»Das ist ein Argument. Haben Sie Kinder?«

Bei dieser Frage erhellte sich ihr Gesichtsausdruck, und sie nickte glücklich. Doch dann zögerte sie wieder. »Ja, ich habe ein Kind. Aber darüber würde ich nur ungern in der Show reden.«

»Warum?« Nick blickte sie überrascht an. »Himmel, wenn ich ein Kind hätte, würde ich über gar nichts anderes mehr reden.« Vielleicht war sie doch eine kleine, eingebildete Ziege, aber er hatte eigentlich nicht den Eindruck.

»Dann nehme ich also an, daß Sie keine Kinder haben?«

»Eine brillante Schlußfolgerung, meine Dame.« Er prostete ihr mit dem Rest seiner Bloody Mary zu. »Ich bin vollkommen rein und unberührt. Keine Kinder, keine Frau, rein gar nichts.«

»Wie bitte?!« Sie konnte ihr Erstaunen nicht verbergen. Was tat ein Mann wie er hier ungebunden und vogelfrei? War er schwul? Das doch wohl nicht. Unmöglich. Vielleicht hatte er sich an all die Starlets gewöhnt. Leicht zugänglich. Ja, das schien die einzig mögliche Antwort zu sein. »Vermutlich ist das in dieser Umgebung die einzig vernünftige Art zu leben«, sagte sie nonchalant und sah sich bedeutungsvoll auf der Terrasse um. Er warf den Kopf in den Nacken und lachte lauthals.

»Sie haben mich erkannt.«

Weinberg hatte sich zurückgelehnt und lächelte amüsiert. Sie schlug sich großartig. Er brauchte kein Wort mehr zu sagen.

»Dann erzählen Sie mal, warum Sie nicht über Ihr Kind sprechen wollen. Ist es ein Junge oder ein Mädchen?«

»Ein Junge. Er ist sechs. Und großartig! Ein richtiger Cowboy.« Sie wirkte, als teilte sie ihm ihr schönstes Geheimnis mit, und Waterman hörte ihr aufmerksam zu. Doch gleich wurde ihr Gesicht wieder ernst. »Ich möchte ihn einfach nicht den Dingen aussetzen, die ich jetzt tun werde. Er hat ein fröhliches, leichtes und behütetes Leben auf dem Lande. Das sollte nicht gestört werden. Wenn es jetzt... wenn es...«

»Sie meinen, wenn die Mami jetzt berühmt wird, was?« Er sah ihr belustigt in die Augen. »Was hält er denn von all den Dingen?«

»Nicht viel. Als ich weggefahren bin, hat er sich geweigert, mit mir zu sprechen. Er ist... er ist nicht daran gewöhnt, daß ich ihn allein lasse. Ich... als ich wegfuhr, hatte er eine ganz miese Laune.« Sie sah auf und lächelte ihn plötzlich herzlich an.

»Sie müssen ihm etwas mitbringen, das er sich sehr wünscht.«

»Ja. Mich.«

»Und Sie verwöhnen ihn mächtig, nicht wahr?«

»Ich nicht. Das tut jemand, der mir sehr nahesteht.« Aha. Ein Freund vermutlich. Das hätte er sich ja denken können. Schade! Doch er ließ sich nichts anmerken.

»Dann wollen wir mal sehen, was dem armen Jasper noch übrigbleibt. Sie wollen nicht über Football reden, nicht über die Nachforschungen, Familie und Kinder fallen auch flach. Wie wär's mit einem Hund?« Er grinste amüsiert, doch Stu verdrehte die Augen und fand es jetzt nötig, sich wieder in die Unterhaltung einzumischen.

»Das hätten Sie nicht sagen sollen. Sie haben gerade alles vermasselt.«

»Sie hat einen Hund?«

»Ich habe einen Bert.« Während sie das sagte, wirkte sie etwas zimperlich. »Bert ist kein Hund, er ist eine Persönlichkeit. Er hat ein schwarzweißes Fell, lange, herunterhängende Ohren und ein sehr ausdrucksvolles Gesicht.«

»Und was heißt das? Ist er ein Cocker-Spaniel?«

»Aber natürlich nicht!« Sie blickte fast so vorwurfsvoll wie Bert. »Er ist ein Basset!«

»Großartig. Ich werde Jasper umgehend informieren. Aber nun mal im Ernst, Lady. Worüber werden Sie sprechen wollen? Ehe? Wie wär's mit der Ehe? Haben Sie irgendwelche Ansichten darüber?«

»Ich finde sie toll. Eine nette Art zu leben.« Wieso heiratete sie dann nicht den ›Freund‹, der ihren Sohn so verwöhnte? Oder hielt sie etwa immer noch das Andenken an ihren verstorbenen Mann hoch? Auch darüber hatte er noch nichts rausfinden können. Nun gut. Mit der Zeit würde er es erfahren.

»Und das Zusammenleben? Haben Sie sich darüber schon Gedanken gemacht?«

»Das scheint mir auch sehr nett zu sein.« Sie grinste ihn über ihren Eistee hinweg an.

»Politik?«

»Ich bin kein politischer Mensch. Und, Mr. Waterman«, jetzt tauchte wieder das hinterhältige Funkeln in ihren Augen auf, »ich muß Sie davon in Kenntnis setzen, daß ich eine durch und durch langweilige Person bin. Ich schreibe. Ich liebe mein Kind. Das ist alles.«

»Und Ihren Hund natürlich. Den dürfen Sie nicht vergessen.«

»Was ist mit Ihrem Job?« schaltete Stu sich wieder ein. »Unterrichten Sie nicht geistig behinderte Kinder?« Er hatte vor ein paar Tagen Tillie am Telefon gehabt, während sie bei Tom gewesen war.

»Ich habe der Schule versprochen, sie nicht zu erwähnen.« Auf diese Art Lügen verstand sie sich allzu gut. Nick Waterman lehnte sich zurück und jauchzte plötzlich auf.

»Ich hab's! Das Wetter! Jasper kann mit Ihnen über das Wetter reden.« Er machte nur Spaß, aber Kate sah plötzlich ganz niedergeschlagen aus.

»Ist es wirklich so schlimm? Himmel, das hatte ich nicht erwartet. Es tut mir leid.«

Sofort legte er seine Hand auf die ihre, und sein Gesicht wurde weich. Er lachte, aber sie glaubte noch etwas anderes zu sehen. Etwas wie Zuneigung. Sie bekam einen Schreck. Das war so plötzlich gekommen. »Ich habe nur Spaß gemacht. Es wird ganz einfach sein und wunderbar laufen. Man weiß im voraus nie so genau, welche Themen zur Sprache kommen werden. Sie können sich auf einmal dabei ertappen, daß Sie von Dingen sprechen, die Sie vorher noch niemals interessiert haben. Vielleicht nehmen Sie sogar nach einer Weile die Show selbst in die Hand. Aber egal, was auch passiert, Sie sind klug genug und schön genug und schlagfertig genug, Ihre Sache sehr gut zu machen und nichts aus den Händen gleiten zu lassen. Vermutlich wird es ein großer Spaß. Entspannen Sie sich einfach nur. Ich werde draußen stehen und Grimassen schneiden, damit Sie die ganze Zeit über lächeln können.«

»Ich werde das nie schaffen.« Sie stöhnte richtig vor Angst.

»Besser, Sie strengen sich an, meine Liebe, oder Sie kriegen von mir einen Tritt in den Hintern.« Das war wieder Weinberg, und er brachte sie damit alle zum Lachen. Sie mußte zugeben, daß sie sich jetzt wohler fühlte. Zumindest wußte sie nun, daß sie unter all den Showleuten einen Freund besaß. Nick Waterman gehörte jetzt schon zu ihren Freunden.

»Was machen Sie heute nachmittag?« Er sah auf die Uhr, als er ihr diese Frage stellte. Es war zehn Minuten nach drei, und er mußte dringend zurück ins Studio, um noch einige Dinge zu erledigen.

»Ich würde gern ein wenig schwimmen und ausspannen. Ich soll doch um Viertel vor sieben dort sein, nicht wahr?«

»Besser wäre Viertel nach sechs oder halb sieben. Wir zeichnen die Show ab sieben auf. Da können Sie noch vorher Ihr Make-up überprüfen, sich mit den anderen Gästen vertraut machen, sich an die Atmosphäre gewöhnen. Oh, und bevor ich das vergesse, Sie dürfen kein Weiß tragen. Es würde uns zu sehr blenden.«

»Wie bitte?!« Sie war entsetzt. »Wie ist es mit eierschalfarben?«

Er schüttelte den Kopf.

»O mein Gott.«

»Ist das alles, was Sie mitgebracht haben?« Er sprach wie ein Ehemann, der seiner Frau beim Ankleiden über die Schulter guckte. Diese plötzliche Intimität war ihr unangenehm.

»Ich hatte vor, ein cremefarbenes Kostüm mit einer pfirsichfarbenen Bluse anzuziehen.«

»Klingt phantastisch. Ich werde Sie mal zum Dinner einladen, nur damit ich es sehen kann. Aber es geht nicht in der Show, Kate, tut mir leid.« Er wirkte tatsächlich betrübt, und sie sah mit einemmal blaß aus. Sie hätte doch auf Licia hören und sich noch ein paar Sachen zur Auswahl aus dem Geschäft mitnehmen sollen, aber sie hatte sich mit dem Kostüm so sicher gefühlt. Und alles, was ihr jetzt noch übrigblieb, war das vermaledeite, marineblaue Chiffonkleid mit den Spaghettiträgern, in dem sie halb nackt wirkte. Sie wollte aber im nationalen Fernsehen nicht so spärlich bekleidet auftreten. Man würde ja glauben, daß sie Männer aufreißen wollte! »Haben Sie wirklich nichts anderes? Sie könnten ja noch einkaufen gehen.«

»Das wäre wohl besser. Ich habe zwar noch ein anderes Kleid bei mir, aber das würde zu nackt aussehen.« Weinberg richtete sich gespannt auf, und Waterman warf ihm einen schnellen Blick zu. Beide hatten sich Sorgen gemacht, daß sie sich zu streng kleiden würde.

»Was haben Sie denn mitgebracht?« fragte Stu schnell.

»Ein marineblaues Trägerkleid. Aber darin würde ich aussehen wie eine Nutte.« Weinberg schlug mit der Hand auf den Tisch, und Waterman grinste.

»Glauben Sie mir, Kate, Sie wissen gar nicht, wie man es fertigbringt, wie eine Nutte auszusehen.«

»Ist das ein Kompliment?« Sie hatte das Gefühl, daß er es nicht so meinte, aber seine gelangweilte Miene, mit der er die zu stark geschminkten und übertrieben gekleideten Frauen auf der Terrasse musterte, überzeugte sie vom Gegenteil.

»In dieser Stadt, liebe Kate, kann man das nur als Kompliment verstehen. Ist das Kleid sexy?«

»Ein bißchen. Es ist doch eher elegant.«

»Aufsehenerregend?« Sie nickte beinahe entschuldigend, und er strahlte.

»Dann ziehen Sie es an.«

»Wirklich?«

»Ja. Wirklich.« Beide Männer wechselten einen bedeutungsvollen Blick, und Nick Waterman bezahlte die Rechnung.

17

Bevor Kate den Bungalow verließ, warf sie noch einen langen Blick in den Spiegel. Sie hatte vorgehabt, sich ein Taxi zu bestellen, damit sie sich nicht im Feierabendverkehr von Los Angeles verlieren würde, aber vor ungefähr einer Stunde hatte Nicks Sekretär angerufen, um ihr zu sagen, daß ein Wagen sie um sechs Uhr abholen würde. Gerade eben hatte der Mann von der Rezeption angerufen und ihr ausgerichtet, daß der Wagen auf sie wartete. Inzwischen war sie in Panik geraten und hatte zweimal am Nachmittag bei Felicia angerufen. Auch mit Tygue hatte sie telefoniert. Danach war sie schwimmen gegangen, hatte ihr Haar machen lassen, die Nägel manikürt und dreimal die Schuhe und Ohrringe gewechselt. Jetzt war sie fertig angezogen und bereit. Immer noch fühlte sie sich in dem Kleid wie eine Nutte, allerdings eine erstklassige. Das Kleid ließ ihren Rücken und Hals frei und betonte schlicht die zarte Linie ihres Nackens. Der Rückenausschnitt war wirklich sehr tief, aber das würde ja niemand sehen können. Während der Aufzeichnung würde sie sich einfach ständig mit dem Rücken anlehnen. Über der Taille war das Kleid ein wenig gekräuselt, so daß der Stoff von da an in weichen Falten nach unten floß. Schließlich hatte sie beschlossen, die marineblauen Sandaletten anzuziehen, die Felicia extra dafür ausgesucht hatte, und das Ganze mit Perlohrringen abzurunden. Ihr Haar war jetzt sorgfältig zu einem lockeren Knoten hochgesteckt. Genau diese Frisur hatte ihre Mutter getragen. Es war vor Jahren an dem Tag gewesen, als Kate das Haus für immer verlassen hatte. Kate erinnerte sich kaum mehr daran. Ihr schien die Frisur nur im Augenblick passend. Abgesehen von den Ohrringen trug sie an Schmuck nur ihren Ehering. Das wirkte eindrucksvoll und bescheiden, und sie glaubte, daß alles zusammen den richtigen Effekt erzielen würde. Sie hoffte, daß Nick genauso denken würde. Und bei dem Gedanken errötete sie wieder. Natürlich meinte sie nicht Nick als Mann, sie hatte den Produzenten der Show vor Augen. Jedoch es fiel ihr im Augenblick schwer, Nicks Funktionen als Lehrer, Berater, Freund und Mann auseinanderzuhalten. Diese Verwirrung von Gefühlen in bezug auf ihn trug sie nun schon seit dem Nachmittag mit sich herum. Sie kannte ihn doch erst so kurz. Dennoch war sie gespannt darauf, ihn wiederzusehen und von ihm zu erfahren, daß sie sich für die Show richtig gekleidet hatte. Und wenn es ihm nicht gefiel, würde sie auf der Stelle zusammenbrechen. Sie war am Nachmittag nicht mehr einkauten gegangen, sondern hatte beschlossen, es mit dem einen Kleid zu versuchen, das sie noch bei sich hatte. Wenn es für die Show nicht gut genug war, würde sie in der Klemme stecken. Doch Felicia hatte prophezeit, daß sie damit einen sehr guten Eindruck machen würde, und Licia hatte gewöhnlich recht.

Kate schlang sich einen nachtblauen Häkelschal um die Schulter, griff nach ihrer Tasche und öffnete die Tür. So, das war es nun. Diese Worte gingen ihr nicht mehr aus dem Kopf. »Das war's!« Sie erlaubte sich nicht, sich diesem Gefühl ganz hinzugeben, während sie schnell die Hotelhalle durchquerte, ohne sich umzusehen, und dann den überdachten Laubengang unter der Plane durcheilte. Dann stand sie neben dem Portier auf dem Bürgersteig.

»Miß Harper?« Wie, zum Teufel, konnte er das nun wieder wissen? Hier gingen doch Hunderte von Leuten aus und ein. Es war erstaunlich. Sie beobachtete eine uralte, potthäßliche Frau in einem bodenlangen Chinchillamantel, die drei dümmliche Jünglinge im Schlepptau hinter sich herzog. Doch der Portier verlangte wieder ihre Aufmerksamkeit.

»Ja, ich bin Mrs. Harper.«

»Der Wagen wartet schon auf Sie.« Er deutete mit dem Kopf in Richtung einer Limousine, die auf der anderen Seite der Auffahrt geparkt war. Der endlos lang wirkende, schokoladenbraune Mercedes hielt direkt vor ihren Füßen. Der sollte für sie sein? Mein Gott, Aschenputtel war ja gar nichts im Vergleich zu ihr! Sie hatte den Impuls, in Lachen auszubrechen, aber in dieser Umgebung wagte sie das nicht.

»Danke schön.« Noch bevor der Portier sich in Bewegung setzte, hatte der Chauffeur ihr schon die Tür geöffnet. Beide Männer in Uniform beobachteten sie ausdruckslos, während sie ins Auto schlüpfte. Wieder hatte sie das dringende Bedürfnis, jemandem mit dem Ellenbogen in die Seite zu stechen, mit ihm zu lachen und ihn auf all diese seltsamen Dinge aufmerksam zu machen. Aber es war niemand da, mit dem sie ihren Spaß teilen konnte. Und plötzlich hatte sie unheimliche Sehnsucht nach Nick. Sie hätte ihm gern davon erzählt, aber gleichzeitig spürte sie, daß das unmöglich ging. Für ihn war es Alltagsleben, für sie ein einmaliges Wunder.

Der Wagen fuhr sie durch unbekannte Stadtviertel, durch Vorstädte mit großen Villen und Palmengärten und dann hinaus auf die Autobahn. Sie stellte fest, daß sie Jahre gebraucht hätte, sich hier zurechtzufinden. Dann erreichten sie ein langgestrecktes, anspruchsloses, sandfarbenes Gebäude. Das Studio. Der Wagen hielt, der Chauffeur stieg aus und öffnete ihr die Tür, und sie setzte vorsichtig einen Fuß auf den Boden. Es fiel ihr schwer, nicht einfach umzukehren und sich ins Hotel zurückfahren zu lassen. Gleichzeitig unterdrückte sie den Wunsch, ein hochmütiges Gesicht aufzusetzen. Was, zum Teufel, sollte das Ganze? Sie dachte daran, daß Aschenputtel einen ihrer gläsernen Schuhe verloren und sich deshalb auf der Treppe fast das Steißbein gebrochen hätte.

»Ich danke Ihnen.« Sie lächelte dem Fahrer zu und freute sich, daß ihre Stimme noch ganz normal nach Kate klang. Zwar gefiel ihr dieses ›Miß Harper‹-Getue mittlerweile ganz gut, aber sie kam noch nicht ganz damit zurecht. Trotzdem … Kate Harper! Die berühmte Schriftstellerin! Es war wie eine Droge.

Direkt hinter der Eingangstür standen zwei Sicherheitsbeamte, von denen einer nach ihrem Ausweis fragte. Doch bevor sie ihn aus der Tasche ziehen konnte, erschien eine junge Frau, der Kaskaden von blondem Haar auf die Schultern fielen, und lächelte den beiden jungen Männern zu.

»Ich werde Sie begleiten, Miß Harper.« Nun lächelten auch die beiden Männer, und einer blickte anerkennend auf den Hintern ihrer Begleiterin, während sie sich entfernten. Das Mädchen trug die üblichen hautengen Jeans, dazu Gucci-Schuhe und eine weiße, durchsichtige Bluse. Kate hatte das Gefühl, sie hätte ihre Mutter sein können, dabei war die Dame mindestens schon zweiundzwanzig. Und dennoch, sie hatte so eine Aura um sich, die Kate schon lange nicht mehr gespürt … falls sie sie je besessen hatte … vor vielen tausend Jahren vielleicht. Sie konnte sich daran nicht mehr erinnern.

»Im roten Zimmer ist schon alles hergerichtet.« Das Mädchen plapperte munter drauflos, während sie mit dem Fahrstuhl in den zweiten Stock hinauffuhren. Sie hätten ebensogut auch gehen können, doch Kate spürte sofort, daß man so etwas hier nicht tat. In dieser Stadt spiegelte jede Handlung den eigenen Status wider.

Sie erreichten einen unpersönlichen Flur, und Kate versuchte im Vorbeigehen, die Fotografien an den Wänden zu identifizieren. Einige der Gesichter hatte sie schon in manchen Filmen gesehen oder in den Nachrichten, Zeitungen, Fernsehreportagen, manche sogar auf den Rückseiten bestimmter Buchumschläge. Einen Augenblick kam ihr der Gedanke, ob ihre Fotografie wohl auch eines Tages dort hängen würde. Das war ein aufregendes Gefühl. Sie wollte ihr Gesicht dort entdecken können. Kaitlin Harper... Ha! Das bin ich! Sehen Sie mal! Dieses Mädchen dort bin ich! Aber ihre Begleiterin hatte schon eine Tür geöffnet und unterbrach sie in ihren Träumen. Sie betraten jetzt das innere Heiligtum. Ein Ring von Sicherheitsbeamten bewachte es sowohl von innen als auch von außen. Die Tür ließ sich nur mit einem Spezialschlüssel öffnen. Der Flur, den sie jetzt betraten, war mit weißem Teppichboden ausgelegt. Wie unpraktisch. Aber darum schien sich hier niemand zu kümmern. Außerdem sah es wunderschön aus. Auch hier waren die Wände voller Fotos, aber persönlichere Aufnahmen, und auf keiner fehlte das Gesicht von Jasper Case. Mit seinem silbernen Haarschopf wirkte er sehr attraktiv. Er war schlank und groß und strahlte eine gewisse Eleganz aus. Da sie seine Show schon öfter gesehen hatte, wußte sie, daß sein englischer Akzent sehr zu seiner distinguierten Ausstrahlung beitrug. Seine Interviews waren im Fernsehen mit Abstand die besten, da er nie aufdringlich wirkte, niemanden reinlegte, seine Fragen immer warmherzig und durchdacht formulierte und die Antworten jeweils mit Interesse wahrnahm. Er brachte es fertig, den Zuschauer ins Geschehen miteinzubeziehen. Derjenige, der vor dem Zubettgehen zu Hause vor dem Fernseher saß und ein Glas Ovomaltine trank, bekam automatisch das Gefühl, daß Jasper mit seinen Gästen bei ihm im Wohnzimmer sitzen und sich köstlich mit ihnen unterhalten würde. So fühlte er sich fast selbst als Gastgeber.

Kate war noch ganz in die Fotografien vertieft, als sie hörte, wie das Mädchen mit ihrem magischen Schlüssel eine weitere Tür öffnete. Dann warf sie einen Blick in ein rosa gehaltenes Zimmer, das wie eine elegante Garderobe wirkte. Der Eindruck war überwältigend. Es gab dort eine Couch, mehrere bequeme Sessel, die unvermeidliche Chaiselongue, ein Schminktischchen und einen wahren Dschungel an Grünpflanzen. Von der Decke hingen Topfpflanzen, darunter Orchideen und andere Wunder. Es war genau die Art Zimmer, die Kate sich anstelle ihrer düsteren Kammer als Büro gewünscht hätte. Aber die meisten Literaten arbeiteten ja unter bescheidenen Bedingungen.

»Miß Harper. Dies ist Ihre Garderobe. Falls Sie sich ausruhen möchten oder noch einmal schminken, bitte, tun Sie's. Wenn Sie fertig sind, drücken Sie auf diese Klingel. Ich werde dann kommen und Sie ins rote Zimmer begleiten.« So? Werden Sie das? Versprechen Sie es mir? Aber ich muß nicht gehen, nicht wahr? Mir gefällt der rosa Raum. Wozu brauche ich ein rotes Zimmer?

Alles, was sie rausbrachte, war: »Vielen Dank.« Ihre Eindrücke nahmen sie vollständig in Anspruch. Erst als das Mädchen die Tür hinter ihr geschlossen hatte, bemerkte sie den Strauß heller Rosen und Schleierkraut. Es steckte ein kleines Kärtchen darin. Zögernd trat sie an den Tisch. Sie war sicher, daß der Strauß für jemand anderen bestimmt sein mußte. Jemand, der viel wichtiger war als sie. Aber auf dem Umschlag stand ihr Name. Sie öffnete ihn neugierig. Ihre Finger zitterten. Stu?

Aber die Blumen waren nicht von Stu. Nick hatte sie ihr hinstellen lassen. »Vergessen Sie den Hund und das Wetter nicht. Nick.« Sie lachte und setzte sich auf die Couch, um sich erst mal in Ruhe umzusehen. Weiter hatte sie ja nichts zu tun, als die Wände anzustarren. Ihr Schal glitt ihr langsam von den Schultern, während sie einfach nur so dasaß und in den tiefen Polstern beinahe versank. Dann sprang sie plötzlich nervös auf und studierte ihre Erscheinung noch einmal in dem Wandspiegel. War noch alles in Ordnung? War sie... sollte sie... hatte sie...? Ein leises Klopfen an der Tür unterbrach ihre Zweifel und ihre panischen Blicke in den Spiegel.

»Kate?« Die Männerstimme war voll und tief, und sie mußte plötzlich lächeln. Sie war ja doch nicht so allein. Schnell machte sie die Tür auf, und da stand er vor ihr. Groß, schlank und attraktiv. Nicholas Waterman. Er war noch größer, als sie ihn vom Lunch her in Erinnerung hatte. Und seine Augen waren noch genauso freundlich wie zu dem Zeitpunkt, als er sie verlassen hatte. Es waren die Augen eines Freundes. »Wie kommen Sie zurecht?«

»Ich bin ein Nervenbündel.« Sie bat ihn herein und schloß die Tür leise, so als würden sie von einem Spion verfolgt. Dann fielen ihr die Blumen ein. »Vielen Dank für die Rosen. Wie sehe ich aus?« Ihre Worte klangen unsicher und kamen sehr abrupt. Am liebsten hätte sie sich auf der Couch zusammengerollt und das Gesicht versteckt. »Mein Gott, ich halte das nicht mehr aus.« Verzweifelt ließ sie sich ins Sofa fallen und stöhnte. Nick dagegen lachte.

»Sie sehen wundervoll aus, und es ist alles in Ordnung. Denken Sie nur immer an den Hund und das Wetter!«

»Ach, hören Sie doch auf damit!« Sie bemerkte, daß er sie mit zusammengekniffenen Augen musterte. »Was ist los?«

»Lassen Sie Ihr Haar herunter.«

»Jetzt? Das kriege ich doch nie wieder so hingesteckt!« Entsetzt starrte sie ihn an.

»Das ist ja der Sinn der Übung. Na los! Zu diesem Kleid passen nur lange Haare.« Er setzte sich neben sie auf die Couch und wartete. Sie verstand ihn nicht ganz, aber dann lächelte sie überrascht.

»Machen Sie das mit jedem, der in Ihrer Show auftreten wird?« Was für ein enttäuschender Gedanke. Sie hoffte, daß er das nicht täte.

»Nein, aber es kommt auch nicht jeder mit der Vorstellung, über Hunde und das Wetter zu reden, hierher.«

»Würden Sie mich damit endlich in Ruhe lassen?« Jetzt lachte sie fröhlich und beschloß in demselben Augenblick, daß sie seine Augen mochte.

»Öffnen Sie Ihren Haarknoten.« Er wirkte wie ein älterer Bruder, der seiner Schwester eine neue Sportart beibringen wollte. Zu Anfang hatte sie Lust, sich ihm zu widersetzen, doch dann ließ sie sich überreden.

»In Ordnung, aber ich werde fürchterlich unordentlich aussehen.«

»Sie wissen gar nicht, wie das geht.«

»Sie sind verrückt.«

Es war reines Badezimmergeplänkel. Er rasiert sich, während sie sich abtrocknet. Sie bürstet sich die Haare, während er die Krawatte zubindet. Sie sah ihn unsicher an, während ihr Haar in lockeren Wellen auf ihre Schultern hinunterfiel. Er lächelte, denn er hatte richtig getippt.

»Eine wundervolle Unordnung. Sehen Sie mal in den Spiegel.«

Sie trat vor den Wandspiegel und betrachtete sich stirnrunzelnd. »Ich sehe aus, als käme ich gerade aus dem Bett.« Er hätte ihr darauf gern eine Antwort gegeben, unterließ es aber.

»Genau das ist der Effekt. Sie haben Ihr Buch soeben an die Hälfte aller amerikanischen Männer verkauft, und die andere Hälfte ist entweder zu alt oder zu jung. Wenn sie aber noch wach sind und sich die Show ansehen, haben Sie mit Sicherheit alle Herzen gewonnen.«

»Sie mögen mich so leiden?«

»Ich finde Sie wunderbar.« Und er mochte ihr Kleid. Sie wirkte darin sehr elegant. Ihre schmale Gestalt wurde durch den dunklen Stoff unterstrichen, und der Schnitt betonte ihre zarte Figur. Außerdem strahlte sie eine exquisite Mischung von Naivität und Sex aus. Es war ihr zwar nicht bewußt, aber sie gehörte zu der Sorte Frauen, die Männer dazu veranlaßt, sich zu überschlagen, nur um in ihre Nähe zu kommen. Es war diese subtile Mischung von Schüchternheit und Humor, von Reserviertheit und plötzlichen Ausbrüchen von Schalk, die so ansprechend wirkte. Ohne darüber nachzudenken, nahm er ihre Hand und fragte: »Fertig?« Sie hätte dringend auf die Toilette gemußt, aber das konnte sie im Augenblick nicht sagen. Sie nickte nur und versuchte zu lächeln.

»Fertig.« Sie war so aufgeregt, daß sie das Wort kaum rausbrachte.

»Dann auf zum roten Zimmer.«

Dort gab es Champagner und Kaffee, Sandwiches und eine Platte voll Gänseleberpastete. Auf einem Tisch lag ein Stapel Zeitschriften, und daneben stand eine Batterie Medikamente gegen Fieber, Husten, kleinere Übel und einige Mittel gegen Kater oder ähnliche Erscheinungen. Die Gesichter der Anwesenden kamen ihr vertraut vor, und sie hätte nie im Leben erwartet, sich mit diesen Personen jemals in ein und demselben Raum zu befinden. Ein bekannter Journalist aus New York war da, ein Komödiant, von dem schon zu ihrer Kinderzeit viel geredet wurde – er war extra von Las Vegas angeflogen, nur um an der Show teilzunehmen –, ein Gesangsstar, eine berühmte Schauspielerin und ein Mann, der vier Jahre in Afrika verbracht hatte, um ein Buch über Zebras zu schreiben. Von allen hatte sie schon einmal gehört, die meisten Gesichter hatte sie schon einmal gesehen, und niemand schien ihr richtig unbekannt. Und dann mußte sie plötzlich lächeln. Die einzige Unbekannte hier war sie.

Nick stellte sie allen Anwesenden einzeln vor und holte ihr dann das Ginger Ale, um das sie gebeten hatte. Um Viertel vor sieben ließ er sie allein. Der Mann, der in Afrika gewesen war, saß ihr gegenüber und berichtete der Sängerin in einem unverwechselbaren Eton-Akzent von den Zebras. Die Unterhaltung war ziemlich geistlos, und die Sängerin musterte Kate abschätzig während der ganzen Zeit.

»Sieht so aus, als hätte unser Produzent ein Auge auf Sie geworfen, meine Liebe. Wie haben Sie das geschafft? Sind Sie eine alte Flamme von ihm oder die neue? Sind Sie so in diese Show gekommen?« Sie feilte sich einen knallroten, krallenartigen Fingernagel und warf der Schauspielerin einen bedeutungsvollen Blick hinüber. Beide waren offenbar miteinander befreundet. Es gab ein neues Gesicht in der Stadt, und die Frauen waren alles andere als begeistert. Kate lächelte ihnen zu und wünschte, sie würde im Erdboden versinken. Was hatten sie noch mal gesagt? Haun Sie ab? Darf ich um Ihr Autogramm bitten? Kate lächelte ausdruckslos und schlug die Beine übereinander. Dabei hoffte sie, daß niemand bemerken würde, wie ihre Knie zitterten. In dem Augenblick erlösten der Komödiant und der Journalist sie aus dieser

Situation. Sie schienen nur zu diesem Zweck wie vom Himmel gefallen zu sein. Der Journalist bestand darauf, unbedingt ihre Hilfe beim Anschneiden der Pastete zu brauchen, und der Komiker verwickelte sie mit ein paar Scherzen sofort in eine leichte Unterhaltung. Die Männer entführten sie in das andere Ende des Zimmers, und die beiden Frauen setzten sich nebeneinander aufs Sofa und kochten vor Wut. Kate bemerkte das nicht. Sie war viel zu nervös und zu sehr in die Unterhaltung vertieft, um sich der Dinge um sie herum bewußt zu werden. Nick hatte recht gehabt. Jeder anwesende Mann hätte seinen rechten Arm dafür hergegeben, Kate nach Hause bringen zu dürfen. Kate jedoch hatte so viel Angst vor der Show, daß sie sich der Wirkung, die sie ausstrahlte, überhaupt nicht bewußt wurde.

»Wie ist das denn so?« fragte sie schüchtern.

»Es ist, als würde man in ein Bett aus weichen Marshmellows fallen.« Der Komiker lachte sie an. »Haben Sie Lust, das mal auszuprobieren?« Sie schlürfte an ihrem Ginger Ale und lächelte unsicher. Himmel, wenn sie nun auf die Limonade rülpsen mußte? Sie stellte das Glas auf den Tisch zurück und spielte nervös mit einer Papierserviette. Ihre Handflächen waren feucht. »Nur keine Angst, Kleine«, versuchte der Komiker sie zu beruhigen. »Sie werden es bestimmt toll finden.« Er flüsterte ihr vertraulich ins Ohr und lächelte warmherzig, und dabei fand seine Hand ihren Weg auf ihr Knie. Er hätte ihr Vater sein können. Sie war unsicher, ob sie das mochte oder nicht. Doch der Beginn der Aufzeichnung lenkte sie ab. Ein plötzlicher Hauch von Erregung füllte den Raum. Alle Anwesenden wurden still.

Der Gesangsstar ging als erster hinaus auf die Bühne. Sie sang zwei Lieder und plauderte dann fünf Minuten lang mit Case, der ihr versicherte, wie dankbar er ihr wäre, daß sie vorbeigekommen ist, obwohl sie gerade wichtige Aufnahmen zu machen hätte. Kate war ausgesprochen froh, als die Dame das Studio fünf Minuten später verließ. Der Journalist ging als nächstes hinaus. Seine Unterhaltung wirkte sehr amüsant, aber er erschien auch regelmäßig in dieser Show. Dann folgte die Schauspielerin, der Komiker... und dann... mein Gott... nein! Sie war nur noch mit dem Zebramenschen übriggeblieben, und der Mann an der Tür mit den Kopfhörern über den Ohren nickte in ihre Richtung. Ich? Jetzt? Aber ich kann nicht! Doch sie mußte hinaus.

Sie hatte das Gefühl, als liefe sie über rohe Eier oder ein gefährliches Riff. Sie war völlig taub. Jaspers Worte gingen einfach an ihr vorbei, aber schlimmer war noch, daß sie sich selbst nicht hören konnte. Am liebsten hätte sie geschrien, aber sie saß nur ganz still da. Und dann hörte sie sich selbst lachen, mit Case plaudern, über die schreckliche Kleidung reden, die sie bei ihrer Arbeit zu tragen pflege, über ihr Leben auf dem Lande sprechen, das ihr so gut gefiele. Jasper erzählte ihr, daß er seine Kindheit ebenfalls auf dem Lande verbracht hätte und daß es dort so ähnlich gewesen wäre wie bei ihr. Sie sprachen über das Schreiben, über die für ihre Arbeit notwendige Disziplin, und sie gestand, daß es ihr großen Spaß gemacht hätte, nach Los Angeles zu kommen. Dann ließ sie sich scherzend über die Art von Frauen aus, die sie am Swimmingpool beobachtet hatte, und machte einige Bemerkungen über die schlaffen, alten Männer, die ihre Hintern in enge Jeans und Hemden steckten und sich über und über mit Goldketten beluden. Fast hätte sie zu deutliche Anspielungen gewagt, doch spürte sie das rechtzeitig und hielt mitten im Satz den Mund. Dadurch wirkte alles noch komischer, denn natürlich konnte jeder sich denken, wie das Nichtgesagte gemeint war. Sie war einfach Kate, und sie machte einen großartigen Eindruck. Irgendwo da draußen im Halbdunkel zwischen Kameras, Kabeln und Scheinwerfern stand Nick, machte ein Siegeszeichen und lächelte ihr stolz zu. Sie hatte es geschafft! Kurz darauf kam der Zebramann, und Kate fühlte sich vollkommen wohl, als sie wieder bei den anderen stand, lachte, Witze machte und sich prächtig unterhielt. Der Journalist und der Komiker schossen unaufhörlich doppeldeutige Bemerkungen auf sie ab, und Jasper und sie wirkten zusammen, als wären sie schon jahrelang aufeinander eingespielt. Es war eine von den Shows, die von Anfang bis Ende übersprudelten, und Kate war eindeutig die Krönung dieses Abends. Als die Aufzeichnung beendet war, hatte sie das Gefühl, als flöge sie hoch in der Luft. Case ging auf sie zu, nahm sie in den Arm und gab ihr einen Kuß auf jede Wange.

»Meine Liebe, Sie waren wundervoll. Ich hoffe, Sie kommen mal wieder zu uns.«

»Danke. Oh, es ist herrlich. Es war alles so einfach!« Sie war ganz außer Atem und rot vor Aufregung, und plötzlich fand sie sich in den Armen des Komödianten wieder.

»Wollen wir jetzt mal gemeinsam das Bett mit den Marshmellows ausprobieren?« Doch sie lachte ihm voll ins Gesicht. Im Augenblick liebte sie alle, die um sie herum waren. Dann stand Nick vor ihr, lächelte zärtlich zu ihr herunter, und sie spürte, wie ihr Magen plötzlich ganz flau wurde.

»Sie haben es geschafft. Sie waren hervorragend.« In dem großen Wirrwarr im Studio war seine Stimme leise, aber ganz deutlich.

»Ich habe den Hund und das Wetter vergessen.« Sie lächelte unsicher. Im Augenblick fühlte sie sich in seiner Nähe eingeschüchtert. Denn jetzt war sie wieder Kate und nicht mehr die mysteriöse Miß Harper.

»Tja, dann müssen wir Sie wohl noch einmal herbestellen.«

»Vielen Dank, daß Sie mir so nett beigestanden haben.« Er lachte und legte ihr den Arm um die Schulter. Es war schön, ihre Haut zu spüren.

»Jederzeit, Kate, jederzeit. Wir haben noch zehn Minuten, bevor die ganze Bande sich hier auf den Weg zur Party macht. Sind Sie schon fertig?« Sie hätte die Party fast vergessen. Was war mit Stu? Wollte er sich nicht mit ihr treffen?

»Er hat angerufen, bevor Sie hergekommen sind. Er will sich dort mit uns treffen. Heute ist Jaspers Geburtstag, und es werden so ziemlich alle wichtigen Leute von Hollywood anwesend sein.« Aschenputtel auf ihrem Ball? Warum nicht? Sie hatte großen Hunger danach, ihren Erfolg zu feiern.

»Das klingt wundervoll.«

»Möchten Sie in einer von den braunen Bananen mitfahren, oder sollen wir uns schnell mal aus dieser Menge schleichen?« Er wandte sich zur Seite, um ein Papier zu unterschreiben, das ihm jemand auf einer Unterlage hinhielt. Dann warf er einen schnellen Blick auf seine Uhr.

»Die braunen Bananen?« Sie sah ihn verwirrt an.

»Das sind die Limousinen. Eine habe ich Ihnen geschickt, um Sie abzuholen. Wir haben zwei davon, und vermutlich werden sich alle hier hineinquetschen und zur Party kutschieren lassen. Jasper und alle seine Gäste. Ich schlage Ihnen vor, daß wir diesen Rummel vermeiden und in meinem Wagen dorthin fahren.« Das klang nach Komfort, aber gleichzeitig hatte sie dabei ein ungutes Gefühl. Sie würde sich nicht mehr in der Gruppe verstecken können. Andererseits tauchte vor ihrem inneren Auge das Bild von dem Komiker und seiner wandernden Hand wieder auf, und das gab den Ausschlag. Es wäre einfacher, mit Nick zu fahren.

»Darf ich noch schnell meine Blumen holen?« Ihre Frage berührte ihn. Sie hatte daran gedacht. Sonst kümmerte sich nie jemand darum. Die meisten ließen ihre Sträuße einfach stehen, und die Reinemachefrauen nahmen sie dann mit nach Hause. Doch Kate hatte sich daran erinnert. Sie war so rücksichtsvoll.

»Selbstverständlich. Was sind schon ein paar Wassertropfen auf den Polstern?« Sie lachten beide, und er führte sie in ihre Garderobe zurück. Die Aktivität um sie herum schien abzuflauen, die Leute regten sich langsam wieder ab. Es war genau das Gegenteil von der steigenden Spannung, die Kate gespürt hatte, als sie hergekommen war. Was für eine Lebensart, sich jeden Tag einmal so aufzuputschen! Aber das war auch ein großes Hochgefühl! Sie war noch nie so rundherum glücklich gewesen. Na ja, jedenfalls war das eine lange, lange Zeit her.

Vorsichtig hob sie die Vase mit den Rosen hoch. Die Karte hatte sie lange vorher in ihre Tasche gesteckt. Sie sollte sie immer an ihren einmaligen Abend als Aschenputtel erinnern. »Nick, die sind wirklich schön. Nochmals vielen Dank.« Sie hätte ihn am liebsten gefragt, ob er immer so aufmerksam wäre, aber das wäre mehr als unhöflich gewesen.

Die Show war vorbei, die Vorstellung beendet. Jetzt waren sie wieder zwei ganz normale Leute, er nicht mehr der Produzent, sie nicht mehr der Star. Als sie schweigend nebeneinander zum Parkplatz gingen, fühlte sie sich verlegen. Und dann blieb sie plötzlich stehen und stieß einen Pfiff aus, der ganz im Widerspruch zu ihrer Aufmachung stand.

»Gehört der Ihnen?« Es handelte sich um einen dunkelblauen, flachgestreckten Ferrari mit hellen, ledernen Innenpolstern.

»Ich gestehe es. Ich habe praktisch aufgehört zu essen, als ich ihn mir gekauft habe.«

»Hoffentlich war's das wert.«

Doch der Blick, mit dem er seinen Wagen streichelte, sagte ihr, daß es das wert gewesen wäre. Auf seine Art war Nick ebenfalls ein großes Kind. Er hielt ihr die Tür auf, und sie schlüpfte auf den Beifahrersitz. Der Wagen roch sogar teuer. Es war eine angenehme Mischung von qualitätvollem Leder und exquisitem Rasierwasser. Es gefiel ihr, daß er kein Parfüm benutzte, denn das hätte sie verwirrt.

Es war sehr angenehm, im Dunkeln neben ihm im Wagen zu sitzen, während er sich langsam in den Verkehr hineinfädelte. Sie lehnte sich zurück und sah entspannt aus dem Fenster.

»Warum denn plötzlich so still?« fragte er aufmerksam.

»Ich glaube, ich entspanne mich gerade ein bißchen.«

»Tun Sie das lieber noch nicht. Warten Sie erst mal die Party ab.«

»Wird es dort zugehen wie im Irrenhaus?«

»Zweifelsohne. Glauben Sie, daß Sie es aushalten werden?«

»Das hier ist ein ganz schönes Abenteuer für ein Mädchen vom Lande, Mr. Waterman.« Doch es gefiel ihr, und Nick konnte ihr das ansehen.

»Irgend etwas an Ihnen sagt mir, daß Sie nicht immer ein Mädchen vom Lande gewesen sind, Kate. Das alles hier ist für Sie doch gar nicht so neu, oder?«

»Aber im Gegenteil, es ist alles sehr neu. Oder, wenigstens, also, ich habe noch nie im Scheinwerferlicht gestanden.«

»Aber schon Leute aus Ihrer näheren Umgebung?« Sie zuckte zusammen, und er beobachtete sie erstaunt. Was hatte er gesagt? Sie blickte aus ihrem Seitenfenster und schüttelte den Kopf.

»Nein. Das Leben, das ich führe, hat mit all diesen Dingen überhaupt nichts zu tun.« Doch er hatte sie fast verschreckt, und er spürte das auch. Sie versteckte sich mal wieder. Plötzlich sah sie ihn unerwartet mit einem warmherzigen Lächeln an, und in ihren Augen funkelten wieder listige Blitze. »Auf jeden Fall bin ich noch nie in so einem Ferrari herumgefahren worden!«

»Wo haben Sie gelebt, bevor Sie aufs Land gezogen sind?«

»San Francisco.« Diesmal hatte sie nur kurz gezögert.

»Hat es Ihnen dort gefallen?«

»Es war wunderschön. Ich bin seit... seit vielen Jahren nicht mehr dagewesen. Bis vor einem Monat. Da habe ich meinen Sohn mitgenommen, und wir sind eine Woche geblieben. Er hat sich sofort in die Stadt verliebt. Es ist ja auch eine schöne Stadt.«

»Haben Sie die Absicht, mal wieder dorthin zurückzuziehen?« Es schien ihn zu interessieren.

Sie zuckte die Achseln. »Ich kann mir das eigentlich nicht vorstellen.«

»Schade. Wir planen nämlich, mit der Show dorthin umzuziehen.« Sie sah ihn überrascht an.

»Weg von dem Mekka Hollywood? Warum?«

»Jasper fühlt sich hier nicht wohl. Er möchte lieber an einem etwas zivilisierteren Ort leben. Wir haben ihm New York vorgeschlagen, aber davon hat er auch die Nase voll. Er hat zehn Jahre in New York gelebt. Er will nach San Francisco, und ich nehme an« – er warf ihr einen kläglichen Blick zu –, »daß Jasper das bekommt, was er sich so sehr wünscht.«

»Und was halten Sie davon?«

»Ich glaube, San Francisco ist ganz in Ordnung. Ich habe hier meinen Spaß gehabt. Mit der Zeit wird alles etwas langweilig.«

»Schnell, bringt uns die vestalischen Jungfrauen herein!« Sie lachte ihn an, und er fuhr ihr spielerisch mit der Hand durchs Haar.

»Vestalische Jungfrauen, ha? Sie glauben wohl, daß ich so gut ein Dutzend am Tag vernaschen würde.«

»Und? Tun Sie das nicht?«

»Himmel, nein. Nicht mehr! So sehr ich mich auch anstrenge, ich schaffe nicht mehr als acht bis neun Ladies am Tag. Muß wohl das Alter sein.«

»Muß wohl.«

Sie nahmen sich jetzt gegenseitig auf den Arm, versuchten, den anderen zu erforschen. Wer bist du? Was willst du? Was brauchst du? Wohin gehst du? Aber was hatte das alles für einen Sinn? Ihr war vollkommen klar, daß sie ihn vermutlich nie wiedersehen würde, wenn dieser Abend einmal vorbei war. Bei dem Gedanken sank ihr das Herz. Vielleicht trafen sie sich in fünf Jahren einmal wieder, wenn sie ein neues Buch veröffentlicht haben würde, wenn er dann noch immer bei der Show war, wenn sie wieder Erfolg hatte... wenn...

»Haben Sie Angst?«

»Hm?«

»Sie sehen so ernst aus. Ich habe mich gefragt, ob Sie wieder Angst vor den Leuten haben.«

»Ein bißchen. Aber es ist ja nicht so schlimm. Ich bin eine Unbekannte. Ich kann mich unsichtbar machen, wenn ich will.«

»Das dürfte Ihnen wohl kaum gelingen, meine Liebe.«

»Quatsch.«

Sie lachten, als er den Wagen eine mit Palmen umsäumte Auffahrt hinauflenkte. Sie waren während der letzten Minuten an einer Reihe riesiger Paläste entlanggefahren.

»Großer Gott! Ist das Jaspers Haus?« Das Gebäude war so groß wie der Buckingham-Palast. Nick schüttelte den Kopf.

»Hilly Winters.«

»Der Filmproduzent?«

»Jawohl. Sollen wir?« Drei Männer in schneeweißen Anzügen warteten darauf, die Wagen in Empfang zu nehmen und dann irgendwo zu parken. Die Haustür wurde von einem Butler und einem Dienstmädchen bewacht, die die Gäste einließen. Wenn die Tür geöffnet wurde, konnte man einen Blick auf den hell erleuchteten Kronleuchter im Flur werfen. Kate wußte nicht, ob sie nun auf die Wunder hinter der Tür oder auf die endlose Schlange von Rolls-Royces und Bentleys achten sollte, die hinter ihnen die Auffahrt hinaufrollten. Jetzt war es zu verstehen, warum Nick sich einen Ferrari gekauft hatte. Er lebte in einer Welt, die sich mit nichts vergleichen ließ.

Die Tür wurde für sie geöffnet, und sofort umgab sie eine Woge von Glanz und Glimmer. Es befanden sich ungefähr dreihundert Menschen in der Halle, und Kate hatte einen etwas verschwommenen Eindruck von Kronleuchtern, Kerzen, Kristall, Diamanten, Rubinen, Nerzen, Samt und Seidenstoffen. Sie entdeckte Stars aus allen Filmen, die sie gesehen, von denen sie gelesen oder gehört hatte.

»Gibt es wirklich Menschen, die so leben?« fragte sie Nick flüsternd, als sie neben ihm am Eingang des Ballsaales stand. Alle Wände des Raumes waren mit Spiegeln verkleidet, die Stück für Stück aus einem Schloß an der Loire hierhertransportiert worden waren. Konnte dies die Realität sein?

»Einige leben so, Kate. Manche nur für eine kurze Weile, manche für immer. Die meisten können sich das nicht lange leisten. Sie verdienen ein Vermögen durch ihre Filme, werfen das Geld raus, spielen sich auf wie hier, und das war's dann.« Er entdeckte eine Gruppe von Rockstars am anderen Ende des Saales. Sie waren in hautenge Seidenhosen und Hemden gekleidet. Die Frau des Leadsängers trug ein hautfarbenes Kleid, das so gut wie nichts verhüllte, und darüber einen bodenlangen Zobel mit einer Kapuze. Kate erschien das ein bißchen zu warm für den überheizten Ballsaal, aber sie sah darin recht glücklich aus. »Diese Art zum Beispiel kommt und geht sehr schnell wieder. Aber Leute wie Hilly leben hier für immer so.«

»Es muß schön sein.« Sie sah aus wie ein kleines Mädchen, das bei einem noblen Ball durch die Absperrungsgitter schielt.

»Ist es das, was Sie sich wünschen würden?« Aber er kannte ihre Antwort schon im voraus.

»Nein. Ich glaube, ich wünsche mir im Grunde nichts anderes als das, was ich habe.« Ja. Der Freund, der ihr das Kind verwöhnte. Gerade in diesem Augenblick fiel ihm das wieder ein, und er spürte einen bitteren Geschmack auf der Zunge. Sie besaß mehr als jeder andere von denen, die hier anwesend waren. Und viel mehr als er selbst hatte. Diese glückliche Hexe. Aber sie war ja keine Hexe. Das ärgerte ihn am meisten. Er mochte sie. Sie gefiel ihm sogar viel zu gut. Scheiße. Und sie war so naiv. Er fragte sich, was wohl geschehen würde, wenn er sie einfach in den Arm zöge und auf die Lippen küßte. Vermutlich würde sie ihm eine Ohrfeige geben. Eine phantastische altmodische Geste. Bei dem Gedanken daran mußte er lachen, während er ein leeres Champagnerglas auf ein Tablett zurückstellte. Und dann merkte er, daß sie verschwunden war. Sie war von der Menge mitgespült worden, und er entdeckte sie ungefähr zwanzig Meter entfernt neben einem Mann in einem kastanienbraunen Samtjackett. Er gehörte zu den ortsansässigen Typen, die ständig irgendwo herumhingen, wenn was los war. Der Friseur von irgend jemandem, der Freund vom Freund eines... der Bruder oder Sohn von irgend jemandem; es gab sie überall in Hollywood. Er versuchte sich durch die Menge zu schlängeln, um wieder an ihre Seite zu gelangen. Zwar konnte er die Unterhaltung nicht hören, aber sie wirkte nicht gerade glücklich.

»Harper? O ja. Die Schriftstellerin, die heute nacht in Jaspers Show war? Wir haben Sie gesehen.«

»Das ist nett.« Sie versuchte höflich zu sein, aber es fiel ihr nicht leicht. Der Kerl war schon betrunken, und sie verstand gar nicht, wie sie von Nicks Seite weggekommen war. Es standen so viele Leute um sie herum, und der Ballsaal gewann gerade jetzt viel an Anziehungskraft, weil eine Gruppe zu spielen angefangen hatte. Nick schien sehr weit weg.

»Wie kommt es, daß eine junge Frau wie Sie über Football geschrieben hat?«

»Warum sollte ich nicht?« Sie blickte in Nicks Richtung. Es war völlig hoffnungslos, zu versuchen, ihm entgegenzugehen. Aber er gewann langsam an Boden und kam immer näher. In zwei Minuten würde er es wohl geschafft haben.

»He, wissen Sie, es gab da mal einen Footballspieler, der hatte denselben Namen wie Sie. Harper. Bill Harper? Joe Harper? Irgend so was war es doch. Ist durchgedreht. Hat versucht, jemanden zu erschießen und sich statt dessen selbst einen in die Birne geknallt. Verrückte, das sind alles Verrückte. Mörder. Sind Sie mit ihm verwandt oder so was?« Er sah ihr mit halbgeöffneten Lidern ins Gesicht und rülpste. Es hätte ja sehr komisch wirken können, nur Kate wurde mit einem Schlag klar, daß die Uhr zwölf geschlagen hatte. Es war vorbei. Das Unglück war geschehen. Jemand hatte sich erinnert. Ein Niemand zwar, aber immerhin. Das genügte ja. Nick konnte von seinem Standort aus sehen, wie in ihrem Gesicht die Panik ausbrach. »Sind Sie mit ihm verwandt?« Der Kerl ließ nicht locker, sondern lächelte sie maliziös an.

»Ich… wie bitte? Nein. Natürlich nicht.«

»Das glaube ich aber nicht.« Doch Kate hörte seine letzten Worte gar nicht mehr. Sie wandte sich abrupt ab und stürzte in die Richtung, aus der sie Nick kommen sah. Er stieß die Leute, die noch zwischen ihnen waren, rücksichtslos zur Seite und war endlich bei ihr. Ihr Gesicht war ganz und gar von Schreck verzerrt.

»Ist etwas nicht in Ordnung? Hat der Kerl etwas Unanständiges zu Ihnen gesagt?«

»Ich… nein, nein. Nein, es ist nichts.« Doch ihre Augen schwammen in Tränen, und sie blickte verlegen zur Seite. »Es tut mir leid, Nick, aber ich fühle mich nicht wohl. Es ist wohl all diese Aufregung. Der Champagner. Ich… ich werde ein Taxi nehmen, und…« Sie preßte ihre Handtasche an sich und blickte sich ängstlich um, während sie sich bei ihm entschuldigte.

»Den Teufel werden Sie tun. Hat der Kerl Sie wirklich nicht beleidigt?« Wenn ja, hätte er ihn auf der Stelle umgebracht. Was hatte er ihr bloß angetan?

»Nein, wirklich nicht.« Er spürte, daß sie ihm die Wahrheit nicht sagen würde, und das machte ihn noch wütender. »Ich möchte nur nach Hause.« Sie klang wie ein verstörtes Kind, und er nahm sie wortlos am Arm, hielt sie fest an seine Seite gedrückt und führte sie aus dem Saal. Nachdem er ihren Schal aus der Garderobe geholt hatte, begleitete er sie hinaus.

»Kate –« er blickte fragend auf sie hinunter, als sie am Bordstein standen und auf den Wagen warteten, »– bitte, sagen Sie mir, was passiert ist.«

»Es war nichts, Nick. Ehrlich!« Mit einer Hand fuhr er unter ihr Kinn und richtete ihr Gesicht so auf, daß sie ihn ansehen mußte. Er sagte aber nichts. Obwohl sie sich dagegen wehrte, rollten ihr Tränen die Wangen hinunter. »Ich hatte nur solche Angst, das ist alles. Ich bin schon seit langem nicht mehr… ich habe schon lange nicht mehr so viele Menschen auf einem Haufen gesehen.«

»Es tut mir leid für Sie.« Er zog sie an sich und legte beide Arme um sie. Sie stand nah an ihn gelehnt und atmete seinen Duft und die Nachtluft ein. Er roch nach Zitrone und irgend etwas Würzigem, und seine Nähe gab ihr das Gefühl von Wärme und Sicherheit. Sie entzog sich ihm sanft, holte tief Luft und lächelte ihm zu.

»Es tut mir leid, daß ich mich so dumm benehme.«

»Sie benehmen sich nicht dumm. Mir tut es leid, daß so etwas geschehen ist. Dies hätte Ihr großer Abend werden sollen.«

»Aber das war er doch.« Sie sah ihn ernsthaft an, als sie das sagte, und stieg dann schnell ins Auto. Sie hatte es schließlich hinter sich gebracht. Sie war zu der Show gegangen. Sie hatte es sogar mit der Party versucht. Es konnte ja niemand etwas dafür, daß sich dort jemand an Tom erinnert hatte. Es war schlimm, einzusehen, daß es immer noch Leute gab, die diese Geschichte nicht vergessen hatten. Warum dachte man immer nur an die schlimmen Dinge? Die glücklichen, schönen Augenblicke zählten nie. Nur das schreckliche Ende blieb der Öffentlichkeit im Gedächtnis. Sie sah auf und bemerkte, daß Nick sie aufmerksam betrachtete. Er hätte sie gern zu sich nach Hause gefahren. Aber das hätte sie nicht fertiggebracht, und er wußte es.

»Sollen wir noch irgendwo hingehen und einen Gutenachtschluck zu uns nehmen?« Aber sie schüttelte nur den Kopf. Auch ihre Ablehnung hatte er erwartet, wobei er zugeben mußte, daß er selbst nicht viel Lust hatte, irgendwohin zu gehen. Aber was hätte er sonst vorschlagen können? Einen Spaziergang? Eine Runde Schwimmen? Er war total verloren. Am liebsten hätte er etwas Bescheidenes, Einfaches mit ihr unternommen, etwas, das nicht an Hollywood erinnerte. Es gab Augenblicke, in denen er diese Stadt haßte, und dies war einer davon. »Dann also zurück zum Hotel?« Sie nickte bedauernd, aber auf ihren Lippen spielte ein kleines dankbares Lächeln.

»Nick, Sie sind sehr nett zu mir gewesen.« Er wurde also entlassen. Am liebsten hätte er etwas getreten oder umgerissen, aber es war nichts in der Nähe. Sie konnte sein Schweigen unterwegs nicht verstehen, und sie hatte Angst, daß er jetzt sauer auf sie wäre. Aber eigentlich sah er nicht so aus. Im Grunde wirkte er eher traurig. Vielleicht sogar verletzt. Er fühlte sich ganz und gar hilflos.

»Sind Sie sicher, daß ich Sie nicht mehr zu etwas ganz Aufregendem überreden könnte? Wie wär's mit einem Eis?«

»Gibt es hier auch Leute, die sich mit solch simplen Kleinigkeiten amüsieren können?«

»Nein, aber für Sie würde ich welche auftreiben.«

»Da bin ich mir ganz sicher.« Sie sagte es mit einem warmherzigen Unterton. Zu gern hätte sie die Hand ausgestreckt, ihn gestreichelt, ihn kurz berührt. Aber Nick steuerte den Wagen bereits auf die Hoteleinfahrt. »Leider ist die Ballnacht für Aschenputtel jetzt vorbei. Wenn ich Sie wäre, würde ich zusehen, daß ich wegkäme. Sonst verwandelt sich das Jetflugzeug womöglich noch in einen Kürbis.« Beide lachten über diese Bemerkung, und sie sammelte ihren Blumenstrauß vom Boden auf. »Sehen Sie? Es hat nicht einmal gekleckert.« Er beobachtete sie dabei, und dann blickte sie ihm wieder in die Augen. »Danke, Nick. Für alles.« Er rührte sich nicht, und einen Augenblick lang saß auch sie ganz still neben ihm. Sie zögerte, hätte ihn zu gern berührt, seine Hand genommen, das Gesicht gestreichelt. Wenn er nun die Arme öffnete und sie sich wieder an ihn lehnen könnte... Aber jetzt war ein anderer Augenblick. Sie konnte es nicht einfach so tun. Und sie wußte, daß sie ihn nie wiedersehen würde.

»Ich danke *Ihnen*, Kate.« Er sagte das sehr vorsichtig, so, als wäre es ihm ernst damit. Aber ihr war nicht klar, warum das so sein sollte.

»Gute Nacht.« Sanft, nur einen Hauch von Berührung andeutend, legte sie kurz ihre Hand über seine. Dann öffnete sie die Tür und war verschwunden. Der Portier schloß die Autotür wieder hinter ihr, und Nick sah ihr lange nach. Er stieg nicht aus, er rief ihr nichts nach, er bewegte sich nicht einmal. Er saß nur da und starrte lange vor sich hin.

Als er sie am nächsten Morgen anrufen wollte, stellte er fest, daß sie das Hotel schon verlassen hatte. Er mußte all seine Kontakte als Showproduzent bemühen, um vom Hotelmanager zu erfahren, daß sie schon nachts um eins die Rechnung bezahlt hatte. Das war der Zeitpunkt gewesen, an dem er sie dorthin gebracht hatte. Natürlich machte das alles keinen Unterschied, aber er hatte es einfach wissen wollen. Dieser Scheißkerl auf der Party war schuld an allem. Und er wußte jetzt nicht einmal, wo sie wohnte. Er fragte sich, ob Weinberg es ihm wohl sagen würde.

18

»Tygue! Ich habe nein gesagt!«

»Du sagst immer nein! Außerdem ist es mir egal, was du sagst!«

»Geh auf dein Zimmer!« Einige Sekunden lang blitzten sie sich wütend an, doch dann gab Tygue als erster nach. Das war sehr geschickt von ihm, denn an diesem Morgen war seine Mutter partout nicht bereit, sich auf eine Diskussion einzulassen. Sie war erst um vier Uhr in der Früh nach Hause gekommen. Tillie war vorhin, um halb sieben, gefahren, und jetzt war es sieben. Kate hatte nur zweieinhalb Stunden Schlaf hinter sich. Heute war bestimmt nicht der Tag, an dem Tygue seinen Kopf durchsetzen und Bert vor der Schule mit der guten Seife von Tante Licia in der Wanne baden sollte. An anderen Tagen hätte sie über diese Idee vermutlich gelacht, aber heute war ihr ganz anders zumute. Ihr Kopf schwirrte immer noch von den Ereignissen, die ihr in Los Angeles widerfahren waren. Als das Frühstück fertig war, rief sie Tygue wieder zurück. »Wirst du jetzt vernünftig sein?« Aber er setzte sich nur mürrisch vor seine Cornflakes und sagte kein Wort. Auch sie trank ihren Kaffee schweigend, bis ihr plötzlich eine Idee kam. Es war etwas, das noch oben in ihrem Koffer lag. »Ich komme gleich wieder.« Vermutlich war dies nicht der richtige Augenblick, ihm ein Geschenk zu geben, aber vielleicht war es genau das, was beide jetzt nötig hatten. Sie wollte ihn verwöhnen. Er sollte das Gefühl bekommen, daß sie ihn lieb hatte. Als sie gestern nacht nach Hause gefahren war, hatte sie sich entsetzlich einsam gefühlt, so, als hätte sie nun alles verloren. Doch es war ihr gelungen, sich das auszureden. Schließlich hatte niemand sie weggeschickt. Das Ganze war so dumm gewesen. Gut, es hatte sich also jemand daran erinnert, daß es einen Footballspieler namens Harper gegeben hatte. Was war schon dabei? Warum hatte sie so Hals über Kopf wegrennen müssen? Stu würde bestimmt wütend auf sie sein. Sie hatte eine Nachricht für ihn im Hotel hinterlassen, die ihm heute morgen ausgerichtet werden sollte: »Wurde unerwartet nach Hause gerufen, sagen Sie bitte das Interview heute ab. Tut mir fürchterlich leid. Vielen Dank für alles. Kate.« Aber er würde trotzdem sauer sein. Und sie hatte ja selbst eine Wut auf sich. Und dann kam die zärtliche Welle wieder, von ganz entfernt, die sie gespürt hatte, als sie beim Abschied Nicks Hand berührt hatte.

»Woran denkst du? Du siehst ziemlich blöd aus!« Tygue war ihr ins Zimmer nachgegangen und beobachtete sie jetzt vom Türrahmen aus. Er hatte seine Schüssel mit Cornflakes in der Hand und hielt wachsam einen Sicherheitsabstand.

»Du sollst nicht mit deinem Frühstück in der Gegend herumlaufen. Und was meinst du überhaupt? Ich sehe nicht blöd aus. Es ist nicht sehr nett, jemandem so etwas zu sagen.« Sie war verletzt, und er blickte in seine Schüssel hinunter.

»Entschuldige.« Er war immer noch böse, weil sie ihn allein gelassen hatte.

»Stell die Schüssel ins Waschbecken und komm wieder her.« Er sah sie kurz an und verschwand. Seine Füße schlurften laut über den Boden. Doch dann war er schnell wieder da und sah ihr erwartungsvoll entgegen. Sein sommersprossiges Gesicht hellte sich auf. »Sieh mal, was ich dir mitgebracht habe.« Es war eine total verrückte Sache aus einem Spielwarengeschäft im Hotel. Sie hatte sofort beschlossen, daß er das unbedingt haben müßte. Sie hatte es zu einem horrenden Preis gekauft, aber warum nicht? Schließlich war er ihr einziger Sohn, und er würde nie wieder einen solchen Anzug besitzen.

»Was ist es denn?« Er sah skeptisch auf die elegante Kleiderschachtel auf ihrem Bett, und das gekräuselte, blaue Schmuckband stieß ihn offensichtlich ab.

»Pack's ruhig aus. Es wird dich nicht beißen.« Sie lächelte in sich hinein, als sie an den blauen Samtanzug dachte, den es dort ebenfalls gegeben hatte. Die Vorstellung von ihrem Sohn in einer derartigen Aufmachung hatte sie mitten im Laden in Lachen ausbrechen lassen, worauf der Verkäufer sie entsetzt angesehen hatte. Einen blauen Samtanzug für einen sechsjährigen Jungen zu kaufen, würde bedeuten, daß man die eigenen Vorstellungen doch etwas zu weit trieb. Tygue hätte sich sogar als Zweijähriger schon dagegen gewehrt. Sie beobachtete, wie er zögernd die Bänder aufzog, dann einen Moment die Schachtel anstarrte, mit einer heftigen Bewegung den Deckel beiseite schob, das Seidenpapier herausriß und nach Luft schnappte, als er es sah.

»Oh, Mam! Oh...! Mam...!« Er hatte keine Worte, um das auszudrücken, was er fühlte, und sie spürte Tränen aufsteigen, als sie seine Begeisterung sah. Es waren immer noch Tränen der Müdigkeit und Überanstrengung, aber es war auch sehr viel Freude dabei. Er zog sein Geschenk aus der Schachtel und hielt es hoch. Es war ein kleiner Cowboyanzug aus Leder mit Wildledereinsatz, einer Fransenweste mit Schnallen, einem Cowboyhemd, einem Ledergürtel und einem Jakkett. Er riß sich sofort die Kleider vom Leib und probierte ihn an. Der Anzug paßte genau.

»Nun, Cowboy, ich muß sagen, du siehst großartig aus.« Sie strahlte ihn an, während sie im Schneidersitz auf ihrem Bett hockte.

»Oh, Mammi!« ›Mammi‹ hatte sie schon lange nicht mehr gehört. Er nannte sie immer nur ›Mam‹, und ›Mammi‹ wurde in letzter Zeit nur für besondere Gelegenheiten aufbewahrt, wenn niemand in der Nähe war und ihn hören konnte. Er rannte in seinem neuen Anzug auf sie zu, warf seine Arme um ihren Hals und gab ihr einen schmatzenden Kuß.

»Hast du mir jetzt verziehen?« Sie zog ihn glücklich an sich.

»Was?«

»Daß ich weggegangen bin.« Ihr fiel auf, daß die Situation, die sie hier erzeugte, wohl nicht gerade die beste für eine Liebeserklärung war, aber ihr Sohn war klüger als sie. Er grinste sie mit einem breiten Lächeln an und sagte:

»Nein. Aber ich finde den Anzug toll. Und ich habe dich ganz doll lieb.«

»Ich habe dich auch ganz doll lieb.« Sie streckte ihre Beine aus, und er machte es sich auf ihrem Schoß bequem. »Du solltest dich lieber umziehen. Für die Schule ist der Anzug wohl doch ein wenig zu gut, oder?«

»Ooooch, Mammi, bitte...«

»Na gut.« Sie war viel zu müde, um mit ihm zu streiten. Er sah ihr plötzlich erwartungsvoll ins Gesicht.

»War es schön dort?«

»Ja, es war schön. Ich bin im Fernsehen aufgetreten, ich habe in einem großen Hotel gewohnt, ich habe mit einigen Leuten zu Mittag gegessen, und ich bin mit einigen anderen Leuten auf eine Party gegangen.«

»Wie langweilig.« Sie sah ihn verblüfft an und lachte. Vielleicht hatte er recht. Vielleicht war das Ganze auch nicht das, was ihr Spaß machte. »Wann fahren wir mal wieder nach San Francisco?«

»Bald. Ich weiß es noch nicht. Möchtest du, daß Tillie dich heute nachmittag zur Adamsranch fährt, damit du deinen Cowboyanzug einreiten kannst?« Er nickte heftig und sah wieder stolz an sich herunter. »Gut, dann laß ich Tillie eine Nachricht hier.«

Entsetzt sah der Junge sie an. »Fährst du etwa schon wieder weg?«

»Oh, Tygue...« Sie hielt ihn fest an sich gedrückt. »Nein, mein Liebling. Ich will nur deinen... ich fahre zum Unterricht.« Himmel, jetzt hätte sie es fast gesagt. Sie wollte Tom besuchen. Sie war so erschöpft, daß es ihr beinahe rausgerutscht wäre. Es war verrückt, in diesem Zustand zu fahren, aber sie hatte das Gefühl, daß sie es tun mußte. Seit Wochen hatte sie ihn nicht mehr gesehen. »Ich versuche, heute früher wieder hier zu sein. Dann können wir schön zusammen zu Abend essen. Nur wir zwei. Ist das gut so?« Er nickte traurig, aber der Schrekken war aus seinem Gesicht verschwunden. »Ich habe dir doch gesagt, daß ich nie weggehen und dich allein lassen würde. Kleiner Dummkopf, wenn ich mal einen Tag weg bin, oder auch mehrere Tage, dann heißt das doch noch lange nicht, daß ich dich verlassen werde. Verstehst du das?« Er nickte schweigend und sah sie mit großen Augen an. »Gut.« Draußen ertönte die Hupe seines Schulautos. Beide gerieten kurz in ein Chaos. Lunchpaket, Schultasche, Mütze, ein großer Kuß, eine Umarmung, »Wiedersehen«, und dann war er verschwunden. Kate setzte sich noch einen Augenblick in die Küche und versuchte, soviel Kraft zu sammeln, daß sie ihre Jacke überziehen und losfahren konnte. Es war Wahnsinn, diese lange Fahrt nach nur zwei Stunden Schlaf zu machen, aber es schien in letzter Zeit nie der richtige Augenblick zu kommen, um nach Carmel zu fahren. Immer gab es wichtigere Dinge, die sie vorhatte. Sie sammelte Jacke und Handtasche auf, schrieb Tillie eine kurze Nachricht und ging hinaus. Draußen hatte es leicht zu regnen angefangen.

Während sie nach Carmel fuhr, wurde der Regen etwas stärker, und die Tropfen klopften auch regelmäßig auf das Dach von der Hütte, in der sie mit Tom zusammensaß. Es war diese Art von sanftem Sommerregen, in dem sie gern barfuß über Wiesen gehüpft wäre und ihr Gesicht zum Himmel gerichtet hätte, um die Tropfen auf der Haut und das Gras an den Zehen zu spüren. Doch das tat sie heute nicht. Sie hatte gerade noch genug Energie, zur Hütte zu laufen und sich auf einen Stuhl fallen zu lassen. Da sie ihm nichts von Los Angeles berichten konnte, hatte sie ihm nicht viel zu sagen. Er hätte das alles ja nicht verstanden. Tom war jedoch ausgeglichen und in friedlicher Stimmung. Der Regen schien sie beide zu beruhigen. Und so saßen sie Hand in Hand nebeneinander, er in seinem Rollstuhl, sie in dem bequemen Schaukelstuhl, und sie erzählte ihm Geschichten. Märchen, die sie schon in ihrer Kindheit erzählt bekommen hatte, die sie ihm auch schon vor Jahren weitererzählt hatte, doch Tom gefielen sie gut. Kurz nach dem Mittagessen schlief er ein. Der gleichmäßige Rhythmus des Regens wirkte auch auf sie einschläfernd, und sie mußte sich zweimal zusammenreißen, damit ihr nicht die Augen zufielen. Eine lange Weile saß sie still da und beobachtete Toms friedlich schlafendes Gesicht, während vor ihrem Auge Erinnerungen vorbeizogen... schon tausendmal hatte sie dieses Gesicht so schlafend gesehen, an anderen Orten, zu anderen Zeitpunkten. Sie dachte an Cleveland, an eine Zeit, die schon so weit zurücklag, und unerwartet fiel ihr plötzlich Nick Waterman ein. Doch sie wollte nicht an ihn denken, nicht hier. Dies war nicht sein Platz, sondern Toms. Sie gab ihm einen sanften Kuß auf die Stirn, strich zärtlich über sein Haar und legte den Finger auf ihre Lippen, um Mr. Erhard, der eben den Raum betrat, anzuzeigen, daß Tom schlief. Dann ging sie auf Zehenspitzen davon.

Die Fahrt nach Hause dauerte unendlich lange. Zwar waren die Straßen so gut wie leer, und sie konnte es kaum erwarten, endlich wieder daheim zu sein, aber sie wagte nicht, so schnell zu fahren, wie sie es sich sonst immer erlaubte. Schließlich mußte sie sogar ein Fenster runterkurbeln und das Radio anstellen, um wach zu bleiben. Zweimal mußte sie den Wagen kurz herumreißen, weil sie sonst von der Straße abgekommen wäre. Es war ein Gefühl, als läge ein Schleier über ihrem Gehirn. Sie hatte es etwas übertrieben, und das wußte sie auch. Ein paar Minuten lang fühlte sie sich versucht, einfach am Straßenrand zu halten und etwas zu schlafen, doch sie wußte, daß Tillie gern nach Hause wollte. Es war Freitag, und zum Wochenende bekam Tillie immer Besuch von ihrer Familie, für die sie kochen wollte. Sie hatte ja auch nur noch fünfzig Meilen vor sich, und so beschloß sie, den Rest schnell hinter sich zu bringen. In dem Augenblick krachte der Donner los, und ein leuchtender Blitz erhellte ihr Gesicht. Der prasselnde Regen spritzte zum geöffneten Fenster rein und wusch ihr das Gesicht. Sie lächelte, als sie ihn spürte. Es tat gut, sich wieder in ihrer vertrauten Umwelt zu wissen. Sie gehörte einfach nicht nach Los Angeles. Es machte Spaß, einen Abstecher dorthin zu machen und die Leute mal zu erleben, aber für immer würde ihr das nicht gefallen. Die waren ja alle verrückt. Sie dachte wieder an ihre rosa Garderobe, die Spannung, die sie im roten Zimmer gefühlt hatte, die ausschweifende Party in Beverly Hills... und dann an das warme Gefühl, als Nick Waterman sie im Arm gehalten hatte, während sie auf den Wagen warteten. Sie verdrängte alles aus ihren Gedanken und stellte das Radio lauter. Das war Los Angeles und gehörte nicht hierher in ihre Welt.

Bei ihrer vertrauten Autobahnausfahrt bog sie ab, schlängelte sich vorsichtig über die Landstraßen und atmete erleichtert auf, als sie sich auf ihrer heimatlichen Hauptstraße befand. Über den Hügeln stand ein Regenbogen. Und in ihrer Auffahrt befand sich ein fremdes Auto. Als sie es deutlicher sah, trat sie vor Schreck auf die Bremse, wobei sie mit einem Ruck nach vorn geschleudert wurde. Wie... aber wie war denn... woher...? Es war ein dunkelblauer Ferrari. Nick Waterman stand neben Tygue im Garten und spielte mit ihm. Tillie winkte ihr von der Haustür aus verlegen zu. Ihr Herz klopfte wild, als sie langsam die Auffahrt hinauffuhr. Die beiden hörten die Reifen auf dem Schotter und wandten sich zu ihr um. Tygue rannte schnurstracks aufs

Auto zu, fuchtelte vor Aufregung mit den Armen und lächelte strahlend, während Nick ganz ruhig dastand und sie beide beobachtete. Der Wagen hielt, und sie starrte ihn bloß an. Was konnte sie sagen? Wie hatte er sie überhaupt gefunden? Weinberg natürlich. Es war ja so einfach. Sie hätte auf Stu wütend sein sollen, und normalerweise hätte sie sich auch sofort bei ihm beschwert. Doch heute war sie nicht böse. Sie hatte nur das dringende Bedürfnis zu lachen. Sie war so verdammt müde und konnte nur dasitzen und lachen. Tygue stand inzwischen am geöffneten Wagenfenster und redete unaufhörlich auf sie ein.

»He, mach mal langsam. Warte wenigstens einen Augenblick, bis ich ausgestiegen bin.« Der Junge sah eindeutig glücklich aus.

»Hast du gewußt, daß Nick ein Footballstar war? Und er hat schon mal bei einem Rodeo gearbeitet!«

»Ach, wirklich?« Was war mit ihm geschehen? Als Weinberg sie nur für ein paar Stunden besucht hatte, war er unausstehlich gewesen und hatte ihn vom ersten Augenblick an gehaßt. Und Nick war sofort ein Footballstar und Rodeoheld. Offenbar wußte er von Anfang an richtig mit Kindern umzugehen. Sie beugte sich hinunter, um Tygue einen Kuß zu geben, und sah Nick über seine Schulter hinweg an. Er hatte sich noch nicht von der Stelle gerührt, sondern stand einfach ruhig da. Langsam ging sie auf ihn zu, ein verhaltenes Lächeln auf den Lippen. Ihre Augen wirkten sehr müde, aber er konnte auch ein Lachen in ihnen entdecken, und ihr Lächeln verwandelte sich langsam wieder in das listige Grinsen, das ihm beim Lunch schon so angenehm aufgefallen war.

»Wie war der Unterricht?«

»Schön. Darf ich fragen, was Sie hier suchen?«

»Natürlich. Ich wollte Sie sehen. Und Tygue natürlich.«

Sie stand jetzt genau vor ihm, und er blickte auf sie herab, als wollte er ihr einen Kuß geben, aber da waren Tygue und Bert schon zwischen ihnen.

»Sie würden einen phantastischen Detektiv abgeben.«

»Es war gar nicht so schwierig, Sie zu finden. Sind Sie jetzt böse?« Eine Sekunde lang wirkte er sehr besorgt.

»Das sollte ich wohl sein, aber auf Stu und nicht auf Sie. Doch –« sie zuckte die Achseln, »– ich bin heute so verdammt müde, daß ich auf niemanden böse sein könnte, nicht einmal, wenn mein Leben davon abhinge.« Er legte ihr einen Arm um die Schulter und zog sie näher an sich.

»Sie können auch nicht viel Schlaf gekriegt haben, Mrs. Harper. Wann sind Sie denn nach Hause gekommen?«

»Um vier.« Es war ein angenehmes Gefühl, seinen Arm zu spüren. Als sie langsam aufs Haus zugingen, machte sie sich eine Sekunde lang Sorgen wegen Tygue, doch er schien sich gar nicht darum zu kümmern. Es war himmlich. Sie konnte sich nicht vorstellen, wie Nick es geschafft hatte, den Jungen so schnell für sich zu gewinnen.

»Warum sind Sie so überstürzt abgereist?«

»Ich wollte nach Hause.«

»So dringend?« Er glaubte ihr nicht so ganz.

»Die Party war vorbei. Aschenputtel hatte ihren großen Auftritt hinter sich gebracht. Und warum hätte ich noch eine Nacht im Hotel bleiben sollen, wenn ich ebensogut hier sein konnte?«

Er blickte einmal um sich und nickte. »Ich verstehe, was Sie meinen. Aber ich hatte ein ganz anderes Gefühl, als ich heute morgen anrief und Sie nicht mehr da waren. Ich hatte diesen blöden Eindruck, daß... daß ich Sie nie wiedersehen würde.« Sein Gesichtsausdruck wurde ernst, als er wieder daran dachte. Sie betraten das Haus. »Weinberg wird verdammt mundfaul, wenn es um Ihre Person geht.«

»Was hat ihn veranlaßt, seine Meinung zu ändern?« Sie schälte sich aus ihrem nassen Regenmantel und stand nun in Jeans und einem schlichten Baumwollhemd vor ihm. Das war natürlich um einige Klassen schäbiger als das Trägerkleid, das sie am Abend vorher getragen hatte. Aschenputtel war eben wieder zu Aschenputtel geworden.

»Er hat seine Meinung geändert, weil ich ihm angedroht habe, nie wieder mit ihm Tennis zu spielen.«

»Jetzt weiß ich, was von seiner Treue zu halten ist, ganz zu schweigen von seinen Prioritäten.« Sie sah ihm lachend ins Gesicht. Es war alles so verrückt. Gestern hatte sie ihn zum ersten Mal zum Lunch getroffen, und heute stand er schon hier, in ihrem Haus, und Tygue hüpfte vor Aufregung von einem Fuß auf den anderen. Sie fand das plötzlich alles lächerlich. Sie konnte nichts anderes tun, als sich auf einen Stuhl zu setzen und zu lachen, bis ihr die Tränen kamen.

»Was ist denn daran so komisch?« Nick blickte sie verständnislos an.

»Alles, Sie, ich, Weinberg und diese verrückte Party, zu der Sie mich gestern nacht mitgenommen haben. Ich kann immer noch nicht so ganz begreifen, was daran nun eigentlich wirklich ist und was ich nur träume.« Jetzt lachte auch Nick, doch auf seinem Gesicht erschien ein listiger Ausdruck, als er sich umwandte und in seiner Aktentasche herumkramte. Er hoffte, daß er richtig geraten hatte.

»Was machen Sie dahinten, Mr. Waterman?«

»Nun, meine liebe Kate–«, er hatte ihr zwar den Rücken zugekehrt, aber sie konnte den Humor in seiner Stimme hören. Tillie lächelte strahlend, als sie die Vorgänge beobachtete. »– wenn es Ihnen so schwierig erscheint, die Realität vom Traum zu unterscheiden, habe ich... um die Lage zu klären...« Kate grinste schon vom bloßen Zuhören, »...mir gedacht, es wäre am besten, ich käme mal hierher zu Ihnen, um herauszufinden, ob Sie nun das Aschenputtel sind oder nur eine von den bösen Stiefschwestern.« Und mit diesen Worten fuhr er herum und präsentierte ihr den »gläsernen Schuh« auf einem roten Samtkissen mit Goldborte. Es war ein richtiger Schuh aus durchsichtigem Plastik, nach dem seine Sekretärin über drei Stunden in der riesigen Requisitenabteilung von Paramount Pictures hatte suchen müssen. Und jetzt saß sie in ihren Blue jeans vor ihm und konnte nicht aufhören zu lachen. Kate.

»Also, Aschenputtel, sollen wir es mal versuchen?« Er ging zu ihr hinüber, und sie entdeckte aus der Nähe, daß der Schuh einen hohen Absatz hatte und nach vorne spitz zulief. Über den Zehen war eine rosa Rosette eingraviert. Er kniete vor ihr nieder, während sie angespannt nach Luft schnappte, und zog ihr den roten Gummistiefel aus, den sie wegen des Regens heute getragen hatte.

»Nick Waterman, Sie sind total verrückt!« Doch alle genossen diese Szene. Tillie konnte nicht aufhören zu lachen, Tygue hüpfte herum wie ein Floh, und selbst Bert jagte durchs Zimmer und bellte, als wüßte er genau, was hier vor sich ging. Der Stiefel glitt von ihrem Fuß, der Schuh wurde ihr übergestreift, und dann setzte Nick sich auf seine Fersen zurück und strahlte sie an.

»Aschenputtel! Wie ich vermutet hatte!« Er konnte nicht umhin, ihr einen siegessicheren Blick zuzuwerfen. Der Schuh hatte genau die richtige Größe.

Kate stand auf und versuchte ein paar vorsichtige Schritte, um dann wieder in Lachen auszubrechen. »Wie um alles in der Welt konnten Sie meine Größe erraten?« Offenbar hatte er Übung darin. Aber was immer er auch tun mochte, so etwas machte er bestimmt nicht jeden Tag.

»Wie haben Sie ihn bloß gefunden?« Sie ließ sich plumpsend auf den Stuhl zurückfallen und sah ihm lächelnd in die tiefblauen Augen.

»Gott segne Hollywood, liebe Kate, aber wir haben ganz schön lange gebraucht, bis wir ihn endlich gefunden hatten.«

»Wann sind Sie denn hier angekommen?«

»So um drei. Warum? Habe ich mich verspätet?« Er lachte wieder und setzte sich nun ganz auf den Fußboden, wobei er Bert nur um Zentimeter verfehlte. Dieser kletterte ihm sofort auf den Schoß, wobei seine Pfoten zwei dicke Schmutzflecken auf dem hellen Leinenstoff seiner Hose hinterließen. Er schien sich nicht darum zu kümmern. Viel mehr interessierte ihn im Augenblick Kate, die ihn überrascht anstarrte.

»Sie sind schon seit drei Uhr hier? Aber was haben Sie denn die ganze Zeit gemacht?« Jetzt war es schon nach fünf.

»Tygue hat mich mit zur Ranch genommen, damit ich mir die Pferde ansehen könnte. Tillie hat uns hingefahren.« Er lächelte ihr zu, und Tillie wurde rot, fast genauso wie Kate. Dieser Mann hatte eine so offene, direkte Art, man konnte ihm nicht aus dem Weg gehen oder sich vor ihm verstecken. »Dann haben wir einen Spaziergang am Fluß entlang gemacht und später eine Runde Karten gespielt. Ja, und dann sind Sie nach Hause gekommen.«

»Ich bin wohl tatsächlich ein Aschenputtel.« Wieder bewunderte sie den Schuh an ihrem Fuß und fragte sich, ob sie ihn wohl behalten dürfte. »Sind Sie nur hierhergekommen, um mir den hier zu bringen?« Sie konnte es immer noch nicht glauben. Er wandte einen Moment lang den Kopf ab.

»Ich bin sowieso in diese Richtung gefahren. Ab und zu fahre ich übers Wochenende nach Santa Barbara. Ich miete mir dort ein Haus. Ja, und dies ist eins von den Wochenenden.« Irgend etwas veranlaßte sie dazu, ihm zu mißtrauen, aber warum sollte er sie eigentlich belügen? »Darf ich Sie für morgen zu einem Besuch einladen?« Er sah sie hoffnungsvoll an, doch Tygue sprang plötzlich auf und schüttelte heftig den Kopf.

»Nein!«

»Tygue!« Was war denn jetzt schon wieder? Der Mann war den weiten Weg von Los Angeles hergekommen, um ihr einen gläsernen Schuh zu bringen, und nun wollte Tygue sie daran hindern, sich mit ihm zu treffen? Sie wollte ihn aber besuchen! Zur Hölle mit Tygue!

»Aber Joey hat mich doch übers Wochenende eingeladen! Und sie haben zwei neue Ziegen, und vielleicht kriegen sie morgen sogar ein neues Pony! Und...«

Das waren die besten Nachrichten, die Kate seit langem gehört hatte.

»He, Partner, das ist ja phantastisch!« Nick blickte ihn außerordentlich beeindruckt an, und Tygue erwiderte seinen Blick, als wären sie beide die einzigen Menschen auf der Welt, auf die es wirklich ankäme.

»Darf ich gehen?« Er sah seine Mutter fragend an.

»Warum nicht? In Ordnung. Und sage Joey, daß er nächstes Wochenende herkommen kann. Ich werde das vermutlich bereuen, aber ich werde mir diese Chance nicht entgehen lassen.«

»Darf ich Joey gleich anrufen, um es ihm zu sagen?«

»Ja klar. Los.«

Tygue stürmte in die Küche, und Tillie verabschiedete sich. Kate hielt Nick eine Hand hin, und er nahm sie in die seine und setzte sich etwas bequemer in ihre Nähe.

»Ich wüßte gern, was Sie getan haben, um ihn so schnell für sich zu gewinnen. Das muß Sie ein Vermögen gekostet haben.«

»Nein. Bis jetzt jedenfalls nicht.«

»Was hat das zu bedeuten? Nicholas Waterman, was haben Sie mit uns vor? Ein Mann, der es fertigbringt, mit einem gläsernen Schuh in der richtigen Größe hier aufzutauchen, ist ein Mann, mit dem man rechnen muß.«

»Das nehme ich als Kompliment. Nein, ehrlich, ich habe gar nichts gemacht. Ich habe ihm bloß versprochen, mit euch beiden ins Disneyland zu fahren.«

»Wie bitte?« Sie war verblüfft. Er nahm ihr vorsichtig den Schuh herunter, und sie bewegte ihre Zehen.

»Ja, das habe ich getan. Und Ihr Sohn hat die Einladung angenommen. Er findet, Disneyland sei eine wundervolle Idee. Daraufhin hat er mich eingeladen, mit ihm nach San Francisco zu fahren und seine Tante Felicia zu besuchen. Ich hoffe, Sie haben nichts dagegen.«

»Nicht im geringsten. Tante Licia wird von Ihnen begeistert sein. Wobei mir einfällt, möchten Sie vielleicht einen Martini?«

»Ist das alles, was Ihnen dazu einfällt? Ein Martini?« Er lachte wieder. »Alles oder nichts, was?«

»Sie können natürlich auch einen Kaffee bekommen. Nur, Martini ist der einzige Alkohol, den ich im Haus habe. Licia läßt das Zeug immer hier, um sich einen Drink zu mixen.«

»Ihre Schwester?« Er war ein wenig verwirrt, aber im großen und ganzen gefiel ihm die etwas chaotische Familienszene, die ihn hier umgab. Vor allem gefiel ihm der Junge.

»Felicia ist meine beste Freundin, mein Gewissen, mein zweites Ich. Und sie verwöhnt Tygue über die Maßen.« Dieser Satz erinnerte Nick an etwas, aber ihm war noch nicht klar, an was. »Möchten Sie nun einen Martini?«

»Ich nehme wohl lieber einen Kaffee. Bringe ich Ihr Leben eigentlich total durcheinander hier?«

»Ja.«

»Gut.« Doch plötzlich wurde sein Gesicht einen Moment lang ganz ernst, und er hörte auf, Spaß zu machen. »Ich meine die Frage aber auch ernst. Ich habe Weinberg gefragt, ob er glaubte, daß mich bei meinem Erscheinen hier ein 1,90 m großer Preisboxer mit einem Kinnhaken empfangn würde, und seine Antwort war, daß er das zwar nicht erwartete, aber auch nicht so sicher wäre. Er hat mir vorgeschlagen, ich sollte es einfach mal ausprobieren und auf mein eigenes Risiko herfahren, was ich ja auch getan habe. Doch mal Scherz beiseite. Macht es Ihnen wirklich nicht zuviel Schwierigkeiten, daß ich nun hier bin?« Der Gedanke schien ihn sehr zu beunruhigen. Sie hatte gestern abend plötzlich so unglücklich ausgesehen, und er wollte nicht, daß sie je wieder unglücklich war. Doch er hatte sie wiedersehen müssen, selbst wenn es nur bei diesem einen Mal bleiben sollte.

»Natürlich machen Sie mir keine Schwierigkeiten. Mit wem wollen Sie hier auch kämpfen? Tygue scheint von Ihnen sehr angetan, und er ist hier der einzige Boxer weit und breit.« Sie wußte, worauf er hinauswollte, und es gefiel ihr, daß er danach fragte. Sie stand auf, um ihm einen Kaffee zu kochen, und humpelte mit einem strumpfsockigen Fuß, den anderen noch mit dem roten Gummistiefel bekleidet, in die Küche. Ihr Haar flatterte ihr lose um die Schultern, was er besonders gern mochte. Überhaupt fand er, daß sie hier noch viel schöner aussähe als gestern abend in der Show.

»Ich möchte das jetzt mal klarstellen. Tygue ist also der einzige hier, der etwas gegen mich haben könnte?« Er sagte das ganz langsam und vorsichtig, so als könnte sie ihn zu leicht mißverstehen.

»So ist es.«

»Aber ich meine mich zu erinnern, daß Sie etwas über jemanden gesagt hätten, der Ihnen sehr nahestünde.« Sie sah ihn fragend an und zuckte dann mit den Schultern. »Jemand, der den Jungen verwöhnen würde. Sie haben es gestern beim Lunch erwähnt.« Und plötzlich lächelten beide strahlend und sprachen den Namen gemeinsam aus, als Nick ein Licht aufging.

»Tante Licia.«

Er lachte herzlich, während er ihr in die Küche folgte. Tygue legte gerade den Telefonhörer auf.

»In Ordnung, Mam. Alles erledigt. Sein Vater holt mich morgen früh ab, und er bringt mich sogar Sonntag nachmittag wieder zurück.« Er sah beide mit so selbstverständlicher Miene an, als hätte er Nick schon immer gekannt. »Was gibt's zum Essen? Weißt du schon, daß Nick mit uns nach Disneyland fahren will? Nicht wahr, Bert?« Bert wedelte mit dem Schwanz, und Tygue rannte in sein Zimmer, um Willie zu holen, ohne auf eine Antwort von ihr zu warten.

»Er ist ein Prachtkerl.«

»Manchmal.« Kate lächelte über Tygues schnellen Abgang und sah Nick dann in die Augen. »Er ist ein netter Junge, und ich habe ihn sehr lieb.«

»Sie sind eine gute Mutter. Was gibt's eigentlich zum Essen?«

»Soll das heißen, daß Sie zum Abendessen hierbleiben möchten?«

»Wenn es Ihnen nicht zu viele Umstände macht?«

Es war erstaunlich. Sie kannte ihn kaum, doch er ging hier bei ihr in der Küche rum, als hätte er nie etwas anderes getan, und fragte, was es zum Essen gäbe. Es tat ihr gut. Sie war nicht so vorsichtig, wie es vielleicht angebracht gewesen wäre, aber sie war einfach zu müde, um sich zu wehren. »Es macht mir überhaupt keine Umstände. Sie haben übrigens genau den richtigen Abend getroffen, um Tygues Lieblingsessen mitzubekommen.«

»Und was ist das?«

»Tacos.«

»Das ist auch mein Lieblingsessen.«

Sie reichte ihm einen Becher Kaffee und setzte sich an den Küchentisch. Es war ein sehr, sehr weiter Weg von Carmel bis hierher. Ein Weg, der von Tom wegführte.

»Was denken Sie gerade?«

»Was?«

»Was Sie gerade denken.«

»Ach, nichts.«

»Sie lügen.« Er griff nach ihrer Hand, und seine Stimme klang auf einmal sehr besorgt und intensiv. »Sind Sie hier glücklich, Kate?« Sie sah ihn aufrichtig an und nickte.

»Ja, sehr.« Warum dann dieser Schatten auf ihrem Gesicht? Woher kam dann der plötzliche Ausdruck von Schmerz, der in ihren Augen auftauchen konnte?

»Gibt es in Ihrem Leben Menschen, die gut zu Ihnen sind?« Er wollte es jetzt genau wissen. Es schien ihm alles wichtig zu sein.

»Ja. Sie sind sehr gut zu mir. Sie haben jetzt alle getroffen, außer Felicia.«

»Was, das sind alle?« Er war entsetzt. »Nur der Junge?«

»Und Tillie, die Frau, mit der Sie heute nachmittag ausgefahren sind. Und Bert natürlich.« Sie lächelte, als sie an ihre Drohung dachte, über Bert in der Show zu reden.

»Ja, klar. Aber meinen Sie das wirklich ernst? Das sind alle?«

»Ich habe Ihnen doch gesagt, daß ich ein Einsiedlerleben führe.« Kein Wunder, daß die Party sie so erschreckt hatte. »Mir gefällt das so.«

»War es auch schon so, als Sie verheiratet waren?« Sie schüttelte den Kopf, und ihre Augen verrieten diesmal nichts.

»Nein, das war anders.«

»Kann Tygue sich noch an seinen Vater erinnern?« Seine Stimme war ganz leise geworden. Er trank einen Schluck Kaffee. Sie schüttelte wieder den Kopf.

»Das kann er nicht. Sein Vater starb, bevor er auf die Welt kam.«

»Gott, Kate. Das muß schrecklich für Sie gewesen sein.« Er sah sie an, als könnte er nachempfinden, was das für sie bedeutet haben mußte. Für sie war es das erste Mal seit langer, langer Zeit, daß sie wieder an diese Ereignisse dachte.

»Es ist schon sehr lange her.«

»Waren Sie damals allein?«

»Nein, Felicia war da. Sie hat mir mit allem geholfen.« Vielleicht war das der Grund, warum sie so schreckhaft war? Diese unglaubliche Einsamkeit? War das der Schmerz, den er in ihr entdecken konnte?

»Haben Sie denn keine Familie, Kate?«

»Nur das, was Sie heute kennengelernt haben. Das ist alles. Und es ist mehr, als die meisten Menschen haben.« Auch mehr, als das, was er hatte. Sie hatte ihn unbewußt getroffen. All diese Puten mit ihren großen Busen, die er während der letzten zwei Jahre ausgeführt hatte, was hatte das alles gebracht? Nichts. Er war jetzt siebenunddreißig Jahre alt und stand völlig allein da.

»Sie haben recht, Kate.«

»Wie bitte?«

»Werden Sie morgen nach Santa Barbara kommen, tagsüber?« Er hatte das Gefühl, das extra betonen zu müssen. Sie gehörte zu der Art Frauen, bei denen das gut war. Tagsüber. Wenn er auch nur etwas anderes angedeutet hätte, wäre sie mit Sicherheit nicht gekommen. Doch sie nickte langsam und betrachtete ihn abschätzend, so als würde sie bestimmte Dinge gegeneinander abwägen.

»Ja.«

19

Das Haus war nach der Karte, die er ihr gezeichnet hatte, leicht zu finden. Sie hatte es abgelehnt, sich von ihm abholen zu lassen, sondern es vorgezogen, selbst hinzufahren. Die Fahrt dauerte nur eine halbe Stunde, und sie würde unterwegs noch Zeit haben, ihre Gedanken zu sammeln und sich auf ihn vorzubereiten. Ihr war nicht so recht klar, warum sie seine Einladung angenommen hatte, abgesehen davon, daß sie Nick mochte. Es war so leicht, sich mit ihm zu unterhalten. Am letzten Abend war er bis kurz nach elf geblieben, bis sie auf der Couch fast eingeschlafen wäre. Sie war zu erschöpft gewesen. Beim Abschied hatte er sie nur sanft auf die Wange geküßt und war gegangen. Doch der Abend war wunderschön gewesen. Sie hatten ein Feuer im Kamin gemacht und mit Tygue davor gesessen und Popcorn gegessen. Tygue hatte seinen neuen Cowboyanzug vorgeführt, und Nick war ganz hingerissen gewesen.

»Wo um alles in der Welt haben Sie den gefunden?«

»Im Hotel.« Andere Leute kauften Jadeschmuck oder samtene Bettjäckchen, doch sie brachte ihrem Sohn einen Anzug mit, von dem jeder kleine Junge auf der Welt geträumt hätte.

»Ich wünschte, ich wäre Ihr Kind gewesen.«

»Tun Sie das nicht. Ich bin ein Monster. Fragen Sie Tygue.« Doch Tygue hatte nur gekichert und sich eine weitere Handvoll Popcorn in den Mund geschoben.

»Und was für ein Monster!« Nick hätte sie gern geküßt, aber nicht vor dem Jungen. Er wußte, daß sie das ablehnen würde, und auch ihm gefiel der Gedanke nicht. Von dieser Frau wünschte er sich weit mehr, ihre Liebe genauso wie ihren Körper, und noch ganz was anderes. Er wollte ihre Zeit, ihr Leben, ihre Kinder, ihre Weisheit, ihre Zärtlichkeit und ihr Mitgefühl. Und er sah, daß sie all diese Qualitäten in sich barg. Aber auch sie konnte sehen, was alles in ihm steckte. Schon am ersten Tag hatte sie angefangen, ihn aufgrund seiner Eigenschaften zu schätzen. Sie hatte ihm genug bedeutet, daß er den ganzen Weg gefahren war, um sie zu finden, daß er ihr den Glasschuh gebracht hatte, und vor allem, daß er sich liebevoll um Tygue kümmerte. Er war sensibel genug, in ihren Augen zu lesen und auch die Dinge zu hören, die sie nicht sagte. Doch da würde sie vorsichtig sein müssen, ermahnte sie sich, als sie die Auffahrt zum Haus in Santa Barbara hinauffuhr. Dieser Mann sah manchmal zu viel.

Das Haus war weiß und gut in Ordnung gehalten. Die Fenster- und Türrahmen waren schwarz abgesetzt, und die Griffe waren aus wundervoller, schwerer Bronze. Über der Eingangstür hing eine Lampe, und als Türklopfer diente eine enorme Seemöwe, ebenfalls aus Bronze. Kate bewegte die Flügel, um anzuklopfen, und trat dann einen Schritt zurück. Das Haus stand auf einem kleinen Hügel, von dem aus man den Ozean überblicken konnte. Im Garten waren drei Rasenflächen. Im Vergleich zu ihrem bescheidenen Häuschen war das hier schon ein großer Kontrast, aber sie hatte das Gefühl, hier herrschte nur Schönheit vor, keine Gemütlichkeit und Wärme.

Er öffnete die Tür und stand barfuß in abgeschnittenen Jeans und einem zerrissenen alten Hemd vor ihr, das mit seinem Blau genau der Farbe seiner Augen entsprach.

»Aschenputtel!« Sein Gesicht strahlte auf, als er sie sah. Doch den Scherznamen konnte er nicht lassen.

»Hätte ich den Schuh mitbringen sollen, damit Sie mich besser erkennen können?«

»Ihr Wort genügt mir. Kommen Sie herein. Ich bin gerade dabei, die Decke anzustreichen.«

»Hört sich an, als würden Sie hart für Ihre Miete arbeiten.« Sie folgte ihm ins Haus und stellte fest, daß sie recht gehabt hatte. Die nüchterne, frühamerikanische Einrichtung war zwar sehr schön, strahlte aber überhaupt keine Wärme aus. Das war schade, denn das Haus war voller schöner Dinge.

»Ich mag ganz gern am Haus rumwerken. Der Besitzer wohnt in Los Angeles und kommt so gut wie nie aus der Stadt raus. So mache ich mich also an die Arbeit, wenn ich mal Zeit habe.« Er strich die Decke in frischem Hellblau an und hatte sich den Spaß gemacht, in eine Ecke zwei fliegende Möwen zu malen.

»Da fehlen die Wolken«, bemerkte sie in geschäftsmäßigem Ton, als sie seine Arbeit begutachtete.

»Wie meinen Sie?«

»Wolken. Sie brauchen noch ein paar Wolken. Haben Sie weiße Farbe?«

»Ja. Da drüben.« Er beobachtete amüsiert, wie sie die Ärmel ihrer Bluse und gleich darauf die Hosenbeine hochkrempelte. Sie lächelte zurück. »Wollen Sie nicht ein paar alte Klamotten von mir anziehen, Kate? Ich könnte es nicht ertragen, wenn Sie sich Ihre Kleidung hier verderben würden.« Er blickte sehr ernst, doch sie lachte nur. Sie hatte für den Strand ein paar alte Kleidungsstücke gewählt, die sehr bequem waren. Darunter trug sie einen knappen, orangefarbenen Bikini, aber der war für später. Vielleicht. Sie wußte es noch nicht so genau.

»Wie geht es Tygue?«

»Gut. Er ist bei Tagesanbruch weggefahren und läßt Sie grüßen. Er wollte unbedingt diese Ziegen sehen, und natürlich wünscht er sich jetzt selbst welche.«

»Er sollte sein eigenes Pferd haben.« Nick malte aufmerksam an einer weiteren Möwe in einer Ecke.

»Dasselbe erzählt er mir auch seit längerem. Vielleicht haben Sie ja Lust, ihm eins zu kaufen.« Sie wollte ihn nur ärgern, bekam aber Angst, als sie seinen Gesichtsausdruck sah.

»Nick, um Gottes willen, ich habe bloß Spaß gemacht. Ehrlich, wagen Sie es ja nicht. Seit zwei Jahren versuche ich schon, Felicia diesen Blödsinn auszureden.«

»Scheint mir eine sehr vernünftige Frau zu sein, diese Freundin Felicia. Ich muß sie irgendwann mal kennenlernen. Wie lange kennen Sie sich schon?«

»Oh, jahrelang. Ich habe sie getroffen, als ich damals in ihrem Geschäft als Mannequin gearbeitet habe, und –« Doch plötzlich sah sie erstaunt auf. Sie hatte etwas gesagt, das sie lieber zurückgehalten hätte.

»Glauben Sie wirklich, das hätte ich nicht gewußt?« Er lächelte sie spitzbübisch an. »Hören Sie mal, meine Liebe, ich bin Produzent. Ich kann sehr gut unterscheiden, ob Leute mal als Modell gearbeitet haben oder beim Ballett waren oder Gewichte gehoben haben.«

»Ich war Gewichtheber.« Sie hob einen Arm, um ihre Muskeln vorzuführen, und sie lachten beiden.

»Sie malen wunderschöne Wolken, Aschenputtel.«

»Gefallen sie Ihnen?« Sein Lob tat ihr gut.

»Sehr gut. Besonders die kleine auf Ihrer Nase.«

»Mist. Wissen Sie, ich habe Weinberg angelogen. Ich habe ihm gesagt, daß ich noch nie als Mannequin gearbeitet hätte. Ich dachte, mein Eingeständnis könnte ihn veranlassen, meinen Körper an den Meistbietenden zu versteigern und mich zu zwingen, noch viel mehr Öffentlichkeitsarbeit zu machen.«

»Das ist mein Aschenputtel, das ängstliche Küken.« Er imitierte ein gemeines Hühnergackern, und sie drohte, den Pinsel voller Farbe nach ihm zu schmeißen.

»Sie können mir doch nicht vorwerfen, daß ich zu all dem Zeug keine Lust habe! Ich bin hier sehr glücklich und brauche den ganzen verrückten Laden nicht. Nick, ich gehöre nicht dahin!«

»Niemand gehört dahin.« Er setzte sich auf das Geländer und sah sie forschend an. »Aber ich sage Ihnen noch was, mein Schatz. Hierher gehören Sie auch nicht! Sie verschwenden Ihre Talente. Eines schönen Tages müssen Sie unzufrieden werden und dieses Leben hier verlassen, zumindest vorübergehend.« Sie nickte trocken.

»Ich weiß. Ich habe es ja auch schon versucht. Es ist ganz schön anstrengend.«

»Aber nicht so schlimm, wie Sie es sich vorgestellt hatten, nicht wahr?«

Sie schüttelte den Kopf wie ein kleines Mädchen und fragte sich, wie er das wissen konnte. Er verstand so viel. Sie hatte das Gefühl, daß er sie schon durch und durch kannte.

»Außerdem gibt es ja auch eine gewisse Entschädigung dafür, daß man sich in die Welt hinauswagt.« Darüber mußte sie lachen.

»Das ganz gewiß!«

»Hungrig?«

»Nein, eigentlich nicht. Sie? Ich könnte in die Küche gehen und uns einen kleinen Lunch zubereiten, wenn Sie möchten.«

Sie hatten die Decke fertiggestrichen und waren sich darin einig, daß es ein Kunstwerk geworden war. »Ich hoffe, daß der Typ, dem das Haus gehört, Ihre Verbesserungen zu schätzen weiß. Er sollte Sie für Ihren Aufenthalt hier bezahlen.«

»Ich werde ihm sagen, daß Sie das vorgeschlagen haben.« Als sie gemeinsam in die Küche gingen, legte er ihr wie beiläufig den Arm um die Schultern. Seine bloßen Beine waren braungebrannt und wirkten kräftig. Nick hatte am Vormittag noch schnell eingekauft. Melone und Schinken, gebratene Hühnerbrüstchen, Pfirsiche, Erdbeeren und eine

Wassermelone. Auf dem Tisch lag ein französisches Baguette und daneben ein wunderbar gereifter Brie.

»Das ist kein Lunch, das ist ein Festessen.«

»Für mein Aschenputtel immer nur das Beste.« Er machte eine höfische Verbeugung in ihre Richtung, reckte sich daraufhin hoch und stand plötzlich dicht vor ihr. Er streckte beide Arme nach ihr aus, und sie fühlte sich so stark zu ihm hingezogen, wie sie es noch nie im Leben gespürt hatte. Langsam glitt sie in seine Arme, und ihr Widerstand schmolz dahin. Nicht einmal, wenn sie gewollt hätte, hätte sie sich ihm entziehen können. Aber diese Absicht hatte sie auch gar nicht. Sie wollte nur dicht bei ihm sein, seine starken Arme um sich, seine Wärme spüren, seine Haut fühlen und den leicht würzigen Duft nach Zitrone einatmen, der ihr schon so vertraut war. Nick.

Sanft legte er seinen Zeigefinger unter ihr Kinn und hob ihr Gesicht zu sich empor. Er küßte sie auf die Lippen, sanft zuerst, und dann immer heftiger. Seine Arme preßten sie fester an sich, sein Mund lag dicht auf ihrem.

»Ich liebe dich, Kate.« Atemlos stand er vor ihr, verlangend, hungrig, sie aufmerksam erforschend. Er hatte die Wahrheit gesagt. Kate schwieg. Sie wußte nicht, was sie sagen sollte. Er konnte sie unmöglich lieben. Er kannte sie doch überhaupt nicht. Es ging alles viel zu schnell. Sicher sagte er das zu jeder. Sie konnte das unmöglich mit sich machen lassen. Das durfte einfach nicht geschehen.

»Ich liebe dich. Keine Forderungen, keine Erwartungen. Ich liebe dich einfach. Das ist alles.« Jetzt reckte sie sich ihm entgegen, und als sie sich wieder aus der Umarmung löste, sagte sie ganz leise, mit verschwommenen Augen:

»Ich liebe dich auch. Das ist verrückt. Ich kenne dich kaum. Aber ich glaube, Nicholas Waterman, ich liebe dich.« Sie blickte verlegen auf ihre Füße. Sieben Jahre. Sieben lange Jahre. Und nun hatte sie es zu einem Fremden gesagt. »Ich liebe dich.« Aber er war ja kein Fremder. Er war Nick. Vom ersten Augenblick an hatte sie bei ihm etwas Undefinierbares, ganz Besonderes gespürt. Es war, als ob er auf sie gewartet hätte. Als ob sie beide wüßten, daß er gekommen wäre, um zu bleiben. Oder war sie nur zu leichtgläubig? Hatte sie nur zu sehr den Wunsch, daß er bleiben möge? Bildete sie sich alles nur ein? Fragend blickte sie zu ihm auf und lächelte dann herzlich. Sie versuchte den Augenblick etwas leichter zu nehmen, damit sie es besser ertragen könnte.

»Du *glaubst* es also nur, was? Junge, das ist ein Ding. Du *glaubst*, mich zu lieben!« Aber sein Blick sagte ihr, daß er sie nur auf den Arm nahm. Er klopfte ihr einmal zärtlich auf den Hintern und machte sich daran, den Lunchkorb einzupacken. »Wollen wir am Strand essen?« Sie nickte, und sie verließen das Haus Hand in Hand, während er mit seinem anderen starken Arm den Korb trug. Er hatte genau die gleiche Figur wie Tom vor Jahren. Doch bei Tom war davon nichts mehr übriggeblieben. Nach all den Jahren, die er im Rollstuhl gesessen hatte, war sein Körper in sich zusammengefallen. Dieser Mann hier hatte nie etwas erlebt, das seinen Körper geschwächt hätte. Er barst fast vor Leben, das in ihm steckte. »Hast du Lust zu schwimmen, Aschenputtel?« Sie lachte. Dieser Name würde ihr wohl von nun an bleiben.

»Sehr sogar.« Sie hatte beschlossen, ihm zu vertrauen.

»Na, denn los.« Er starrte unverfroren auf den winzigen Bikini, der unter ihrer Kleidung zum Vorschein trat. Vor allem schien ihn wohl die Menge Haut anzuregen, die sie preisgab, als sie sich aus der Jeans wand. Doch sein Blick war so anerkennend und freundlich, daß sie ihm zulachen konnte. »Erwartest du wirklich, daß ich mit dir in dieser Aufmachung schwimmen gehen kann? Ich werde sofort ertrinken.«

»Halt den Mund. Wir rennen um die Wette, ja?« Wie ein orangebrauner Blitz war sie verschwunden, ihre langen, schlanken Beine spritzten schon das Wasser hoch. Er war ihr gefolgt, nicht ohne sie noch einmal bewundernd anzusehen, und überholte sie genau an der Wasserlinie. Er schmiß sich an ihr vorbei in die Wellen, doch sie hielt ganz gut mit, und so schwammen sie nebeneinander ein weites Stück hinaus. Das Wasser war kühl, aber auf ihrer sonnenwarmen Haut war das angenehm erfrischend. »Schon tausendmal besser als der blöde Pool im Hotel, nicht wahr?« Er lachte über diese Bemerkung und versuchte, sie unterzutauchen, aber sie war schneller, tauchte selbst unter Wasser und schlüpfte zwischen seinen Beinen hindurch. Sein Versuch, sie festzuhalten, endete damit, daß er ihr beinahe das Bikinioberteil runterriß. Sie kam prustend wieder an die Oberfläche und lachte.

»Siehst du, kleine Hexe? Du wirst deinen Keuschheitsgürtel noch verlieren, wenn du nicht verdammt aufpaßt.« Das war kaum mehr anständig, und sie wußte es auch. Aber alle ihre Bikinis waren so knapp. Felicia schickte sie ihr immer aus San Francisco, und der einzige, der sie sonst so zu sehen bekam, war Tygue. »Du gibst ganz schön an«, beschwerte Nick sich.

»Und du bist unmöglich.«

»Nein, aber ich werde es gleich sein, wenn ich dich noch länger anschaue.« Sie mußte wieder lachen, als sie nebeneinander zum Ufer zurückschwammen. Es war schon lange her, daß jemand so mit ihr gesprochen hatte, und Nicholas tat das auf eine Art, die sie amüsierte.

»Ich bin am Verhungern«, stöhnte sie, als sie sich aufs Badehandtuch fallen ließ. Sie warf einen verlangenden Blick auf den Korb.

»Dann bedien dich doch, Dummchen. Warum bist du so höflich?« Er setzte sich neben sie und gab ihr einen salzigen Kuß. »Du mußt eine strenge Erziehung gehabt haben. Du bist eine sehr wohlerzogene junge Dame.«

»Nicht mehr.«

»Kate, ist deine ganze Familie schon gestorben?«

Sie sah ihn einen Augenblick lang ernst an und überlegte, was sie ihm darauf antworten sollte. Doch dann beschloß sie, ihm wenigstens in diesem Punkt die Wahrheit zu sagen.

»Sie haben mich enterbt.«

Er hörte auf, die Melone auszuwickeln und sah sie verblüfft an.

»Meinst du das ernst?« Bei seinem entsetzten Gesichtsausdruck mußte sie fast lachen. Das alles hatte jetzt keine Bedeutung mehr für sie. Es war viel zu lange her.

»Ja, sehr ernst. Ich habe sie enttäuscht, und so haben sie mich einfach von ihrer Liste gestrichen. Es wäre vielleicht ehrlicher zu sagen, daß sie das Gefühl hatten, ich hätte sie betrogen.«

»Hast du noch Geschwister?«

»Nein. Ich bin Einzelkind.«

»Und trotzdem haben sie dir das angetan? Was sind das für Leute? Können die so einfach ihr einziges Kind rausschmeißen? Was zum Teufel hast du gemacht, um das zu verdienen?«

»Ich habe jemanden geheiratet, der ihnen nicht gefiel.«

»Das war alles?«

»Ja, das war alles. Ich bin nach meinem ersten Jahr vom College gegangen und mit ihm zusammengezogen. Und bald darauf haben wir geheiratet. Sie sind nicht zur Hochzeit gekommen, und ich habe sie seitdem nie wieder gesprochen. Als wir anfingen zusammenzuleben, haben sie mich aus dem Familienstammbuch gestrichen. Sie haben wohl geglaubt, er wäre für mich nicht gut genug.«

»Das ist ein verdammt hoher Preis für einen Mann.«

»Er war es wert.« Sie sagte das ganz leise und ohne Bedauern.

»Und das ist mit das Netteste, was man über einen Menschen sagen kann. Er muß was Besonderes gewesen sein.«

Sie lächelte ihm zu. »Das war er.« Einige Augenblicke lang schwiegen sie und packten zusammen das Lunchpaket aus. Sie konnte auf Nicks Gesicht einen fremdartigen Ausdruck entdecken, so als wäre er verletzt oder fühlte sich ausgeschlossen. »Nick?«

»Ja?« Er blickte überrascht hoch. Sie hatte ihn aus seinen Gedanken gerissen.

Sie griff nach seiner Hand und umschloß sie warm mit ihren beiden Händen. »Das alles ist schon lange vorbei. Ein bißchen davon tut mir manchmal noch weh, aber das meiste habe ich überwunden. Früher war das alles mal sehr schlimm für mich. Doch das ist lange her. Es ist vorbei, alles. Und...« es fiel ihr schwer, das zu sagen, aber sie mußte es jetzt tun, egal, wie sehr ihr das auch weh tat, »... auch er ist nicht mehr da. Er ist schon lange weg.« Ihr Lächeln erschien ihm einen Augenblick zu strahlend, und er zog sie in seine Arme.

»Es tut mir leid für dich, Kate.«

»Das muß es gar nicht. Ich habe auch verdammt schöne Zeiten erlebt. Da war Tygue und Felicia und meine Bücher und... jetzt du.« Ihre Stimme war zum Schluß immer leiser geworden. Er lehnte sich ein wenig zurück und blickte ihr zärtlich in die Augen.

»Liebe Kate, eines Tages...« Doch er wagte es im Augenblick noch nicht zu sagen. Er saß nur da und lächelte geheimnisvoll.

»Was?«

»Einfach so – eines Tages«, wiederholte er.

»Nicholas, sage mir, was du denkst.« Sie stützte sich auf einen Ellenbogen und ließ ihn nicht aus den Augen.

»Eines Tages, Aschenputtel, werde ich aus dir eine Königin machen.«

»Dann bist du wohl der Prinz auf dem weißen Pferd?« Sie riß die Augen auf, als er selbstverständlich nickte. »Nick, du bist verrückt. Du kennst mich ja gar nicht.« Wer war dieser Mann? Warum sagte er all diese Dinge zu ihr?

»Doch, Aschenputtel, ich kenne dich. Ich kenne dich bis ins kleinste bißchen deiner Seele, und ich werde dich noch viel besser kennenlernen. Natürlich nur, wenn du es gestattest.« Er reichte ihr ein Stück Brot und küßte sie sanft auf die Lippen. Ihr Gesicht wirkte jedoch trauriger, als er im Augenblick erwartet hätte. »Beunruhigt dich das so sehr?«

»Nein, nicht das, was du dir dabei denkst. Es ist nur... ach, Nick – ich werde nie wieder heiraten. Ich meine das verdammt ernst.«

»Ja, ja, die berühmten letzten Worte.« Er versuchte es auf die leichte Schulter zu nehmen. Es tat ihm schon leid, daß er dieses Thema so schnell angesprochen hatte. Er wußte doch, daß er bei ihr vorsichtig sein mußte.

»Ich sage noch mal, ich meine es ernst. Ich kann nicht heiraten!«

»Warum nicht?« Weil mein Mann gar nicht tot ist, du Idiot! Mein Gott!

»Ich kann einfach nicht. Einmal ja, aber nicht noch mal das ganze. Bis vor zwei Tagen hatte ich mir noch nicht mal vorstellen können, daß ich mich noch einmal verlieben würde, und das ist jetzt passiert, aber heiraten? Nie!« Dann gab es ja noch Hoffnung.

»Laß uns doch einfach einen Schritt nach dem anderen machen.« Ihr war klar, daß er sie nicht ganz ernst nahm, aber sie wußte nicht, wie sie es ihm sonst beibringen sollte. »Schinken mit Melone?«

»Du hörst mir nicht zu!« Sie sah unglücklich zu ihm auf, aber er ignorierte sie einfach.

»Du hast recht, ich bin nämlich Optimist. Ich liebe dich, und ich weigere mich einfach, ein Nein zu akzeptieren.«

»Du bist wahnsinnig.«

»Absolut.« Er setzte sich glücklich und zufrieden neben sie und biß genußvoll in ein Stück Brot, das er zuvor sorgfältig mit Brie bestrichen hatte. »Und du bist meine gute Fee. Magst du auch ein bißchen Käse? Er ist hervorragend.«

»Ich geb's auf.«

»Sehr gut.« Ihm fielen all die Frauen ein, die ihren rechten Arm für einen Heiratsantrag von ihm gegeben hätten, nachdem sie ihn erst dreimal gesehen hatten, und er lächelte amüsiert.

Sie schafften fast die gesamte Portion, die er eingekauft hatte, und lagen dann faul nebeneinander in der Sonne. Danach gingen sie noch einmal ins Wasser. Es war langsam Spätnachmittag geworden, und Nick fragte sie: »Hast du langsam genug vom Strand?«

»Hmmm...« Sie hatte sich wieder müde vom Schwimmen in der Sonne ausgestreckt. Das Salzwasser rann ihr in kleinen Bächen die Schläfen und den Hals hinunter, und er lehnte sich zu ihr hinüber und leckte die Tropfen mit seiner Zunge weg. Sie öffnete träge die Augen.

»Gehen wir hinein. Dort können wir den ganzen Sand und das Öl und die Brotkrumen und die Melonenkerne loswerden.«

Sie stand lachend auf und blickte um sich. Die Handtücher waren ganz schön zugerichtet.

»Sieht aus, als hätte hier ein Kindergeburtstag stattgefunden.« Sie schüttelte die Tücher aus, packte die Reste in den Korb, und sie schlenderten langsam zum Haus zurück.

»Wir gehen wohl besser hinten rein. Er kriegt einen Nervenzusammenbruch, wenn wir den Sand über das ganze Haus verteilen.« Es schien ihr verrückt, so am Strand leben zu können, doch es war auch nicht schlimmer als das, was die Leute in Los Angeles taten. Es war ihre Lebensart.

»Ja, Sir.« Sie folgte ihm auf einem kleinen Weg ums Haus, und sie betraten einen hellen, in gelben Farben eingerichteten Raum. Über der Tür war eine alte Zirkusplane angebracht. Am hinteren Ende befanden sich drei Duschkabinen, und ungefähr ein halbes Dutzend Klappstühle waren über das Zimmer verteilt. In einer Ecke stand eine herrlich altmodische Chaiselongue mit einem gestreiften Sonnenschirm, der sich schattenspendend darüber ausbreitete.

»Miß Harper, die Umkleidekabinen. Normalerweise benutzt man sie getrennt, doch heute, wenn Sie mir Ihr Vertrauen schenken wollen –«

»Nein.«

Er lachte. »Du hast recht. Ich mach' dir einen Vorschlag. Behalt einfach deinen Bikini an.« Lachend gab sie nach und stieg mit ihm in eine Duschkabine. Er erzählte ihr komische Geschichten aus seiner Arbeit mit der Show, während er ihr den Sand vom Rücken duschte, und sie lachten herzlich. Plötzlich hörte sein Geplauder auf, und er drehte sie mit ernstem Gesicht zu sich herum. Langsam, ganz zart und verlegen küßten sie sich unter dem warmen Wasserstrahl. Sie spürte, wie er die Arme um sie legte und sie immer mehr an sich preßte. Und plötzlich verspürte sie einen unendlichen Hunger nach seinem Körper. Er war voll und ganz für sie da. Sie konnten nicht genug voneinander kriegen. Das Wasser prasselte unaufhörlich auf sie nieder.

»Warte mal, ich ertrinke gleich.« Sie zog sich lachend aus seinen Armen und hob ihr Gesicht dem Wasserstrahl entgegen. Er lachte ebenfalls und drehte den Hahn zu.

»Besser?«

Sie nickte. Ohne das ständige Brausen in ihren Ohren war es plötzlich sehr still geworden. Heißer Wasserdampf umhüllte sie. Ihr Haar klebte ihr in Strähnen am Hals, und an ihren Augenlidern hingen winzige Tropfen. Nick küßte sie weg und öffnete ihr langsam das Bikinioberteil. »Du hast soeben deinen Keuschheitsgürtel verloren, Aschenputtel.« Er flüsterte ihr leise ins Ohr, während sie seine Brust mit beiden Händen streichelte. Sie lächelte, doch ihre Augen blieben geschlossen, als sie ihm wieder den Mund entgegenstreckte und ihn küßte. Er beugte sich hinunter und begann, ihre Brüste zu küssen. Dabei ging er so zärtlich vor, daß ihr ganzer Körper sich nach ihm zu sehnen begann.

»Ich liebe dich, Prinz auf dem weißen Pferd.«

»Bist du sicher?« Seine Stimme war sehr ernst geworden. Er richtete sich auf und sah ihr in die Augen. »Bist du dir sicher, Kate?«

»Ja, ich bin mir sicher. Ich liebe dich.«

»Du bist sehr lange allein gewesen, nicht wahr?« Er mußte es von ihr hören, obwohl er es in seinem Herzen schon genau wußte. Sie nickte. Er hatte das schon vom ersten Augenblick an gespürt, und es war ihm erst recht klargeworden, als er herausgefunden hatte, bis zu welchem Grad sie all die Jahre abgeschirmt gelebt hatte. Eigenartigerweise gefiel ihm das sehr gut. Er bekam dadurch das Gefühl, etwas Besonderes zu sein, aber es machte ihn vor allem darauf aufmerksam, was für ein besonderer Mensch sie war. »War es sehr lange, Liebling?«

Sie nickte wieder, und in dem Augenblick liebte er sie deswegen noch mehr.

»Bis vor Tygues Geburt«, flüsterte sie.

»Oh, Kate...« Er zog sie an sich und hielt sie ganz lange in seinen Armen. Er wollte all die Jahre, die sie ohne Liebe, ohne Mann gelebt hatte, wiedergutmachen. Aber diese Jahre konnte er ihr nicht wiederbringen. Er konnte ihr nur den Augenblick und sich selbst geben. Er wickelte sie unendlich zärtlich in ein riesiges rosa Frotteehandtuch ein und trug sie sanft die Treppe in sein Schlafzimmer hinauf. Es war ein heller, luftiger Raum, der direkt über dem Ozean lag. An den Wänden hingen große Gemälde, und die Möbel waren im frühamerikanischen Stil gehalten. In der Mitte des Zimmers stand ein nüchternes Bronzebett. Es war nicht die Art Zimmer, die er für sie ausgesucht hätte, aber es war das Zimmer, in dem er sie zum ersten Mal liebte. Er war zärtlich und vorsichtig, streichelte sie unendlich und drang wieder und wieder in sie ein. Schließlich schlief sie in seinen Armen ein. Er betrachtete sie lange.

Als sie wieder aufwachte, war es schon dunkel.

»Nick?« Sie erinnerte sich noch daran, was geschehen war, aber sie wußte nicht mehr, wo sie war.

»Ich bin da, Liebling. Und du ahnst nicht einmal, wie sehr ich dich liebe.« Es war eine wunderschöne Art aufzuwachen, und sie lächelte glücklich, als sie sich wieder in seine Arme kuschelte. Plötzlich wurde sie steif vor Schreck.

»Um Gottes willen.«

»Was ist los?« War ihr wieder etwas Schlimmes eingefallen? Er bekam Angst.

»Und wenn ich nun schwanger werde?«

Er lachte und gab ihr einen Kuß auf die Nasenspitze. »Dann bekommt Tygue einen kleinen Bruder. Oder eine Schwester, wenn es sein soll.«

»Mach keine Witze.«

»Mach' ich nicht. Ich könnte mir nichts Schöneres vorstellen.«

»Himmel, Nick. Ich habe noch nie daran gedacht, noch ein Kind zu bekommen.« Ihre Stimme klang in der Dunkelheit gedämpft zu ihm herüber, und er zog sie näher an sich.

»Es gibt eine Menge Dinge, an die du schon viel zu lange nicht mehr gedacht hast. Wir werden uns nächste Woche darum kümmern. Aber an diesem Wochenende nehmen wir einfach unsere Chancen wahr, in Ordnung? Wenn etwas geschieht... werden wir damit leben.« Doch dann kamen ihm Zweifel. »Oder wäre das ganz fürchterlich für dich?« Vielleicht wollte sie kein Kind von ihm? Daran hatte er nicht im entferntesten gedacht. Er versuchte ihr Gesicht in der Dunkelheit zu erkennen. Ihre Augen blickten ganz klar.

»Nein, es wäre nicht fürchterlich für mich. Ich liebe dich, Nick.« Das war alles, worauf es ihm in dieser Welt ankam, und er küßte sie leidenschaftlich. Dann strich er die Bettdecke zurück und ließ seine Hände über ihre Haut wandern. Sie lächelte ihm zärtlich und hingebungsvoll zu.

20

Am nächsten Morgen hatte sie das Gefühl, sie und Nick hätten schon jahrelang zusammengelebt. Sie waren um sieben aufgestanden und hatten gemeinsam ein paar Hausarbeiten erledigt. Danach waren sie in die Stadt gefahren, um die Zeitung zu kaufen, hatten einen Strandspaziergang gemacht und dann gefrühstückt. Das Frühstück hatten sie gemeinsam zubereitet, und auch das war so harmonisch vor sich gegangen, als wüßten sie jetzt schon genau, an welchen Punkten sie sich großartig ergänzten. Sie fühlte sich in seiner Nähe wohl und entspannt – und das erstaunte Kate wohl am allermeisten. Nach all den Jahren des Zölibats fühlte sie sich nicht einmal verlegen, wenn sie nackt durch das Haus ging oder, so wie jetzt, nackt neben ihm auf einer Decke lag. Sie hatten sich hinter einer Düne in der Nähe des Hauses versteckt, wo sie von niemandem gesehen werden konnten. Wieder bewunderte sie seinen schönen Körper. Sie stützte sich auf einen Ellenbogen und betrachtete ihn ausgiebig.

»Hast du überhaupt eine Vorstellung davon, wie außergewöhnlich das alles ist? Oder machst du das immer so?« Kaum hatte sie die Worte ausgesprochen, bekam sie ein schlechtes Gewissen. Es ging sie nichts an, was er sonst immer tat. Doch unbegreiflicherweise wollte sie es wissen. Sein verletzter Gesichtsausdruck, als er sich aufsetzte, sagte ihr schon eine Menge.

»Was willst du damit sagen, Kate?«

»Es tut mir leid. Ich... es ist nur... du lebst in einer anderen Welt, Nick. Das ist alles. Für dich sind die Dinge doch alle ganz anders als für mich.« Ihre Stimme war ganz leise und reuevoll geworden. Vielleicht wollte sie es jetzt lieber doch nicht hören. Er hielt sie sanft, aber bestimmt fest und wartete, bis sie ihm endlich ins Gesicht sah.

»Du hast recht. Die Dinge sind ganz anders, Kate. Zumindest sind sie bis jetzt anders gewesen. Auf irgendeine Art ganz bestimmt. Als ich noch jünger war, viel jünger, habe ich mir die Hacken abgerannt. Ich bin gerannt und gerannt und gerannt, und weißt du was? Ich habe mich dabei verrannt. Ich habe plötzlich gemerkt, daß es gar nichts gab, wonach man rennen konnte. Danach ist mein Leben sehr viel ruhiger geworden, viel gesünder, aber auch sehr viel einsamer. Es gibt da draußen keine Frauen, die überhaupt einer Mühe wert sind. Hollywood ist ein Mekka der Dummheit, Selbstgefälligkeit und Leere. Die Frauen schlafen nur mit dir, um ihre Karriere zu fördern, um an Jasper ranzukommen, um zum richtigen Zeitpunkt am richtigen Ort gesehen zu werden, um Zutritt zu den wichtigsten Parties zu erhalten, oder vielleicht auch nur, um ein Essen umsonst und einen guten Beischlaf zu kriegen. Kannst du dir vorstellen, was ich davon gehabt habe? Nichts! Warum soll ich dich oder mich damit belasten? Meistens denke ich nicht darüber nach. Kate, in vielerlei Hinsicht bin ich ebenso allein gewesen wie du. Weißt du denn, wozu ich es gebracht habe? Eine vornehme Wohnung, ein paar Räume voll teurer Möbel, ein paar wertvolle Gemälde, einen Sportwagen. Und wenn man das alles zusammenrechnet, meine Liebe, bleibt ein Haufen Dreck. Und dann kommt plötzlich, nur einmal im Leben, für einen winzigen Augenblick, ein Gesicht, verschwindet gleich wieder, war nur für den Bruchteil einer Sekunde zu sehen, und du weißt, du hast das entdeckt, wovon du ein Leben lang geträumt hast. Es ist dasselbe Gefühl, das man manchmal morgens nach dem Aufwachen hat. Man ist noch völlig verschlafen, hat einen dicken Kopf und weiß gar nicht so recht, was geschieht, und dann, plötzlich, wenn man über seiner Tasse Kaffee sitzt, fällt einem ein Traum ein. Zuerst nur ein Bruchteil, wie ein Blitz, und dann, nach und nach, der ganze Traum. Auf einmal siehst du die ganze Geschichte vor dir, erinnerst dich an den Ort und die Leute, mit denen du zusammengewesen bist, und du möchtest dahin zurück. Aber das geht nicht. Egal, wie sehr du dich auch bemühst, du kannst nicht dahin zurückgehen. Dennoch verfolgt dieser Traum dich. Vielleicht einen Tag lang, vielleicht auch ein ganzes Leben. Das konnte ich nicht geschehen lassen, Kate. Ich konnte nicht zulassen, daß du mich ein Leben lang als Traum verfolgen würdest. Ich bin gerannt wie der Teufel, um rechtzeitig in den Traum zurückzukommen, bevor es für uns beide zu spät wäre. Deshalb bin ich hierher gefahren, um dich zu sehen. Ich wollte dich nicht verlieren, nicht, nachdem ich all die Jahre auf dich gewartet hatte. Ich hatte nicht einmal gewußt, wie sehr ich mich nach dir gesehnt hatte, bis ich dich dann am Donnerstag gesehen habe. Und dir ist es genauso ergangen.« Er hatte recht. Sie wußte es. Sie hatte zwar versucht, diese Gedanken zu vermeiden, indem sie sich eingeredet hatte, daß sie ihn nie wiedersehen würde, aber sie hatte damals schon gewußt... diese komische Ahnung tief in ihrer Seele... ein Flüstern... ein Versprechen... »Ich liebe dich, Kate. Ich kann es dir nicht erklären. Ich weiß, es ist alles sehr schnell gegangen, aber ich habe einfach das Gefühl, es ist alles richtig so. Ich würde dich heute heiraten, wenn du mich lassen würdest.« Sie lächelte ihn an und legte ihren Kopf an seine Schulter. Er gab ihr einen zarten Kuß in den Nacken.

»Ich weiß. Aber es ist doch alles unglaublich, nicht wahr?« Sie legte sich auf den Rücken und sah aufmerksam in seine tiefblauen Augen. Der Himmel über ihm hatte genau dieselbe Farbe. »Wir haben ein unglaubliches Tempo. Ich weiß gar nicht, welchen Reim ich mir darauf machen soll. Ich habe ständig den Eindruck, ich sollte das alles gar nicht fühlen. Ich denke immer... ich *dachte* immer –« korrigierte sie sich schnell mit einem entschuldigenden Blick, »daß du solche Sachen häufig machen würdest. Aber das erklärt nicht das, was *ich* fühle. Wie kann ich mich so schnell auf so etwas einlassen? Nach all diesen Jahren... ich kenne mich selbst nicht mehr.« Aber jetzt sah sie nicht mehr so unglücklich aus. Er sah sie zum ersten Mal ohne diesen gewissen Schatten, der ständig über ihren Augen lag. Auch der immerwährende Ausdruck von Schmerz war heute morgen beim Aufwachen verschwunden. Sie sah aus wie ein völlig neuer Mensch. Und sie fühlte sich wie neugeboren.

»Vielleicht ist das genau die Art, wie diese Dinge geschehen. Über die Jahre habe ich Geschichten von Leuten gehört, die jahrelang zusammengelebt haben, und plötzlich trifft einer von ihnen jemanden, und – hui – rennt er weg und heiratet innerhalb von zwei Wochen. Vielleicht ist es so, daß man plötzlich weiß, was man will, wenn man jahrelang Zeit gehabt hat, es herauszufinden. Zumindest ist einem klar, was bisher schiefgelaufen ist. Vielleicht gibt es das wirklich, wenn der Augenblick richtig ist, wenn du den richtigen Menschen triffst, für den du geschaffen bist, dann passiert's einfach, – und – bäng – du weißt genau, was du willst. Mit mir ist das jedenfalls so geschehen.«

Er drehte sich auf den Bauch und küßte sie auf den Mund.

»Kate?«

»Was ist, Schatz?«

»Hast du das wirklich ernst gemeint, ich meine, daß du nie wieder heiraten willst?«

Sie nickte und sah ihm einen Augenblick unnachgiebig in die Augen, bevor sie antwortete. »Ja.« Sie sprach so leise, daß er sie kaum hören konnte, doch als er es verstanden hatte, war er traurig.

»Warum?«

»Ich kann es dir nicht erklären. Ich weiß nur, daß ich es nicht kann.«

»Das ist nicht fair. Außerdem kannst du nicht erwarten, daß ich dich verstehe.« Oder war es vielleicht doch noch zu früh, sie zu bedrängen? Er forschte in ihrem Gesicht und sah plötzlich wieder den verletzten Ausdruck darin auftauchen. Sofort tat es ihm leid, daß er das Thema wieder angeschnitten hatte. »Vielleicht schuldest du mir wirklich keine Erklärungen.«

»Ich kann dir keine geben.« Sie streichelte ihm über den Rücken und blickte ihn dabei auf eine Art an, daß sich sein Magen zusammenzog. »Ich kann dir nur sagen, ich werde für dich tun, was du möchtest, aber ich kann dich nicht heiraten.« Ihre Stimme war jetzt so eindringlich, daß er ihr beruhigend zulächelte.

»Wenn du das für mich tun würdest, was mir im Augenblick vorschwebt, Aschenputtel, dann wäre ich schon ganz zufrieden.« Er ließ das Thema Heirat fallen. Sie liebten sich im Sand auf dem Handtuch und rannten dann Hand in Hand ins Wasser.

»Nick! Du bist unanständig!« Sie lief atemlos und lachend zum Handtuch zurück und ließ sich in den weichen Sand plumpsen. Er ließ sich auf sie fallen, fing sich jedoch rechtzeitig mit den Armen ab.

»Sieh mal an, ich habe es ja nicht allein getan, nicht wahr?«

»Nicholas... Nick... N...« Ihre Stimme blendete langsam aus, als er sie mit einem Kuß erstickte. Dann schob er sanft ihre Beine auseinander, und sie spürte den warmen Sand an ihren Schenkeln. Als sie ins Haus zurückgingen, war der Mittag schon lange vorüber. Sie fühlte sich sonnenverbrannt, müde und sehr wohl, so als wären sie schon seit Jahren ineinander verliebt gewesen. In der Küche sah Kate auf die Uhr und bekam sofort einen Schock. »Gott!«

»Was ist?« Er hatte den Mund voll Trauben und blickte sie über die Schultern fragend an.

»Tygue! Er wird schon um vier zu Hause sein. Ich habe ihn total vergessen!« Zum ersten Mal seit sechs Jahren hatte sie nicht an ihren Sohn gedacht. Auch Bert hatte sie vergessen, aber das war nicht so schlimm. Sie hatte ihn kurz vor dem Wegfahren gefüttert, und er brauchte nur einmal täglich Futter. Außerdem hatte er eine kleine Separattür, durch die er nach Belieben ein- und ausgehen konnte.

»Bleib ruhig, Liebling, es ist doch erst drei.«

»Aber...« Er verschloß ihr einfach den Mund mit einem Kuß, wobei er ihr eine Weintraube durch die Lippen zukommen ließ. »Würdest du bitte damit aufhören? Ich muß...« Doch sie mußte lachen. »Nick, ich meine das ernst.«

»Ja, ich auch. Ich habe heute morgen schon alles gepackt. Wir müssen nur noch duschen und das Bett abziehen, also haben wir mehr Zeit als genug. Willst du Joeys Eltern anrufen?«

»Das sollte ich vielleicht. Himmel, ich hätte es wohl schon gestern abend tun sollen. Wenn ihm nun etwas passiert ist, oder...« Er stopfte ihr wieder den Mund mit einem Kuß, reichte ihr das Telefon hinüber, nahm den Hörer ab und lächelte unwiderstehlich.

»Es ist keine Sünde, wenn du dir zur Abwechslung auch mal was gönnst.« Damit gab er ihr noch einen Kuß. »Ruf an. Ich stell' schon mal die Dusche ein.« Fünf Minuten später gesellte sie sich zu ihm. »Na? Alles in Ordnung?«

»Ja.« Sie sah ihn etwas einfältig an. »Er hat mich nicht einmal vermißt.«

»Kein Wunder, wenn er zwei Ziegen hat, die ihn ablenken. Hat Joeys Vater das Pony gekauft?« Er schäumte sich von oben bis unten ein und reichte ihr dann die Seife hinüber. Sie roch nach Nelken.

»Sogar zwei. Eines bekommt Joeys Schwester.«

»Ein guter Mensch.«

»Das bist du auch.« Sie küßten sich unter dem Wasserstrahl, umgeben von Nelkenduft.

»Keine Anspielungen, junge Dame. Wir müssen nach Hause.«

»Nun hört doch mal ihn an...« Seine Art amüsierte sie. Er schien in allen Dingen gut zu sein, als Liebhaber, als Vater, als Freund. Er hatte recht mit dem Wunsch zu heiraten. Bestimmt hätte er einen wundervollen Ehemann abgegeben... würde ihn abgegeben haben, wenn nicht... sie bedauerte ihre Gedanken und ihre Situation, als sie ihm die Seife zurückgab. Er duschte sie liebevoll ab.

Zwanzig Minuten später standen sie auf der Straße, und er schloß die Haustür ab. Sie hatte noch schnell die Küche aufgeräumt, während er sich fertig angezogen hatte, und jetzt stand sie neben ihm und blickte traurig auf den Boden, während er den Schlüssel abzog. Als er sich umdrehte, bemerkte er ihre Stimmung und zog sie lächelnd in seine Arme.

»Ah, Liebling, mach nicht so ein Gesicht. Es ist doch nicht vorbei. Das hier ist erst der Anfang.« Es war verrückt, doch sie hatte Tränen in den Augen. Das Wochenende war so schön gewesen, und sie wollte einfach nicht, daß es aufhörte. Sie hätte ewig so weiterleben mögen. Und jetzt mußte sie wieder nach Hause fahren und Tygues Mutter sein und wieder zu Tom fahren, um ihn zu besuchen, und... Sie wollte lieber in Santa Barbara bei Nick bleiben und alle Schwierigkeiten aus ihrem Leben streichen. Doch sie mußte sich wieder in ihrer Realität einfinden.

»Aber wie soll's denn jetzt weitergehen?« Sie lehnte sich einen Augenblick gegen den Zaun und sah ihm herausfordernd in die Augen. Aber in seinem Blick konnte sie weder Angst noch Unruhe entdecken, nur unendliche Liebe.

»Warum lassen wir das nicht einfach alles in Ruhe auf uns zukommen? Ich kann dieses Haus jedes Wochenende haben, wenn du möchtest. Der Typ, dem es gehört, kommt nie hierher. Ihm ist es nicht aufgedonnert genug, also läßt er es hier rumstehen und vermietet es, wenn's ihm paßt. Es gehört ganz und gar uns, wenn wir es haben wollen. Ich kann auch jede Nacht von Los Angeles herfahren, wenn du mich sehen willst. Wenn ich direkt nach der Show losfahre, bin ich gegen Mitternacht da und schon früh am Morgen, wenn Tygue aufwacht, wieder verschwunden.«

»Nick, das ist eine verrückte Idee. Du würdest nach ein paar Wochen zusammenbrechen.« Doch sie mußte zugeben, daß ihr der Gedanke gefiel.

»Wir könnten es ja mal versuchen. Außerdem könntest du auch ab und zu mal nach Los Angeles kommen. Um dich einzugewöhnen, wenn du so willst. Mal sehen, ob dieses Leben zu dir paßt. Wir können eine ganze Menge Dinge machen, Aschenputtel, ich habe dir gesagt, wir stehen erst am Anfang. Der gläserne Schuh hat doch gepaßt, oder?« Damit beugte er sich über sie und gab ihr einen Kuß. Zärtlich strich er ihr die fliegenden Haare aus der Stirn. »Ich liebe dich. Das ist alles.« So einfach war das also. Alles, was er gesagt hatte, klang wunderbar... aber sie mußte auch noch ihre eigenen Entscheidungen treffen. Sie mußte in dem Tempo vorgehen, das ihr entsprach, ihre eigenen Schritte wählen. Und dann war da ja auch noch Tygue.

»Und was ist mit Tygue?«

»Laß ihn doch erst mal in die neue Situation hineinwachsen. Vertraue mir. Ich glaube, ich kann damit ganz gut umgehen.«

»Ich glaube auch, daß du das kannst.«

»Na gut. Ist jetzt alles wieder in Ordnung? Bist du zufrieden?« Sie nickte glücklich und hakte sich bei ihm ein, als sie zu den Wagen hinuntergingen. Nichts war in Ordnung, aber es klang alles so verdammt gut.

»Fährst du hinter mir?« fragte sie beiläufig, als sie ihre Tür aufsperrte. Es war klar, daß er noch zu ihr nach Hause kommen würde. Doch er schüttelte den Kopf. Sie stand mit dem Schlüssel in der Hand und starrte ihn erstaunt an.

»Nein. Ich finde, ihr solltet jetzt ein wenig Zeit für euch haben. Wie wär's, wenn ich so um sechs zu euch käme? Ich habe noch ein paar Dinge in Santa Barbara zu erledigen.«

»Was? Zwei Stunden lang?« Er nickte. Sie spürte einen plötzlichen Stich von Eifersucht. Er hatte also doch noch eine Frau in dieser Stadt. Natürlich, warum sollte er sonst regelmäßig hierherkommen und das Haus in Anspruch nehmen? Wieso...? Doch er hatte ihren Gesichtsausdruck bemerkt und fing an zu lachen.

»Liebling, du bist wunderbar, und ich bete dich an.« Er kam auf sie zu und nahm sie fest in seine Arme. »Du hast gerade ausgesehen, als wärest du drauf und dran, jemanden umzubringen.«

»Das wollte ich auch.« Sie lächelte verlegen über seine Schulter.

»Hoffentlich nicht mich.«

»Nein. Aber die Frau, mit der ich dich eben zusammen gesehen habe.«

»Kate, ich kann dir ganz ehrlich sagen, daß ich nicht eine einzige Freundin in dieser Stadt habe. Ich komme immer hierher, um allein zu sein, um genau dem Rummel zu entfliehen, den du dir gerade vorgestellt hast. Und was all die anderen betrifft, werde ich eine öffentliche Bücherverbrennung auf dem Marktplatz abhalten und glücklich mein kleines schwarzes Buch vor aller Augen anzünden.«

»Warum tust du es nicht gleich jetzt? Ich habe ein Streichholz da.« Sie kramte nervös in ihrer Tasche, und er kniff sie in die Nase.

»Sicher hast du eins da. Wir werden es später benützen. Aber jetzt sieh zu, daß du endlich zu deinem Kind kommst, du eifersüchtiges Luder, oder ich vergewaltige dich gleich hier auf der Straße.«

»Was? Direkt vor *meinem Auto*?«

»Jederzeit an jedem Ort.« Er hielt ihr die Wagentür auf, und sie setzte sich hinters Steuer. Dann schloß er die Tür vorsichtig und beugte sich noch einmal für einen letzten Kuß zum Fenster hinein.

»Bitte, fahr vorsichtig.«

»Ja, Sir. Wir sehen uns um sechs.«

»Pünktlich.«

Er wartete, bis der Wagen um die Ecke bog. Dann stieg er in seinen Ferrari und fuhr in Richtung Stadt.

21

»He, Mam! Nick ist da!« Tygues Freudenschreie drückten genau das aus, was sie fühlte. Beide rannten mit Bert zur Tür hinaus und standen gespannt da, als der blaue Ferrari in ihrer Auffahrt langsam zum Halten kam. Die beiden Erwachsenen wechselten einen kurzen Blick über Tygues Kopf hinweg, und dann gehörte Nicks Aufmerksamkeit ganz und gar dem Kind. Er sprang aus dem Wagen, lief auf ihn zu und warf ihn hoch in die Luft, um ihn mit Leichtigkeit wieder aufzufangen.

»Wie geht's den Ziegen?«

»Toll! Und Joey hat zwei Ponys gekriegt! Na ja, eins ist für seine Schwester, aber die ist blöd. Die kann gar nichts damit anfangen, weil sie Schiß hat. Also gehören eigentlich beide Joey! Die sind toll!«

»Darauf gehe ich jede Wette ein, Cowboy.« Er stellte Tygue wieder auf die Füße und drehte sich um, um etwas aus dem Auto zu holen. »Tygue, wenn du mal erwachsen bist und eine Dame besuchen willst, empfiehlt es sich immer, einen Strauß Blumen und eine Schachtel Bonbons mitzubringen. Deshalb ...«, und damit holte er einen Strauß Tulpen und Flieder und eine in Goldpapier eingewickelte Schachtel hervor, »... bekommt deine Mutter jetzt die Blumen und du die Bonbons«, womit er Tygue die Schachtel in die Hand drückte. Tygue war mit dieser Aufteilung sehr zufrieden, und auch seine Mutter sah glücklich aus.

»Nicholas, du verwöhnst uns.«

»Jederzeit, Aschenputtel.« Er legte ihr leicht den Arm um die Schulter, nahm den Jungen an die Hand, und so gingen sie gemeinsam aufs Haus zu. Der Sommerabend war warm, und nur ab und zu strich eine kühle Brise über den Garten. Jedenfalls war es zu warm, um den Kamin anzustecken, und so saßen sie nur so auf dem Fußboden, sangen Lieder und aßen Würstchen mit Kartoffelsalat, bis Tygue vor Müdigkeit fast umfiel. Er schlief schon halb, als Nick ihn nach oben trug und Kate ihn auszog und die Bettdecke um ihn feststeckte. Als sie aus dem Zimmer gingen, war er fest eingeschlafen. Nick nahm sie sofort in den Arm, während sie noch leise die Tür zuzog. »Na also, sexy Lady, wo ist dein Zimmer?« Sie war verblüfft, als er sie einfach auf den Arm nahm. »Nebenan.« Lachend gab sie ihm ihre Anweisungen, und er ließ sie sanft auf ihr Bett fallen. Das Zimmer war freundlich eingerichtet und mit hellen Blumentapeten geschmückt. Licia hatte ihr damals zum Einzug Vorhänge und eine Tagesdecke im Tapetenmuster geschenkt. Das war zwar schon sechs Jahre her, aber die Muster wirkten immer noch so frisch und fröhlich wie damals.

»Sieht aus wie in einem Garten«, sagte er überrascht, aber es schien ihm zu gefallen. Das Zimmer war außerdem voller Grünpflanzen und Blumen, und überall standen weiße Korbmöbel.

»Was hast du erwartet? Schwarzen Samt?«

»Jesus, dann hätte ich dich wohl in der Tür auf den Hintern fallen lassen.«

»So, hättest du das.« Sie lachte ihn fröhlich an, während er anfing, sich das Hemd aufzuknöpfen. »Und was haben Sie in Santa Barbara alles unternommen, Monsieur?«

»Ich war ein wenig einkaufen, bin dann etwas spazierengegangen und hatte viel Zeit, dich zu vermissen.« Mit diesen Worten ließ er sich weich auf dem Bett nieder und zog sie sanft in seine Arme. Sie vergaß ihre Sorgen um seine Beschäftigungen in Santa Barbara sofort.

Bis zum nächsten Tag, als sie mit der Post eine Nachricht erhielt. Er hatte sie an diesem Vormittag schon dreimal angerufen, nachdem er in Los Angeles angekommen war. Er war morgens um halb sieben, eine halbe Stunde also, bevor sie Tygue wecken mußte, abgefahren, und soweit schien sein System zu funktionieren. Sie fragte sich nur, wie lange er das wohl durchhalten würde. Immerhin dauerte die Fahrt jeweils drei Stunden hin und zurück. Am Telefon hatte er jedenfalls ganz wach geklungen, jedoch hatte er sie mit keinem Wort auf die Nachricht vorbereitet, die sie kurz nach drei erhielt. Der Bote war, kurz nachdem Tygue aus der Schule gekommen war, eingetroffen. In dem Brief stand, daß auf dem Postamt von Santa Barbara ein Paket für Tygue Harper liegen würde. Es war eine Adresse angegeben, die Kate völlig unbekannt war, aber es stand da, daß Tygue persönlich vorbeikommen und sich das Paket abholen müsse. Kate hatte sofort Felicia in Verdacht. Was denn nun schon wieder? Etwa das Auto? Sie hatte ja scherzhaft versprochen, damit zu warten, bis er sechs wäre. Kate startete nachdenklich den Wagen. Natürlich hatte Tygue darauf bestanden, sofort loszufahren, und er wäre unausstehlich gewesen, hätte sie diesen Wunsch nicht sofort erfüllt. Sie brauchten eine halbe Stunde, um die Adresse zu finden, doch als sie angekommen waren, war Kate sicher, daß sie sich irgendwo verfahren haben mußte. Weit und breit war kein Postamt zu sehen, nur ein kleines Haus mit einem Stall im Hintergrund und ein paar eingezäunten Koppeln. Sie legte schon den Rückwärtsgang ein und wollte umkehren, als sie einen Mann mit einem Cowboyhut sahen, der ihnen heftig zuwinkte. Tygue winkte wild zurück, und Kate seufzte, als der Mann lächelnd auf ihr Auto zukam. Sie wollte keine Zeit verlieren. Schließlich mußten sie noch dieses dämliche Postamt finden, bevor es zumachte. Da stand der Mann schon neben dem Wagen und grinste Tygue mit breitem Mund an.

»Tygue Harper?«

»Ja!« Er war so aufgeregt, daß er fast schrie.

»Wir haben hier ein Paket für dich.« Er blinzelte Kate zu, die nun überhaupt nicht mehr wußte, was vor sich ging.

»Ist das hier das Postamt?« Tygue blickte aufgeregt zu dem Mann und dann wieder zu seiner Mutter.

»Nein. Aber wir haben trotzdem ein Paket für dich.« Und dann wußte Kate plötzlich Bescheid. Sie hätte am liebsten geschrien, aber sie wagte es nicht. Er hatte es also getan! Sie versteckte ihr Gesicht in den Händen und fing an zu lachen, während Tygue wie ein Floh aus dem Auto hüpfte und mit dem Mann davonrannte. Kate stieg etwas gelassener aus und folgte den beiden zu einer von den Koppeln. Sie sah, wie der Mann mit dem Cowboyhut ein Gatter öffnete. Tygue hielt sich inzwischen krampfhaft an seinem Arm fest. Dann führte der Mann ihn zu einem wundervollen Shetlandpony mit einem herrlichen braunen Fell und blonder Mähne. »Siehst du das, mein Sohn?« Tygue nickte hingerissen und war plötzlich ganz still, während der Mann und seine Mutter ihn beobachteten. »Das ist dein Paket, Tygue. Es gehört jetzt dir. Dir ganz allein.«

»Oh... Oh...! Oh! Mam!« Dann rannte er wie der Blitz auf das Pony los und warf seine Arme um den braunen Hals. Es hatte einen brandneuen Ledersattel und hellrotes Zaumzeug umgelegt. Kate sah Tygues Gesicht und wünschte sich, daß Nick das miterlebt hätte. Der Mann mit dem Cowboyhut langte in seine Brusttasche und holte zwei Umschläge daraus hervor. Einer war für Tygue, einer für seine Mutter.

»Soll ich dir den Brief vorlesen, Liebling?« Sie wußte, daß er im Moment zu aufgeregt war, um auch nur seinen eigenen Namen lesen zu können. Er streichelte und küßte das Pony, dem diese neue Aufmerksamkeit gut zu gefallen schien.

»Was steht drin?«

»Hier steht...« Sie öffnete den Umschlag sorgfältig und lächelte, als sie die Zeilen las. »Also, hier steht: ›Ich dachte mir, daß es gut zu Deinem neuen Cowboyanzug passen würde, den Deine Mutter Dir in Los Angeles gekauft hat. Es gehört ganz und gar Dir. Gib ihm einen schönen Namen, und wir sehen uns dann bald beim Rodeo. Bis dann. Nick.‹«

»Mannomann! Darf ich es behalten?« Er sah seine Mutter bittend an, und sie nickte.

»Na klar. Nick hat doch geschrieben, daß es dir gehört, oder?« Tygue nickte heftig mit dem Kopf.

»Na also, behalt es. Wie wirst du das Pony nennen?« Plötzlich spürte sie einen unangenehmen Stich in der Magengegend. Ein Pony war ein ganz schön aufwendiges Geschenk. Was hatte das alles zu bedeuten?

»Es soll Brownie heißen.« Diesmal kannte Tygue kein Zögern, und er mußte auch nicht erst Willie befragen.

Danach hatte sie einen Augenblick Zeit für sich, um ihren Brief zu lesen:

»Fünfzehn Minuten, um die Blumen auszusuchen. Zehn Minuten, um die Bonbons zu kaufen. Fünfzehn Minuten, um im Telefonbuch nach der Adresse des Gestüts zu suchen. Zwanzig Minuten, um dorthin zu fahren. Fünfundsechzig Minuten, um das Pony auszusuchen und alle Verabredungen zu treffen. Fünf Minuten, um von Dir zu träumen. Alles in allem genau zwei Stunden. Ich liebe Dich, Kate. Wir sehen uns heute nacht. Nick.« Und als P. S. las sie, daß Nick mit der Stalleitung vereinbart hatte, daß das Pony dort bleiben könne, wenn sie es nicht lieber zur Adamsranch bringen wollten, aber das könnten sie ja unter anderem auch später besprechen. »Unter anderem.«

Als er um Mitternacht bei ihr eintraf, hatte das »Unter anderem« zunächst mal Priorität. Sie gingen sofort in ihr Schlafzimmer, und Nick streckte seinen müden Körper erschlagen auf ihrem Bett aus. Er seufzte tief und lächelte sie dann an.

»Anstrengender Tag?« Kate setzte sich auf den Bettrand und beobachtete ihn. Es war schon ein seltsames Gefühl, plötzlich einen Mann in ihrem Bett zu sehen. Daran mußte sie sich erst noch gewöhnen.

»Eigentlich nicht. Ich war bloß so nervös, weil ich endlich wieder hier sein wollte. Heute abend kam es mir so vor, als würde die Aufzeichnung eine Ewigkeit dauern. Aber dann konnte ich ja endlich fahren.«

»Es ist schon eine ganz schöne Strecke, Mr. Waterman.«

»Das sind Sie mir wert, Mrs. Harper.« Er setzte sich auf und streckte die Arme nach ihr aus, aber sie war aufgestanden und sah ihm eine Weile lang stumm ins Gesicht. Doch dann gab sie nach und ließ sich von ihm umarmen. »Bist du heute nacht ein wenig schüchtern, Kate?«

»Vielleicht? Ein bißchen.« Sie lächelte kurz, doch er drückte seine Lippen schon sanft auf die ihren. Einen Augenblick später, als seine Finger ihre Blusenknöpfe öffneten, war sie alles andere als scheu. Er streichelte ihre Brust, bis ihre Warze in seiner Hand hart wurde. Sie spürte ein Verlangen in ihrem Körper aufsteigen und preßte ihre Lippen fester auf seinen Mund. Seine Hand hatte ihre andere Brust gefunden. Die Angst aus den Jahren ihrer Enthaltsamkeit wich wieder von ihr, und sie schmolz ihm entgegen, als seine Hand ihre samtene Haut streichelte und sich langsam auf einen Punkt zubewegte.

Erst nach Stunden hatten sie voneinander genug, und sie ruhten sich in den zerwühlten Bettüchern aus. Nick rauchte eine Zigarette, und sie zeichnete mit ihrem Finger kleine Kreise auf seine Brust. Er drehte sich zu ihr um, und da fiel ihm zum erstenmal seit Stunden Tygue ein.

»He, wie war das eigentlich mit dem Pony? Gefällt es ihm?«

»Machst du Witze? Er wäre fast auf der Stelle gestorben.« Doch plötzlich entstand eine unangenehme Stille, bevor sie weitersprach. Nick sah sie fragend an.

»Und...? Ich höre mehr in deiner Stimme, Kate. Bist du mir böse?«

»Böse? Nein, wie könnte ich? Aber...« Er hatte richtig geraten. Es gab noch etwas, das sie beunruhigte. Sie sah ihm offen in die Augen und runzelte kurz die Stirn. »Ich weiß nicht, wie ich es dir sagen soll, Nick, es klingt so undankbar. Er war ganz aus dem Häuschen. Für einen kleinen Jungen ist das ein ungeheuerliches Geschenk, wie ein Traum, der in Erfüllung geht. Du bist ein Traum, der in Erfüllung geht, auch für mich, Nick. Aber das ist genau das, was mir Sorgen macht. Was ich dir sagen will, ist... ich will nicht, daß... daß das alles nur ein Traum ist. Ich will nicht, daß *du* bloß ein Traum für mich bist. Ich möchte, daß das alles Realität ist und bleibt. Und dann, wenn du vielleicht... wenn du...«

»Du meinst, wenn ich aus deinem Traum verschwände, was dann aus dir und mir und Tygue würde? Ist es das, wovor du Angst hast, Kate?« Er sah aus, als hätte er genau verstanden, was sie fühlte, und sie war erleichtert, daß er nicht böse auf sie wurde.

»Ja, Nick, ich glaube, das ist es. Was würde mit mir geschehen, wenn du plötzlich nicht mehr da wärst? Einen Augenblick lang besteht alles aus Ponies und Geschenken und Versprechen, wie die Fahrt nach Disneyland, und im nächsten Augenblick...« Sie konnte den Satz nicht zu Ende sprechen, aber er sah auch so, daß sie ernsthaft besorgt war. Die ganze Art, in der er Tygue verwöhnte, bereitete ihr Kopfzerbrechen. Es erinnerte sie zu sehr an Toms grandiose Großzügigkeit, damals, kurz vor dem Ende.

»Aber Kate. Ich werde hier sein. Ich werde lange, lange Zeit hier bleiben. Solange du mich haben willst. Ich gehe nicht mehr weg.« Das hatte Tom damals auch zu ihr gesagt. Aber das Leben hielt sich nicht an diese Spielregeln. Das hatte sie inzwischen gelernt.

»Das kannst du nicht wissen. Darüber haben wir alle keine Kontrolle. Es mag ja sein, daß du hierbleiben möchtest, aber wir wissen alle nicht, was das Schicksal noch für uns parat hat.«

»Liebling –« er beugte sich vorsichtig zu ihr hinüber und nahm ihr Gesicht besorgt in beide Hände, »– am meisten gefällt mir an dir dein Optimismus.« Sie lächelte traurig und zuckte die Schultern.

»Ich kann mich wohl nur langsam an all die guten Dinge gewöhnen, die in letzter Zeit mit mir passieren.«

»Tygue wird wohl auch seine Zeit brauchen, bis er sich daran gewöhnt hat. Mach dir nichts vor, auch die Personen, die Ponies verschenken und Reisen ins Disneyland versprechen, werden mit Mißtrauen beobachtet.«

»Ich finde jedoch, daß du einen guten Start gehabt hast. Es war alles darauf angelegt, daß er dich mit Vehemenz hätte ablehnen und durchdrehen müssen, doch das Gegenteil scheint der Fall.« Sie war darüber immer noch erstaunt.

»Er wird vermutlich durchdrehen, wenn er erkennt, daß ich bleiben werde.« Immer wieder sagte er das – hierbleiben. Woher wollte er das wissen? Wie konnte er da so sicher sein? Und was sollte geschehen, wenn es nicht so lief, wie er es sich vorstellte? Irgendwie erschreckte seine Selbstsicherheit sie.

»Lassen wir das, Kate, du siehst müde aus. Hören wir für heute mal auf mit all dem Sorgenmachen. Ich liebe dich, und ich finde, daß Tygue ein phantastisches Kind ist, und ich werde weder dich noch ihn im Stich lassen. Und wenn du nicht willst, werde ich ihn von nun an auch nicht mehr so verwöhnen. Keine Ponies mehr.« Er lachte schelmisch, als er an einer ihrer Locken zog. »Jedenfalls nicht in der nächsten Woche.«

»Du redest genauso wie Felicia.«

»Himmel, ich hoffe, ich sehe ihr nicht auch noch ähnlich.«

»Nein. Nicht im geringsten, mein Lieber.« Und mit einem glücklichen Lachen vergaß sie Tygue und ihre Sorgen für eine Weile und ließ sich zufrieden in die Arme ihres Liebhabers sinken. Es war schon vier Uhr morgens, als sie aufhörten, Liebe zu machen. Kate zündete sich mit einem zufriedenen Seufzer eine Zigarette an. Sie warf einen Blick auf ihren Wecker und zuckte zusammen.

»Du wirst morgen fürchterlich müde sein.«

»Was ist mit dir? Kannst du noch einmal schlafen, wenn Tygue in die Schule gefahren ist?« Er blickte sie besorgt an. Schließlich hatte sie auch einen arbeitsreichen Tag vor sich. Er konnte sich noch mal hinlegen, wenn er in Los Angeles angekommen war, denn von seltenen Ausnahmen abgesehen mußte er nie vor drei Uhr nachmittags im Studio erscheinen. Die meisten Vorbereitungen für die Show liefen so gut wie von selbst, so daß er, außer wenn er zum Mittagessen verabredet war, das Haus nie vor zwei verließ.

Kate seufzte als Antwort auf seine Frage, ob sie sich noch einmal hinlegen könnte. »Nein. Ich fahre morgen nach Carmel.«

»Zum Unterrichten?«

Sie nickte. Sie haßte alle diese Lügen.

»Darf ich dich mal dahin begleiten? Ich würde zu gern mal sehen, was du so machst.«

Doch sie blickte plötzlich entschlossen zur Seite und drückte heftig ihre Zigarette aus, ohne ihm zu antworten. Er konnte ihr Gesicht nicht sehen. Und als sie sich wieder zu ihm umdrehte, konnte er sich den Ausdruck darauf nicht erklären. Auf jeden Fall war sie auf einmal sehr distanziert. Das überraschte ihn. Und in ihren Augen lag wieder ein Schmerz versteckt, der ihm wirklich Sorgen bereitete.

»Es ist nicht erlaubt, jemanden dorthin mitzunehmen. Die Schule ist ein wenig schwierig, wegen der Kinder.«

»Gefällt es dir dort?« Er versuchte in ihrem Gesicht eine Antwort auf seine Fragen zu finden, doch er wußte nicht mal genau, was er suchte.

Sie schloß die Augen. »Für diese Art von Schule ist es ganz nett dort.« O Gott. Warum mußte er sie ausfragen? Sie wollte das Thema wechseln. Doch sie mußte ihn davon überzeugen, daß sie dort nichts anderes machte als arbeiten. Sie konnte ihm nichts von Tom erzählen. Jetzt noch nicht. Nicht einmal ihm.

»Kannst du dir nicht eine Arbeit beschaffen, die etwas mehr in der Nähe liegt?« Sie schüttelte den Kopf. Er haßte sich dafür, daß er ihr noch mehr Fragen stellen mußte. Doch im Augenblick waren sie beide müde. Er hatte andere Dinge im Kopf, und die waren auch wichtig. Zärtlich fuhr er ihr mit einer Hand über den Schenkel, und sie sah verwundert hoch. Dann war sie erleichtert, daß er nicht weiter in sie drang. Die Hand befand sich schon auf der Innenseite ihres Schenkels, und sie streckte sich ihm lächelnd entgegen.

»Noch mal?«

»Beklagst du dich etwa?« fragte er sanft. Mit ihren Körpern geschah etwas, das keinem von beiden bis dahin geschehen war, was sie noch nie mit einer anderen Person erlebt hatten. Jedenfalls nicht so wie jetzt. Es war eine Art von Liebe, die für beide eine völlig neue Erfahrung war. Als der Wecker um sechs rasselte, schreckten sie hoch. Doch keiner bedauerte, daß sie in dieser Nacht wenig geschlafen hatten.

22

»Hast du heute wieder unterrichtet?« Er setzte sich in den Sessel neben dem Kamin und sah sie aufmerksam an. Er war gerade erst gekommen und hatte schon in der Tür seine Krawatte gelöst. Kate lächelte verständnisvoll. Sie war mindestens ebenso müde wie er.

»Ja. Ich habe unterrichtet.« Einen Augenblick lang herrschte Stille. »Und wie war die Show?« Der Tag mit Tom war sehr anstrengend gewesen. Er hatte sich erkältet, klagte über Halsschmerzen und hatte sogar zweimal geweint.

»Die Show war mal wieder eins a.« Er erzählte ihr von drei Hollywoodgrößen, die am Abend aufgetreten waren. Zwei davon haßten sich wie die Pest. Doch er wollte eigentlich nicht über die Show mit ihr reden. Er wollte endlich diese eine Sache ansprechen, die sie ihm verschwieg. Und er wollte wissen, warum. Seit Wochen belasteten ihn diese kleinen Unstimmigkeiten. Kleine Meinungsverschiedenheiten, angedeutete Drohungen, er konnte es nicht genau sagen, aber es nagte an ihm. Als er eines Morgens nach Los Angeles zurückgefahren war, hatte die Sache ihm keine Ruhe mehr gelassen. Seit er sie jetzt kannte, hatte er den unbestimmten Verdacht, von etwas ausgeschlossen zu sein, Puzzleteilchen, die fehlten, die nicht angesprochen werden durften, auf die er sich keinen Reim machen konnte. Die Art, wie ihre Eltern sie verstoßen hatten, zum Beispiel, ihr Mißtrauen in die Zukunft, die Jahre, die sie mit Tygue allein verbracht hatte, und dann dieser mysteriöse Unterricht, zu dem sie niemanden mitnehmen durfte. Als er sich auf seiner Terrasse in Los Angeles den dritten Kaffee eingoß, hatte er plötzlich die Nase voll. Er wollte die Antworten, und er hatte genügend Quellen, um seine Informationen zu erhalten. Vielleicht hatte ihn eine weitere schlaflose Nacht auf diese verrückte Idee gebracht, aber er hatte schließlich nichts zu verlieren, wenn er sich jetzt auf eigene Faust auf die Suche machte, und sie brauchte es ja nie zu erfahren.

Er war sich nicht einmal sicher, wonach er eigentlich suchte, aber er hatte das Gefühl, daß es da etwas geben müßte. Seine erste Frage hing mit ihrem Namen und dem Inhalt ihres Buches zusammen. Dies war der erste Zufall, der mit dem, was sie ihm erzählt hatte, nicht ganz zusammenpaßte. Sie wußte zuviel über Football, um... die Antworten waren bei ihm im Laufe von mehreren Tagen eingetrudelt, und eines Nachmittags hatte die ganze Geschichte dann zusammengepaßt. Er hatte gerade in seinem Büro gesessen, als kurz vor fünf ein Anruf kam. Die Information überraschte ihn nicht im geringsten. Der Mann aus dem Detektivbüro war sein Freund, und Nick hatte ihn öfter beschworen, daß die Sache äußerst vertraulich zu behandeln wäre. Es ginge dabei nur um seine persönliche Angelegenheit. Lücken im Bericht würden ihn nicht stören, doch es gefiel ihm überhaupt nicht, was er jetzt zu hören bekam.

»Ich habe über die Frau so gut wie alles herausgefunden, was es gibt, und das ist nicht viel.

Aber lassen Sie mich erst erzählen, was ich sonst noch entdeckt habe. Komischerweise habe ich mich an den Kerl überhaupt nicht mehr erinnert, bis ich die Streifen von der Show wieder gesehen habe. Ich habe sofort nach den Zeitungsausschnitten schicken lassen und im Archiv der Nachrichtenanstalten angerufen. Es geht um Tom Harper, war vor zehn Jahren mal ein Footballstar. Wir hatten ihn drei- oder viermal in der Show, als Jasper noch in New York gearbeitet hat. Lange vor Ihrer Zeit, Nick. Wie dem auch sei, ich glaube, er war ein netter Kerl. Amerikas Nummer Eins im Football. Ich weiß gar nicht, warum der Name bei mir nichts ausgelöst hat, als Sie heute morgen angerufen haben. Er war acht oder neun Jahre einer der besten Profis, bis seine Karriere ins Schleudern kam. Ich kann mich an keine Einzelheiten erinnern. Jedenfalls bekam er irgendwann Schwierigkeiten, wurde zu alt für den Sport, mußte seine Karriere beenden. Hat dann irgendwas Verrücktes gemacht, auf seinen Manager geschossen oder so ähnlich, hat sich wohl statt dessen selbst ausgelöscht.«

»Selbstmord?« Doch Nick erinnerte sich langsam auch wieder an die Geschichte. Er hatte Tom Harper sogar ein- oder zweimal getroffen, als er selbst noch gespielt hatte. Wie schnell man doch solche Ereignisse vergaß. Vor sechs, sieben, vielleicht auch acht Jahren hatte er Schlagzeilen gemacht, und jetzt mußte man einen Detektiv einstellen, um sich den Namen und die Person wieder zu vergegenwärtigen. Kate wäre sicher sehr zufrieden, wenn sie das wüßte.

»Ich glaube nicht, daß er dabei gestorben ist, jedenfalls nicht sofort darauf. Ich konnte darüber nichts finden. Er war sehr schwer verwundet, gelähmt oder so was. Schließlich haben sie ihn in ein Sanatorium nach Carmel verfrachtet. Danach hat die Welt ihn wohl vergessen. Niemand scheint zu wissen, ob er noch am Leben ist oder was er macht. Ich konnte den Namen des Sanatoriums auch nicht herausfinden, sonst hätte ich dort angerufen. Das ist alles, was es über ihn gibt. Einer der Nachrichtenleute hatte einen Bericht, in dem steht, daß Tom Harper von der Hüfte an abwärts gelähmt wäre und wohl permanent geistig geschwächt bleiben würde. Das war, als man ihn nach Carmel verlegte. Aber das ist jetzt auch wirklich alles. Was die Frau betrifft, sie war mit ihm verheiratet. Sonst gibt es über sie nichts zu sagen. Einige Meldungen, wie sie ins Krankenhaus kommt, ihn zu besuchen, und wie sie ihn wieder verläßt. Sie haben mir die Bilder geschickt. Hat mich ganz krank gemacht. Sie hat diesen verdammt miesen Gesichtsausdruck von Leuten, die in einem Alptraum leben. Das ist übrigens ein weiterer Nachrichtenausschnitt. Zeigt, wie er in Carmel ausgeladen wird. Sie begleitet ihn. Er sieht aus, als merke er nichts von dem, was um ihn herum geschieht, ein bißchen kindisch und stumpf. Danach gibt es absolut keine Nachricht mehr, über keinen von beiden. Über ihre Vergangenheit konnte ich noch ein bißchen was erfahren, aber mager. Sie war in Stanford, nur ein paar Monate, ist dann abgegangen, um mit Harper zusammenzuleben, hat ihn überallhin begleitet, sind durch ganz Amerika gereist, die zwei, sie ist dabei aber immer dem Rampenlicht ferngeblieben. Eine Zeitlang hat sie als Mannequin oder so was Ähnliches gearbeitet. Muß ein hübsches Mädchen gewesen sein, damals, ist ja schon lange her. Einen kleinen Skandal hat es gegeben, als ihre Eltern sie enterbt haben, weil sie Harper heiraten wollte. Waren wohl so sicherheitsfanatische, gierige Mittelklassesnobs, die es nicht ertragen konnten, daß ihre Prinzessin einen Gaukler oder Hungerkünstler oder so was heiratete. Auf jeden Fall haben sie sie verworfen.

Das ist alles, was ich weiß, Nick. Was mit ihm passiert ist, ob er noch am Leben ist oder wo sie sich rumtreibt, konnte ich alles nicht rausfinden. Die Presse schweigt sich aus. Wenn du den Namen von dem Sanatorium rausfinden würdest, können wir dort vielleicht anrufen und erfahren, ob er mittlerweile gestorben ist. Doch ich fürchte, daß man den Namen absichtlich der Presse verschwiegen hat. Ich weiß es nicht. Soll ich noch weiter dranbleiben?«

»Danke, den Rest schaffe ich selbst. Und hören Sie, nochmals tausend Dank. Sie haben alles herausgefunden, was ich wissen wollte.« Und noch viel mehr. Er wußte jetzt alles, denn den Rest konnte er sich selbst zusammenreimen. Offenbar war Tom noch am Leben und in Carmel. Das war also diese seltsame ›Schule‹, in die sie immer fuhr. Und das Ganze war vor sieben Jahren passiert. Tygue war jetzt sechs... also mußte sie hochschwanger gewesen sein, als Tom sich angeschossen hatte. Eine unglaublich lange Zeit, um so zu leben, wie Kate Harper es getan hatte. Er stand den ganzen Abend unter dem Eindruck dessen, was er erfahren hatte, und konnte fast nur über sie nachdenken. Er hatte das Bedürfnis, mit ihr darüber zu reden, die Dinge zwischen ihnen zu klären, sie im Arm zu halten und sie weinen zu lassen, wenn das nach all den Jahren noch nötig war. Aber er wußte, daß er kein Wort darüber verlieren durfte. Nicht, bevor sie nicht selbst darüber sprechen wollte. Er fragte sich, wie lange das wohl noch dauern würde.

Im Augenblick saß sie ihm gegenüber und beobachtete ihn freundlich, wobei ihm die Ringe unter ihren Augen auffielen. Auch sie zahlte ihren Preis für ihr Doppelleben und ihre gemeinsamen glücklichen Stunden.

»Wie war's denn heute in Carmel, Kate? Hattest du einen schweren Tag?« Er konnte den Schmerz in ihrem Blick kaum aushalten. Der erzählte ihm den Rest der Geschichte, den Teil, den die Offiziellen nicht wissen konnten. Im stillen fragte er sich, wie schlimm es wirklich um Tom Harper stünde. Aus den Zeitungsausschnitten hatte er erfahren, daß der Gehirnschaden irreparabel war. Das mußte für sie ja eine unglaubliche Tortur sein. Er konnte sich nicht vorstellen, was es nun wirklich bedeutete, tagtäglich mit einem Menschen umzugehen, der einen solchen Schaden erlitten hatte; vor allem, wenn dies ein Mensch war, den man geliebt hatte.

»Ja, heute war es ein bißchen schwierig.« Sie lächelte und versuchte, den Streß von sich abzuschütteln. Doch er ließ nicht locker. Noch nicht.

»Fordern sie dich da sehr heraus?« Er fragte nach Tom, nicht nach »ihnen«, und er hoffte, daß sie ihm die Wahrheit sagen würde. Ein bißchen Vertrauen sollte sie wohl in ihn haben.

»Manchmal. Solche Menschen können wie die kleinen Kinder sein. Manchmal sind sie sehr süß und gut zu haben, und kurz darauf schwierig und unausstehlich. Aber vergessen wir das jetzt mal. Ist ja nicht so wichtig. Wie war dein Tag?« Damit war das Thema endgültig beendet. Ihr Gesicht war sehr verschlossen.

»Die Leute in der Show können ›sehr süß sein, wie kleine Kinder‹, und kurz darauf brechen sie aus und handeln beschissen, ebenfalls wie Kinder. Vielleicht liegt es daran, daß auch die meisten Schauspieler und Berühmtheiten geistig zurückgeblieben sind.« Er seufzte.

»Ach übrigens, hast du das Haus übers Wochenende mieten können?« Sie öffnete ihm die Hemdenknöpfe. Er nickte.

»Ja. Und weißt du, was ich mir gedacht habe? Wir sollten diesmal alle drei dorthin fahren.«

Sie dachte eine Weile über den Vorschlag nach und sah ihn dann fragend an. »Warum bleiben wir dann nicht hier?«

Er schüttelte langsam den Kopf. »Noch nicht. Das hier ist Tygues Terrain. Ich möchte ihm noch nicht allzu sehr auf die Pelle rücken.« Er dachte an alles, und er kümmerte sich um alles. Er bedeutete ihr sehr viel, genug auch, um sich Sorgen um sein Aussehen zu machen. Er war total erschöpft.

»Nick?«

»Was ist, Schatz?« Er lehnte sich mit geschlossenen Augen in den Sessel zurück und nahm ihre Hand. Dabei versuchte er, sich nicht verletzt zu fühlen, weil sie ihm nichts von Tom erzählt hatte. Er mußte eben einfach so lange warten, bis sie dazu bereit war.

»Was wirst du nun tun?«

»Wie meinst du das?« Aber er wußte Bescheid und hatte sich darüber auch schon Gedanken gemacht. Seit drei Wochen hatten sie beide keine Nacht genug schlafen können.

»Du kannst doch nicht immer so weitermachen.«

»Willst du mir etwa weismachen, ich wäre schon zu alt dafür?« Er öffnete ein Auge und zwinkerte ihr zu. Sie lachte.

»Nein. Aber ich bin vielleicht zu alt dafür. Und wenn es mich so kaputtmacht, wie sehr muß es dich dann erst anstrengen. Schließlich fahre ich nicht jeden Tag nach Los Angeles und zurück.«

»Mach dir keine Sorgen. Laß uns doch mal den Sommer abwarten und dann weitersehen.«

»Aber was wird dann?« Sie hatte den ganzen Rückweg von Carmel darüber nachgedacht. Die Fahrt hatte ihr einen Eindruck davon vermittelt, was Nick jeden Morgen und jeden Abend mitmachte. Es war schließlich eine ähnlich lange Strecke. »Was werden wir nach diesem Sommer mit uns anfangen?«

»Ich könnte mir ein Flugzeug kaufen. Wie wär's mit einem Hubschrauber?« Er machte diesen Scherz nur halbherzig, und sie gab ihm einen zärtlichen Kuß auf die Wange. Es war ja auch ihr Fehler. Aber Tygue war auch noch da, und sie konnte doch nicht einfach... »Warten wir's mal ab, Liebling. Und dann werden wir weitersehen. Ich will erst mal herausfinden, was Jasper nun mit der Show plant. Das könnte alles verändern. Er muß sich innerhalb der nächsten zwei Wochen entscheiden.«

»Was heißt das? Wieso wird Jaspers Entscheidung alles verändern?« Sie schien noch besorgter als vorher.

»Mach dir nicht so viele Sorgen, Kate. Das ist ein Befehl.«

»Aber...«

»Schhh!« Er preßte seine Lippen auf ihren Mund und erstickte jeden weiteren Einwand mit seinem Kuß. Schließlich mußte sie lachen, und sie ließen sich aufs Bett fallen. In dieser Nacht machten sie keine Liebe, sondern schliefen nur eng aneinandergekuschelt, so erschöpft waren beide. Nick war schon gegangen, als Kate am nächsten Morgen aufwachte.

»Wo hast du das her?« Tygue sammelte ein riesiges, weißes T-shirt auf und hielt es hoch. Er hatte einen fürchterlichen Verdacht und betrachtete seine Mutter verächtlich, die sich schamhaft unter ihrer Bettdecke versteckte. Bisher war Tygue noch nie so früh in ihrem Zimmer erschienen, daß sie keine Gelegenheit gehabt hätte, sich ein Nachthemd überzuziehen, und jetzt fühlte sie sich auf eine komische Weise in die Ecke gedrängt. Sie waren wohl so müde gewesen, daß Nick sein Unterhemd unter dem Bett vergessen hatte.

»Ich hatte es gestern nachmittag bei der Gartenarbeit an.«

»Es riecht aber nach Nick.« In seinen Augen war ein wilder Ausdruck. Jetzt machte seine Eifersucht sich langsam breit. Nick hatte recht behalten. Die anfängliche Vertrautheit zwischen den beiden war zu schön gewesen, um wahr zu sein oder anzudauern.

»Nick hat es mir geschenkt. Was willst du zum Frühstück? Eier oder Cornflakes?« Warum gab sie ihm eigentlich eine Erklärung? Es war doch verdammt noch mal ihre Sache, wessen Unterhemd unter ihrem Bett lag, und ging Tygue einen Dreck an.

»Ich will französischen Toast oder Pfannkuchen.« Sein Ton war eine Mischung von Kampfeslust und Anklage.

»Beides steht heute nicht auf der Speisekarte.« Kate starrte wütend zurück.

»In Ordnung, dann eben Eier. Wann kommt Nick mal wieder her, um Brownie zu besuchen?« Es war komisch, wie eifrig er sich wünschte, Nick wiederzusehen, und gleichzeitig eine Mordswut auf ihn hatte. Es sah aus, als hätte er Lust auf einen Streit mit seiner Mutter.

»Er hat gesagt, daß er dieses Wochenende kommen wolle. Übrigens –« sie hielt gespannt die Luft an, »– er hat uns beide eingeladen, das Wochenende mit ihm in dem Haus in Santa Barbara zu verbringen. Wie fändest du das?«

»Ganz gut, vielleicht... Kommst du auch mit?«

»Klar. Hast du irgendwelche Einwände?«

»Nick spricht nicht so gern über Pferde, wenn du dabei bist. Wenn wir allein sind, ist er überhaupt viel vernünftiger.«

»Aha. Na, vielleicht könnt ihr zwei euch ja mal absetzen und allein zu der Ranch fahren oder am Strand spazierengehen. Wie wäre das?«

»In Ordnung.« Zum ersten Mal ließ er sich dazu herab, ein wenig zu lächeln. »Darf ich Joey auch einladen?« Daran hatte sie zwar nicht gedacht, aber die Idee war gar nicht so schlecht. Joey würde ihn ein wenig beschäftigen, und sie und Nick hätten dann mehr Zeit für sich allein.

»Ich werde Nick fragen, aber wie ich ihn kenne, wird er wohl nichts dagegen haben.« Nick sagte zu allem ja, was Tygue sich wünschte. Das ärgerte sie manchmal ganz gewaltig. Er hatte zwar sein Versprechen gehalten, Tygue nicht mehr so sehr zu verwöhnen, doch war er immer noch viel zu nachsichtig mit ihm, und das machte sie manchmal zornig. Es sah dann so aus, als wäre Nick der gute Mann und sie das böse Weib, wenn sie ihn ab und zu mal zur Verantwortung ziehen mußte. Ganz abgesehen davon war es eine völlig neue Erfahrung, neben sich noch jemand anderen zu wissen, der Tygues Aufmerksamkeit und Liebe genoß. Bis jetzt war Tygue mit jeder Kleinigkeit zu ihr gekommen, und es war für sie gar nicht so einfach, das mit jemandem zu teilen. Es war ihr unangenehm, das einzugestehen, aber sie wußte, daß es der Wahrheit entsprach. Felicia war zwar auch noch da, aber ihre Besuche waren sehr selten, während Nick langsam ein Teil ihres Alltagslebens und damit zur vertrauten Institution und Autorität wurde. Ab und zu fiel es ihr sehr schwer, damit fertig zu werden. Nicht nur Tygue, auch sie hatte sich an einige Dinge noch zu gewöhnen. Dennoch. Für Nick lohnte sich diese Mühe ganz bestimmt.

»Vergiß nicht, Nick wegen Joey zu fragen.« Tygue murmelte

diese Mahnung über seine Schulter, während er aus dem Zimmer marschierte.

»Ich werde dran denken. Jetzt mach dich für die Schule fertig.« Er ging in sein Zimmer, und sie verstaute das Unterhemd tief in ihrem Schrank. Vorher roch sie allerdings noch mal daran. Es duftete genau wie Nick, würzig und nach Zitronen. Allein der Duft weckte in ihr die Sehnsucht nach ihm.

Doch an diesem Vormittag rief er nicht an. Statt dessen erhielt sie einen Anruf von Stu.

»Ich habe eine Überraschung für Sie, Kate.« Er klang außerordentlich stolz auf sich.

»Gut oder schlecht?«

»Ich habe doch nur gute Überraschungen!« Er versuchte den Beleidigten zu spielen, scheiterte aber.

»Also gut, raus mit der Sprache.«

»Also, meine geschätzte Kate, wir haben soeben eine Einladung für Sie erhalten. Sie dürfen acht Tage im Regency Hotel in New York verbringen, darauf folgen drei Tage in Washington, zwei in Boston, und auf der Rückreise verbringen Sie noch einen Tag in Chicago. Es ist eine Tour für das Buch. Sie werden in allen vier Städten in den bestmöglichen Shows auftreten. Und wo immer Sie hinkommen werden, bietet man Ihnen Ersteklasseservice und Viersternebehandlung. Miß Harper, Sie haben es geschafft!«

»O Gott!« Wieder ein neuer Berg, den sie erklimmen mußte. Und sie war gerade froh über das Plateau, das sie bisher erreicht hatte. Warum sollte sie jetzt schon weiter nach oben klettern? »Muß das sein?«

»Wollen Sie mich auf den Arm nehmen, Kate?« Stu war ehrlich entsetzt. »Hören Sie mal, ich will Sie ganz offen fragen: Wollen Sie einen Bestseller oder einen Reinfall? Wenn Sie die Tantiemen einstreichen wollen, meine Liebe, dann müssen Sie auch etwas dafür tun.«

»Mit anderen Worten, ich singe, um mein Abendessen zu verdienen!« Sie war alles andere als erfreut. »Wie lange muß ich dann insgesamt unterwegs sein?«

»Genau zwei Wochen. Das ist doch gar nicht so schlimm, oder?«

Sie seufzte. »Wahrscheinlich nicht. Darf ich Sie noch mal zurückrufen? Ich muß erst sehen, daß ich jemanden finde, der sich solange um Tygue kümmert.«

»Klar, geht in Ordnung. Ich rufe Sie später noch mal an.«

»Wann soll ich denn eigentlich losfahren?«

»Montag.« Er fand es nicht mal nötig, sich zu entschuldigen.

»Was? In vier Tagen?« Es war schon Donnerstag.

»Ich konnte nichts machen. Man hat mir keine Chance gelassen...« Stu hörte mitten im Satz auf. Verflixt.

»Wer?«

»Der Werbemanager Ihres Verlagsbüros.«

»Ach so. Na gut. Wir hören uns später.« Sie wollte den Anruf schnell beenden, um mit Nick sprechen zu können. Am anderen Ende der Leitung stieß Stu einen erleichterten Seufzer aus. Himmel, er hätte beinahe alles verpatzt. Und dabei hatte er Nick versprochen, daß es klappen würde. Es wäre Nick wohl unmöglich gewesen, einfach bei ihr anzurufen und sie um solche Dinge zu bitten. Trotzdem. Warum zum Teufel konnte er sie nicht einfach selbst fragen? Im Grunde wußte Stu warum. Sie wäre nicht gefahren, wenn das Angebot von ihm gekommen wäre. Doch jetzt, vielleicht hatten sie Glück.

Nick war in seiner Wohnung. Seine Stimme klang verschlafen. »Habe ich dich geweckt?«

»Nein. Ich habe nur ein bißchen gedöst. Was gibt es, Liebling?« Sie konnte ihn gähnen hören und stellte sich vor, wie er sich streckte.

»Du hast dein Unterhemd vergessen.«

»Hoffentlich nicht an einem unanständigen Ort.« Er lächelte genießerisch, als er daran dachte, wie schön sie am Morgen ausgesehen hatte, als sie noch fest schlief.

»Es war unterm Bett. Tygue hat's gefunden.«

»Oh. Gab es Schwierigkeiten?«

»Nicht mit Tygue.«

Erst da fiel ihm auf, daß ihre Stimme sehr besorgt klang. Er setzte sich im Bett auf und runzelte die Stirn.

»Stu hat gerade angerufen.« Die Falten auf der Stirn wurden tiefer. Er wartete gespannt.

»Er hat eine Tour für mich. Zwei Wochen. New York, Boston, Washington und Chicago. Ich soll acht Tage in New York bleiben. O Gott, Nick, ich weiß nicht, was ich tun soll. Ich habe eine Todesangst.« Sie war den Tränen nahe, und er fragte sich jetzt, ob er nicht doch einen Fehler gemacht hatte. Vielleicht hatte er wirklich kein Recht, sich in ihre Angelegenheiten einzumischen.

»Reg dich nicht auf, Liebling. Laß uns in aller Ruhe darüber reden. Für welche Shows hat er dich gebucht?«

»Weiß ich nicht. Hab' vergessen, ihn danach zu fragen. Es geht schon Montag los! Und... oh, Nick, was mach' ich bloß?«

»Ich habe eine Idee.« Er versuchte aufmunternd zu wirken, doch er hatte das Gefühl, als würde er sie von einer Klippe stürzen. Einen Moment schloß er die Augen.

»Welche?«

»Geh doch einfach wieder in die Jasper-Show.«

»Das kann ich nicht, verdammt noch mal. Ich hab's dir doch gerade erzählt! Stu will, daß ich nach New York fliege.« Sie war wütend und völlig aus dem Häuschen.

»Aber Jasper zeichnet die Show ja in den nächsten zwei Wochen in New York auf.« Er riß die Augen weit auf und wartete gespannt. Kein Geräusch war zu hören. »Würdest du mit mir nach New York fliegen, Kate? Ich weiß, daß es schlimm für dich ist, Liebling, aber ich verspreche dir, ich werde immer neben dir sein. Ich werde dich keinen Augenblick alleinlassen.«

»Hast du etwa Stu aufgetragen, mir das zu sagen?« Ihre Stimme klang völlig ungläubig.

»Ich...« Mist. Er hatte es vermasselt. Er schwor sich, daß er sich nie wieder einmischen würde. »Ja, das habe ich. Kate, es tut mir leid. Ich hätte es nicht tun sollen. Ich...« Plötzlich hörte er sie lachen. »Kate?«

»Du Schlaumeier. Das hast du wirklich getan? Und ich dachte schon, es wäre ernst. Ich dachte, mein Verleger hätte eine Tour für mich geplant, und ich müßte all diese fürchterlichen Sachen tun, oder... Ich dachte...«

»Dein Verleger hat eine Tour für dich. Sie haben nur nicht gewagt, sie dir vorzulegen, bis ich Stu sagte, daß du es tun würdest. Du kannst von New York aus nach Boston und Washington fliegen und ansonsten immer mit mir zusammen sein.«

»Und was ist mit Chicago?« Sie mußte immer noch lachen. Gott sei Dank, sie würde nicht allein sein.

»Was, haben sie das mit auf die Liste gesetzt?«

»O ja!«

»Die können wohl nicht genug kriegen.«

»Soll ich dir mal was sagen? Du bist verrückt. Total verrückt. Hast du das alles schon gewußt, als du gestern nacht nach Hause gekommen bist?« Nick war schon lange bei ihr ›zu Hause‹.

»Also gut, ich gestehe.«

»Wie lange wußtest du das schon?«

»Seit Montag. Jasper ist mit dem Vorschlag rausgerückt.«

»Na toll!«

»Was wirst du jetzt tun, Kate?« Er war nervös. »Ich meine natürlich, außer mir das Auge blau zu hauen, wenn ich heimkomme.«

»Möchtest du das wirklich am Telefon hören?«

Sie klang jetzt ganz wie Mata Hari. Nick lachte.

»Vergiß es. Also, kommst du jetzt mit mir nach New York?«

»Habe ich denn eine Wahl?«

Er zögerte lange, unsicher, was er ihr darauf antworten sollte, doch dann beschloß er, sein Glück zu wagen. »Nein, du hast keine Wahl. Ich brauche dich zu sehr. Ruf Tillie an und bitte sie, bei Tygue zu bleiben. Wir werden in einem Spielwarengeschäft für ihn einkaufen.«

»Tygue hat übrigens deine Einladung fürs Wochenende angenommen. Er möchte Joey mitnehmen.«

»Wunderbar. Meinetwegen kann er auch King Kong mitbringen, das wäre mir egal. Ich will wissen, ob du mit mir nach New York fliegst!«

»Verdammt noch mal, ja! Ist jetzt alles wieder gut? Bist du nun zufrieden?«

»Sehr!«

»Muß ich trotzdem diesen Öffentlichkeitsrummel mitmachen?«

»Selbstverständlich.« Nick bekam schon wieder einen Schrecken. »Ich meine das ernst, was ich dir damals gesagt habe. Ich will dich noch einmal in der Jasper-Show sehen.«

»Muß das wirklich sein?« Sie lag auf dem Rücken und grinste die Zimmerdecke an.

»Ja, es muß sein.«

»He, Nick?«

»Was ist, Liebling?« Seine Stimme wurde plötzlich weich, als er auf ihre Stimmung einging.

»Hast du irgendeine Möglichkeit, jetzt sofort nach Hause zu kommen?«

»Meinst du wirklich jetzt?«

»Jaha.«

Er dachte an den Berg Arbeit, der vor ihm lag, die tausend Dinge, die er noch zu erledigen hatte... und eine Frau, die er anbetete.

»Ich bin bald bei dir.«

Und das war er auch.

23

»Kate?«

»Mhm?« Sie war neben ihm im Flugzeug eingeschlafen. Die letzten Tage waren sehr hektisch gewesen. Am Freitag hatte sie noch darauf bestanden, »unterrichten« zu fahren, aber der Besuch in Carmel hatte ihr noch Gelegenheit zum Einkauf gegeben. Dann waren sie alle das Wochenende über in Santa Barbara gewesen, Nick, Tygue, Joey und sie, und Sonntagabend hatte Nick sie mit nach Los Angeles genommen, damit sie Montag früh von da aus hatten losfliegen können. Zum ersten Mal flog Nick nicht mit Jasper zusammen. Er wollte lieber mit ihr allein sein. Ein Blick auf die Uhr sagte ihm, daß sie in einer Stunde in New York landen würden. Er gab ihr einen zärtlichen Kuß auf die Stirn und umschloß ihre Hand fest.

»Miß Harper, ich liebe dich.« Eigentlich hatte er es leise zu sich gesagt und war überrascht, als Kate ein Auge öffnete und ihm zublinzelte. Sie unterdrückte ein Gähnen und sagte leise:

»Ich liebe dich auch. Wie spät ist es?«

»Nach unserer Zeit zwei Uhr nachmittags. In New York ist es jetzt fünf, und um sechs Uhr landen wir.«

»Und was kommt dann?« Bis jetzt hatte sie noch nicht daran gedacht und ihn auch nicht gefragt. Sie streckte ihre langen Beine von sich und sah schläfrig auf ihr crèmefarbenes Kostüm. Jetzt hatte sie doch viel mehr Gelegenheit, es zu tragen, als sie sich je hätte vorstellen können, damals, als sie es gekauft hatte. »Um Gottes willen!«

Sie sah ihn entsetzt mit ihren grünen Augen an, die er so liebengelernt hatte.

»Ist etwas mit Tygue? Hast du was vergessen?«

»Nein. Licia. Ich habe vergessen, ihr zu sagen, daß ich verreisen würde. Wenn sie Tillie anruft und von ihr erfährt, daß ich nach New York geflogen bin, kriegt sie einen Herzschlag.«

»Kann sie etwas dagegen haben?« Er war neugierig auf diese Frau, die außer Tygue die einzige wichtige Rolle in Kates Leben spielte. Vielleicht würde sie ihn hassen, auf ihn eifersüchtig sein, da er jetzt auch einen Teil von ihrem Leben ausmachte. Er sah Kate gespannt an.

»Licia? Etwas dagegen haben?« Kate kicherte und kuschelte sich in seinen Arm. »Sie würde dir wohl eher den Hosenbandorden verleihen, weil du es geschafft hast, mich aus meiner Höhle zu ziehen.«

»Hast du ihr schon von mir erzählt?«

Kate schüttelte langsam den Kopf. Nein. Sie wußte selbst nicht warum. Vielleicht hatte sie Angst, daß der Zauber langsam verschwinden würde, wenn sie Licia von Nick erzählte, und dann wäre der Verlust noch schwerer zu ertragen, wenn Nick einmal weggehen würde. »Nein, noch nicht.«

»Ich würde sie gern mal kennenlernen. Scheint mir eine außergewöhnliche Persönlichkeit zu sein. Glaubst du, daß ich sie mögen würde?«

»Kann ich mir gut vorstellen.« Und was, wenn er sie nicht mochte? Sie liebte Felicia, und das würde sich niemals ändern. Aber sie hatte das Gefühl, daß sie jetzt langsam, aber sicher in Nicks Welt hineinschlüpfte. Und er hatte seinen besonderen Platz in ihrem Leben eingenommen.

Er bemerkte den ernsthaften Ausdruck auf ihrem Gesicht und drückte sie fester an sich. »Manchmal siehst du unheimlich nachdenklich aus, mein Schatz. Aber das wird eines Tages vorbei sein.« Er wußte, daß sie an Tom dachte, wenn sie sich so in sich selbst zurückzog.

»Wie meinst du das?«

»Ich meine, du siehst aus, als würde dein bester Freund dich gerade im Stich lassen.«

»Bist du sicher, daß er das nicht mal tun wird?«

»Absolut!«

Sie fühlte seine Arme um sich und schloß die Augen wieder. Sie war glücklich mit ihm und spürte, wie eine friedliche Stimmung sich über sie senkte. Aber konnte das immer so bleiben? Nichts blieb so, wie es war, egal, was er auch zu ihr sagte. Tom hatte ihr auch so viel versprochen. Doch damals hatte sie sich noch nicht so viele Sorgen gemacht. Sie hatte noch nicht erfahren, wie schnell die schönen Dinge zu Ende gehen konnten.

»Hast du Angst vor New York?« Nick hob ihr Gesicht, um ihr in die Augen zu sehen, und brachte sie so in die Gegenwart zurück. Er lächelte ihr aufmunternd zu, und auch sie versuchte zu lächeln.

»Manchmal schon. Ab und zu gerate ich in Panik, und dann möchte ich mich am liebsten auf dem Klo verstecken, aber dann vergesse ich das gleich wieder und werde unheimlich neugierig. Es ist schon so lange her. Ich habe vergessen, wie es dort aussieht.«

»Gut. Ich möchte es dir nämlich brandneu präsentieren.« Er schien sehr zufrieden. Sie würden im Regency wohnen, das nur drei Häuserblocks von Jaspers Hotel entfernt war. Jasper war geradezu süchtig nach dem Pierre. Nick wollte aber lieber mit Kate allein in einem Hotel wohnen, damit sie sich nicht dem Klatsch ausgesetzt fühlen mußte. »Ich habe uns übrigens zwei getrennte Zimmer reservieren lassen.«

»Ach.« Kate war enttäuscht, und Nick lachte.

»Mach nicht so ein Gesicht, Dummchen. Sie haben natürlich eine Verbindungstür. Ein Zimmer können wir als Büro verwenden. Ich dachte nur, daß es besser aussehen würde, falls irgend so ein neugieriger Reporter seine Nase in unsere Angelegenheiten stecken will. Jetzt bist du nur in demselben Hotel wie ich abgestiegen. Was für ein netter Zufall.« Sie sah ihn strahlend an.

»Wie kannst du bloß immer an all das denken? Gläserne Schuhe, getrennte Zimmer, um meine lilienreine Weste zu bewahren... gibt es eigentlich etwas, das auch du mal vergißt?«

»Auf diese Art habe ich es geschafft, über Jahre hinweg Manager von Jaspers Show zu bleiben, Liebling, das gehört zu meinem Job.« Doch sie wußte, daß es zu diesem Mann gehörte. Sie sahen sich liebevoll an, und Kate wandte den Kopf zum Fenster, um einen Blick auf die Stadt zu werfen. Draußen schien die Sonne sehr hell, und das würde auch noch einige Stunden so bleiben, aber der Spätnachmittag kündigte sich schon durch einen leichten Dunst an. »Es wird da unten wohl heißer als in der Hölle sein. Hast du genug leichte Kleider eingepackt?« Sie nahm das Glas Champagner, das er von einem Tablett genommen hatte, welches die Stewardeß gerade vorbeigetragen hatte. Flüge mit erster Klasse waren sehr angenehm. Champagner von Küste zu Küste.

»Ich habe getan, was ich konnte. Allerdings hatte ich nicht viel Zeit, um einzukaufen.« Und Carmel war nicht San Francisco. Doch sie glaubte, eine gute Wahl getroffen zu haben. Als sie aus dem Flugzeug stieg, wußte sie plötzlich, was Nick gemeint hatte. Sie war noch nie im Sommer in New York gewesen und hatte diese Backofenhitze noch nicht erlebt. Selbst um sechs Uhr abends hing die Luft stickig zwischen den Häusern.

Nick hatte es arrangiert, daß sie sofort von einem Flughafenservicemann abgeholt wurden. Man schleuste sie schnell durch die Menge zur Schwingtür, und sie setzten sich auf einen kleinen Gepäckwagen. Ihr Gepäck wurde für sie herausgesucht und ebenfalls aufgeladen. Dann flitzte dieses winzige Auto mit ihnen durch den Flughafen, wobei es praktisch durch die Menge pflügte. Die Menschen sahen verschwitzt und blaß aus und wirkten sehr müde, ganz im Gegensatz zu den braungebrannten, gesund aussehenden Leuten von der Westküste. Es war schon ewig her, daß Kate Menschen gesehen hatte, die so gestreßt wirkten, und dazu noch so viele auf einem Haufen. Sie hielt richtig den Atem an, während sie durch die von der Klimaanlage eiskalte Flughalle fuhren.

»Ein Wunder, daß sie sich hier nicht alle eine Lungenentzündung holen.« Sie klammerte sich an Nicks Hand fest und bestaunte die Menge von dem Wagen herunter. Alles war so hektisch und so laut. Sie war fasziniert und schockiert zugleich. Es war, als wären sie auf einem fremden Planeten gelandet.

»Du meinst wohl, es ist ein Wunder, daß sie nicht alle aus Luftmangel zugrunde gehen«, bemerkte Nick trocken. »Hast du schon jemals so viele Leute auf einem Haufen gesehen?«

Sie schüttelte den Kopf. Nick beobachtete sie. Er hatte alles sorgfältig organisieren lassen, damit sie nicht gleich zu Anfang einen Riesenschock bekam. Sie waren schon am Ausgang angekommen, und ein Servicemann wartete geduldig am Bürgersteig vor dem Flughafen.

Die Menge schob sie durch die Drehtür, und Kate hatte das Gefühl, sie würde in ein Vakuum gestoßen. Draußen herrschte eine richtige Glut, und die Luft war sagenhaft feucht. Man hatte das Gefühl, beim Atmen überhaupt keinen Sauerstoff mitzubekommen.

»Großer Gott!« Es war, als würde man von einem Elefanten in den Bauch getreten.

»Nett, nicht wahr?« spottete Nick, während sie die Augen verdrehte, aber da stand schon jemand und hielt ihnen die Tür einer klimatisierten Limousine auf, und Nick schob sie sanft hinein. Alles lief schnell und reibungslos. Fünf Minuten später hatte der Chauffeur ihr Gepäck eingeladen, und sie befanden sich auf dem Weg in die Stadt. Kate blickte über ihre Schulter durch die getönte Heckscheibe zurück und sah eine lange Reihe von Menschen, die auf ein Taxi warteten. Ein kleiner, dicker Taxifahrer wedelte aufgeregt mit einer Zigarre durch die Luft und schlug sie fast einem Mann ins Gesicht. Kate mußte lachen, als der Chauffeur den Wagen beschleunigte.

»Ist es nicht verrückt hier?«

»Wie in einem Zirkus.« Sie hatte die Stadt nicht so hektisch in Erinnerung. Als sie damals mit siebzehn zusammen mit ihren Eltern hiergewesen war, war ihr alles viel ruhiger vorgekommen. Sie hatten die Osterferien hier verbracht und ihren Tee immer im Palmenhof oder einem Café namens Rose-Marie eingenommen. Aber das schien schon tausend Jahre zurückzuliegen. Tom hatte sie nie nach New York mitgenommen. Wenn er hier gespielt hatte, wohnte er mit seinen Freunden meistens außerhalb, und jetzt konnte sie auch verstehen, warum. Das war nicht Toms Szene. Nick gehörte auch nicht so recht hierher, aber er wurde phantastisch mit allem fertig. Er schirmte sie vor allen unangenehmen Dingen ab, sogar vor der Hitze.

Während sie sich auf dem Weg ins Hotel befanden, beobachtete sie fasziniert den rauschenden Verkehr. Sogar auf der Park Avenue rasten die Autos dahin, als hätten sämtliche Fahrer eine Wut im Bauch. Beschleunigen, stoppen, quietschende Bremsen, Bums, hupen, schreien und wieder beschleunigen. Sogar durch die schallgedämpften Scheiben der Limousine wirkte der Lärm noch ohrenbetäubend.

»Wie halten die Leute das hier aus?«

»Keine Ahnung. Entweder merken sie es nicht mehr, oder sie haben Gefallen daran.«

Es war verrückt, aber Kate gefiel es auch. Sie fand die ganze Lebendigkeit, die darin steckte, anregend. Wie in einem Tollhaus, und die Luft schien Funken zu sprühen. Es war aufregend, wie alles sich mit halsbrecherischer Geschwindigkeit vorwärts zu bewegen schien. Plötzlich hatte sie das Bedürfnis, aus dem Wagen, der sie wie ein Mutterleib einschloß, auszusteigen und ein Stück zu laufen. Aber sie hatte Angst, Nick darum zu bitten. Sicher würde er sie für verrückt erklären, außerdem wäre es undankbar. Er hatte riesige Anstrengungen unternommen, um sie zu beschützen und zu verhindern, daß sie Angst bekäme. Und was machte sie? Sie saß da und sehnte sich danach, mit den anderen loszurasen und sich von der Menge schieben zu lassen.

Sie erreichten das Regency, und der Chauffeur überließ sie den hilfreichen Portiers, von dessen Begleitung Nick sie wiederum befreite und sie schnell hineinführte. Er war hier kein Unbekannter. Ohne Aufhebens unterzeichnete er die Anmeldeformulare, und sie wurden umgehend in ihre Zimmer geführt. Kate war in einer Suite untergebracht, und Nick belegte ein Doppelzimmer mit Verbindungstür zu ihrem Wohnraum. Sie beschlossen, sein Appartement als Büro und ihre Suite als »Zuhause« zu benutzen. Ihr Gepäck wurde auf wunderschön dekorierte Regale mit goldweißem Anstrich gestapelt, und Kate sah sich bewundernd um, während ihre Füße in einen dicken Teppichboden sanken. Mit einem Seufzer ließ sie sich auf eine mit altrosa Samt bezogene Couch sinken. Alles war in sehr subtilen, angenehmen Farben gehalten und wirkte auf sie wie ein englisches Aquarell. Aus den Fenstern genossen sie einen wundervollen Blick auf den Süden der Stadt. Noch einmal sah sie sich gründlich um und lächelte Nick dann strahlend zu. Sie fühlte sich wie ein armes, kleines Mädchen, das von reichen Leuten in einen goldenen Käfig gesperrt worden war, um sie vor aller Unbill des Lebens zu schützen. Aber auf diese Weise entging ihr alles, was Spaß machte, Dreck, Lärm und all die verrückten Leute, die sie zu gern beobachtet hätte. Am liebsten wäre sie irgendeinen Bürgersteig in der Stadtmitte entlanggerannt. Nick meinte es wirklich gut mit ihr, aber sie hatte das Gefühl, als würde er sie vor all dem Leben abschirmen. Sicher war es blödsinnig von ihr, so zu empfinden, aber es war nun mal so. Sie wollte auf einmal aus ihrer Muschelschale ausbrechen, weg von allem... Nick... der Vergangenheit... Tom... Tygue... alles sollte hinter ihr bleiben. Sie wollte frei sein.

»Möchtest du etwas trinken?« Er löste seine Krawatte und blickte fragend auf sie hinunter. Für den Abend hatte er einen Tisch im Caravelle reservieren lassen. Seine Sekretärin hatte das schon am Vormittag von Los Angeles aus erledigt. Sie mußten erst um neun da sein, also hatten sie noch genug Zeit, sich zu entspannen, einen Drink einzunehmen, sich vielleicht auch noch eine Stunde an die Hotelbar zu setzen und sich an die Stadt zu gewöhnen. Er glaubte nicht, daß sie vor neun Uhr hungrig sein würden. Es würde ein ruhiges Abendessen zu zweit werden... Kate lehnte sein Angebot kopfschüttelnd ab.

»Was ist los, Aschenputtel? Du siehst aus, als würden die Räder in deinem Kopf tausend Umdrehungen in der Minute schaffen. Willst du jetzt Felicia anrufen?«

»Nein.« Und sie hatte eigentlich auch noch gar keine Lust, sich bei Tygue zu melden.

»Was würdest du denn gern tun?« Er setzte sich neben sie auf die kleine Couch und legte seinen Arm um ihre Schultern. Sie fing an zu lachen. Er entdeckte ein bestimmtes Feuer in ihren Augen, das ihm sehr gefiel. New York tat ihr offensichtlich gut, das konnte man jetzt schon sehen. Es war, als würde plötzlich ein Leben in ihr erwachen, das er bis jetzt noch nicht kennengelernt hatte. »Sagen Sie mir Ihre Wünsche, Mylady, und sie sind schon in Erfüllung gegangen.«

»Meinst du das wirklich?«

»Selbstverständlich.«

»Na gut. Ich würde gern ein Stückchen spazierengehen.«

»Jetzt?« Er war etwas verblüfft. Um sieben Uhr herrschten draußen immer noch 30 Grad, und die Luftfeuchtigkeit war entsprechend hoch. »Bei dieser Hitze?« Kate nickte aufgeregt, und er warf den Kopf in den Nacken und lachte lauthals. Aber er verstand sie auf Anhieb. Kate, die so viele Jahre im verborgenen gelebt hatte, eigentlich seit ihrer Kindheit behütet gewesen war, wurde plötzlich wieder jung und entdeckte ihren Lebenshunger. »In Ordnung, Aschenputtel. Gehen wir spazieren. Magst du dich schnell umziehen?« Sie schüttelte verschmitzt den Kopf und sah jetzt aus wie ihr Sohn. »In dem Fall –« er hielt ihr den Arm hin, und beide standen auf, »– laß uns losmarschieren.«

Es war genau so, wie sie es sich vorgestellt hatte. Sie flanierten die Madison Avenue entlang, und sie betrachtete jedes Schaufenster. Dann gingen sie in den Central Park hinüber, wo die Menschen sich mit Ballspielen und anderen Aktivitäten auf dem Rasen vergnügten. Bälle flogen durch die Luft, Radiogeräte plärrten, Busse zischten vorbei, und ab und zu wurden sie von Kutschen überholt, vor die blumenbekränzte Pferde gespannt waren. Es war, als hätte jemand jedes verfügbare bewegliche Element, jedes Gesicht, jedes Auto, jeden Geruch, jede Farbe zusammengerafft und mit gewaltiger Wucht in einer einzigen Stadt zusammengeschmissen, New York. Kate holte tief Luft und seufzte vor Freude: »Himmel, ist es schön hier!« Nick lachte.

»Ich fürchte, ich habe mir da ein Monster angelacht.« Doch er liebte diese Veränderung, sie war auf einmal so voll Leben. So hätte sie schon seit Jahren leben müssen. Feuer, Aufregung und Erfolg, das waren die Attribute, die zu ihr gehörten. Er war froh, daß er das alles wenigstens jetzt mit ihr zusammen erleben konnte. Plötzlich warf er einen Blick auf die Uhr. Es war schon kurz nach acht, und sie näherten sich der Ecke einundsechzigste und fünfte Straße. Das Hotel war nur noch zwei Blocks entfernt. Sie waren bestimmt zwanzig Blocks weit gegangen, und Kate hatte alles in sich eingesogen. Sie erlebte die Stadt mit einer Leidenschaft, die er nur zu gern an ihr entdeckte.

»Bist du jetzt bereit, ins Hotel zurückzugehen? Wir müssen uns noch umziehen.«

»Wohin gehen wir heute abend?«

»In das beste Restaurant der Stadt. Alles liegt dir zu Füßen, Aschenputtel.« Mit einer ausholenden Handbewegung umfaßte er die majestätische Skyline, und sie strahlte. Den ganzen Weg zurück behielt sie ihre fröhliche Laune, und als er die Zimmertür hinter ihnen schloß, ging sie mit einem verräterischen Blick auf ihn zu.

»Hat das das zu bedeuten, was ich vermute?« Er zwinkerte ihr zu. Plötzlich langte sie nach dem Reißverschluß seiner Hose und zog ihn auf.

»Aber ganz bestimmt.«

»Meine Dame, ich weiß zwar nicht, was diese Stadt bei Ihnen auslöst, aber es gefällt mir außerordentlich.«

Sie schafften es nicht mehr bis zum Bett, sondern liebten sich auf dem dicken Teppich im Salon. Ihre Zunge und ihre zarten Hände entlockten Nick ein genußvolles Stöhnen. Diesmal übernahm Kate die Führung, und Nick lag völlig erschöpft und glücklich auf dem Rükken, nachdem beide den Höhepunkt erreicht hatten. Kate legte sich in dem Dämmerlicht neben ihn und lächelte triumphierend über ihr neugewonnenes Leben.

24

»Miß Harper?« Die Dame in dem teuren schwarzen Kleid und der eleganten Hochfrisur trat auf sie zu und streckte ihr höflich die Hand entgegen. Kate ergriff sie nervös und strich dann ihr Kleid glatt. »In einer Minute sind Sie dran.« Es war ihr erster Fernsehauftritt in New York, und sie stand entsetzliche Ängste aus. Aber sie war vorbereitet. Am Morgen war sie noch mal alle Details mit Nick durchgegangen und hatte sich zurechtgelegt, was sie sagen wollte. Das Kleid war neu, sie hatte es in Carmel gekauft. Es war aus korallenrotem Leinen und betonte ihre gesunde, braune Hautfarbe. Dazu hatte sie den Korallenschmuck angelegt, den Felicia ihr von ihrer letzten Europareise mitgebracht hatte. Trotz ihrer Proteste hatte Licia sie gezwungen, ihn zu behalten. »Man weiß nie!« Kate erinnerte sich lächelnd an Licias Worte. Ihr Haar trug sie zurückgesteckt, und sie hoffte innig, sie würde wie eine Schriftstellerin aussehen. Zumindest fühlte sie sich ganz so.

»Ich habe gerade die Aussicht bewundert.« Sie befanden sich im wer weiß wievielten Stockwerk des General-Motors-Gebäudes, und von dort aus hatte man einen atemberaubenden Blick auf den Central Park, wenn man nach Süden, und auf das Panorama der Wallstreet, wenn man nach Norden schaute. »Es muß wundervoll sein, in dieser Stadt zu leben.«

Die Frau in dem schwarzen Kleid lachte und schüttelte dabei ihre kunstvoll frisierten Locken. Als sie die Hand bewegte, blitzte ein grüner Smaragdring auf. »Ich würde meinen rechten Arm dafür hergeben, an der Westküste leben zu dürfen. Aber da Audrey die Show nun mal hier macht...« Sie warf beide Hände in die Luft. Diese Dame war die berühmteste Produzentin im amerikanischen Fernsehgeschäft, und ihr Job war mit genausoviel Aufregung und Ärger verbunden wie Nicks. Kate begriff langsam, was alles damit zusammenhing.

»Sind Sie bereit?«

»Ich glaube.«

Die Dame hielt ihr eine Tür auf, und Kate ging zögernd hindurch. Über dem Studio hing ein rot aufleuchtendes Signal: »Bitte Ruhe. Aufnahme.«

Die Aufzeichnung dauerte fast eine Stunde. Kate war zusammen mit drei weiteren prominenten Frauen eingeladen worden, von denen eine Vertreterin der Vereinten Nationen, die nächste eine landesweit bekannte Rechtsanwältin und die dritte die Nobelpreisträgerin für Biochemie des Vorjahres war. Um Himmels willen, was suchte sie hier? Sie betrachtete die Damen nervös. Aber als diese ihren Blick erwiderten, stellte sie fest, daß sich wohl alle dieselbe Frage stellten. *Sie* war hier unbekannt.

»Wie fühlt man sich, wenn man seinen ersten Bestseller geschrieben hat?« Audrey Bradford, die Gastgeberin der Show, lächelte ihr aufmunternd zu, und die anderen Frauen musterten sie interessiert, aber nicht gerade begeistert.

»Es ist wohl noch nicht ganz soweit, aber bisher kann ich sagen, daß es ein wunderschönes Gefühl ist.« Sie lachte, und Audrey lächelte über ihre Antwort. Das war das größte Hochgefühl, das sie bisher kennengelernt hatte, der Egotrip des Jahrhunderts. Erfolg, öffentliche Anerkennung, Auftritte im nationalen Fernsehen. Doch sie spürte immer noch eine unterschwellige Abneigung der anderen Gäste. Neid? Mißtrauen?

»Unsere Nachforschungen haben ergeben, daß Ihr Buch gerade in der dritten Auflage gedruckt wird und daß innerhalb von fünf Wochen über fünfzigtausend Exemplare verkauft worden sind. Ich würde das schon einen Bestseller nennen, Sie nicht? Es beginnt sogar schon, auf den einzelnen Landeslisten zu erscheinen.« Ehrlich? War das wirklich wahr? Wieso hatte ihr das noch niemand gesagt? Jesus, fünfzigtausend Exemplare. Ihr blieb beinahe der Mund offenstehen, doch sie brachte es fertig, gelassen zu lächeln.

»Wenn das so ist, muß ich es wohl zugeben.« Nachdem sie ihre anfängliche Nervosität überwunden hatte, wunderte Kate sich, wie leicht die Unterhaltung ihr plötzlich gelang. Die anderen Frauen waren sehr faszinierend, und Audrey beherrschte ihren Beruf hervorragend. Mühelos gelang es ihr, aus einer kühlen Atmosphäre eine gemütliche, herzliche Stimmung werden zu lassen. Kate war immer noch ganz aufgeregt, als sie sich mit Nick bei Lutèce zum Mittagessen traf. Sie überfiel ihn geradezu mit ihren Neuigkeiten, während sie ihm gegenüber an dem kleinen Tisch im Garten Platz nahm.

»Hallo, Liebling. Gott, das war vielleicht schlimm.« Ohne Luft zu holen, berichtete sie in einem Zug, wie verkrampft sie gewesen war, wie fürchterlich erfolgreich die anderen Frauen auf sie gewirkt hatten und wie sehr Audrey sie beeindruckt hatte, was für eine phantastische Produzentin sie doch war, und, und, und...

»He, wart mal einen Augenblick. Langsamer, Liebling, oder dir wird vor Eifer noch der Hüftgürtel platzen. Ruh dich doch erst mal aus.« Ihre Erregung amüsierte ihn. Plötzlich war sie genauso hektisch wie alle anderen in dieser Stadt.

Sie holte tief Luft und lächelte ihn dann etwas blöde an. »Ich trage keinen Hüftgürtel.«

»Gott sei Dank. Also, was ist? Hast du einen guten Eindruck gemacht?«

»Hast du mich etwa nicht gesehen?« Sie blickte ihn enttäuscht an.

»Mein Liebling, jetzt, wo wir zusammen in New York sind, wirst du langsam rausfinden, wie mein Leben läuft. Ich habe mich ganz friedlich in Jaspers Suite gesetzt, um mir deine Show anzusehen, und plötzlich begannen alle drei Telefone gleichzeitig zu klingeln. Er hat sich während des Aufenthaltes zwei Extraleitungen legen lassen. Seine Sekretärin, die er aus Los Angeles mitgebracht hatte, bekam einen Anfall und befindet sich immer noch in einer ernsthaften Krise. Unser größter Showgast für heute abend liegt mit einem Herzanfall im Krankenhaus. Du wirst es heute nacht auf den Titelseiten der Zeitungen lesen können. Die Ersatzsekretärin, die Jasper hier eingestellt hat, kam einfach auf mich zu und kündigte fristlos. Jaspers ältester Sohn rief aus London an. Er hat irgendein Kind mit dem Wagen überfahren und sitzt jetzt im Gefängnis. Und inzwischen mußte ich ständig an einem Telefon hängen und mit Gott weiß wem alles sprechen, um einen anderen Gast für heute abend aufzutreiben. Nein, meine Liebe, ich habe deinen Auftritt nicht gesehen, aber ich bin überzeugt, daß du ganz großartig warst.« Er lächelte sie entschuldigend an, während sie sich anstrengte, ihre Enttäuschung zu verbergen. »Übrigens hat Jasper mich gefragt, ob du am Ende der Woche noch mal bei ihm auftreten möchtest. Was hältst du davon?«

»Schon wieder? Ich war doch gerade bei ihm.«

»Das ist schon in Ordnung. Du bist während der letzten Wochen zum begehrtesten Gast geworden. Da das Buch so gut läuft, wie es scheint, und da du zur Zeit ganz gut rauskommst in anderen Interviews und so weiter, werden die Frauen unter seinem Publikum sehr gespannt darauf sein, dich zu sehen.« In diesem Augenblick kam er ihr gar nicht mehr wie Nick vor. Er war der Produzent, ein Fremder, ein Mann, der die populärste Fernsehsendung der Vereinigten Staaten in Gang halten mußte. Er hatte nicht einmal Zeit gehabt, ihren ersten Auftritt in New York anzusehen. »Ich werde Stu anrufen. Er soll alles mit deinem Verleger aushandeln. Jasper will dich sehr gern mit reinnehmen.« Er zog ein kleines Notizbuch hervor, kritzelte etwas hinein und blickte erstaunt hoch, als ein Kellner ihm ein Telefon reichte.

»Ein Anruf für Sie, Mr. Waterman.« Es folgte ein zehnminütiges Gespräch mit irgendeinem Mitglied seines Showteams, von dem Kate nicht ein Wort verstand, und sie blickte sich gelangweilt um und betrachtete die Leute an den anderen Tischen. Sie war also in einem der teuersten New Yorker Restaurants zum Mittagessen, und um sie herum saßen die reichsten und einflußreichsten Menschen. Nick machte dem Kellner ein Zeichen, während er in den Hörer lauschte, und deutete auf seine Uhr. Der Kellner nickte und brachte Kate eiligst eine Speisekarte. Erst fünf Minuten später legte Nick den Hörer auf.

»Tut mir schrecklich leid, Kate. Leider gibt es solche Tage wie heute.« Davon hatte er sie nie etwas wissen lassen. Kate war bis dahin nicht klar gewesen, wie beschäftigt Nick in seinem Job war. Erst ihr Aufenthalt in New York hier vermittelte ihr einen ungefähren Eindruck davon. Er sah wieder auf seine Uhr. »Verdammt.«

»Ist etwas?«

»Nein. Nur, ich muß dich in zwanzig Minuten allein lassen. Ich muß mit Jasper noch tausend Dinge besprechen, bevor wir heute abend anfangen können.«

»Glücklicher Mann. Sieht aus, als ob er hier viel mehr von dir zu sehen bekommen wird als ich.« Sie klang verstimmt, versuchte aber, sich zu beherrschen. Sie hatte nicht das Recht, Forderungen an ihn zu stellen. Schließlich waren beide hergekommen, um zu arbeiten.

»Kate, es tut mir wirklich leid, daß ich deine Show verpaßt habe, ehrlich. Die nächste werde ich mir ansehen, egal was passiert, das verspreche ich dir. Und wenn ich alle Türen verriegeln und alle Telefonhörer abhängen muß.«

»Gut. Dann vergebe ich dir.« Sie gaben sich gerade einen Kuß, als der Louis Roederer gebracht wurde, ein exquisiter Champagner, Jahrgang 1955.

Zum Lunch gab es Kaviar auf papierdünnen Toastscheiben, Quenelles, Endiviensalat und zum Nachtisch frische Himbeeren mit Schlagsahne. Sie schafften den Champagner in einer knappen halben Stunde, so daß Kate sich plötzlich in ihrem Stuhl zurücklehnte und Nick ein wenig beschwipst anstrahlte.

»Weißt du...«, begann sie philosophisch und etwas lallend. Nick unterzeichnete den Scheck und lächelte ihr zu. Gott sei Dank gab es die alles vereinfachenden Schecks. »Weißt du«, versuchte Kate es noch einmal. »Manchmal kann man sich nur schwer daran erinnern, daß all dieser Spaß zu einer großen Katastrophe führen kann.«

»Was soll denn das nun heißen?« Er wollte gerade über ihre mysteriöse Bemerkung lachen, da fiel ihm Tom ein. »Nur wenn man es sich zu Kopf steigen läßt, Kate. Es gibt die Möglichkeit, Erfolg zu haben, ohne dabei durchzudrehen.«

»Bist du sicher?« Sie sah ihn besorgt an. Nein, sie hatte nicht vergessen, was Tom alles wegen seines Erfolges erlitten hatte. Und sie auch.

»Ich habe Leute kennengelernt, die sehr gut damit zurechtgekommen sind. Man darf nur seine Perspektive nicht verlieren. Man darf nicht vergessen, was einem *wirklich* wichtig ist. Vielleicht solltest du immer daran denken, daß es schön sein kann, solange es anhält, aber daß es nicht alles im Leben ist. Du bist doch glücklich dran, Kate. Du hast ein echtes Leben, zu dem du zurückkehren kannst. Da sind Tygue und das Haus und...«

»Du hast etwas vergessen.« Plötzlich sah sie bedrückt aus.

»Was?«

»Du hast vergessen, daß du auch da sein wirst, wenn ich nach Hause komme, Mr. Waterman. Dich habe ich dort auch.«

»Ja, das stimmt. Aber vergiß *du* das bitte auch nicht, Mrs. Harper.«

Nein, das würde sie nicht. Während sie zum Hotel zurückging, dachte sie gründlich darüber nach. Sie spürte immer noch die Auswirkungen des Champagners. Es war so einfach, sich an der Droge der eigenen Wichtigkeit zu berauschen, in vornehmen Restaurants zu essen, überall Aufmerksamkeit, Bewunderung und Schmeicheleien zu empfangen. Sie mußte zugeben, daß sie ihre helle Freude daran hatte, aber irgendwie erschreckte sie das alles auch. Zum ersten Mal verstand sie plötzlich, daß Tom dadurch in Versuchung geführt worden war. Gerade er, der vorher so ein einfaches und armes Leben geführt hatte. Es war ihm unmöglich gewesen, all dem Glanz und Gloria zu widerstehen. Machte sie es nun etwa anders? Zeigte sie mehr Vernunft? Sie war sich nicht sicher.

Im Hotel schlief sie den Champagnerschwips aus und ließ sich gegen vier Uhr vom Service wecken. Sie hatte Angst gehabt, daß sie vielleicht verschlafen würde, denn sie mußte um sechs beim Rundfunk in der West Side sein. Diesmal lief die Aufzeichnung völlig schief, ein Alptraum. Der Interviewer fragte all die falschen Fragen, bestand impertinent darauf, herauszubekommen, wieso eine Frau soviel über Football wissen könne, war insgesamt ein chauvinistischer, aggressiver Kerl und ließ ihr keine Ruhe. Sie haßte jede Minute, die sie dort ausharren mußte, und rettete sich nur mit dem Gedanken, daß dieses Interview ihrem Buch guttun würde. Ihr Verleger hatte ihr versprochen, daß er einen Wagen schicken würde, der sie nachher zum Hotel zurückbringen sollte, doch der tauchte nirgends auf, so daß sie allein durch die düsteren und gefährlichen Straßen von Manhattan gehen mußte, betend, daß bald ein Taxi erscheinen würde. So war es schon neun, als sie endlich im Fernsehstudio eintraf, wo Nick die Show aufzeichnete. Er war sehr in Eile. Der Abend war noch nicht ganz gelaufen, und die Probleme des nächsten Tages kündigten sich schon an. Erst gegen halb elf gelang es ihm, sich freizumachen, und sie konnten noch schnell etwas essen. Danach landeten sie müde und verschwitzt im La Grenouille, und hier hatte Kate die Nase vom eleganten Jahrmarkt der Eitelkeiten endgültig voll. Ihr war heiß, sie war erschöpft und hatte nur noch den Wunsch, ins Bett zu kommen. Auf dem Weg hinaus machte ein Fotograf von *Women's Wear Daily* eine Aufnahme von beiden, und Kate wäre ihm fast ins Gesicht gesprungen, als das Blitzlicht ihre Augen traf.

»Nun, nun, langsam, Kate.« Nick legte ihr beruhigend den Arm um die Schulter. »Das gehört alles zur täglichen Arbeit hier.« Sie seufzte auf und lächelte tapfer.

»Kann schon sein. Weißt du, ich fange an zu glauben, daß die Sorge für Tygue und Bert nicht der schlechteste Job auf der Welt ist.«

»Das habe ich dir ja schon heute nachmittag gesagt.«

Sie schlenderten Arm in Arm die fünfte Straße entlang, und um ein Uhr fiel Kate endlich todmüde ins Bett. Sie fühlte sich gar nicht ausgeschlafen, als sie am nächsten Morgen aufwachte. Nick reichte ihr eine Ausgabe von *Women's Wear Daily* hinüber, und sie zog sofort die Stirn in Falten. Auf der Titelseite befand sich das Foto von ihnen beiden, während sie den Nachtklub verließen. Darunter standen ihre Namen, wurde ihr Buch erwähnt und eine abfällige Bemerkung über ihre Kleidung gemacht.

»Verdammt, schließlich waren es mindestens vierzig Grad, und ich bin den ganzen Abend rumgerannt und habe gearbeitet. Was wollen die überhaupt von mir?«

Nick zuckte lachend die Achseln, während er seinen Kaffee schlürfte. »Das ist jetzt deine große Zeit, mein Kind. In New York ist man nicht sehr rücksichtsvoll mit seinen Pappenheimern.«

»Von mir aus können sie alle zur Hölle fahren. Ich hasse es, in den Zeitungen zu erscheinen.« Sichtlich nervös zündete sie sich eine Zigarette an. Es war eine fürchterliche Art, den Tag zu beginnen.

»Woher weißt du das? Hast du es je ausprobiert?« Sie starrte ihn nur an und sagte kein Wort. »Was ist mir dir, Liebling?« Er setzte sich ruhig neben sie aufs Bett und nahm ihre Hand. »Das ist doch nichts weiter als ein kleiner Furz in einer unbedeutenden Zeitung. Völlig nebensächlich.«

»Ich hasse einfach alles, was damit zusammengehört. Es geht sie verdammt noch mal nichts an, was ich tue oder nicht tue!«

»Aber sie interessieren sich für dich. Du bist nun mal ein neues Gesicht hier, schön, intelligent, und dein Buch ist ein großer Renner. Das gehört alles dazu.«

»Ich kann es nicht ausstehen!« Sie sah Nick verzweifelt an, und ihre Augen füllten sich mit Tränen. Jetzt ging alles wieder von vorne los. Sie würden ihr alles verderben. Sie wollte auf der Stelle nach Hause fahren.

»He... Kate... ist doch alles nicht so schlimm.« Er nahm sie in die Arme und blickte besorgt auf sie hinunter. »Wenn es dich so sehr aufregt, in der Zeitung zu erscheinen, werden wir eben von nun an ganz vorsichtig sein. Zum Mittagessen gehen wir in ein ganz kleines, ruhiges Lokal, in Ordnung?« Er schrieb ihr den Namen eines französischen Restaurants an der dreiundfünfzigsten Straße auf einen Zettel, von dem er hoffte, daß sich dort keine Reporter rumtrieben. Dann gab er ihr noch einen Kuß und verschwand, um seine Verabredung mit

Jasper einzuhalten. Als sie sich zum Essen trafen, konnte sie eine gewisse Nervosität immer noch nicht unterdrücken. Obwohl sie wieder angeregt plauderte, konnte Nick, der sie aufmerksam beobachtete, Spuren von Erschöpfung in ihrem Gesicht entdecken.

»Was ist mit dir?«

»Nichts.«

»Machst du dir noch Sorgen wegen dieser dummen Papiertiger?«

»Ja, ein bißchen.«

»Laß das mal. Von denen läßt sich hier sicher keiner blicken, und wenn, wird er hinausgeschmissen. Und was *Women's Wear* betrifft, keine der hier anwesenden Personen ist erwähnenswert.«

»Gut.« Sie war erleichtert und nahm seine Hand. »Es ist nur, ich kann es nun mal nicht ertragen.«

»Warum nicht?« Wieso erzählte sie es ihm nicht? Hatte sie immer noch kein Vertrauen zu ihm? Nicht einmal jetzt?

»Es ist so verletzend. Wie eine Vergewaltigung. Sie reißen dir die Kleider vom Leib, starren dich an und nehmen sich, was sie brauchen.« Sie sah verächtlich auf die Tischdecke. Er lachte und lehnte sich zu ihr hinüber.

»Darf ich der erste sein?«

»Halts Maul.«

»Gut. Dann hör auf, dir Sorgen zu machen. Es gehört mit zum Geschäft, und du wirst dich schon daran gewöhnen. Das haben wir alle. Was hat man mich nicht schon alles in der Zeitung genannt, von männlich-nymphoman bis schwul war alles vertreten. Was soll's also?« Sie lachte plötzlich.

»Hat man dich wirklich so genannt?«

»Klar. Besonders das letztere.« Er war nicht gerade stolz darauf. Aber das war schon lange vorbei. Seit er Kate kannte, hatte er keine andere Frau angesehen. Und das war jetzt sechs Wochen her, auf den Tag genau.

»He, heute ist ja der Tag unseres Kennenlernens.«

»Genau. Unser sechster.« Sie strahlte ihn an und vergaß die Reporter. Außer Nick hatte jetzt nichts mehr Bedeutung.

Abends aßen sie mit Jasper und einem bekannten Theaterproduzenten im »21«. Danach schaute Kate bei der Aufzeichnung der Show zu. Es war angenehm, Jasper näher kennenzulernen. Es machte ihr nichts aus, daß er von ihrer Beziehung zu Nick wußte. Er schien damit einverstanden zu sein und behandelte sie wie etwas ganz Besonderes.

Am nächsten Tag trafen sich alle in Jaspers Suite im Pierre zum Mittagessen, und danach gingen sie und Nick in ein großes Spielwarengeschäft, um für Tygue einzukaufen.

»Hast du Lust, das Boot auszuprobieren?«

»Jetzt?« Sie lachte, während sie den Laden verließen. Das Boot war das einzige Geschenk, das sie mitgenommen hatten. Der Rest wurde ins Hotel geliefert. Darunter befand sich allerlei Cowboyausrüstung und ein tolles Kinderfahrrad. Kate hatte Nick davon abhalten müssen, ihm eine kleine, auf Jungengröße zugeschnittene Holzhütte zu kaufen. Er hätte am liebsten alles eingesammelt, was ihm unter die Augen kam, aber Kate wollte nicht, daß er Tygue so verwöhnte, und das wußte er. Sie hätte gern noch eine Kleinigkeit für Tom mitgenommen, aber sie wußte nicht, wie sie es anstellen sollte, ohne daß Nick etwas davon bemerkte. Im Augenblick sah er stolz auf sie herab und hielt ein kleines, raffiniertes Motorboot mit Fernbedienung unterm Arm. Tygue sollte es zu Hause auf dem Teich ausprobieren.

»Hör mal, im Central Park gibt es einen kleinen Teich, auf dem wir das Boot fahren lassen können. Es ist sehr lustig da, all die alten Männer mit ihren Windjammern und Schonern, da werden wir natürlich deplaziert sein. Aber ich glaube, es wird Spaß machen.«

Und er hatte recht. Sie blieben zwei Stunden, plauderten mit den Alten, bewunderten die Boote, lächelten den Kindermädchen zu, die mit großen, über und über mit Spitzen verzierten englischen Kinderwagen an ihnen vorbeiflanierten. In New York bekam man den Eindruck, daß die Leute, die hier lebten, entweder sehr reich oder sehr arm sein müßten. Alles, was dazwischen lag, schien aus der Stadt verbannt. Vielleicht nach New Jersey oder in die Bronx.

Sie spazierten langsam durch den Park und kamen am Zoo vorbei. Kate blieb eine Weile am Start der Ponyfahrten stehen und betrachtete die kleinen Pferdchen entzückt. »Ich wünschte, Tygue wäre hier. Das würde ihm bestimmt gefallen.«

»Vielleicht das nächstemal.« Er drückte ihren Arm noch fester und dachte einen Moment lang an den Jungen. Plötzlich erhellte sich sein Gesicht. »Hättest du Lust zu einer Ponyfahrt, Aschenputtel?«

Sie kicherte. »Willst du mich auf den Arm nehmen? Die Kutsche würde ja unter mir zusammenbrechen, oder wenigstens das Pferd.« Die kleinen Wagen waren für Kinder gebaut.

»Beantworte bitte meine Frage.«

»Sag mir doch erst mal, was du vorhast?«

»Das wirst du schon sehen.« Er führte sie aus dem Park hinaus zur fünfundneunzigsten Straße, wo an einer Haltestelle die schönen Parkkutschen aneinandergereiht standen. Er verhandelte einen Augenblick mit einem der Kutscher, der einen Zylinder trug, nahm dann ihre Hand und war ihr beim Einsteigen behilflich. »Das entspricht unserer Größe wohl etwas mehr.« Immer noch herrschte eine Bullenhitze, aber Kate hatte sich langsam daran gewöhnt. Um fünf Uhr nachmittags wurden sie also in gemächlichem Tempo durch den Park kutschiert. Die Leute sahen zu ihnen auf und lächelten freundlich. Kinder winkten fröhlich. Es war wie in einem Märchen. Nick kaufte aus der Kutsche heraus ein Eis, als diese an einer roten Ampel hielt. Eine Stunde später bedeutete er dem Fahrer, daß er sie vor ihrem Hotel absetzen solle.

»Ich rieche nach Pferd«, flüsterte sie ihm kichernd zu, während sie gemessen die Eingangshalle durchschritten.

»Es ist herrlich«, raunte er ihr zu. Sie hatte einen Flecken Eis am Kinn. »Du bist völlig verdreckt!« Er freute sich schon auf den Augenblick, in dem sich die Zimmertür hinter ihnen schloß. Eine Stunde verbrachten sie im Bett, und dann mußten sie sich beeilen. Er mußte wieder ins Studio, und sie hatte einen weiteren Sendetermin in einer anderen Funkstation.

Alles klappte gut, und auch ein paar weitere Radiointerviews liefen wesentlich besser als das erste. Die Sendung am nächsten Tag war besonders komisch, weil niemand zu wissen schien, wer sie war und warum man sie eingeladen hatte. Auch in den Zeitungen hatte nichts mehr über sie gestanden. Trotz der ziemlichen Aufregung und Hektik hatte Kate Freude an dieser Reise. Sie wunderte sich, wie schnell man sich an die Kameras, Scheinwerfer und Mikrofone gewöhnen konnte. Diesmal war sie viel weniger nervös, als sie in Jaspers Show auftrat. Nick durfte ihr bei der Wahl ihres Kleides helfen. Er entschied sich für ein perlgraues Halstonmodell. Noch nie hatte sie ein so aufreizendes Kleid besessen, aber es wirkte gleichzeitig damenhaft und paßte genau zu ihr. Selbst Jasper schien verblüfft, als er sie begrüßte. Sie war wirklich eine außerordentlich gutaussehende Frau. Der Auftritt bei Jasper bildete den Höhepunkt ihrer Tour.

»Also, Mr. Waterman. Was steht für heute auf dem Terminkalender?«

»Ich weiß nicht. Wie wär's mit dem Strand? Ich könnte gut mal wieder etwas Sand unter den Füßen gebrauchen.« Es war Sonnabend.

»Gibt es hier denn so etwas? Ich dachte, man hält hier nicht allzuviel von dieser Art Vergnügen.«

»Southampton.« Er drehte sich auf die Seite und bewunderte die Frau, die er liebte, als das Telefon klingelte. »Nimm du ab. Das ist dein Zimmer, vergiß das nicht.« Er dachte wirklich an alles.

»Hallo?« Sie erwartete, Licia oder Jasper zu hören, der etwas mit Nick zu besprechen hatte. Wer sonst sollte sie in einem New Yorker Hotel anrufen? Aber es war Tillie. »Wie bitte? Was ist er? Wo? Wann?... Mein Gott. Geht es ihm gut?« Sie setzte sich plötzlich kerzengerade im Bett auf. Nick runzelte augenblicklich die Stirn. »Jetzt? Warum haben sie ihn dabehalten? Kann er nicht nach Hause kommen?« Diese einseitige Unterhaltung trieb Nick zum Wahnsinn. Er versuchte ständig, dazwischenzufragen, aber sie winkte ihm mit einer Hand ab. »Heute nachmittag? In Ordnung. Ich sehe, was ich tun kann.« Sie legte stirnrunzelnd den Hörer auf und sah Nick dann seufzend an. »Scheiße.«

»Was zum Teufel ist passiert?«

»Tygue ist auf der Adamsranch von einem Tor gefallen und hat sich den Arm gebrochen. Tillie sagte, er wollte nur mit Joey hin und her schwingen, und dabei ist er hintenübergefallen. Man hat angenommen, daß er vielleicht eine Gehirnerschütterung bekommen habe, und hat ihn deshalb über Nacht im Krankenhaus behalten. Sie hat schon gestern abend versucht, uns anzurufen, hat uns aber nicht erreicht, und sie wollte keine Nachricht hinterlassen, um mich nicht zu sehr zu erschrecken. So ein verdammter Mist.« Sie kletterte aus dem Bett und rannte unruhig hin und her.

»Armer kleiner Kerl. Sind sie sicher, daß er keine Gehirnerschütterung hat? In welches Krankenhaus haben sie ihn denn gebracht?« Nick sah plötzlich ungeheuer beängstigt aus, worüber Kate lächeln mußte.

»Er liegt in Santa Barbara, und es geht ihm gut. Heute nachmittag wird er nach Hause kommen. Er wird halt nur einen Gips tragen müssen.«

Nick sah auf die Uhr. »Wenn ich jetzt einen Flug für dich buche, der geht in einer Stunde... dann kannst du zu Mittag kalifornischer Zeit in Los Angeles sein und mit einem Anschlußflug nach Santa Barbara... Himmel, Kate, du kannst um zwei Uhr bei ihm sein.« Er lächelte ihr aufmunternd zu und sank in einen Sessel.

»Ja, ich weiß.«

»Was hast du?« Er blickte sie verwirrt an. »Du wirst doch zurückfliegen, oder?«

»Ich habe wohl keine andere Wahl.« Sie sah ziemlich verstimmt auf den Fußboden vor sich.

»Was soll das nun wieder heißen?« Zum ersten Mal erlebte sie, daß Nick mit ihrer Entscheidung nicht übereinstimmte. Er war tatsächlich böse.

»Das soll heißen, ich weiß zwar, daß ich fliegen sollte, ich habe aber keine Lust. Es hat mir hier so gut gefallen. Und Tillie sagt, daß er ganz in Ordnung wäre. Aber ich weiß, daß ich ein fürchterlich schlechtes Gewissen bekommen werde, wenn ich jetzt hierbleibe, und daß Tygue mich dafür hassen wird und... oh, Nick. Ich habe sieben Jahre lang nichts mit meinem Leben angefangen, und jetzt, wo es doch gerade so schön hier ist...«

»Es ist verdammt noch mal nicht sein Fehler, daß du dich all die Jahre wie in einem Schrank eingeschlossen hast! Du bist seine Mutter!« Er schrie sie richtig an. Sie war mehr als verblüfft.

»In Ordnung, das weiß ich selbst. Aber ich bin auch ich. Ich bin nicht nur Mam, ich bin auch Kate. Ich bin nun fast dreißig Jahre alt, und während der letzten Jahre bin ich nichts weiter als ununterbrochen Mutter gewesen. Habe ich etwa kein Recht, noch mehr zu tun und zu verlangen als das?«

»Doch, aber nicht auf seine Kosten! Niemals auf seine Kosten, Lady!« Nick lief jetzt wütend durchs Zimmer. Er konnte sich kaum beherrschen. »Ich werde dir mal was sagen, Kate. In meinem Job habe ich eine Menge Arschlöcher gesehen. Sie vermasseln sich ihr ganzes Leben, bringen ihre Kinder in die Gosse, betrügen ihre Ehepartner, brechen ihre Ehen, und warum das alles? Weil sie so gottverdammt verliebt in sich selbst sind, daß sie nicht mehr geradeaus sehen können. Sie sind verliebt in den Rummel und das Rampenlicht, die Einladungen, den Applaus, die Kameras, die Mikrofone und was weiß ich nicht noch alles, und ich sehe, daß du diesem ganzen Dreck nun auch verfällst. Bitte, tu dir und Tygue und mir den Gefallen und mach das nicht. Bitte, Kate. Es gibt da nichts zu holen. Ruhm ist ein netter Ort, den man mal besuchen kann, aber das ist auch alles. Dein Sohn hat sich den Arm gebrochen, und du wirst sofort zu ihm fliegen. Mehr gibt es nicht zu sagen.« Er beugte sich über sie, griff nach dem Telefonhörer und bat um eine Vermittlung zur TWA, doch bevor sie zustande kam, hatte Kate den Finger auf die Gabel gedrückt und den Anruf unterbrochen. Er sah sie erstaunt an. Ihre Augen flirrten vor Zorn, doch als sie sprach, klang ihre Stimme sehr ruhig.

»Tu das nie wieder! Wenn ich die Fluglinie anrufen möchte, werde ich das selbst tun. Wenn ich beschließe, nach Hause zu fliegen, werde ich dich davon in Kenntnis setzen. Und wenn ich von dir einen Rat hinsichtlich meiner mütterlichen Pflichten brauche, dann werde ich danach fragen. Aber inzwischen wirst du deine Ideen und Drohungen und deinen selbstgerechten Zorn für dich behalten, Mister.« Sie stand auf, kehrte ihm den Rücken zu und schritt langsam durchs Zimmer. Als sie das Fenster erreichte, drehte sie sich wieder zu ihm um. Er hatte noch nie eine Frau mit so einem wutverzerrten Gesicht erlebt. »Seit Jahren habe ich diesem Kind alles gegeben, was ich hatte. Alles, was ich bin, alles, was ich geben konnte, alles, was ich wußte, gehörte ihm. Aber jetzt bin ich an der Reihe. Und ich weiß besser als irgend jemand, wie hoch der Preis ist, den man bezahlen muß. Ich habe jemanden, den ich sehr geliebt habe, über diesem ganzen Starrummel zugrunde gehen sehen. Ich weiß alles darüber, vielen Dank. Und ich weiß, daß ich mich fast zu Tode davor fürchte. Aber das heißt wiederum nicht, daß ich mich lebendig begraben möchte. Das habe ich jetzt lange genug getan, und es hängt mir meilenweit zum Hals heraus. Ich habe ein Recht auf mein Leben. Ich habe ein Recht darauf, mit dir zusammenzusein, meine Karriere zu machen, meine Lebensfreude zu genießen. Und wenn ich enttäuscht darüber bin, daß ich jetzt in den Alltag zurückkehren muß, dann habe ich auch ein Recht darauf, enttäuscht zu sein. Versuche du niemals, mir eine Falle zu stellen und mich bei meinem schlechten Gewissen zu packen, und rede du mir nicht davon, was ich diesem Kind schulde. Das weiß ich selbst sehr gut, und glaube mir, ich habe meine Pflichten erfüllt. Sage mir niemals, was ich zu tun oder zu lassen hätte! Das habe ich schon mal durchgemacht. Ich hab's versucht. Ich habe mich auf einen Mann so total verlassen, daß von mir selbst nichts mehr übriggeblieben ist. Ich habe ihn alle Entscheidungen treffen lassen, es hat mir gefallen, und ich habe ihn geliebt, aber es hat mich fast umgebracht, als er plötzlich nicht mehr da war und ich niemanden mehr hatte, der mir sagte, was ich tun sollte. Ich mußte erwachsen werden. Und jetzt treffe ich meine eigenen Entscheidungen. Es gefällt mir so. Nick, ich liebe dich, aber ich werde dir nie erlauben, mir zu befehlen, wann ich nach Hause fahren soll. Auch diese Entscheidung werde ich selbst treffen. Habe ich mich klar ausgedrückt?« Er nickte schweigend. Sie senkte den Kopf und ging langsam quer durch das Zimmer auf ihn zu. Kurz vor ihm blieb sie ruhig stehen.

»Es tut mir leid, wenn ich zu viel gesagt habe, aber es war so ein weiter Weg bis hier. Und für alles, was ich bisher erreicht habe, habe ich einen verdammt hohen Preis bezahlt. Ich weiß nicht, wie ich mit jemandem umgehen soll, der versucht, sich da einzumischen. Ich weiß ja nicht einmal, wie ich mit jemandem umgehen soll, der mir zu helfen versucht. Im Augenblick geschehen so viele Dinge gleichzeitig, und es verändert sich so viel... ich muß mich erst daran gewöhnen. Vielleicht ist es wirklich keine schlechte Idee, erst mal nach Hause zu fahren.« Ihre Stimme war rauh und tief geworden, als sie zum Telefonhörer griff und genau dieselbe Nummer verlangte, die Nick vorher beantragt hatte. Er sagte gar nichts mehr. Still hörte er zu, wie sie ihren Flug reservierte, und stand auf, nachdem sie den Hörer wieder aufgelegt hatte. Einen Augenblick standen sie stumm voreinander. Keiner wußte so recht, was er nun sagen sollte. Beide waren erschüttert von dem, was sie sich gerade an den Kopf geworfen und was sie dabei empfunden hatten. Kate sprach als erste.

»Entschuldige bitte, Nick.«

»Entschuldige dich nicht. Ich hatte kein Recht...« Er zog sie sanft in seine Arme und seufzte. Er hätte gern so vieles für sie getan, und er wußte, daß sie viel zu lange jemanden vermißt hatte, der sich um sie sorgte, doch sie mußte allein in dieses neue Leben hineinwachsen. Er hätte ihr den Kummer und den Preis dafür gerne erspart, aber das war unmöglich. Lange hielt er sie fest umschlungen, doch dann tätschelte er ihren Hintern und löste sich abrupt aus ihrer Umarmung. »Mach dich lieber fertig, sonst verpaßt du noch deinen Flug.«

»Nein, den verpasse ich bestimmt nicht.« Jetzt lächelte sie wieder, weiblich, zärtlich, und er mußte plötzlich lachen.

»Hör mal, du...«

»Ach, sei still.« Sie nahm seine Hand und führte ihn sanft, aber bestimmt in das Schlafzimmer, das sie während ihres New-York-Aufenthaltes miteinander geteilt hatten, und dort drückte sie ihn aufs Bett nieder. »Sieh mich doch nicht so ernst an, Nick«, kicherte sie. »Schließlich ist das kein Weltuntergang.« Im Gegenteil. Sie hatte das Gefühl, als stünde sie gerade erst an einem Anfang. Sorgfältig zog sie ihm das Hemd über den Kopf und streichelte ihn mit einem Verlangen und Hunger in ihrer Seele, die sie kaum beherrschen konnte. Sie zog ihn in ihre Arme und suchte nach seinem Mund. Ihr Körper schmerzte vor Sehnsucht nach seinem.

25

»Tillie, könnten Sie ein paar Stunden auf Tygue aufpassen?«

»Klar. Ich komme gleich hinüber.«

Kate legte lächelnd den Hörer auf. Nick kam endlich aus New York heim. Es hatte zwar nur eine Woche gedauert, aber sie hatte das Gefühl, als wären es Jahre gewesen. Tygues Arm juckte jetzt manchmal unter dem Gips, und er war häufig schlecht gelaunt. Zweimal war sie nach Carmel gefahren, um nach Tom zu sehen, und auch er war in einer schlechten Verfassung. Er wirkte müde und ausgelaugt, und sie glaubte festzustellen, daß er an Gewicht verlor. Als sie ihn das letztemal verlassen hatte, hatte er geweint. Alle wollten etwas von ihr, aber das war sie ja nicht anders gewohnt. Nur sie hatte sich inzwischen verändert. Die letzte Woche war eine lebendige Erinnerung an die Zeit gewesen, in der sie Nick noch nicht gekannt hatte. Doch jetzt kam er wieder nach Hause, und sie hatte zwei Kapitel für ein neues Buch fertig, die sie ihm zeigen wollte.

»Wo gehst du hin?« Tygue sah sie angstvoll an, als sie das korallenfarbene Kleid aus dem Schrank zog, das sie in New York getragen hatte.

»Ich hole Nick ab. Ich will ihn überraschen.« Sofort merkte sie, daß es ein Fehler gewesen war, ihn einzuweihen. Bestimmt wollte er jetzt mitkommen. Das Gesicht des Jungen strahlte auf wie eine Wunderkerze.

»Kommt er nach Hause?« Sie nickte lachend, denn sie empfand dieselbe Begeisterung.

»Darf ich mitkommen?« Lange zögerte sie mit der Antwort, aber dann nickte sie seufzend.

»Also gut, Cowboy, du hast gewonnen.« Die Mutterschaft GmbH. Plötzlich wünschte sie sich sehr, daß sie allein wäre. Doch Nick würde sich auch freuen, Tygue zu sehen. Sie rief Tillie noch einmal an und bat Tygue, sich umzuziehen. Er konnte mit dem Gips schon ganz gut allein zurechtkommen.

Eine halbe Stunde später saßen sie im Auto. Tygue hatte seine neuen Cowboystiefel angezogen und seinen Lieblingshut aufgesetzt. Auch sie fühlte sich in dem hübschen Kleid wieder wohl. Es war angenehm, schöne Kleider zu tragen. Die ewigen Jeans und Baumwollhemden waren ihr langsam über.

Sie brauchten dreieinhalb Stunden bis zum Flughafen und schafften es gerade. Als sie die Eingangshalle erreichten, lief Nick schon übers Rollfeld. Tygue brüllte laut seinen Namen, während Kate ganz außer Atem neben ihm stand. Sie hatten einen rasanten Dauerlauf durch die Halle hinter sich.

»Hallo, Tiger!« Nick sah zuerst Tygue und dann seine Mutter überrascht an. Es war Jahre her, daß ihn mal jemand vom Flughafen abgeholt hatte. Er hielt das Kind auf den Armen und strahlte beide an. Die Umarmung, die er Kate schenkte, sagte ihr, was er von ihrer Überraschung hielt.

»Wir haben dir ein Geschenk mitgebracht!« Tygue war ganz aus dem Häuschen. Die drei standen da, freuten sich und blockierten den Verkehr.

»Wirklich?«

»Ja. Ein Foto von Brownie und mir. Mam hat es rahmen lassen. Es ist für deinen Schreibtisch.«

»Mann, das ist ja großartig!« Er legte Kate einen Arm um die Schulter, und so schlenderten die drei langsam zum Ausgang.

»Hallo, Liebling.« Das sagte er ganz leise und nur zu ihr. Sie streckte ihm das Gesicht entgegen und gab ihm noch einen Kuß.

»Ich habe dich schrecklich vermißt.«

Er verdrehte als Antwort die Augen und zog sie kurz an sich. Dann wandte er seine Aufmerksamkeit wieder dem Jungen zu.

»Ich habe dich auch vermißt, Nick. Ich kann Brownie reiten. Sogar mit dem gebrochenen Arm!«

»Na, ob das so eine gute Idee ist?« Er sah Kate stirnrunzelnd an.

»Der Arzt sagt, es könne ihm nicht schaden, solange er nicht herumgaloppiert. Sie gehen nur im Kreis.«

»Na dann...«

Sie holten sein Gepäck und plapperten alle drei munter den ganzen Weg zum Wagen. Auch auf dem Heimweg gab es keine Unterhaltungspause, bis sie endlich angekommen waren. Sogar Bert schien sich über Nicks Rückkehr zu freuen.

»Jetzt ist die ganze Familie wieder beisammen!« sagte Tygue mit einem Stolz, der Kates Herz rührte. Er hatte sich so stark an Nick gehängt, daß sie sich Sorgen machte. Aber er war mit seiner großen Zuneigung ja nicht allein. Nick konnte es kaum erwarten, den Jungen in die Finger zu kriegen und mit ihm zu spielen. Sie packten vor dem Abendessen all die neuen Sachen aus.

»Wart mal, bis du das Boot erst auf dem Teich gesehen hast. Es funktioniert prima, wir haben es in New York ausprobiert.« Sie wechselten in der Erinnerung einen liebevollen Blick.

»Gibt es da denn einen See?«

»Einen Bootsteich. Und einen Zoo. Und Ponykutschen. Wir werden dich mal dorthin mitnehmen. Im Augenblick aber, junger Mann, habe ich eine ganz andere Reise mit dir vor.«

»Ehrlich?« Tygue riß freudig die Augen auf. Nick steckte immer voller Überraschungen. Kate stand am Herd und erwartete, etwas von einem Wochenende in Santa Barbara zu hören. Aber diesmal überraschte Nick sogar sie.

»Weißt du, was wir alle morgen unternehmen werden?«

Tygue schüttelte wortlos den Kopf.

»Wir fahren gemeinsam ins Disneyland.«

»Waaas?« Er konnte Augen und Mund gar nicht weit genug aufreißen. Nick und Kate lachten.

»Wirklich? Alle drei?«

»Wie in aller Welt hast du das nun wieder fertiggebracht?« Kate war zu ihnen gekommen und legte Nick einen Arm um die Hüfte.

»Jasper ist für eine Woche nach Südfrankreich gefahren. Ich gehöre euch also eine ganze Woche, falls ihr mich ertragen könnt.« Nach einer Woche Arbeit in New York, in der er bestimmt mehr als zwanzig Stunden am Tag gearbeitet hatte, brachte dieser Mann es fertig, sie gleich anschließend nach Disneyland zu entführen. Kate sah ihn halb erstaunt, halb bewundernd an.

»Mr. Waterman. Ich glaube, ich bin die glücklichste Frau der Welt.«

»Meinst du? Jedenfalls bin ich der glücklichste Mann.«

Die Reise nach Disneyland war vollkommen. Sie blieben drei Tage und kamen glücklich, erschöpft und müde wieder zurück. Einen Tag verbrachten sie bei Kate und fuhren dann übers Wochenende nach Santa Barbara. Kate war während der ganzen Woche nicht einmal nach Carmel gefahren, aber das machte ihr im Augenblick nicht allzuviel aus. Sie war glücklich, und Tom hatte schließlich Mr. Erhard, der sich um ihn kümmerte. Für den Augenblick mußte das reichen. Sie wollte jetzt mal ihr eigenes Leben führen.

»Wir sehen uns nächstes Wochenende wieder, Tiger!«

»Aber ich möchte dich vorher schon wiedersehen!« Tygue wußte ja nicht, daß Nick jede Nacht im Hause war.

»Vielleicht komme ich schon früher!«

Und Nick wußte da nicht, wie schnell er dieses Versprechen halten sollte. Er fuhr schon um vier in Los Angeles los und kam um sieben bei Kate an. Zuerst war sie überrascht und freute sich, ihn so früh zu sehen, doch schon gleich machte sie sich Sorgen, als sie seinen fürchterlich unglücklichen Gesichtsausdruck bemerkte. Er wollte aber erst mit ihr sprechen, nachdem Tygue zu Bett gegangen war.

»In Ordnung, jetzt rede. Ich halt's sonst nicht mehr aus!« Sie hatte soeben Tygues Zimmertür hinter sich zugezogen.

»Ich habe heute mit Jasper gesprochen, Kate. Und... nun, er hat sich endlich entschieden.« Himmel, war Nick gefeuert worden? Er sah schrecklich aus. Kate griff ängstlich nach seiner Hand.

»Worüber habt ihr gesprochen?«

»Die Show wird nach San Francisco verlegt.«

»Wann?«

»In sechs Wochen.«

»Was ist daran so schlimm?« Sie verstand ihn immer noch nicht.

»Wie bitte? Ich finde das schlimm. Das bedeutet sechs Stunden Fahrt, wenn der Verkehr gut läuft. Das kann ich nicht jeden Morgen und jeden Abend machen. Nicht einmal für dich.« Was würde ihnen da bleiben? Die Wochenenden? Doch Kate lächelte und zog ihn in ihre Arme.

»Ist es das, was dich so entsetzt hat? Gott, ich dachte schon, er hätte dich entlassen.«

»Das wäre auf dasselbe hinausgelaufen.« Er hatte sich den ganzen Tag über Gedanken gemacht, ob er nicht lieber kündigen sollte. Schließlich gab es mehr als ein Dutzend Shows in Los Angeles, die ihn ohne weiteres einstellen würden. Kate blickte ihm erstaunt in die Augen.

»Bist du wahnsinnig? Warum machst du so viel Aufhebens davon?«

»Ich werde dich doch fast nie sehen, kapierst du das nicht? Oder macht dir das etwa gar nichts aus?« Er sah jetzt fast so aus, als würde er gleich anfangen zu weinen, doch Kate lachte.

»Dann werde ich eben nach San Francisco ziehen. Was soll's?« Sie sah ihn an, als fände sie sein ganzes Verhalten lächerlich. Er schloß einen Moment die Augen, öffnete sie langsam wieder und schaffte ein müdes Lächeln.

»Würdest du das für mich tun, Kate?«

»Klar. Oder wäre das für dich ein größeres Problem?« Vielleicht war das letztendlich doch nicht das, was er sich wünschte. Vielleicht brauchte er immer noch etwas mehr Freiheit. Aber die brauchte sie auch. Sie könnten sich ja gegenseitig ihren Freiraum lassen.

»Problem? Meine Dame, Sie sind wirklich erstaunlich.« Doch da fiel ihm etwas ein. »Was wird aus deinem Haus?«

»Das können wir an den Wochenenden benutzen. Der Zeitpunkt ist übrigens genau richtig für Tygues Schulanfang. Wir schreiben ihn in San Francisco in der Schule ein, und er kann dann das Schuljahr gemeinsam mit den anderen beginnen.« Sie hatte sich alles genau überlegt, doch sie hatte ihm vorher keine Andeutung gemacht, daß diese Möglichkeit für sie überhaupt in Betracht käme. Seit er den Umzug der Show das erste Mal erwähnt hatte, hatte sie sich alle Möglichkeiten überlegt, aber ihm kein Wort davon gesagt. Und er war fast krank vor Angst geworden.

»Kate, meinst du das wirklich ernst?« Er konnte es immer noch nicht so recht glauben. Doch sie sah ihm aufrichtig ins Gesicht. Er wußte nicht, ob er nun lachen oder weinen sollte.

»Selbstverständlich meine ich das ernst, Mr. Charming.«

»O Kate...« Er hielt sie stundenlang in seinen Armen. Die ganzen sorgenvollen Wochen waren umsonst gewesen. Sie würden jetzt beide ein völlig neues Leben beginnen. Sie würden zusammenleben.

26

Ihre Absätze klapperten über den Fußboden und hinterließen ein hohles Echo in dem leeren Raum. Es handelte sich um ein großräumiges Zimmer mit einer schier endlos erscheinenden Fensterwand, die den Blick auf die Bucht freigab. Der Fußboden bestand aus wunderschönem dunklen Holzparkett, und an den Wänden hingen bronzene Leuchter. Zur Linken sah man die Golden Gate Bridge, zur Rechten Alcatraz, und Angel Island lag direkt vor einem.

»Es ist wirklich ein außergewöhnlicher Blick.« Kate nickte bestätigend, sagte aber nichts. Die Aussicht war herrlich, daran gab es keinen Zweifel, aber sie erinnerte sich auch ein wenig an das Haus, das sie mit Tom bewohnt hatte. Doch das war dumm von ihr. Schließlich hatten sie nur eine Wohnung gehabt, und das hier war ein vollständiges Haus. Außerdem war es wirklich schön. Nick hatte gesagt, daß er sich ein Haus wünschte.

Sie blieb im Eßzimmer stehen. Auch von hier aus hatte man den Blick auf die Bucht. Hinter ihrem Rücken war ein offener Kamin in die Wand eingelassen. Der Raum wirkte mit seiner Balkendecke und den großen Fenstern anheimelnder als der Wohnraum mit der Fensterfront. Mit zusammengekniffenen Augen stellte sie sich die Fenster mit hellen Organdyvorhängen, die breiten Fensterbänke mit einladenden Sitzkissen, den Fußboden mit einem weichen, weißen Teppich und die Mitte des Raumes mit einem großen, dunklen Holztisch vor. Sie würde natürlich Pflanzen aufstellen. Sie blinzelte nochmals, sah alles genau vor sich und lächelte heimlich.

»Ich möchte mir noch einmal die oberen Räume ansehen.« Die Maklerin nickte nur noch schweigend. Sie war müde. Schon seit drei Tagen zog sie so mit Kate von Haus zu Haus, und sie hatte keine anderen Angebote mehr auf ihrer Liste. Kate hatte alles gesehen. Souterrainzimmer, atemberaubende Ausblicke, Häuser mit sieben Schlafzimmern, andere mit nur drei, Holztäfelungen, Marmorfußböden und vergammelte viktorianische Villen, die renoviert werden mußten. Sie hatte sich alles, vom Verkommensten bis zum Prächtigsten, angesehen, alles, was es auf den Presidio Heights, entlang des Presidio Wall und an der Lake Street zu mieten gab. Sie waren sogar auf dem Russian Hill gewesen. Aber Kate schien eine präzise Vorstellung von dem zu haben, was sie sich wünschte, und offenbar hatte sie das bis jetzt noch nicht gefunden. Solche Kundinnen waren die schlimmsten. Sie würde sich nie mit etwas zufriedengeben, das auch nur im geringsten von ihrer Vorstellung abweichen würde. Die Maklerin setzte sich seufzend auf eine der breiten Fensterbänke und blätterte wohl schon zum dreißigsten Mal innerhalb der letzten drei Tage ihr Buch durch. Ja, das war's. Dies war das letzte in Betracht kommende Haus, das sie anzubieten hatte. Sie konnte Kates Schritte oben auf den kahlen Fußböden hören. Plötzlich war es still.

Kate blickte durch das Fenster des riesigen Schlafraumes auf die Bucht hinaus. Auch hier gab es die gemütlichen Fenstersitzbänke, die sie schon unten bemerkt hatte, einen kleinen Kamin mit einem Marmorsims und ein Ankleidezimmer, das gerade groß genug für einen Floh zu sein schien.

Das ganze Haus wirkte freundlich. Sie konnte sich vorstellen, wie Nick durch die Halle auf sie zukam, sich an ihr vorbei in das Ankleidezimmer quetschte und ihr kurz in den Hintern kniff, bevor er zu seinem Anzug griff. Sie konnte sich vorstellen, daß sie mit Tygue im

Zwielicht auf einer dieser Fensterbänke saß, nachdenklich auf die Bucht hinausblickte und sich mit ihm über die wichtigen Dinge wie zum Beispiel Baseball oder Schlangen unterhielt. Sie konnte sogar schon Bert in diesem Haus sehen, wie er in allen Zimmern herumschnüffelte. Auf diesem Stockwerk gab es noch zwei weitere Zimmer. Eines lag zum Garten nach vorn hinaus, hatte hohe französische Fenster und war hell und sonnig. Darin könnte Tygue sich einrichten. Der zweite Raum war ebenso schön. Vielleicht ein Gästezimmer? Sie brauchten zwar nicht unbedingt eines, aber es konnte nie schaden, einen Raum extra zu haben. Und hinter der Küche befand sich noch eine kleine Dienstmädchenkammer, die sie als ihr Büro verwenden könnte. Der Raum war zwar nicht schön, doch sie könnte dort ungestört schreiben.

Die Küche unten war warm und groß genug, daß sie dort gemeinsam essen konnten, wenn sie mal keine Gäste hatten. Zwei Wände waren aus rohen Ziegeln, und in eine war ein offener Grill eingebaut. Die beiden anderen waren gelb gestrichen, und der Fußboden bestand aus dunkelgelben Kacheln, die die vorherigen Besitzer aus Portugal importiert hatten. Ja, die Küche war vollkommen... es fehlten nur noch ein paar Kupfertöpfe, ein schmiedeeiserner Haken, an dem Knoblauch und Paprika aufgehängt werden könnten, Glasbehälter mit Gewürzen, Vorhänge... und der große Schlachtertisch, den Nick in seiner Küche stehen hatte. Sie selbst würde nur wenig aus ihrem Haus herbringen, nur ein paar Dinge, die ihr ans Herz gewachsen waren und die sich so über die Jahre angesammelt hatten. Nick hatte gesagt, daß sie die anderen funktionellen Einrichtungsgegenstände kaufen könnten. Es war ein komisches Gefühl, mit ihm zusammen einen Haushalt einzurichten. Sie waren ja nicht verheiratet. Was würde wem gehören? Und wer würde letztendlich bestimmen, was gekauft würde? Doch Nick schien sich bei ihren Entscheidungen recht wohl zu fühlen. Er hatte ihr einen Blankoscheck ausgeschrieben.

Sie sah sich in dem Zimmer um, das vielleicht Tygues werden könnte, und warf einen Blick in den Garten. Er war sehr in Ordnung gehalten und von einer Hecke umzäunt, die sie von der Außenwelt etwas abschirmen würde. Ein Gartentor konnte verhindern, daß Bert auf die Straße lief. Das Haus schien wirklich alles zu bieten, was sie brauchten. Der Blick und die Kamine und die hohen Decken, auf denen Nick unbedingt bestanden hatte, die elegant geschwungene Freitreppe, die nach oben führte, und die drei Schlafzimmer. Ja, und ein kleiner, dunkler Raum neben der Küche, in dem sie würde arbeiten können. Der gefiel ihr nicht, aber der Rest schien genau das zu sein, wonach sie gesucht hatte. Sie setzte sich auf die oberste Treppenstufe und sah hinauf. Über ihr befand sich ein Dachfenster. Und plötzlich entdeckte sie rechts neben sich eine kleine, halbangelehnte Tür. Noch ein paar Schränke? Sie lehnte sich zurück, um die Öffnung genauer zu betrachten. Es sah aus, als ob sich dahinter noch eine Treppe befände. Sie runzelte die Stirn und rief sich erhebend nach der Maklerin, die immer noch im Eßzimmer auf sie wartete.

»Gibt es dort oben noch etwas?«

Sie hörte das inzwischen vertraute Blättern in dem großen Buch und dann die vage Antwort: »Ich bin mir nicht sicher.« Kate ging auf die Tür zu, und die Maklerin trat jetzt an den Fuß der Treppe. »Vielleicht eine Art Dachboden. Aber davon steht hier nichts. Es heißt nur ›drei Schlafzimmer, eine Wohndiele, eine Dienstbotenkammer‹.«

»Wohndiele?« Die hatte Kate noch nicht gesehen. Was hatte das zu bedeuten?

Die steile Treppe hatte kleine, mit Teppichboden ausgelegte Stufen, und die Wände schienen frisch mit einer beigen Seidentapete verkleidet. Das sah nicht wie der Zugang zu einem einfachen Dachboden aus. Als Kate die oberste Stufe erreicht hatte, begriff sie, warum man sich so viel Mühe gegeben hatte. Das war kein Dachboden, ja nicht einmal eine Wohndiele, es war eine Oase, ein Traum. Eine kleine, völlig mit Holz ausgetäfelte, wohlproportionierte Wohnung mit einem offenen Kamin und einem Rundblick auf die ganze Stadt. Von hier aus war die gesamte Bucht zu überblicken, das Presidio zu sehen, die Innenstadt und die nach Süden auslaufenden Gebirgszüge zu bewundern. Die Zimmer waren mit Teppichboden ausgelegt, und es gab sogar noch einen kleinen Vorbau, einen Platz zum Sonnen, den sie gut als Wintergarten einrichten könnte. Ihr Schreibtisch und ihre Aktenschränke hatten hier genug Platz, und der Wintergarten war durch zwei Glastüren abgeschlossen, die zwar den Blick nicht versperrten, ihr aber genug Abgeschiedenheit und Ruhe zum Arbeiten gewährten. Ein vollkommenes Arbeitszimmer. Aber auch ein wundervoller Ort, um sich hier mit Nick auszuruhen, wenn er die Show hinter sich gebracht hatte. Sie könnten ein Feuer im Kamin anzünden und auf die Stadt hinunterblicken. Es würde ihr besonderes Versteck werden, ein Ort, den man mit Kindern und Liebe und Schönheit füllen könnte. Das ganze Haus animierte dazu. Es war genau das, was sie sich gewünscht hatte. Mehr noch, wovon sie geträumt hatte, und sie hatte irgendwo immer genau gewußt, daß sie es finden würde. Schönheit, Eleganz, Einfachheit, Wärme, Privatatmosphäre und Gemütlichkeit, alles war hier vereinigt. Die Maklerin hatte sie sicher für verrückt erklärt, nachdem sie alle anderen Angebote abgewiesen hatte, aber jetzt hatte sie all ihre Vorstellungen in einem Haus verwirklicht gefunden. Und es hatte nicht die geringste Ähnlichkeit mit der Wohnung, in der sie mit Tom gelebt hatte.

»Wir nehmen es.« Sie drehte sich entschlossen zur Maklerin um, die ihr die Treppe hinauf gefolgt war.

»Es ist wirklich ein bemerkenswertes Haus«, antwortete diese bestätigend.

Kate nickte triumphierend. »Ja, es ist vollkommen. »Sie strahlte und konnte es gar nicht erwarten, bis sie Nick ihren Fund zeigen konnte. »Wie schnell können wir hier einziehen?«

»Morgen.« Die Maklerin lachte. Jetzt hatten sie es endlich doch geschafft. Sie konnte es noch gar nicht glauben. Im Grunde hatte sie diesen Fall schon aufgegeben. Diese Frau wollte einfach alles und würde sich niemals mit weniger zufriedengeben. Doch dieses Dachgeschoß machte das Haus wirklich zu einem außergewöhnlichen Wohnort. Warum hatte ihr das bloß niemand gesagt? Vielleicht hatte bisher noch niemand die oberen Räume entdeckt. Sie standen jedenfalls nicht auf ihrer Liste. »Hier steht, daß das Haus ab sofort zu beziehen wäre. Wir können den Vertrag aufsetzen, und es gehört augenblicklich Ihnen.«

»Ich sollte es eigentlich erst meinem... Mann... zeigen. Aber ich bin mir völlig sicher. Doch, das hier ist es. Eh, nur um sicherzugehen... wie hoch ist die Anzahlung?« Die Maklerin warf wieder einen Blick in ihr Buch und nannte eine überraschend niedrige Summe. Beinahe hätte Kate losgeschrien: »Was, das ist alles?«, aber sie blieb ruhig. Das war eine zu gute Gelegenheit, die sie nicht verderben wollte. Schnell schrieb sie einen Scheck aus und reichte ihn der Frau hinüber. »Wir werden heute abend noch einmal vorbeikommen.«

Nick verliebte sich auf Anhieb in ihren neuen Wohnort. »Ist es nicht einfach super?« Vor ihm konnte sie ihrem Überschwang freien Lauf lassen. »Oh, Nick, ich finde es einfach herrlich!« Sie ließ sich auf eine der Fensterbänke fallen und strahlte zu ihm auf.

»Ich liebe dich.« Er setzte sich bequem neben sie und genoß den Blick auf die Bucht. »Und ich finde das Haus toll. Es wird wunderschön werden, wenn Tygue und du darin leben.«

»Und Bert«, korrigierte sie ihn mit vorwurfsvollem Blick.

»Ah, Entschuldigung. Und Bert natürlich. Aber Brownie nicht, wenn ich bitten darf. Ich habe schon bei einem Gestüt angerufen. Wir werden für ihn dieselbe Miete bezahlen, die uns das Haus kostet.«

»Gott, wie schrecklich. Vielleicht sollten wir ihn doch lieber in Santa Barbara lassen?«

»Niemals, das können wir Tygue nicht antun. Außerdem glaube ich, daß ich das ganz gut hinkriege.« Er sah sich zufrieden in dem Dachzimmer um, das Kate bei sich schon ihren Elfenbeinturm nannte. Auch er konnte sich die gemütlichen Abende vor diesem Kamin schon sehr gut vorstellen, wenn Kate in seinen Armen lag, die Lichter von Angel Island herüberblinkten und Tygue unten in seinem Zimmer friedlich schlief. Er sah Kate im anderen Raum jenseits der Glastüren an ihrem Schreibtisch sitzen und ein neues Buch zusammenflicken, drei Bleistifte hinter dem einen und einen Füller hinter dem anderen Ohr, und was er sich vorstellte, gefiel ihm.

»Findest du, daß wir es nehmen sollten?« Sie sah ihn an wie ein aufgeregtes kleines Mädchen, ängstlich und stolz zugleich.

Er lachte. »Fragst du mich wirklich um meinen Rat, Aschenputtel? Ich dachte, es wäre schon alles abgemacht. Übrigens schulde ich dir noch die Anzahlung.«

»Du spinnst wohl. Das war mein Anteil.«

»Was für ein Anteil?« Er schien überrascht.

»Du erwartest doch nicht etwa, daß du mich unterhalten wirst, oder? Wir werden uns die Kosten teilen. Jeder bezahlt die Hälfte. Etwa nicht?« Plötzlich war sie verlegen, denn sie hatten über die finanzielle Seite ihres Zusammenlebens noch nicht gesprochen.

»Meinst du das ernst?« Nick war beleidigt. »Selbstverständlich werde ich für deinen Unterhalt aufkommen.«

»Aber wir werden ja nicht einmal heiraten, zum Donnerwetter, Nick, wir ziehen nur zusammen!«

»Das war dein Wunsch, nicht meiner. Tygue fällt in deinen Verantwortungsbereich, wenn du so willst, aber die Verantwortung für dich trage ich. Ich werde es nicht dulden, daß du etwas bezahlst, weil du in diesem Haus mit mir lebst.«

»Ziemlich unfair.«

»Kümmere dich um deine Angelegenheiten. Ich würde gerne auch für Tygue sorgen, wenn du es mir gestatten würdest.« Er sah sie aufmerksam an, aber sie schüttelte den Kopf.

»Nick...« In ihren Augen lag Zärtlichkeit. Sie kannten sich erst seit zwei Monaten, und er bot ihr alles an, was sie sich nur wünschen konnte, Unterhalt, Sorge für das Kind, Liebe und Aufmerksamkeit. Das alles erinnerte sehr an einen Traum. »Warum bist du so gut zu mir?«

»Weil du es verdienst. Ich liebe dich.« Er rückte näher und nahm sie in den Arm. »Ich würde noch mehr für dich tun, wenn du mich lassen würdest.«

»Was kann es denn noch geben?« Sie versuchte ihm scherzhaft zuzuzwinkern, doch er blieb jetzt ernst.

»Die Ehe.« Seine Stimme war ganz leise, und sie blickte verschämt zur Seite. »Du wirst diese Frage nicht einmal in Betracht ziehen, nicht wahr?« Verdammt, es waren schon zwei Monate vergangen, und noch immer hatte sie ihm nichts von Tom gesagt. Der Zeitpunkt würde kommen... er wußte, daß sie den richtigen Augenblick brauchte... er hoffte wenigstens, daß sie es mal rauslassen würde. Das leere Zimmer neben Tygues Raum gefiel ihm besonders gut. Er hatte da so seine eigenen Ideen, wie es zu belegen wäre, und damit meinte er nicht seine Freunde aus Los Angeles oder New York. Nick betrachtete Kate still im Dämmerlicht, das jetzt von der Bucht in den Raum fiel. Schließlich hob sie ihre Augen zu ihm auf und preßte sich ganz nah an ihn.

»Es tut mir wirklich leid, Nick. Aber ich kann nicht an eine Heirat denken... Es geht einfach nicht.« Es klang, als wäre soeben etwas in ihr zerbrochen.

»Hängst du immer noch so sehr an deinem Mann?« fragte er leise. Er wollte sie nicht zwingen, aber er konnte diese Gelegenheit nicht einfach vorbeigehen lassen.

»Nein. Jedenfalls nicht so, wie du glaubst. Ich habe akzeptiert, was geschehen ist. Das habe ich dir auch schon gesagt. Er ist weg. Er gehört zu einem anderen Leben, einem anderen Teil von mir. Es ist komisch, aber du kennst mich schon viel besser als er.« Sie fühlte sich sofort gemein, als sie das sagte, so als ob sie Tom hintergehen würde. Tom hatte sie sehr gut gekannt, aber damals war sie noch ein Kind gewesen, keine Frau. Jedenfalls nicht bis zu dem Unfall. Damals hatte sie sich ja nicht einmal selbst gekannt. Das war jetzt anders. Und Nick kannte sie ganz und gar. Ihre Beziehung war etwas völlig anderes.

»Aber du hängst schon noch an ihm, nicht wahr?«

Sie wollte etwas erwidern, doch dann nickte sie nur. »Irgendwie ja.«

»Warum?«

»Vielleicht aus Loyalität. Für das, was wir mal gemeinsam hatten.« Es war eine eigenartige, doppelzüngige Unterhaltung, aber sie beantwortete seine Fragen ehrlicher, als sie glaubte, und er verstand mehr, als sie wußte.

»Du kannst doch nicht ewig so weiterleben, Kate.«

»Ich weiß. Aber ich habe auch immer gewußt, daß ich nie wieder heiraten werde.«

»Das ist lächerlich.« Er stand mit einem tiefen Seufzer auf. »Wir können ein andermal darüber reden. Unterdessen, mein liebes Aschenputtel –« und er lächelte sie mit dem Strahlen an, das sie immer wieder besiegte, »– heiße ich dich herzlich zu Hause willkommen!« Dann nahm er ihr Gesicht in die Hände und küßte sie zärtlich.

Drei Wochen später zogen sie in einem Chaos aus Möbeln, Gepäck, Gelächter und Liebe ein. Tygue machte es sich sofort in seinem Zimmer bequem, Bert belegte das gesamte Haus mit Beschlag, und die Küche wurde bald zu ihrem Lieblingstreffpunkt. Die Mädchenkammer wurde vorläufig ein Abstellplatz für sperrige Dinge wie Skier, Schlittschuhe, Fahrräder. Nick brachte Tygue Schlittschuhlaufen bei, und er wollte sie alle mit zum Skilaufen nehmen, sobald der erste Schnee fiel. Das Eßzimmer war genauso geworden, wie sie es sich vorgestellt hatte. Den Tisch hatten sie bei einer Auktion entdeckt, um ihn herum standen acht rustikale Stühle mit lederbezogenen Rückenlehnen, und auch die hellen Organdyvorhänge hatte sie gefunden. Das Wohnzimmer war für den täglichen Gebrauch zu groß, doch es würde ausgezeichnet wirken, wenn sie hier Nicks zahlreiche Gäste empfingen. Sie hatte es in braunem Samt und beigen Seidenstoffen eingerichtet. Aber gerade das obere Lieblingszimmer hatte sich zu dem Traum entwikkelt, der ihr immer vorgeschwebt hatte. Ein Liebesnest. Wenn sie sich nicht unter die Bettdecken in ihrem blau-weiß gehaltenen Schlafzimmer verkrochen hatten, waren sie bestimmt im oberen Geschoß zu finden, wo das Holz eine wohltuende Atmosphäre verbreitete. Kate hatte ihre Pflanzen und Bücher hierhergebracht, einige alte Gemälde, an denen sie Gefallen fand, aufgehängt und eine Ledergarnitur hineingestellt. Diese Möbelstücke waren ihr von Nicks Einrichtungsgegenständen die liebsten. Hier befanden sich auch seine Lieblingsstücke – Sporttrophäen aus seiner Jugend, seine Lieblingsfotografien und ein ausgestopfter Löwenkopf, der eine fürchterlich große Pappzigarre im Maul hielt und mit einem Auge verschmitzt zwinkerte. Sie hatten sogar eine alte Tuba an die Wand gehängt, eine von Nicks Kindheitserinnerungen, die noch weiter zurücklag als seine Sportabzeichen. Eine Wand hing voll mit Tygues Kinderfotos. Ihre Vergangenheit schien nicht weiter zurückzureichen. Davor waren ihre Eltern und Tom gewesen, aber das war für sie abgeschlossen. Jetzt fing ein neues Leben an. Und sie machte es auch dazu, nachdem sie die Tür ihres alten Hauses abgeschlossen hatte. Genauso, wie sie es damals gehalten hatte, als sie aus San Francisco weggegangen war. Bei jedem Umzug wurden die Brücken zurück abgebrochen.

Tygue gefiel es in seiner neuen Schule sehr gut, und auch mit der Show gab es keine Probleme. Kates neues Buch machte gute Fortschritte, sie hoffte, noch vor Weihnachten damit fertig zu werden. Und die *Letzte Saison* erlebte schon ihre fünfte Auflage.

»Wißt ihr was, ich kann euer neues Zuhause gar nicht genug bewundern.« Felicia war ihr erster Gast. Nach dem Abendessen hatten sie sich ins Wohnzimmer gesetzt, und sie sah sich immer wieder anerkennend um. »Manche Leute haben eben gleich beim ersten Versuch Glück.« Oder beim zweiten, aber das sagte sie nicht laut. Sie sah Nick mit einem herzlichen Lächeln an. »Sie haben innerhalb von wenigen Monaten etwas fertiggebracht, woran ich mehrere Jahre gearbeitet habe. Dieses Kind wollte einfach nicht auf mich hören. Hut ab, Mr. Waterman.« Nick empfing ihr Lob mit einer knappen Verbeugung. Sie waren sich beide auf Anhieb sympathisch gewesen. Es gefiel ihm, wie sie Kate jahrelang beigestanden und was sie alles für sie getan hatte.

Einen Augenblick nahm er einen nachdenklichen Ausdruck an. »Ich glaube, sie war gerade bereit, endlich aus ihrer Muschelschale herauszukriechen.«

»*Kriechen?* Ich bin richtig hinauskatapultiert worden.«

Felicia versteckte ihr Lachen hinter ihrer Kaffeetasse. Noch einmal tauschte Felicia ein verständnisvolles Lächeln mit Nick aus, dann sah er auf seine Uhr und stand auf.

»Meine Damen, ich bedaure zutiefst, aber ich muß Sie jetzt leider allein lassen.« Sie hatten früh gegessen, damit er noch rechtzeitig zu seiner Arbeit kam. Die »Mädchen« wollten zu Hause bleiben und sich endlich mal wieder in Ruhe miteinander unterhalten. »Ich werde kurz nach neun wieder da sein. Bleiben Sie hier, Licia, wir können nachher noch eine Runde pokern, oder ich führe euch beide heute mal zu einem Drink aus.«

»Das wird leider nicht gehen, mein Lieber. Ich habe morgen früh ein halbes Dutzend Verabredungen. Es wird mal wieder ein ganz scheußlicher Tag. Schließlich kann ich nicht bis Mittag im Bett herumlungern wie ihr zwei.«

»Ja, das denkst du. Ich verbringe die Hälfte meiner Zeit damit, Tygue und seine Freunde hier im Wagen herumzukutschieren.«

»Oh, ist das wirklich so?« Nick zog eine Augenbraue hoch, und sie lachte etwas schuldbewußt.

»In Ordnung, in Ordnung, nächste Woche bin ich also dran. Ich schwöre, daran zu denken.«

»Kate Harper, du wirst hier total verwöhnt.« Felicia betrachtete sie erstaunt. »Fährt Nick sogar die Kinder für dich?« Kate nickte nachdenklich, doch dann lachte sie Felicia an. »Himmel, du verdienst so viel Glück gar nicht. Der Mann ist ja eine Goldmine.« Sie sah Kate mit gespieltem Entsetzen an, aber dieses neue Glück war genau das, was sie sich schon seit Jahren für Kate gewünscht hatte. Abgesehen davon schienen ihr diese neuen Lebensumstände wirklich gut zu tun. Gerade genug Häuslichkeit und gerade Raum genug, um zu glänzen.

Nick umarmte Felicia und gab Kate einen Kuß. Einen Augenblick später hörten sie seinen Ferrari draußen aus der Garage fahren. Vorher war er noch nach oben gegangen und hatte Tygue gute Nacht gesagt, der im leeren Zimmer seine neue Eisenbahn von Tante Licia aufbaute.

»Gibt es irgend etwas, das dieser Mann nicht für dich tun würde, Kate?« Felicia saß in einer Ecke der braunen Samtcouch und sah ihr fragend in die Augen.

»Ich könnte mir nichts vorstellen.« Kate wirkte sehr zufrieden. »Ich weiß. Er verwöhnt mich über alle Maßen.« Aber er war kein Teddybär. Sie hatten schon ihre Kämpfe auszutragen. Doch auch das gefiel ihr an ihm.

»Du hast ihn verdient, Schatz. Er ist wirklich ein außergewöhnlicher Mann.« Nach einem kurzen Schweigen blickte sie plötzlich auf, und auf ihrem Gesicht stand eine Frage geschrieben. Kate wußte, was kommen würde, und sah zur Seite. »Er weiß es noch nicht, nicht wahr? Ich meine, das mit Tom.« Natürlich hatte Kate gewußt, was sie meinte. Sie sah Felicia direkt an und schüttelte traurig den Kopf. In ihren Augen war ein großer Schmerz zu sehen. »Hast du wenigstens deine Besuche dort eingestellt?« Sie hoffte es... hoffte es so sehr... doch ihr Wunsch ging nicht in Erfüllung. Kate schüttelte wieder den Kopf und seufzte.

»Natürlich nicht, wie könnte ich denn damit aufhören? Was soll ich

Tom denn sagen? ›Ich verlasse dich jetzt. Ich habe einen anderen gefunden?‹ Das kann ich nicht. So etwas kann man doch keinem siebenjährigen Kind sagen. Man läßt ein Kind doch nicht einfach so stehen, Licia, das geht nicht. Solange Tom am Leben ist, werde ich ihn auch besuchen.«

»Wirst du es Nick sagen?«

»Ich weiß nicht.« Sie schloß einen Moment lang die Augen und sah dann ins Feuer. »Ich weiß es noch nicht. Ich sollte es wohl tun, aber ich weiß nicht wie. Vielleicht irgendwann, wenn der richtige Zeitpunkt kommt.«

»Wenn das so weitergeht, wirst du es ihm bald sagen müssen. Was glaubt er denn, was du in Carmel machst?«

»Er glaubt, ich unterrichte dort.«

»Hat er nicht bald mal die Nase voll davon? Ich finde, den ganzen weiten Weg nach Carmel zu fahren, nur um zu unterrichten, ist reichlich übertrieben, oder?«

Kate nickte. »Ich habe einfach keine andere Wahl.«

»Ich glaube eher, daß du gar keine Wahl haben willst. Er würde es sicher verstehen.«

»Aber, wenn er es nun nicht verstehen würde, Licia? Er will mich heiraten, Kinder kriegen, ein normales Leben führen. Wie kann man ein normales Leben führen, wenn man mit einer verheirateten Frau verheiratet ist? Einer Frau, die mit einem siebenjährigen emotionalen und seelischen Krüppel verheiratet ist? Was passiert, wenn ich es ihm sage, und er dann plötzlich doch beschließt, daß das zuviel für ihn wäre?« Einen Augenblick lang schloß sie vor Schreck die Augen. Sie mochte nicht einmal daran denken.

»Und du glaubst wirklich, es wird dadurch besser, daß du ihm nichts davon sagst? Kate! Wenn er es nun durch Zufall herausfindet, was willst du dann tun? Was wird geschehen, wenn er dich immer mehr bedrängt, ihn zu heiraten. Was, wenn du es ihm erst in fünf oder zwei oder zehn Jahren erzählen wirst? Was glaubst du wohl, wie er dann reagieren wird? Er hat ein Recht darauf, die Wahrheit zu erfahren.« Tygue übrigens auch. Dieses Problem bewegte Felicia auch schon seit vielen Jahren. Ab und zu war ihr Kates Haltung Tygue gegenüber ganz schön auf die Nerven gegangen. Vielleicht war es zu Anfang eine richtige Entscheidung gewesen, dem Jungen nichts zu sagen, aber Felicia hatte tief in ihrer Seele immer das Gefühl gehabt, daß der Junge besser dran wäre, wenn er die Wahrheit wüßte. Aber darüber wollte sie nicht noch einmal mit Kate streiten. Wenn Nick doch nur von Tom wüßte, dann könnte er ihr dabei helfen, das Problem mit Tygue zu lösen. »Ich finde, du spielst ganz schön mit dem Feuer, wenn du es ihm nicht sagst. Außerdem zeigst du damit nicht gerade viel Vertrauen zu ihm. Du bist nicht fair, Kate.«

»Ja, ja, das war eine sehr schöne Rede, Licia.«

»Tut mir leid, Kate. Ich finde, das muß gesagt werden, bevor du einen riesigen Fehler machst.«

»Na gut. Ich werde es mir überlegen.«

»Stellt er dir denn nie Fragen über Carmel?«

»Manchmal. Aber ich schneide ihm meistens das Wort ab.«

»Das wirst du nicht ewig tun können, Kate. Und wozu auch? Ich finde das sogar ein wenig gemein von dir. Schau doch mal, was er alles für dich tut, was er dir schon alles gegeben hat und wie sehr er dich liebt. Du schuldest ihm einfach die Wahrheit.«

»Ist ja gut, Licia, ist ja gut. Laß mich das bitte selbst regeln.« Sie stand auf und ging zum Kamin, wobei sie ihrer Freundin den Rücken zukehrte. Sie wollte nichts mehr davon hören. Sie wußte, daß Licia recht hatte, aber sie wollte nicht, daß sie es ihr sagte. Irgendwann würde sie es ihm schon sagen, mußte sie es sagen, aber jetzt noch nicht. Sie konnte ihn nicht immer weiter belügen, auch damit hatte Licia recht. Schon jetzt machten sie ihre Besuche in Carmel nervös, schlimmer als früher. Vor drei Tagen war sie ganz früh aufgestanden und hatte das Haus auf Zehenspitzen verlassen, in der Hoffnung, daß er es nicht bemerken würde. Aber er war schon wach gewesen. Und der Streit, der dann gefolgt war, hatte sie ganz krank gemacht. »Wie oft fährst du denn?« Wie gewöhnlich ließ Felicia nicht locker.

»Zweimal die Woche, wie immer.« Und mit einem Seufzer dachte sie daran, daß sie morgen wieder fahren wollte. Vielleicht würde Nick diesmal ausschlafen.

27

Als der Wagen, der Tygue abgeholt hatte, um die Ecke bog, schloß sie die Haustür wieder. Ein letztes Winken, ein kleiner Blondschopf auf dem Rücksitz des Wagens, der langsam ihren Blicken entschwand, und Tygue hatte seinen Tag begonnen. Damit begann auch ihr Tag. Sie schlich leise in die Küche zurück, um noch einen Schluck Kaffee zu trinken. Hoffentlich wachte Nick nicht auf.

»Für einen nebligen Dienstagmorgen hast du dich aber ziemlich in Schale geworfen.« Er sah ihr über den Küchentisch entgegen, und sie machte einen Satz vor Schreck.

»Hallo, Schatz. Ich wußte gar nicht, daß du schon wach bist.« Sie versuchte gleichmütig zu klingen, während sie sich zu ihm hinabbeugte, um ihm einen Kuß zu geben. »Möchtest du einen Kaffee?« Er nickte. »Eier?«

»Nein danke. Ich werde mir nachher welche kochen, wenn ich die Augen aufkriege. Fährst du heute wieder unterrichten?«

Sie blickte auf die Tasse und nickte schweigend.

»Dein Stundenplan ist aber sehr variabel.« In seiner Stimme schwang ein gefährlicher Unterton mit. War das eine Anklage? Hatte er einen Verdacht? Die Sache gefiel ihr nicht. Sie sah ihn aufmerksam an, aber sie konnte nicht herausfinden, was es war. »Letzte Woche bist du doch am Montag und Donnerstag gefahren, oder?«

»Kann schon sein. Ich weiß es nicht mehr.« Sie nahm sich die zwei Löffel Zucker, die sie in ihrem Kaffee gerne mochte, und beschäftigte sich am Waschbecken.

»Komm mal einen Augenblick her.«

Ihr Herz klopfte wild, doch sie versuchte, an etwas anderes zu denken und sich nichts anmerken zu lassen. Gelassen drehte sie sich um. Er durfte nichts sehen, nichts von ihrem Kummer erfahren... durfte nicht merken, daß sie log. Aufrecht stand sie vor ihm und sah ihm ins Gesicht. Jedoch in seinen Augen war kein Lächeln, kein Verständnis für ihre Situation.

»Warum willst du mir nicht sagen, was du wirklich da unten tust?«

»Willst du das wirklich wissen?«

»Ja!« Es war ihm verdammt ernst. Ihr Herz klopfte so laut, daß sie kaum etwas anderes hören konnte.

»Ich habe es dir schon gesagt, ich unterrichte behinderte Kinder und Erwachsene.«

»Kannst du denn nicht so einen ähnlichen Job in der Stadt finden? Ich bin sicher, daß es in San Francisco Hunderte von behinderten Kindern gibt, die dich auf Anhieb lieben würden. Warum muß es Carmel sein?« Und warum rückte sie nicht endlich mit der Wahrheit raus, verdammt noch mal. Warum?

»Ich arbeite da schon seit Jahren.« Soviel wußte er inzwischen auch schon.

»Auch schon, als du noch verheiratet warst?«

»Nein.« Plötzlich entstand eine eigenartige Stille zwischen ihnen. Sie starrten sich unverwandt an. »Was macht das denn für einen Unterschied?«

»Ich weiß es nicht, Kate. Vielleicht sollte ich das lieber dich fragen.«

»Verdammt noch mal, was macht es für einen Unterschied, ob ich da arbeite oder nicht? Ich belaste dich doch nicht damit! Ich gehe um acht aus dem Haus und bin um fünf wieder zurück. Manchmal sogar schon um halb fünf. Ich nehme dir doch nichts weg.« Jetzt war sie böse und fürchterlich ängstlich. Sie hatte ihn noch nie so beharrlich und bohrend erlebt.

»Doch, Kate, du nimmst mir etwas weg!« Er sah sie auf eine Art an, daß ihr ein kalter Schauer über den Rücken lief. Sein Blick war kalt und wütend. »Du nimmst mir dich.«

»In diesen paar lausigen Stunden?« Verdammt noch mal, so viel schuldete sie Tom wenigstens. Er hatte kein Recht, ihr...

»Hast du schon mal in den Spiegel gesehen, wenn du zurückgekommen bist?« Sie antwortete nicht. »Du siehst aus wie ein Gespenst. Gehetzt, verletzt, müde und traurig. Warum tust du dir das immer wieder an?« Er musterte sie noch härter, aber sie konnte ihm keine Antwort darauf geben. »Vergiß es. Es ist ja nicht meine Angelegenheit.« Sie sagte immer noch nichts, und da ließ er sie einfach in der Küche stehen. Sie hätte ihm nachgehen, ihn in den Arm nehmen, küssen sollen, das fühlte sie. Es wäre sehr viel klüger gewesen. Aber sie wollte nicht klug sein. Und vor allem wollte sie sich nicht zwingen lassen. Sie würde ihm kein Wort davon sagen, bis sie nicht selbst dazu bereit wäre. Vielleicht nie. Und niemals würde sie es zulassen, daß er sie an ihren Besuchen hinderte. Diese zwei Tage in der Woche waren heilig, sie gehörten Tom.

»Wir sehen uns um fünf.« Sie rief ihm den Gruß von der Haustür aus zu. Dann schloß sie die Augen. Am liebsten wäre sie noch einmal zu ihm gegangen, aber die Angst war zu groß. Er hätte sie überreden können, hierzubleiben. Schlimmer noch, er hätte die Wahrheit aus ihr herauspressen können. Warum, zum Teufel, hatte er auch aufwachen müssen. Es war alles so einfach, wenn er ausschlief. Sie zögerte einen Augenblick und sagte dann noch: »Ich liebe dich.« Sie hörte, wie er langsam durch die Küche und das Wohnzimmer lief. Dann stand er vor ihr mit der Bucht im Hintergrund und blickte sie lange an. Zeitalter schienen zu vergehen.

»Tust du das wirklich, Kate?«

»Aber das weißt du doch.« Sie ging langsam auf ihn zu und schmiegte sich an ihn. »Liebling, ich liebe dich so sehr.«

Er legte seine Arme zögernd um sie, und so standen sie eine ganze Weile. Schließlich löste er sich aus der Umarmung.

»Dann sag mir, was du in Carmel tust.« Er betete fast, daß sie es jetzt tun würde. Himmel, wie lange konnte er noch vor ihr verbergen, daß er schon alles wußte? Aber sie sah ihn wieder nur mit großen, traurigen Augen an.

»Das habe ich dir schon gesagt, Nick.« Sie ließ ihn nicht aus den Augen.

»So, hast du das! Und warum fühle ich mich dann immer so verdammt unwohl, wenn du da hinfährst?« Was konnte er noch sagen? Welchen Anhaltspunkt würde sie endlich ergreifen? Er fühlte sich total verloren.

»Es gibt nichts, worüber du dir Sorgen machen müßtest.«

»Stimmt das, Kate? Würdest du dir etwa keine Sorgen machen, wenn ich zweimal die Woche irgendwo hinfahren würde, ohne dir auch nur ein Sterbenswörtchen davon zu sagen, was ich tue? Wenn ich es genauso verschweigen würde, wie du vor mir?«

Einen Augenblick blieb sie still und sah aus dem Fenster. »Aber ich erzähle dir doch davon, Nick. Du weißt genau, warum ich dort hinfahre.« Sie versuchte verzweifelt, besänftigend zu klingen.

Seine Augen durchbohrten sie so stark, daß sie sich zu wundern begann. Im Augenblick hätte er ihr am liebsten gesagt, daß er es wirklich genau wußte. Er spürte geradezu einen Zwang, es ihr zu sagen, aber er wußte, daß es nicht ging. Es mußte von ihr kommen. Sie mußte mit ihm darüber reden wollen. »In Ordnung, vergiß es. Schönen Tag!« Damit machte er auf dem Absatz kehrt und verschwand in der Küche. Sie sah ihm verblüfft nach und fragte sich, ob sie ihm hinterherrennen sollte. Doch sie konnte nicht. Er wollte die Antworten, zu denen sie noch nicht bereit war.

Langsam ging sie hinaus zum Auto und schloß die Tür auf. Dabei hatte sie das Gefühl, als schleppte sie Eisenketten an den Füßen. Sollte sie fahren? Oder doch lieber hierbleiben? Schuldete sie ihm nicht eine Erklärung? Sollte sie nicht lieber doch die Wahrheit sagen? Aber wenn er sie dann verließ? Wenn er... entschlossen setzte sie sich in den Wagen und startete. Sie zwang sich, nicht mehr an ihn zu denken.

Sie schuldete Tom ihre Besuche. Sie schuldete ihm diese seltenen Tage, ihre Aufmerksamkeit... aber schuldete sie ihm auch, daß sie darüber Nick verlor? Dieser Gedanke veranlaßte sie, kurz auf die Bremse zu treten. Spielte sie tatsächlich um so hohe Einsätze? Könnte Felicia tatsächlich recht haben? Könnte sie Nick wirklich dadurch verlieren, daß sie ihm die Wahrheit verschwieg, er sie aber durch Zufall herausfand?

»Scheiße!« murmelte sie vor sich hin, während sie sich in den Verkehr auf der Hauptstraße einfädelte. Sie war einfach noch nicht soweit, mit Nick darüber zu sprechen. Jetzt noch nicht... aber vielleicht bald.

28

Auf dem Weg von Carmel zurück nach San Francisco regnete es in Strömen. Wo war das strahlende Oktoberwetter, von dem Felicia immer schwärmte? Kate kam es so vor, als ob es schon seit Tagen geregnet hätte. Die letzten drei Tage, die sie nach Carmel gefahren war, waren in jedem Fall verregnet gewesen, und sogar in Carmel selbst hatte es keinen Sonnenschein gegeben. Tom konnte den Regen nur schwer ertragen. Er war jetzt sehr blaß und mager geworden, und er aß auch nicht mehr richtig. Manchmal wirkte er wie ein verlorenes, mutterloses Kind, das gegen eine unheilbare Krankheit ankämpfte. Er konnte sich stundenlang an ihrer Hand festklammern, sie um Geschichten betteln und sie mit seinen großen Augen ansehen, die sie zwar zu sehen schienen, sie jedoch nicht wirklich wahrnahmen. Diese Augen erinnerten sich immer noch an nichts. Und seine Arme streckten sich nur in kindlicher Weise nach ihr aus, wobei er sie immer »Katie« rief, so wie Tygue sie manchmal »Mam« nannte. Doch in letzter Zeit kam er ihr so hilflos vor. Sicher, sein Zustand war seit dem Schuß immer so gewesen, aber seit ein paar Wochen schien etwas in ihm dahinzuschwinden. Er scherzte nicht mehr mit ihr, sein Lachen war dünn geworden, und auch Mr. Erhard schien sich jetzt Sorgen zu machen. Doch der Direktor hatte ihr versichert, daß das ganz »normal« wäre. Normal... Was war schon an einem Mann, der lebte und dachte wie ein siebenjähriges Kind, normal? Einem Mann, der mal voller Leben gesteckt hatte und der nun in einem Rollstuhl saß und mit Papierflugzeugen spielte? Der Arzt hatte ihr jedoch erklärt, daß Menschen in seiner Verfassung mehr und mehr »verblassen« würden, und schließlich, eines Tages... aber das könnte noch Jahre dauern. Unterdessen würde er seine guten und seine schlechten Tage haben, und man könne sein Interesse sehr wohl am Leben erhalten, wenn man ihn fordern und fördern würde. Das, mußte der Doktor jedoch zugeben, sei keinesfalls sicher. Verändern würde sich nichts mehr. Er machte sie dann noch darauf aufmerksam, daß Tom diese Anfälle während der nächsten Jahre immer häufiger bekommen würde, bis er dann starb. Es wäre eine neurologische Bedingtheit und unvermeidbar. Kate verstand das nicht einen Deut besser als alle anderen Dinge, die Tom während der letzten sieben Jahre geschehen waren. Aber was immer es auch war, in den letzten vier Wochen war Tom nicht mehr in Ordnung. Und nun hatte sie auch noch Angst, daß Nick sie daran hindern wollte, ihn zu besuchen. Himmel! Sie seufzte, während sie von der Autobahn abfuhr und in die Franklin Street einbog. Es war schön, wieder nach Hause zu kommen. Sie war entsetzlich müde. Gott sei Dank war Nick an diesem Morgen nicht aufgewacht. In den letzten beiden Wochen war sie immer ganz früh aufgestanden, um ihm ja nicht zu begegnen, bevor sie losfuhr. Und sie gab sich alle Mühe, ihn von dem Thema Carmel immer wieder abzulenken.

Sie bog nach links in die Green Street und folgte ihr in Richtung Westen, bis sie beinahe das Presidio erreicht hatte. Dann kam in einer kleinen Kurve unvermittelt eine winzige Seitenstraße mit Kopfsteinpflaster, eng und kurvig, und kaum ein paar Meter weiter, eingebettet in eine fast künstlerisch anmutende Landschaft, stand ihr Haus, verborgen hinter Bäumen, Büschen und der großen Hecke. Sie wohnte dort zwar erst einen Monat, aber sie wußte schon jetzt, daß sie noch nie ein Haus so sehr geliebt hatte. Vielleicht lag es daran, daß sie hier so außerordentlich glücklich war.

Erleichtert seufzte sie auf und schloß die Haustür auf. Es war erst zwanzig nach vier. Sie hatte es gerade rechtzeitig geschafft, denn Tygue nahm heute an einem besonderen Kunstkurs teil und würde um fünf nach halb fünf wieder zu Hause abgeliefert werden. Auch der Ferrari war nirgends zu sehen. Sie war also sicher. Keine Erklärungen, keine Entschuldigungen, kein munteres Geplapper, um sich den Kummer und Schmerz nicht anmerken zu lassen. Es war ihr fast immer unmöglich, gleich nach dem Nachhausekommen mit Nick konfrontiert zu sein, und auch er haßte diese Begegnungen. Er sah immer zuviel. Sie schlüpfte aus den nassen Schuhen und ließ sie auf der Fußmatte in der Eingangshalle stehen. Dann hängte sie ihren Regenschirm in das Waschbecken in der Küche und ließ sich mit einem wiederholten Seufzer am Küchentisch nieder, wobei sie den Kopf auf die verschränkten Arme legte.

»Hallo, Kate.« Die Stimme war nur ein paar Zentimeter von ihrem Ohr entfernt, und sie sprang entsetzt auf die Füße. In ihrem Gesicht stand der blanke Schrecken. »Oh, Liebling. Entschuldige bitte.« Er nahm sie sanft in die Arme und drückte sie wieder auf den Stuhl. Sie saß da und zitterte. Im Augenblick war sie auf das gewöhnliche Streitgespräch nicht vorbereitet, und so starrte sie ihn nur wortlos an. Sie hatte sich so gefreut, daß er nicht zu Hause zu sein schien. Aber jetzt saß er da, ihr direkt gegenüber, beobachtete sie aus den Augenwinkeln, und sie hatte ihn nicht einmal bemerkt, als sie die Küche betreten hatte.

»Du hast mich zu Tode erschreckt«, sagte sie und lächelte schwach. Es war ein anstrengender Tag gewesen. »Ich wußte nicht, daß du zu Hause bist. Wie war's denn heute?« Ihre Bemühungen zu plaudern blieben fruchtlos. Nick ließ sich nicht ablenken. Er betrachtete sie eigenartig ernst, ging dann zum Herd hinüber und fand es nicht einmal nötig, ihre Frage zu beantworten.

»Magst du einen Tee?«

»Ja, sehr gern. Ist irgend etwas?« Die Art, wie er sie immer wieder ansah, gefiel ihr gar nicht. Es erinnerte sie daran, wie ihr Vater sich immer verhalten hatte, wenn sie ihr Zeugnis nach Hause gebracht hatte. Ihr Herz klopfte wieder so stark wie beim letztenmal, als sie sich über Carmel gestritten hatten. Aber diesmal war es noch schlimmer. Sie wußte nicht, wieso, aber sie konnte es spüren. »Sag doch, ist irgend etwas passiert?« Er hatte ihr immer noch keine Antwort gegeben.

»Nein, es ist nichts passiert.« Nick betonte jedes Wort sorgfältig. »Ich habe dich heute vermißt.« Er wandte sich ihr zu und hatte auch schon eine Tasse Tee in der Hand. Dann hatte das Wasser also schon gekocht, und auch das war ihr überhaupt nicht aufgefallen, so erschöpft war sie. Plötzlich bekam sie fürchterliche Angst. Sie konnte sich nicht erklären, warum.

»Ich habe dich auch vermißt.«

Er holte eine zweite Tasse aus dem Schrank. »Gehen wir hinauf?«

Sie nickte. »In Ordnung.« Ihr Lächeln wurde nicht beantwortet, und so nahm sie erstaunt ihre Tasse und folgte ihm bedrückt in ihr Nest im zweiten Stock. Nick setzte sich in seinen Lieblingssessel. Er war mit samtweichem, rotem Leder bezogen, roch stark nach gebrauchtem Leder und war so weich gepolstert, daß man sich richtig hineinsinken lassen konnte. Dazu gehörte ein ebenso bezogener Fußschemel, aber den stieß er jetzt brüsk zur Seite. Er war nicht hergekommen, um sich auszuruhen. Und dann machte er etwas Unerwartetes. Er stellte die Tasse ab und streckte beide Arme nach ihr aus. Sie ging bereitwillig auf ihn zu und setzte sich neben dem Sessel auf den Boden. »Nick, ich liebe dich.«

»Ich weiß. Ich liebe dich auch, Kate. Mehr, als ich je einen Menschen geliebt habe.« Er sah sie einen Augenblick traurig und liebevoll an und seufzte dann tief. »Wir müssen miteinander reden. Ich habe dir eine Menge zu sagen. Ich weiß nicht, womit ich anfangen soll, aber vielleicht ist es das beste, gleich da zu beginnen, wo wir gerade sind. Ich liebe dich. Und ich habe eine verdammt lange Zeit darauf gewartet, daß du dich mit mir auf eine Ebene stellen würdest. Aber du hast es nicht getan. Deshalb wird es jetzt Zeit, daß wir uns zusammensetzen und mal alles aussprechen. Was mich während der ganzen Zeit am meisten verletzt hat, ist, daß du mir nicht vertraust, Kate.« Sie spürte, wie ihr das Blut in den Adern gerann.

»Das ist nicht wahr.« Sie war verletzt, und ihr Herz klopfte entsetzlich wild. Was wollte er von ihr? Wußte er etwa schon etwas? Aber wie? Wer hatte ihm etwas gesagt?

»Doch. Es *ist* wahr. Wenn du mir vertraut hättest, hättest du mir von Carmel erzählt. Und von Tom.« Plötzlich füllte eine undurchdringliche Stille den Raum. Ihr Kopf flog zu ihm herum.

»Was ist mit Tom?« Ihre Hand zitterte, während sie ihre Tasse abstellte. Sie versuchte immer noch auszuweichen, und beide wußten es.

»Ich weiß nicht sehr viel, Kate. Zu Anfang hatte ich nur einen vagen Verdacht. Du wußtest zu viel über Football. In deinem Buch zeigst du viel Hintergrundwissen. Und dann die Dinge, die du gesagt hast. Ich habe ein paar Nachforschungen anstellen lassen, im Grunde nur sehr wenige. Gerade genug, um herauszufinden, daß du mit Tom Harper verheiratet gewesen bist, *dem* Tom Harper, und daß er versucht hat, sich zu erschießen und seitdem gelähmt ist und geistig... nun, ich kenne die richtigen Ausdrücke nicht. Ich weiß, daß er nach längerem Klinikaufenthalt nach Carmel verlegt worden ist, aber den Namen des Sanatoriums konnte ich nicht herausfinden. Jedenfalls wußte ich von da an, daß er nicht gestorben ist, und ich vermute, daß er immer noch lebt. Ich glaube, daß es das ist, was du in Carmel zu tun hast, du besuchst Tom. Es sind keine geistig zurückgebliebenen Kinder, die du da unterrichtest. Ich könnte das verstehen, Kate. Ich könnte es vielleicht sogar akzeptieren. Ich glaube, ich kann eine Menge Dinge verstehen. Aber was ich nicht begreife, ist, daß du es mir nicht mitgeteilt hast. Warum hast du mir all diese Monate die Wahrheit verschwiegen? Das ist es, was mir so weh tut.« Als er zu sprechen aufhörte, hatten beide Tränen in den Augen. Kate holte zitternd Luft und versuchte, sich zu fassen.

»Warum hast du mir nicht gesagt, daß du es gewußt hast? Dann habe ich mich all diese Monate ganz schön zum Dummkopf gemacht, nicht wahr?«

»Ist das alles, was dich im Augenblick beschäftigt? Ob du einen Dummkopf aus dir gemacht hast?« Er war plötzlich zornig, doch sie schüttelte heftig den Kopf und sah zur Seite.

»Nein. Ich... ich weiß einfach nicht, was ich sagen soll.«

»Dann sag mir endlich die Wahrheit, Kate. Sag mir, wie das ist. In was für einer Verfassung ist er? Liebst du ihn noch? Ist das denn ein Leben für dich? Und was hat das für uns zu bedeuten?... Ich habe keine Ahnung, was für eine Hoffnung wir für unsere Zukunft haben können. Und gibt es eine für ihn? Ich habe ein Recht, all diese Dinge zu erfahren. Ich hatte das Recht schon von Anfang an. Aber ich wollte dir nicht sagen, daß ich schon davon wußte, weil ich glaubte, du müßtest genug Vertrauen in mich haben, um mir selbst davon zu erzählen. Aber du hast es nie getan. Also muß ich dich damit konfrontieren.«

»Ich glaube, ich wollte euch beide beschützen.«

»Und vielleicht auch dich.« Er wandte den Blick von ihr ab und sah auf die Bucht hinaus.

»Ja.« Ihre Stimme klang jetzt hohl in dem stillen Raum. »Und vielleicht auch mich selbst. Ich liebe dich, Nick. Und ich wollte dich nicht verlieren. Wir beide haben etwas gemeinsam, was ich noch nie zuvor erlebt hatte. Mit niemandem. Tom hat mich nur als kleines Mädchen gekannt. In der Beziehung zu ihm war ich ein Kind, bis zum... bis zum Unfall. Und jetzt ist er das Kind. Er ist wie ein kleiner Junge, Nick. Er spielt Brettspiele, zeichnet ab und zu, er ist inzwischen ein wenig unreifer als Tygue. Er weint oft... er braucht mich einfach. Und er wird von mir so viel bekommen, wie er will. Ich kann ihm das nicht auch noch wegnehmen. Ich kann ihn nicht verlassen.« Bei diesen Worten schnappte ihr die Stimme über.

»Das verlangt auch niemand von dir, Kate. Ich hätte das nie von dir verlangt. Aber ich mußte es doch wissen. Ich wollte es von dir hören. Wird er noch lange in diesem Zustand bleiben?«

»Bis zu seinem Ende, wann immer das sein wird. Es kann sich um Tage oder Monate oder Jahre handeln. Niemand kann das wissen. Und solange... besuche ich ihn.«

»Wie hältst du das aus?« Er wandte ihr den Blick wieder zu, und in seinen Augen waren Schmerz und Leidenschaft zu lesen.

Sie brachte ein klägliches Lächeln zustande. »Ich schulde es ihm, Nick. Er hat mir einmal alles bedeutet. Nachdem meine Eltern mich hinausgeworfen hatten, war er das einzige, was ich noch hatte. Und er hat mir alles gegeben. Alles, was ich ihm jetzt noch geben kann, sind diese paar Stunden in der Woche. Und die habe ich übrig. Ich muß es einfach.« Sie sah trotzig zu ihm hoch.

»Das verstehe ich.« Er beugte sich zu ihr hinunter und legte seufzend die Arme um sie. »Es ist etwas, das du tun mußt, das verstehe ich. Aber ich wünschte mir schon, daß ich es dir erleichtern könnte.«

»Es ist gar nicht mehr so schwer. Ich habe mich seit langer, langer Zeit daran gewöhnt, falls man sich an so etwas wirklich gewöhnen kann. Auf jeden Fall erschreckt es mich nicht mehr so – und es bricht mir auch nicht mehr das Herz, so wie es am Anfang der Fall war.«

»War Felicia damals bei dir, Liebling?« Er kuschelte sich noch dichter an sie, und sie blickte mit einem schwachen Lächeln zu ihm auf. Es war eine Erleichterung, mit ihm darüber zu reden, und im Augenblick haßte sie sich dafür, daß sie es ihm nicht schon lange gesagt hatte.

»Ja. Sie hat die ganze Katastrophe miterlebt. Und sie hat sich hervorragend verhalten. Sie war sogar mit mir im Kreißsaal, als Tygue geboren wurde.«

»Ich wünschte, ich wäre auch dabeigewesen.«

Sie lächelte müde. Ein besänftigender Friede senkte sich über sie, und sie fühlte sich wohl wie schon seit Jahren nicht mehr. Jetzt wußte er alles. Zwischen ihnen gab es keine Geheimnisse mehr. Und die Bedrohung, daß er es irgendwann rausfinden würde, war auch verschwunden. »Ich hatte so fürchterliche Angst, was du denken würdest, wenn du es wüßtest.«

»Warum?«

»Weil ich verheiratet bin. Weil ich nicht frei für dich bin. Das ist dir gegenüber unfair.«

»Für mich ist das nicht so wichtig. Eines Tages wirst du nicht mehr verheiratet sein. Kate, wir haben eine Menge Zeit füreinander. Wir haben ein ganzes Leben vor uns.«

»Du bist wirklich ein unglaublicher Mann, Nicholas Waterman.«

»Quatsch. Du würdest das genauso empfinden... Kate?«

»Mmh?«

»Haben deine Eltern nie versucht, mit dir Kontakt aufzunehmen, nachdem... ich meine nach dem Unfall?« Er hatte begriffen, daß sie diesen Euphemismus für den Schuß gebrauchte.

»Nie. Sie haben sich ihre Meinung über mich gebildet, als ich mit Tom weggegangen bin, und die ist unabänderlich. Was er getan hat, bestärkte sie nur in dem Urteil, das sie sich von ihm gemacht hatten, und was mich betrifft, so halten sie mich, glaube ich, für keinen Deut besser. Ich habe gekriegt, was ich verdient habe. Weißt du, sie haben ein ausgeprägtes Schwarzweißdenken. Es gibt Menschen, die man akzeptieren kann, und andere, die inakzeptabel sind... und das ist es. Da ich mit Tom abgehauen bin, war ich für sie nicht mehr akzeptabel, und so fühlten sie sich ohne weiteres berechtigt, mich aus ihrem Leben auszuschließen.«

»Ich begreife nicht, wie sie mit sich selbst leben konnten.«

»Ich auch nicht, aber das ist nicht mehr mein Problem. Das alles ist lange, lange her. Es liegt sogar so weit zurück, daß ich kaum noch daran denke. Und ich bin froh darüber. Es ist wirklich vorbei. Das einzige, was nicht vorbei ist und auch nicht so schnell vorbeigehen wird, ist meine Verpflichtung gegenüber Tom.«

»Tygue weiß nichts davon, oder?« Er war sicher, daß Tygue nichts wußte, aber es gab immer noch die winzige Möglichkeit, daß auch der Junge diese Tatsachen geschickt vor ihm verborgen hätte.

»Nein. Felicia sagt zwar, daß ich es ihm eines Tages erzählen müsse, aber darüber habe ich mir ehrlich gesagt noch keine Gedanken gemacht. Im Augenblick ist es jedenfalls noch zu früh.«

Er nickte verständnisvoll und sah sie dann plötzlich mit einem eigenartig fragenden Blick an. »Darf ich dir eine etwas seltsame Frage stellen?«

»Natürlich.«

»Liebst du... ich meine... Liebst du Tom immer noch?« Er zwang sich richtig, die Worte auszusprechen. Er mußte es wissen.

Ihre Stimme klang sehr verwundert, als sie ihm darauf antwortete. »Glaubst du wirklich, ich könnte dich so lieben wie jetzt, mit dir zusammenleben, dir ganz und gar gehören, wenn ich ihn noch lieben würde? Ja, ich habe ihn lieb, aber so, wie man ein Kind liebt, wie ich Tygue liebe. Er ist kein Mann mehr, Nick. Er gehört zu meiner Vergangenheit... wie ein Geist... das Gespenst eines Kindes...«

»Tut mir leid, daß ich das gefragt habe.«

»Nein, es ist vollkommen in Ordnung. Du hast jetzt ein Recht auf all die Antworten. Vermutlich ist das alles nur schwer zu verstehen. Es ist kein Mann mehr da, den ich lieben könnte. O ja, bevor ich dich kennengelernt habe, habe ich mir ab und zu mal eingebildet, daß ich bei ihm den Schimmer eines Erkennens sehen würde. Ich habe mir was vorgemacht. Es war nie wirklich etwas da. In den ganzen sieben Jahren nicht. Ich fahre ihn besuchen, weil ich es muß. Weil er einmal sehr gut zu mir gewesen ist, weil ich ihn vor langer, langer Zeit einmal sehr geliebt habe, mehr, als irgend jemanden vorher, und weil Tygue sein Sohn ist.« Plötzlich hatte sie angefangen zu weinen, und die Tränen liefen ihr in Strömen die Wangen hinunter. »Aber ich liebe dich, Nick. Ich liebe dich... wie ich... Tom niemals geliebt habe. Ich habe so lange auf dich gewartet.« Er zog sie an sich, und beide waren überrascht, mit was für einem starken Griff er sie gepackt hatte. Er brauchte sie mindestens ebenso verzweifelt. Er hatte sich schon seit Jahren nach ihr gesehnt.

»O mein Liebling. Das alles tut mir so entsetzlich leid.«

Sie löste sich aus seinem Griff. »Ich habe solche Angst gehabt. Seit das Buch fertig ist, habe ich mich gefürchtet, daß irgend jemand das alles mal herausfinden würde. Daß jemand den ganzen Dreck ausgraben und mir dann wieder übers Gesicht schmieren würde.« Er zuckte wieder zusammen, als er bemerkte, was sie in den letzten Monaten durchgemacht haben mußte. Es war ein Wunder, daß sie überhaupt nach Los Angeles gekommen war. »Und als du mir dann noch gesagt hast, du hättest mal Football gespielt, bin ich fast gestorben.« Sie lachte über seinen Gesichtsausdruck, aber plötzlich wurde er fast grau.

»Das Komische ist, daß ich ihn kannte. Aber nicht gut. Ich war zu schnell aus dem Geschäft wieder draußen, und als ich eingestiegen bin, war er schon ganz oben. Er schien ein netter Kerl gewesen zu sein.«

»Das war er.« Sie sah traurig auf den Fußboden.

»Was hat ihn dazu getrieben? Was hat ihn zerbrochen?« Die Zeitungen hatten darüber keinen Aufschluß gegeben. Offenbar hatten die Reporter sich nicht besonders für die Hintergründe interessiert.

»Der Druck. Die Angst. Man hat versucht, ihn abzuschieben, und das trieb ihn zum Wahnsinn. Außer Football gab es nichts in seinem Leben. Er wußte nicht, was er mit sich hätte anfangen sollen. Außerdem hatte er sein Geld schlecht angelegt. Und er wollte alles für Tygue. Nachdem ich schwanger geworden war, konnte er an nichts anderes mehr denken. ›Sein Sohn.‹ Er wollte noch eine Saison spielen, um Geld für Tygue beiseite legen zu können. Aber das haben sie ihm verboten. Du hast es ja in den Zeitungen gelesen. Den Rest kennst du.«

Er nickte trocken. »Weiß er etwas von Tygue?«

»Nein. Das würde er nicht verstehen. Ich habe ihn die Schwangerschaft über besucht, aber er zeigte nicht mehr Interesse oder Verständnis als eben ein kleines Kind. Ich glaube, er hielt mich einfach nur für unheimlich dick.«

»Hat es während dieser Jahre irgendwelche Veränderungen gegeben?« Es machte ihn verlegen, diese Frage zu stellen.

Aber sie schüttelte nur unbeteiligt den Kopf. »Nein. Abgesehen von den letzten vier Wochen vielleicht. Er ist nicht mehr er selbst. Der Arzt sagt allerdings, daß das nichts Ungewöhnliches wäre.«

»Ist das Sanatorium wenigstens anständig?«

»Ja, sehr.« Sie streckte eine Hand nach ihm aus, und er rutschte aus seinem Sessel und setzte sich neben sie auf den Fußboden. »Ich liebe dich, Mr. Waterman. Auch wenn du mich heute beinahe zu Tode erschreckt hast. Ich dachte, du wolltest mir jetzt sagen, daß es zwischen uns endgültig aus wäre.«

»Was glaubst du eigentlich, du verrückte Frau. Denkst du wirklich, daß ich dich einfach so gehen lassen könnte?«

»Ich bin eine verheiratete Frau, Nick.« Sie sagte das mit einem Unterton von Verzweiflung. Ihr war klar, wie gern er heiraten wollte, und es gab keine Möglichkeit, seinen Wunsch zu erfüllen. Jedenfalls nicht, solange Tom noch lebte.

»Na und? Macht es dir wirklich so viel aus, daß du noch verheiratet bist, Kate?«

Sie schüttelte den Kopf. »Das habe ich mir alles sorgfältig überlegt, bevor ich dich das erstemal in Santa Barbara besucht habe. Tief in meinem Herzen fühle ich mich nicht mehr mit ihm verheiratet.«

»Das ist doch das einzige, worauf es ankommt. Der Rest geht niemanden was an. Das ist unsere Sache. Ist das der einzige Grund, warum du mir nichts gesagt hast, Kate?«

»Nein. Ich... nun ja, teilweise. Der andere Teil war wohl meine Feigheit. Ich hatte mich so lange in meinen heiligen Mauern eingesperrt und die Wahrheit draußen gelassen, daß ich mir schon gar nicht mehr vorstellen konnte, mit jemandem darüber zu sprechen. Und als ich dann mit dir hätte reden sollen, war es irgendwie schon zu spät. Wie hätte ich dir gestehen können, daß ich dich von Anfang an angelogen habe? Hätte ich dir sagen sollen: ›Ach übrigens, kannst du dich noch daran erinnern, daß ich dir gesagt habe, ich wäre Witwe? Nun, das ist eine Lüge. Mein Mann lebt noch, und ich fahre ihn zweimal die Woche besuchen‹? Ich weiß nicht, Nick, das klang alles so verrückt. Und wenn ich es eingestanden hätte, wenn ich jetzt wieder darüber rede... es ist, als müßte ich das alles noch mal durchmachen. Die ganzen Gefühle kommen wieder hoch.«

Er zog sie wieder an sich. »Gerade das tut mir besonders leid.«

»Aber ich glaube, mir nicht. Vielleicht wurde es Zeit, daß das Ganze mal wieder an die Oberfläche kam. Weißt du, wovor ich noch solche Angst gehabt habe? Ich dachte, du würdest mich zwingen, Tom nicht mehr zu besuchen. Das hätte ich niemals zugelassen, Nick. Er bedeutet mir einfach zu viel. Ich stehe in seiner Schuld, bis er einmal stirbt.«

»Ist das der einzige Grund für deine Besuche? Weil du es ihm ›schuldig‹ bist?« Sie schüttelte wieder den Kopf.

»Nein, es gibt eine Menge Gründe. Ich habe ihn einmal geliebt. Und er hat mir damals sehr viel Kraft gegeben... und dann ist da auch noch Tygue... Ich könnte niemals aufhören, mich um Tom zu kümmern, auch wenn das niemand auf dieser Welt verstehen wird. Vielleicht auch du nicht. Aber das würde mir nichts ausmachen. Rede ich jetzt argen Blödsinn?«

»Nein, Kate. Ganz und gar nicht. Ich habe nicht das Recht, dir das zu nehmen. Das hat niemand.«

»Aber könntest du denn damit leben?«

»Jetzt, da es endlich zwischen uns ausgesprochen ist, kann ich es, glaube ich, akzeptieren. Ich respektiere dich und was du tust, Kate. Mein Gott, wenn ich mir vorstelle, daß mir mal so etwas passieren würde... Es wäre schier unglaublich, dann zu merken, daß es jemanden wie dich gäbe, der sich über Jahre hinweg um einen kümmern würde...«

Sie seufzte. »Ich bin gar nicht so nobel, wie du es gerade beschreibst. Manchmal ist es schon verdammt hart. Und manchmal bin ich so erschöpft, daß ich es geradezu hasse.«

»Aber du machst es dann trotzdem. Das ist es ja, was ich so bewundere.«

»Vielleicht. Jedenfalls muß ich es weiter machen, Nick.«

»Ja, ich verstehe.« In diesem Augenblick saßen sie sich nüchtern und ehrlich gegenüber. Beide spürten einen Frieden, ein gegenseitiges Verstehen, das ihre Freundschaft besiegelte. Er nahm einen Schluck Tee und sah sie wieder aufmerksam an. »Was wirst du denn jetzt tun, wenn es doch jemand herausfinden sollte? Wenn sie die Vergangenheit wieder ausgraben? Ich nehme an, daß du dir über diese Möglichkeit schon Gedanken gemacht hast?«

»Ja und nein. Die einzige Art, wie ich es immer wieder schaffe, da hinauszugehen, ist, mir vorzumachen, daß das einfach nicht passieren wird. Wenn ich wirklich glaubte, daß mich jemand entdecken könnte, würde ich nie wieder das Haus verlassen.«

»Das könnte sehr schön werden.« Zum ersten Mal seit Stunden lächelten sie sich zu. »Aber ich meine es halb ernst.«

»Ich weiß es alles noch nicht, Schatz.« Sie holte tief Luft und streckte sich dann auf dem Teppich aus. »Ich weiß noch nicht, was ich dann wirklich tun werde. Vermutlich in Panik geraten und um mein Leben rennen. Vielleicht ist es alles, jetzt, da du davon weißt, gar nicht mehr so schlimm. Natürlich ist da immer noch Tygue.« Sie seufzte wieder und sah zu Nick hoch, und plötzlich fiel ihr wieder etwas ein: »Erinnerst du dich an die Party, zu der du mich in Los Angeles geführt hast, nachdem Jaspers Show zu Ende war?«

Er nickte. »Du meinst den Kerl, der etwas Schlimmes zu dir gesagt hat? Wußte er das etwa?« Himmel. Kein Wunder, daß sie in Panik geraten war.

»Nicht genau. Er war über meinen Namen gestolpert. Harper. Er brabbelte etwas von einem Footballspieler namens ›Joe‹ oder ›Jim‹ oder so was Ähnliches, der durchgedreht wäre und... na ja, er kannte die Geschichte mehr oder weniger. Er wollte einen Lacher erzielen und fragte deshalb, ob ich mit dem verwandt gewesen wäre. Und ich bin natürlich sofort in Panik geraten.«

»Armes Kind, kein Wunder. Warum hast du eigentlich deinen Namen beibehalten? Nach all dem...«

»Es schien irgendwie richtig. Schon allein wegen Tygue. Er ist sein

Sohn. Er sollte als Tygue Harper auf die Welt kommen. Ein Namenswechsel wäre auch Tom gegenüber unfair gewesen. Nicht, daß er noch irgend etwas davon mitbekommen hätte, aber ich habe ihm gegenüber immer eine bestimmte Loyalität empfunden. Ich weiß auch nicht so recht.«

»Und was machen wir nun mit Tygue? Du wirst es ihm nicht für immer vorenthalten können. Und wenn ihm eines Tages einer erzählt, daß sein Vater versucht hat, zwei Männer zu erschießen und sich dabei tatsächlich selbst halb erschossen hat, wird er mit seinem Leben ganz schön durcheinandergeraten. Du schuldest auch ihm die Wahrheit, Kate. Jedenfalls einen Teil davon. Soviel er in seinem Alter eben schon verkraften kann. Wird er seinen Vater je sehen können?«

»Nein, niemals. Das ist ganz und gar unmöglich. Tom würde das nicht verstehen, und Tygue würde es das Herz brechen. Es gibt keinen Daddy. Da ist nur ein komisches, hilfloses Kind im gebrochenen Körper eines alten Mannes. Er sieht nicht einmal mehr gut aus. Tygue müßte schon ein erwachsener Mann sein, um das verkraften zu können. Aber warum sollte er das überhaupt? Er weiß ja von alledem nichts. Und ich finde das auch viel besser so. Und wenn er dann alt genug ist, das zu verstehen, dann –« Sie unterbrach sich einen Augenblick, weil sie ein schluchzendes Geräusch zu hören glaubte. Es war ganz leise. Fragend blickte sie zu Nick auf, aber sein Gesicht war klar und ohne Tränen, während er ihr aufmerksam zuhörte. »Was war das?« Sie setzte sich auf und lauschte angestrengt. Nick hob den Kopf.

»Nichts. Wieso?«

»Ich habe da gerade etwas gehört... oh, mein Gott...« Ihr wurde plötzlich klar, was geschehen war. Sie hatten Tygue vergessen, der schon lange wieder zu Hause sein müßte. Die Uhr hinter Nick zeigte auf halb sechs. Er war schon seit über einer Stunde da. Lange genug, um... ohne weiter zu denken, fuhr sie herum und sah ihn in der Tür stehen, stumm, reglos, und Tränen strömten ihm übers ganze Gesicht. »Tygue!« Sie standen gleichzeitig auf und gingen auf ihn zu, aber er drehte sich abrupt um und stürzte die Treppe hinunter. Zwischen Schluchzern und Schluckauf brüllte er nach hinten: »Laßt mich in Ruhe... laßt mich in Ruhe...«

29

»Na, geht es ihm wieder besser?« Nick sah ihr besorgt entgegen, als sie aus Tygues Zimmer trat. Es war jetzt halb sieben, und die letzte Stunde war lang und anstrengend gewesen. Er hatte sich vor ihnen im Garten versteckt, und als sie ihn endlich fanden, war er bis auf die Haut durchnäßt gewesen und hatte sich an einen ebenfalls tropfnassen Willie geklammert. Kate hatte ihn in die Wanne gesteckt und heißes Wasser einlaufen lassen, während Nick ihm eine süße, heiße Schokolade gekocht hatte. Und dann hatte sie lange bei ihm am Bett gesessen, während Nick sich die ganze Zeit nicht von der obersten Treppenstufe gerührt hatte.

»Ich glaube, er ist wieder in Ordnung. Aber es ist schwer zu sagen. Auf jeden Fall schläft er jetzt.« Sie war erschöpft.

»Was hast du ihm gesagt?«

»Die Wahrheit. Ich hatte keine andere Wahl. Das meiste hatte er ja schon von der Tür aus mitgekriegt. Ich glaube nicht, daß er uns belauschen wollte. Er sagt, daß er nur zu uns heraufgekommen wäre, um mir zu sagen, daß er wieder zu Hause sei. Und dann hat er gehört, daß wir über Tom gesprochen haben.« Sie deutete auf ihre offenstehende Schlafzimmertür, und Nick verstand und folgte ihr hinein. Sie schlossen die Tür leise, und Kate ließ sich schwer aufs Bett fallen. Nick reichte ihr eine Zigarette, aber sie sah aus, als könnte sie statt dessen eher einen Brandy und ein heißes Bad gebrauchen. Im Augenblick konnte sie nur an Tygue denken.

»Da habe ich aber verdammt tief ins Wespennest gestochen, als ich dich zwang, mit mir über Tom zu reden«, sagte Nick bitter. Das war ihm immer wieder durch den Kopf gegangen, während er auf der Treppenstufe gesessen hatte. Aber sie schüttelte heftig den Kopf und blies eine kleine Rauchwolke aus.

»Nick, tu dir das nicht an. So schmerzhaft es im Augenblick auch sein mag, ich glaube, du hast uns allen damit einen Gefallen getan. Ich fühle mich jedenfalls erleichtert. Und Tygue wird es überleben. Auf diese Art kann ich ihm jetzt wenigstens auch all die schönen Dinge über Tom erzählen. Schließlich hat er jetzt auch ein Recht darauf, davon zu erfahren. Tom Harper war ein wundervoller Mensch, und ich kann es ihm erst jetzt klarmachen, nachdem er den Rest auch erfahren hat. So wird er ein Gesamtbild von ihm bekommen. Ich glaube, das ist ein fairer Handel.« Sie dachte einen Moment nach und sprach dann seufzend weiter: »Es gibt Augenblicke, in denen ich mich frage, ob ich nicht Gott spielen wollte, und ob das richtig war. Ich habe Tygue etwas Wesentliches vorenthalten, das ihn persönlich betrifft, indem ich ihm nicht erzählt habe, wer sein Vater war. Er mußte ja glauben, er hätte nie einen gehabt. Ich glaubte wohl, daß es so einfacher für ihn wäre.« Sie wandte Nick den Kopf zu und starrte ihn offen an. »Aber es gab auch noch andere Gründe.«

»Die können nicht schlecht gewesen sein.«

»Vielleicht doch. Ich wollte ihn ganz für mich. Ich wollte ihn völlig frei und unbelastet von der alten Geschichte haben. Ich wollte nicht, daß er wie… wie Tom werden würde.« Nick schwieg und wartete geduldig, daß sie weitersprach. »Ich wollte nicht, daß er sich in das Bild des großen Tom Harper verliebte, in den Helden der Nation, wie er in den Zeitungsausschnitten, den Alben, die Tom zusammengestellt hat, dargestellt ist. Tom war in seinen Ruhm verliebt. Welcher Mann wäre das nicht gewesen? Ich hatte wohl ein bißchen Angst davor, daß auch Tygue sich davon blenden lassen würde, vielleicht, daß er sich einbilden würde, er müsse genauso wie Tom werden, um ihm irgend etwas zu beweisen. Um den Namen Harper rein zu halten, oder was weiß ich. Gott weiß, was für verrückte Ideen Kinder manchmal in ihren Köpfchen bewegen können… Ich hatte jedenfalls vor all solchen Gefahren Angst. So wie ich es gehalten habe, war es wesentlich leichter, damit fertig zu werden.« Ihr wurde Nicks Anwesenheit wieder bewußt, und sie lächelte ihm reuevoll zu. »Aber es war nicht recht von mir, Nick. Es wäre richtiger gewesen, wenn er das alles gewußt hätte. Eines Tages werde ich ihm wohl auch von meinen Eltern erzählen müssen. Ich habe ihn in der Meinung aufwachsen lassen, daß alle meine Leute außer mir gestorben wären. Aber das ist nicht wahr. Jeder Mensch hat wohl irgendwo das Recht, die Wahrheit zu kennen.« Auch Nick hatte ein Recht darauf gehabt. Einen Augenblick lang hatte sie das Gefühl, als hätte sie alle Menschen um sich herum betrogen. Eine Welle der Erschöpfung und des Widerwillens erfaßte sie. »Immerhin sind wir jetzt soweit, daß wir versuchen können, das Beste daraus zu machen. Und die Zeit wird das ihrige tun.« Sie streckte eine Hand nach Nick aus, aber er nahm sie nicht, sondern starrte düster vor sich hin.

»Kann Tygue das auch so empfinden?« Er sah sie bitter an und blickte dann hilfesuchend auf die Bucht hinaus. Er hätte sich verdammt noch mal nicht einmischen sollen.

»Tygue ist verwirrt. Er weiß vermutlich nicht, was er von der ganzen Sache halten soll. Das einzige, was er genau zu wissen glaubt, ist, daß er seinen Vater sehen wird. Ich habe ihm gesagt, daß das nicht ginge.« Sie seufzte wieder. »Im Augenblick haßt er mich natürlich deswegen, aber er wird darüber hinwegkommen. Immerhin hat er dich.« Sie lächelte Nicks Rücken an, den er ihr zugekehrt hatte. Dann legte sie ihm von hinten die Arme um die Hüfte.

»Ich bin aber nicht sein Vater, Kate.«

»Das macht nichts. Du gibst ihm mehr, als die meisten Väter es tun würden – emotional und auch auf viele andere Arten. Ich weiß es nicht, Nick, aber das ist jetzt mal unsere Realität. Tom war nun mal der, der er war, und er hat getan, was er nicht lassen konnte, welche Gründe auch immer dahinter gesteckt haben mögen. Vielleicht ist es wirklich an der Zeit, daß wir beide der Wahrheit ins Gesicht sehen. Wir werden beide nicht daran zugrunde gehen. Jetzt hör endlich auf zu schauen, als ob jemand gestorben wäre.« Er drehte sich wieder zu ihr um und versuchte zu lächeln, hatte aber dabei keinen großen Erfolg. Er hatte das Gefühl, als wäre über ihm eine ganze Welt zusammengebrochen, und dabei hatte er überhaupt keine Ahnung, was er tun könnte, um sie wieder aufzubauen. »Wie ist das eigentlich? Gehst du heute nicht arbeiten?« Sie sah erschrocken zum Wecker hinüber.

»Ich habe mich krank gemeldet, als du bei Tygue im Zimmer warst.«

»Da bin ich aber froh.« Sie streckte sich auf dem Bett aus und lächelte ihn auffordernd an. »Ich fühle mich sterbensmüde.«

»Ich kann mir wirklich nicht vorstellen, wieso, Aschenputtel.« Er setzte sich neben sie und begann, ihr die Füße und Waden zu massieren. »Ich meine, schließlich bist du heute nur dreihundertfünfzig Kilometer durch den Regen gefahren, bist, als du endlich zu Hause warst, von mir mit den Gespenstern aus deinem Schrank konfrontiert worden, wobei es mir dann freundlicherweise gelungen ist, deinem Sohn die Eingeweide umzudrehen, wonach du ihn aus strömendem Regen und erstickenden Tränen retten und in die Badewanne stecken, ihn trockenlegen und danach mit allerhand Tröstungen wieder auffangen durftest. Warum, zum Teufel, bist du müde?« Sie lachte über seine Schilderung der Ereignisse.

»Kriege ich dafür den Mutterschaftsorden? Ich finde, das klingt beispiellos.«

»Ja, du hättest ihn wirklich verdient. Und ich verdiene einen Tritt in den Hintern.«

»Wärest du auch mit etwas anderem zufrieden?« Sie setzte sich auf, während er immer noch ihre Beine rieb, und schlang ihre Arme um seinen Hals.

»Das habe ich nicht verdient.« Er ließ schuldbewußt den Kopf hängen, wie ein Kind, das beim Naschen erwischt worden war, und sie lachte wieder.

»Hör endlich auf damit und entspann dich.« Das tat er denn auch, und beide fühlten sich hinterher wesentlich wohler und unverkrampfter. Es war neun, als Kate sich im Bad noch einmal heißes Wasser einlaufen ließ. »Würdest du bitte einen Augenblick hierauf aufpassen? Ich möchte noch mal nach Tygue sehen.«

»Klar.« Er hielt sie noch einmal auf, bevor sie das Bad verlassen konnte, und gab ihr einen langen, zärtlichen Kuß. In dieser Nacht hatte sie sich ihm ganz gegeben, das wußte er, und es beglückte ihn. Ihr Körper, ihre Seele, ihr Herz, all das war nun sein. Und er hatte auch noch das Gefühl, als wollte sie ihn über seinen Schmerz hinwegtrösten, den er seit dem Abend empfunden hatte. »Ich liebe dich, Aschenputtel. Viel mehr, als du ahnst. Übrigens –« Er streichelte ihren Po und blickte ihr zärtlich ins Gesicht, während er eine Locke aus ihrer Stirn strich, »– es läge mir fern, mich in deine wichtigsten Lebensfragen einzumischen beziehungsweise, deine Motive zu hinterfragen, aber mir scheint, du hast heute abend etwas vergessen.« Sie sah verwirrt auf und versuchte, sich zu erinnern. Es war klar, daß er sie auf den Arm nahm, aber sie war sich nicht ganz sicher, ob nicht etwas Wichtiges dahintersteckte.

»So, habe ich das?« Und dann mußte sie plötzlich verschämt grinsen. »Verdammt, das Abendessen. Oh, Liebling, das tut mir so leid. Bist du schon am Verhungern?«

»Nein, ich bin nicht am Verhungern. Ich könnte jetzt keinen Bissen hinunterkriegen. Außerdem habe ich etwas anderes gemeint.« Er legte ihr von hinten die Arme um den Bauch und lehnte sich an ihren Rükken, wobei er schon wieder spürte, wie sie seinen Körper zum Leben erwecken konnte. Sie drehte den Kopf und gab ihm lachend einen Kuß. »Ich meine, du hast deine fliegende Untertasse vergessen – du weißt schon, den magischen Babyfänger…« Jetzt grinste er breit, denn auch er hatte natürlich nicht daran gedacht. Bis es vorbei gewesen war. Heute abend war durch die Aufregung einfach alles durcheinandergeraten. Während er jetzt ihre Reaktion abwartete, runzelte sie die Stirn, aber sie schien weder ärgerlich noch ängstlich zu sein.

»Scheiße, mein Diaphragma.« Sie hatte es in der Nachttischschublade liegenlassen.

»Ist das jetzt ein Unglück?« Er fühlte sich verpflichtet zu fragen, obwohl er sich immer noch sehnlich ein Kind von ihr wünschte. Obwohl er Tygue genauso liebte wie einen eigenen Sohn. »Wäre das für dich eine Katastrophe?«

»Nein, aber ich werde sowieso nicht schwanger. Es ist der völlig falsche Zeitpunkt.«

»Woher willst du das wissen?« Jedenfalls nicht auf die Art, wie er sich Dinge zurechtlegte.

»Ich war gestern beim Friseur.«

»Wie bitte? Ist das eine Antwort auf meine Frage? Oder bist du tatsächlich verrückt?«

»Was für eine Frage hast du mir denn gestellt?« Sie lachte. Es tat gut, sich gegenseitig zu necken.

»Die Frage lautete... ach, zur Hölle mit dir. Werde von mir aus schwanger. Ich stecke dich dann in ein Heim für ledige Mütter und verschwinde mit Tygue nach Tahiti.«

»Ja, und vergiß nicht, mir eine Postkarte zu schreiben. Übrigens brauchst du dich um mein Bad nicht mehr zu kümmern.« Lachend drehte sie den Hahn zu. Dann griff sie nach einem weißen Bademantel und zog ihn sich über, während sie sich auf den Weg machte, um nach Tygue zu sehen. »Bin gleich wieder da.«

»Gut.« Nick sah ihr lächelnd nach.

Sie war wieder da, schneller, als er geahnt hätte, und sie lächelte auch nicht mehr. Sie lief mit offenem Bademantel, der hinter ihrem nackten Körper herflog, zu Nick zurück, und ihr Gesicht war totenbleich geworden.

»Tygue ist weg!«

Nick hatte das Gefühl, als wäre ein Erdbeben über sie hereingebrochen. Sie reichte ihm schweigend einen Zettel, und während er ihn las, beugte sie sich über die Kloschüssel und übergab sich.

30

»Nein, wir wissen nicht, wohin er gegangen sein könnte. Alles, was wir in der Hand haben, ist dieser Zettel.« Nick blickte besorgt zu Kate hinüber. Sie hatten alles noch einmal durchgesprochen, bevor die Polizei eingetroffen war, und sie waren sich einig geworden, Tom nicht zu erwähnen. Es hätte nichts genützt.

»Lassen Sie mich den Zettel noch einmal lesen.«

Die Nachricht war klar und simpel. »Ich gehe meinen Vater suchen.« Eine klare, unverdorbene Sprache – Tygue war losgezogen, um seinen Vater zu finden. Der Geheimpolizist sah Kate und Nick fragend an.

»Sie sind also nicht sein... eh... Vater... Mr. Waterman?«

»Nein. Tygue ist Mrs. Harpers Sohn. Aber wir stehen uns sehr nahe.« Nachdem er das gesagt hatte, fühlte er sich wie ein Idiot. Aber wer konnte in diesem Augenblick noch klar denken? Kate war inzwischen total blaß geworden, beinahe durchsichtig. Sie hatte der Polizei kaum ein Wort gesagt, und Nick bekam langsam Angst davor, daß sie sich in einem echten Schock befände.

»Wissen Sie, wo sein Vater sich aufhält? Es würde die Sache etwas vereinfachen, wenn wir ihn anrufen könnten.« Kate wand sich auf ihrem Sessel, und Nick schüttelte traurig den Kopf.

»Leider geht das nicht. Tygues Vater starb, bevor er geboren wurde.«

»War er aus irgendeinem Grund böse auf Sie?« Der Polizist sprach damit hauptsächlich Nick an, aber jetzt meldete Kate sich zu Wort.

»Nein. Wenn er auf jemanden böse ist, dann bin ich es. Ich vermute, daß ich ihn zu schnell zu vielen neuen Dingen ausgesetzt habe und daß er nun unter Druck steht. Wissen Sie, wir sind gerade erst nach San Francisco gezogen. Die neue Schule, die neue Umgebung und...« Ihre Stimme schwankte, und Nick drückte ihr beruhigend die Hand.

»Hat er Geld bei sich?«

Kate schüttelte den Kopf. »Ich glaube nicht.«

»Hat er sonst etwas mitgenommen?«

»Ja. Seinen Teddybären.« Ihre Augen füllten sich wieder mit Tränen, als sie an Willie dachte. »Es ist ein großer, brauner Bär mit einer roten Schleife um den Hals.« Sie sah zu Bert hinunter, der daraufhin mit dem Schwanz wedelte und sich an ihre Beine drückte. Sie streichelte ihn und mußte noch heftiger weinen.

»Was hat er denn an?«

Das wußte sie nicht. Sie hätte es nicht einmal erraten können. Doch als sie den Garderobenschrank untersuchte, stellte sie fest, daß sein Regenmantel verschwunden war.

»Einen gelben Regenmantel und vermutlich Jeans und Cowboystiefel.«

»Kennt er jemanden in dieser Stadt, zu dem er gehen könnte?«

»Felicia!« Sie rannte sofort zum Telefon, doch am anderen Ende meldete sich niemand. Mit tonloser Stimme gab sie dem Mann Felicias Telefonnummer und für alle Fälle auch die von Tillie. Auch Joeys Nummer fiel ihr noch ein. Und... »Und ich habe Grund anzunehmen, daß er sich auf den Weg nach Carmel gemacht hat.« Sie sah unglücklich zu Nick empor.

Der Polizist blickte überrascht auf. »Kennt er dort jemanden?«

»Nein. Aber es hat ihm da immer so gut gefallen.« Verdammt, was konnte sie ihm denn sagen? Daß er losgegangen wäre, um seinen einst berühmten und mittlerweile geistig behinderten und verkrüppelten Vater ausfindig zu machen, von dem er bis zum heutigen Nachmittag noch nicht einmal gewußt hatte, daß er noch lebte? »Was werden Sie jetzt tun?« Sie klammerte sich an Nicks Hand, während der Polizist sein kleines Notizbuch zuklappte.

»Die Gegend durchkämmen, bis wir ihn gefunden haben. Wir brauchen noch ein paar Fotos.« Sie förderten Dutzende zutage. Farbfotos, Porträtaufnahmen, Tygue in allen möglichen Variationen, in seinem neuen Cowboyanzug, auf seinem Pony, mit seinem Hund, Tygue in Disneyland, mit Felicia in der Bergbahn, und sie drückten dem Beamten die ganzen Alben in die Hand. »Wir brauchen wohl bloß eins oder zwei.« Kate nickte betäubt, während die Männer in den Regen hinaustraten. »Wir werden Sie stündlich anrufen und einen Bericht durchgeben.«

»Danke.«

»Halten Sie durch.« Der Polizist versuchte Nick noch einmal aufzumuntern, bevor er in der Dunkelheit verschwand. Ein teures Haus, und das Kind hatte auf den Aufnahmen ganz zufrieden ausgesehen. Jedenfalls war das kein Fall von Kindesmißhandlung. Vielleicht gehörte der Junge nur zu diesen komischen kleinen Kindern, die ab und zu mal wegrennen mußten, um auf sich aufmerksam zu machen. Solchen war er schon öfters begegnet. Die Mädchen pflegten dann stundenlang im Eingang zu stehen und ihren Eltern Gelegenheit zu geben, sie auf

Knien zu bitten, doch zu Hause zu bleiben. Die Jungen packten wortlos ihre Bündel und zogen los.

»O Gott, Nick, was sollen wir bloß tun?«

»Genau das, was der Polizist gesagt hat, Liebling, durchhalten.«

»Ich kann nicht mehr... Herrgott... Nick, ich kann nicht. Er könnte entführt werden oder vom Auto überfahren, oder er könnte...«

»Hör auf, Kate!« Er faßte sie an den Schultern und nahm sie ganz fest in die Arme. »Hör auf damit, Liebling. Das dürfen wir uns jetzt nicht antun. Wir müssen einfach glauben, daß alles wieder in Ordnung kommen wird.« Sie nickte müde, weinte und klammerte sich plötzlich an Nick. In ihren Augen lag eine Trauer, die ihm das Herz zerriß. Als sie plötzlich losschluchzte, begriff er, worunter sie so wahnsinnig litt.

»Es war mein Fehler, Nick... ich habe alles falsch gemacht...«

»Ich habe gesagt, du sollst damit aufhören! Es ist nicht dein Fehler, Kate.« Am liebsten hätte er ihr gesagt, daß es sein Fehler wäre, weil er das Ganze ja am Nachmittag aufgebracht hatte, aber Selbstvorwürfe brachten sie jetzt keinen Schritt weiter. Sie mußten Tygue wieder zu sich zurückholen, mit ihm über seinen Vater und über die Vergangenheit reden und ihm zu erklären versuchen, warum Kate ihn die ganze Zeit darüber im dunkeln gelassen hatte. Das brauchte er jetzt, das hatte er ihnen an diesem Abend bewiesen. Und sie mußten ihm in nächster Zeit mehr Liebe und Aufmerksamkeit widmen als bisher. Aber sich gegenseitig an die Brust zu schlagen, hatte keinen Sinn. Nick hielt Kate immer noch umschlungen. Er legte ihr einen Finger unters Kinn und richtete ihr Gesicht zu sich auf, bis ihre tränennassen Augen seinem Blick begegneten. »Niemand ist daran schuld, Liebling. Wenn wir uns Vorwürfe machen wollen, können wir das jahrelang tun, ohne zu einem Ergebnis zu kommen, aber ich glaube, es hat einfach so kommen müssen. Vielleicht hat er es sogar auf diese Art erfahren müssen.«

»Ich weiß, daß er es wissen mußte. Ich hätte es ihm schon vor Jahren sagen sollen. Dann wäre das jetzt nicht passiert.«

»Aber du hast es ihm nicht gesagt, und du wirst niemals wissen, ob das jetzt wirklich so ausschlaggebend war. Vielleicht wäre er früher überhaupt nicht mit diesen Tatsachen fertig geworden. Was auch immer sein mag, du mußt jetzt die Vergangenheit ruhen lassen. Du hast ihm nichts gesagt, und jetzt weiß er es. Das sind die Tatsachen, mit denen wir uns jetzt auseinandersetzen müssen.«

»Aber wenn ihm nun etwas Schreckliches zustößt?« Ihre Stimme wurde zu einem langgezogenen Klageton, und ihre Augen flirrten vor Schmerz.

»Ihm wird nichts geschehen. Wir müssen einfach daran glauben, Kate.«

»Ich wünschte, ich könnte das.« Sie putzte sich geräuschvoll die Nase und schloß erschöpft die Augen.

Die Polizisten riefen, wie versprochen, jede Stunde an, aber sie hatten keine guten Nachrichten. Erst spät nach Mitternacht konnten sie endlich Felicia erreichen.

»O mein Gott.« Felicia ließ sich vor Schreck auf ihren Schreibtischstuhl fallen, während Nick ihr die Ereignisse erklärte. Kate war nicht in der Verfassung, mit ihr zu sprechen. Sie hatte zwar zu weinen aufgehört, aber seitdem saß sie stocksteif auf der Couch, starrte vor sich hin oder durchblätterte plötzlich hektisch Tygues Fotos, die vor ihr auf dem Tisch lagen. Nick hatte es schließlich aufgegeben, sie ihr wegzunehmen. »Soll ich zu euch kommen?«

»Es könnte helfen. Du hast ja schon schlimmere Dinge mit ihr durchgestanden.«

»Ja… und Nick?…« Sie zögerte einen Moment, ob sie es sagen sollte, entschied sich dann aber doch dafür. »Ich bin froh, daß du es jetzt weißt. Sie mußte sich endlich mal von all dem befreien. Sie hätte es ja nicht ewig verschweigen können.«

»Ich weiß. Aber das hier war die beschissenste Art.«

»Vielleicht gibt es keine andere.« Nick nickte schweigend, und beide legten auf. Felicia kam sofort, und sie saßen zusammen und wurden miteinander nervös und tranken einen Kaffee nach dem anderen, bis es halb sechs wurde. Schließlich klingelte das Telefon wieder. Nick war auf ein »Haben ihn immer noch nicht!« gefaßt.

»Wir haben ihn gefunden!«

»Wo?«

»Genau hier.« Der Beamte grinste freudestrahlend auf den Jungen hinunter.

Nick schloß erleichtert einen Moment lang die Augen und rief ins Zimmer: »Sie haben ihn.« Dann wieder in den Hörer: »Ist er in Ordnung?«

»Ihm geht es gut. Er ist müde, aber ansonsten ist alles in Ordnung. Nur Willie, der Teddybär, sieht ein wenig mitgenommen aus.« Der Junge blieb sehr still. Vielleicht hatte dieses Abenteuer ihn etwas ernüchtert.

»Wo war er denn?«

»Er hat hier ganz ruhig in der Greyhoundbusstation gesessen und versucht, jemanden zu überreden, ihn mit nach Carmel zu nehmen. Seine Mutter hat recht gehabt. Das haben sie übrigens meistens. Wir werden ihn in ungefähr zehn Minuten zu Hause abliefern.«

»Halt. Können wir ihn noch kurz sprechen?« Er wollte Kate den Hörer geben. Sie stand neben ihm, lachte und weinte gleichzeitig und krallte sich an Nicks Arm fest. Selbst Felicia blickte aufgeregt durch ihre Tränen herüber.

Der Beamte war in einer Minute wieder in der Leitung. »Er sagt, er wäre zu müde, um mit Ihnen zu reden.« Aufsässiger, kleiner Angeber. Aber das war deren Problem. Er hatte jetzt seinen Bericht aufzusetzen, dem Kind eine kleine Ansprache über die Gefahren des Weglaufens und der Busstation im besonderen zu halten und ihn wieder heil zu Hause abzuliefern.

»Was soll das heißen, er wäre zu müde, um mit uns zu reden?« fragte Kate Nick verblüfft, als er den Hörer auflegte. Doch sie verstand schon von selbst. »Er ist immer noch stinksauer auf uns.«

»Das ist wohl anzunehmen«, bestätigte Nick.

Und er behielt recht. Als Tygue zu Hause abgeliefert wurde, blieb er unterwürfig und stumm neben dem Polizeibeamten stehen, bis dieser das Haus verlassen hatte. Dann erst sprach er mit ihnen. Er umarmte seine Mutter pflichtbewußt, aber darin lag weder Freude noch Wärme. Nur ihr Rock wurde von dem nassen Willie ganz feucht. Tygue war in der Busstation wieder trocken geworden, aber für Willie hatte es nicht gereicht. Es war überhaupt erstaunlich, daß er allein dahin gefunden hatte. Er erzählte, daß er noch einen Nickel besessen und deshalb den Bus genommen hätte. Die Busfahrer hätten ihm überall den Weg erklärt.

»Hast du überhaupt eine Ahnung, was dir unterwegs alles hätte passieren können?« Kate schrie vor Erleichterung. Er ließ zwar den Kopf hängen, aber er schien es nicht zu bereuen. Und schließlich sagte er sein letztes Wort:

»Ich werde es wieder tun!«

»Was?!« Jetzt verlor sie endgültig die Fassung, und Nick versuchte, sie zu beruhigen.

»Ich werde meinen Vater finden. Ich will ihn sehen!« Sie setzte sich auf einen Stuhl und sah ihren Sohn seufzend an. Wie konnte sie ihm erklären, daß es keinen Vater mehr für ihn gab, ohne ihm das Herz zu brechen? Einmal hatte es einen großen, kräftigen Mann gegeben, und der war sein Vater gewesen, aber das war lange, lange her. Diesen Vater würde Tygue niemals finden.

»Ich kann das nicht zulassen«, sagte sie sehr, sehr leise.

»Dann gehe ich allein, Mam!« Sein ganzes kleines Gesicht war ein Ausdruck von fester Entschlossenheit.

»Wir werden noch darüber sprechen.«

Sie brachte ihn ins Bett, und diesmal blieb er auch da. Es war für alle eine anstrengende Nacht gewesen, und als Felicia sich am frühen Morgen auf den Heimweg machte, dachte sie bei sich, daß die Sache noch nicht ausgestanden wäre. Vielleicht fürs erste, aber es würde sicher noch ein Nachspiel geben. Tygue meinte es verdammt ernst. Und er würde seinen Vater allein finden, wenn Kate nicht nachgab. Sie hoffte, daß Kate das verstand. Diese schlief im Augenblick allerdings erschöpft in Nicks Armen. Die ganze Seligkeit dauerte jedoch nur drei Stunden. Um halb zehn rief Stu Weinberg an.

»Hm?« Sie war noch so verschlafen, daß sie nicht begriff, wer am anderen Ende war. Nick hatte ihr versprochen, dafür zu sorgen, daß Tygues Fahrgemeinschaft benachrichtigt würde, so daß sie alle ausschlafen könnten, sie hätte am liebsten den ganzen Tag geschlafen, wenn sie dazu in der Lage wäre, er würde sich dann schon um Tygue kümmern, wenn der aufwachte.

»Habe ich Sie geweckt?«

»Hm? Wie bitte?... Nein...« Aber sie war schon wieder am Einschlafen. Nick war aufgewacht und schüttelte sanft ihre Schulter.

»Wach auf, du telefonierst gerade.«

»Häh? Wer ist denn dran?«

»Hier ist Stu Weinberg, verdammt noch mal! Was zum Teufel ist da bei euch los? Hattet wohl eine wilde Party letzte Nacht, was?«

»Ja, sehr wild.« Sie setzte sich im Bett auf, blinzelte verzweifelt mit den Augen, um sie irgendwie offen zu halten, und fühlte sich sofort krank, so als hätte sie den größten Kater ihres Lebens. Aber wenigstens konnte sie jetzt langsam ihre fünf Sinne sammeln. »Wie geht's mit dem Buch?«

»Es bringt Ihnen und mir langsam ein Vermögen ein. Das ist auch der Grund, warum ich anrufe. Wir haben eine neue Tour für Sie.«

»O nein. Hat Nick diese auch wieder arrangiert?« Sie versuchte zu lächeln, aber ihre Züge entgleisten ihr einfach. Was hatte Nick jetzt schon wieder mit ihr vor? Weinberg machte ihr jedoch wieder und wieder klar, daß Nick diesmal mit der ganzen Sache nichts zu tun hätte. Sie war immer noch nicht wach. Stu klang übrigens ungewöhnlich ernst. »Na gut. Was ist es dann?«

»Wieder eine Woche New York. Ihr Verleger möchte sie gern dort sehen, um die Werbung voranzutreiben und das Buch auf den Listen zu behalten. Es ist ein absolutes Muß, meine Liebe. Besonders dann, wenn Sie jetzt bald mit Ihrem nächsten herauskommen wollen. Sie sollten dafür sorgen, daß Sie in gutem Andenken bleiben.«

»Ich kann jetzt nicht.« Sie hatte zu Hause wirklich genug zu tun.

»Das ist Unsinn, Kate, Sie müssen. Sie haben auch diesen Leuten gegenüber Verpflichtungen. Schließlich basteln die an Ihrer Karriere.« Er fing an, die Liste der Shows runterzurasseln, für die sie schon gebucht war. Es schienen sehr viele, vielleicht sogar zu viele, das gab sogar er zu. Es würde in jedem Fall eine unglaubliche Woche werden.

»Ich habe doch schon gesagt, daß es nicht geht.«

»Das macht nichts, Sie werden fliegen müssen. Ich habe ihnen nämlich schon zugesagt, daß Sie kämen.«

»Wie konnten Sie das tun?« Jetzt war sie den Tränen nahe. Außerdem steckten ihr die Strapazen der letzten Nacht noch tief in den Knochen.

»Ich habe das getan, weil ich keine andere Wahl hatte. Fragen Sie Nick. Er weiß, wie es in diesem Geschäft zugeht und wie wichtig das für Sie ist.«

»Vergessen Sie's. Also gut, ich werde es mir überlegen. Von wann bis wann?«

»In drei Tagen geht's los. Und Sie werden dann eine Woche unterwegs sein.«

»Ich werde mein Bestes tun.«

»Sie werden wohl noch mehr tun müssen.« Stu blieb unbarmherzig. »Ich rufe nachher noch mal an, um Ihre Zusage zu bestätigen.«

»In Ordnung.« Sie war einfach zu müde, um mit ihm zu streiten. Statt dessen lehnte sie sich in ihr Kissen zurück und versuchte nachzudenken.

»Wer war das?« Nick blickte sie besorgt an.

»Weinberg.«

»Ist etwas nicht in Ordnung?«

Sie nickte. »Er hat mich angerufen, um mir zu sagen, daß mein Verleger eine Reise nach New York für mich geplant hat. Eine Woche.«

»Wann?« Nick war erstaunt.

»Ich würde in drei Tagen fliegen.«

»Dieser Scheißkerl! Ich bring' ihn um!« Er setzte sich auf und strich ihr zärtlich durchs Haar. »Selbstverständlich bleibst du hier.«

»Er hat gesagt, ich müßte es unbedingt machen. Außerdem hat er mir das ja nicht eingebrockt. Ich habe dir doch gesagt, daß es von meinem Verleger käme.« Und ganz abgesehen davon, sollte Nick ihr verdammt noch mal nicht immer vorschreiben, was sie nicht tun dürfe.

»Ist mir egal, von wem das kommt. Du weißt sehr genau, daß du jetzt nicht gehen kannst, und das hast du ihm hoffentlich auch gesagt. Du hast es doch gesagt, oder?«

Aber sie hatte es nicht getan. Nicht einmal jetzt, wo so viele Dinge zu bewältigen waren. Stu hatte so geklungen, als ob ihre Karriere auf dem Spiel stünde, als ob sie sich jetzt darum kümmern müßte, oder...

»Himmel, was hast du ihm gesagt?« Nick war einigermaßen entsetzt.

»Ich habe gesagt, ich würde sehen, was sich machen ließe.«

»Soll das heißen, daß du gehen willst?«

»Ich weiß es nicht. Verdammt noch mal, ich weiß es noch nicht, Nick! Ich kann ja nicht einmal klar denken. Wie soll ich denn jetzt schon wissen, was ich in drei Tagen tun werde?«

»Wenn du auch nur einen Funken Verstand übrig hättest, wüßtest du genau, daß du in drei Tagen damit beschäftigt sein wirst, die ganze Misere mit deinem Sohn wieder auszubügeln. Du solltest es wenigstens versuchen, und das sollte im Augenblick deine Sorge Nummer eins sein!«

»Das ist sie auch... aber... Herrgott noch mal, laß mich in Ruhe.« Würden sie denn nie aufhören, an ihr rumzuzerren? Nick mit seiner selbstgerechten Ärgerlichkeit und seinen Vorstellungen von idealer Elternschaft und Tygue mit seinen überwältigenden Bedürfnissen und Forderungen? Sie hatte doch wirklich auch mal das Recht auf ihr eigenes Leben. Sie hatte das Recht auf diesen Erfolg, der ihr jetzt über den Weg gelaufen war.

»Du verliebst dich immer mehr in dich selbst, nicht wahr, Kate?« Sie mußte jedes Maß an Selbstbeherrschung aufbieten, um ihm nicht einfach ins Gesicht zu schlagen. »Jetzt ist es plötzlich gar nicht mehr so lustig, Mutter zu sein, was?«

»Verdammt! Würdest du mich bitte in Ruhe lassen!?« Sie schrie kreischend und erkannte ihre Stimme selbst nicht wieder. »Was verlangst du von mir? Blut?«

»Nein, nur etwas mehr Sinn für Realität. Du hast einen Sohn, der im Augenblick vor der bisher größten Krise seines Lebens steht. Er könnte es im Moment überhaupt nicht vertragen, wenn du dich fröhlich auf eine Reise begeben würdest.«

»Und was, wenn *ich* das nun gerade brauche? Was ist mit meiner Karriere? Was ist mit all den Jahren, die ich ihm schon gegeben habe? Zählt das denn überhaupt nicht? Kriege ich nicht wenigstens einen kleinen Urlaub für gutes Betragen?«

»Empfindest du das wirklich so, Kate? Ist das alles, was du Tygue an Gefühlen entgegenbringst? Und mir auch?« Einen wahnsinnigen Augenblick lang hätte sie gern ja gesagt, aber das wagte sie dann doch nicht.

Ihre Stimme wurde auf einmal sehr ruhig. »Ich brauche etwas Zeit zum Nachdenken. Laß mich die Sache bitte selbst regeln.« Sie setzte sich im Bett auf und fuhr sich mit beiden Händen durchs Haar.

»Ich fürchte nur, du hast diesmal wirklich keine Wahl.«

»Ich habe noch nie wirklich die Wahl gehabt. Vielleicht ist es jetzt endlich mal soweit, daß ich diese Möglichkeit für mich bräuchte. Ich will endlich mal meine eigenen Entscheidungen treffen.«

»Du hast auch schon früher Entscheidungen getroffen, Kate.« Warum bedrängte er sie so hart? Warum ließ er sie nicht einfach allein? Aber sie teilte ihm ihre Gedanken nicht mit, sondern blickte nur nachdenklich auf die Bettdecke.

»Ja, scheint so. Ich habe meine Entscheidungen schon getroffen.« Wie zum Beispiel die Entscheidung, Tygue nichts von Tom zu sagen. Das war, wie sich dann zum Schluß herausstellte, wirklich eine großartige Entscheidung gewesen.

»Was beschäftigt dich so, Kate? Hast du wieder Schuldgefühle? Ist es das?«

»Mist, Nick! Ja!!« Sie sprang jetzt auf die Füße und ging wie eine Furie auf ihn los. Ihre Augen leuchteten vor Wut. »Ja, ich fühle mich schuldig. Bist du nun zufrieden, da ich es dir gesagt habe? Ich fühle mich verdammt schuldig an der beschissenen Sache mit Tygue, denn das war mein gottverdammter eigener Fehler. Und weißt du was? Deshalb liebe ich ihn nicht gerade mehr als vorher. Ich habe einfach nur noch das Bedürfnis wegzurennen. Er hat nämlich eine Stinkwut auf mich und versteht überhaupt nicht, warum ich das getan habe, und das läßt er mich auch verdammt genau spüren. Und wenn du mir das jetzt auch noch ständig aufs Butterbrot schmierst, habe ich nur noch einen Wunsch, ich will euch alle nicht mehr sehen. Wie hört sich das an, Mister?«

»Einfach dämlich.« Er machte kehrt und verließ das Schlafzimmer, während sie die Tür zum Bad hinter sich zuknallte. Zehn Minuten später erschien sie wieder, zwar angezogen und geschminkt, aber sie konnte ihre Erschöpfung nicht verbergen. Tygue schlief noch, aber Nick saß schon mit einem Kaffee am Küchentisch. Sie setzte sich ihm gegenüber. Nick sah ebenfalls grau und müde aus.

»Tut mir leid, daß ich geschrien habe.«

»Macht nichts.« Er sprach jetzt betont ruhig und leise, aber er sah sie dabei an, als wäre sie ein Besucher von einem fremden Planeten. »Fährst du?«

»Ich weiß es noch nicht.«

»Es hat dich erwischt, Kate.«

»Was?« Aber sie wußte, was er meinte.

»Der ›Startrip‹. Das ›Ach-wie-bin-ich-toll-Syndrom‹. Du mußt jetzt alles Mögliche tun, um deine Karriere zu retten, was? Hast du überhaupt eine Ahnung davon, was jetzt in deinem Kind vorgeht?« Sein Ton war wieder zu einem gefährlichen Zischen angewachsen.

»Und hast du überhaupt eine Ahnung davon, in wie viele Richtungen man mich gleichzeitig ziehen will? Was mit mir gerade geschieht?«

»Tut mir leid für dich, Kate, aber du bist erwachsen. Du kannst damit umgehen, aber Tygue kann es nicht. Ich weiß, daß du ein paar ganz schlimme Erfahrungen machen mußtest, aber das ist noch lange kein Grund, deine Probleme auf Tygue abzuwälzen. Er kann nichts dafür. Und jetzt ist er völlig verwirrt, weil er nicht weiß, was er mit der Geschichte von seinem Vater anfangen soll.«

»Das kann ich nicht ändern. Ich habe keinen magischen Zauberstab, mit dem ich Tom wieder heil machen kann. Er ist total kaputt, und Tygue darf ihn so nicht sehen. Ich kann doch auch nichts dafür. Es wäre für sie beide ein fürchterliches Erlebnis.« Sie schrie ihn wieder an.

»Das verstehe ich ja –« er versuchte, seine Stimme zu dämpfen, »– aber Tygue kann es nicht verstehen. Ich kann es einfach nicht begreifen, wie du jetzt nach New York fliegen kannst.«

»Ich habe ja noch gar nicht zugesagt.«

»Nein, aber du wirst es tun.«

»Woher, zum Teufel, willst du das wissen?« Am liebsten hätte sie ihm den Kaffee ins Gesicht geschüttet, aber sie starrte ihn nur an, wie er dasaß, wütend und selbstgerecht, und sie haßte ihn.

»Ich weiß, daß du fliegen wirst, denn ich sehe dir an, daß du langsam im gloriosen Sumpf von Ruhm und Anerkennung untergehst. Die Shows, die Interviews, das Geld, die Bestseller, das alles wirft seine Schatten. Ich kann sehen, wie es dich erwischt hat, Kate. Und ich will dir was sagen, es tut mir entsetzlich leid, daß ich auch noch etwas damit zu tun habe, daß ich dich zu Anfang in die Show mit hereingenommen habe.«

»Was soll das denn damit zu tun haben? Denk doch mal an all das Geld, das ich innerhalb der letzten vier Monate verdient habe. Es sind nun schon fast eine Viertelmillion Dollar. Das war ich, ich selbst, ganz allein, mit einem einzigen, kleinen Buch, egal, ob ich nun in deiner Show war oder nicht. Ich werde Tygue davon auf ein College schicken können, und er wird auch schon vorher eine der besten Schulen besuchen. Er bekommt alles, was er braucht.«

»Abgesehen von seiner Mutter.«

»Laß mich in Frieden!«

»Weißt du was? Mir ist es ganz egal, was du tust. Ich habe nur gar keine Lust hier zu sitzen und zusehen zu müssen, wie du es ihm sagen wirst.«

»Dann laß es bleiben. Ich werd's ihm sagen, wenn du nicht im Hause bist.«

»Du wirst wirklich gehen, nicht wahr?« Er ließ und ließ nicht lokker...

»Ja!« Es war ein langgezogener, wütender Ton, der das ganze Haus auszufüllen schien. Sie waren beide verblüfft, vor allem Kate. Bis dahin war sie sich noch nicht einmal sicher gewesen, ob sie nicht doch lieber hierbleiben sollte. Wenigstens hatte es ihr gefallen, diese Möglichkeit noch offenzulassen. Aber im Grunde war ihr von Anfang an klar gewesen, daß sie fliegen würde. Seit Weinberg ihr gesagt hatte, daß es für ihr nächstes Buch unumgänglich wäre. Sie wollte, daß das sogar noch größer herauskam als das erste.

Nick war leise aus der Küche gegangen, und sie saß jetzt allein am Tisch und lernte ein neues Stück Härte und Leere an sich selbst kennen. Vielleicht hatte er recht. Vielleicht hatte diese Krankheit sie richtig erwischt, dieser Erfolgstrip. Doch nicht auf Tygues Kosten... nein, dafür würde sie sorgen.

Am folgenden Nachmittag versuchte sie, ihm alles zu erklären. Aber Tygue war nicht bereit, mit ihr zu reden. Sie versuchte, ihm Toms Geschichte verständlich zu machen, über ihre Bücher und ihre

Arbeit zu sprechen und über den Zustand, in dem Tom sich jetzt befand, aber... er war ja erst sieben Jahre alt. Er konnte nur noch an seinen Vater denken. Sie gab ihm Toms Album, das er während seiner goldenen Jahre zusammengestellt hatte und das anhand von Zeitungsausschnitten und Fotos seinen Weg dokumentierte. Tygue ließ sie einfach stehen, um sich die Neuigkeiten in seinem Zimmer einzuverleiben. Danach rief sie Tillie an.

Tillie erklärte sich bereit, die Woche, während sie in New York sein würde, bei Tygue zu bleiben und im Gästezimmer zu wohnen, um Nick zu entlasten. Ihn sah sie kaum noch, bevor sie abflog. Er kam meistens erst spät in der Nacht nach Hause, wenn sie schon lange schlief. Und den Tag über bemühte er sich, außer Haus zu bleiben. Sie versuchte, Felicia ihre Motive zu erklären, aber auch die zeigte keinerlei Verständnis. Niemand konnte sie verstehen. Selbst Tillie schien ihr kühl und distanziert, als sie ankam. Das war aber vielleicht nur die Einschüchterung durch die Großstadt. Kate war dankbar, daß sie gekommen war. Tygue zeigte große Freude, daß er Tillie wieder bei sich hatte. Im Grunde genommen fühlte Kate sich ausgeschlossen: Tygue war viel glücklicher, Tillie zu sehen, als mit ihr zusammenzusein.

»Möchtest du, daß ich dich zum Flughafen bringe?« Nick blickte sie kühl an.

»Danke, ich nehme ein Taxi. Ich möchte Tillie gern den Wagen hierlassen. Es ist kein großer Aufwand.«

»Spiel nicht den Märtyrer. Ich fahre dich.«

»Ich könnte die Vorhaltungen nicht ertragen.« Zwischen ihnen herrschte immer noch eine kühle Distanz, und da sie das vorher noch nie erlebt hatte, machte es ihr ziemliche angst. Aber sie ließ sich nichts anmerken.

»Ich habe dir alle nötigen Vorhaltungen schon gemacht. Ich möchte dich nur noch um eins bitten. Du siehst müde aus, Kate. Überfordere dich in New York bitte nicht.«

»Die letzten Tage waren sehr anstrengend. Für uns alle.« Sie blickte schüchtern zu ihm auf, und plötzlich wurde sein Ausdruck weich, wie sie es seit Tagen bei ihm nicht mehr erlebt hatte.

»Vergiß nicht, daß ich dich liebe, Aschenputtel.« Es war seit langem das erste Mal, daß er wieder ein Gefühl von Wärme spüren ließ. »Wann geht dein Flug?« Er lächelte bedauernd, als sie ihm die Abflugzeit nannte. Und dann standen sie voreinander und sahen sich reuevoll in die Augen. Sie schlüpfte in ihr Kleid, und diesmal machte er ihr den

Reißverschluß zu statt auf. Fünf Minuten später verließen sie das Haus. Es wurde eine sehr schweigsame Fahrt, und Kate war traurig, daß sie nicht mehr genug Zeit gehabt hatten, um miteinander Liebe zu machen. Es hätte ihnen beiden gutgetan. Damit hätten sie das Band zwischen ihnen wieder etwas fester geschmiedet, bevor sie sich in das Tollhaus New York warf.

Als er sie küßte, spürte sie, wieviel sie ihm bedeutete. Sie winkte ihm von der Gangway aus noch einmal zu, und danach hatte sie das Gefühl, sie wäre noch nie in ihrem Leben so einsam gewesen. Unterwegs trank sie eine ordentliche Menge Wein, bevor sie in New York landete. Eigentlich zu viel, aber es half ihr, die Verlassenheitsgefühle etwas besser zu ertragen. Die letzten zwei Flugstunden verschlief sie. Es war eine Tortur, so verschlafen und verkatert in New York einzutreffen. Ganz das Gegenteil von ihren vorherigen Flitterwochen. Aber das war die Realität. Sie befand sich ganz allein in dieser riesigen Stadt. Zum ersten Mal fiel ihr das unangenehm auf, als sie allein am Straßenrand stand und um ein Taxi kämpfen mußte. Die Limousine, die man ihr versprochen hatte, war nirgends erschienen. Außerdem war ihr eine Tasche verlorengegangen, und es kostete eine Höllenaufregung, sie wiederzufinden. Danach klappte es etwas besser. Verzweifelt teilte sie sich ein Taxi mit einem gutaussehenden und elegant gekleideten Mann, der ebenfalls im Regency absteigen wollte. Er war Architekt aus Chicago und ungefähr Ende vierzig.

»Wie angenehm. Wohnen Sie immer in diesem Hotel?« Er bemühte sich gar nicht erst, ihren Namen zu erfahren, sondern unterhielt sie in munterem Plauderton, während der Wagen den Weg in die Stadt suchte. Sie betrachtete ihn beiläufig. Seine Haare waren schon grau, aber er hatte ein sympathisches, feingeschnittenes Gesicht, in dem sich schon Falten abzeichneten. Sein Körper war noch straff, wodurch er jünger wirkte. Auf seine ruhige Art wirkte er attraktiv. Aber mit den athletischen, kerngesunden Männern, die man in Kalifornien häufiger antraf, hatte er nichts gemein. Er sah eher weltmännisch aus, wobei ihr auch noch eine gewisse Blässe auffiel. Das machte ihn irgendwie interessant.

»Ich habe dort gewohnt, als ich das letztemal in New York war.«

»Ich kann es immer so hinkriegen, daß ich mindestens einmal im Monat nach New York komme.« Er warf ihr einen Seitenblick zu und lächelte unverbindlich. Sie unterhielten sich über die Gebäude, an denen sie vorbeifuhren, die Aussicht, San Francisco, und so ganz nebenbei ließ sie einfließen, daß sie Schriftstellerin wäre.

»Was für ein wunderschöner Beruf. Sie müssen ihn doch geradezu lieben.« Er betrachtete sie mit unverhohlenem Neid, und sie mußte lachen. So wie er es ausdrückte, klang es noch viel toller, als es wirklich war.

»Ich habe große Freude daran.« Irgendwie gelang es ihm, sie auszuhorchen, und ehe sie sich's versah, stellte sie fest, daß sie eifrig von ihrem Roman und dem neuen, demnächst erscheinenden Buch plapperte.

»Wissen Sie, wenn Sie das so erzählen, erinnert mich das in der Stimmung, vielleicht auch in der Handlung, ein wenig an ein ausgezeichnetes Buch, das ich soeben fertig gelesen habe. Es heißt *Die Letzte Saison.*« Jetzt prustete sie los.

»Kennen Sie es etwa?« Er sah sie überrascht an, während sie lachte.

Warum sollte sie es eigentlich nicht zugeben? »Ich habe es geschrieben.« Er brauchte eine Weile, um den Sinn ihrer Worte zu begreifen, aber dann war er außer sich vor Staunen.

»Was? Wirklich? Aber das ist ja ein ausgezeichnetes Buch!« Er kam gar nicht darüber hinweg.

»Dann werde ich Ihnen ein Freiexemplar von meinem neuen Buch schicken. Mit Widmung!« Sie hatte das eigentlich scherzhaft und selbstironisch gemeint, aber er zog sofort eine Visitenkarte aus seiner Jackentasche und reichte sie ihr lächelnd.

»Ich erwarte, daß Sie Ihr Versprechen halten werden, Miß Harper.«

Und jetzt kannte er ihren Namen. Sie steckte die Karte gerade in ihre Handtasche, als das Taxi vor dem Hotel vorfuhr.

31

Es war genau das Gegenteil von der Reise, die sie zwei Monate zuvor mit Nick unternommen hatte. Diesmal gab es keine Limousinen, keine Kutschenfahrten, keine heimlichen Abenteuer, keine Mittagessen bei Lutèce oder großen Dinners im Caravelle. Und auch sein liebevolles Umhegen vermißte sie nun schmerzlich. Sie war New York offen ausgesetzt, wie es sich rauher, hektischer, treibender und schiebender nicht zeigen konnte, focht um jedes Taxi und lehnte sich steif gegen den eiskalten Wind, wenn sie durch die Straßen ging und alte Zeitungsfetzen und Abfall ihr um die Füße wirbelten. Die Termine, die ihr Verleger für sie verabredet hatte, waren beinahe unmenschlich. Schon am ersten Tag mußte sie drei Radiointerviews geben, hatte keine Zeit für den Lunch und verpaßte beinahe eine auf vier Uhr angesetzte Fernsehsendung, bei der sie auch noch mit einem Sportreporter konfrontiert wurde, der sich ihr gegenüber sehr herablassend zeigte. Als sie abends um sechs ins Hotel zurückkehrte, war sie wütend und erschöpft. Und sie konnte noch nicht einmal zu Hause anrufen. Nick würde schon im Studio sein, und Tygue war um diese Zeit noch in der Schule. Also rief sie den Zimmerkellner an und bestellte ein Glas Weißwein. Dann setzte sie sich ruhig in die Couchecke und wartete, bis es Zeit wäre, Nick anzurufen. Selbst das Zimmer war diesmal weniger schön. Es war zwar noch ausladender dekoriert und in Weiß und Gold gehalten, doch es wirkte sehr viel kleiner und kälter. Das Bett blickte traurig und verlassen zu ihr herüber. Lächelnd dachte sie an die Zeit, als sie mit Nick in diesem Hotel gewohnt hatte.

Nachdem der Wein gekommen war, zog sie sich wieder in die Couchecke zurück und verschränkte ihre langen Beine unter ihrem Körper. Da saß sie nun, über dreitausend Meilen von zu Hause entfernt allein in einem Hotelzimmer und hatte niemanden, den sie hier kannte, mit dem sie reden könnte. Sie fühlte sich entsetzlich ungeliebt, und plötzlich bekam sie Angst. Sie wünschte sich verzweifelt, sofort nach Hause zu fliegen. Das war's nun. Der große Höhenflug des ach so fabelhaften Erfolges. Es bedeutete, sich in einem riesigen Gebäude verloren und einsam zu fühlen, in dem sonst niemand zu wohnen schien. Sie sehnte sich nach dem heimeligen, hinter den Hecken verborgenen Haus in der Green Street zurück. Falls man sie da überhaupt noch wiedersehen wollte. Vielleicht war ja auch schon alles vorüber. Es war, als hätten sie gerade erst angefangen, denn schließlich wohnten Tygue und sie ja erst kurze Zeit in San Francisco, aber vielleicht war Nick das jetzt alles auf einmal doch zuviel. Vielleicht bedeutete ihre Karriere auch einen zu großen Konflikt für ihn, weil sie seiner eigenen Arbeit in die Quere kam. Oder aber er konnte das sowieso nicht akzeptieren, daß sie auch berühmt wurde. Kate hatte schon den Hörer in der Hand, um noch ein Glas Wein zu bestellen, da runzelte sie plötzlich die Stirn und legte wieder auf. Das war doch alles lächerlich! Sie war in New York. Sie war der Star. Sie sollte doch wohl über den Dingen stehen. Also gut, sie war vielleicht kein Star, aber immerhin hatte sie Erfolg. Und sie konnte überall hingehen und zu Abend essen, wo es ihr beliebte. Sie mußte nicht allein und unglücklich in ihrem

Zimmer sitzen bleiben. Das war doch absurd. Sie griff nach ihrer Handtasche und holte die Liste mit Restaurants hervor, die Licia ihr mitgegeben hatte. Das erste war ein Lokal, das sich Gino's nannte. Licia hatte dazu vermerkt, daß sie dort gut auch allein hingehen könnte. Dort würden sich allerhand Mannequins, Werbefachleute, Literaten und sehr beeindruckende Vertreter der europäischen Kultur tummeln, alles »wundervolle Leute«. »Es ist wirklich die Schau! Es wird dir gefallen!« Vor allem lag es nur zwei Blocks vom Hotel entfernt. Sie konnte also zu Fuß gehen.

Sie fuhr sich mit dem Kamm durchs Haar, wusch sich das Gesicht und legte frisches Make-up auf. Das schwarze Kleid, das sie schon den ganzen Tag über getragen hatte, würde ausreichen. Licia hatte gesagt, daß man sich dort nicht besonders kleiden müßte. Gute Kleidung bedeutete für New Yorker Maßstäbe sowieso nur Jeans, Gucci-Schuhe, Nerze oder der letzte Modeschrei von Dior. Als sie den roten Wollmantel aufnahm, den sie beim Hereinkommen einfach nur auf einen Stuhl geschmissen hatte, fiel ihr die große Hitze wieder ein, die sie vor zwei Monaten zusammen mit Nick hier erlebt hatte. Sie sah noch einmal auf ihre Schuhe aus Eidechsenhaut hinab und blickte sich im Zimmer um... es war so leer. Himmel, war es hier einsam! Es würde ihr guttun, hier rauszukommen. Nicht einmal die Aussicht konnte sie jetzt aufmuntern. Die ganze Stadt wirkte riesig, bedrohlich und dunkel. Als sie auf die Straße hinaustrat, war es noch kälter und windiger, und sie schlug erschauernd den Kragen hoch, als sie nach rechts in die Lexington Avenue einbog. Sie hatte es abgelehnt, sich vom Portier ein Taxi rufen zu lassen, und so ging sie jetzt mit schnellen Schritten die Straße entlang. Offenbar hatte sie schon die New Yorker Geschwindigkeit angenommen. Rennen, stoppen, aufeinanderstoßen, schimpfen, jemanden beiseite schieben und weiterrennen. Sie lachte über ihre eigenen Vorstellungen. Sie war doch erst einen Tag in der Stadt, und schon hatte die Hektik sie gefangengenommen. Während sie so dahinmarschierte, wanderten ihre Gedanken zu Nick zurück, doch sie ärgerte sich sofort über sich selbst. Aber auch über ihn. Was hatte er für ein Recht, ihr Schuldgefühle einzureden? Es gab keinen Grund, warum sie sich für ihren Erfolg entschuldigen müßte. Schließlich hatte sie hart dafür gearbeitet und ihn verdient. Und weder Tygue noch Nick kamen dabei zu kurz, die sollten nicht so tun als ob. Zugegeben, der Zeitpunkt für diese Tour war nicht sehr günstig gewählt, aber sie würde ja auch nur eine Woche wegbleiben. Und es war ihr gutes

Recht, das hier zu genießen. Sie hatte ein Recht auf ihr Leben... sie hatte ein Recht auf... wie ein Echo hallten ihr diese Worte durch den Kopf, während ihre Absätze im Stakkato über den Asphalt der Straße klapperten und sie in der Menge immer wieder irgendwelchen Leuten ausweichen mußte. Sie war jetzt fast dreißig Jahre alt, und sie hatte ein Recht auf das alles... ein Recht... fast wäre sie am Restaurant vorbeigerannt. Überrascht blickte sie auf, als zwei Männer, die gerade von Gino's kamen, sie unbekümmert anstießen und es nicht einmal für nötig hielten, sich zu entschuldigen. Im Gegenteil. Sie musterten sie abschätzig von oben bis unten, schienen Gefallen an ihr zu finden und gingen weiter, um zwei anderen Männern kurz darauf ein Taxi vor der Nase wegzuschnappen. New Yorker Umgangsformen. In Kalifornien wären sie dafür von den anderen beiden Männern zusammengeschlagen worden. Wenigstens hätte es Streit gegeben. Aber hier winkten die beiden Benachteiligten nur nach einem anderen Taxi, das sie einer Dame wegnahmen, die es zuerst gesehen hatte und nun verdattert am Randstein stehen blieb. Kate lachte und betrat das Restaurant durch die beiden gelben Schwingtüren. Es würde wohl Jahre dauern, bis man sich an ein so rauhes Benehmen gewöhnt hatte. Oder aber es ging ganz schnell. Vielleicht nahm man diesen Stil ganz unbewußt an, ohne sich besonders drum zu kümmern. Sie fand es immer noch komisch.

»Signora?« Ein eleganter Italiener in grauem Nadelstreifenanzug trat mit beflissenem Lächeln auf sie zu. »Tisch für eine Person?«

»Ja«, bestätigte sie nickend. Sie konnte ihn bei der summenden Geräuschkulisse kaum verstehen, während sie sich belustigt umsah. Die Wände waren in gedämpften Farben gestrichen und mit nachgebildeten Plastikzebras bedeckt, die sich diagonal darüber zu jagen schienen. An ausgewählten Stellen prangten grüne Plastikpflanzen, und der ganze Raum war nur schwach beleuchtet. Die Bar war klein und eng, und auf den Tischen lagen weiße Tischtücher. Das Publikum war genau das, was Felicia ihr vorausgesagt hatte. »*Le tout* New York«-Mannequins, die zum Teil noch ihr Tagesmake-up und die letzten Calvin-Klein-Modelle trugen, Reklamefachleute, die schon leicht trunken wirkten, verheiratete Männer und solche, die gerade untreu wurden, Schauspielerinnen und Gesellschaftsmatronen und dazwischen eine Reihe von Männern, die irgendwie alle gleich aussahen. Es gab zwei Kategorien: die Amerikaner und die Europäer. Die Amerikaner sahen alle verdächtig nach Madison Avenue aus, trugen gestreifte Anzüge, Hornbrillen, weiße Hemden und strenge Krawatten und wurden von den Europäern haushoch geschlagen. Bessere Schneider, schönere Stoffe, weichere Farben, und ihr Augenausdruck ließ mehr Skandale erahnen. Außerdem hatten ihre Hosen jeweils genau die richtige Länge. Frauengelächter schwang sich über die raunende Unterhaltung der Männer und verwob sich dann wieder mit den Stimmen, wie eine Flöte. Dazu übertönte das konstante Hin und Her der Kellner, die sich wirklich alle Mühe gaben, mit ihrem Geschirr so viel Lärm wie möglich zu produzieren, die Gesprächssymphonie. Es passierte nie, daß sie einmal ein Tablett fallen ließen, während sie es auf hocherhobenen Händen elegant durch die Enge schleusten, während sie sich möglichst immer von einem Ende des Lokals zum anderen etwas Unverständliches zuriefen. Die Küche hätte dazu wohl gern noch mit Pauken und Trompeten beigetragen, aber in Ermangelung der richtigen Instrumente nahm man mit dem vorlieb, was gerade zur Hand war, und schob mit großem Getöse Töpfe und Pfannen über den Herd. Und all das zusammen bildete den atemberaubenden Hintergrund von Gino's, die Geräusche, die reizvollen Anblicke und der verführerische Geruch der italienischen Küche.

»Es dauert noch einen Moment, bis ein Tisch für Sie frei wird.« Der *maître* in seinem grauen Nadelstreifenanzug bedachte sie mit einem Blick, der Roms würdig gewesen wäre, und führte sie mit großartig einladender Geste an die Bar. »Einen Drink während der Wartezeit?« Sein Akzent war vollkommen, und seine Augen strichen über ihren Körper, als würden sie ihn streicheln. Sie mußte sich sehr beherrschen, um nicht zu lachen. Gino's war wirklich eine nette Überraschung. Es hatte sie in Sekundenschnelle aus ihrer Verstimmung in einen Zustand freudiger Erregung versetzt.

Sie zögerte nur ganz kurz, ging dann weltmännisch an die Bar und bestellte einen Gin Tonic. Dabei hörte sie mit, wie der Mann neben ihr einen Campari Soda anforderte. Offenbar war er Italiener, denn die Art, wie er das »Campari« aussprach, war geradezu professionell. Dann wechselte er ein paar Worte Italienisch mit dem Barkeeper. Kate konnte ihn nur von hinten sehen, aber sie betrachtete ihn genau. Er roch nach einem schweren, europäischen Parfüm... vielleicht ein französisches... das ihr irgendwie vertraut war. Sie konnte sich an den Namen nicht mehr erinnern, aber sie erinnerte sich, es bei I. Magnin's einmal für Nick ausprobiert zu haben. Es paßte jedoch nicht zu Nick. Dafür war es zu schwer, zu kultiviert. Nicks würziger Limonenduft wirkte an ihm viel angenehmer. Doch nicht so bei diesem Mann. Sie bemerkte den wedgwoodblauen Kragen, und der Rücken seiner Anzugjacke wirkte fast wie ein Blazer. Soweit sie es beurteilen konnte, hatte auch die Kleidung dieses Mannes italienisches Flair. Sein Haar war schon ergraut, und die winzigen Falten im Nacken ließen das Alter auf fünfundvierzig... vielleicht auch achtundvierzig... schätzen. Plötzlich drehte er sich zu ihr um, und sie riß erstaunt den Mund auf und fühlte, daß sie rot wurde.

»Oh, Sie sind das!« Der Mann aus dem Taxi, der mit ihr vom Flughafen in die Stadt gefahren war, der Architekt aus Chicago. »Ich dachte gerade, Sie wären Italiener.« Und sie wurde noch verlegener, weil sie ihm jetzt auch noch eingestanden hatte, daß sie sich über ihn Gedanken machte. Sie lachte unsicher, während er sie belustigt ansah.

»Ich habe sieben Jahre lang in Rom gelebt. In der Zeit bin ich richtig süchtig nach allem geworden, was mit Italien zu tun hat: Antipasti, Tagliatelli, Campari und so weiter.«

Sie fand ihn von vorn noch beeindruckender als von hinten, und plötzlich fiel ihr auch auf, daß er viel besser aussah, als sie ihn vom Taxi her in Erinnerung hatte. Zuerst hatte sie ihn wohl nicht so genau wahrgenommen.

»Und? Wie behandelt New York Sie, Miß Harper?« Er nippte an seinem Drink und rückte etwas zur Seite, um ihr Platz zu machen.

»Für New Yorker Maßstäbe ganz angemessen, würde ich sagen. Ich habe den ganzen Tag schwer gearbeitet.«

»Haben Sie geschrieben?«

»Nein, das wäre ja einfach gewesen. Ich mache hier Öffentlichkeitsarbeit.«

»Oh, wie beeindruckend.« Aber dabei betrachtete er sie eher amüsiert als beeindruckt. In seinen Augen war etwas zu lesen, das sie verwirrte. Er schien einfach durch das schwarze Kleid hindurchzusehen, wirkte jedoch nicht unverschämt. Es war einfach nur so ein Gefühl. Unter dem gutsitzenden Anzug und seinem weltmännischen Gebaren spürte sie seine rohe, vitale Erotik. »Werde ich Sie dann im Fernsehen betrachten können?«

»Kaum. Es sei denn, Sie bleiben den Nachmittag über im Hotel und schalten das Tagesprogramm ein.« Wieder lächelte sie schüchtern.

»Das wird leider nicht gehen. Ich muß ebenfalls mein Programm durchziehen. Heute morgen haben wir schon um sieben mit einer Konferenz angefangen, beim Frühstück! In dieser Stadt arbeitet man wie verrückt.« Sie blickten beide ins Lokal hinein. »Hier machen sie alles wie Verrückte, sogar essen.« Sie lachte über seine Bemerkung, und beide betrachteten einige Minuten lang die Szene, die sich ihnen darbot. Dann spürte sie wieder, daß er sie ansah. Sie wandte ihm das Gesicht zu, sagte aber nichts. Einen Moment lang sahen sie sich in die Augen, bis er sein Glas hob und ihr zuprostete.

»Auf Sie, Miß Harper. Und auf ein Buch, das mir sehr viel bedeutet. Wie haben Sie bloß einen so tiefen Einblick in die Männerwelt erhalten können? Ich meine damit den ewigen Kampf um Erfolg und das Herzeleid, wenn man kurz vor dem Gipfel zu feige ist, es durchzustehen – oder aber, wenn man es schafft und schnell wieder herunterfällt.« Er blickte nachdenklich in sein Glas und dann wieder zu ihr auf. Der plötzliche Ernst auf seinem Gesicht erschreckte sie. Das Buch hatte für ihn tatsächlich eine Bedeutung. Und auf einmal wurde sie froh. Er hatte sie verstanden. Es war so, als hätte er dadurch auch Tom verstanden.

»Sie haben das Thema ausgezeichnet behandelt, sogar, wenn man es vom männlichen Standpunkt aus betrachtet. Ich hatte immer geglaubt, eine Frau könnte eigentlich gar nicht verstehen, was das bedeutet, all dieser Macho-Unsinn, sich vorzumachen, daß man es schaffen muß, und dann total zusammenzubrechen, wenn es nicht gelingt.«

»Ich bin mir nicht einmal sicher, ob es für Frauen tatsächlich so viel anders ist. Aber ich habe miterlebt, wie mein Mann das alles durchgemacht hat«, sagte sie nachdenklich und sah dabei auf ihr Glas herab. Ihr war die angenehm warme Stimme des Mannes neben ihr dabei sehr bewußt. Sie wirkte wie eine warme Sommerbrise in dem kalten Wintersturm, der um sie herum tobte.

»Er muß sehr stolz auf Sie sein.«

Sie sah überrascht auf und schüttelte heftig den Kopf. »Nein, er ist tot.« Sie wollte ihn damit nicht schockieren. Sie hatte es einfach so gesagt, aber seine Reaktion war doch sehr heftig. Deshalb entschuldigte sie sich sofort. »Ich hatte es nicht so schroff sagen wollen.«

»Es tut mir leid für Sie. Aber jetzt verstehe ich das Buch noch besser als vorher. Es hat dann noch viel mehr Sinn. Darf ich fragen, ob er es im landläufigen Sinne ›geschafft‹ hat, bevor er gestorben ist?« Offenbar hatte das für ihn eine große Bedeutung. Kate beschloß, ihm gegenüber ehrlich zu sein. Er war ein Fremder, und sie hatte schon zwei Gläser getrunken, den Wein im Hotel und jetzt hier den Gin Tonic. Sie fühlte sich ungewöhnlich aufgeschlossen und fürchterlich weit weg von den Menschen, die sie liebte. Hier kannte sie ja niemand. Sie konnte also alles sagen, was ihr gerade in den Sinn kam.

»Ja, er hatte es geschafft, und er hat es genauso wieder vermasselt. Das hat ihn dann auch umgebracht. Er wollte noch eine weitere Chance, oder aber... er hat das Oder gekriegt.«

»War es ein Herzinfarkt?« Seine größte Sorge.

»Mehr oder weniger.« Sie bemerkte sofort, was sie ihm damit antat, und korrigierte sich wieder. »Nein, es war kein Herzinfarkt, sondern etwas anderes. Seine Seele ist gestorben. Der Rest war nur so etwas wie eine Folgeerscheinung. Aber es war kein Herzinfarkt.« Er wirkte nur geringfügig erleichtert.

»Ich frage mich oft, was denn nun der richtige Weg wäre. Einfach die Spielregeln ignorieren und das ganze Gerenne um den Erfolg nicht mehr mitmachen? Aber es ist so verdammt verführerisch, nicht wahr?« Er sah sie wieder mit seinem herzlichen, erotischen Lächeln an, das sie diesmal erwiderte.

»Ja, das ist es. Ich beginne das langsam von meiner Warte aus besser zu verstehen. Am Ende steht man immer vor einer schweren Wahl und muß Entscheidungen treffen, und dabei muß man meistens jemanden verletzen. Ich finde, man sollte nie vor solche Wahlen gestellt werden.«

»Ah, Miß Harper, aber das ist nun mal so«, erwiderte er bedauernd.

»Haben Sie auch eine solche Entscheidung getroffen?« Ihre offene Neugier erschreckte sie, aber es gefiel ihr sehr, sich mit ihm zu unterhalten. Er war so weltoffen und intelligent, und er sah sehr gut aus. Außerdem schien er Interesse daran zu haben, über die Dinge zu sprechen, die sie gerade beschäftigten.

»Ja, ich habe eine solche Entscheidung getroffen. Ich habe eine Frau, die mir ständig sagt, daß sie mich in Chicago bräuchte. Wohl für ihre Dinnerparties oder so was. Dann ist da noch ein Sohn, der mich für einen kapitalistischen Idioten hält, und eine Tochter, die an einer Gehirnstörung leidet. Sie alle brauchen mich, vielleicht sogar sehr. Aber was mache ich? Renne den ganzen Tag dem allmächtigen Dollar hinterher. Doch nur so kann meine Frau ihre Dinnerparties geben, mein Sohn sich auf die faule Haut legen und über die unheiligen Auswirkungen des Kapitalismus sinnieren, und meine Tochter... nun, die braucht mich wohl am meisten.« Er wurde plötzlich stumm und blickte auf sein Glas. Doch dann sah er Kate offen ins Gesicht. »Der Haken an der ganzen Sache ist, daß meine Gründe, warum ich all das tue, sehr uneigennützig und gut und edel klingen, aber in Wahrheit mache ich es ja gar nicht mehr deswegen.«

»Ich weiß.« Sie verstand sofort, was er meinte. »Sie tun es, weil es Ihnen gefällt. Weil es jetzt zu einem Teil von Ihnen geworden ist und...« die nächsten Worte sagte sie ganz leise, »...weil Sie ein Recht dazu haben. Zur Aufregung, zum Erfolg, zu der schönen Seite des Ganzen.« Sie sah einen Moment lang schüchtern hoch und bemerkte, daß er sie leicht ironisch anblickte.

»Aus dem Grund mag ich Ihr Buch so gern. Sie wissen ganz schön Bescheid.«

Jetzt mußte auch sie wieder lächeln. »Das Komische daran ist, daß ich es tatsächlich gewußt habe, als ich das Buch geschrieben habe. Jedenfalls glaubte ich es zu wissen. Aber ich hatte es bis dahin nur bei jemand anderem beobachtet, nicht selbst so erlebt. Ich wußte es von dem Standpunkt, den Ihre Frau jetzt einnimmt. Heute ist das alles anders. Heute werde ich selbst mit den Dingen konfrontiert.«

»Dann herzlich willkommen im Lande der erfolgreichen Versager, Miß Harper.«

»Halten Sie sich für einen Versager?«

»Kommt drauf an, welchen Standpunkt man einnimmt. In den Augen meiner Frau und meiner Familie bin ich wohl einer. Ich weiß es nicht. Was die geschäftliche Seite angeht, bin ich ganz bestimmt keiner.« Im Gegenteil. Er hatte während der letzten fünf Jahre einige bedeutende internationale Preise gewonnen. Aber das sagte er ihr nicht, sondern blickte sie nur weiterhin mit seinem ironischen Lächeln an. »Man bezahlt eben einen sehr hohen Preis, wie das in den Schlagern immer so schön heißt.«

»Ist es das denn wert?«

»Fragen Sie doch mal Ihren Mann.« Aua. Kate zuckte bei diesen Worten richtig zusammen. »Sie müßten die Antwort auf diese Frage doch am besten wissen.«

»Ja, vermutlich. Aber heute sehe ich die Sache ganz anders. Was ich hier tue, macht mir Spaß. Warum kann man nicht beides haben? Ein wirkliches Leben mit Familie und den Dingen, die einem etwas bedeuten, und eine erfolgreiche Karriere?«

»Vielleicht geht das.« Er gab dem Barkeeper einen Wink, die Gläser noch einmal zu füllen, und sie wehrte sich nicht dagegen. »Aber das hängt auch wieder davon ab, was Sie mit Erfolg meinen und was für Sie eine Karriere bedeutet. Ich möchte annehmen, daß Ihre Karriere sich nicht nur in kleinen Kreisen bewegt. Sie sind wohl so etwas wie eine Berühmtheit. Und das fordert seinen Zoll.«

»Und Sie?« Sie hätte zu gern noch mehr über ihn erfahren.

»Ich bin nicht berühmt, nur ein einfacher Architekt. Aber ich spiele wohl auch in der großen Liga.«

»Sind Sie glücklich?«

»Nein.« Das sagte er so einfach, als hätte er die Tatsache schon lange akzeptiert. Jedenfalls war es nichts, worüber er sich zu beklagen brauchte. »Es ist wohl für uns alle ein sehr einsames Geschäft.« Dabei sah er sie herausfordernd an.

»Und Ihre Frau?« Kate durchbohrte ihn fast mit ihrem Blick.

»Ich glaube, auch sie ist eher unglücklich.«

»Spricht sie nicht mit Ihnen darüber?«

»Nein. Sie ist eine sehr wohlerzogene Frau. Und –«, er zögerte einen Augenblick, »– ich frage sie auch nicht danach. Wir haben uns schon als Kinder gekannt und sehr früh geheiratet, kurz nachdem wir beide mit dem College fertig waren. Ich wollte Werbegraphiker werden, und sie hatte vor, sich den schönen Künsten zu widmen. Statt dessen schlug mein Vater mir vor, nach Yale zu gehen. Das tat ich, ich habe dort Architektur studiert. Ich machte mein Diplom, und damit fing das Ganze dann an. Wir hatten beide unsere Träume schnell vergessen. Jedenfalls die kleinen, die großen stellten sich natürlich sehr bald ein. Das war ja einfach.« Er lächelte Kate fröhlich an und schien damit seine eigenen Worte Lügen zu strafen. »Jetzt kennen Sie fast meine ganze Lebensgeschichte, Miß Harper. Von Anfang bis Ende. Das schändliche Scheitern meiner Ehe, die Qualen meiner Seele und sogar meine Angst vor einem Herzinfarkt. Sie können das alles in Ihrem nächsten Buch verwenden.« Er trank sein Glas mit einem Schluck leer und stellte es heftig auf die Theke. Doch dann lachte er wieder selbstironisch und wandte ihr den Kopf zu. »Und ich wette, daß Sie sich nicht einmal an meinen Namen erinnern werden.«

Sie hatte seine Karte noch irgendwo, aber sie hatte nicht einmal richtig hingesehen. Jetzt mußte sie es mit einem verlegenen Blick zugeben. »Ich hasse es, Ihnen recht geben zu müssen, aber es stimmt. Abgesehen davon habe ich ein miserables Namensgedächtnis.«

»Ich auch. Ihren konnte ich mir nur wegen des Buches merken. Sie heißen Kaitlin, nicht wahr?« So wie er den Namen aussprach, gefiel er ihr sogar.

»Kate.«

»Philip. Philip Wells.« Er reichte ihr die Hand, und sie schüttelte sie feierlich.

In dem Augenblick trat der Oberkellner in seinem eleganten Nadelstreifenanzug direkt auf sie zu und sagte: »Signora, Signore, Ihre Tische sind jetzt frei.« Er deutete in die Mitte des Lokals, und Philip sah Kate fragend an.

»Könnten wir uns auf einen einigen? Oder würde ich in Ihr berechtigtes Bedürfnis, allein zu sein, eindringen?« Es war ihm bis dahin noch gar nicht in den Sinn gekommen, daß sie vielleicht mit jemandem verabredet wäre, aber der Gedanke, nicht allein zu essen, gefiel ihr. Und Philip war wirklich ein angenehmer Gesprächspartner.

»Nein, ich fände das sehr nett.«

Der Oberkellner nahm ihre Entscheidung schweigend zur Kenntnis. Philip bezahlte den Barkeeper und führte sie dann in das eigentliche Restaurant, wobei sie an den fliehenden Zebras vorbeigingen. Kate warf ihnen einen zweifelnden Blick zu, während Philip ihr den Stuhl zurechtrückte. Er lachte, als er ihre Abneigung bemerkte.

»Ich weiß, sie sind furchtbar. Das Lustigste an der Sache ist, daß sie immer immense Summen bezahlen, um sie genauso wieder hinzukriegen, wenn dieser Raum mal renoviert wird. Das gilt auch für die Plastikpflanzen. Vielleicht haben sie recht. Die hiesigen Italiener erwarten das.«

»Kommen Sie oft hierher?«

»Ich bin ziemlich häufig in New York, und dann gehe ich auch immer in dieses Restaurant. Ich sagte Ihnen ja schon, ich bin nach allem Italienischen süchtig.« Besonders nach den Frauen, aber das verschwieg er ihr. Sie nahm das vermutlich sowieso an. Er sah nicht aus wie ein Mann, der seiner Frau die Treue hielt. Außerdem hatte er ihr ja auch schon erzählt, daß er in seiner Ehe nicht glücklich war. Die üblichen Präliminarien, aber das machte ihr nichts aus. Sie mochte ihn trotzdem gern. Das Gespräch mit ihm war sehr anregend und in jedem Fall besser, als allein im Hotelzimmer zu sitzen und in den Fernseher zu starren. Außerdem war Nick ja nicht einmal zu Hause... doch als Nick sich wieder in ihre Gedanken einschlich, spürte sie die alte, nagende Sorge.

»Wann haben Sie in Rom gelebt?« Sie zwang sich, Nick jetzt einmal zu vergessen und sich voll auf Philip zu konzentrieren. Jedenfalls solange dieses Abendessen andauerte.

»Wir sind vor zehn Jahren wieder nach Amerika zurückgekehrt. Wir haben in Rom gelebt, während die Kinder noch klein waren. Meine Tochter ist dort geboren. Es ist eine herrliche Stadt.«

»Kommen Sie noch öfter dahin zurück?«

»Ein- oder zweimal jährlich. Aber eigentlich habe ich mehr in Paris und London zu tun als in Rom.« Sie begriff, was Erfolg für ihn bedeutete. Paris, London, Rom, New York. Das klang aufregend. Ob sie wohl mal für ihr Buch nach Europa eingeladen würde? Nick würde sie auf der Stelle umbringen. Falls er dann noch mit ihr zusammenlebte.

Die Unterhaltung während des Essens verlief leicht und fröhlich. Keine Seelengeheimnisse und Herzensbekenntnisse mehr. Sie erzählte ihm einige amüsante Begebenheiten aus San Francisco, und er berichtete von seinen Erlebnissen in Europa. Sie begannen, sich gegenseitig zu necken. Als das Dessert serviert wurde, hatte sie eine scherzhafte Bemerkung auf der Zunge. Sie aßen Zabaglione.

»Sie sollten mal nach San Francisco kommen. Bei uns gibt es ein Restaurant, das so gute Zabaglione macht, daß diese daneben wie Abfall wirkt.« Die restlichen Speisen waren hervorragend gewesen, doch bei der Nachspeise hatte sie Vanessi's süßen Nachtisch mit dem Rumaroma vermißt.

»Ich könnte Sie dort überraschen.« Sie lachte. Das wäre wirklich eine Überraschung! Doch sie wußte, daß er das nicht ernst meinte. »Wenn ich es recht überlege, bin ich schon über zwanzig Jahre nicht mehr an der Westküste gewesen. Ich habe viel mehr in Europa und hier an der Ostküste zu tun. Unsere Firma hat kaum Aufträge im Westen. Und wenn mal einer anfällt«, er sah sie überrascht an, »schicke ich meistens einen von den Angestellten.«

»Das ist ja nett. Finden Sie, Kalifornien wäre Ihrer nicht würdig?« Sie neckte ihn nur.

»Ich gestehe es ein, ich habe es dort nie so interessant gefunden. Die Geschäfte laufen hier viel rasanter.«

»Vielleicht ist das gerade eine von unseren Tugenden.«

»Darüber habe ich noch nie nachgedacht. Aber Sie könnten recht haben.« Er lachte ihr zu und winkte nach der Rechnung. Sie runzelte die Stirn.

»Ich finde nicht, daß wir es so halten sollten, Philip. Lassen Sie mich bitte mein Essen selbst bezahlen.«

»Welch moderne Ansichten. Aber ich fände das absurd.« Er lächelte wohlwollend, während er dem Kellner die Geldscheine aufs Tablett legte.

»Bitte, lassen Sie mich... schließlich...«, sie grinste spitzbübisch, »– habe ich ja ein Spesenkonto.«

»Wenn das so ist, überlasse ich Ihnen die Getränke. Kann ich Sie noch zu einem Nachttrunk bei Bobby Short oder im Carlyle überreden?« Es war eine verführerische Einladung, aber sie sah bedauernd auf ihre Uhr.

»Wären Sie auch mit einem kurzen Drink in der Hotelbar zufrieden? Ich muß leider zu einer sehr unchristlichen Zeit wieder aufstehen, denn man erwartet mich schon um Viertel nach sieben im Studio.«

»Ich habe auch schon einen Termin um sieben. Arbeitsfrühstück in der Wall Street. Das Hotel ist ein guter Vorschlag.«

Es wurde sogar sehr nett, denn die Bar war nicht übervölkert und für ein Hotel überraschend romantisch eingerichtet. Ein Pianist spielte leise im Hintergrund.

»Ich hatte es gar nicht so nett in Erinnerung!« Sie sah sich überrascht um, und er lachte.

»Haben Sie es deshalb vorgeschlagen? Hatten Sie angenommen, daß es hier Neonlicht und eine Jukebox geben würde?«

Über diesen Gedanken mußte sie auch lachen. »Zu schade, daß das hier fehlt. Wäre das nicht ein Mordsspaß? Im Regency!« Sie nippten lachend an ihren Brandys. Kate hatte heute schon einiges zu sich genommen, aber sie fühlte sich nicht betrunken. Sie hatten sich beim Essen eine halbe Flasche Wein geteilt, aber da sie viel gegessen hatte, hatte sie eine gute Grundlage. Nach dem Brandy merkte sie jetzt allerdings doch, wie ihr der Alkohol etwas zu Kopf stieg. Aber sie brauchte sich keine Sorgen zu machen. Es erhöhte nur ihre Sensibilität, so daß sie die Musik weicher und die Wärme von Philips Bein deutlicher wahrnahm.

»Was werden Sie morgen im Studio machen?«

»Eine Lesung.« Ihr Gesichtsausdruck blieb ernst, doch er lachte trotzdem.

»Ich meine das ernst. All diese Berühmtheiten faszinieren mich ungeheuer.«

»Lassen Sie das lieber. Es ist nichts als ermüdend. Die meisten Leute sind ziemlich dumm. Ich habe das auch erst langsam herausgefunden. Als ich im August zum ersten Mal hier war, hat mich alles sehr beeindruckt. Es wirkte so glanzvoll. Aber jetzt, zwei Monate später, erscheint mir das alles nervenaufreibend. Es ist eine harte Arbeit.«

»Müssen Sie sich auf die Shows irgendwie vorbereiten?«

»Eigentlich nicht. Sie fragen mich meistens vorher, worüber ich gerne reden würde. Mit der Zeit lernt man auch, was so in den einzelnen Shows erforderlich ist. Aber das ist alles. Danach muß man nur noch werbewirksam und schön und sehr schlagfertig sein.« Sie machte dabei ein Gesicht, wie Tygue es wohl fertiggebracht hätte. Philip war belustigt.

»Ich sehe, daß Sie das alles sehr ernst nehmen. Ach übrigens, kann ich Sie morgen zum Lunch einladen? Mein Termin ist abgesagt worden. Ich habe also frei.«

»Ich wünschte, ich hätte auch frei«, antwortete sie traurig, und er sah sofort enttäuscht aus. »Ich muß aber leider zu einem literarischen Frauenzirkel gehen. Können Sie sich etwas Schlimmeres vorstellen?«

»Können Sie das nicht irgendwie schwänzen?«

»Nicht, wenn ich vorhabe, auch meinem nächsten Buch zum Erfolg zu verhelfen.« Er lächelte bedauernd. Leider hatte er keine Zeit zum Dinner. Er mußte an einem großen Geschäftsessen teilnehmen, aber sie war ebenfalls schon zum Abendessen verplant, das mit ihrem Verleger und dem Herausgeber stattfinden sollte. Außerdem gab es noch einen Mann von ihrer New Yorker Agentur, der sie kennenlernen wollte.

»Wie lange bleiben Sie denn in der Stadt?«

»Bis zum Wochenende.«

»Gut. Dann können wir ja noch einen anderen Tag finden. Wie wär's mit übermorgen zum Lunch?« Er hatte sogar zum Abendessen frei, hielt es aber für klüger, ihr das erst beim Lunch vorzuschlagen. Der Lunch war immer eine gute Gelegenheit, die Dinge langsam angehen zu lassen. Man konnte sich dann während des Nachmittages weiter vortasten und auf den Abend warten.

»Das wäre schön. Wo treffen wir uns?« Sie fühlte sich jetzt langsam wirklich betrunken und wollte so schnell wie möglich ins Bett. Sie hatten viel Zeit miteinander verbracht, und sie würde nur vier Stunden Schlaf bekommen. Das war ganz und gar New York.

Er lächelte ihr verständnisvoll zu und stellte sein leeres Glas ab. »Warten Sie mal... wo ist es zum Lunch besonders schön? Quo Vadis?«

»Wo ist das?«

»Gleich um die Ecke. Es ist ein sehr angenehmes Restaurant.« Es hatte außerdem den Vorteil, das es so nahe am Hotel lag. Wenn die Dinge sich nett entwickelten, konnten sie schnell wieder zurück sein.

Er bot ihr auf dem Weg zum Fahrstuhl den Arm und blickte ihr sehnsüchtig nach, als sie in ihrem Stockwerk ausstieg. Einen Augenblick lang blockierte er die Tür und sah sie bittend an. Außer ihnen befand sich niemand im Fahrstuhl, und es war weit nach Mitternacht. »Gute Nacht, Kate.« Seine Stimme war wie eine Liebkosung, und sie erschauerte. »Ich werde Sie morgen vermissen.«

»Danke.«

Er ließ die Tür daraufhin zugehen, und sie fühlte sich ziemlich dämlich. »Danke.« Wie unromantisch. Wie dumm, glanzlos und unkultiviert! Himmel, er stand weit über ihr. Sie war so einem Mann noch nie begegnet. Er war viel mehr Europäer als Amerikaner und hatte verdammt gute Manieren. Doch als sie ihr Zimmer aufschloß, mußte sie wieder lachen. Er könnte gut und gerne ihr Vater sein, und er hatte überhaupt keine Ähnlichkeit mit Nick. Sie hatte sie alle so satt, Nick, Tygue und Tom und all das, was sie immer von ihr wollten. Ihr hing das alles zum Hals raus, die Schuldgefühle und die ganze Verwirrung und diese ständigen Konflikte... Sie ließ sich aufs Bett fallen und nahm sich vor, sich in einer Minute auszuziehen. Doch dazu kam sie nicht mehr. Um sechs wurde sie geweckt, und sie mußte sich beeilen, um noch rechtzeitig im Studio zu sein. Dort erwartete man sie schon um halb acht zu einer Aufzeichnung, bei der man ihren Namen verwechselte und absichtlich falsche Zitate aus ihrem Buch angab.

32

Auch diese Nacht kam Kate nicht vor elf Uhr ins Hotel zurück. Den ganzen Tag über hatte sie nicht eine Minute Zeit für sich selbst gehabt. Dieses verflixte Essen mit dem literarischen Frauenzirkel, die Shows, dann das Dinner mit den Leuten von der Agentur und ihren Verlegern... das alles schien kein Ende zu nehmen. Ein ewiges Karussell von Spargeltoast, geräuchertem Lachs und Sodbrennen, und allein der Gedanke daran machte sie ganz krank. Sie hatte wieder einmal die Gelegenheit verpaßt, mit Tygue zu telefonieren, denn jedesmal, wenn sie in die Nähe eines Telefons gekommen war, hatte sie ihn aufgrund des Zeitunterschiedes nicht erreichen können. Auch jetzt war es in San Francisco schon wieder nach acht, und er würde im Bett liegen und schlafen. Nicht einmal mit Nick konnte sie sprechen. Er war gerade im Studio und zeichnete seine Show auf. Wenn er damit fertig sein würde,

würde sie schon lange schlafen. Sie hatte auch keine Nachricht von ihm vorgefunden, und das sagte ihr schon genug. Er war ihr immer noch böse. Als sie einschlief, nahm sie sich fest vor, am nächsten Tag beide anzurufen, egal, was auch dazwischenkommen würde. Sie mußte mit ihnen sprechen, sonst würden sie ihr nie verzeihen.

Aber sie hatte das Hotel schon wieder früh verlassen müssen und war den ganzen Vormittag über rumgerannt, bis sie zu Mittag endlich das Quo Vadis erreichte. Philip wartete schon auf sie. Müde und gehetzt verließ sie das Taxi und rauschte ins Lokal, direkt auf ihn zu. Draußen war es eiskalt, so daß ihre Wangen gerötet waren. In ihren roten, langen Hosen und dem Nerz sah sie umwerfend aus, und ihre Augen strahlten wie Smaragde. Sie trug diesen Mantel zum ersten Mal wieder, nachdem sie ihn damals bei ihrem Umzug aufs Land weggepackt hatte. Es war der Nerz, den Tom ihr damals gekauft hatte, als sie schwanger war, mit dem sie ins Krankenhaus hätte fahren sollen, um seinen Sohn zu gebären. Er war immer noch schön. Langhaarig, weich und anschmiegsam und in einem wundervollen, warmen Schokoladenbraun. Die klassischen Linien entsprachen auch heute noch der Mode, und sie wirkte darin so elegant, daß Philip es kaum erwarten konnte, sie in die Arme zu nehmen.

»Bin ich zu spät?«

»Nein, gar nicht. Ich bin eben erst gekommen.« Er half ihr aus dem Mantel und fühlte sich sofort von einer Wolke ihres Parfüms eingehüllt. Am liebsten hätte er ihr einen Kuß in den Nacken gegeben, aber jetzt noch nicht... später. Ihre Augen begegneten sich, und sie wurde rot und blickte zur Seite. »Und? Wie ist New York so? Ich habe Sie gestern nicht einmal im Hotel gesehen.« Der Oberkellner führte sie an einen ruhigen Tisch, und Philip griff nach ihrer Hand. Diese Geste überraschte sie etwas, aber ihre Reaktion darauf eigentlich noch mehr. Dieser Mann hatte eine starke magische Anziehungskraft, und sie fühlte sich in seiner Nähe eigenartig naiv.

»Ich war auch gar nicht im Hotel. Ich bin den ganzen Tag rumgerannt, und als ich endlich nach Hause kam, habe ich mich gleich ins Bett gelegt und geschlafen.«

»Tolle Idee.« Er sah sie neckend an, und sie lachte, während er die Weinkarte studierte. Er bestellte einen trockenen Weißbordeaux, der erfrischend kühl und stark war. Sie hatte noch nie etwas so Feines getrunken. Wie auch bei anderen Dingen kannte Philip sich hervorragend in den Weinkarten aus.

Sie aßen Hummer und eine *mousse au chocolat* zum Nachtisch und rundeten das Essen mit zwei winzigen Täßchen starken Espressos ab. Danach überraschte Philip sie wieder, indem er etwas bestellte, das sich *poire* nannte.

»Was ist denn das?« Was der Kellner vor ihr abstellte, sah aus wie Wasser, doch es hinterließ einen brennenden Geschmack nach Birnen, als sie einen Schluck davon probierte. Philip lachte über ihren entsetzten Gesichtsausdruck.

»Das ist Birnenschnaps, Miß Harper, ich sehe, daß Sie mehr Zeit in Europa verbringen müßten. Sind Sie in letzter Zeit einmal dagewesen?« Sie hatte nur noch vage Erinnerungen daran. Ihre letzte Reise hatte sie mit Tom dorthin gemacht. Sie lächelte still in sich hinein, als sie daran dachte.

»Nein, ich bin schon sehr lange nicht mehr dagewesen. Damals bin ich mit meinen Eltern oft hinübergeflogen, aber das gehört zu einem ganz anderen Teil meines Lebens. Ich war vor...«, sie dachte einen Moment nach, »...ja, vor sieben Jahren war ich zum letztenmal in Europa. Damals war ich noch sehr jung, und niemand hat es gewagt, mir Birnenschnaps anzubieten.« Tom hatte mit Sicherheit nichts von *poire* und solchen Sachen gewußt. Er war damals mit deutschem Bier vollkommen zufrieden gewesen, und sie hatte ihn nicht einmal dazu bewegen können, einen *kir,* einen Cinzano oder einen von den vielfältigen Weinen der verschiedenen Landstriche, durch die sie in Frankreich und Italien gereist waren, wenigstens zu probieren. Nein, er blieb beim Bier.

»Sie müssen ihn sehr vorsichtig trinken. Das Zeug ist ziemlich stark.« Er hatte eine verschwörerische Miene aufgesetzt und schien ihr jetzt immer näher zu rücken.

»Wie könnte ich den anders als vorsichtig trinken? Er verbrennt mir ja direkt die Kehle.« Sie nahm einen weiteren kleinen Schluck und verzog wieder das Gesicht. Philip jedoch schien diese Schärfe überhaupt nichts auszumachen. Er zündete sich eine Dunhill Monte Christo an und lächelte ihr durch den Rauch hindurch zu. Philip Wells war ein Mann von Welt.

Sie lehnte sich genüßlich zurück und beobachtete, wie er sein Streichholz an die Zigarrenspitze hielt, um sie anzuzünden, als ihr Blick plötzlich an etwas hinter seinem Rücken hängenblieb. Sie glaubte, sich selbst aufstöhnen zu hören, aber sie war still geblieben. Sie hatte keinen Ton gehört. Immer noch starrte sie auf einen Mann...

aber das war ja nicht möglich... er... doch, tatsächlich, er war es. Sie hatte ihn zwar seit zwölf Jahren nicht mehr gesehen, aber sie war sicher, daß er es war. Ihr Vater.

»Ist etwas?« Philip sah sie durch den blauen Rauch hindurch aufmerksam und fragend an. »Kate?«

Sie nickte abwesend, aber sah ihn nicht an. »Entschuldigen Sie bitte. Ich sehe da jemanden, den ich kenne.« Hatte er sich verändert? Nein, sie konnte keine großen Veränderungen an ihm feststellen. Sein Haar war etwas weißer und vielleicht auch dünner geworden, doch das hinderte ihn nicht daran, sehr nah bei einer jungen Dame zu sitzen, die nicht älter als sie war. Wo war ihre Mutter? Wer war dieses Mädchen? Und warum machte sie sich nach all diesen Jahren noch Gedanken darum? Sie hatte Philip jetzt vergessen. Er bemerkte besorgt, daß ihr langsam alle Farbe aus dem Gesicht gewichen war.

»Möchten Sie lieber gehen, Kate?« Er winkte dem Kellner und verlangte die Rechnung, ohne ihre Antwort abzuwarten. Sie schüttelte nur stumm den Kopf und erhob sich langsam von ihrem Stuhl.

»Ich komme gleich zurück.« Das war natürlich verrückt. Sie konnte doch nicht einfach so auf ihn zugehen. Er... doch sie mußte es tun... mußte es... mußte... sie spürte, wie sie rhythmisch einen Fuß vor den anderen setzte, und dann stand sie plötzlich vor ihm, blickte auf ihn hinunter und sagte nur ein Wort: »Daddy?« Sie hatte Tränen in den Augen. Er sah verblüfft zu ihr auf, bekam dann einen Schreck und erhob sich ganz langsam, wobei er der Frau am Tisch nur einen kurzen Blick zuwarf. Er war immer noch so groß, schlank und vornehm wie früher. Seine Augen waren jetzt direkt auf ihr Gesicht gerichtet. Sie war in der Zwischenzeit zu einer eleganten Frau herangewachsen. Er streckte jedoch nicht die Arme nach ihr aus. Sie standen sich schweigend gegenüber, zwischen ihnen ein Tisch und eine ganze Lebensgeschichte.

»Kate?« Sie nickte stumm als Antwort, und die Tränen rannen ihr jetzt die Wangen hinunter. Doch versuchte sie zu lächeln, und auch in seinen Augen standen Tränen. Er wußte nicht, was er sagen sollte. »Ich habe dein Buch gelesen.«

»Wirklich?« Er hatte ihr Buch gelesen, aber er hatte sie nicht angerufen oder geschrieben oder die Hand nach ihr ausgestreckt, als... er hatte ihr Buch gelesen. Wieso eigentlich?

»Es ist ein gutes Stück Arbeit.« Also noch ein Fan. Nur, daß er das gerade hätte nicht sein sollen. Er war ihr Vater. »Kate, ich... Wir...

wir dachten, es wäre ungeschickt, wenn wir uns –«, er erstickte fast an seinen Worten, während sie ihn pausenlos anstarrte, »– wenn wir uns einmischen würden. Es wäre sehr ungeschickt gewesen.« Ungeschickt? Himmel, nach all den Jahren immer noch eine fadenscheinige Entschuldigung? Sie hatten doch die Zeitungen gelesen. Sie wußten doch, was ihr geschehen war. Aber sie hatten ihr nicht einmal Hilfe angeboten. Sie hörte zu weinen auf, denn ihr Vater teilte ihr noch viel mehr mit. Er sah sehr gut aus, das fiel ihr jetzt genau auf. Er war zwar älter geworden, aber das stand ihm ausgezeichnet. Außerdem hatte sie recht gehabt. Er hatte Ähnlichkeit mit Philip Wells. Einen Augenblick lang mußte sie denken, daß auch ihr Vater zu den erfolgreichen Versagern gehörte. Wer war dieses Mädchen, mit dem er hier zu Mittag aß, und was zum Teufel hatte er in New York zu suchen?

»Ich wohne jetzt in New York.« Er sah flüchtig zu dem Mädchen hinunter und blickte ihr wieder fragend ins Gesicht. »Du auch?« Er fühlte sich sichtlich unwohl. Kate spürte, wie sich in ihrem Inneren ein sehr alter Druck löste und langsam von ihr wich. Endlich war es vorbei. Sie mußte nicht mehr traurig sein.

»Nein, ich bin nur geschäftlich hier. In ein paar Tagen fliege ich wieder nach Hause.« Es würde ihn der peinlichen Situation entheben, sie einladen oder eine Entschuldigung finden zu müssen, warum er es nicht tat. Es mußte ja ein blödes Gefühl für ihn sein, eine berühmte Tochter zu haben, die nicht genug Takt besaß, ihn in Ruhe zu lassen, sondern direkt auf seinen Tisch lossteuerte. Sie blickte plötzlich zu seiner jungen Begleiterin, die am Tisch ihres Vaters saß, und stellte fest, daß sie in das unreife Gesicht einer Tochter von reichen Eltern sah. »Es tut mir leid, daß ich Ihren Lunch einfach so unterbrochen habe. Wir haben uns lange nicht gesehen.«

»Ich weiß.« Die Frau antwortete sehr ruhig, so als würde sie das alles verstehen. Sie hätte Kate gern gesagt, wie leid auch ihr die Geschichte tat, aber es war nicht ihre Angelegenheit. Das mußten die beiden untereinander ausmachen.

Ihr Vater schaute unglücklich von einer zur anderen und wirkte dadurch wie der Mittelpunkt eines Dramas, das sich zwischen den beiden jungen Frauen abspielte. Das Mädchen am Tisch war drei Jahre jünger als Kate.

»Darf ich dir meine… meine Frau vorstellen? Ames, das ist Kaitlin.« Kaitlin… er nannte sie also immer noch so. In ihren Ohren klang das sehr hohl, es war nur ein Name auf einem Buch, weiter nichts.

Aber diese Frau... seine Frau? Sie begriff plötzlich, was er gesagt hatte.

»Deine Frau?« Sie sah ihn entsetzt an. »Hast du dich von Mutter scheiden lassen?« Gott, auf den zwei verschiedenen Hälften des Kontinents hatten sich während der letzten zwölf Jahre Schicksale ereignet. Aber er schüttelte nur langsam den Kopf.

»Nein, Kate. Sie ist gestorben.« Sie konnte ihn kaum verstehen, so leise sprach er. Eine Sekunde lang schloß sie die Augen. Doch als sie sie wieder öffnete, weinte sie nicht, sondern nickte nur nachdenklich.

»Ich verstehe.«

»Ich habe versucht dich zu finden. Ich wollte es dir mitteilen. Aber ich konnte nicht eine Spur von dir entdecken.« Und die nächste Frage mußte er stellen. »Ist... ist Tom...?« Sie schüttelte den Kopf und schnitt ihm das Wort ab.

»Nein. Er lebt noch.«

»Es tut mir leid. Das muß schlimm für dich sein. Oder siehst du ihn nicht mehr...?« Er erinnerte sich noch an alles, was in den Zeitungen gestanden hatte. Aber damals hatte er nicht... hatte er nicht gekonnt... sie hatten sich gesagt... sie hatten beschlossen, bei ihrer Haltung zu bleiben... aber hatten sie damit wirklich so unrecht gehabt? Er konnte bei seiner jungen Frau eine Abneigung spüren. Sie beide hatten oft darüber gestritten, besonders, nachdem sie das Buch gelesen hatte.

»Ja, Vater, ich fahre ihn immer noch besuchen. Er ist mein Mann.« Und du warst mein Vater. Er verstand ihre Anspielung. Sie schaute wieder zu Ames hinunter und lächelte entschuldigend. »Es tut mir leid, daß ich Ihnen das antun muß. Es ist eine scheußliche Art, zu Mittag zu essen.« Ames schüttelte bloß den Kopf. Sie wollte Kate ihre Hand reichen, ihr zeigen, daß sie doch Freundinnen sein sollten. Was hatten diese Bastarde ihr nur angetan? Sie hatte ihren Mann nie richtig verstehen können, obwohl er wieder und wieder versucht hatte, es ihr zu erklären. Wenn er das jemals mit ihrem Sohn wagen würde, würde sie ihn umbringen. Aber er würde es wohl nie wieder tun. Das wußte auch er. Dieses Kind würde für immer ihm gehören.

»Ich... du hast...« Es war unerträglich, so dazustehen und diese Fragen zu stellen, aber sie schienen in einer griechischen Tragödie gefangen, und die Parade der Kellner im Hintergrund bildete den Chor. »Du hast ein Kind?«

»Einen kleinen Jungen. Er ist jetzt sechs.« Zum ersten Mal konnte sie richtig lächeln. Jetzt sah sie auch ihren Vater offen an. Es war, als wüßte sie die Antwort schon im voraus. »Und du?«

»Wir haben ... auch wir haben einen Sohn. Er ist zwei.« Armer kleiner Kerl. Einen winzigen Augenblick lang haßte sie diesen Mann, aber dann sah sie wieder Ames an und wußte, daß sie ihn nicht verabscheuen konnte.

»Hättest du nicht... willst du dich nicht zu uns setzen?« Er deutete hilflos auf den leeren Stuhl, aber sie schüttelte den Kopf.

»Nein, vielen Dank. Ich will... ich muß jetzt gehen.« Sie zögerte einen Moment, unsicher, ob sie ihm die Hand reichen oder einfach nur so gehen sollte. Da streckte er langsam seine Hand zu ihr aus. Es wirkte wie eine Szene in einem sehr schlechten Film. Er reichte ihr die Hand über den Tisch, über eine Spanne von zwölf Jahren hinweg, aber es gab keine Umarmung, keinen Kuß, keine Zärtlichkeit, keine Wärme. Das paßte. Sie waren sich fremd geworden.

»Auf Wiedersehen«, flüsterte sie leise und sah ihn noch ein letztes Mal an. Dann drehte sie sich um und ging langsam davon. Als sie noch einmal über die Schulter zurückblickte, sah sie, daß seine Frau angefangen hatte zu weinen. Sie hätte ihr gern gesagt, daß alles in Ordnung wäre, aber das war jetzt die Aufgabe ihres Vaters. Ruhig schritt sie auf Philip zu, der schon aufgestanden war und ihr besorgt entgegensah. Er hatte die Rechnung schon lange bezahlt, aber dann hatte er ebenfalls gespürt, daß sich da ein Drama entwickelte, und hatte es nicht gewagt, ihr nachzugehen. Er hatte angenommen, daß der große, kultivierte Mann dort einer ihrer ehemaligen Liebhaber sein müßte, und es war auch bald festzustellen gewesen, daß ihre Begegnung nicht sehr glücklich verlief. Der Mann hatte jedenfalls sehr unglücklich gewirkt. Und die Frau am Tisch hatte sich aufgeregt. Seine Frau? Es hatte ihn ein wenig erstaunt, daß Kate den Mut aufgebracht hatte, einfach zu ihm hinzugehen und ihn zur Rede zu stellen, falls sie das überhaupt vorgehabt hatte. Er hoffte jedoch, daß es sich um etwas anderes handeln würde. Dabei war ihm seine Frau in Chicago eingefallen.

»Geht es Ihnen gut?«

»Ja. Können wir gehen?«

Er nickte und faßte sie am Arm. Es war eine Erleichterung, den kalten Wind draußen im Gesicht zu spüren, der ihr durch die Haare fuhr und ihr wieder Tränen in die Augen trieb. Aber diese waren diesmal klar und rein, nicht die alten, ranzigen Tränen, die sie schon seit Jahren unterdrückt hatte.

»Kate?«

»Ja?« Ihre Stimme war rauh, als sie zu ihm aufblickte.

»Wer war das? Oder sollte ich das lieber nicht fragen?«

»Mein Vater. Ich habe ihn zwölf Jahre lang nicht gesehen.«

»Und jetzt sind Sie ihm zufällig begegnet? Einfach so, in einem Restaurant? Mein Gott, was hat er gesagt?«

»Er hat mir erzählt, daß meine Mutter gestorben ist, und daß er einen zweijährigen Sohn hat. Er hat wieder geheiratet.« Philip war entsetzt. Das war ja eine unglaubliche Geschichte.

»Und die Frau, die dann geweint hat? War das Ihre Schwester?«

Kate schüttelte den Kopf. »Nein. Seine Frau.«

»Donnerwetter.« Er sah Kate mitfühlend an und nahm sie dann einfach in die Arme. Sie liefen ein paar Schritte von dem Lokal weg, und Kate fing langsam an, schmerzvoll zu schluchzen. Sie konnte ihm nichts sagen, aber es mußte einfach raus. Erst zwanzig Minuten später gelang es ihm, sie zum Hotel zu führen. Es war schlimm, aber er mußte schon um drei bei einer Sitzung sein, und es zeichnete sich jetzt schon ab, daß er zu spät kommen würde. Das Mittagessen hatte viel länger gedauert, als er geplant hatte.

»Er hat mich nicht einmal gefragt, ob wir uns wiedersehen könnten.« Sie wirkte wie ein untröstliches Kind, aber als er sie forschend betrachtete, spürte er, daß darunter noch viel mehr steckte. Eine Frau, die was vom Leben verstand.

»Hätten Sie das wirklich gewollt?«

Sie lächelte ihn durch ihre Tränen an. »Er hätte ja wenigstens fragen können.«

»Frauen. Sie hätten es gern von ihm gehört, nur um ihn dann zur Hölle schicken zu können, nicht wahr?« Sie nickte und wischte sich mit dem Taschentuch, das er ihr hingehalten hatte, übers Gesicht. Es war aus feinstem Schweizer Leinen und hatte ein Monogramm eingestickt: PAW. Philip Anthony Wells. »Hören Sie, es tut mir schrecklich leid...« Mehr, als sie im Augenblick sogar verstehen konnte. Er hatte sich für den Nachtisch viel süßere Dinge ausgedacht. »... aber ich habe um drei eine Sitzung.« Er sah auf seine Uhr. »Und jetzt ist es schon fünf Minuten nach drei. Glauben Sie, daß Sie jetzt in Ordnung sind? Wir könnten die Scherben ja beim Abendessen wieder zusammenklauben. Was halten Sie davon?« Er zog sie noch einmal kurz an sich und lächelte aufmunternd. Es gab keine Scherben, die wieder zusammengesetzt werden mußten. Das hatte sie schon vor Jahren getan, und Tom hatte ihr dabei geholfen. Sie weinte im Augenblick nur noch über die Beerdigung. Für sie waren sie alle ja schon seit langem tot gewesen. Vielleicht hatte Tom doch recht behalten. Der alte Mann war ein gemeiner Heuchler. Er hatte eine Frau geheiratet, die noch jünger war als sie, und sie hatten ein Kind.

»Können Sie es bis zum Abendessen schaffen?« Sie hatte Philip einen Augenblick lang vergessen und sah jetzt überrascht zu ihm auf.

»Ja. Das wird sehr nett werden.« Sie brauchte jetzt jemanden, mit dem sie reden konnte, und mit ihm war das alles so einfach. »Tut mir leid, daß ich Sie da mit reingezogen habe. Normalerweise breite ich mein Familienleben nicht vor den Füßen fremder Leute aus.«

»Mir tut es leid, das zu hören.«

»Wieso? Mögen Sie die schmutzige Wäsche anderer Leute?« Sie gingen jetzt schnell auf das Hotel zu.

»Nein, aber ich hatte nicht mehr angenommen, daß wir noch Fremde wären. Ich hoffte, daß Sie mich als Freund betrachten würden.« Er legte ihr wieder den Arm um die Schulter, und sie seufzte auf.

»Das tue ich auch.« Er blieb unvermittelt stehen und hielt sie fest. Überrascht drehte sie sich zu ihm um, während er beide Arme um sie legte und sie an sich zog. Er küßte sie. Sie wollte sich ihm schon entziehen, aber dann spürte sie überrascht, daß sie gar keine Lust dazu hatte. Im Gegenteil. Sie erwiderte seinen Kuß und legte ihre Arme nun auch um seinen Hals. Er drückte seinen Körper begierig an ihren, und auch sie hatte das Verlangen, mehr von ihm zu spüren. Doch ihre Mäntel waren ihnen im Wege. Nur mit Bedauern ließ sie es zu, daß er seine Lippen wieder von ihrem Mund löste.

»Wir sehen uns um sieben beim Dinner?« Sie standen jetzt ganz in der Nähe des Hoteleinganges, und sie nickte mit einem ernsthaften Ausdruck in den Augen. Im Augenblick war sie schockiert über das, was sie gerade hatte geschehen lassen. Philip Wells hatte eine magnetische, anziehende Kraft, der sie sich nicht entziehen konnte. Sie fragte sich, ob er das öfter so machte, aber die Antwort war klar. Natürlich.

»Sieben Uhr ist gut.«

»Dann kann ich Sie hier allein lassen?« Er gab ihr einen zärtlichen Kuß auf die Wange und rannte schon einem Taxi nach, das soeben um die Ecke der Park Avenue fuhr. Noch einmal winkte er über seine Schulter zurück, bevor er einstieg. »*Ciao, bella.* Bis heute abend.« Dann war er verschwunden. Sie stand allein auf dem Bürgersteig und war zu erschrocken, um sich schuldig zu fühlen. Langsam schritt sie an dem Portier vorbei in die Halle und ging mit gesenktem Blick auf den Fahrstuhl zu. Plötzlich hörte sie, daß jemand aufgeregt ihren Namen rief. Als sie sich umdrehte, sah sie den Mann an der Rezeption, der wild mit den Armen wedelte.

»Mrs. Harper! Mrs. Harper!« sie lief verwirrt zum Empfangstisch. Der Mann war schier außer Atem, so aufgeregt war er, daß er sie entdeckt hatte. »Wir haben überall versucht, Sie zu erreichen. Mr. Waterman hat gesagt, daß wir jedes in Frage kommende Restaurant in New York anrufen sollten.«

»Mr. Waterman?« Wieso das? Vielleicht, weil sie drei Tage nicht mehr miteinander gesprochen hatten? Sie blickte auf den Zettel, den der Mann ihr herüberreichte. »Bitte sofort Mr. Waterman anrufen. Es ist dringend.« Daneben stand ihre Telefonnummer von zu Hause.

Sie rief ihn erst von ihrem Zimmer aus an. Nick war sofort am Hörer.

»Hallo, ich habe die Nachricht erhalten. Was ist los?« Nick fand, daß sie irgendwie gleichgültig klang, aber er konnte ja nicht wissen, daß sie sich im Augenblick dumpf und ausgelaugt fühlte. Die letzten zwei Stunden waren ein bißchen viel für sie gewesen. Erst ihr Vater und dann Philip und dann dieser dringende Anruf aus San Francisco. All das zusammen mit ihrer Fernseharbeit zerrte ganz schön an den Nerven. Es war jedenfalls mehr, als sie im Augenblick ertragen konnte. Auch der Wein, den sie zum Essen getrunken hatte, war jetzt keine Erleichterung, auch wenn sie sich äußerst nüchtern fühlte.

»Wo, zum Teufel, hast du gesteckt?«

»Ich war aus, verdammt noch mal. Shows, Interviews, Mittagessen, Abendessen...«

»Mit wem? Kein Schwein hat gewußt, wo du dich aufhältst!« Er hatte auch beim Verleger und in der Agentur angerufen.

»Tut mir leid. Ich war gerade beim Mittagessen.« Sie fühlte sich wie ein kleines Mädchen, das sich bei einem zornigen Vater für ein Vergehen entschuldigen mußte. Aber gleichzeitig spürte sie in Nicks Stimme noch etwas anderes und sie setzte sich gerade in ihrem Stuhl auf. »Ist denn etwas passiert?«

»Ja!« Er holte tief Luft. »Ja, es ist etwas passiert. Tygue ist wieder abgehauen.«

»O mein Gott. Seit wann denn?«

»Ich weiß nicht. Vielleicht seit letzter Nacht. Vielleicht auch erst seit heute morgen. Tillie hat ihn gestern abend zu Bett gebracht, und ich habe noch mal nach ihm gesehen, als ich nach Hause kam. Er hat fest geschlafen. Doch heute morgen war er nicht mehr da. Er kann das Haus jederzeit verlassen haben.«

»Hat er eine Nachricht hinterlassen?« Doch ihnen war beiden klar, wo er hingegangen war.

»Nein, diesmal hat er nichts geschrieben. Kannst du nach Hause kommen?« Sie war erstaunt, daß er danach noch fragte, aber im Augenblick hatte sie keinen Widerstand mehr in sich. Er klang erschöpft und ängstlich, und nichts auf der Welt hätte sie lieber getan, als ihn in die Arme zu nehmen. Sie hatte die Nase von New York voll.

»Ich werde versuchen, das nächste Flugzeug zu kriegen. Hast du schon die Polizei verständigt?« Es war schon fast zur Routine geworden.

»Ja, es ist immer dasselbe. Ich weiß, daß wir den kleinen Ausreißer finden werden. Er wird sich irgendwo auf dem Weg nach Carmel rumtreiben.«

»Ja.« Sie wußte, daß er recht hatte.

»Ich will selbst hinfahren.«

»Jetzt?«

»Ich gebe den Polizisten noch ein paar Stunden und warte auf dich. Es ist wohl besser, wenn wir zusammen fahren.«

Sie lächelte glücklich, als sie sich seine Pläne anhörte. Nick. Es war, als ob in seiner Stimme ihre ganze Familie wieder bei ihr wäre. Sie wußte, daß sie Tygue wiederfinden würden. Und es würde ihm gutgehen. »Was willst du tun, wenn wir ihn gefunden haben? Wir können das schließlich nicht alle paar Tage durchmachen.«

»Ich werde im Flugzeug darüber nachdenken.« Natürlich hatte er recht. Er war schon die ganze Zeit über im Recht gewesen, auch was ihren Flug nach New York betraf. Sie hätte niemals von zu Hause weggehen sollen. Wenn nicht dieses blöde Theater gewesen wäre...

»Hallo, Kate?...« Sie wartete. Ein Kloß drückte ihr die Kehle zu. Es war ein rauher Tag gewesen. »Liebling, es tut mir leid, daß ich dir so sehr zugesetzt habe, bevor du abgeflogen bist. Ich wußte, daß du eine schlimme Zeit durchmachst.« Sie brach wieder in Tränen aus. Es geschah immer alles auf einmal. Sie fühlte sich wie in einem wirbelnden Alptraum. »Kate, Liebling, es ist alles in Ordnung. Ich verspreche dir, daß wir ihn finden werden.«

»Ich weiß. Aber ich hätte nie hierherkommen sollen.«

»War es sehr schlimm?« Sie nickte und schloß gequält die Augen, als sie an Philip dachte. Hoffentlich würde Nick das niemals herausfinden. Sie betete, daß er ihr nichts anmerkte. Sie hatte ihn ja nur geküßt... aber sie war auch zum Essen mit ihm verabredet. Das würde sie nun jedenfalls nicht einhalten. Das Schicksal hatte sich eingeschaltet und sie davor bewahrt. Sie brachte ihre Gedanken wieder zu Nick zurück.

»Ja, es war sehr anstrengend. Und ich... ich habe gerade meinen Vater gesehen.«

»Was? Gerade eben? Hast du mit ihm zu Mittag gegessen?« Nick war sehr verblüfft.

»Nein, aber er war zufällig in demselben Restaurant. Er ist mit einem blutjungen Mädchen verheiratet, und sie haben einen kleinen Sohn.«

»Hurenbock.« Allein von dem, was er da hörte, verspürte Nick den Wunsch, ihn zusammenzuschlagen. Kate versuchte, ihre Stimme wieder unter Kontrolle zu bringen und rieb sich die Augen.

»Es macht mir nichts mehr aus, Nick. Das ist alles schon viel zu lange her.«

»Wir sprechen darüber, wenn du wieder zu Hause bist. Ruf mich bitte an, wenn du weißt, wann du abfliegst.«

Sie hinterließ Tillie diese Nachricht, denn Nick war mit den Polizisten beschäftigt. Es gab noch keine Neuigkeiten. Tillie war außer sich, doch Kate fühlte sich eigenartig ruhig. Sie wußte, daß Tygue nichts passieren würde. Das mußte einfach so sein.

Sie hinterließ noch einen Brief für Philip an der Rezeption. »Tut mir leid, aber zu Hause hat es einen Notfall gegeben, und ich mußte sofort nach San Francisco zurück. Ich werde Ihnen ein Exemplar von dem neuen Buch schicken, sobald es erschienen ist. Ich möchte mich noch mal dafür entschuldigen, daß es heute so einen dramatischen Auftritt gegeben hat. Es war einfach Pech. Vielen Dank noch mal und alles Gute. Kate.« Es war ein völlig harmloser Text.

33

Nick wartete schon in der Halle, als ihr Flugzeug zur Landung ansetzte. Er starrte suchend in die an ihm vorbeiziehenden Gesichter, und als er sie entdeckte, leuchtete sein Gesicht auf, und er zog sie freudig an sich. Einen Augenblick klammerte sie sich an ihm fest und erforschte seine Augen.

»Haben sie ihn schon gefunden?«

Er schüttelte den Kopf. »Nein. Aber wir werden ihn finden. Ich möchte sofort nach Carmel fahren. Vermutlich ist ihnen gar nicht klar, wie ernst Tygue es damit meint.«

»Hast du es ihnen erzählt?« Er wußte, was sie meinte, und schüttelte nochmals den Kopf.

»Nein, ich fand das nicht nötig. Wir werden ihn finden.«

»Und wenn nicht?«

»Dann rufen wir das FBI zu Hilfe, oder was uns sonst noch zur Verfügung steht. Ich sage dir, daß wir ihn finden werden.« Sie holten das Gepäck und gingen schweigend zum Wagen. Es war ein schönes Gefühl, wieder bei ihm zu sein. Sein Arm um ihre Schulter gab ihr die Wärme und Geborgenheit wieder. Als er ihr den Wagen aufschloß, seufzte sie tief. »Alles in Ordnung, Schatz?« Er schien sehr besorgt, und sie lächelte tapfer.

»Klar.« Er hielt einen Moment lang inne und zog sie mit den Wagenschlüsseln in der Hand noch einmal zärtlich an sich.

»Es tut mir leid, daß ich so gemein zu dir gewesen bin. Ich habe euch beide eben so verdammt lieb.«

»O Nick.« Und wieder brach sie in Tränen aus. Es kam ihr so vor, als hätte sie den ganzen Tag lang nichts anderes getan, als zu weinen. Aber es geschah auch zu viel auf einmal. »Ich war ja so verrückt. Und du hast vollkommen recht mit dem ›Starrummel‹, das ist fataler Blödsinn. Ich glaube, es ist mir tatsächlich ein bißchen zu sehr in den Kopf gestiegen. Das Geld, die Aufregung und dieser gottverdammte Egotrip.«

»Aber das Ganze hat auch seine schönen Seiten, Liebling. Du mußt ja nicht gleich das Kind mit dem Bade ausschütten.«

»Im Augenblick hätte ich größte Lust dazu.«

»Das ist dumm. Vergiß nicht, daß wir uns nie kennengelernt hätten, wenn es das alles nicht gäbe.« Er ließ sie langsam wieder los und ging um den Wagen herum. Sie stiegen ein, und Kate nahm froh den vertrauten Geruch des Wageninneren wahr, als sie sich bequem im Ledersitz zurücklehnte. Es war wie ein Zuhause, denn überall lagen noch ihre Sachen verstreut, sowohl die Tennisschläger vom letzten Spiel als auch die Sonntagszeitung, die sie beide noch am vorigen Wochenende gemeinsam gelesen hatten. Es war schön, wieder da zu sein, und vor allem, ihn wiederzusehen. Jetzt mußten sie nur noch Tygue finden. Während sie über die Autobahn rasten, erzählte sie ihm von ihrem Vater. »Ich verstehe nicht, wie du das ausgehalten hast, ohne ihm ins Gesicht zu schlagen.«

»Das wollte ich nicht.«

»Hat er nicht wenigstens gesagt, daß es ihm leid täte?«

»Eigentlich nicht. Er hat versucht, es zu erklären. Er hat gesagt, daß sie es ›ungeschickt‹ gefunden hätten, wenn sie sich damals bei mir gemeldet hätten, als die ganze Sache mit Tom passiert ist. Ich weiß nicht, Nick, das ist so eine ganz andere Welt. Er lebt jetzt übrigens in New York.«

»Gut. Wenn ich diesen Bastard mal treffe, knalle ich ihn nieder.«

Sie schwiegen lange und suchten mit den Blicken immer wieder die Gegend ab, während der Wagen über die Straße raste. Plötzlich hatte Nick eine Idee. »Weißt du was? Wir sollten vielleicht die Küstenstraße nehmen. Ich hab' da so ein Gefühl, daß das genau das Richtige wäre.«

Kate zündete zwei Zigaretten an und reichte ihm eine hinüber. Es kam ihr so vor, als wären sie schon eine Ewigkeit gefahren, dabei waren sie erst knapp eine Stunde unterwegs. Vor genau acht Stunden hatte sie in New York zu Mittag gegessen. An der Westküste war es gerade sechs Uhr abends. Von Tygue gab es weit und breit nichts zu sehen. Auf einmal faßte Kate Nick am Ärmel.

»Da drüben ... fahr zurück, Nick ... ich glaube, ich habe eine gelbe Jacke gesehen.« Es war zwar schon fast dunkel, aber sie hätte schwören können, daß sie Tygues Regenjacke gesehen hatte. Nick fuhr auf den Randstreifen und legte schnell den Rückwärtsgang ein.

»Hier?«

»Da drüben bei der Baumgruppe.« Sie riß die Tür auf und sprang hinaus. Dann rannte sie schnell über Äste und Zweige zu den Bäumen hin, wo sie Tygues Jacke gesehen zu haben glaubte. Und da stand er auch. Er beobachtete sie vorsichtig, so als wäre er nicht sicher, was sie mit ihm tun würde. Dann trat er einen kleinen Schritt vor, blieb stehen und sah sie vorwurfsvoll an. Der kleine Kerl war völlig durchnäßt. Sie ging ganz langsam, Schritt für Schritt, auf ihn zu und nahm ihn in die

Arme, nachdem sie ihn erreicht hatte. Sie sagte kein Wort. Das war jetzt unnötig. Er begann zu weinen und klammerte sich an ihr fest, während sie ihm sanft über die Haare strich. Sie dankte Gott, daß sie von New York zurückgeflogen war, und daß Nick die Idee gehabt hatte, an der Küstenstraße entlangzufahren. Es hätte wer weiß was alles passieren können. Das Bewußtsein der Gefahren brach plötzlich über sie herein. Bisher hatte sie den Gedanken daran ganz gut verdrängen können, aber während sie auf dieser endlosen Straße entlanggefahren waren, hatte sich in ihr die Angst immer mehr gesteigert. Das war jetzt vorbei.

Sie hörte Nick hinter sich nähertreten. Er hockte sich in die Knie und umschloß beide mit seinen Armen. Sie hörte ihn auch leise mit Tygue sprechen. »Hallo, Tiger. Wie geht's?« Der Junge nickte stumm und sah traurig zu ihm auf.

»Ich wollte nach Carmel. Aber seit Stunden hat keiner mehr angehalten.« Armer kleiner Kerl. Er war müde und fror und hatte vermutlich auch Hunger. Als er seine Mutter wieder ansah, war der Trotz aus seinem Blick verschwunden, aber er war immer noch verletzt. »Ich will ihn sehen. Ich muß es, Mam. Er ist mein Vater.«

»Ich weiß, mein Liebling.« Sie streichelte ihm wieder über den Kopf und nickte ernst. »Ich werde dich zu ihm bringen.« Nick war überrascht, aber er sagte nichts. »Wir fahren morgen zu ihm.« Auch der Junge nickte ernst. Keine Freudenschreie, keine Begeisterung, keine Gesten. Sie planten einfach etwas, das sie sowieso tun mußten. So, wie Kate am Tag in New York ihrem Vater die Hand hatte geben müssen. Manchmal war es eben nicht genug, wenn man von den Dingen nur wußte.

»Was hast du jetzt vor, Kate? Sollen wir zurückfahren, oder sollen wir die Nacht über in Carmel bleiben?«

»Mußt du denn nicht zu deiner Show?«

Er schüttelte verneinend den Kopf. »Ich habe mich wieder krank gemeldet.«

»Mein Gott. Hat Jasper nicht bald die Nase voll davon? Willst du nicht doch lieber versuchen, noch rechtzeitig zurückzukommen?« Wieder schüttelte er den Kopf. Er würde sich damit auseinandersetzen, wenn er wieder in seinem Büro war. Das hier war bedeutend wichtiger.

»Nein, aber ich finde, wir sollten die Polizei verständigen. Jetzt, wo es dunkel ist, werden sie sonst noch ihren ganzen Apparat einsetzen.

Es ist nur fair, sie zu benachrichtigen.« Sie nickte und sah auf Tygue hinunter.

»Na gut. Dann übernachten wir in Carmel.«

Natürlich konnte sie es nicht verhindern. Nick fuhr den Wagen genau vor das Hotel, in dem sie damals mit Tom gewohnt hatte. Aber das machte jetzt auch nichts mehr. Es gab keine Grenzsteine oder Reliquienschreine. Dazu war das alles viel zu lange her. Tygue war in ihren Armen eingeschlafen, und sie sah vorsichtig zu Nick hinüber. Sie hätte ihm gern gesagt, wie sehr sie ihn liebte, aber sie wußte nicht, wie sie es ausdrücken sollte. Er erwiderte ihren Blick besorgt, doch dann lächelte er aufmunternd.

»Hast du wirklich vor, ihn dorthin zu bringen?«

Sie nickte. Es mußte sein. Es war für alle Beteiligten das Beste.

»Soll ich mitkommen?«

»Ich hätte dich gern dabei. Aber ich fände es besser, wenn Tom dich nicht sähe. Es würde ihn ängstigen und verwirren. Tygue ist für ihn schon genug.«

»Ich wünschte, es könnte dir erspart bleiben.«

»Das ist schon in Ordnung.«

Er gab ihr einen Kuß und lief dann um den Wagen herum, um ihr Tygue abzunehmen. Der Junge wachte nicht auf, während er ins Hotel getragen wurde, und schlief danach die ganze Nacht durch. Sie riefen bei der Polizei an und berichteten, daß sie Tygue gefunden hätten. Nick vereinbarte einen Termin mit dem Lieutenant für den kommenden Montag. Er wollte sicherstellen, daß Kate nicht von der Sozialfürsorge heimgesucht würde und keine Untersuchungen über sich ergehen lassen müßte. Das hier war eine Familienangelegenheit. Aber wenn die Polizei deswegen zweimal hintereinander alarmiert worden war und eine riesige Suchaktion gestartet wurde, würde das schon einiges Aufsehen erregen. Er wollte die Dinge in den Griff bekommen, bevor sie aus der Kontrolle gerieten.

»Was haben sie gesagt?« Kate trank nervös eine Tasse Tee. Sie war in ihrem Hotelzimmer, nachdem sie soeben noch einmal nach Tygue gesehen hatte. Er schlief tief und fest. Er war sogar zu müde, um noch etwas zu essen. In dieser kurzen Zeit hatte er einen sehr weiten Weg zurückgelegt. Aber galt das nicht für sie alle? Sie unterdrückte ein Gähnen.

»Sie haben gesagt, daß alles in Ordnung wäre. Du brauchst dir also keine Sorgen zu machen. Aber du solltest dich jetzt hinlegen.«

»Mir geht es gut.«

»So siehst du auch aus.« Ihre Gesichtsfarbe war eine Mischung aus Grau und Grün, und ihr Make-up war völlig verschwunden, abgesehen von den tränenverwischten Maskaraspuren unter den Augen. Er setzte sich neben sie aufs Bett und nahm sie in die Arme. »Himmel, du glaubst nicht, wie dankbar ich bin, daß du zurückgekommen bist, Kate. Ich habe mir fürchterliche Sorgen um dich gemacht.«

»Und als ich abgeflogen bin, dachte ich, du würdest mich hassen.«

»Das habe ich auch.« Er lächelte zu ihr hinunter. »Aber ich habe dann ein wenig nachgedacht. Wir beide teilen etwas, das zu kostbar ist, um es einfach wegzuwerfen.«

Um Gottes willen, und sie hätte es beinahe mit diesem Kerl in New York weggeschmissen. Mit Entsetzen dachte sie daran, daß sie unter anderen Umständen jetzt mit ihm in ihrem Hotelzimmer im Bett gelegen hätte. In dieser Hinsicht war Tygues Flucht von zu Hause für sie direkt ein Segen gewesen. Sie lehnte sich an Nick und schloß die Augen. Nur für einen Augenblick. Sie wollte ihn nur ganz nah spüren und sich in seinen Armen ausruhen. Doch als sie die Augen wieder öffnete, war es schon Morgen.

Sie sah sich erstaunt um, als die Sonne sie durch die Gardine beschien. »Nick?« Er lachte ihr von der anderen Betthälfte aus zu. Er war schon angezogen und hatte eine Tasse Kaffee in der Hand. »Was ist passiert?«

»Du hast das Bewußtsein verloren, Aschenputtel. Zack, einfach so. Schon warst du weg.«

»Das muß ja lustig gewesen sein.« Sie streckte sich grinsend im Bett aus. Er hatte sie ausgezogen.

»Ja, es war das Beste, was ich bisher mit dir erlebt habe.« Sie lachten verspielt, und Kate griff nach seinem Kaffee.

»Wo hast du den her?«

»Dein Sohn und ich haben gerade gefrühstückt, meine Liebe.«

»Wann?«

»Vor einer Stunde...«

»Mein Gott, wie spät ist es denn?«

»Fast neun.« Sie nickte, und die fröhliche Morgenstimmung verschwand einen Moment. Beide wußten, was ihnen heute bevorstand.

»Wie geht es Tygue?«

»Er ist in Ordnung. Nur sehr still. Er war hungrig wie ein Wolf.« Sie beugte sich hinüber, um Nick einen flüchtigen Kuß zu geben, und ging dann nach nebenan, um Tygue zu begrüßen. Er saß still vor dem Fenster und hielt Willie auf seinem Schoß. Sie ging leise auf ihn zu und setzte sich neben ihn.

»Guten Morgen, Liebling. Wie geht es Willie?«

»Es geht ihm gut. Nur heute morgen ist er ganz doll hungrig gewesen.«

»So, war er das?« Sie lächelte und zog ihren Sohn an sich. Er fühlte sich in ihren Armen so warm und weich an, und sie mußte plötzlich wieder an all die Jahre denken, in denen sie nur sich hatten. »Und? Bist du bereit für das, was wir uns vorgenommen haben?« Er wußte, was sie damit meinte, und er nickte ernsthaft und klammerte sich fester an Willie. »Es wird sicher nicht sehr lustig. Weißt du...«, sie nahm sein Gesicht in ihre Hände, so daß er ihr in die Augen sehen mußte, »...es kann das Schwerste sein, was du bis jetzt erlebt hast. Er ist nicht mehr wie ein Vater, Tygue.«

»Ich weiß.« Tygues Augen waren noch größer und ernster als ihre.

»Er ist wie ein kleiner Junge. Aber wie ein kranker, kleiner Junge. Er kann nicht mehr gehen und sitzt deshalb in einem Rollstuhl. Und er erinnert sich an gar nichts mehr.« Jetzt tat es ihr fast leid, daß sie Tygue nicht schon eher zu Tom gebracht hatte, als er noch braungebrannt und gesund ausgesehen hatte. In letzter Zeit wirkte er immer so blaß und unglücklich. Das mußte für Tygue viel schwieriger sein. »Ich möchte, daß du dir etwas klarmachst.« Sie zögerte einen Augenblick und kämpfte gegen ihre Tränen an. »Du sollst wissen... daß er dich sehr, sehr lieb gehabt hat, bevor er so krank wurde und bevor du geboren worden bist.« Sie drückte Tygue noch fester an sich. Dann holte sie tief Luft. »Und du sollst auch wissen, daß ich dich ganz doll lieb habe, mit meinem ganzen Herzen, Tygue... und wenn es dir zuviel wird, dann brauchst du nicht dazubleiben. Versprichst du mir, daß du mir sagen wirst, wenn du lieber gehen möchtest?«

Tygue nickte und wischte ihr sanft die Tränen von der Wange, die jetzt doch liefen. Sie konnte ihn nur immer wieder an sich drücken.

»Kommt Nick auch mit?«

Kate lehnte sich zurück und sah ihn einen Augenblick lang forschend an. »Möchtest du das denn?«

Tygue nickte. »Kann er mitkommen?«

»Er kann T... Daddy nicht sehen, aber er wird da sein.«

»Das ist gut.« Und dann wurde er ungeduldig und sah sie fragend an. »Können wir dann losfahren?«

»Gleich. Ich muß mich nur noch anziehen und möchte schnell einen Kaffee trinken.« Er nickte verständnisvoll, blieb aber sitzen, wo er war.

»Ich warte hier auf dich.«

»Ich werde mich beeilen.«

Nick sah fragend hoch, als sie wieder ins Zimmer kam. Das würde noch mal ein harter Tag für sie werden, aber hoffentlich kehrte dann Ruhe in ihr Leben. »Ist alles in Ordnung?«

»Ja. Er möchte, daß du mitkommst.« Sie blickte ihn lange mit ihren tiefen, grünen Augen an, die er von Anfang an so geliebt hatte. »Ich auch.«

»Ich werde da sein.«

»Du bist immer da, wenn man dich braucht.«

»Ich freue mich, daß du so denkst.« Er reichte ihr eine Tasse Kaffee und einen Toast, aber sie konnte nicht essen. Selbst von dem Kaffee wurde ihr übel. In ihrem Magen war ein Knoten, der sich so schwer wie eine Kokosnuß anfühlte. Sie konnte im Augenblick nur an Tygue und seinen Vater denken.

34

Nick steuerte den kleinen Weg entlang und fuhr dann auf den Parkplatz hinter dem Hauptgebäude, den Kate ihm gezeigt hatte.

»Soll ich hier auf euch warten?« Er sah nervös aus, und auch sie konnte sich kaum beherrschen. Tygue saß still auf ihrem Schoß und beobachtete mit seinen großen Augen alles, was um ihn herum vor sich ging.

»Du kannst schon näher an die Hütte herankommen. Hier gibt es mehrere Besucher, und du würdest nicht auffallen.« Er nickte, und sie stiegen alle aus dem Auto. Kate nahm Tygue an der Hand und strich seine Haare glatt. Er hielt immer noch seinen Willie im Arm. Sie hatte vorher angerufen, um Mr. Erhard vorzubereiten, und der hatte ihr gesagt, daß Tom heute in guter Verfassung wäre. Wenigstens das.

Die drei gingen schweigend den Plattenweg entlang, und Kate deutete schließlich auf eine kleine, schmiedeeiserne Bank. »Du kannst hier auf uns warten, Schatz. Von hier aus ist auch die Hütte zu sehen.« Sie zeigte ihm, welche von den Hütten die von Tom war, und er spähte angestrengt in die Richtung. Hier hatte sie sich also all die Jahre aufgehalten. Wenn er daran dachte, mußte er die Tränen zurückhalten.

Er sah zu Tygue hinunter und legte ihm zärtlich eine Hand an die Wange. »Alles in Ordnung, Tiger?« Tygue nickte und zog Kate an der Hand weiter. Mr. Erhard wartete auf der Türschwelle auf sie. Als er Tygue erblickte, lächelte er herzlich. Kate hatte Nick schon fast vergessen. Sie war jetzt in Toms Welt, und sie hielt Tygues Händchen fest mit ihren umschlossen. Sie wollte ihm dadurch zeigen, wie sehr sie beide ihn damals geliebt hatten, aber auch, wie sehr sie einander lieb gehabt hatten. Sie wünschte, ihm einen Tom zeigen zu können, den es schon lange nicht mehr gab. Aber am meisten lag ihr wohl auf dem Herzen, daß Tygue diesen Besuch heil überstehen würde. Sie legte ihm einen Arm um die Schulter und versuchte ein Lächeln.

»Tygue, das ist Mr. Erhard. Er kümmert sich um deinen Daddy. Das macht er schon sehr, sehr lange.«

»Hallo, Tygue. Das ist aber ein schöner Teddybär. Wie heißt er?«

»Willie.« Tygues Augen waren enorm groß. Mr. Erhard suchte vorsichtig Kates Blick.

»Wir haben hier auch einen Willie. Hast du Lust, ihn dir einmal anzusehen?« Tygue nickte und versuchte, an Mr. Erhard vorbei in die Hütte zu spähen. Da trat dieser zur Seite, und die beiden gingen langsam hinein. Trotz des guten Wetters war Tom heute in der Hütte geblieben, und als sie ihn sah, stellte sie fest, daß er sich auch in letzter Zeit nicht sehr oft hinausgewagt haben konnte. Er sah hager und blaß aus, und sie hatte den Eindruck, daß er während der letzten zwei Wochen über zwanzig Pfund verloren hätte. Doch heute schimmerte in seinen Augen ein warmes Licht, das sie seit Jahren nicht gesehen hatte. Er schien sich über Tygues Besuch zu freuen. Kate mußte die Zähne zusammenbeißen, um nicht zu weinen. Tom sprach als erster.

»Du hast ja auch einen Willie! Schau mal, ich auch!« Er hob stolz seinen Bären hoch, und Tygue lächelte. »Laß mich mal deinen sehen!« Er streckte seine große Hand nach Tygue aus, und dieser gab ihm vorsichtig den Bären hinüber. Ein paar Minuten lang verglichen sie ihre Willies fachmännisch, wobei Tygue seinen Vater immer wieder verstohlen beobachtete. Sie entschieden, daß Tygues Willie in besserer Verfassung wäre als der seines Vaters. »Magst du ein paar Kekse?« Tom hatte sich noch welche vom Abendessen aufbewahrt und holte jetzt einen Teller aus seinem Versteck. Kate und Mr. Erhard warteten nervös ab, was jetzt kommen würde. Die beiden ›Jungen‹ aßen ihre

Kekse, und Tygue kletterte schüchtern auf den Schaukelstuhl, während sie sich miteinander unterhielten. »Wie heißt du?«

»Tygue.«

»Ich heiße Tom. Und das da ist Katie.« Er strahlte Kate an, und sie bemerkte, daß sie sein Lächeln erwiderte. »Sie kommt immer zu mir. Sie ist sehr nett. Ich habe sie lieb. Hast du sie auch lieb?« Tygue nickte schweigend. Kate kam es so vor, als versuchte Tom extra bei seiner Kindersprache zu bleiben, um Tygue die Situation zu erleichtern. So als könnte er sich auch wie ein Erwachsener benehmen, wenn er nur wollte. »Möchtest du dir mein Boot ansehen?« Tygue blickte überrascht auf und lachte.

»Ja. Ich habe zu Hause auch ein Boot.« Sie unterhielten sich eine Weile über ihre Boote, bis Mr. Erhard sich einschaltete.

»Sollen wir nicht mal zum Teich hinuntergehen? Wir könnten Toms Boot dort ausprobieren?« Vater und Sohn waren sofort begeistert. Kate lächelte erleichtert, während Mr. Erhard Toms Rollstuhl hinausschob. Tygue blieb an Toms Seite. Er sah beinahe stolz aus, während er so neben seinem Vater herging. Während der halben Stunde, die sie am Teich verbrachten, hatten sie viel zu lachen und sich zu erzählen. Tom sah jetzt viel besser aus als in dem Augenblick, in dem sie gekommen waren. Kate bemerkte jedoch bald, daß der Besuch ihn ermüdete. Mr. Erhard schlug vor, wieder in die Hütte zurückzugehen.

Diesmal fing Tom nicht an, mit ihnen zu streiten. Er streckte seine Hand nach Tygue aus, als Mr. Erhard den Rollstuhl wieder in Bewegung setzte, und die beiden gingen den Rückweg Hand in Hand, wobei Tygue sich fast an der großen Hand seines Vaters festzuklammern schien. Er wich ihm nicht von der Seite. Kate beobachtete die beiden lächelnd. Jetzt war sie froh, daß sie Tygue hierhergebracht hatte. Als sie die Eingangstür der Hütte erreicht hatten, beugte Tom sich aus seinem Stuhl hinunter und pflückte zwei große, orangefarbene Blüten, eine für Tygue und eine für Katie. Er sah den Jungen lange und aufmerksam an, als er ihm die Blüte reichte und dabei seine Hand festhielt.

»Warum bist du hierhergekommen?«

»Ich wollte dich sehen.«

»Ich wollte dich auch sehen. Paß gut auf Katie auf.«

Tygue nickte verantwortungsvoll, und Kate konnte sehen, daß in Toms Augen Tränen standen. Auch sie spürte in ihren Augen Tränen aufsteigen. Tom hatte seit dem Unfall nie mehr etwas derartiges gesagt.

»Das werde ich tun.«

»Und Willie. Du mußt immer gut auf Willie aufpassen.« Jetzt nickte Tygue nur ruhig. Dann lehnte er sich unerwartet über seinen Vater und gab ihm einen Kuß auf die Wange, während dieser starr im Rollstuhl saß. Tom lächelte und umarmte seinen Sohn.

»Ich habe dich lieb.« Diese Worte kamen von Tygue.

»Ich habe dich auch lieb.« Plötzlich stand Tom wieder das unbeschwerte Jungenlachen im Gesicht, und Tygue fiel fröhlich in sein Lachen ein. Die beiden verstanden sich auf eine sehr vertraute Weise, so als hätten sie ein Geheimnis, das nur sie etwas anging. Im Augenblick konnten sie sich gemeinsam über Dinge freuen, die niemand außer ihnen verstand. Sie gingen wie kleine Jungen miteinander um. Tom lachte immer noch, als Mr. Erhard seinen Stuhl in die Hütte schob. »Ist es schon Zeit für meinen Mittagsschlaf?« Mr. Erhard nickte und sah fragend zu Kate hinüber. Es war genug. Sie sollten jetzt lieber aufhören.

»Ja, es ist soweit.«

»Ich hasse den Mittagsschlaf.« Er schnitt ein Gesicht und lachte Tygue komplizenhaft zu.

»Ich auch.« Tygue bestätigte seine Abneigung strahlend und hob wieder seinen Bären hoch. In Toms Augen stand plötzlich ein eigenartiger Ausdruck, aber er lächelte immer noch.

»Ich schlag' dir einen Handel vor.«

»Was?«

»Die Willies. Ich gebe dir meinen Willie und kriege dafür deinen. Hast du Lust? Mein Willie hat es nämlich satt, immer nur hier zu sein.« Tygues Gesicht strahlte auf, als hätte ihm sein Vater das kostbarste Geschenk der Welt angeboten.

»Klar.« Er hielt Tom seinen Bären hin und sah ihn dabei hingerissen an. Tom fuhr geschickt zu seinem Bett hinüber und holte seinen Willie. Dann händigte er ihn feierlich aus.

»Paß gut auf ihn auf.«

»Das tue ich.« Er gab seinem Vater noch einen Kuß. Tom lächelte verschmitzt.

»Auf Wiedersehen.« Tygue blieb einen Moment stehen und sah Tom unsicher an. Er wußte nicht, was er sagen, wie er den Besuch beenden sollte. Doch plötzlich lächelte er nur und ging zur Tür.

»Wiedersehen.«

Kate stellte sich neben Tom und legte ihm die Hand auf die Schulter. Einen Augenblick lang betrachteten sie beide ihren Sohn, der jetzt lächelnd vor der Tür stand und mit seinem neuen Teddybären winkte. Er hatte seinen Vater gesehen. Er hatte gewonnen.

Tom blickte müde zu ihr hoch. Der Besuch hatte ihn sehr angestrengt, aber auch er sah aus, als hätte er dabei etwas gewonnen.

»Auf Wiedersehen, Katie.« Etwas in der Art, wie er das sagte, tat ihr im Herzen weh. Sie konnte sich nicht einfach so von ihm verabschieden. Tygue beobachtete sie immer noch von der Tür her.

»Ich bin bald wieder bei dir.«

Er nickte nur. In seinen Augen war ein stilles Lächeln. Noch lange blickte er den beiden nach. Kate konnte es spüren, während sie wieder zum Auto zurückgingen. Die warme Herbstsonne strahlte auf sie hinab. Sie wischte sich die Augen und sah auf Tygue herunter. »Ich bin froh, daß du hierhergekommen bist.«

»Ich auch.« Und dann marschierte er fröhlich auf die Bank zu, auf der Nick auf sie wartete. Kate hatte ihn während der letzten Stunde total vergessen. Sie folgte Tygue langsam, um sich von den Eindrücken, die sie gerade erlebt hatte, zu erholen. »Hallo.« Tygue stand grinsend vor Nick und hielt ihm den Teddybären unter die Nase. »Ich habe einen neuen Willie!«

»Sieht für mich genauso wie der alte aus.« Nick lächelte und versuchte, in den Augen des Jungen zu lesen. Er konnte darin nichts anderes als Freude und Liebe entdecken. Tygue hatte seinen Frieden mit seinem Vater geschlossen. Der Besuch hatte ihm nicht geschadet.

»Ach, du meinst, er hat auch einen?« Er sah Tygue herzlich an, während dieser stolz nickte. »Das ist ja toll.« Dann sah er zu Kate auf, die sich gerade zu ihnen gesellte. Sie hielt immer noch die zwei Blüten in der Hand, die Tom ihnen nach dem Spaziergang gepflückt hatte. »Und wie geht es dir?«

»Gut. Irgendwie hatte ich ganz vergessen, daß du ja auch noch da bist.« Sie wirkte müde und traurig, aber sie war auch erleichtert.

»Kann ich mir denken. Aber ich bin froh, daß ich hier bin.«

»Ich auch, Nick.« Sie sah einen Moment lang auf den Boden und dann wieder in seine Augen. »Könnten wir nicht ein paar Tage in mein altes Haus fahren? Ich meine, alle drei? Ich habe das Gefühl...« Sie wußte nicht, wie sie es ihm erklären sollte. Sie fand es irgendwie notwendig, auch das noch einmal zu tun. Sie mußte mal wieder aus der

Stadt herauskommen, das Buch ein paar Tage liegenlassen, Abstand gewinnen. »Kannst du ein paar Tage Urlaub nehmen?«

»Wir werden unterwegs anhalten müssen und uns ein paar Jeans und T-shirts kaufen, aber ich glaube, das wird sich machen lassen. Es wird uns sicher allen guttun.«

»Ja, das denke ich auch.«

»Hast du solche Sehnsucht nach dem Landleben, Liebling?« Er sah neugierig zu ihr hinüber, während sie zum Wagen zurückgingen. Es war ihm noch nicht aufgefallen, daß es ihr in der Stadt schlecht gegangen wäre.

»Nein, ich weiß nicht so genau. Ich brauche einfach ein paar Tage Ruhe. Ich will das Haus wiedersehen.«

»Ist gut.« Er legte ihr einen Arm um die Schulter und umfaßte Tygue mit dem anderen. Schweigend gingen die drei ihren Weg entlang. Kate war froh, als sie Mead hinter sich gelassen hatten. Sie wollte Tom nicht verlassen, aber sie spürte, daß es an der Zeit war.

35

Es war eine gute Idee gewesen, noch ein paar Tage in Kates altem Haus zu verbringen. Somit hatten sie alle genug Zeit, die letzten Wochen zu verdauen und sich wieder aneinander zu gewöhnen. Nick und Kate brauchten diese Stunden füreinander, und auch für Tygue war dieses Familienleben wichtig. Er war wieder völlig in Ordnung und schien seinen Frieden gefunden zu haben. Am ersten Tag nach dem Besuch blieb er ziemlich stumm, saß lange allein im Garten und hielt den neuen Willie auf dem Schoß. Aber er wirkte nicht unglücklich, nur sehr gedankenvoll.

Als sie am zweiten Nachmittag zusammen in der Sonne saßen, sah Kate aufmerksam auf ihren Sohn hinunter. Nick war im Haus beschäftigt.

»Vielleicht hätte ich ihm noch etwas von meinem Pferd erzählen sollen«, bemerkte Tygue nachdenklich.

»Er hat Pferde eigentlich nie so richtig gemocht.« Kate sah zum Horizont auf und spähte nach der Bergkette aus. Ihre Gedanken wanderten weit zurück, und fast hätte sie darüber sogar das Kind neben sich vergessen. Tygue sah ungläubig zu ihr hoch.

»Was? Er hat keine Pferde gemocht?« Seine Stimme klang schokkiert. Sie lächelte beschwichtigend und streichelte kurz über sein kleines Gesicht. Er sah jetzt viel besser aus. Ausgeruht und zufrieden, nicht mehr der kleine, verwahrloste Ausreißer, den sie zwischen den Bäumen an der Straße nach Carmel aufgegabelt hatten. »Wie ist das bloß möglich?«

»Er hat den Football geliebt. Das hat sein ganzes Leben ausgefüllt.«

»War er deshalb auch so ein großer Star?« Kate lachte über den Stolz, den sie in der Stimme von Tygue bemerkte.

»Ja, das stimmt.«

»Und bist du auch ein großer Star, Mam?«

Jetzt lachte sie noch lauter. »Nein. Ich habe ein Buch geschrieben, das von vielen Menschen gekauft wird, aber deshalb bin ich noch kein Star. Niemand weiß, wer ich bin.« Sie legte sich auf den Rücken und streckte die langen Beine aus, auf denen sie vor Jahren einmal ihren Beruf als Mannequin ausgeübt hatte. »Aber jeder hat gewußt, wer dein Vater war. Überall, wo wir hingekommen sind, haben die Leute versucht, ein Autogramm von ihm zu kriegen, ihn zu berühren, und die Frauen wollten ihn alle küssen.« Tygue lachte.

»Hat er sie gelassen?«

»Nicht, wenn ich dabeiwar.«

»Aber es muß toll sein, wenn es so viele Menschen gibt, die einen mögen.«

»Manchmal, aber nicht immer. Manchmal ist es sogar sehr schlimm. Die Leute erwarten sehr viel von dir. Sie lassen dich nie in Ruhe. Und sie erlauben dir nicht, du selbst zu sein.«

»Das würde mir nicht gefallen.« Tygue hob ein Blatt auf und untersuchte es sorgfältig.

»Deinem Vater hat es auch nicht gefallen. Das hat ihn so krank gemacht. Die Leute haben ihn immer mehr unter Druck gesetzt. Alles, was er wollte, war Football spielen. Er hätte es wohl gern sein ganzes Leben lang getan.«

»Und das konnte er nicht?«

Sie schüttelte den Kopf. »Nein, mein Schatz. Professionellen Football kann man nur ein paar Jahre spielen. Danach muß man sich zurückziehen.«

»Was heißt das?«

»Das heißt, man muß irgendwann aufhören zu spielen.«

»Für immer?«

»Ja, für immer.«

»Das ist gemein!« Er warf das Blatt fort und starrte sie an.

»Ja, das fand dein Vater auch. Er hatte keine Lust, etwas anderes zu tun. Aber sie haben ihn gezwungen zu kündigen. Und dann haben ihn eine Menge Leute deswegen gehänselt. Die Zeitungen zum Beispiel und all solche Sachen.« Es war die beste Erklärung, die sie ihm geben konnte, und sie entsprach der Wahrheit.

»Und dann ist er verrückt geworden, nicht wahr?«

»Ja, ungefähr so war das.«

»Kann er sich daran erinnern, daß er mal Football gespielt hat?«

»Nein. Ich glaube, er kann sich nur an das erinnern, was er jetzt erlebt. Mr. Erhard und mich, ja und jetzt auch dich.« Sie lächelte ihn mit feuchten Augen an. In dem Augenblick trat Nick aus dem Haus in den Garten. Er hatte eine Decke und zwei Äpfel bei sich und gab jedem von ihnen einen. Dabei lächelte er ihnen warmherzig zu. »Danke, Liebling.« Kate warf ihm einen Handkuß zu.

»Wollt ihr euch nicht lieber auf die Decke setzen?«

»Nee«, wehrte Tygue geringschätzig ab, doch dann erinnerte er sich plötzlich an etwas... die Worte, die sein Vater ihm aufgetragen hatte... »Willst du, Mam?«

»Ja, gut.« Auch ihr waren die Worte wieder eingefallen... »Paß gut auf Katie auf«...

Die drei breiteten die Decke aus, setzten sich wieder hin und begannen die Äpfel zu essen. Kate und Nick teilten sich einen, und Tygue biß genußvoll in seinen. Es waren frische Landäpfel, die sie am Tag vorher auf dem Markt gekauft hatten.

Nick sah fragend zu Tygue hinüber. »Hast du Lust, heute nachmittag zur Adamsranch zu fahren und nachzusehen, ob sie da neue Pferde haben?« Der Junge aß sich langsam durch den Apfel und schüttelte den Kopf.

»Nein. Die im Park haben viel bessere Pferde als hier.«

»Du meinst, in San Francisco?« Nick war erstaunt, doch Tygue nickte nur selbstverständlich. Kate mußte über diesen Dialog lachen. Sie waren aus diesem Haus herausgewachsen, alle beide. Wenn sie daran dachte, daß er erst vor vier Monaten zum ersten Mal von hier weggefahren war... Sie erinnerte sich an ihre erste gemeinsame Fahrt nach San Francisco... und an die davor, die sie mit Felicia gemacht hatte...

»Und worüber denkst du nach, Aschenputtel?« Nick reichte ihr den Apfel hinüber, und sie biß hinein und gab ihn wieder zurück.

»Ich habe noch einmal über den letzten Frühling nachgedacht. Damals hat sich keiner von uns auch nur vorstellen können, was alles passieren wird. Das ist so plötzlich gekommen…«

»Ja, so kann's einem gehen.«

»Was hast du eigentlich im letzten Frühjahr gemacht, Mr. Waterman?« Sie schenkte ihm ein neugieriges Lächeln.

»Das geht dich gar nichts an.« Er nahm einen letzten Biß und warf das Gehäuse weg.

»Oh. War es so schlimm?«

»Darüber kannst du denken, wie du willst«, antwortete er leise und küßte sie sanft in den Nacken. Sie nahmen in letzter Zeit weniger Rücksicht auf Tygue, der sich inzwischen schon an ihre Zärtlichkeiten gewöhnt hatte. Nick hatte noch einen anderen Vorschlag. »Möchtest du nicht vielleicht Joey besuchen?« Doch Tygue schüttelte wieder den Kopf. Er hatte sich vollständig von hier gelöst, ein neues Leben begonnen, neue Freunde gefunden.

Also verbrachten sie einen friedlichen, faulen Nachmittag im Garten wie auch schon am Tag vorher. Sie hatten in der Stadt Steaks gekauft, die Nick nun in der Abendsonne grillte. Abends sahen sie fern und machten wieder Popcorn im Kamin, so wie am ersten Abend, als Nick sie besucht hatte. Und genau wie damals konnten sie es kaum erwarten, daß Tygue zu Bett ging, damit sie in ihr altes Schlafzimmer huschen konnten. Hungrig streckten ihre Körper sich einander entgegen. Beide hatte ein schmerzliches Verlangen danach, sich zu lieben.

»Donnerwetter. Heute nacht sind wir wohl kaum zu bremsen, was?« neckte Nick sie, während sie ihn an der Innenseite seines Oberschenkels küßte und an der Unterhose zog.

»Na, du bist ja auch nicht gerade mit schleppenden Füßen in dieses Zimmer gekommen, oder?« Sie richtete sich auf und versuchte einen Augenblick lang, ihn vorwurfsvoll anzublicken, doch dann lachte sie. Er betrachtete wohlgefällig ihren Körper, der nur noch im BH und ihrem Slip steckte. Seit sie mit Tygue bei Tom gewesen war, wirkte sie viel jünger und gelöster.

»Kate? Du bist froh, daß ihr bei Tom wart, nicht wahr?«

Sie wurde einen Moment still und nickte langsam. »Ich bin erleichtert. Jetzt muß ich nicht mehr so ein schweres Geheimnis bewahren. Weder vor dir noch vor Tygue. Jetzt ist alles draußen, und ich fühle mich wieder frei.«

»Und was ist mit ihm?« Sie hatten noch nicht darüber gesprochen, und Nick fand, daß es noch einige Fragen gäbe, die er ihr stellen müßte.

»Wen meinst du, Nick?« Sie sah ihn ruhig an, und er setzte sich jetzt aufrecht neben sie.

»Ich meine, was soll jetzt mit Tom geschehen? Du kannst ja wohl schlecht damit aufhören, ihn zu besuchen, das verstehe ich, aber... Kate, es verlangt dir so verdammt viel ab.«

»Ich glaube, das wird jetzt nicht mehr so schlimm sein. Ich trage das ganze Gewicht ja nicht mehr allein auf dem Buckel. In Zukunft kann ich mit dir darüber sprechen, wie es gewesen ist, was mit Tom passiert, worüber ich mir Sorgen mache.« Sie wurde plötzlich still und sah lange schweigend auf ihren Ehering. Auf einmal zog sie sich den Ring vom Finger und hielt ihn fest in ihrer Handfläche umschlossen. »Es ist alles vorbei, Nick. Ich werde wohl nicht mehr so häufig hinfahren. Ich bin mir nicht mal sicher, ob ihm das überhaupt auffallen würde. Er hat fast gar kein Zeitgefühl. Wenn ich alle paar Wochen mal zu ihm fahre, ist es wohl für alle Beteiligten tragbar. Was meinst du?« Sie richtete ihren Blick wieder auf ihn, und ihre Augen waren groß und klar. Er konnte keine Spur von dem früheren Schmerz mehr darin entdecken.

»Ich meine, daß du eine sehr bemerkenswerte Frau bist, und ich liebe dich mehr denn je. Was immer du tun wirst und wie du es auch immer handhaben wirst, sei sicher, daß ich deine Entscheidungen akzeptiere.«

»Mehr brauche ich nicht zu wissen. Aber das heißt natürlich auch, daß wir nicht heiraten können, solange er lebt. Ich... ich könnte ihm das einfach nicht antun. Sicher, er würde es nicht einmal erfahren, wenn ich mich von ihm scheiden ließe, aber ich habe das Gefühl, das wäre nicht richtig.«

»Wir brauchen doch die Papiere nicht, Kate. Wir haben uns. Und wenn die Zeit dann gekommen ist, können wir immer noch heiraten. Außerdem...« Er strahlte plötzlich freudig überrascht auf. Sie hatte ihm gerade das Geschenk gegeben, daß er sich, seit er sie kannte, sehnlichst von ihr gewünscht hatte. Zum ersten Mal hatte sie entfernt die Möglichkeit einer Ehe in Betracht gezogen. Er lachte jetzt schelmisch und erleichtert. »Außerdem... ist dir eigentlich klar, junge Dame, daß du soeben eine Ehe zwischen uns beiden wenigstens für möglich gehalten hast? Ich dachte schon, du würdest deinen Unabhängigkeitstick vor dir hertragen, bis wir beide neunzig sind.«

»Nun, warum eigentlich nicht?« Sie blinzelte ihn eine Sekunde lang dämlich an, doch dann wurde sie trotzig. »Ich kann es nicht ertragen, wenn du mir alle Entscheidungen abnimmst, Nick. Das habe ich mit Tom erlebt, und ich weiß, was dabei herausgekommen ist.«

»Das verstehe ich ja. Übrigens finde ich, daß wir bis jetzt ganz gut miteinander ausgekommen sind, auch in dem Punkt.«

»Ja, das finde ich auch.« Und dann wurde ihre Stimme wieder weich. »Und das ist nicht das einzige, was du hervorragend gemeistert hast, Nick.«

»Oh?« In seinen Augen tanzte wieder ein unberechenbares Feuer, aber sie lachte ihn aus.

»Das meine ich nicht, du Wüstling. Ich spreche von Tygue. Du hast ihm in der letzten Zeit über alle Klippen hinweggeholfen. Ich glaube nicht, daß er noch irgendwo Vorbehalte gegen dich hat.«

»Ich glaube, es wird ihm sehr helfen, daß er jetzt seinen Vater gesehen hat.«

»Wahrscheinlich. Aber ich finde, auch du hast dich hervorragend gehalten, Liebling. Zu Anfang war wohl keiner von uns leicht zu ertragen.«

»Himmel, was für ein Bekenntnis. Schnell, wo ist der Kassettenrekorder?«

»Ach, sei still.« Sie zupfte ihn verspielt an seinen Brusthaaren. »Übrigens werde ich das Haus aufgeben.«

»Welches Haus?« Kate steckte immer voller Überraschungen. Es könnte ja schließlich auch sein, daß sie sich urplötzlich entschloß, ihr Haus in San Francisco zu schließen und mit ihm und Tygue Gott weiß wohin zu ziehen.

»Dieses Haus, du Dummkopf. Ich brauche es nicht mehr.«

»Soll das etwa heißen, daß du deine letzte Trumpfkarte aus der Hand legen willst? Diesen Rückzugsort, zu dem du immer vor mir fliehen kannst?«

»So hatte ich das nie gemeint.« Sie versuchte, beleidigt zu wirken, aber dann mußte sie schon wieder kichern. »Woher wußtest du das?«

»Weil ich manchmal nicht so dumm bin, wie du es gern von mir denkst.«

»So etwas würde ich nie denken.«

»Gut. Dann erzähl mir die Wahrheit. Was meinst du mit aufgeben? Willst du nie wieder hierher zurückkommen?«

»Nie mehr. Wir brauchen das nicht mehr. Wir sind die ganze Zeit über nicht hergekommen und hätten es wohl auch in Zukunft nicht getan. Ich wollte sowieso nicht. Dieser Teil meines Lebens ist jetzt endgültig abgeschlossen.« Ihr Gesicht wurde auf einmal wieder düster. Sie öffnete die Hand und betrachtete ihren Ehering, den sie sich vor ein paar Minuten vom Finger gestreift hatte. »Das ist vorbei. Einfach so.«

Sie legte den Ring wortlos auf ihren Nachttisch und preßte ihren Körper an Nick. Sie hatte noch nie so frei mit ihm Liebe gemacht wie in dieser Nacht. Es war, als ob sich etwas in ihr aus einem Käfig befreit hätte, und sie gab sich ihm so intensiv hin, wie er es bei ihr noch nicht erlebt hatte. Ihr Körper wand und krümmte sich ekstatisch unter seinen geschickten Händen und seiner Zunge.

Am nächsten Morgen saßen sie allein in der Küche und frühstückten ausgiebig miteinander, bevor sie Tygue weckten. Danach teilte sie ihm mit, daß er am Nachmittag mit Nick allein in die Stadt zurückfahren würde.

»Kommst du nicht mit, Mam?« Sie erwartete seinen Protest und war sehr überrascht, als er seine Freude kaum verbergen konnte.

»Das scheint dir ja richtig das Herz zu brechen, du Schlawiner.« Aber im Grunde war sie erleichtert. Ihre kleine Familie hatte während der letzten Tage sehr an Stabilität gewonnen.

»Wie lange dürfen wir denn allein sein?« Er strahlte über diese Aussicht, und Nick lachte.

»Solange ich brauche, um dieses Haus in Ordnung zu bringen und leerzuräumen. Da wir gerade davon sprechen, junger Mann, ich möchte, daß du heute vormittag deine Sachen und dein Spielzeug durchstöberst und aussortierst, was du noch behalten möchtest und was wir weggeben können.« Es waren nicht mehr viele Sachen in seinen Schränken und Regalen übriggeblieben, aber er war mit dieser Arbeit immerhin den ganzen Vormittag beschäftigt.

Sie krempelten nach dem Frühstück alle die Ärmel hoch und begannen einzupacken. Am Nachmittag setzte Kate dann die Arbeit allein fort. Nick und Tygue hatten nach dem Mittagessen schon ein paar Dinge im Wagen verstaut und waren losgefahren. Kate war erstaunt, wie wohl sie sich fühlte, nachdem sie allein im Haus war. Während sie Kisten und Kartons füllte, dachte sie über eine Menge Dinge nach. Nick hatte ihr die Kisten noch am Vormittag in dem Supermarkt besorgt.

Er hatte recht. Indem sie das Haus verließ, gab sie wirklich einen

Teil von sich auf. Aber es war etwas, das sie sowieso nicht mehr brauchte. Ein Notausgang, ein Ort, an dem sie sich verstecken, an dem sie sich vor Nick hätte verbergen können. Zu Anfang hatte der Gedanke ihr gefallen, aber jetzt war sie darauf nicht mehr angewiesen. Wenn sie mal wieder eine Zeit ohne ihn brauchte, wenn sie sich ihre Unabhängigkeit beweisen mußte, könnte sie es ihm sagen, oder mal einen langen Spaziergang machen, oder aber ein Wochenende allein verreisen. Aber es würde nicht gut sein, an diesen Ort zurückzukehren und in Erinnerungen herumzuwühlen. Sie hatte nichts mehr, dem sie nachtrauern müßte. Wenn sie sich in Zukunft ängstlich oder belästigt oder unzufrieden fühlen würde, würde sie gewiß auch auf andere Art damit fertig werden. Es war nicht mehr nötig, einfach wegzurennen. Es tat ihr gut, dies zu wissen und inzwischen gelernt zu haben.

Sie brauchte drei Tage, um das Haus aufzuräumen. Eine Menge der Dinge verschenkte sie. Einige Kisten wurden für Tillie beschriftet und in der Garage abgestellt. Doch es blieb immer noch ein kleiner Berg von Habseligkeiten, für die sie einen Wagen mieten mußte, um sie nach San Francisco zu transportieren. Als das alles erledigt war, hatte sie dort nichts mehr zu suchen. Sie schrieb noch einen Brief, um den Vermieter zu informieren, daß sie das Haus nicht mehr brauchte. Dabei dachte sie kurz daran, ob nicht auch bald der Zeitpunkt gekommen wäre, an dem er sich dorthin zurückziehen wollte. Vielleicht würde er jetzt bald selbst in dieses Haus einziehen, das ihr die vielen Jahre über so gut gedient hatte. Es hatte ihr Schutz gewährt und einen Ort geboten, an dem sie ihr Geheimnis sehr gut verstecken konnte. Sie erinnerte sich wieder daran, wie glücklich sie gewesen war, als sie es zum ersten Mal gesehen hatte. Sie war erleichtert gewesen, endlich der Hölle entfliehen zu können, die sie die Wochen vorher hatte durchmachen müssen. Auch die glücklichen Stunden, die sie im Gras gelegen hatte, während Tygue in ihrem Körper heranwuchs, fielen ihr wieder ein. Es war so schön gewesen, ihn hierher nach Hause zu bringen, nachdem er auf die Welt gekommen war. Am letzten Morgen stand sie noch einmal an ihrem Schlafzimmerfenster und dachte daran, wie sie über all die Jahre hinweg auf die Hügel hinausgeblickt hatte. Manchmal mit Tygue auf dem Arm, manchmal allein. Doch dann drehte sie sich nüchtern auf ihrem Absatz um und verließ das Haus.

36

»Halloho! Ich bin wieder da!« Sie kam nachmittags um vier in San Francisco an. Und alle waren zu Hause. Sogar Bert begrüßte sie schwanzwedelnd im Garten, während sie aus dem kleinen, häßlichen Mietwagen stieg. Tygue stand wackelig auf einem neuen Paar Rollschuhen, und Nick war dabei, alte Zeitungen aus dem Wagen zu räumen. Es schien, als sammelten sich alle auf einmal um sie, lachend, küssend, sich umarmend und durcheinanderredend. Nick preßte sie so hart an sich, daß sie kaum mehr Luft holen konnte.

»Liebe Frau, wenn du innerhalb der nächsten sechs Monate irgendwo hinfährst, werde ich verrückt, und außerdem werde ich dann...« er grinste, »ich werde dein neues Buch in Brand stecken.«

»Wage das ja nicht!« Sie war entsetzt, denn jetzt konnte sie es kaum mehr erwarten, sich wieder an ihren Schreibtisch zu setzen. Seit Wochen hatte sie sich nicht mehr um den neuen Roman gekümmert.

»Wenn du das tust, verbrenne ich deine Trainingshosenträger, und dann...«

»Was ist das?« fragte Tygue mit seiner hohen Jungenstimme, und beide brachen in Lachen aus. Sie lachten den ganzen Nachmittag und Abend. Nick bat Kate, sich doch eine Stunde hinzulegen, und Tillie entführte Tygue ein paar Blocks weiter, damit er seine neuen Rollschuhe einfahren konnte. Kate und Nick saßen im Bademantel in der Küche und tranken Tee.

»Hast du Lust, mich heute abend in die Show zu begleiten, Kate?«

»Was, so wie ich bin?« Sie war überrascht.

»Nun, ich hatte mir vorgestellt, daß du dir noch etwas anziehen würdest.« Sie streckte ihm die Zunge raus.

»Ich meine doch, willst du mich aufnehmen, ohne daß ich beim Friseur war?« Der Gedanke erschreckte sie.

»Hören Sie mal, Mrs. Ego, Sie leben zufällig mit dem Produzenten dieser Show zusammen, und der bittet Sie, ihn bei der Arbeit mal nicht allein zu lassen, sondern ihm zuzusehen.«

»Du meinst, ich bin dann kein Showgast?« Jetzt war sie wirklich geschockt, überspielte es aber mit einem schelmischen Lächeln.

»Was glaubst du denn, was du bist, eine Diva oder so was?«

»Aber natürlich, Mr. Waterman. Immerhin bin ich eine Bestsellerautorin!«

»Ach, wirklich?« Er schlüpfte ihr mit einer Hand unter den Bademantel und beugte sich dann über den Tisch, um ihr einen langen, zärtlichen Kuß zu geben.

»Du bist unmöglich. Aber da du mich schon mal eingeladen hast« – sie lächelte strahlend, »– ich würde mich freuen, dir Gesellschaft leisten zu können, während du deine Show aufzeichnest. Wird sich niemand dadurch gestört fühlen?«

»Das ist deren Problem. Ich bin der Chef. Oder hast du das vergessen?«

»Ah ja, ich erinnere mich. Du bist der Chef.«

»Mir scheint, es wurde Zeit, daß du wieder nach Hause gekommen bist, junge Dame. Du hast offenbar überhaupt keine Ahnung mehr, wie die Dinge hier ablaufen.«

Sie kitzelte ihn in der Armbeuge und erzeugte damit bei ihm eine Gänsehaut. Seine Augen glühten, als er sie wieder anblickte.

»Wenn du das noch länger so machst, wirst du vielleicht mehr bekommen, als du bestellt hast, Mrs. Harper.«

»Was? Hier in der Küche?« Sie lachte. Es war wieder genauso wie damals, als sie sich kennengelernt hatten, wie zweite Flitterwochen.

»Ja, in der Küche, Aschenputtel. Ich werde dich jederzeit, überall und auf jede Weise lieben, und das bis an dein Lebensende. Ich liebe dich.«

Sie küßte ihn sanft auf den Mund, und sie liebten sich ganz schnell in der Küche, bevor Tygue sie dabei entdecken konnte. Danach kicherten sie wie kleine Kinder, die soeben einen Streich ausgeheckt hatten. Hastig warfen sie sich die Bademäntel wieder über und taten so, als hätten sie die ganze Zeit nichts anderes getan als Tee getrunken.

»Du hast deinen Bademantel verkehrt herum angezogen«, flüsterte sie ihm kichernd zu, doch er brach richtig in Lachen aus, als er sie näher betrachtete. Sie hatte den Gürtel durch den Ärmel gezogen.

»Und du bist ein richtiges Chaos.«

Die Unbeschwertheit dauerte an. Heimliche Treffen in ihrer Liebeshöhle unterm Dach, stundenlange Spielereien in ihrem Schlafzimmer und ewig lange, faule Frühstücke, die sie zu zweit genossen. Sie nahmen Tygue in den Zoo mit, Kate begleitete Nick abends oft zur Arbeit, und er saß tagsüber stundenlang in seinem roten Ledersessel, während sie an ihrem Buch schrieb. Sie klebten zusammen wie siamesische Zwillinge, aber es war genau das, was sie beide jetzt brauchten. Sie wußten, daß das nicht ewig so weitergehen könnte, nicht so intensiv, denn sie mußte sich in Zukunft mehr um ihr Buch kümmern, und er hatte immer häufiger auch tagsüber etwas für Jasper Case zu tun, doch im Augenblick waren beide froh über das, was sie bekommen konnten, ihre gegenseitige Nähe.

»Wird es dir denn gar nicht langweilig, einfach so dazusitzen, während ich an meinem dummen Buch rumkritzele?«

»Liebling, eine Frau, die so viel Geld verdient wie du, schreibt keine dummen Bücher.«

»Oh, wem verdanke ich diese neue Anerkennung meiner Talente?«

»Deiner letzten Tantiemenabrechnung. Ich habe sie heute morgen auf deinem Schreibtisch gesehen. Donnerwetter, was wirst du bloß mit all dem Geld anfangen?« Doch er freute sich, daß sie so erfolgreich war. Er wußte, wieviel ihr das bedeutete. Tygues Sicherheit, Dinge, die sie sich selbst kaufen konnte, Geschenke für ihn, daß sie nicht erst nach Geld fragen mußte, und schließlich ihre Unabhängigkeit. Er hatte verstanden, daß sie das brauchte.

Sie lehnte sich in ihrem Stuhl zurück, sah einen Moment zu ihm hinüber und überlegte, was sie ihm zu Weihnachten schenken sollte. Bis dahin war es nur noch einen Monat. »Ach übrigens, weißt du schon, was du dir zu Weihnachten wünschst?« Sie zündete sich eine Zigarette an und nahm einen Schluck kalten Tee. Nick hatte Zeitung gelesen, während sie gearbeitet hatte.

»Weißt du, was ich wirklich gern zu Weihnachten hätte?«

»Was?« Sie lächelte verschlagen, denn sie glaubte schon zu wissen, was er sagen würde.

»Schau nicht so. Immer diese Hintergedanken! Ich würde wirklich gern mal wieder etwas Farbe auf deinem Gesicht sehen. Sollen wir nicht nach Acapulco fahren und dort ein paar Tage Ferien machen?« Diese Idee überraschte sie.

»Da bin ich noch nie gewesen. Doch, das könnte ganz lustig werden.« Sie ließ sich diese Vorstellung durch den Kopf gehen und strahlte ihn plötzlich an, doch er erwiderte ihr Lächeln nicht.

»Kate?«

»Hm?«

»Fühlst du dich wirklich gesund?« Seine Stimme drückte jetzt Sorge aus.

»Natürlich. Warum fragst du?« Doch beide wußten, worum es ging. Sie fühlte sich in letzter Zeit immer müde, hatte keinen Appetit mehr und war sehr blaß geworden. Die Ringe unter ihren Augen waren schon zum gewohnten Anblick geworden. Zwar arbeitete sie hart an dem Buch und suchte darin auch die Gründe für ihre Schwäche, aber das konnte eigentlich nicht ausreichen.

»Willst du nicht lieber mal zum Arzt gehen?« Das erwähnte er zum ersten Mal. Sie hatte plötzlich Angst. Wenn er sich schon solche Sorgen machte?

»Meinst du das ernst?«

»Ja, Kate. Das meine ich ernst.«

»Also gut, ich schau mal. Aber erst, wenn das Buch fertig ist.« Was würde der Arzt ihr denn schon sagen können, das sie nicht selbst schon wüßte? Sie hatte während der letzten Zeit unheimlich viel durchgemacht. Ihr ganzes Leben war durcheinandergeraten, und ihr Sohn war zweimal ausgerissen. Und sie arbeitete hart an einem Buch, das fünfhundert Seiten dick werden würde. Das waren doch alles keine Neuigkeiten. Warum also sollte sie sich das alles noch mal vom Arzt sagen lassen? »Der Arzt kann mir auch nicht viel Neues sagen. Er wird mir vorhalten, daß ich zuviel arbeite, daß ich in letzter Zeit zu viele Veränderungen erlebt hätte, daß ich mich schonen müßte und all dieser Unsinn. Warum soll ich dafür Geld ausgeben, Nick?«

»Tu mir den Gefallen, und spare dein Geld lieber an anderen Dingen.« Er stand auf und sah ernst von oben auf sie hinab. »Ich meine es wirklich ernst, Kate. Versprich mir, daß du ihn aufsuchen wirst. Und warte damit nicht noch sechs Monate.«

»Ja, Schatz«, antwortete sie liebenswürdig, aber ihre Stirn zog sich dabei in Falten.

»Versprochen?«

»Ja, versprochen, aber nur, wenn du mir auch versprichst, dir nicht so viele Sorgen zu machen.«

»Klar.« Beide spürten, daß das leere Versprechungen gewesen waren. Sie war von Ärzten nicht gerade begeistert, und Nick war ein eingefleischter Sorgenmacher, zumindest, wenn es um Kate ging. Und das alles änderte nichts daran, daß sie ziemlich krank aussah. Sogar Felicia war das schon aufgefallen.

»Ach übrigens, was hast du heute nachmittag vor?«

»Ich treffe mich mit Felicia zum Lunch. Magst du mitkommen?«

»Nein. Ich muß mit ein paar Leuten vom Presseklub zu Mittag essen. Und danach haben wir eine Versammlung im Studio.« Er sah auf seine Uhr und beugte sich hinunter, um ihr einen Kuß zu geben. »Ich bin sogar schon etwas spät dran. So gegen drei werde ich wieder zu Hause sein.«

»Gut. Ich versuche dann auch, hier zu sein.« Sie gab sich alle Mühe, aber sie schaffte es nicht vor fünf.

Nach dem Essen mit Felicia bei Trader Vic's war sie noch eine Stunde einkaufen gegangen und danach hatte sie noch schnell zu Saks hineingeschaut, nur um mal zu sehen, was es Neues gab. Doch das Geschäft war gerammelt voll gewesen, und sie hatte plötzlich wieder diese entsetzliche Müdigkeit gespürt. Es hatte wieder Ewigkeiten gedauert, bis der Fahrstuhl gekommen war, und als sie endlich hatte einsteigen können, war sie sofort nach hinten an die Wand gedrückt worden. Als der Fahrstuhl im dritten Stock hielt, hatte man sie zusammengekrümmt am Boden gefunden. Sie war in Ohnmacht gefallen. Man hatte bei ihr zu Hause anrufen wollen, um sie abholen zu lassen, doch dagegen hatte sie sich gewehrt. Eine Stunde lang hatte sie so bei Saks rumgesessen und sich absolut dämlich gefühlt, immer noch den Geruch von Riechsalz in der Nase. Danach hatte sie ein Taxi genommen und war nach Hause gefahren. Sie hatte Angst gehabt, mit ihrem Wagen zu fahren. Nick würde sie erzählen, daß sie Schwierigkeiten mit dem Wagen gehabt hätte und... ach Scheiße. Als sie die Haustür aufschloß, fühlte sie sich immer noch ganz leicht im Kopf und zittrig. Sie stellte sich innerlich darauf ein, ein paar lustige Floskeln mit Nick auszutauschen und dann sofort in ihrem Bett zu verschwinden. Er wollte zwar, daß sie ihn am Abend wieder zum Studio begleitete, doch diesmal würde sie eine Ausrede finden müssen.

Sie schob die Haustür leise auf und hoffte eine Sekunde, daß Nick noch gar nicht zu Hause wäre. Doch er war da. Er saß im Wohnzimmer und wartete auf sie. Sein Gesicht war wutverzerrt.

»Na, hattest du ein schönes Mittagessen?«

»Ja, sehr. Und wie war's bei dir...?« Sie unterbrach sich plötzlich, als sie seinen Gesichtsausdruck bemerkte. »Was ist denn mit dir los?«

»Wer ist Philip?«

»Wie bitte?«

»Du hast schon richtig gehört.« Er funkelte sie wütend an. »Wer, in drei Teufels Namen, ist Philip?«

»Woher soll ich das wissen? Ist das ein neues Spiel von dir?« Sie fühlte sich schwach, aber ihre Stimme war zornig. Außerdem hatte sie Angst. Philip? Etwa der Philip aus New York?

»Zufälligerweise fange ich gerade an, mir dieselbe Frage zu stellen. Ist das ein neues Spiel von *dir*, Kate? Alle paar Monate finde ich über dich was Neues raus.«

»Was soll das denn nun wieder heißen?«

»Das hier!« Er stampfte durchs Zimmer und warf ihr einen Briefbogen vor die Füße. »Das steckte in einem unbeschrifteten Umschlag in der Haustür. Zuerst habe ich gedacht, du hättest mir eine Nachricht hinterlassen. Leider hatte ich unrecht.« Es war ein sandfarbener Briefbogen, der mit brauner Tinte in einer sehr vornehmen Schrift beschrieben war. Sie entdeckte sofort den eingravierten Briefkopf: PAW. Philip Anthony Wells. Ihr Herz sank sofort tiefer. Mein Gott. Und der Inhalt des Briefes trug auch nicht gerade zur Aufklärung bei. »Schade, daß Sie so plötzlich abfliegen mußten. Es war ein herrliches Mittagessen, und der Abend davor war noch schöner. Nachdem Sie gegangen waren, war die Musik nur noch schal. Ich bin nun doch in den Westen geflogen, um mindestens zwei Versprechen einzulösen. Ihres, und die Zabaglione bei Vanessi's. Wollen Sie mir heute abend Gesellschaft leisten? Rufen Sie mich an. Ich wohne im Stanford Court. Alles Liebe, P.« Sie hielt die Luft an.

»O mein Gott.« Mit großen Augen sah sie zu Nick auf. Sie konnte die Tränen kaum zurückhalten.

»Das habe ich auch gesagt! Ein ziemlich aufschlußreicher Brief, nicht wahr? Ich werde dir keinesfalls im Wege stehen, wenn du dich heute abend mit ihm treffen willst, mein Schatz!« Seine Stimme schnappte beinahe über. Er war wütend und verletzt. Als er den Brief gelesen hatte, hatte er das Gefühl, als hätte er einen Tritt in den Magen bekommen. »Sag mir genau, was da in New York passiert ist.«

»Nichts. Ich habe ihn beim Abendessen getroffen. Bei Gino's.«

»Zufällig?!« Er war jetzt wirklich bösartig. Sie sprang auf und warf ihren Mantel auf den Sessel.

»Oh, zur Hölle mit dir. Ich konnte am Flughafen nicht eines von diesen gottverdammten Taxis kriegen, und da haben wir uns eben eins geteilt. Und zufälligerweise sind wir auch noch in demselben Hotel abgestiegen. Am Abend bin ich dann *allein* zu Gino's gegangen, um noch etwas zu essen, und er war zufällig auch da. Wir haben an der Bar ein wenig miteinander geplaudert und dann die Unverschämtheit besessen, uns einen Tisch gemeinsam zu nehmen, und dann ...« Es klang alles ganz fürchterlich, wie sie es ihm so ins Gesicht sagte, und Nick wirkte auch alles andere als beruhigt oder erleichtert. Sie beschloß jedoch, ihm jetzt alles vor die Füße zu kotzen.

»Wir haben also gemeinsam an einem Tisch gesessen! Na und? Eine großartige Sache, was?«

»Und danach?«

»Was willst du wissen?«

»In wessen Zimmer seid ihr gegangen?«

»Ich in meines, verdammt noch mal, und er in seins. Was, zum Teufel, glaubst du wohl, daß ich bin. Eine Hure?«

»Wenn ich mich recht erinnere, haben wir in der Woche kaum miteinander gesprochen.«

»So? Du glaubst also, daß ich, immer wenn ich Streit mit dir habe, sofort losrenne und mir den nächstbesten Fremden suche, um mit ihm ins Bett zu gehen!«

»Nein. Aber offenbar ißt du mit ihm zu Abend.«

»Fahr zur Hölle!« Sie nahm ihren Mantel auf und starrte ihn wütend an. Jetzt war sie außer sich. Verdammter Nick! Sie hatte ihm die ganze Wahrheit gesagt, und wenn er ihr nicht glaubte, dann sollte er sein beschissenes Leben nehmen und es sich wohin stecken! »Ja. Ich habe also mit ihm zu Abend gegessen. Und danach habe ich sogar noch zwei Brandies mit ihm getrunken. Zwei Tage später habe ich dann noch mal mit ihm zu Mittag gegessen, und wenn Tygue nicht weggerannt wäre, hätte ich ihn am selben Abend wohl noch mal zum Dinner gesehen. Aber das ist, verflucht noch mal, alles, was ich getan habe! Nein, entschuldige, das hätte ich ja fast vergessen, ich habe ihn geküßt! Juhu! Ich bin neunundzwanzig Jahre alt und habe einen erwachsenen Mann geküßt! Aber das ist alles. Mehr ist leider nicht zu berichten, du gemeiner Bastard, und ich brauche dich nicht als Wächter meiner Unschuld. Ich kann mich ganz allein davor bewahren, zu anderen Männern in die Betten zu kriechen. Zufälligerweise war ich damals unheimlich dankbar, daß Tygue abgehauen war, du Klugscheißer. Denn in dem Augenblick war ich gerade unglücklich und unsicher genug, daß ich vielleicht doch mit ihm geschlafen hätte. Ich wußte ja nicht, was aus uns wird. Aber ich habe es nicht getan! Ich habe es nicht gewollt. Denn ich liebe dich, du Dreckskerl, und ich kann niemand anderen lieben.«

Sie zitterte und schrie und stampfte immer wieder mit dem Fuß auf. Ihre Stimme schnappte über, und zum Schluß schluchzte sie nur noch. Sie wedelte den Brief durch die Luft und ging auf Nick los. Der fühlte sich ziemlich miserabel. Einen solchen Ausbruch hatte er bei ihr noch nie erlebt. Nein, niemals. Er hatte Angst, daß sie gleich einen Anfall bekommen und tot vor seinen Füßen zusammenbrechen würde. Und auf einmal fand er es selbst dämlich, daß er deswegen so ein Theater inszeniert hatte. Er wußte, daß sie die Wahrheit sagte, nur, als er den

Brief gelesen hatte, war er doch sehr aufgeregt gewesen. Er wußte, daß sie ihm treu war, doch auch der Kuß hatte ihn schon beunruhigt. Trotzdem. Ein Kuß war etwas, womit man leben konnte. Er war ungeheuer froh, daß es nicht zu mehr zwischen ihnen gekommen war. Diese Freude kam jedoch zu spät. Sie stand wie ein Racheengel vor ihm und rieb ihm den Brief unter die Nase. »Weißt du, was du damit machen kannst? Du kannst damit zu Philip Wells gehen und ihm den Brief in den Rachen stopfen. Und danach könnt ihr beide dann ja zu Vanessi's gehen und die Zabaglione essen. Mir ist das scheißegal. Aber verschwinde aus meinem Leben! Ich will dich nicht mehr sehen!« Sie machte heulend auf dem Absatz kehrt, warf den Brief auf den Fußboden, griff nach ihrer Handtasche und stolzierte aus dem Zimmer. Einen Augenblick lang blieb sie schwankend im Flur stehen. Sie hatte Angst, daß sie wieder ohnmächtig würde. Er blickte ihr besorgt nach. Irgend etwas war mit ihr nicht in Ordnung.

»Kate? Es geht dir doch nicht gut.«

»Kümmere dich um deinen eigenen Dreck!« Damit knallte sie die Haustür hinter sich zu. Tygue würde über Nacht bei einem Freund bleiben, also hatte sie keinen dringenden Grund, zu Hause zu sein. Auf keinen Fall wollte sie länger mit Nick zusammenbleiben.

Und verflucht sei Philip Wells! Sie haßte sie beide. Dann fiel ihr auf einmal ein, daß sie den Wagen in der Stadt gelassen hatte. Sie machte sich also zu Fuß auf den Weg an den Strand und weinte dabei wie ein kleines Kind. Warum hatte Philip ihr das angetan? Und warum hatte Nick den Brief unbedingt lesen müssen? Und warum hatte sie ihn in New York geküßt? Ein paar Blocks weiter setzte sie sich auf eine niedrige Gartenmauer, legte den Kopf in die Hände und weinte. Sie wünschte, sie wäre tot.

Nick stand zu Hause immer noch ganz betroffen im Wohnzimmer und sah auf den Brief hinunter, den sie auf den Boden geschmissen hatte. Er wünschte sich sehnlichst, daß er das Thema anders angesprochen hätte. So einen emotionalen Ausbruch hätte er bei Kate nie erwartet. Und als sie im Flur noch einmal angehalten hatte, war ihr Gesicht plötzlich ganz grün geworden. Er mußte sie unbedingt zu einem Arzt bringen. Vielleicht waren es ihre Nerven. Das Telefon riß ihn aus den Gedanken. Auf dem Weg dahin hob er den Brief auf, knüllte ihn zusammen und warf ihn in den Papierkorb neben dem Schreibtisch.

»Mrs. Harper? Nein, die ist leider nicht zu Hause. Ob sie was ist? Was meinen Sie damit, ob es ihr wieder besser geht? Wie bitte?... Oh, mein Gott… Nein, nein, es ist schon alles in Ordnung. Ich werde mich darum kümmern. Danke für den Anruf.« Einen Augenblick blieb er ganz still sitzen, dann wählte er Felicias Nummer. Er hatte Glück, sie war zu Hause. Es war fast sechs Uhr. Sie machte sich sofort auf den Weg, denn sie konnte seiner Stimme anhören, daß etwas völlig schiefgegangen war.

»Wo ist Tygue?« Sie sah sich besorgt um, als sie das Haus betrat. Es kam ihr ungewöhnlich ruhig und düster vor.

»Er bleibt die Nacht über bei einem Freund. Es geht heute nicht um Tygue, Licia, ich mache mir Sorgen um Kate. Ich glaube, daß sie krank ist.« Er setzte sich auf einen Sessel im Wohnzimmer und stützte den Kopf in beide Hände. Sie schritt durchs Wohnzimmer und setzte sich in den Sessel gegenüber.

»Na, du siehst auch nicht gerade aus wie das blühende Leben. Was ist passiert?«

»Ich habe mich wie ein Esel benommen.« Er ging mit schweren Schritten zum Papierkorb, holte den Brief wieder heraus und versuchte, ihn glattzustreichen. Dann reichte er ihn Felicia. »Das hat heute, als ich nach Hause kam, in der Tür gesteckt. In einem unbeschrifteten Umschlag. Ich dachte, er wäre für mich.«

»Huch?« Sie lächelte zu ihm hoch, doch Nick war das Lachen vergangen.

»Ich habe sie natürlich zur Rede gestellt, als sie nach Hause gekommen ist. Wie ein Idiot. Sie hat mir die ganze Geschichte erzählt. Es ist nichts passiert. Aber was mich so total erschüttert hat, war, wie sie darauf reagiert hat. Jesus, Licia, ich habe sie noch nie so erlebt. Sie ist einfach zusammengebrochen. Sie hat geschrien und gezittert, und ich hatte das Gefühl, daß sie gleich in Ohnmacht fallen würde. In den letzten Wochen hat sie sowieso schon schrecklich ausgesehen, aber sie will ja nicht zum Arzt gehen. Sie arbeitet zu viel, schläft zu wenig, ist ständig müde, und sie weint, wenn sie glaubt, daß ich es nicht sehen würde. Ich glaube, daß sie krank ist. Was kann denn sonst mit ihr los sein? Ich weiß überhaupt nicht mehr weiter.« Und dann sah er zu Felicia hinüber, als würde er seinen letzten Trumpf ausspielen. »Die Kundenabteilung von Saks hat vorhin hier angerufen. Sie ist heute nachmittag dort im Fahrstuhl ohnmächtig geworden. Ich bin schon ganz krank vor Sorge.«

»Ich nehme an, daß sie im Augenblick nicht zu Hause ist?« Auch Felicia sah sehr besorgt aus.

Er schüttelte den Kopf. »Nein. Sie ist hier wütend rausgestürmt... wegen des Briefes da...« Er nahm das Papier wieder auf und knüllte es zusammen.

Felicia haßte es, Fragen zu stellen. Kate war doch wirklich nicht die Frau, die es mit Intrigen hielt. Aber wenn sie es richtig überlegte, das kleine Luder hatte ihr überhaupt nichts von New York erzählt. Und jetzt erinnerte sie sich auch an das verdeckte Aufleuchten in ihren Augen, als sie sie nach Gino's gefragt hatte. Das alles erklärte jedoch noch nicht die hysterischen Auftritte und ihren Ohnmachtsanfall. »Wäre es möglich... glaubst du, daß sie sich jetzt mit diesem Kerl verabredet hat?«

Nick schüttelte entschieden den Kopf. »Jedenfalls nicht in dem Zustand, in dem sie vorhin das Haus verlassen hat. Und... nein, sie ist nicht mit ihm zusammen.«

»Ich glaube das eigentlich auch nicht. Außerdem ist sie eine erwachsene Frau. Sie muß einfach Vernunft annehmen und einen Arzt aufsuchen. Zum Lunch hat sie übrigens auch nichts gegessen. Dabei verliert sie aber nicht an Gewicht.« Sie zog plötzlich die Augenbrauen zusammen und lehnte sich im Sessel zurück.

»Was hast du?« Nick wurde immer nervöser. Gab es vielleicht noch etwas, was er nicht wußte?

»Ich muß gerade an etwas denken.« Sie sah ihm direkt in die Augen. »Ich habe damit zwar leider selbst keine Erfahrung, aber mich dünkt, ich habe bei Kate solche Zustände schon einmal gesehen. Damals dachte ich, es läge nur an den schrecklichen Dingen, die passiert waren... die Geschichte mit Tom.« Felicia runzelte zweifelnd die Stirn. Es wäre natürlich für alle eine höllische Erleichterung.

»Ihre Nerven?«

»Nein, nicht direkt.« Auf ihren Lippen erschien ein kleines Lächeln, während sie Nick jetzt fragend anblickte. »Nichts läge mir ferner, als in euren Privatangelegenheiten herumzustochern, aber könnte es möglich sein, daß sie schwanger ist?«

»Kate?« Nick war verblüfft.

»Na, Tillie doch wohl hoffentlich nicht.« Bei dem Gedanken mußten sie beide lachen.

»Ich weiß es nicht. Ich habe noch gar nicht daran gedacht. Aber ich habe ehrlich gesagt auch vermutet, daß sie es spüren würde, wenn so etwas passierte, und –«

»Darauf kann man sich nie verlassen. Die Hälfte aller Frauen, die ich kenne, merken meistens erst im dritten Monat, daß sie schwanger sind. Man denkt an alles mögliche, daß ihr Flug nach New York sie aus der Bahn geworfen hätte, das Essen, der Himmel weiß, was alles. Auf jeden Fall scheinen die Frauen heutzutage so etwas immer als letztes in Betracht zu ziehen.« Gott, allein die Idee, daß sie selbst es auch nicht bemerken könnte, ließ sie in Schweiß ausbrechen. »Wie ist es, besteht diese Möglichkeit? Sie hatte ungeheuerliche Wutausbrüche, als sie mit Tygue schwanger war. Gewöhnlich regte sie sich über die Presse auf. Das war oberflächlich betrachtet ja auch ein guter Grund. Aber als ich später mal darüber nachgedacht habe, fand ich, daß sie reichlich übertrieben hatte. Damals ist sie übrigens auch ein paarmal in Ohnmacht gefallen. Und während der ersten Monate hat sie ausgesehen wie ein Gespenst. Aber –« jetzt warf sie ihm einen düsteren Blick zu, »– damals hat sie ja auch allerhand durchgemacht.«

»Sie hat auch während der letzten Wochen hier allerhand durchstehen müssen.« Er setzte sich wieder hin und versuchte nachzudenken. Im Augenblick mußte er immer noch gegen die Schreckensvorstellung ankämpfen, daß sie entweder einen Nervenzusammenbruch erlitten hätte oder aber an einer schrecklichen Krankheit zugrunde ginge. Schwanger? Darauf wäre er nie gekommen. Doch plötzlich fiel es ihm wieder ein. »Himmel, das hatte ich ganz vergessen. Die Nacht, in der Tygue zum ersten Mal ausgerissen ist... wir haben uns noch darüber lustig gemacht... sie hat nämlich ihr Diaphragma vergessen gehabt...« Er sah Felicia entschuldigend an, weil er sie mit den Details belästigte. »Aber immerhin wäre es möglich. Seitdem ist so viel geschehen, daß wir beide nicht mehr daran gedacht haben. Ich jedenfalls nicht. Hältst du es wirklich für möglich, daß sie nichts davon wüßte, wenn sie schwanger wäre?«

»Ja, das wäre möglich. Aber reg dich nicht zu sehr auf. Ich kann ja auch falsch liegen. Hast du was zu trinken für mich? Es ist mal wieder einer von diesen anstrengenden Tagen gewesen.«

»Ja, natürlich.« Er konnte das gut nachempfinden und ging zur Bar. Die Sachen, die man brauchte, um einen Martini zu mixen, hatten sie immer griffbereit, für den Fall, daß sie überraschend zu Besuch kam. »Was soll ich denn jetzt tun?«

»Warten, bis sie wieder zu Hause ist. Dann kannst du sie fragen.«

»Und wenn sie nun nicht nach Hause kommt? Wenn sie nun doch mit diesem Kerl ausgeht?« Bei dem Gedanken wurde er ganz blaß und schüttelte den Martini immer heftiger.

»Laß es doch nicht an meinem Martini aus, Nick. Sie wird schon wiederkommen. Hat sie eigentlich das Auto genommen?« Was für eine dumme Frage. Natürlich war sie mit dem Wagen gefahren. Doch Nick sah sie schon wieder so eigenartig an.

»Mensch, du hast recht. Sie ist mit dem Taxi nach Hause gekommen. Also muß sie den Wagen in der Stadt gelassen haben.« Diese Antwort gefiel Felicia gar nicht. Sie mußte sich wirklich mies gefühlt haben, wenn sie sich nicht einmal zugetraut hatte, selbst zu fahren.

»Ich fürchte, du wirst trotzdem einfach hier sitzen bleiben und warten müssen, bis sie nach Hause kommt, damit du sie alles fragen kannst. Und wenn du mir noch einen Gefallen tun willst –« sie leerte ihr Glas und stellte es auf dem Tisch ab, »– dann ruf mich bitte an, wenn du etwas weißt. Sollte Kate wirklich krank sein, würde ich es gern wissen.« Er nickte bestürzt, während Felicia aufstand. »Es tut mir schrecklich leid, aber ich muß leider wieder los. Ich werde um acht abgeholt, und vorher muß ich noch allerhand erledigen, um mich ausgehfertig zu machen.« Licia hatte vor, am Abend ins Konzert zu gehen. Mit einem neuen Verehrer.

»Klar, ich ruf' dich an.« Dann blickte auch er auf seine Uhr. »Verdammt, ich muß ja weg. Die Show. Ich hatte sie ganz vergessen.«

»Vielleicht ist Kate ja wieder da, wenn du zurückkommst.« Nick begleitete Licia zum Auto, und sie klopfte ihm auf die Schulter. Dabei fragte sie sich, wie er wohl im Bett wäre. Sicher sehr kräftig und schön. Das hatte sie auch vorher schon vermutet. Kate war ein verdammt glückliches Mädchen. Sie blickte zu ihm auf und lächelte. »Ich bin sicher, daß alles wieder in Ordnung kommt. Himmel, vielleicht wirst du am Ende sogar noch Vater.«

»Gott, Felicia, das wäre wirklich phantastisch.«

»Ja. Aber tu mir den Gefallen und bleibe hier. Ich könnte diese Entbindungsnummer nicht noch einmal aushalten.« Doch ihre rauhe Stimme sagte ihm, daß sie es könnte. Für Kate schon.

»Mach dir keine Sorgen, Licia. Diesmal brauchst du das auch nicht. Ich hoffe nur, daß das wirklich die Ursache für Kates Veränderung ist.« Während er ins Haus zurückging, dachte er an die Zeit zurück, und beinahe war er fest davon überzeugt, daß Felicia recht haben müßte. Als er zur Arbeit fuhr, hätte er am liebsten eine Feier angesagt, aber er wußte ja leider noch nicht, was tatsächlich vor sich ging. Nach der Art zu urteilen, in der Kate das Haus verlassen hatte, war immer noch mit allem zu rechnen.

Doch Kate hatte nur die ganze Zeit über auf der kleinen Mauer gesessen und geweint. Zum Schluß hatte sie nur noch gezittert. Sie wollte wieder nach Hause gehen, wartete aber, bis Nick zur Arbeit losgefahren wäre. Erst um zwanzig nach sieben wagte sie sich wieder ins Haus zurück, ging sofort nach oben, zog sich aus und legte sich ins Bett. Sie war unendlich müde. Sie wachte auch nicht mehr auf, bis Nick sanft an ihrer Schulter rüttelte.

37

»Kate?« Sie spürte, wie er sie an der Schulter berührte. Es war draußen immer noch dunkel, als sie die Augen aufschlug. Auch im Zimmer war es dunkel bis auf eine kleine Lampe, die Nick in einer Ecke eingeschaltet hatte. »Liebling, wach auf.« Er rieb ihr zärtlich über den Rücken, und sie machte wohlig die Augen wieder zu. Seine Hände fühlten sich so gut an. Aber sie war immer noch böse auf ihn. Je wacher sie wurde, desto mehr drang auch das wieder in ihr Bewußtsein.

»Was willst du?«

»Mit dir reden.«

»Worüber?« Sie weigerte sich jetzt, die Augen zu öffnen, aber sie spürte, daß irgend etwas Wichtiges los war.

»Mach deine Augen auf.«

»Hau ab.« Ein kleines Lächeln umspielte ihre Lippen, und Nick sah es. Er beugte sich hinunter und gab ihr einen Kuß auf die Wange.

»Hör auf damit.«

»Ich möchte dich etwas fragen.«

Jetzt zwinkerte sie mit einem Auge. »Nicht schon wieder.« Ihre Stirn hatte sich zusammengezogen.

»Nein, nein, darum geht es nicht.«

»Was denn?«

»Was ist heute nachmittag bei Saks passiert?« Er sprach ganz leise und lächelte in ihr verschlafenes Gesicht, aber ihm stand die Sorge noch immer in den Augen. Den ganzen Abend über, während sie an der Show gearbeitet hatten, hatte er sich kaum konzentrieren können. Und danach war er nach Hause gerast, um zu sehen, ob sie auch wirklich zurückgekommen war. Er hätte vor Freude fast geschrien, als er ihren Körper unter der Bettdecke gesehen hatte. Es war ihm egal, ob sie ihn haßte. Wenigstens war sie zu Hause und nicht irgendwo unter die Räder gekommen, tot, krank oder hysterisch oder gar vergewaltigt. Aber sie hatte ihm immer noch nicht geantwortet. »Sag mir doch, was bei Saks war.«

»Gibt es eigentlich irgend etwas in meinem Leben, das du nicht weißt?« Sie setzte sich auf und sah ihn beleidigt an. »Läßt du mich bewachen?« Sie wurde schon wieder böse, doch er schüttelte nur den Kopf und sah zerknirscht aus.

»Nein. Sie haben hier angerufen, um herauszufinden, ob du heil nach Hause gekommen bist. Also, was ist passiert?«

»Nichts.«

»Das haben die aber ganz anders erzählt.«

»Also gut, ich bin in Ohnmacht gefallen. Ich habe zu viel zu Mittag gegessen.« Auch das hatte Felicia ihm ganz anders berichtet, aber er wollte ihr jetzt nicht das Gefühl vermitteln, daß er ihr in allem nachspionierte, deshalb ließ er das auf sich beruhen.

»Bist du sicher, daß das der Grund dafür gewesen ist?« Er nahm ihr Gesicht vorsichtig in beide Hände. Seine Augen füllten sich mit Tränen, und sie fing langsam an, sich unter seinen Händen zu entspannen.

»Nick, was glaubst du denn? Was könnte es sonst gewesen sein?«

»Ich glaube, daß du vielleicht... ich hoffe...« Er sah sie zärtlich an, und die Tränen liefen jetzt ungehindert seine Wangen herab. Dann versuchte er ein Lächeln. »Wäre es möglich, daß du schwanger bist, Aschenputtel?« Er erforschte ihre Augen aufmerksam. Sie glitt aus seinen Händen und lehnte sich verblüfft ins Kissen zurück.

»Warum sollte ich schwanger sein?« Aber wie bei Felicia vorhin, bemerkte er plötzlich ihren aufmerksamen Gesichtsausdruck, so als würde sie im Aktenordner der Vergangenheit blättern und verschiedene Daten miteinander vergleichen. Und dann sah sie ihn strahlend an. »Vielleicht. Ich hätte daran nie gedacht.«

»Könnte es auch sicherer sein als nur vielleicht?« Er war gespannt.

»Ja. Es könnte sicherer sein als nur vielleicht. Himmel, ich weiß gar nicht, warum ich nicht schon viel früher darauf gekommen bin.« Sie hatte schon angefangen, sich zu fragen, ob sie nicht irgendeine Krankheit mit sich herumschleppte. Jetzt lächelte sie freudestrahlend, und er gab ihr einen zärtlichen Kuß, wurde dann immer hungriger und schlüpfte mit der Hand unter ihr Nachthemd, um nach ihrer Brust zu fühlen. »Dann bin ich jetzt wohl seit sieben Wochen schwanger. Es war die Nacht, als Tygue weggelaufen war, nicht wahr?«

»Ich weiß es nicht. Ist es noch zu früh, um das festzustellen?«

»Nein. Es ist genau der richtige Zeitpunkt.«

»Sollen wir es noch mal versuchen?« Sie lachte, als er sich neben ihr ausstreckte.

»Du hältst das wohl für nötig, was?«

»Warum nicht?«

Aber es war nicht mehr notwendig. Sie war schwanger. Der Test, den sie am nächsten Tag machen ließ, war positiv.

»Ist das sicher?« Nick war außer sich vor Freude, als sie den Hörer wieder auflegte. Die Stimme der Schwester hatte sehr nüchtern geklungen. »Harper? Ah, ja, hier. Positiv.«

»Du bist schwanger?«

»Ja. Ich war mir auch vorher schon sicher. Und die Schwester hat es noch mal bestätigt.« Sie schlang ihre Arme um seinen Hals, und er strahlte sie an.

»Oh, Kate. Ich liebe dich.«

»Ich liebe dich auch.« Sie sagte das ganz leise, und ihre Stimme wurde zusätzlich noch von seiner Armbeuge gedämpft, in die sie ihren Kopf gelegt hatte. »Es tut mir so leid, was da in New York war.« Sie hatte es ihm in der Nacht davor noch nicht gesagt, aber sie hatte es ihm unbedingt sagen wollen.

»Das ist in Ordnung, Liebling. Es ist ja nichts passiert. Aber wenn du noch mal dahin fliegst, werde ich dir eine bewaffnete Leibwache mitschicken.« Und plötzlich hielt er sie von sich gestreckt und sah ihr ernst in die Augen. »Ich will übrigens nicht, daß du noch irgendwelche Touren machst, während du schwanger bist. Überhaupt keine, ist das klar?«

»Ja, Sir.«

»Und was ist mit dem neuen Buch? Wirst du so lange damit warten können? Ich meine, bevor du irgendwo dafür hingehst? Ein paar Monate mehr oder weniger können deiner Karriere doch eigentlich nicht schaden.«

»Das Buch wird sowieso erst in einem Jahr erscheinen. Ist das nicht eine perfekte Zeitplanung?« Sie lächelte spitzbübisch und fuhr ihm liebevoll durchs Haar. Er nahm das alles so ernst. Sie fühlte sich nicht halb so nervös wie damals bei Tygues Schwangerschaft. Aber das war ja auch sehr lange her. Irgendwie hatte sie das Gefühl, als ob das hier ganz etwas anderes, Neues, wäre. Und es würde schön werden, wenn Nick dabeiwar. Sie preßte sich einen Augenblick lang an ihn und lächelte heimlich über ihre Gedanken. Er sah auf sie herunter.

»Versprichst du mir, daß du dich während der Schwangerschaft nicht übernehmen wirst?«

»Womit sollte ich mich denn übernehmen?« Sie nahm es auf die leichte Schulter.

»Kate... bitte...« Er wünschte sich dieses Kind mehr als alles in der Welt. Und sie verstand das.

»Mach dir keine Sorgen, Liebling. Ich verspreche es dir.« Sie spürte, wie er sich entspannte, während er sie wieder an sich zog. Dann klingelte das Telefon neben ihnen. Sie zwinkerte schelmisch zu ihm hoch. »Ob die jetzt ihre Meinung geändert haben?«

»Sag ihnen, daß es schon zu spät ist. Wir haben bereits akzeptiert.« Sie lachte, während sie nach dem Hörer griff, doch dann bewölkte sich ihre Stirn wieder.

»Hallo, Stu.« Nick verkrampfte sich sofort neben ihr.

»Das ist ja eine Überraschung. Wann?... Ich weiß es nicht.« Sie sah Nick lächelnd an, aber er war schon in Panik geraten. Mit verzweifeltem Gesicht rannte er im Zimmer auf und ab. Jetzt ging das schon wieder los. Weinberg und seine verdammten Reisen!

»Du hast es mir versprochen!«

»Sei still!« flüsterte sie und hielt dabei eine Hand über die Sprechmuschel, während sie versuchte, Weinbergs Worten zu folgen. Zwischendurch ließ sie ein schwaches »Ich werde sehen« einfließen. Nick konnte es nicht mehr länger aushalten. Er riß ihr den Hörer aus der Hand und hielt die Sprechmuschel zu.

»Du wirst ihm jetzt sagen, daß die Person, die er auszubeuten versucht, schwanger ist, und er soll seine bescheuerte Tour nehmen und sie sich an den Hut stecken!« Er war mehr als verzweifelt, doch sie lachte bloß, als sie den Hörer wieder von ihm entgegennahm.

»Tut mir leid, Stu.« Sie ließ die Augen nicht von Nick ab, dessen Gesicht wieder etwas aufleuchtete, als er ihre Worte hörte. »Er wird wohl nicht mit Ihnen im Turnier spielen. Nein. Er denkt, Sie versuchen ihn auszubeuten, und außerdem ist er schwanger. Ja. Er hat ungeheure Wutausbrüche.« Nick verdrehte die Augen und ließ sich erleichtert in einen Sessel fallen. »Nein. Er hat gesagt, Sie könnten es sich an den Hut stecken. Doch, das hat er gesagt. Ja, in Ordnung. Ich werde es ihm sagen.« Sie legte auf und sah triumphierend zu Nick hinüber. »Sie machen sich manchmal wirklich zu viele Sorgen, Mr. Waterman.« Dann fing sie an zu lachen.

»Und Sie, Mrs. Harper, sind eine durch und durch verwöhnte Göre! Hat Ihnen das schon mal jemand gesagt?«

»Bis jetzt noch nicht. Wann kriege ich übrigens meinen zweiten gläsernen Schuh?« Sie setzte sich auf seinen Schoß und strahlte.

»Wenn du mir versprichst, daß du weder auf Tour gehst noch dich überanstrengen wirst, während du schwanger bist. Wenn du mir das versprichst, kannst du von mir haben, was du willst.«

»Vorsicht. Ich könnte dich daran erinnern.«

»Du hast meine Frage noch nicht beantwortet.«

»Das sollte eine Frage sein? In meinen Ohren hat das eher wie ein Befehl geklungen.« Sie zog eine Augenbraue hoch und strich mit einem Zeigefinger um sein Ohr.

»Kate, ich meine es ernst. Mir bedeutet das ganz schön viel.«

»Mir auch. Aber deshalb brauchst du mich nicht zu zwingen oder mir zu drohen, daß ich es ernster nehmen sollte. Du kannst dich schon ein bißchen auf mich verlassen.«

»Nicht, wenn es um deine Arbeit geht... oder unser Kind.« Er hatte immer noch den sorgenvollen Blick. »Wird das sehr schwer für dich werden, Kate? Ich meine, zwei Kinder gleichzeitig zu haben?«

Sie schüttelte den Kopf, sagte aber eine Weile nichts. »Nein.« Sie hoffte es wenigstens. Und wenn, dann würden sie einen Weg finden, damit fertig zu werden.

»Hast du je daran gedacht... es...?«

Sie schnitt ihm das Wort ab, bevor er es aussprechen konnte. »Nein, das würde ich niemals tun.« Sie schmiegte sich in seine Arme. »Ich wünsche mir ein Kind von dir, Nick. Ich glaube, ich habe mir das schon immer gewünscht, seit ich dich kenne. Tygue ist etwas ganz Besonderes für mich. Er hat immer nur mir gehört. Ich hatte ja niemanden, mit dem ich ihn hätte teilen können, weder bei der Schwangerschaft noch bei der Geburt oder in all den schönen Stunden, die wir danach zusammen verbracht haben. Es war nie jemand da, der daran teilgenommen hätte. Mit uns, mit unserem Baby wird das alles ganz anders werden.«

»Einschließlich der Tatsache, daß wir nicht verheiratet sind.« Er war ein wenig verlegen, als er das sagte, und sah sie fragend an. »Wäre das für dich und Tygue sehr schlimm?«

»Natürlich nicht. Tygue ist viel zu jung, um sich darüber Gedanken zu machen, und glaubst du wirklich, *mir* macht es so viel aus, was die Leute über mich denken? Abgesehen davon werden wir ja eines Tages heiraten.« Sie sah nachdenklich auf den schmalen weißen Strich an ihrem Ringfinger, an dem einst der Ehering gesessen hatte. »In der Zwischenzeit ist das doch nicht so wichtig. Es sei denn... würde es dir etwas ausmachen? Ich meine, was werden deine Leute in der Show dazu sagen? Würdest du damit Probleme kriegen?« Sie mußten schließlich auch daran denken. Nicht nur ihr guter Ruf stand auf dem Spiel. Doch Nick lachte schon als Antwort.

»In der verrückten Welt, in der ich da lebe? Die würden uns eher für anomal halten, wenn wir heiraten und Kinder kriegen würden. Aber weißt du, ich habe letzte Nacht darüber nachgedacht.« Einen Augenblick lang wirkte er unsicher, doch dann beschloß er, seine Idee offen zu erzählen. »Wenn es Tygue oder dich doch belästigen würde, könnten wir den Leuten einfach sagen, daß wir verheiratet wären. Wer sollte schon herausfinden, daß das nicht stimmt? Wir könnten ihnen sagen, daß wir heimlich irgendwo hingefahren wären, um uns trauen zu lassen. Und später dann... könnten wir eben genau das tun. Es braucht ja kein Mensch zu erfahren, ob wir nun miteinander verheiratet sind oder nicht.« Doch noch während er gesprochen hatte, hatte sie entschieden ihren Kopf geschüttelt.

»Nein, Mr. Waterman, da führt kein Weg hin. Ich würde das niemals zulassen.«

»Warum nicht?«

»Weil, wenn wir einmal heiraten sollten, werde ich nicht heimlich irgendwo mit dir hinfahren und mich mit dir trauen lassen. Ich werde das mit mehr Pomp und Feierlichkeit und Lärm und Aufregung machen, als du dir überhaupt vorstellen kannst. Und die ganze Welt soll davon erfahren. Na, wie findest du das?«

»Weißt du was, Aschenputtel?«

»Was?« Sie lächelte ebenso strahlend wie er.

»Dafür hast du den zweiten Glasschuh verdient.«

Sie lachte und legte ihre Lippen auf seinen Mund. Es wurde ein langer, zärtlicher Kuß. »Hast du überhaupt eine Ahnung, wie sehr ich dich liebe, Mr. Waterman?«

»Hast du Lust, mit nach oben zu kommen und es mir zu zeigen?«

»Jederzeit, Mr. Waterman. Jederzeit.«